民国文学史论 第二辑

李 怡 张中良 主编

民国时期新诗论稿

张洁宇 著

南方出版传媒

花 城 出 版 社

中国·广州

图书在版编目（ＣＩＰ）数据

民国时期新诗论稿 / 张洁宇著. -- 广州 ： 花城出版社，2019.6
（民国文学史论 / 李怡，张中良主编. 第二辑）
ISBN 978-7-5360-8835-1

Ⅰ．①民… Ⅱ．①张… Ⅲ．①新诗－诗歌研究－中国－民国 Ⅳ．①I207.25

中国版本图书馆CIP数据核字(2018)第298103号

出 版 人：肖延兵
专业审读：罗执廷
特邀编辑：张灵舒
策划编辑：张　瑛
责任编辑：张　瑛
技术编辑：凌春梅
装帧设计：杨亚丽　贡日亮

书　　名	民国时期新诗论稿 MINGUO SHIQI XINSHI LUNGAO
出版发行	花城出版社 （广州市环市东路水荫路 11 号）
经　　销	全国新华书店
印　　刷	佛山市浩文彩色印刷有限公司 （广东省佛山市南海区狮山科技工业园 A 区）
开　　本	787 毫米×1092 毫米　16 开
印　　张	24.75　1 插页
字　　数	450,000 字
版　　次	2019 年 6 月第 1 版　2019 年 6 月第 1 次印刷
定　　价	88.00 元

如发现印装质量问题，请直接与印刷厂联系调换。
购书热线：020 - 37604658　37602954
花城出版社网站：http://www.fcph.com.cn

总序一：文学研究与历史意识

李　怡

　　在相对平静的中国现代文学研究领域，最近几年出现的"民国文学"研究的设想似乎是值得注意的动向，面对这样一种动向，有人认为是打破某种学术停滞的契机，但也有人提出了自己的质疑，表达了自己的担忧，但无论如何，有关民国的话题已经成为我们无法绕开的存在，即使质疑，也有必要理解它生成的理由。

　　在我看来，借助"民国社会历史"这一视角研究中国现代文学，最重要的其实并不是提出了"民国"这一概念，更大的价值是它提示我们，文学的研究必须回到历史的语境之中。既然中国史已经可以清晰地划分为古代史与近现代史，又有什么必要独立出一个"民国史"呢？这当然是为了进一步关注和描述民国特有的社会、政治与文化情态。一般说来，古代、近现代，这都是世界通行的普泛性概念，这些概念的意义在于昭示了一种共同的人类历史进程，其意义自不待言。但是普泛性的概括并不能代替各个国家和民族的具体遭遇和问题，共同的历史进程之中，依然掺杂千差万别的"民族史""区域史"，特别是像中国这样的独特的东方"现代"国家，许多历史的细节都不是西方话语体系的"近现代"所能够涵盖的，中国的"现代"就集中发展于"民国"，所以研讨"民国"也就是真正落实中国的"现代"历史是什么。近些年来，民国史研究是中国史学界取得显著成果的一个领域，可以说，在尊重、回到历史的取向上，历史学家已经走在了学术的前列。中国现代文学研究开始重视"民国"历史种种，从根本上讲就是得益于历史学界的启示。

因为这样的启示，我们的文学研究也才开始摆脱了"理论的焦虑"，在新的领域找到了自我充实的可能。中国现代文学研究其实一直存在着某种理论的焦虑症。先是有中国式的马克思主义理论"武装头脑"，继而又用西方的各种文学理论来框架我们的现象，到头来发现它们都难以准确描述现象的丰富和复杂，这才出现了几乎是众口一词的"回到历史现场"、体察具体历史情境之类的倡议。

当然，所谓"回到历史现场"也并不是一件那么容易的事情，它关乎我们对待历史的态度，也牵涉我们自己的思维能力，并且在某种意义上也不应当成为"非理论""去理论"的简单借口，在更深的地方，"理论"依然有其不可替代的价值，并且将可能恰到好处地推进我们的认知。"回到现场"不是绝圣弃智，不是排斥理论思维能力，而是让我们的理性的能力更妥当地敞开事实呈现的广阔空间，或者说理性思辨的节奏和方向与丰富的历史事实两厢贴合。自然，这样的历史考察就不是那么容易的，至少不是我们表述学术态度时那么容易。文学研究最终依靠的不是一种"表态"而是更为深邃的能够破解精神秘密的"意识"，这就是我们所谓的"历史意识"。历史意识是在尊重历史现象中产生的，但又不是对历史现象的乱七八糟的堆砌，其中深含着我们自身思维能力的发展和成熟，所以，"回到历史现场"不会是一次性完成的，也不会只有哪一家的"现场"，它同样值得讨论、辨别、清理和驳诘。

这样，我们的"民国文学史论"就有了第二辑，也许还会有第三辑。连续性的发展表达的是不同认知的结果，重要的在于，随着我们对"民国"特定历史的逐步"返回"，我们对于文学的理解也逐步加深了，观点也日益丰富了。

感谢那些多年来一直关心我们研究的同行、朋友和广大的读者，我们都在不断充实着自己，在越来越深入的历史考察中解读现代的中国，在越来越广阔的视野中丰富我们的思想意识。当然，也要感谢花城出版社，这些有理想有坚守的优秀编辑，没有你们的策划、督促和鞭策，也绝不会有这连续数年的学术工程。

2018 年 8 月于成都江安花园

总序二：还原民国文学史

张中良

不止一次听到质疑：既然中国现代文学史的概念早已获得公认，20 世纪中国文学史的概念也逐渐为人们所接受，为什么还要另起炉灶提出民国文学史？

尽管存在着质疑，而且对民国文学史的理解也不尽相同，但这个概念总算引起了人们的注意，这就扩大了探讨的空间。

民国文学史的概念，1994 年见之于一套"中国全史"时，只是参照历代文学史的分法，标志着一个时段，并没有涉及多少民国赋予文学的意义。现在，仍有学者持同样的理解。2006 年，秦弓提出"从民国史视角看现代文学"，意在把现代文学还原到民国史的历史语境中去重新审视。2009 年，李怡阐述现代文学的"民国机制"，将问题的讨论向前推进了一步。几年来，民国文学乃至民国文学史的概念逐渐凸显出来，中国现代文学研究会、北京师范大学文学院等举办的学术会议都曾就民国文学问题展开过讨论，《文学评论》《中国现代文学研究丛刊》《学术月刊》《文艺争鸣》《广东社会科学》《湖南社会科学》《厦门大学学报》《湖南大学学报》《郑州大学学报》《重庆师范大学学报》《衡阳师范学院学报》《金陵科技学院学报》《兰州学刊》《当代文坛》《江汉学术》等刊物发表相关论文。从讨论来看，民国文学史确有新民主主义文学史、现代文学史、20 世纪文学史所不能表征的独特而丰富的意涵，既然如此，"民国文学史"的梳理、叙述与阐释又有何不可？

在相当长的时期，民国是一个禁忌。人们每每把民国简化为一个败亡的政府，如果作为一个历史时期来表述的话，通常是"解放前""旧社会"。一个简单的逻辑就是：政府如果不腐败，怎么会被推翻？旧社会如果不黑暗，怎么会结束？在这样的背景下，有谁还敢"冒天下之大不韪"去探讨民国问题呢？

然而，问题在于：民国在推翻了清朝政权、结束了两千余年的封建帝制的基础上建成，是辛亥革命的胜利成果，而非历史的耻辱；民国作为亚洲第一个共和国，曾经寄托了中华民族走向现代化的希望；民国是一个国家实体，而国家从来就不等同于政府，民国有多种势力对峙、冲突、交错、并存的政治，有虽然地区之间并不平衡，但毕竟曾经几度繁荣的经济，有由弱到强的外交，有终于赶走侵略者的抗日战争胜利，有大踏步发展的新式教育，有束缚与自由交织的新闻出版，有丰富多彩的文学艺术，等等，怎么能够因为民国政府的最后败亡而抹杀民国的一切？民国是一个历史过程，从诞生到成长再到衰败，怎么可以由其结局否定此前的所有历史？

即使为了总结历史经验教训，也不能无视民国的存在。中国向来有后世修史的传统，1956 年，国家制定十二年科学发展规划时，中华民国史研究被列入其中，然而，1957 年的"反右"使规划搁浅，在接下来阶级斗争之弦越绷越紧的政治形势下，民国史研究没有人敢于问津。关于民国时期政治史、经济史、口述史等资料经过整理面世一批，但没有一种以"民国"冠名。1971 年 9 月 13 日三叉戟折戟温都尔汗之后，"文革"狂潮呈现衰势。1972 年，周恩来总理再次号召编写中华民国史，中国科学院近代史研究所成立了中华民国史研究室，开始启动研究与编写工作。但在"文革"后期，学术研究步履维艰。直到改革开放以来，才恢复了实事求是的优良传统，民国史研究逐渐步入正轨。① 史料的发

---

① 参照张宪文等：《中华民国史》第 1 卷，南京：南京大学出版社，2005 年，"导论"，第 2—5 页。

掘、整理与出版，敏感问题的探索，均有可喜的成绩。在此基础上，张宪文等著《中华民国史》（4 卷本）、李新担任总编的《中华民国史》（12 卷本）[①] 等代表性成果先后问世，引领读者走近民国史的真实。

比较而言，中国现代文学研究在民国文学的历史还原方面要落伍很远。人们已经习惯于在原来的思维框架中思考问题，怯于拓展新的学术视野。直到今天，还有人担心研究民国文学会不会有什么风险？历史已经走到 21 世纪，多少惨痛的教训才换来了新时期以来的改革开放，走回头路的可能固然并没有完全杜绝，但我们应该相信社会的进步、民族的良知、人民的觉醒，如果有谁再敢倒行逆施，很难得逞。民国文学史研究的指归，小则是要呈现真实的民国文学史风貌，丰富人们的历史认知，大则是要普及实事求是的历史主义精神，保障社会稳步前进。

以新民主主义观点、现代性或 20 世纪眼光来梳理与阐释文学史，自然各有所长，但是民国文学在民国的背景下诞生、成长，打上了深刻的民国烙印，表现了独特的民国风貌，而从 20 世纪 50 年代以来的学术史来看，从迄今出版的近 600 种现代文学史著作来看，回避民国文学概念，便无法揭示文学的民国基因，因而，很难准确地画出这一历史时期的中国文学全图，无法解释文学发展的复杂动因，也无法理解民国文学的多元内涵与艺术个性。

民国政治自始至终是一种多元化的政治。北洋政府时期，南北对峙自不必说，北洋政府内部派系林立，你方唱罢我登场，客观上给新文学提供了一个相当宽松的发展空间。1927 年 4 月 18 日南京国民政府成立，到 1937 年卢沟桥事变，这期间不仅存在着尖锐的国共冲突，而且两党之外还有活跃的自由主义阵营、根基深广的民主主

---

① 李新总编：《中华民国史》（12 卷 16 册），北京：中华书局，2011 年。

义力量，国民党内部也有各种错综复杂的派系。全面抗战爆发之后，各派政治力量团结在民族统一战线的旗帜下共同抗日，但又各自保留着相对独立的空间，不仅有陕甘宁边区、新辟的敌后根据地与广义的国统区之别，而且在国统区内部，也有桂、粤、滇、晋等具有一定独立性的区域。这种多元化的政治是民国文学形成多样形态的重要原因。民国的法律，有其自身的缺陷，也存在着法律层面与实践层面的巨大反差，但作家的生活与创作还是有一定的法律保障。若不然，鲁迅怎么能够在对教育总长的诉讼中胜诉、恢复了被免去的教育部佥事职务？在他成为左翼作家之后，怎么能够躲得了牢狱之灾，继续他的著译事业？在"白色恐怖"之外，还有广阔的空间，于是，才会有色彩斑斓的民国文学。民国时期，尽管确有政治压迫与文化管制，但民国文学却能在错杂的空间得以发展，不仅内蕴丰盈复杂，而且审美风格也是千姿百态。

民国文学应是民国时期文学的总称，就文体而言，不仅有五四文学革命开创的新文学，也有传统形式的旧体诗词、戏曲、文言小说、文言散文，还有介乎二者之间的改良体；就政治倾向而言，不仅有官方属意甚深而命途塞涩的三民主义文学，官方倡导且得到广泛呼应的民族主义文学，也有左翼倡导的革命文学、左翼文学，还有"五四"以来脉息不绝的自由主义文学、民主主义文学；就创作方法而言，不仅有现实主义，也有浪漫主义、古典主义，还有形形色色的现代主义，以及各种方法的杂糅重构；就审美格调而言，有《凤凰涅槃》式的豪迈弘放，也有《义勇军进行曲》式的慷慨悲壮，还有《再别康桥》式的缠绵悱恻；从喜剧风格来看，有鲁迅浙东式的冷隽幽默，也有李劼人式的麻辣川味，有老舍杂糅着京味儿与英国风的月色幽默，还有张天翼式的湖南辛辣讽刺；就城乡文明倾向来看，有新感觉派式的斑驳陆离的都市色彩，也有沈从文式粗犷与清新交织的湘西风光，还有赵树理最为典型、叙事偏于传统的乡土通俗，等等。气象万千的文学风景，无论是其内蕴，还是其形式，都在民国的历史进程中形成，都与民国的机制息息相关，因而民国文学研究不是单纯的外部研究，而且含有审美机理的内部研究。

民国文学史研究还是刚刚起步，要做的工作有许多。我与李怡教授曾经交流过，我们都认为，一部成熟的文学史著作应该有扎实的研究作基础，与其现在匆匆忙忙地"凑"一部民国文学史，毋宁脚踏实地地考察民国文学与民国政治、经济、法律、战争、外交、民族、宗教、文化、教育、艺术、新闻出版、自然环境及灾变诸多方面的关联，考察文学所表现的民国风貌，考察民国文化生态对文学风格的影响（或曰民国文学审美建构不同于前后时代的特色），然后再进行民国文学史的整合性的叙述与分析。我们不去奢望将来关于20世纪上半叶的文学史叙述仅由民国文学史来承担，那样既无必要，也不可能，大一统式的构想本来就是与学术自由相背离的。但我们相信，民国文学史的叙述必定会在中国文学史的总体框架中占有不可或缺的一席之地。

我们的构想与努力有幸得到花城出版社乃至上级管理部门的认同与支持，"民国文学史论"第一辑6卷列入"'十二五'国家重点图书出版规划项目"与"国家出版基金项目"，于2014年出版，并在"国家出版基金项目"2015年绩效考评中获得"优秀项目"。丛书问世以来，有学者在海内外发表评论，予以积极的肯定。这对我们来说，无疑是巨大的鼓舞。民国文学话题也遇到一些质疑，但探索并未中止，视野与深度反而不断拓展，曾经一度持有尖锐意见的学者也加入了推进民国文学研究的队伍，这正是我们所希冀的良性学术生态。花城出版社张瑛副编审在成功策划了"民国文学史论"丛书第一辑之后，又积极策划第二辑、第三辑。如果说第一辑主要是在观念与宏观方面打下基础的话，那么，第二辑则较多在语言、审美品格、文学教育、经典作家、形象和刊物等典型个案等方面做出新的拓展，第二辑的问世将会进一步丰富读者对民国文学的认识。第二辑 11 卷同样被列入国家出版基金项目，感激自在不言之中！这无疑也增强了我们将民国文学研究不断引向深入的信心。

2018 年 8 月 19 日修订于上海

│ 目　录 │

下　编

导言：作为“诗史”的中国新诗

　　中国文学的历史上或许并没有真正的史诗，但是，在大多数中国文人的心里，却都或多或少抱有一个书写“诗史”的理想。也正是因此，中国文学史上自古至今，都是诗史相依、诗史互证。在文学中看见历史，在个人的情志中折射出历史的巨影，这也早就成为一种强大而悠久的文学写作和文学阅读传统。这传统一代代血脉流转，衍至今天。

　　中国新诗是这血脉的一部分。它在语言、形式、风格、手法上都曾大大地造了传统的反，也都成功地实现了它叛逆性的继承，成为旧诗的“不肖之子”；但在另一个角度上说，那种“诗史”的理想却被完整地、甚至是弘扬式地保留了下来，成为特具新诗性格的一种既新且旧的基因。文学史家们都说，百年新诗是现代中国思想与文学的结晶。的确，从《凤凰涅槃》的破旧立新，到《死水》《雨巷》的绝望彷徨；从“雪落在中国的土地上”的苦难坚忍，到“一个民族已经起来”的信念与期望，……中国新诗在成就艺术的同时，也从来没有忽略过折射历史的责任，或者说，一部现代新诗的历史本身也就是一部特殊意义的“诗史”。

　　并不是说文学必须和现实捆绑在一起，也绝不是说文学不能展开自己的艺术的飞翔。但是在现代中国，与现实的血肉相连，似乎就是新文学的宿命。究其原因，这是每个写作者在个人经验与时代脉动中的敏锐感受力和自觉的历史承担意识所决定的。因而，这不仅是中国新诗——乃至现代文学——的特征和命运，同时也是现代中国诗人、作家和知识分子的精神世界的体现。从这个角度望去，中国现代文学的历史在艺术与思想的价值之外，还特有一种动人的精神魅力。

　　回顾一百年的新诗史，最重要的一对概念大概就是“个人”与“历史”，而最长久的一个话题应该就是“写什么”与“怎么写”。本书的讨论就是基本围绕着这对概念与这个话题展开的，即便呈现得较为零散，但仍显出对这方面的关心。

1927 年，身居广州的鲁迅在一篇"夜记"中直接提出了他的思考：

写什么是一个问题，怎么写又是一个问题。①

他说："可谈的问题自然多得很，自宇宙以至社会国家，高超的还有文明，文艺。古来许多人谈过了，将来要谈的人也将无穷无尽。但我都不会谈。"——这是为什么呢？鲁迅并没有明说，但他以自己的写作做出了回答。简单地说，他只写最真切的东西：真切的感受和境遇、真切的历史与现实。

我这里所说的真切，还不是用真实、真挚、真诚就能完全概括的，它覆涵这一切，又深于这一切，包含着诗与人、诗与史，乃至文学与现实的全部关联。

鲁迅说："尼采爱看血写的书。但我想，血写的文章，怕未必有罢。文章总是墨写的，血写的倒不过是血迹。它比文章自然更惊心动魄，更直截分明，然而容易变色，容易消磨。这一点，就要凭文学逞能，恰如冢中的白骨，往古来今，总要以它的永久来傲视少女颊上的轻红似的。"② 此话看似难解，其实却最清晰地表达了鲁迅的文学观。在他看来，文学最重要的价值就是能以一种特殊的"文学的真实"来反映"现实的真实"（或曰"历史的真实"）。因为，"文学的真实"（墨写的文章）要比"现实的真实"（血写的血迹）具有更为长久的意义和价值，因而，也只有"文学的真实"才能使"现实的真实"真正得以保存。我想，正是这个关于文学的功用与意义的认识，促使鲁迅当年"弃医从文"、决定以文学作为其终生的志业。

虽然鲁迅曾在他最愤怒的时候说过："墨写的谎言，决掩不住血写的事实。"③ 但他同时也更清楚地知道："造化又常常为庸人设计，以时间的流驶，来洗涤旧迹，仅使留下淡红的血色和微漠的悲哀。在这淡红的血色和微漠的悲哀中，又给人暂得偷生，维持着这似人非人的世界。"④ 因此，纵然在"实在

① 鲁迅：《怎么写——夜记之一》，《鲁迅全集》第 4 卷，北京：人民文学出版社，2005 年，第 18 页。
② 同上，第 19—20 页。
③ 鲁迅：《无花的蔷薇之二》，《鲁迅全集》第 3 卷，第 279 页。
④ 鲁迅：《记念刘和珍君》，《鲁迅全集》第 3 卷，第 290 页。

无话可说"，甚至已"艰于呼吸视听"的时刻，他仍常常"觉得有写一点东西
的必要"，尤其是在发生了某些"血写的事实"之后。因为，能与"忘却的救
主"相对抗的，只有那看似无用却终将胜于那"容易变色，容易消磨"的血
迹（现实的真实）的文章（文学的真实）。是否可以这样说，鲁迅一生的写
作，其实就是一种"为了忘却的纪念"。他"纪念"的目的就在于留住真实，
对抗"忘却的救主"；为自己、为他人、为民族、为历史"立此存照"，书写
"诗史"。而他"纪念"的唯一方式，就是用笔墨写作，也就是将"现实的"
与"内心的"真实转化为"文学的"真实。

　　这其实也是很多现代中国的作家和诗人共同的认识。对他们而言，写作不
仅是"为艺术"，更是"为人生"。以"墨"的诗篇写出"血"的人生与历
史，这是现代中国作家的抱负与责任。——不仅是对人生与历史的抱负与责
任，也是对于文学本身。

　　正是鲁迅这位虽不以诗名世却是世人眼中真正的诗人，曾写过一首相当
"另类"的诗，并且在这另类的方式中触及了一个深刻的诗学问题：

　　　　我的所爱在山腰；
　　想去寻她山太高，
　　低头无法泪沾袍。
　　爱人赠我百蝶巾；
　　回她什么：猫头鹰。
　　从此翻脸不理我，
　　不知何故兮使我心惊。

　　　　我的所爱在闹市；
　　想去寻她人拥挤，
　　仰头无法泪沾耳。
　　爱人赠我双燕图；
　　回她什么：冰糖壶卢。
　　从此翻脸不理我，
　　不知何故兮使我糊涂。

　　　　我的所爱在河滨；
　　想去寻她河水深，

歪头无法泪沾襟。
爱人赠我金表索；
回她什么：发汗药。
从此翻脸不理我，
不知何故兮使我神经衰弱。

　我的所爱在豪家；
想去寻她兮没有汽车，
摇头无法泪如麻。
爱人赠我玫瑰花；
回她什么：赤练蛇。
从此翻脸不理我。
不知何故兮——由她去罢。①

　　这首题为《我的失恋》的"拟古的新打油诗"作于 1924 年。因为它在文体和语言上的半新半旧、不伦不类，以及题材内容和艺术效果上的些许"油滑"，一直被视为一首"玩笑之作"而未受重视。但在我看来，在这首诗"打油"的外表下，其实包涵着重大的文学问题，简要地说，就是"诗与真"的问题。

　　《我的失恋》戏拟张衡的《四愁诗》，表现出来的不是致敬，而是明显的反经典、反审美的激进姿态。它颠覆了旧体诗的雍容传统的同时，也对新诗中空洞的爱情书写施以嘲弄，更要紧的是，它颠覆了传统的"诗美"观，表达了新的、现代意义上的"诗与真"的观念。

　　在《我的失恋》中，鲁迅以恋人之间互赠礼物的贵贱美丑的悬殊，对所有自以为高雅尊贵的文学家们开了一个大大的玩笑。可以说，礼物之间的贵贱差异已经大到了令人吃惊、费解且极度戏谑的效果。在这强烈对比造成的张力和陌生化效果中，读者不禁对作者用意产生了不解和好奇。究竟为什么要以这样"煞风景"的礼物回赠"我的所爱"？而且又为何要在"由她去吧"的态度中如此高调地表明一种任性执拗不妥协的姿态？我以为，答案就在于鲁迅对于以往的文学之"美"所采取的彻底革命的姿态之中。

　　如果说带着桂冠的诗歌——无论新诗还是旧诗——是"百蝶巾""双燕

———————————————

① 鲁迅：《我的失恋》，《鲁迅全集》第 2 卷，第 173—174 页。

图""金表索"和"玫瑰花"那样高雅优美、地位显赫的东西，那么，鲁迅情愿自己的《野草》——以及其他一些作品——就像"猫头鹰""冰糖壶卢""发汗药"和"赤练蛇"那样，不登大雅之堂，不求名留青史，但却让人或觉可近，或觉可惊，心有所动。其实，完全无须去为猫头鹰是否为鲁迅所爱之类的问题伤神考证，也无须为何将如此不"美"的东西拿来入诗而费心辩护，鲁迅写作此诗的时候也许恰恰就是要择取这样令人吃惊和意外的几样东西来针对那些高雅优美的物事。雅俗的落差越大、回赠得越出人意料，其艺术效果就越鲜明。

鲁迅的思考本不仅仅面向诗歌，但由于"拟古的新打油诗"的特殊呈现方式，所以首先可以引发诗学层面的讨论。而且，由于"拟古的新打油诗"既非旧体，亦不纯新，何况还是"打油"，看起来是针对包含旧诗与新诗两种不同诗歌传统在内的整个诗歌艺术，开了一个很大的玩笑。当然，这并不真是玩笑，调侃的背后其实隐藏着重大的严峻的问题。从这里开始，鲁迅已经以高度的自觉颠覆了传统诗学中有关"美"与"诗意"的旧成见，而以一种锋利切实的"真"取代了原有的艺术价值。而且，这个"真"的问题与诗人的现实经验和生命体验密切相关，欲为新文学呼唤出一种全新的、现代的"美"与"诗意"。

鲁迅在这里挑战的是古典主义文学的传统价值观念，他以一种革命式的态度将那些被供奉在文学殿堂中的经典价值奚落嘲弄了一番，尤其消解了"美"、"优雅""高贵""浪漫""神圣"之类的传统价值。可以说，这是一次文学艺术领域"重新估价一切"的革命。颠覆了旧有的价值，代之而起的则是一个新的、现代的、有关"诗与真"的观念。即以"真"取代了空洞的"美"，以"真"改写了"诗"，以一种与现代生活和现代体验血肉相连的"真实"作为现代意义上的文学的核心价值。

这个"真"，包含了现实意义上的真实，也强调了与作者血肉相连的真诚态度。就像他在《野草·题辞》中所说的："野草"本身，就代表了他对新文学的一种态度。野草对应于花叶和乔木而言，"根本不深，花叶不美，然而吸取露，吸取水，吸取陈死人的血和肉，各各夺取它的生存。"但是，他说："我自爱我的野草，但我憎恶这以野草作装饰的地面。"① 换句话说，"野草"代表了这部散文诗集的精神特征，一则它的完成是鲁迅倾"生命"之力换取的，这是他真正为自己而作的、对于已经"死亡"的生命的一段记录和纪念；更重要

① 鲁迅：《题辞》，《鲁迅全集》第 2 卷，第 163 页。

的是，这部《野草》是不"美"的，它不取悦于人，不具有任何装饰性。它拒绝成为地面的装饰，这拒绝的姿态里也写满了鲁迅自己的倔强性格。"野草"意象与"猫头鹰"们一样，它不美、不雅、不高贵，但却实实在在地出自作者的生命与血肉，得到作者自己特别的珍爱。

在我看来，这意味着在新的时代环境中和新的文学观念的基础上，"真"已经取代了某种僵化的、出世的"美"，而成为现代文学——包括新诗——的全新价值标准。当然这并不意味着现代文学不追求"美"，而是说，"美"的观念得到了刷新和扩充。这种以"真"为基本精神的"美"成为一种新的、现代的"美"。它不是评判诗美的唯一标准，但成为重要的标准之一。有了这一次刷新，现代文学的价值系统中就不再认同脱离真实历史语境的"美"了。

而这一切，也正是我们关于新诗的讨论为何要由此展开的真正原因。回望中国新诗的历史就可以看到，新诗的命运就是与这样一个有关"诗与真"的思索密切而长久地联系在一起的。作为文学桂冠上的明珠，诗歌的精神几乎可以说是文学精神的代表和结晶，而在中国这样一个拥有辉煌的旧诗传统的国度，诗歌所受的关注和被寄寓的期望更是无以复加。在这样的大背景下，新诗"写什么"和"怎么写"都是令人高度关注的问题，同时也是写作者、批评者不断自觉探索的大问题。新诗如何确立自身的艺术价值与历史地位，如何处理与旧诗传统的关系，如何在诗人的个体经验和整个历史现实之间取得艺术和思想的平衡，……这些，是摆在一代又一代诗人面前的问题，同时也是用以评判他们作品的标尺。

鲁迅提出的问题，既是针对他自己的，同时也是面向整个新文学的。"诗与真"的问题，说到底要归结于文学与现实、个人与历史之间的关系问题上。这样的大问题当然不是三言两语可以说清楚的，也不是随便简单地就可以宣告解决的。中国新诗的百年历史，可以说也是一个不断建构"诗与真"的历史。返回历史的语境，回到创作者的写作行为之中，能真实地感受到文艺与现实的种种关联。无论是"镜"还是"灯"，无论"留声机"还是"熔炉"，古今中外无论哪个时代哪个流派，处理文艺与现实的关系都是焦点式的核心问题。因而，观察新诗的历史与历史中的新诗，无论如何脱离不了这个基本的视角。

但是当然，"诗"不等于"史"，血写的生命与墨写的历史之间，毕竟存在着一个神秘而关键的环节，那就是写作本身。就像鲁迅本人所意识并提醒的那样，"怎么写"也是个同样重要的问题。诗歌作为一种特殊的艺术体式，其"怎么写"的问题或许也更为独特而突出，因而也更值得关注。——这因此也成为本书重点关注的方面之一。

　　我们看到的是，在中国现代文学的历史中，很多作家和诗人成功地处理了这些问题。他们将"血写"的历史以"墨写"的方式呈现在文学作品之中，同时也以"墨写"的方式将个人的生命呈现给苦难的历史。因而，在现代中国文学中，"墨写"与"血写"常常是无法截然分清的写作方式。作家们几乎是以笔端蘸血的方式，用墨色留下了血肉的历史篇章。在无数佳作之中，后人读到的，既是个体生命的鳞爪，也是历史宏力的印痕。无论从个人经验的意义上，还是历史时代的角度说，都是最"真"的诗，而这种"真"，也正是现代"诗意"的精髓所在。

上　编

本编关注中国新诗艺术内部若干问题，比如：本土化问题、格律问题、智性化问题，以及新诗与古典诗歌传统的问题。

　　中国新诗接受外国诗学的影响，在世界诗歌的视野下探索自身发展的道路。艺术本土化是一个基本问题，格律问题与之相关，重释和转化古典诗歌传统的问题亦如此。

　　诗人对于艺术的思考往往是通过艺术创造本身加以传达的。以问题为线索，不仅可以贯穿百年新诗的"问题史"，同时也可以将不同时期不同流派的诗人集合在某些相关问题当中，听由他们展开诗学的对话。

第一章　本土之美

第一节　"解放脚"与"高跟鞋"

1922 年，胡适为《尝试集》作《四版自序》时说：

> 我现在回头看我这五年来的诗，很像一个缠过脚后来放大的妇人回头看他一年一年的放脚鞋样，虽然一年放大一年，年年的鞋样上总还带着缠脚时代的血腥气。①

"放脚鞋样"的说法从此深入人心，它不仅被用来比喻胡适本人在新诗史上的过渡性地位，同时也被用于形容新诗发生期某种尴尬的处境。事实上，这的确体现了胡适在诗艺"尝试"中面对的一个诗学问题：即在"新"与"旧"的标准下，如何处理与传统的关系。换句话说，以"新""旧"作为标准并以之判断高下，这并非不可，但问题是如何将笼统的"新""旧"落实在诗学标准的具体方面？更重要的是，"新旧"之间的关系究竟应该是非此即彼的殊途，还是有可能交融互渗的补充？这些在今天看来都已不成问题的问题，却给当时的胡适们带来了压力与困扰。

客观地说，"放脚鞋样"的说法固然生动有趣，却严重地限制了胡适的表达。事实上，胡适关于"新旧"的问题不是没有深入思考的。除了著名的

---

① 胡适：《〈尝试集〉四版自序》，《胡适文集》第 3 卷，北京：人民文学出版社，1998 年，第 172 页。

"诗体大解放"的口号之外，他关于废除旧典、纳入新词，"用新的具体字"的主张更直接体现了他对于"新"的理解①。他对新文学的想象是伴随着对新时代的认同而来的，因而，文学之新、新诗之新，就首先体现在它与历史的关系之中。胡适说："文学乃是人类生活状态的一种记载，人类生活随时代变迁，故文学也随时代变迁，故一代有一代之文学。"②"居今日而言文学改良，当注重'历史的文学观念'。一言以蔽之，曰：一时代有一时代之文学。此时代与彼时代之间，虽皆有承前启后之关系，而决不容完全抄袭；其完全抄袭者，决不成为真文学。愚惟深信此理，故以为古人已造古人之文学，今人当造今人之文学。"③ 应该说，胡适有关新经验、新语言、新时代、新文学之间关系的思考，确实极具启发意义，但唯有在如何处理与旧时代、旧文学传统之间关系的问题上，他表现出一定程度的简单含混。由于诗体解放的首战即从语言的白话化与形式的自由化打响，因而在对待旧诗传统的问题上，胡适表现出了相当鲜明的反叛姿态。与此同时，由于取法现代精神与西方诗学的重要资源，早期新诗的"尝试"又在很大程度上表现出对于外国诗歌的倚重。这样一来，就难免造成某种"薄古""厚西"的结果，再严重一些，则造成了评判标准上的古今中西的混淆，即把"中"等同于"古""西"等同于"今"的简单化处理。这当然也是创作与理论探索中的结果，不仅因为"立新"需要"破旧"，去除因袭的重担方有更轻快的前行，同时，在新语言的寻找中，译诗带来空前的自由与解放感。在这样的感受中，难怪胡适将旧诗遗风视为"缠脚时代的血腥气"，而将译诗《关不住了》视为自己新诗创作的"新纪元"。这一切，在当时的语境中都可以理解，但也必然在后来的诗歌史中被不断反思。比如梁实秋就在 1931 年的《新诗的格调及其他》中提出"新诗，实际上就是中文写的外国诗"④，于反思中有褒有贬。而胡适本人，在种种批评的压力下，也反思并适度修正了当年的说法：

　　我当时希望——我至今还继续希望的是用现代中国语言表现现代中国人的生活，思想，情感的诗。这是我理想中的"新诗"的意义，——不仅是"中文写的外国诗"，也不仅是"用中文来创造外国诗的格律来装进外

---

① 胡适：《谈新诗——八年来一件大事》，《胡适文集》第 3 卷，第 132—150 页。
② 胡适：《文学进化观念与戏剧改良》，《胡适文集》第 3 卷，第 91 页。
③ 胡适：《历史的文学观念论》，《胡适文集》第 3 卷，第 32 页。
④ 梁实秋：《新诗的格调及其他》，《诗刊》创刊号，1931 年 1 月 20 日。

国式的诗意"的诗。①

或许应该说，这个十年之后的修正，体现的不仅是胡适个人诗学观念的深化，同时也反映了诗坛的走向。在这里，他强调"现代中国语言"和"现代中国人"的问题，特别否认了对"外国诗"（包括格律和诗意）的简单模仿。这个姿态是耐人寻味的。他坚持对新（"现代"）的强调，却同时强调"中国"的本土立场。这是胡适本人诗学观念的一种调整，同时更说明了"本土化"问题在新诗史上的突显。

当然，比胡适的"微调"更全面更自觉的思考，还是来自"现代派"群体。1930 年代中期，废名在北大课堂上"谈新诗"时曾说过这样一段话：

> 新诗作家乃各奔前程，各人在家里闭门造车。实在大家都是摸索，都在那里纳闷。与西洋文学稍为接近一点的人又摸索西洋诗里头去了，结果在中国新诗坛上又有了一种"高跟鞋"。②

这个说法当然并不是针对胡适的，但巧合的是两人都以鞋和脚来做比喻，让人难免产生相关的联想，并于对比中看到两人诗学主张的某些差异。作为"现代派"诗代表人物的废名，认同于卞之琳等人关于"化欧"与"化古"兼美的主张，对于直接"欧化"的"高跟鞋"必然有所批评。但更重要的是，与胡适的"放脚鞋样"相比，废名关注的重点有明显的改变，他主要考虑的已不是"新诗"之"新"，而是"新诗"之"诗"了。换句话说，当新诗已"站稳脚跟"，其"鞋"（艺术）的样式则变得比"天足"与否更为重要。废名反对"高跟鞋"，提出要通过观察总结"已往的诗文学"，找寻"今日现代派的根苗"，为新诗的"天足"寻找一双既合脚又得体的新鞋子。显然，这双鞋不仅要讲求尺寸，更要讲求款式与风格，所以"高跟鞋"这种无法符合本土审美要求的舶来品，显然不能符合新诗"本土化"的自觉追求。

与对"高跟鞋"的批评相对应的，是废名对林庚和朱英诞的肯定。废名说：

---

① 胡适：《寄徐志摩论新诗》，《胡适文集》第 3 卷，第 250 页。
② 冯文炳：《新诗应该是自由诗》，《谈新诗》，北京：人民文学出版社，1984 年，第 24 页。

在新诗当中，林庚的分量或者比任何人更重些，因为他完全与西洋文学不相干，而在新诗里很自然的，同时也是突然的，来一份晚唐的美丽了。而朱英诞也与西洋文学不相干，在新诗当中他等于南宋的词。……真正的中国新文学，并不一定要受西洋文学的影响的。林朱二君的诗便算是证明。他们的诗比我们的更新，而且更是中国的了①。

事实上，说林庚朱英诞"与西洋文学不相干"并不准确，但废名着重强调这个方面，更将"更新而且更是中国的"作为一种值得肯定的方面甚至是目标，无疑是在表达一种重建新诗审美标准的自觉。

第二节　"本地"与"今时"

早在 1923 年，闻一多为诗名鹊起的新诗人郭沫若写过两篇著名的评论文章，分别题为《〈女神〉之时代精神》和《〈女神〉之地方色彩》。两篇长文的发表时间相隔一周，这或许与《创造周报》的版面安排有关。但究竟闻一多是将一篇完整的诗评拆成了两部分，还是原本就打算分别讨论，已经不得而知。在我看来，把"时代精神"和"地方色彩"两个问题分开做文章，应该是闻一多的有意为之。

在先见报的《〈女神〉之时代精神》中，闻一多一上来就高度肯定了郭沫若及其《女神》的"新"。他说："若讲新诗，郭沫若君底诗才配称新呢，不独艺术上他的作品与旧诗词相去最远，最要紧的是他的精神完全是时代的精神——二十世纪底时代的精神。有人讲文艺作品是时代底产儿。《女神》真不愧为时代底一个肖子。"② 这段评论，近百年来几乎成为文学史对《女神》的代表性定评，多年来被反复引用。郭沫若在新诗史上的地位也奠基于此。然而这里要略过这些老生常谈，重点讨论闻一多在随后刊发的《〈女神〉之地方色彩》中所表达的批评意见。与"时代精神"一文的高度赞誉相比，"地方色彩"几乎是一边倒的尖锐批评。闻一多说：

① 冯文炳：《林庚同朱英诞的新诗》，《谈新诗》，第 185 页。
② 闻一多：《〈女神〉之时代精神》，《闻一多全集》第 2 卷，武汉：湖北人民出版社，1993 年，第 110 页。

　　现在的一般新诗人——新是作时髦解的新——似乎有一种欧化底狂癖，他们的创造中国新诗底鹄的，原来就是要把新诗做成完全的西文诗（尤为作者曾在《诗》里讲到他所谓后期底作品"已与以前不同而和西洋诗相似"，他认为这是新诗底一步进程，……是件可喜的事。）《女神》不独形式上十分欧化，而且精神也十分欧化的了。《女神》当然在一般人底眼光里要算新诗进化期中已臻成熟的作品了。

　　但是我从头到今，对于新诗底意义似乎有些不同。我总以为新诗径直是"新"的，不但新于中国固有的诗，而且新于西方固有的诗；换言之，他不要做纯粹的本地诗，但还要保存本地的色彩，他不要做纯粹的外洋诗，但又要尽量地吸收外洋诗底长处；他要做中西艺术结婚后产生的宁馨儿。我以为诗同一切的艺术应是时代底经线，同地方底纬线所编织成的一匹锦；因为艺术不管他是生活底批评也好，是生命底表现也好，总是从生命产生出来的，而生命又不过时间与空间两个东西底势力所遗下的脚印罢了。在寻常的方言中有"时代精神"同"地方色彩"两个名词，艺术家又常讲自创力 originality，各作家有各作家底时代与地方，各团体有各团体底时代与地方，各不皆同；这样自创力自然有发生底可能了。我们的新诗人若时时不忘我们的"今时"同我们的"此地"，我们自会有了自创力，我们的作品既不同于今日以前的旧艺术，又不同于中国以外的洋艺术，这个然后才是我们翘望的新艺术了！①

　　如此完整地抄录这一大段文字，一方面是因为这里清晰完整地体现了闻一多的观点，另一方面也因为文学史对此篇的重视程度一直远远低于其姊妹篇"时代精神"。其实，"地方色彩"和"时代精神"是闻一多诗论的一体两面，不仅不能割裂，而且在重要性上也难分高下。以往的新诗史往往为了肯定郭沫若的创造性而偏重"时代精神"的一面，忽视了闻一多的深度和苦心。虽然，从表面看来，闻一多对《女神》时代精神的肯定与对其地方色彩的批评似乎存在某种矛盾，但恰恰是通过这样一褒一贬，突出了他对于"本土化"问题的独到思考。他在文中不断使用"本地""此地"的概念，强调"今时"和"此地"是决定"新艺术"与"自创力"的重要支柱，二者缺一不可。他通过批评时髦诗人"欧化的狂癖"，指出要把新诗"做成完全的西文诗"的做法是背

---

① 闻一多：《〈女神〉之地方色彩》，《闻一多全集》第 2 卷，第 118 页。

离"新诗的意义"的，因为新诗之"新"不在于模仿复制西文诗，而是要创造出既"新于中国固有的诗"又"新于西方固有的诗"的中西艺术的"宁馨儿"。而要达到这个目标，一方面"要保存本地的色彩"，同时"又要尽量地吸收外洋诗的长处"，二者不能偏废。应该说，在新诗尚在摸索的1923年，亦即在胡适仍抱憾于"放脚鞋样"的同时期，闻一多能有如此深刻的见地，实在是值得叹服的。遗憾的是，他这次关于新诗"本土化"的最早最明确的表达，先是被遮蔽在他对"时代精神"的颂扬中，后来又淹没于他有关新诗格律的主张里，一直没有得到应有的重视和肯定。

同时，闻一多在"本地"化的问题上明确提出了"形式"和"精神"两个方面。在对《女神》的批评中，他不仅批评了郭沫若喜用"西洋的事物名词"甚至"夹用可以不用的西洋文字"等写法，更不满于他"对于中国文化之隔膜"，以及过于"富于西方的激动底精神"而"对于东方的恬静底美"的"不大能领略"①。通过对郭沫若、泰戈尔等诗人的分析，闻一多提出了本土化问题中的语言、文化审美、现实、哲学等多个层面，而他后来着力提倡的"新格律"也可看作是其在语言方面的进一步拓深，是新诗艺术本土化的最直观、最基本的部分。

这里借用闻一多在讨论新诗格律时说过的一句话——"新诗的格式是相体裁衣"②——来比较一下他与胡适、废名在新诗本土化问题上的理念。如果说，"放脚鞋样"和"高跟鞋"都涉及了脚和鞋的问题，但对于其间关系的分析却显得相对薄弱浅显，那么相比之下，闻一多这种"相体裁衣"则更深入地触及了形式与内容的关系问题。他不仅更自觉地把本土化作为一个目标，同时也将本土的语言、现实与文化特征放在了"体"的位置，诗艺这件新衣不能脱离于此，这不仅保证了"时代底经线，同地方底纬线所编织成的一匹锦"，甚而可以说，他正是在为"本地"的"体"量制一袭"今时"的新衣。

因而，闻一多也不满于某些流行一时的"不顾地方色彩"的"世界文学"观念。因为在他看来，世界文学并不是"将世界各民族底文学都归成一样的"，"真要建设一个好的世界文学，只有各国文学充分发展其地方色彩，同时又冠

---

① 闻一多：《〈女神〉之地方色彩》，《闻一多全集》第2卷，第123页。
② 闻一多：《诗的格律》，《闻一多全集》第2卷，第141—142页。原话是："做律诗，无论你的题材是什么，意境是什么，你非得把它挤进这一种规定的格式里去不可，仿佛不拘是男人，女人，大人，小孩，非得穿一种样式的衣服不可。但是新诗的格式是相体裁衣。"

以一种共同的时代精神，然后并而观之，各种色料虽互相差异，却又互相调和。"① 当然，闻一多也存在过高肯定"旧文学"与文化的倾向，比如他说"东方底文化是绝对地美的，是韵雅的。东方的文化而且又是人类所有的最彻底的文化。"提出"恢复我们对于旧文学底信仰"② 等说法，都还值得商榷，但无论如何，在本土化与现代化的问题上，闻一多的思考是相对深入的，他事实上已经纠正了早期新诗——甚至新文化其他领域中——混淆"古今中西"标准的偏颇，提出了更为客观全面的新文学标准。

第三节 "化古"与"化欧"

真正实践并创造出中西诗学的宁馨儿的，是以废名、卞之琳为代表的"现代派"诗人群。一方面，正如卞之琳所说："在白话新体诗获得了一个巩固的立足点以后，它是无所顾虑的有意接通我国诗的长期传统，来利用年深月久、经过不断体裁变化而传下来的艺术遗产"，"倾向于把侧重西方诗风的吸取倒过来为侧重中国旧诗风的继承。"③ 另一方面，他们已经完全走出了非中即西、非新即旧的简单思维模式，自觉地将"现代的"与"传统的""外来的"与"本土的"的诗学传统进行了勾连和融合。他们不仅在实践上以"现代人在现代生活中所感受的现代情绪，用现代的词藻排列成的现代的诗形"④，"朝着深奥微妙和独特风格发展的倾向，朝着内向性、技巧表现、内心自我怀疑发展的倾向"⑤，兼收"纯诗"理论、英美现代主义诗艺和"晚唐诗风"等中国古典诗学资源；同时，他们还有理论上的高度自觉，比如废名、朱光潜等人影响深远的诗学主张，直至多年以后卞之琳那句著名的概括："问题是看写诗能否'化古''化欧'。"⑥

① 闻一多：《〈女神〉之地方色彩》，《闻一多全集》第 2 卷，第 123 页。
② 同上。
③ 卞之琳：《戴望舒诗集·序》，江弱水、青乔编：《卞之琳文集》中卷，合肥：安徽教育出版社，2002 年，第 349 页。
④ 施蛰存：《又关于本刊中的诗》，《现代》第 4 卷第 1 期，1933 年 11 月。
⑤ 马尔科姆·布雷德伯里、詹姆斯·麦克法兰：《现代主义的名称和性质》，《现代主义》，上海：上海外语教育出版社，1992 年，第 10 页。
⑥ 卞之琳：《〈雕虫纪历〉自序》，江弱水、青乔编：《卞之琳文集》中卷，第 459 页。

话题回到那个批评"高跟鞋"的废名。英文系出身的废名不仅没有加入模仿西诗的队伍，反而以"高跟鞋"为喻，暗示这种模仿的方法不仅仍做不成一双让中国新诗感到"合脚"的舒适鞋子，而且弄不好还会成为新诗摆脱旧诗后的新的裹脚布。他提醒说："当初大家做新诗，原是要打倒旧诗的束缚，而现在却投到西洋的束缚里去，美其名曰新诗的规律"，这是另一种值得特别警惕的新"八股"①。三四十年代，废名一直在强调"已往的诗文学与新诗"的关系问题。他不仅提出"胡适之先生所认为反动派'温李'的诗，倒似乎有我们今日新诗的趋势"②，甚至还响应过周作人"文艺复兴"的文学观念，认为"本来在文学发达的途程上复兴就是一种革命。……中国文学发达的历史好比一条河，它必然的随时流成一种样子，随时可以受到障碍，……西方思想给了我们拨去障碍之功，我们只受了他的一个'烟士披里纯'，若我们要找来源还得从这一条河流本身上去找"。③ 这些说法在不同程度上体现了废名对待文学传统的态度。

相比于闻一多强调格律（语言角度）和审美（文化角度）的本土化主张，废名的重心更偏于对旧诗传统的重释和选择性的发扬。比如，他特别看重晚唐"温李"在感觉方式和传达方式上对于新诗作者的启发。他曾说："温庭筠的词简直走到自由路上去了，在那些词里表现的东西，确乎是以前的诗所装不下的。"④"温庭筠的词不能说是情生文文生情的，他是整个的想象，大凡自由的表现，正是表现着一个完全的东西。好比一座雕刻，在雕刻家没有下手的时候，这个艺术的生命便已经完全了，这个生命的制造却又是一个神秘的开始，即所谓自由，这里不是一个酝酿，这里乃是一个开始，一开始便已是必然了"⑤。他的"具体的写法""视觉的盛筵""驰骋想象""并不抒情"也"用不着典故"，"给我们一个立体的感觉"。而李商隐的诗亦是如此，"作者似乎并无意要千百年后我辈读者懂得，但我们却仿佛懂得，其情思殊佳，感觉亦美"。⑥ 在"温李"身上，废名看到了现代派诗所追求的自由与完整，也看到了这种长期未能受到主流文学史认可的诗歌美学是怎样在精神和技巧两方面都

---

① 废名：《〈周作人散文钞〉废名序》，王风编：《废名集》第3卷，北京：北京大学出版社，2009年，第1276页。

② 冯文炳：《新诗应该是自由诗》，《谈新诗》，第27页。

③ 废名：《〈周作人散文钞〉废名序》，王风编：《废名集》第3卷，第1277页。

④ 冯文炳：《新诗应该是自由诗》，《谈新诗》，第27页。

⑤ 冯文炳：《已往的诗文学与新诗》，《谈新诗》，第30页。

⑥ 同上，第30—38页。

惊人地与现代诗学发生了联系。

相比较而言，同样自觉重释旧诗传统但重点又有所不同的，是诗论家兼翻译家梁宗岱。精通法语并深谙西方现代诗学的梁宗岱是"现代派"的主力之一。1935 年底，《大公报》文艺栏下设"诗特刊"，身为主编的梁宗岱在"发刊辞"《新诗底十字路口》①　中提出，新诗"已经走到了一个分歧的路口"，自由诗已是"一条无展望的绝径"，"除了发见新音节和创造新格律，我们看不见可以引我们实现或接近我们底理想的方法"②。"诗特刊"由此发起一场相关的创作实验，不仅要摸索和研究现代汉语的语言特征，更要发挥这一特征的优长，寻求与之相应的诗歌写作策略。在这个过程中，梁宗岱不断重提孔子、屈原、陶渊明、陈子昂、李白、王维、李贺等传统文学遗产，有意沟通古今中外，建立一种具有综合特质的"东方象征诗"和汉语的"现代诗"。可以说，同为重释传统、提倡艺术的本土化，梁宗岱在兼顾文化和语言层面的同时，将重点放在了新诗格律的探索，在西方诗学"纯诗"观念的基础上建立一种现代汉语的诗歌写作。因此，他强调"探检、洗炼，补充和改善"③　新诗的语言，"以中容西""以新纳旧"，其最终的目标就是要为中国新诗找到一条能够充分体现现代汉语语言特征与优势的独特道路。

梁宗岱调整和发展了闻一多等人的新诗格律主张，提出首先要"彻底认识中国文字和白话底音乐性"，"因为每国文字都有他特殊的音乐性，英文和法文就完全两样。逆性而行，任你有天大本领也不济事。"④　这个说法非常重要。因为它明确了梁宗岱诗学的一个最基本的立场，那就是：在对西方诗学有"深一层认识"的基础上，回过头来，肯定并立足于"中国文字和白话"的特殊性，在新诗写作中维护和确立现代汉语的本位意识。可以说，在梁宗岱的诗学理论中，重建新诗格律，既是彻底认识汉语特殊音乐性的一条途径，同时更是借以推动诗歌进一步发展创新的重要方法。

此外，与梁宗岱的汉语写作立场密切相关的，还有他的"世界诗歌"（或"世界文学"）观念。因为，如果没有一个宏观的"世界文学"的视野，也就

---

①　此文在 1936 年收入商务印书馆版《诗与真二集》时，题目改为《新诗底纷歧路口》。

②　梁宗岱：《新诗底十字路口》，《大公报·文艺》第 39 期"诗特刊"，1935 年 11 月 8 日。

③　梁宗岱：《文坛往那里去——"用什么话"问题》，《梁宗岱文集》第 2 卷，北京：中央编译出版社、香港：香港天汉图书公司，2003 年，第 54 页。

④　梁宗岱：《论诗》，《诗刊》第 2 期，1931 年 4 月 20 日。

谈不上自觉的汉语写作意识。历史地看，在当时的文坛上已具有这样自觉的
"世界文学"观念的作家并不多，梁宗岱应是非常突出的一个。因此他所表现
出来的气象宏大、野心勃勃，甚至有些浪漫狂傲，其实都与这一点有关。比
如，在他看来，"自由诗"是"支流底支流"，是"一条无展望的绝径"，这个
判断就来自他对世界诗歌历史的全面观察。他认定，"欧美底自由诗（我们新
诗运动底最初典型），经过了几十年的挣扎与奋斗，已经肯定它是西洋诗的演
进史上一个波浪——但仅是一个极渺小的波浪；占稳了它在西洋诗体中所要求
的位置——但仅是一个极微末的位置"①。所以，如果像新诗运动初期的倡导
者那样，将"自由体"的地位拔得过高，并用以支配整个新诗运动，就只能在
整个世界诗歌的格局中成为一个极为有限的分支，即"自由诗"分支中的一个
汉语分支。而只有正确认识和运用汉语的独特性，中国新诗才能"和欧洲文艺
复兴各国新诗运动——譬如，意大利底但丁和法国底七星社——并列"，成就
真正伟大的诗歌梦想。今天看来，梁宗岱指出的或许并不是最合适中国新诗的
道路，但这个观念本身却体现了梁宗岱立足汉语写作、力图确立中国新诗主体
意识的独特思路。他将西方"纯诗"理论中的"音""义"结合的思想与中国
传统诗学中的格律化的艺术方式相结合，意在建立一个现代汉语诗歌的"纯
诗"传统。因此，他的格律探索也正如一个枢纽，不仅连接了世界诗歌与汉语
诗歌，同时也连接了现代诗学理念与古典诗学传统，其理论意义因此超出了格
律探索本身。

第四节　　"水瓶"与"风旗"

从胡适、闻一多，到废名、梁宗岱，这一粗略的线索代表了早期新诗在借
鉴外国诗学和艺术本土化方面的部分思考与探索。事实上，在不同的历史语境
中或不同诗学观念的基础上，本土化探索也必然表现出不同的侧重和面向：无
论是立足语言、探索格律，还是重释旧诗、关注文化，又或者是更加强调现实
历史的关注与介入，等等，这些方面的理论和实践各有推进、各有收获，共同
构成了中国新诗本土化探索的历史图景与传统，也成为百年新诗的宝贵遗产和

---

① 梁宗岱：《新诗底十字路口》，《大公报·文艺》第 39 期"诗特刊"，1935 年 11 月
8 日。

财富。

在这些大问题之外，还有很多具体的话题值得展开。比如作为现代主义文学代表体式之一的散文诗的译介与再创造，再比如作为欧洲传统格律诗体的十四行诗的引入及其汉语改造，等等。类似的"拿来"与再造的成功经验，体现在如《野草》或《十四行集》等经典文本之中，值得深入挖掘和研析。

出版于 1942 年的《十四行集》是十四行这一"舶来"的诗体在现代中国诗坛上结出的重要果实之一。在此之前，现代中国诗人对于十四行体的探索已进行了近二十年的时间。最早将 sonnet（十四行）译为"商籁体"的，就是较早提倡创造"中西诗学结婚后的宁馨儿"的闻一多，他最早提出十四行体是抒情诗的"最佳之诗体"的说法，并亲自尝试写出了多首十四行体的诗作。在闻一多的影响和倡导下，不少新月派诗人对十四行诗有所关注和试作，并在理论上进行日益自觉的探索。比如，梁实秋也曾明确提出："以十四行去写一刹那的情绪，是正好长短合度的"，它可以使"深浓之情感注入一完整之范畴而成为一艺术品"①。从类似的表述中可以看出，十四行体的早期译介者和实践者对于这一体式的看重是基于一种"拿来主义"式的自觉。新月诗派彼时正在大力提倡和实践新诗格律，而成熟稳定又灵活丰富的十四行体式正是一种可供摹仿和借鉴的资源，为诗人们提供了新的灵感和新的模型。

在这最早最有成就的一批探路者中，孙大雨又被认为是"开始了中国十四行诗的自觉阶段"的代表性诗人。因为，"解决中国新诗格律问题的关键，是找到中国新诗节奏单元和建行原则，移植十四行体的关键在于解决改造西方十四行体节奏单元和建行原则问题。孙大雨是我国新诗史上较早探索并把握这关键的诗人，其核心是揭出我国新诗节奏单元是音组，建行是用音组排列来代替西律的音步组合。不仅是孙大雨，那时的闻一多、饶孟侃等人的探索也达到了同孙大雨相同的认识。"② 随着一批诗人和理论家的深入探讨，十四行诗在中国新诗坛上结出了越来越多的果实。当然，与之相伴的也有怀疑的声音。比如，由于十四行体在形式上非常严格，对于行数、韵式、韵脚和音步都有严谨的限定，且不同体式的十四行（如英式或意式）的限定也有所不同，写作中亦不可随便混用。因而也一直有人在质疑，这种看似具有相当约束性的体式，究竟是否会成为表达的限制？这种源于西语的诗歌体式是否真的有助于汉语新诗格律的建设？

---

① 梁实秋：《谈十四行诗》，《偏见集》，南京：正中书局，1934 年，第 272 页。

② 许霆、鲁德俊：《十四行体在中国》，苏州：苏州大学出版社，1995 年，第 188 页。

正是在前人探索的基础上，在同行谨慎的质疑中，冯至用他杰出的作品回答了疑问，交出了被文学史家赞誉的"中国式的十四行诗"。

冯至曾被鲁迅称为"中国最为杰出的抒情诗人"①。他从 1923 年开始写诗，那时的他是个刚刚受到新文化启蒙的文学青年，他最早的一组作品发表于《创造季刊》第 2 卷第 1 号上，由此开始展露其"抒情诗人"的品质。在他早期的诗作中，多有对"梦境""宇宙""母亲""爱人"的直接"歌唱"，处处表现出与时代性的主题和情绪的高度一致。在冯至早期最有代表性的《昨日之歌》（1927）和《北游及其他》（1929）两个诗集中，不仅表现出突出的浓郁的抒情色彩，同时也形成了一种融中国古典叙事诗传统与德国谣曲影响与一炉的特殊艺术风格。何其芳曾评价他："文字并不太加修饰，然而却表达出来了一种沉重的感情，好像就是这种感情本身构成了它的艺术魅力。……用浓重的色彩和阴影来表达出一种沉郁的气氛，使人读后长久为这种气氛所萦绕"②。

当然，在浓郁的抒情之外，冯至早期作品中已经表现出对于诗艺的探索。鲁迅就曾经称赞浅草－沉钟社的"向外，在摄取异域的营养，向内，在挖掘自己的魂灵，要发见心灵的眼睛和喉舌，来凝视这个世界，将真和美歌唱给寂寞的人们。"③ 事实上，在"摄取异域的营养"方面，冯至愈到后来愈加自觉和重视，尤其是他留学德国的经历，更对其产生了不可估量的意义。他在晚年的《自传》中写道："从 1930 年 10 月到 1935 年 6 月，我到德国先后在柏林和海岱山学习。……听雅思丕斯讲存在主义哲学，读基尔克戈尔特和尼采的著作，欣赏梵诃和高甘的绘画，以极大的兴趣诵读里尔克的诗歌，而自己却一首像样子的诗也写不出来。"④ 正是在这样的重新锻造之中，他开始了思想和艺术双方面的探索。他说："我从 Rilke 的诗里懂得了一点寂寞同忍耐，从尼采的文里懂得了一点寂寞同忍耐，从 Van Gogh 的画里懂得的也是一点寂寞同忍耐……"⑤ 其实，这些异域的"寂寞同忍耐"不仅丰富了他的诗思，同时也深厚了他的艺术修养。在诗、文、画的综合影响下，冯至的诗艺日趋成熟，最终

① 鲁迅：《中国新文学大系·小说二集》，上海：上海文艺出版社，1981 年影印本，"导言"，第 5 页。

② 何其芳：《诗歌欣赏》，《何其芳全集》第 4 卷，石家庄：河北人民出版社，2000年。第 432 页。

③ 鲁迅：《中国新文学大系·小说二集》，"导言"，第 5 页。

④ 冯至：《自传》，《冯至选集》第 2 卷，成都：四川文艺出版社，1985 年，第 502页。

⑤ 冯至：《致慧修，翔鹤（1981/7/25）》，《新文学史料》1988 年第 2 期

在《十四行集》中得到了充分的体现。

这里，对《十四行集》中非常突出的"沉思的诗"和"哲理的诗"的特点暂且不谈，重点讨论他所采用的"十四行"的形式，以及这种形式对其诗思的助益。冯至在 1948 年为《十四行集》补写的序中说：

> ……有一次，在一个冬天的下午，望着几架银色的飞机在蓝得像结晶体一般的天空里飞翔，想到古人的鹏鸟梦，我就随着脚步的节奏，信口说出一首有韵的诗，回家写在纸上，正巧是一首变体的十四行。……
>
> ……
>
> 至于我采用了十四行体，并没有想把这个形式移植到中国来的用意，纯然是为了自己的方便。我用这形式，只因为这形式帮助了我。正如李广田在论《十四行集》时所说的，"由于它的层层上升而又下降，渐渐集中而又解开，以及它的错综而又整齐，它的韵法之穿来又插去"，它正宜于我要表现的事物；它不曾限制了我活动的思想，而是把我的思想接过来，给一个适当的安排。

这段话让人不由得想起《十四行集》的最后一首《从一片泛滥无形的水里》：

> 从一片泛滥无形的水里，
> 取水人取来椭圆的一瓶，
> 这点水就得到一个定形；
> 看，在秋风里飘扬的风旗，
>
> 它把住些把不住的事体，
> 让远方的光、远方的黑夜
> 和些远方的草木的荣谢，
> 还有个奔向远方的心意。
>
> 都保留一些在这面旗上。
> 我们空空听过一夜风声，
> 空看了一天的草黄叶红，

向何处安排我们的思、想？

但愿这些诗像一面风旗

把住一些把不住的事体。

　　这首诗历来被认为是冯至探讨诗歌美学问题的沉思之作，他以水瓶和风旗为喻，思考的正是如何用诗的形式来"把住""我们的思、想"。椭圆的水瓶为泛滥无形的水定了形，风旗也捉住了本来只有"空空"无形的风声，这正是一个有意识地思考诗歌形式与内容关系的诗人的直接感悟。

　　有意思的是，在六年后补写的序言中，他直接说出自己并没有想把十四行体移植来中国的用意，而采用这个体式，只是因为它"帮助了我"，"把我的思想接过来，给一个适当的安排"，其作用完全如"水瓶"和"风旗"一样。到了晚年，他在《我和十四行诗的因缘》中仍然在表达这个意思，他认为十四行的结构"便于作者把主观的生活体验升华为客观的理性，而理性里蕴蓄着深厚的感情"①。几十年中，冯至始终以一种自觉借鉴的方式来看待和认识这个外来的诗体，并以此来把住自己的诗思和玄想。换句话说，冯至与其前某些试验十四行体的诗人在思想上的不同之处在于，在冯至的诗学观念中，"移植"不是目的，"帮助"才是目的；形式（瓶与旗）不是目的，思想（水和风）才是最重要的东西。这也正是为什么，在汉语诗歌探索十四行体式的几十年中，冯至的《十四行集》成为一个重要的里程碑，其经典性既来源于十四行体精致完整的艺术效果，也来源于诗人惯有的打动人心的诗情和气氛，最重要的就在于形与体的完美结合。

　　可以说，在冯至的笔下，形式不是束缚，而是帮助，相得益彰中体现了本土化追求的成功。一方面，十四行作为一种格律体式，是对汉语新诗格律的一种补充，也是对汉语语料的充分利用和尊重。它虽然被称为"洋格律"，但"经过精心琢磨之后"还是在汉语世界里找到了共通之处，是一种合理的融合。另一方面，也是更为重要的，在《十四行集》里，在由十四行的"水瓶"和"风旗"把握住的，是现实中国的本土经验。这里包含着战乱流亡之苦，以及贴近边陲与自然生活的发现之乐，更有由阅读和思考所带来的关于生死、宇宙、万物的玄想。这些内容本身与中国的历史、现实，甚至哲学联系在一起，成为最光亮的部分。也正是因为这些内容上的光亮，在形式的帮助下，焕发出了更为耀目的光彩。

――――――――――――

　　① 冯至：《我和十四行诗的因缘》，《世界文学》1989 年第 1 期。

　　《十四行集》中的 27 首诗具有统一的美学特征，它们集现实经验与哲理沉思于一身，在现实的观察和哲学性的启悟之间，是以一种有形式感的写作的方式来完成的。诗人一边观察和思考，一边也在反省写作本身。因而，在《十四行集》中，出现了不止一首谈论写作本身的作品，就像前文提到过的《从一片泛滥无形的水里》那样，具有某种特别的价值：

> 我们准备着深深地领受
> 那些意想不到的奇迹，
> 在漫长的岁月里忽然有
> 彗星的出现，狂风乍起。
>
> 我们的生命在这一瞬间，
> 仿佛在第一次的拥抱里
> 过去的悲欢忽然在眼前
> 凝结成屹然不动的形体。
>
> 我们赞颂那些小昆虫，
> 它们经过了一次交媾
> 或是抵御了一次危险，
>
> 便结束它们美妙的一生。
> 我们整个的生命在承受
> 狂风乍起，彗星的出现。
> 　　　　　　——《我们准备着》

> 什么能从我们身上脱落，
> 我们都让它化作尘埃：
> 我们安排我们在这时代
> 像秋日的树木，一棵棵
>
> 把树叶和些过迟的花朵
> 都交给秋风，好舒开树身
> 深入严冬；我们安排我们

在自然里，像蜕化的蝉蛾

把残壳都丢在泥里土里；
我们把我们安排给那个
未来的死亡，像一段歌曲，

歌声从音乐的身上脱落，
归终剩下了音乐的身躯
化做一脉的青山默默。

—— 《什么能从我们身上脱落》

我们站立在高高的山巅
化身为一望无边的远景，
化成面前的广漠的平原，
化成平原上交错的蹊径。

哪条路、哪道水，没有关联，
哪阵风、哪片云，没有呼应；
我们走过的城市、山川，
都化成了我们的生命。

我们的生长、我们的忧愁
是某某山坡的一棵松鼠，
是某某城上的一片浓雾；

我们随着风吹，随着水流，
化成平原上交错的蹊径，
化成蹊径上行人的生命。

—— 《我们站立在高高的山巅》

　　类似的作品还有一些，这里不再一一列出。这三首诗都不仅关乎写作，同时涵有更为丰富的人生哲理。不过，我们这里还是择取"写作"的角度，看看有关诗本身的思考如何被处理为一首理想的作品。这些诗中涉及"领受""蜕化""化身"的命题，既是诗人对于宇宙、自然、人生的思索，也可以看作是一个写作者对于诗歌创作过程的某种感悟。因为，写作本身就是对经验和体验的等待与领受，然后用诗歌语言的方式将其转化和定形的过程，从冯至这些隽永的作品中，似乎能够清楚地看到诗人对这一过程的自觉。

冯至也许未必是将十四行体写到最好的中国诗人，但他的创作的确很好地体现了这种欧洲诗艺的本土化探索。他的经典意义或许就在于，在以十四行体为形式的创作中，不为其所缚，只为我所用，充分发掘其适合诗之思想感情表达的艺术效果，将精神完全集中于内容的本土化追求，融汇现实经验和历史积淀，真正实现了从格律、文化和现实等多方面中西融合基础上的本土化追求，我以为，这正可谓"十四行体在中国"探索的成功经验。

结语

"本土化"并不是一个周全严谨的文学概念，但它的确提供了一个视角。有了这个视角，写作者得以更加自觉地关注"此地"与"今时"，关注写作所面对的各种对话性语境。可以说，新诗百年的历史都是"对话"的历史，包括与外来的影响对话，或与传统的诗学对话。本土化的问题就正是发生于对话性的语境当中。本土化并不是简单固守自己的语言和文学传统，更不是拒绝借鉴、对话和交流，恰恰相反，只有在开放的心态和对话的语境中探索与外来影响的关系，才是本土化问题的应有之义。换句话说，没有对话和吸收就无所谓本土化，更扩大一些来看，"本土化"也不仅包括空间意义上与外来影响的对话，同时也应包括时间意义上的与往昔的对话。这样的"本土化"——或仍借用闻一多有关"此地"与"今时"的说法——才是一种自觉的"当下写作"与"在地写作"。或许，这也正是大多数诗人的追求，即运用和锤炼自己的语言，写出自己的文化与现实体验，这是写作最朴素但也最终极的目标。因此我认为，重新讨论新诗艺术的本土化问题，可能会关乎当下诗坛的翻译、批评和写作的各个方面，尤其是在中国诗坛与世界文学充分对话和交流的今天。

第二章　格律之美

通常，新诗史在讨论格律问题时都会着重肯定 1920 年代"诗镌"诗人群的努力，而说到 1930 年代后的诗坛，则多将重点放在"现代派"身上，讨论的问题也更集中于象征、意象、"智性化""纯诗化"等方面，似乎格律已不再成为问题。这样的处理虽是基于历史，但却容易造成误解，将格律问题变成了一个历史性的问题，似乎只与新诗发展的某个阶段相关。而在我看来，格律问题是诗歌艺术内部的一个本体性问题，它不是历史性的，虽然它会在不同历史阶段表现为不同的问题或现象，或在不同时期具有不尽相同的重要程度。在这个脉络上，不仅可以讨论 1920 年代新月派的新格律诗，还可以——也应该——关注 1930 年代梁宗岱、林庚等人的相关讨论，接下去，1940 年代的朗诵诗、1950 年代的"新民歌"及诗歌形式的讨论，直到 1980 年代的口语化问题等等，都可以纳入这样一个讨论的脉络。虽然各个阶段的具体概念和具体问题不同，但其内在的联系是存在的，简单地说，其中一个重要方面就是"语言的诗化"对于诗人的挑战与诱惑。

格律问题不仅关系到诗人对形式、语言问题的认识，同时也关系到对新诗与古诗及外国诗歌传统之间关系的理解。无论是对新诗格律的提倡还是对旧诗格律的研究，抑或探索其他节奏方式来代替格律，其核心都在于思考如何使用（现代）汉语这一材料，以及如何在使用这一材料的基础上改造它，将之充分地艺术化和诗化。新诗打破旧诗传统的过程，即是一种从打破（古诗）语言的特殊性进而到重建另一种（新诗）语言特殊性的过程，历史地考察这个过程，已成为新诗史研究中的一个重要且有意义的角度。

第一节　闻一多与"建筑美"

一

1926 年是中国新诗史上非常重要的一个年头。

年初，在《创造月刊》第 1 卷第 1 期上发表了穆木天的《谈诗——寄沫若的一封信》，在这封信中，穆木天首次提出了"纯诗"的概念，并第一次提出"中国的新诗的运动，我以为胡适最大的罪人"的说法。他提出"我们要求的是纯粹诗歌，我们要住的是诗的世界，我们要求诗与散文的清楚的分界。"① 同年 5 月，周作人在为其"《新青年》上做诗的老朋友"刘半农即将出版的《扬鞭集》撰写的序言中，认真讨论了诗的抒情问题、中西"融化"问题，以及象征手法的问题。他说："中国的文学革命是古典主义（不是拟古主义）的影响，一切作品都像是一个玻璃球，晶莹透澈得太厉害了，没有一点儿朦胧，因此也似乎缺少了一种余香与回味。正当的道路恐怕还是浪漫主义，——凡诗差不多无不是浪漫主义的，而象征实在是其精意。这是外国的新潮流，同时也是中国的旧手法；新诗如往这一路去，融合便可成功，真正的中国新诗也就可以产生出来了。"② 穆木天和周作人都是从诗学观念、传达方式、艺术效果等方面提出了对早期白话诗的反思和批评，并指出了他们认为切实可行的革新路径——象征手法和纯诗理念，这两个问题在后来几十年间的新诗史上都产生了极为深远的影响。

与之同样重要的，是 1926 年 4 月 1 日创刊的《晨报·诗镌》。在这个为时不长的诗歌专刊上，以闻一多、徐志摩为代表的新月派诗人群体对新诗格律集中进行了非常自觉的倡导、讨论和实践。与周作人、穆木天等人的出发点不同，新月派诗人从形式和语言的角度对新诗的发展方向进行了探索，对于早期

---

① 穆木天：《谈诗——寄沫若的一封信》，《创造月刊》第 1 卷第 1 期，1926 年 3 月 16 日。

② 周作人：《〈扬鞭集〉序》，杨扬编：《周作人批评文集》，珠海：珠海出版社，1998 年，第 222 页。

白话诗形式松散自由、模糊了诗文界限的一些问题，他们提出的修正方案是重建格律：在打破旧诗格律写新诗的基础之上，建立一种有别于旧诗的新诗的格律。用朱自清的话说，"他们要'创格'，要发见'新格式与新音节'。"对此，朱自清有一个非常简略但非常重要的概括：

> 闻一多的理论最为鲜明，他主张"节的匀称"，"句的均齐"，主张"音尺"，重音，韵脚。他说诗该具有音乐的美，绘画的美，建筑的美；音乐的美指音节，绘画的美指词藻，建筑的美指章句。他们真研究，真试验；每周有诗会，或讨论，或诵读。梁实秋氏说"这是第一次一伙人聚集起来诚心诚意的试验作新诗"。虽然只出了十一号，留下的影响却很大——那时候大家都做格律诗；有些从前极不顾形式的，也上起规矩来了。"方块诗""豆腐干块"等等名字，可看出这时期的风气。①

朱自清是站在文学史的角度上进行总结和评价的，他在对其流派意义、理论主张、积极影响都给出公正判断的同时，也谈到其影响的消极方面——比如"方块诗""豆腐干块"的流行问题。事实上，"豆腐干"体的泛滥并不是新诗格律理论本身的问题导致的，而是对格律问题的片面理解和机械模仿造成的，因而，以此作为批评格律理论的依据其实并不十分客观。

在 20 年代提倡和实践新诗格律是一件比想象中更艰难更冒险的事情，因为新诗的基础是建立在打破旧诗格律之上的，重建格律势必被认作违背新诗精神。1926 年的时机或许算是较为适合的，因为经过十年的"尝试"，白话诗早已站稳脚跟，不再让人产生"反动"的怀疑。但即便如此，闻一多他们在提出理论的时候也还是相当谨慎周全的。

其实，对早期新诗的反思和批评早在几年前就已开始。1922 年，闻一多在《〈冬夜〉评论》里说：

> 胡适之先生自序再版《尝试集》，因为他的诗由词曲的音节进而为纯粹的"自由诗"的音节，很自鸣得意。其实这是很可笑的事。……所谓"自然音节"最多不过是散文的音节。散文的音节当然没有诗底音节那样完美。……我们若根本地不承认带词曲气味的音节为美，我们只有两条路可走：甘心作坏诗——没有音节的诗，或用别国底文字做诗。……总括一

---

① 朱自清：《中国新文学大系·诗集》，"导言"，第 5—6 页。

句：词曲的音节，在新诗底国境里并不全体是违禁物，不过要经过一番查验拣择罢了。①

这段话语气严厉，批评也相当尖锐。这还是在《尝试集》最引人关注且白话诗刚刚开始获得认可的时候，闻一多就如此直言不讳地提出批评，完全是基于与胡适在诗学观念上的分歧。

时隔四年，闻一多在他著名的《诗的格律》一文里又对另一种"打着浪漫主义的旗帜"的"伪浪漫派作品"提出了严厉批评。他批评某些诗人"压根儿就没有注重到文艺的本身，他们的目的只在披露他们自己的原形。顾影自怜的青年们一个个都以为自身的人格是再美没有的，只要把这个赤裸裸地和盘托出，便是艺术的大成功了。……他们确乎只认识了文艺的原料，没有认识那将原料变成文艺所必须的工具。"② 闻一多这里所针对的是早期新诗的另一种倾向，尤指一批受到郭沫若的自由抒发及其自身人格塑造等写法影响的诗人，因相对忽视艺术的锤炼而造成了某种偏狭。可以说，闻一多的诗学理论与其敏锐透辟的批评眼光实在是密切相关，因为他后来所提出的各种观点其实都与他对前期新诗的不满和批评有关。

二

正如《新月诗选》的编者、后期新月派代表诗人陈梦家所说："影响于近时新诗形式的，当推闻一多和饶孟侃他们的贡献最多。"③ 在新诗格律的问题上，闻一多的贡献可以说是特别关键且无可取代的。

闻一多的新诗格律理论最集中体现在《诗的格律》中。在这篇文章中，闻一多以两个生动的比喻来阐释格律的问题。第一个比喻是他借用布利斯·佩里的"带着脚镣跳舞"的说法，佩里的原话是："差不多没有诗人承认他们真正给格律束缚住了。他们乐意戴着脚镣跳舞，并且要戴别的诗人的脚镣。"对于这个比喻，闻一多的评价是：来得有些"古板"，因而他换了另外一个比喻来说明问题：

① 闻一多：《〈冬夜〉评论》，《闻一多全集》第 2 卷，第 64 页。
② 闻一多：《诗的格律》，《闻一多全集》第 2 卷，第 139 页。
③ 陈梦家：《〈新月诗选〉序言》，《梦家诗集》，北京：中华书局，2006 年，第 232 页。

> 我们尽可以拿下棋来比做诗；棋不能废除规矩，诗也就不能废除格律。（格律在这里是 form 的意思。"格律"两个字最近含着了一点坏的意思；但是直译 form 为形体或格式也不妥当。并且我们若是想起 form 和节奏是一种东西，便觉得 form 译作格律是没有什么不妥的了。）假如你拿起棋子来乱摆布一气，完全不依据下棋的规矩进行，看你能不能得到什么趣味？游戏的趣味是要在一种规定的条律之内出奇制胜。做诗的趣味也是一样的。假如诗可以不要格律，做诗岂不比下棋，打球，打麻将还容易些吗？①

相比之下，还是闻一多的比喻更恰当些，因为"规矩"与"脚镣"不同，规矩是内在于游戏，而格律也可以内在于诗歌，而非强加于其上；同时，规矩不同游戏也就不同，或者说，游戏不同规矩也不同，诗歌完全可以包涵不同的格律，就如旧诗格律与新诗格律都为格律但又大有分别。闻一多的这个解释确实很恰当地体现了他对诗歌格律问题的理解，尤其是对于新诗与旧诗在这个问题上的不同。他说：

> 律诗永远只有一个格式，但是新诗的格式是层出不穷的。这是律诗与新诗不同的第一点。做律诗，无论你的题材是什么，意境是什么，你非得把它挤进这一种规定的格式里去不可，仿佛不拘是男人，女人，大人，小孩，非得穿一种样式的衣服不可。但是新诗的格式是相体裁衣。②

闻一多的意思是说，新诗具有一种"精神与形体调和的美"，这是在"印板式的律诗"里找不出来的。强调这一点，意味着强调他们的格律理论绝不是对于新诗基础的反动，不是历史的倒退，而是趋新的"创格"。他们建立新诗格律的目的一来在于矫正早期白话诗散文化和散漫化的倾向，二来更是对于诗歌艺术的语言内部问题的一种探索。当然，主张归主张，实践起来总是不容易的。"相体裁衣"的说法其实也是有理想性的，以不同的格律配合不同的内容和情调，需要相当的写作才能。因此，"豆腐干"的大量出现，既来自很多经验不足的诗人在理解和实践方面的缺陷，同时也从一个侧面说明了问题本身的实际难度。

---

① 闻一多：《诗的格律》，《闻一多全集》第 2 卷，第 137 页。
② 同上，第 142 页。

在"相体裁衣"之外，闻一多还指出了新旧格律的另两处不同：一是"律诗的格律与内容不发生关系，新诗的格式是根据内容的精神制造成的"；二是"律诗的格律是别人替我们定的，新诗的格式可以由我们自己的意匠来随时构造。"他说："有了这三个不同之点，我们应该知道新诗的这种格式是复古还是创新，是进步还是退化。"① 他一再明确区分和强调新诗格律与旧诗格律的差异，也就等于一再申明自己对于新诗的基本立场。事实上，他的这种看重创作主体、强调内容、特别注重创造性等基本特征，确实很好地体现了新诗的基本精神。

当然，若论闻一多新诗理论中最重要的，还是所谓的"三美说"。他说："诗的实力不独包括音乐的美（音节），绘画的美（词藻），并且还有建筑的美（节的匀称和句的均齐）。"在以往的研究中，总存在一种三美并列的理解，并将此认作闻一多对诗歌艺术的全方位的归纳总结。但事实上，回到闻一多当时表达的语境中就会发现，"三美"的重点实在只在于最后一个——"建筑美"。从语气轻重上看，闻一多明显强调的是"建筑的美"这一个方面，他甚至说："如果有人要问新诗的特点是什么，我们应该回答他：增加了一种建筑美的可能性是新诗的特点之一。"② 此话的意思很明白，那就是新诗格律与旧诗格律的差别恰恰就在于"增加了一种建筑美的可能性"。换句话说，新诗和旧诗事实上在"音乐美"和"绘画美"两个方面是保持一致、大体相同的。中国古诗在音节、辞藻以及意境等方面所达到的诗画结合、诗乐一体的效果已经早就为历史所证明，但是，在格式上，由于旧诗格律的强制性和千篇一律的特征，所以无法逃出五七言、长短句、绝句、律诗等基本形态。而在新诗中，情况就发生了很大变化，只要在格律的范围内，诗人完全可以依内容所需而自己"相体裁衣"。句子的长短变化是灵活的，只要在灵活中有规律可循，遵守"节的匀称和句的均齐"的基本原则，则格式本身仍是可以千变万化的。——这其实正是闻一多以"建筑美"名之的原因，因为建筑的风格可以多样，虽然本身它们一定要遵循对称等结构规则，保证建筑本身的安全和牢靠。因此，就像建筑中有宽堂大院也有纤塔高楼一样，新诗的形式也可以有各式各样的创新的可能。而这种可能性本身，正是新诗在语言解放和旧格律打破的基础上才可以达到的。

不如摘选几首闻一多自己的诗作，来看看其"建筑美的可能性"究竟是如

---

① 闻一多：《诗的格律》，《闻一多全集》第 2 卷，第 142 页。
② 同上，第 141 页。

何体现的：

> 也许你真是哭得太累，
> 也许，也许你要睡一睡，
> 那么叫夜鹰不要咳嗽，
> 蛙不要号，蝙蝠不要飞。
>
> 不许阳光拨你的眼帘，
> 不许清风刷上你的眉，
> 无论谁都不能惊醒你，
> 撑一伞松荫庇护你睡，
>
> 也许你听这蚯蚓翻泥，
> 听这小草的根须吸水，
> 也许你听着这般音乐，
> 比那咒骂的人声更美；
>
> 那么你先把眼皮闭紧，
> 我就让你睡，我让你睡，
> 我把黄土轻轻盖着你，
> 我叫纸钱儿缓缓的飞。
>
> ——《也许——葬歌》

> 忘掉她，像一朵忘掉的花，——
> 　那朝霞在花瓣上，
> 　那花心的一缕香——
> 忘掉她，像一朵忘掉的花！
>
> 忘掉她，像一朵忘掉的花！
> 　像春风里一出梦，
> 　像梦里的一声钟，
> 忘掉她，像一朵忘掉的花！

忘掉她，像一朵忘掉的花！
　　听蟋蟀唱得多好，
　　看墓草长得多高；
忘掉她，像一朵忘掉的花！

忘掉她，像一朵忘掉的花！
　　她已经忘记了你，
　　她什么都记不起；
忘掉她，像一朵忘掉的花！

忘掉她，像一朵忘掉的花！
　　年华那朋友真好，
　　他明天就教你老；
忘掉她，像一朵忘掉的花！

忘掉她，像一朵忘掉的花！
　　如果是有人要问，
　　就说没有那个人；
忘掉她，像一朵忘掉的花！

忘掉她，像一朵忘掉的花！
像春风里一出梦，
　　像梦里的一声钟，
忘掉她，像一朵忘掉的花！

　　　　　　　　　　　——《忘掉她》

　　这两首诗都是闻一多为他夭折的爱女所写的挽歌。相同的主题和情绪，采用了两种不同的写法，各有其动人的效果。《也许》是一首葬歌，但更像是一首父亲唱给女儿的催眠曲。它的节奏低缓安静，在诉说的口吻中既充分表达了父亲的慈爱，同时又以极其节制的方式控制住了痛失爱女的悲伤，将巨大的悲痛化为宁静的低吟。这种以格律节制情感的方式，正是闻一多所自觉追求的古典主义式的"节制"美学。而《忘掉她》的写法更像是一首真正的挽歌，它有浓郁的抒情意味，以一句"忘掉她，像一朵忘掉的花"的主旋律贯穿始终，萦绕缠绵，缕缕不绝。更具匠心的是，这种手法与"忘掉"的主题之间恰成冲突，以无尽的回环否定了"忘掉她"的可能。两首诗在闻一多的作品中都属上乘之作，尤其是其主题及情绪与语言节奏之间的呼应配合，确实能让人体会到形式对内容的帮助。

从格式上说，《也许》如名篇《死水》一样，具有非常整饬的句式和结构，每一诗行的字数严格地相等，但在每一句的内部，依靠音尺的灵活安排造成停顿和节奏的变化，从而避免了单调的重复。这正是闻一多所自觉追求的新诗格律的一个重要方面，即以音尺作为音节单位，利用现代汉语多音节——双音节甚至三音节——的特点，带来了节奏的变化，造成了在整饬中灵活多变的效果。而《忘掉她》的形式则略显不同，每节中的第二、三行的退格，加上这两句在字数上的略短，夹在第一、四行之中，便形成了非常整齐的排列效果。同时，又因为第一、四句式重复性的旋律——"忘掉她，想一朵忘掉的花"——造成了如歌曲中主歌与副歌之间的关系，在重复的句式里极大地增强了抒情的效果。

《忘掉她》的形式正是闻一多所谓"建筑美的可能性"的体现。与《死水》《也许》相比，《忘掉她》的形式虽然均齐对称，但并非"豆腐干"体，而是有所变化的另一种"建筑"样式。

在闻一多的笔下，还尝试过其他多种"建筑"样式，仅就一节之内的形式来看就可谓灵活多样。比如：

> 露水在筧筒里哽咽着，
> 　芭蕉的绿舌头舐着玻璃窗，
> 四围的垩壁都往后退，
> 　我一人填不满偌大一间房。
> 　　　　　　——《末日》

> 我要回来，
> 乘你的拳头像兰花未放，
> 乘你的柔发和柔丝一样，
> 乘你的眼睛里燃着灵光，
> 我要回来。
> 　　　　　　——《我要回来》

通过简单几例已可看出闻一多所说的"建筑美的可能性"，而且也完全可以理解他所说的新诗格律与旧诗格律的差别就在于这种可能性的含义。确实，如果不是以白话为语言素材，就无法想象如此多变的"建筑美"如何实现。换句话说，在闻一多的"三美"理论中，"建筑美"确实是最重要的核心，是它体现了"白话"与"新诗"的本质特征，也是它才可以成为区分新诗格律与旧诗格律的重要的指标。

三

与闻一多一道提倡、钻研和实践新诗格律的，还有一批他的新月同人。梁实秋就曾经说："志摩的诗以灵感见长，一多的诗以功力胜，我曾戏言谓今之李杜。二人有一共同点：他们都想建立的形式。"① 徐志摩与闻一多在艺术风格上差异很大，而且他在写作中看起来也并不看重格律，但事实上，他曾多次发表意见，对格律问题表示了相当的热情与关注。

陈梦家曾说："苦炼是闻一多写诗的精神，他的诗是不断的锻炼不断的雕琢后成就的结晶。"而徐志摩，"他的诗，永远是愉快的空气，曾不有一些儿伤感或颓废的调子，他的眼泪也闪耀着欢喜的圆光。这自我解放与空灵的飘忽，安放在他柔丽清爽的诗句中，给人总是那的感悟。好像一只聪明玲珑的鸟，是欢喜，是怨，她唱的皆是美妙的歌。"② 这确是精准的知人之论。以柔美流丽的抒情气质见长的徐志摩并不以格律体见长，而且与其他很多新月同人相比，他算是最不讲究含蓄节制的一位。但有趣的是，他最脍炙人口的名篇《再别康桥》却是一首少有的节制的精致之作，而且在格律上也颇为讲究。严格地说，《再别康桥》不一定代表了徐志摩最典型的风格，却恰好成为集新月诗学与徐志摩个人风格于一身的经典杰作。

总体来看，在诗歌形式方面，徐志摩的诗自由无拘的多，节制均齐的少，但这并不能完全说明他的诗学观念。徐志摩曾说自己是不长胡须的，但也为了写作的推敲，捻断了数根想象中的长髯。这虽是诗人的浪漫表述，但至少已与郭沫若式的"写诗"而非"做诗"的观念截然不同。徐志摩的诗论并不多，但他在 1926 年 6 月《诗镌》停刊时所写的《诗刊放假》中还是清楚地说明了

---

① 梁实秋：《略谈〈新月〉与新诗》，陈子善编：《梁实秋文学回忆录》，长沙：岳麓书社，1989 年，第 120 页。

② 陈梦家：《〈新月诗选〉序言》，《梦家诗集》，第 232 页。

他的诗学观念：

> 我们觉悟了诗是艺术；艺术的涵养是当事人自觉的运用某种题材，不是不经心的一任题材支配。我们也感觉到一首诗应分是一个有生机的整体，部分的部分相连，部分对全体有比例的一种东西；这个如一个人身的秘密是它的血脉的流通，一首诗的秘密也就是它的内含的音节的匀整与流动。……明白了诗的生命是在他的内在的音节（internal rhythm）的道理，我们才能领会到诗的真的趣味；不论思想怎样高尚，情绪怎样热烈，你得拿来彻底的"音节化"（那就是诗化）才可以取得诗的认识，要不然思想自思想，情绪自情绪，却不能说是诗。[①]

作为《诗刊》的编者，徐志摩的观念必然与这个自觉实践新诗格律的群体和刊物保持着高度的一致。他提出的"音节化就是诗化"，确实说中了格律探索的核心问题。后来林庚也曾明确说过，新诗格律的探索就是对语言的诗化问题的探索，二人可谓所见相同。此外，徐志摩还提出格律的建构并不等于外形整齐，或者说，形式的规整并不意味着格律的成功，最重要的还是在于"诗感"，而格律正是体现这种内在音节的方式之一。他说："正如字句的排列有恃于全诗的音节，音节的本身还得起源于真纯的'诗感'。再拿人身作比，一首诗的字句是身体的外形，音节是血脉，'诗感'或原动的诗意是心脏的跳动，有它才有血脉的流转。"对此，他还相当幽默地杜撰了一个例子——"他带了一顶草帽到街上去走，/碰见一只猫，又碰见一只狗。"——说这两句虽看似押韵整齐，但绝不能看作是一首诗。徐志摩所提醒诗人们"引以为戒"的，是对格律流于表面的理解和形式主义的执行。

1931年，陈梦家在徐志摩去世后的《诗刊》"叙语"中说：

> 十五年的夏天他在北京的晨报上创立诗刊，虽然为期不长，但是那影响，终使新诗的态度渐趋于认真，在格式一半吸收了西洋诗的成法，一半毕竟是他们苦心孤诣的独创。新诗脱离了初期浮狂，进入形式的试验，在完美的形式下表现深永的生命：这些成就我们不能用来赞扬个人，但我们必得说志摩先生在这里头是最起劲的一个。……
>
> 今年夏天志摩先生说到新诗的题材走到今天太狭隘了，词藻也太少新

颖，他提出对于这些问题做一回公开的讨论，我们很想把新诗的内容更要扩大，我们也想望情感的声音在诗句上写成一篇乐谱。①

在徐志摩离世之后，批评家李健吾曾评论说："徐氏的遇难是一种不幸，对于他自己，尤其对于诗坛，尤其对于新月全体，他后期的诗章，与其看作情感的涸歇，不如誉为情感的渐就平衡，他已经过了那热烈的内心的激荡的时期。他渐渐在凝定，在摆脱夸张的词藻，走进一种克腊西克的节制。这几乎是每一个天才必经的路程，从情感的过剩到情感的约束。伟大的作品产生于灵魂的平静，不是产生于一时的激昂。后者是一种戟刺，不是一种持久的力量。"②应该说，李健吾确实看到了徐志摩本人诗观和诗艺的变化。这种"走进一种克腊西克的节制"，或许就是受到新月同人的美学观念的影响。

此外，还有一位提出"节奏千万不可少，押韵不是可怕的罪恶"的，是新月派的另一员大将陆志韦。陆志韦很早就提出了"节奏"的问题，他说：

> 自由诗有一极大的危险，就是丧失节奏的本意。节奏不外乎音之强弱一往一来，有规定的时序。文学而没有节奏，必不是好诗。我并不反对把口语的天籁作为诗的基础。然而口语的天籁非都有诗的价值，有节奏的天籁才算是诗。……诗应切近语言，不就是语言。诗而就是语言，那我们说话就够了，何必做诗？诗的美必须超乎寻常语言美之上，必经一番锻炼的功夫。节奏是最便利，最易表情的锻炼。③

陆志韦提出"韵的价值并没有节奏的大"的基本观点，特别强调节奏的重要性，这是比较容易获得认同的。因为事实上，无论是主张格律的格律派还是要求废除格律的自由派，都不能否认诗歌要有节奏。而格律派与自由派的分歧只在于，究竟是倚重格律造成的节奏，还是全凭所谓自然节奏（或内在节奏）。陆志韦在这里明白指出了节奏与日常语言之间的关系——节奏来自语言，但又成为将诗歌与日常语言相区分的标志——充分体现了格律诗派的基本主张。

① 陈梦家：《诗刊"叙语"》，《梦家诗集》，第 237 页。
② 李健吾：《〈鱼目集〉——卞之琳先生作》，郭宏安编：《李健吾批评文集》，珠海：珠海出版社，1998 年，第 106 页。
③ 陆志韦：《我的诗的躯壳》，《渡河》，上海：上海亚东图书馆，1923 年，第 3 页。

四

事实上，格律问题是闻一多诗学观念的"表层"，而决定他的格律诗观念的，是他对于以"节制"和"均齐"为中心的古典美学的认同。同时值得注意的是，这一思想的背景和前提也正是新月群体中比较一致的反"感伤主义"和反"伪浪漫主义"的立场和观念。

虽然新月派诗歌深受西方浪漫主义诗学的影响，很多代表性诗人也都信奉浪漫主义，比如《红烛》时期的闻一多、以"爱与美"为主旋律的徐志摩，以及陈梦家、于赓虞等等。但是很快，在新月群体的内部就出现了对浪漫感伤的反省和批评。这个变化与现实环境、文化思潮的影响密切相关。比如，就在"三一八"惨案发生之后不久，《晨报·诗镌》刊出了邓以蛰的《诗与历史》一文，文中的一个核心观点是："如果只在感情的旋涡里沉浮着、旋转着，而没有一个具体的境遇以作知觉依傍的凭借、这样的诗，结果不是无病呻吟，便是言之无物了。"① 对此，闻一多在"附识"中表示了高度的赞同。

同样以"无病呻吟"为批评靶心的还有饶梦侃发表于《诗镌》上的《感伤主义与创造社》，他直接批评创造社对于"近年来感伤主义繁殖得这样快"，"该负一部分的责任"。他说："感伤主义是现在新诗里一个绝大危险。""差不多新诗的总数，十成中就有八九成是受感伤主义这怪物的支配。"② 因而，在写作实践方面，《诗镌》也以此为标准，对感伤主义色彩浓郁的作品进行了批评甚至否定。比如于赓虞就曾经回忆说："在那些朋友中，说我的情调未免过于感伤，而感伤无论是否出自内心，就是不健康的情调，就是无病呻吟。"③

可以说，对于感伤主义的批评也标志着新月派与创造社在艺术追求上的某种差异，正是在各种争论与批评中，新月派更加确定了自己的艺术方向。此后，徐志摩、梁实秋等人都表述过类似的观点，比如徐志摩就提出："情感不能不受理性的相当节制与调剂。"④ 梁实秋也提出过文学的力量不在放纵而在集中和节制的说法。因为深受古典人文主义的影响，梁实秋高度认同白璧德对于"人之所以为人在于他有内心的理性控制，不令感情横决"的信条，以及

① 邓以蛰：《诗与历史》，《晨报·诗镌》第 2 号，1926 年。
② 饶梦侃：《感伤主义与创造社》，《晨报·诗镌》第 11 号，1926 年。
③ 于赓虞：《世纪的脸·序语》，《世纪的脸》，北新书局，1934 年。
④ 徐志摩：《白朗宁夫人的情诗》，《新月》创刊号，1931 年。

"健康与尊严"的态度①，"并不同情过度的浪漫的倾向"②。当然，相比之下，最值得关注的还是他们的理论领袖闻一多的看法。

闻一多对于古典美学的偏好是人所共知的，他不仅多次自我剖白，而且还特别批评那些具有"欧化的狂癖"的诗人与作品。早在留美期间，他因为民族情绪、国家主义、思乡情感等多重因素的影响，造就了他不仅在创作主题上集中于思乡与爱国，更是在文化与审美的角度上明显趋于古典文学传统，这种倾向也是他后来由新诗写作转向古典文学的学术研究的内在原因之一。因此，基于对古典主义的庄严的文学精神的重视，闻一多的新诗批评也自有其独特的标准，他批评某些新诗作品的放恣姿态，对郭沫若的《女神》过于直露和激烈的美学的尖锐批评，都表明了他这种古典美学的立场。特别是在对《女神》的批评中，他一再提出"节制"的问题。他说："若我在郭君底地位，我定要用一种非常的态度去应付，节制这种非常的情况。"更具体一点说，就是：

> 郭君是个不相信"做"诗的人；我也不相信没有得着诗的灵感者就可以从揉炼字句中作出好诗来。但郭君这种过于欧化的毛病也许就是太不"做"诗底结果。选择是创造艺术底程序中最紧要的一层手续，自然的不都是美的；美不是现成的。其实没有选择便没有艺术，因为那样便无以鉴别美丑了。③

所以，闻一多建议郭沫若多读旧诗，并非要郭去摹写旧体诗，而是希望他由此学会在诗中进行自我克制。闻一多一再强调的是表达上的克制和留有余地，避免过分直露和激烈，并且，正是出于这种对克制和留有余地的要求，才衍生出他在形式上的均齐、传达效果上的含蓄等方面的审美原则。

格律问题正是在这个思路中必然产生的。"形式上的均齐"可以通过格律来实现，而均齐的形式又可以做到节制泛滥的情感、约束过分的感伤，正如闻一多在《律诗底研究》中所说：

> 然情感有时达于烈度至不可禁。至此情感竟成精神之苦累。均齐之艺术纳之以就范，以挫其暴气，磨其棱角，齐其节奏，然后始急而中度，流

---

① 梁实秋：《影响我的几本书》，陈子善编：《梁实秋文学回忆录》，第21页。
② 梁实秋：《忆〈新月〉》，陈子善编：《梁实秋文学回忆录》，第109页。
③ 闻一多：《〈女神〉之地方色彩》，《闻一多全集》第2卷，第120页。

而不滞，快感油然生焉。①

在闻一多看来，诗中"盖热烈的情感底赤裸之表现，每引起丑感"，因而需要节制来避免这种"丑感"的产生。那么，怎样才能达到这种节制的效果呢？闻一多将之落实到格律。他说："莎士比亚之名剧中，每到悲惨至极处，便用韵语杀之"，② 这也就是说，韵语（格律）是用来遏制"热烈的情感底赤裸之表现"的有效方法之一。可见，闻一多的格律追求是与其对节制的寻求相关联的，只是他的格律主张后来被理解得有些失当，一些诗人误认为外在的形式因素才是绝对的要求，因而在实践中出现了机械的理解和实践，而闻一多批评理论本身的逻辑，反而在一定程度上被忽视了。

总体而言，新月诸君格律理论的基础正是古典主义式的节制美学，节制美学与格律理论相辅相成，互为表里。他们所针对的，既有胡适郭沫若等为代表的自由诗派在语言上的松散放恣的问题，同时也与创造社为代表的浪漫感伤潮流密切相关。他们以"健康""理性""节制""均齐""规范"等审美概念匡正了前期新诗发展中的一些难以避免的问题或流弊，在不动摇新诗美学基础的同时，表现出新的审美追求。同时，格律的出现不仅是一种节制的方式，同时也体现了一种对于传统美学的更负责任的态度。因为，所谓现代并不是单纯地决裂传统，而现代性观念的一个基本核心就是重建对传统的认识。在这个方面，新月诗派可以说是比较自觉地对传统和现代都进行了深入的探索和反思，也为后来的现代主义诗潮奠定了重要的基础。

继闻一多、徐志摩之后，节制美学与格律理论的一个重要的继承者和阐释者就是后期新月诗派领袖陈梦家。1931 年，陈梦家编选《新月诗选》并撰写了一篇长序，成为新月诗派留下的重要史料和实绩。在《新月诗选·序》中，他一再声明："我们自己相信是在同一方向努力的人。……这方向，只是这少数人共同的信心。我们在相似或相近的气息之下禀着同样以严正态度认真写诗的精神（并且只为着诗才写诗）我们希望一点苦心总不会辜负自己。"③ 他的意思是说，这些思想和观念并非其个人观点，而已成为新月诗派的共识。正如陈梦家的妻子、诗人翻译家赵萝蕤女士多年之后所评价的："他用还是相当稚嫩而近乎华丽的辞藻阐述了新月派有关诗歌的观点。这部不到三百页的集子选

---

① 闻一多：《律诗底研究》，《闻一多全集》第 10 卷，第 157 页。
② 同上，第 157—158 页。
③ 陈梦家：《〈新月诗选〉序》，《梦家诗集》，第 227 页。

载了十八位诗人的作品，几乎没有例外都是篇幅不多的描写爱情和景物的抒情诗，内容、风格都表现了极大程度的一致，说明新月派诗歌确有它的特点。"①

在《新月诗选·序》中，陈梦家提出了几个方面的问题。首先是对于新诗形式和技巧的强调，并由此涉及到对于规范性的提倡。他说：

> 我们喜欢"醇正"与"纯粹"，我们爱无瑕疵的白玉，和不断锻炼的纯钢。白玉，好比一首诗的本质，纯粹又美；钢，代表做诗人百炼不懈的精神；如生铁，在烈火中烧，在铁砧上经过无数次大锤的挞打，结果那从苦打和煎熬中锻炼出来的纯钢，才能坚久耐用。我们以为写诗在各样艺术中不是件最可轻易制作的，他有规范，像一匹马用得着缰绳和鞍辔。尽管也有灵感在一瞬间挑拨诗人的心，如像风不经意在一支芦管里透出谐和的乐音，那不是常常想望得到的。精心刻意在一件未成就的艺术品上预先想好它最应当的姿态，就能换得他们苦心的代价。

> 醇正与纯粹是作品最低限的要求，那精神的反映，有赖匠人神工的创造，那是他灵魂的遗传。在他的工程中，得要安详的思索，想象的完全，是思想或情感清滤的过程。②

他在这里提出的"规范"的作用和意义，并将之视为实现艺术之"醇正"和"纯粹"的保证，这个观点实际上是与闻一多的"节制"美学内在一致的。

看得见的"规范"首先就是格律，因而，陈梦家提出的第二个——同时也是更为具体的——问题就是格律。他说：

> 有些撒种的人，有好的种子却不留心把它撒在荆棘里，石头上或浅土的地方，种子就长不起来。诗，也一样需要适宜栽培的（图画或音乐，一样需要色彩或声调的设置得宜）。所以诗，也要把最妥帖最调适最不可少的字句安放在所应安放的地位：它的声调，甚或它的空气，（Atmosphere）也要与诗的情绪相默契。

> 为什么一张图画安上了金边就显得清楚？为什么在城外看见鲜红的落日圈进一道长齐的古城墙里就更使得我们欢喜？是的，从有限中才发现无

① 赵萝蕤：《忆梦家》，《梦家诗集》，第239页。
② 陈梦家：《〈新月诗选〉序》，《梦家诗集》，第228页。

穷。一首蕴藏无限意义的诗不在长，也许稀少的几行字句就淹没了读书的海（因为它是无穷意义的缩短）。限制或约束，反而常常给我们情绪伸张的方便。"紧凑"所造就的利益，是有限中想见到无限。诗的暗示，捡拾了要遗漏的。

我们不怕格律。格律是圈，它使诗更显明，更美。形式是官感赏乐的外助。格律在不影响于内容的程度上，我们要它，如像画不拒绝合式的金框。金框也有它自己的美，格律便是在形式上给与欣赏者的贡献。但我们决不坚持非格律不可的论调，因为情绪的空气不容许格律来应用时，还是得听诗的意义不受拘束的自由发展。

我们并不是在起造自己的镣锁，我们是求规范的利用。……匠人决不离他的规矩绳尺，即是标准。诗有格律，才不失掉合理的相称的度量。①

以图画的金边和落日下的城墙为喻，无非是想更生动地说明一种"节制的美"。在新月诗人们看来，"有限"的规范绝不是约束和镣铐，而是有助于"无限"的表达的一种有效的帮助。好的格律不仅"也有它自己的美"，而且会"使诗更显明，更美"，只要它本身是"合式"的、"不影响于内容"的。这样的观点也与闻一多如出一辙，必然也代表着新月同人的共识。他们并不是"坚持非格律不可"，也反对机械的、僵化的格律方式，但他们强调格律所提供的规范性的效果，特别是对于泛滥夸张的情绪的节制作用。

与之相关的，陈梦家也提到了对浪漫感伤的批评。他说："文字，原是我们的工具，我们永远摆脱不过的镣锁，倘使我们要'写'诗。""主张本质的醇正，技巧的周密和格律的谨严差不多是我们一直的方向，仅仅一种方向，也不知道那目的离得我们多远！我们只是虔诚的朝着那一条希望的道上走。此外，态度的严正又是我们共同的信心。认真，是写诗人的好德性，天才的自夸不是我们所喜悦的。""惑人的新奇，夸张的梦，和刺激的引诱，我们谨慎不敢沾染。"② 他从观念的角度出发，落实于写作实践的具体做法，其实也就是提出了区别于感伤主义的艺术标准。如果说，郭沫若与创造社诸君在新诗发生期的实践是一种"放"，那么，针对这种"放"的反思和反拨，必然导致一种"收"的姿态。收放之间，二者不仅有性格、趣味、知识背景的原因，更重要的还是诗学观念的差异。重视格律，不满于自然流露；强调节制和规范，不认

① 陈梦家：《〈新月诗选〉序》，《梦家诗集》，第229—230页。
② 同上，第230—231页。

同恣意挥洒，这是双方最根本的不同。

历史地看，闻一多、陈梦家所代表的两代新月派诗人都秉持着节制、格律的美学共识，共同建构了新月诗学的基本理论框架。节制的美学与自由奔放的美学虽然并非针锋相对，但毕竟有不同的侧重。无论新月诗派本身的格律探索的成败如何，无论他们是否因为不同的原因中断了格律的实践和讨论，但这样一种"节制"的美学其实并没有中断，而是在现代派等其他诗歌流派的观念和实践中再生和转化了。现在，我们反思浪漫主义，反思诗歌的感伤和滥情，主张智性的成分，主张诗歌在语言和情绪上的张力，其实说到底，都还是在诗歌美学中确认着一种边界，这本身也就是节制与自由之间的张力。

第二节 "新诗十字路口"上的梁宗岱

一

1935 年 11 月 8 日，《大公报·文艺》副刊上又创刊了一个新专刊——"诗特刊"，由著名的诗歌理论家、翻译家梁宗岱主编。自 1935 年 11 月直至 1937 年 7 月《大公报》（津版）因平津沦陷停刊，"诗特刊"共出版 24 期，成为 30 年代中期平津文坛——乃至全国诗坛——上的一个非常重要的诗歌专刊。在这个专刊上，集合了梁宗岱、朱光潜、叶公超、罗念生、孙大雨、林徽因、卞之琳、林庚、何其芳、陈敬容、孙毓棠、曹葆华、李广田、陈梦家、南星、冯至、周煦良、戴望舒、辛笛、方敬、李健吾、沈从文、赵萝蕤、路易士、苏金伞等等一大批重要而活跃的诗人、诗歌批评家、理论家和翻译家。其写作阵容可谓豪华庞大，讨论气氛也颇为热烈壮观。

"诗特刊"的成绩和贡献是多方面的。这里只谈其中一场关于新诗"音节"和"格律"的讨论。虽然由于平津沦陷、报纸停刊、人员迁移，这场讨论实际上并未完成，但是，这场持续了近两年的理论探讨和创作实验，已经具有了不容忽视的历史价值。在这场由编者有意发动和组织的大讨论中，新诗的音节和格律问题被更为深入具体地讨论和强调，并催生了一批相关的作品。在一定程度上说，这场讨论中所涉及的问题，已经构成了对新诗观念的一次重大革新。

在"诗特刊"的"创刊号"上，身为主编的梁宗岱发表了一篇题为《新诗底十字路口》①的"发刊辞"。在这篇文章中，他醒目地提出了一个观点，即新诗"已经走到了一个分歧的路口"。他说：

> 我们似乎已经走到了一个分歧的路口。新诗底造就和前途将先决于我们底选择和去就。一个是自由诗的，和欧美近代的自由诗运动平行，或者干脆就是这运动一个支流，就是说，西洋底悠长浩大的诗史中一个支流底支流。这是一条快捷方式，但也是一条无展望的绝径。可是，如果我们不甘心我们的努力底对象是这么轻微，我们活动底可能性这么有限，我们似乎可以，并且应该，上溯西洋近代诗史底源流，和欧洲文艺复兴各国新诗运动——譬如，意大利底但丁和法国底七星社——并列，为我们底运动树立一个远大的目标，一个可以有无穷的发展和无尽的将来的目标。除了发见新音节和创造新格律，我们看不见可以引我们实现或接近我们底理想的方法。②

这样一个关于新诗现状的观察和发展前途的思考似乎有点耸人听闻，梁宗岱以这个方式无非是要更加鲜明地表达出他的诗学观点和立场。在他看来，1930 年代中期的中国新诗已经到了需要充分自我反省并改变原有方向的历史时刻，诗坛存在着观念上的严重分歧。新诗运动初期的诗学主张已在一定程度上被超越和背离，"自由诗"的前途——在梁宗岱看来——已经走上了"一条无展望的绝径"，即便有进一步的成绩，也终归只能成为世界诗史中一个"支流底支流"，不可能带来现代汉语诗歌写作的真正意义上的成功。若想摆脱这个令人沮丧的命运，梁宗岱认为，只有选择另外一条道路——"发见新音节和创造新格律"。因为只有这样，中国新诗才能与其他语种诗歌的伟大成就相"并列"，走上真正具有"无穷的发展和无尽的将来"的前路。

这当然是一个有些惊人的判断。因为在 1935 年这个时候，中国新诗已经在自由体式中收获了大量佳作，而在格律探索方面也经历了新月派一系列有成绩也有问题的试验，而梁宗岱在此时宣布"自由诗"已走上绝径，新诗只有

---

① 此文在 1936 年收入商务印书馆版《诗与真二集》时，题目改为《新诗底纷歧路口》。

② 梁宗岱：《新诗底十字路口》，《大公报·文艺》第 39 期"诗特刊"，1935 年 11 月 8 日。本节所有未注明出处的引文都引自此。

"创造新格律"这一条必由之路，多少会令人感到诧异。但梁宗岱自然不会是故作惊人之语，那么，他的思考背后应具有怎样的渊源和深意呢？

首先，梁宗岱的判断来源于他对新诗已有历史的反省和批判，"自由诗"的体式问题当然是首当其冲，但也并非其全部的题中之意。他在文章起首就直率地提出：

> 现在诗坛一般作品——以及这些作品所代表的理论（意识的或非意识的）所隐含的趋势——不独和初期作品底主张分道扬镳，简直刚刚背道而驰：我们底新诗，在这短短的期间，已经和传说中的流萤般认不出它腐草的前身了。

这就是说，新诗艺术自身的发展规律与要求已经背离了早期的观念，这已被创作的事实所证明。在脱离了新诗运动初期的"革命性"和"过渡性"阶段之后，早期观念暴露出了自身的问题。对此，梁宗岱看似信手拈来地提出了四个问题，却是全方位地清理了初期白话诗的观念。

第一，"诗不仅是我们自我底最高的并且是最亲切的表现，所以一切好诗，即使是属于社会性的，必定要经过我们全人格底浸润与陶冶"。这一条针对的是"文学革命"初期将新诗作为建设"明了的通俗的社会文学"的阵地之一，忽略了诗歌自身文体特征的观点。梁宗岱在此提出异议，既是要强调诗歌的"个人性"和"内在性"特征，在艺术层面划清诗歌与其他文体之间的界限，同时也是要高度肯定诗歌作为"纯文学"最高表现形式的独特地位。

第二，"形式是一切艺术底生命，所以诗，最高的艺术，更不能离掉形式而有伟大的生存"。这一条显然是针对初期白话诗的反对形式——尤其是反对旧诗在形式上的各种限制和束缚——以及"诗体大解放"等口号的。在梁宗岱看来，形式是艺术的必要保证。他很早就发表过新诗的音节"简直是新诗底一半生命"[1] 的观点。他之所以强烈反对初期新诗对形式的抛弃，就是因为在他看来，"所谓'建设明了的通俗的社会文学，'所谓'有什么话说什么话'，——不仅是反旧诗的，简直是反诗的；不仅是对于旧诗和旧诗体底流弊之洗刷和革除，简直把一切纯粹永久的诗底真元全盘误解与抹煞了"。而"诗底真元"，就与它自身的形式特质紧密相关。

第三，"文艺底创造是一种不断的努力与无限的忍耐换得来的自然的合理

---

① 梁宗岱：《论诗》，《诗刊》第 2 期，1931 年 4 月 20 日。

的发展，所以一切过去的成绩，无论是本国的或外来的，不独是我们新艺术底根源，并且是我们底航驶和冒险底灯塔"。这里表达的是，在对待"传统"的问题上，梁宗岱与初期新诗论者有着完全不同的态度和立场。与新诗初期反传统的姿态不同，梁宗岱很早就提出"二三千年光荣的诗底传统——那是我们底探海灯，也是我们底礁石——在那里眼光光守候着我们"。无论是像"探海灯"一样带来新的发现，还是像"礁石"一样带来危险，旧诗传统都是不可能——也不应该——被完全忽视和回避的。对于这个传统，梁宗岱始终积极而清醒地采取着一种批判性继承的态度。他说："我深信，中国底诗史之丰富，伟大，璀璨，实不让世界任何民族，任何国度。""目前底问题，据我底私见，已不是新旧诗底问题，而是中国今日或明日底诗底问题，诗怎样才能够承继这几千年底光荣历史，怎样才能够无愧色去接受这无尽藏的宝库底问题。"① 应该说，梁宗岱之所以成为"中西交融"诗学的代表，就与这种认识有关。

第四，"文艺底欣赏是读者与作者心灵底密契，所以愈伟大的作品有时愈不容易被人理解，因而'艰深'和'平易'在文艺底评价上是完全无意义的字眼"。最后这一条，直指"胡适之体"的明白晓畅、但求人懂的美学标准。胡适曾说李商隐的那些"看不懂而必须注解的诗，都不是好诗，只是笨谜而已。""胡适之体"的"第一条戒律"就是"要人看得懂"，因为他认为，"凡是好诗没有不是明白清楚的"②。而梁宗岱反其道而行之，不仅认为"'艰深'和'平易'在文艺底评价上是完全无意义的字眼"，甚至提出了"愈伟大的作品有时愈不容易被人理解"的相反标准，充分表明了与初期白话诗学的对立。

通过从这四个方面否定新诗运动初期的美学观念和评价标准，梁宗岱推翻了早期新诗的立足之本。如果说，初期"新诗"最重要的就是"新"在其"诗体的大解放"上、"新"在否定旧诗传统上、"新"在"言之有物"和"平易近人"上，那么，到了梁宗岱这里，这些标准都被动摇了。他在有意降低"自由诗"地位的前提下，传达出一种重新制定"新诗"之"新"的标准、改写"新诗"基础观念的愿望。在他看来，这是一次与初期新诗背道而驰的选择，是新诗史上一个重要的"分歧路口"。体式上从"自由"转向"格律"，固然最为显而易见，却绝非他的全部目标。他的主张背后，是彻底改写新诗观念的"野心"。

由此可见，在《大公报·文艺》中创办一个"诗特刊"，在"发刊辞"中

---

① 梁宗岱：《论诗》，《诗刊》第 2 期，1931 年 4 月 20 日。

② 胡适：《谈谈"胡适之体"的诗》，《胡适文集》第 3 卷，第 303 页。

提出一个改变新诗方向的倡导，这都不是梁宗岱的一时冲动，同时也绝不是他的一次个人行为。事实上，这应当被看作是一个群体发动的一次新的诗歌运动。这个意图，可以通过沈从文的一篇文章得到印证。

就在《新诗底十字路口》发表后的第三天（即 1935 年 11 月 10 日），沈从文在同一张报纸的同一个版面的"星期特刊"中发表了他的《新诗的旧帐》。该文的副标题是"兼介绍诗刊"，指的就是刚刚创刊的这份"诗特刊"。在这篇文章里，沈从文几乎通篇都在呼应着梁宗岱两天前发表的观点。比如他强调诗歌的形式，提出："诗要效果，词藻与形式能帮助它完成效果。"再比如，对于新诗历史的反思，他的看法也与梁宗岱一致。他认为，"新文学运动的初期，……新诗当时侧重推翻旧诗，打倒旧诗，富有'革命'意味，因此在形式上无所谓，在内容上无所谓，只独具一种倾向，否认旧诗是诗。受词、受曲、受小调同歌谣影响，用简明文字写出，它名字叫'自由诗'。那些诗，名副其实，当真可以说是很自由的。""新诗既毫无拘束，十分自由，一切散文分行写出几乎全可以称为诗，作者鱼龙百状，作品好的好，坏的坏，新诗自然便成为'天才努力'与'好事者游戏'共同的尾闾。过不久，新诗的当然厄运来了。多数人对于新诗的宽容，使新诗价值受了贬谪，成就受了连累；更多数的读者，对新诗有点失望，有点怀疑了。"此外，更与梁宗岱思路一致的是，沈从文在经过这一系列反思之后，也直接提出了"形式"的问题。他说："新诗有个问题，从初期起即讨论到它，久久不能解决，是韵与词藻与形式之有无存在价值。"对此，他的观点是："新诗在词藻形式上""不可偏废"。尤有意味的是，他谈到"新诗到这个时节可以说已从革命引到建设的路上"，于是，"少数还不放下笔杆的作者，与一群初从事写作的新人，对'诗'的观念再有所修正。觉得先一时'自由诗'所表示的倾向同'建设的新诗'有点冲突。大家知道新诗需要个限制，在文字上，在形式上，以及从文字与形式共同造成的意境上，必须承认几个简单的原则。并且明白每个作者得注意一下历史，接受一笔文学遗产（从历史方面肯定'诗'是什么，得了遗产好好花费这个遗产）。""这一来，诗的自由俨然受了限制，然而中国的新诗，却慢慢地变得有意义有力量起来了。"①

回到《大公报·文艺》的具体语境中可以清楚地看到，梁、沈二人是在有意识地一唱一和，目的就在将彼此共同的观念表达得更加明晰充分。他们显然

---

①　上官碧：《新诗的旧帐——并介绍诗刊》，《大公报·文艺》第 40 期，1935 年 11 月 10 日。

是在有意识地把"诗特刊"作为一个"试验的场所",希望以群体之力推动这一运动。他们都希望这"对中国新诗运动或许有点意义"①,具体而言,这个意义就在于:通过打破中国新诗惟"自由体"独尊的局面,通过发起对"格律"和诗歌"音乐性"问题的讨论和创作实践,重新树立中国"新诗"的观念,有效地突破"自由诗"的写作方式,建立一种汉语现代诗的新的写作策略,以期达到一种兼顾汉语语言特征和旧诗传统的"纯诗"理想。客观地说,中国新诗从五四时期开始"革命"和"尝试",到 20 年代初"站稳了脚跟",再到 20 年代后期开始出现不满、反思和调整的要求,直至 30 年代中期的此时,出现这样一次大胆而彻底的再次革新——其结果如何姑且不论,至少在观念的推进上——是具有重大的历史意义的。

"诗特刊"的编者和作者是将音节和格律问题当作"新诗的命脉"来看待的。编者在为罗念生的《节律与拍子》一文所加的按语中曾明确地说过:

> 梁宗岱先生在本刊创刊号《新诗底十字路口》一文里曾经提出"创造新音节"为新诗人应该努力的对象之一。罗先生这篇文章便是对这问题一个具体的建议。这问题表面似乎无关轻重,其实是新诗底命脉。希望大家起来讨论。②

事实上,专刊从一开始就在围绕这一问题进行讨论,发表了一系列文章,其中直接的专门讨论计有:《对于诗刊的意见》(陈世骧)(1935 年 12 月 6 日)、《从生理观点论诗的"气势"和"神韵"》(朱光潜)(1935 年 12 月 23 日)、《节律与拍子》(罗念生)(1936 年 1 月 10 日)、《关于音节》(梁宗岱)(1936 年 1 月 31 日)、《音节》(罗念生)(1936 年 2 月 28 日)、《音节与意义》(叶公超)(1936 年 4 月 17 日、5 月 15 日)、《音节与意义》(梁宗岱)(1936 年 5 月 29 日)、《从永明体到律体》(郭绍虞)(1936 年 6 月 12 日、6 月 26 日)、《新诗的节奏》(林庚)(1936 年 11 月 1 日)、《新诗中的轻重与平仄》(林庚)(1937 年 3 月 14 日)等。此外,在不少讨论其他问题的文章中,也都多多少少有所涉及。此外,作为主编的梁宗岱还针对其中一些篇章专门撰写了篇幅较长的"按语"或"跋",其中四篇后来收入《诗与真二集》。

---

① 上官碧:《新诗的旧帐——并介绍诗刊》,《大公报·文艺》第 40 期,1935 年 11 月 10 日。

② 《编者按》,《大公报·文艺》第 75 期,1936 年 1 月 10 日。

回到讨论的现场，首先可以感觉到的是：这些文章之间虽常有争论，但在一个前提性的基本认识上，大家是高度一致的，那就是对于新诗的形式与格律的重要性与必要性的认识。即如梁宗岱称其为"新诗底命脉"一样，郭绍虞也预言"将来新诗之逐渐走上趋重音节的路或是当然的事实"①。而理论家朱光潜更是从"生理观点"出发，认为"诗的命脉是节奏"。他说：

> 就形式方面说，诗的命脉是节奏，节奏就是情感所伴的生理变化的痕迹。人体中呼吸循环种种生理机能都是起伏循环，顺着一种自然节奏。以耳目诸感官接触外物时，如果所需要的心力，起伏张弛都合乎生理的自然节奏，我们就觉得愉快。通常艺术家所说的"和谐""匀称"诸美点其实都起于生理的自然需要。……音乐和诗歌的节奏原来都是生理构造的自然需要。②

朱光潜以此特殊角度论证的其实仍是节奏和格律在新诗中的必要性问题。他说："我们读诗在受诗的情趣浸润之先，往往已直接的受音调节奏的影响。音调节奏便是传染情趣的媒介。"因此在他看来，诗歌的音调、节奏等格律成分并非外在的形式问题，也断不可与内容和意义相割裂。与梁宗岱、沈从文的观点相同，他其实也认定了格律是新诗的一个前提性的基础要素。

从另一个角度谈到格律重要性的是陈世骧。他在《对于诗刊的意见》一文中说：

> 我说注意分行，注意脚韵等类问题，而暂时丢开对诗的夸大的褒贬，也许有人认为啬刻，但是我于此不敢妄自菲薄的。诗人与常人，诗情与非诗情，表现出的时候，常在行文的小处分。诗人操着一种另外的语言，和平常语言不同。……我们都理想着有一种言语可以代表我们的灵魂上的感觉与情绪。诗人用的语言就该是我们理想的那一种。那末我们对这种语言的要求绝不只是它在字典上的意义和表面上的音韵铿锵，而是它在音调，色彩，传神，象形（不只是一个字样的象形）与所表现的情思绝对和谐，……至少我们要把这个基本要素分析明确，决定一篇创作是否是诗，才能

① 郭绍虞：《从永明体到律体》，《大公报·文艺》第 161 期，1936 年 6 月 12 日。
② 朱光潜：《从生理观点论诗的"气势"和"神韵"》，《大公报·文艺》第 65 期，1935 年 12 月 23 日。

进一步批评诗人的情调，思想，以至大一点的许多方面。讲求新诗的形式就是反对旧有的既成形式的八股气。我们要求一种更自由化，"合理化"非机械的形式，要使韵脚与分行除了表现情操的活动与变化，本身没有目的，没有一个字是专为凑韵脚，没有一行是徒为摆的好看，这样，适合普通语言的节奏韵律，无"形式"的形式便是我们理想的新诗形式吧。①

出于这样的认识，陈世骧建议"诗特刊"要牢牢地依托在具体诗人和作品上来进行艺术分析，注重细节中的重要问题，而不要空泛地讨论"形式和内容""艺术与人生"之类的话题。同时，他本人也通过对卞之琳和臧克家的两首诗作的对比分析，指出了卞之琳在诗歌节奏上的成功，并提出："字音与拍节能那样灵妙地显示音乐和谐与轻盈的回旋节奏，绝不是率尔而成的。自从在这些细微地方发现了他的绝大美点，我才自信地判断之琳是现代独有贡献的诗人。"

对于这些，梁宗岱当然是强调最力，他在不同的文章中对此有多次的重申。比如在《关于音节》中，他说：

在一意义上，这规律正和其余的规律一样，问题并不在于应该与否，而在于能与不能。哥德在他底商籁《自然与艺术》里说得好：

谁想要伟大，得先自己集中，
在"有限"里显出大师底身手；
只有规律能够给我们自由。

另一个德国诗人也说："最严的规律是最高的自由。"因为，规律如金钱，对于一般人是重累，对于善用的却是助他飞腾的翅膀！②

正如梁宗岱所说的，诗刊的作者们所关注的不是格律的"应该与否"，而是"能与不能"，更是"如何做到"的问题。因此，在对格律的必要性与重要性达成共识的基础上，他们就从各自不同的角度进行了更为深入具体的讨论。比如郭绍虞在《从永明体到律体》一文中，从旧诗入手讨论了"历史上自从

① 陈世骧：《对于诗刊的意见》，《大公报·文艺》第55期，1935年12月6日。
② 梁宗岱：《关于音节》，《大公报·文艺》第85期，1936年1月31日。

提出音律问题之后，如何规定律体的经过"，并集中介绍了旧诗格律中"和"的概念，分别讨论了通篇的"和"（即"谐"）与一联中的"和"（即"叶"）等问题。而罗念生则从西洋诗歌的传统入手，从"古典诗""英文诗"谈到"中国诗"，并提出新诗格律的关键不在"平仄"而在"音的轻重所造成的节律"这一观点①。

罗念生的观点引起了热烈的讨论。梁宗岱就表示了对其只强调字音的轻重而否认平仄的作用的怀疑。在他看来，字音的轻重并不是新诗格律的关键，他赞同的是"孙大雨先生根据'字组'来分节拍，用作新诗节奏底原则"，并认为"这是一条通衢"。②

随后，叶公超也撰文《音节与意义》，表达了与罗念生的不同观点。他说："诗与音乐的性质根本不同，所以我们不能把字音看作曲谱上的音符。象征派的错误似乎就是从这种错觉上来的。"叶公超认为："音乐是一种最理想的艺术，因为唯有在音乐里形式与内容是根本合一的。……文字是一种有形有声有义的东西，三者之中主要的是意义，因此我们不妨说形与声都不过是传达意义的媒介。"他提出："诗里至少有两种不同的节奏：一种是语言的节奏，一种是歌调的节奏。"他推崇前者，并提出"语言的节奏并不是任何方言的节奏，也不完全是日常语言的调儿，我想的是英文无韵诗里常见的一种平淡、从容的节奏，……我知道的诗人中，只有卞之琳与何其芳似乎是常有这种节奏的。抒情性格的人也许不容易感觉这种平淡语体的节奏，因为抒情的要求往往是浓厚的、显著的节奏。语体节奏最宜于表现思想，尤其是思想的过程与态度。抒情诗节奏很容易变成一个固定的、硬的东西，因为文字究竟不如音乐能变化，而抒情诗却偏要摹仿歌唱的节奏。"③

针对叶公超的观点，梁宗岱则提出："一个字对于诗人不过是一句诗中的一个元素，本身并没有绝对独立的价值。……诗之所以为诗大部分诗成立在字与字之间的新关系上。'诗人底妙技'，我在《诗与真》中（五三页）曾经说过，'便在于运用几个音义本不相属的字，造成一句富于暗示的意义凑泊的诗。'马拉美所谓'一句诗是由几个字组成的一个完全，簇新，与原来的语言

---

① 见罗念生：《节律与拍子》，《大公报·文艺》第 75 期，1936 年 1 月 10 日。

② 见梁宗岱：《关于音节》，《大公报·文艺》第 85 期，1936 年 1 月 31 日。

③ 叶公超：《音节与意义》，《大公报·文艺》第 129 期，1936 年 4 月 17 日；第 145 期，1936 年 5 月 15 日。

陌生并具有符咒力量的字’，便是这意思。"①

　　"诗特刊"不仅仅重视理论的探讨，同时也非常重视创作的实践。作为编者的梁宗岱对此也有明确认识，他说："理论与批评至多不过处建议和推进的地位，基本的答案，还得靠诗人们自己试验出来。"② 因此，在"诗特刊"上刊登的作品中，探索格律的作品占据了重要的比例。其中既有看上去并不"整齐"，但追求听觉上的节奏的作品；更有在形式上就非常工整的典型例子，比如林庚的《抽烟》：

　　　　轻轻的抽起一支烟
　　　　静静的石榴花红了
　　　　今天有朋友来谈天
　　　　半梦里燃着甘草味
　　　　不记得什么时候里
　　　　离别如窗外的青天③

　　还有与此诗同期发表的林徽因的《过杨柳》：

　　　　反复底在敲问心同心，
　　　　彩霞片片已烧成灰烬；
　　　　街的一头到另一条路，
　　　　同是个黄昏扑进尘土。

　　　　愁闷压住所有的新鲜，
　　　　奇怪街边此刻还看见
　　　　混沌中浮出光妍的纷纠，——
　　　　死色楼前垂一棵杨柳！④

　　此外，再如与林庚的风格极为相近的张文麟的《四行》：

---

① 梁宗岱：《音节与意义》，《大公报·文艺》第 153 期，1936 年 5 月 29 日。
② 梁宗岱：《关于音节》，《大公报·文艺》第 85 期，1936 年 1 月 31 日。
③ 林庚：《抽烟》，《大公报·文艺》第 241 期，1936 年 11 月 1 日。
④ 徽因：《过杨柳》，《大公报·文艺》第 241 期，1936 年 11 月 1 日。

薄暝的风驮着沙驮着败叶飞上楼头
有一缕烟一片云伴着征人一段乡愁
悠然的沉思开展得比灰空还要淡远
记忆里的海在千里外凝着蓝色的秋①

更不要说那位在理论上也表现了极大热情和关注的罗念生：

我厌恶了这座古老的宫城，
宫城内粉饰着安乐尊荣：
像是一位新婚的妻子，
盗取了少年人猛烈的心情。

我要去看漠北的疆场，
看朔风吹起砂砾飞扬，
看泰山一夜化成秦岭，
寒光照澈这万里的苍茫。

再看黄沙里成群的鞑靼，
从波罗的海穿过了天山；
更扬着长鞭向东疾指，
马上高呼"忽必烈汗！"②

当然，最值得注意的是戴望舒的《拟作小曲》：

啼倦的鸟藏首在彩翎间，
音底小灵魂向何处翩跹；
老去的花一瓣瓣萎尘上，
香底小灵魂在何处流连？

它们不能在地狱里，不能，

---

① 张文麟：《四行》，《大公报·文艺》第 55 期，1935 年 12 月 6 日。
② 罗念生：《忽必烈汗》，《大公报·文艺》第 75 期，1936 年 1 月 10 日。

这那么好，那么好的灵魂！
那么是在天堂，在乐园里？
摇摇头，圣彼得可也否认。

没有人知道在那里，没有；
诗人却微笑而三缄其口：
有什么东西在协和氤氲，
在他的心底永恒的宇宙。①

这首诗不仅体现了戴望舒在创作和观念上的变化，同时也从另一个侧面说明了"诗特刊"所提倡的观点在诗坛上的实际影响。林庚在多年后回忆起这件往事时，用"万万没有想到"来表达对戴望舒转变的感慨。正是这位曾经对林庚的格律探索表现出强烈的不理解和劝阻的大诗人戴望舒，在"诗特刊"上发表了这样一首"小曲"。"这首诗全篇就都是有韵而又整齐的，这真可说是让人难以置信的出乎意料。而且此后他的诗作也似乎就是这样来写的。"林庚由此更加自信地说："新诗坛在经过自由诗的洗礼后，正在呼唤着新格律诗的诞生，这乃是不以人们的意志为转移的。"②

二

如果稍稍搁置一下这场讨论，回到主编梁宗岱的思路当中来考察，就会发现问题变得更有意味了。

有趣的是，中国新诗在 20 年代已经走出了一条从"自由"到"格律"的摸索轨迹。到朱自清在为《中国新文学大系·诗集》撰写导言时，就已提出："这十年来的诗坛就不妨分为三派：自由诗派，格律诗派，象征诗派"③ 的说法。那么，在以闻一多、陈梦家等人为代表的"新月派"诗人已经进行了大量得失兼备的格律探索之后，梁宗岱等人在 1935 年重提格律，且将之视为中国新诗发展的唯一正途，这其中的原因何在？或者说，梁宗岱们与闻一多们的格

---

① 戴望舒：《拟作小曲》，《大公报·文艺》第 169 期，1936 年 6 月 26 日。
② 林庚：《自由诗到九言诗》，《新诗格律与语言的诗化》，北京：经济日报出版社，2000 年，第 16 页。
③ 朱自清：《中国新文学大系·诗集》，"导言"，第 8 页。

律探索之间，究竟有怎样的异同？

用梁宗岱自己的话说，支持他重提格律的原因，"一面由于本身经验底精密沉潜的内省，一面由于西洋诗底深一层认识底印证"，此外，还有来自对"一些平凡的，但是不可磨灭的事实"的承认。从这段话中不难看出，除了个人在艺术实践中的反省，以及上文所说的对于新诗已有经验教训的检讨之外，梁宗岱的思想资源中很重要的一部分来自对"西洋诗底深一层认识"。具体地说，就是来自法国后期象征派的诗歌理论和"纯诗"观念。

众所周知，在"纯诗"理论中，对诗歌语言的"音乐性"的强调是极为突出的。在"纯诗"论者看来，"音乐性"一方面是诗歌形式的一个关键性元素，它不仅可以帮助诗歌在曲调上"更朦胧也更晓畅"，"让你的诗句插翅翱翔"[1]，而且还能有效地协助实现诗歌语言的暗示性（且暗示性本身又与旋律性相关）；另一方面，也是更重要的方面，纯诗理论中的"音乐"并非作为另一种艺术形式存在的音乐，而是诗歌内在禀有的一种品格和精神。正如穆木天所说："诗是——在形式方面上说——一个有统一性有持续性的时空间的律动"[2]。也就是说，"音乐性"在"纯诗"中不是一种修辞方法，不是被借以安排诗歌语言的技术手段，因此，它也不仅仅事关形式，不仅仅诉诸听觉，更不是一种"音乐感"。它是一种内在于语言的、与音乐相似的精神品质，它通过语言自身的特性表现出语言之美。因此，它是诗歌最"至高无上"的理想。

深谙法国象征主义诗学的梁宗岱，对"纯诗"的"音乐性"问题当然有精到的见解和特别的重视。这从他所给出的著名的"纯诗"定义中就可以看出。他说：

> 所谓纯诗，便是摒除一切客观的写景，叙事，说理以至感伤的情调，而纯粹凭借那构成它底形体的原素——音乐和色彩——产生一种符咒似的暗示力，以唤起我们感官与想象底感应，而超度我们底灵魂到一种神游物表的光明极乐的境域。象音乐一样，它自己成为一个绝对独立，绝对自由，比现世更纯粹更不朽的宇宙；它本身底音韵和色彩底密切混合便是它

---

① 魏尔伦：《诗艺》，黄晋凯、张秉真、杨恒达主编：《象征主义·意象派》，北京：中国人民大学出版社，1989 年，第 237 页。

② 穆木天：《谭诗——寄沫若的一封信》，《创造月刊》第 1 卷第 1 期，1926 年 3 月 16 日。

底固有的存在理由。①

　　这段话的最后一句，尤其体现了梁宗岱对"音乐性"的理解。事实上，很多研究者在引用这个"纯诗"概念的时候，往往会忽视甚至删去这句话。"象音乐一样"——而不是通过音乐——"成为一个绝对独立，绝对自由，比现世更纯粹更不朽的宇宙"。这是音乐的理想，也是"纯诗"的理想。

　　在梁宗岱和穆木天的认识中，"音乐性"都没有被等同于"格律"，但毫无疑问，二者之间又是存在着必然联系的，因为格律确实是辅助音乐性实现的一个重要手段。在梁宗岱看来，"形式是一切文艺品永生的原理，只有形式能够保存精神底经营，因为只有形式能够抵抗时间底侵蚀。……一切要保存而且值得保存的必然地是容纳在节奏分明，音调铿锵的语言里的。……没有一首自由诗，无论本身怎样完美，能够和一首同样完美的有规律的诗在我们心灵里唤起同样宏伟的观感，同样强烈的反应的。"对于汉语——包括文言与白话——而言，最能体现语言的"节奏分明，音调铿锵"和"有规律"的方式就是"格律"；对于中国诗人而言，因为受到传统诗歌的深刻影响，也会自然而然地把"格律"作为营建诗歌"音乐性"的最便捷有效的途径之一。只不过，无论是为区别于旧诗格律，还是为表明其西学渊源，都要在"格律"前面冠以一个"新"字。

　　就这样，虽然是基于不同的理论立场，梁宗岱和闻一多殊途同归地走向了新诗的格律建设。但是，二者之间存在着几个方面的不同。

　　首先，在理论出发点上，梁宗岱的新格律是建立在"纯诗"观念的"音乐性"理论的基础上的，换句话说，他是因为先认可"纯诗"的"音乐性"追求，才强调音节与格律的意义和效用的；而闻一多等人则较少"纯诗"意识，而是将新格律置于疗救新诗语言过于散文化的现实弊病的作用和意义之上，目的在于为新诗寻找一个新的规范，划清诗与散文之间的界限。

　　其次，在具体的理论阐释中，闻一多发明了著名的"三美"理论，提出了"音乐美""绘画美"和"建筑美"，并且更强调"建筑美"的重要性；而梁宗岱不仅只强调"音乐"这"一美"，而且对闻一多对"建筑美"的侧重也表现了不以为然。他说："我觉得新诗许多的韵都是排出来给眼看而不是押给耳听的。这实在和韵底原始功能相距太远了。固然我也很能了解波特莱尔底'契合'（Correspondances）所引出来的官能交错说，而近代诗尤注重诗形底建筑

---

　　① 梁宗岱：《谈诗》，《人间世》第 15 期，1934 年 11 月 5 日。

美，……但所谓'契合'是要一首或一行诗同时并诉诸我们底五官，所谓建筑美亦即所以帮助这功效底放声，而断不是以目代耳或以耳代目。"① 在梁宗岱看来，"建筑美"是诉诸形体和视觉的，它与诗歌的音乐性本质事关两路，未必能对音乐美有所帮助。事实上，闻一多的"三美"说的确在实践中遭受过类似"把诗写得很整齐……但是读时仍无相当的抑扬顿挫"的批评。②

最后，在个人创作实践方面也存在一定的差异。闻一多的新格律是以旧诗格律为参照对象的，其方法上多借鉴西诗音律；而梁宗岱的格律探索因以汉语特殊性为出发点，对比于外语诗歌——此问题留待后文详谈——所以反而更多地表现为对传统诗律的亲近。③

由此我们就完全可以理解，为什么在闻一多家的"黑屋聚会"之后十余年，在1930年代的"京派"文人圈子里，在梁宗岱、朱光潜合住的北平北海后门慈慧殿三号的朱家客厅里，又出现了一个以探讨诗歌格律和实验诗朗诵为主要内容的读诗会。作为主人之一的梁宗岱，当然是这个实验的重要发起人。据沈从文的回忆：

> 这个聚会在北海后门朱光潜先生家中按时举行，参加的人实在不少。北大计有梁宗岱、冯至、孙大雨、罗念生、周作人、叶公超、废名、卞之琳、何其芳、徐芳……诸先生，清华计有朱自清、俞平伯、王了一、李健吾、林庚、曹葆华诸先生，此外尚有林徽因女士、周煦良先生等等。这些人曾在读诗会上作过有关于诗的谈话，或者曾把新诗旧诗外国诗当众诵过，读过，说过，哼过。大家兴致所集中的一件事，就是新诗在诵读上，究竟有无成功可能？新诗在诵读上已经得到多少成功？新诗究竟能否诵读？差不多集所有北方新诗作者和关心者于一处，这个集会可以说是极难得的，且为此后不易如此集中的。④

就在这个颇具规模的读诗会上，与会者通过朗诵的方式，发现了新诗在音乐性方面的很多问题。比如，"有些诗看来很有深意，读来味同嚼蜡"，"自由

① 梁宗岱：《论诗》，《诗刊》第2期，1931年4月20日。
② 梁实秋：《新诗的格调及其他》，《诗刊》第1期，1931年1月20日。
③ 参见《梁宗岱文集》第1卷（尤以诗集《芦笛风》为代表），北京：中央编译出版社，香港：香港天汉图书公司，2003年。
④ 沈从文：《谈朗诵诗》，刘洪涛编：《沈从文批评文集》，珠海：珠海出版社，1998年，第130页。

诗不能在诵读上有什么意想不到的效力。不自由诗若读不得其法，也只是哼哼唧唧，并无多大意味。"他们由此"得来一个结论，就是：新诗若要极端'自由'，就完全得放弃某种形式上由听觉得来的成功打算。……若不然，想从听觉上成功，那就得牺牲一点'自由'，无妨稍稍向后走，承认现实，走回头路，在辞藻于形式上多注点意，得到诵读时传达的便利"①。

当然，与抗战开始后的"朗诵诗运动"不同，朱家客厅的读诗实验的目的是希望借助朗诵的方式摸索诗歌音乐性的规律，追求诗歌语言音义结合产生的那种"符咒似的暗示力"和"唤起我们感官与想象底感应，而超度我们底灵魂到一种神游物表的光明极乐的境域"的理想效果。而处于大众化诗学脉络中的朗诵诗运动，则更多的是为服务于诗歌的大众化追求，"因为，一首诗必须是能够朗读，或者是能够歌唱，才能够有大众诗，才能接近大众，才能为大众所吸收"②。这两者的理论差别无疑是巨大的，其在实践中的效果和反响也相去甚远。但是，并不能因此就认为前者的实践意义不及后者，也不能下结论说梁宗岱的主张就是"神秘"而"纯粹"的。因为，正是这个看似"神秘"的"纯诗"理想，因为有效地落实在"音乐性"的问题上，事实上已为中国新诗的格律建设切实提供了一个可靠的理论支援。早已有人肯定，"梁宗岱的'纯诗'理论的提出，实质上是对二三十年代中国诗坛风气的反驳"，"是从可实践性的角度去理解和提倡纯诗"，"将这一理论与中国新诗创作现状相结合，使其更具针对性，从而也具有一定的可操作性"③。更要补充强调的是，在"为诗与散文勾画具体的界限，强调生命哲学与宇宙意识，要求观念的具体化和戏剧化以及现实生活的背景化"这些方面之外，以"格律"的提倡来实现"纯诗"的"音乐性"，并以"音乐性"的强调来打破"自由诗"的一统天下，以寻找符合汉语语言特色的诗歌写作的新方向，这才是梁宗岱纯诗理论中最具有实践意义的部分。

我很赞同有研究者所指出的："汉语诗歌的格律，在本质上是关于汉语言特性的问题，具体地说就是汉语的音乐性，即通过语词的重复、回旋实现字音乃至情绪的相互应答。它在古典诗歌中不会凸显为一个单独的问题，因为它与

① 沈从文：《谈朗诵诗》，刘洪涛编：《沈从文批评文集》，第130页。
② 穆木天：《穆木天文学评论选集》，转引自刘继业：《新诗的大众化和纯诗化》，北京：北京大学出版社，2008年，第120页。
③ 段美乔：《实践意义上的梁宗岱"纯诗"理论》，《北京大学学报（哲学社会科学版）》2001年第2期。

古典诗歌的其他问题连成一个整体，并理所当然地成为古典诗学的核心。但在新诗，格律一度处于被强行取消之列，语言的变化也使得格律难以获得诗学上的支持（新诗诞生之初所要求的'明白如话'已经使新诗语言因干瘪乏味而丧失了内在的节律感），因此当它被重新提出时，难免引起争议。在新诗中格律问题变成了：新诗的语言——现代汉语是否具有格律所要求的某种基质，既然它在外在样态上是与后者不相容的？"①

回头再看"新诗分歧路口"上的梁宗岱。他在 1935 年冒着"难免引起争议"的风险，公开倡导一条"发见新音节和创造新格律"的道路，并发动了一场相关的创作实验，其目的就在于寻求一种适合现代汉语语言特征，甚而能够进一步发挥这一特征的优长之处的诗歌写作策略。在这个寻求的过程中，他不断重新发掘旧诗遗产中的资源，从形式到内容，广泛吸收孔子、屈原、陶渊明、陈子昂、李白、王维、李贺等人的诗学营养，有意沟通古今中外的诗歌艺术，意在建立一种具有综合特质的"东方象征诗"和汉语的"现代诗"。因此可以说，梁宗岱的新诗格律探索，虽然建立在西方诗学"纯诗"观念的理论基础之上，但其最终的目标却是为汉语——尤其是现代汉语——的诗歌写作寻求更远大的发展。同样，他的重释传统的努力，也是为了加深和丰富新诗的思想内容、"探检、洗炼，补充和改善"②新诗的语言。所以他所谓的"中西融合"，绝不是简单地截取和拼加，而是立场鲜明地"以中容西""以新纳旧"，其最终的立足点，始终都是落实在以现代汉语写作为基本原则的"中"国"新"诗之上的。

由此可知，梁宗岱的格律实践，其实是以肯定和维护现代汉语诗歌写作为基本前提的。所不同于初期"自由诗"理论的地方只是在于，他反对将语言上的"白话"与诗体上的"自由"相等同，希望"发见"一种不同于旧诗语言的、现代汉语特有的"新节奏"，"创造"一种符合现代汉语语言特征的、比"自由体"更具永恒性与艺术性的"新格律"。因此他提出：

有一个先决的问题，彻底认识中国文字和白话底音乐性。因为每国文字都有他特殊的音乐性，英文和法文就完全两样。逆性而行，任你有天大

---

① 张桃洲：《现代汉语的诗性空间——新诗话语研究》，北京：北京大学出版社，2005年，第38页。

② 梁宗岱：《文坛往那里去——"用什么话"问题》，《梁宗岱文集》第2卷，第54页。

本领也不济事。①

这个说法非常重要。因为它明确了梁宗岱诗学的一个最基本的立场，那就是：在对西方诗学有"深一层认识"的基础上，回过头来，肯定并立足于"中国文字和白话"的特殊性，在新诗写作中维护和确立现代汉语的本位意识。可以说，在梁宗岱的诗学理论中，重建新诗格律，既是彻底认识汉语特殊音乐性的一条途径，同时更是借以推动诗歌进一步发展创新的重要方法。

正因如此，不断发掘汉语的音乐性，成为梁宗岱格律建设的一个前提。他自己就曾举例说："我从前曾感到《湘累》中的'太阳照着洞庭波'有一种莫明其妙的和谐；后来一想，原来它是暗合旧诗底'仄平仄仄仄平平'的。可知古人那么讲求平仄，并不是无理的专制。我们做新诗的，固不必（其实，又为什么不必呢？）那么循规蹈矩，但是如其要创造诗律，这也是一个不可忽略的元素。"② 此外，他还提出："中国底散文也是极富于节奏的"。而与他同样热衷于朱家客厅读诗会的叶公超也曾提出："新诗的节奏是从各种说话的语调里产生的"，"在说话的时候，语词的势力比较大，故新诗的节奏单位多半是由二乃至四个或五个的语词组织成功的，……这些复音的语词之间或有虚字，或有语气的顿挫，或有标点的停逗，而同时在一个语词的音调里，我们还可以觉出单音的长短，轻重，高低，以及各个人音质上的不同。……这种说话的节奏，运用到诗里，应当可以产生许多不同的格律。"③

事实上，关注语言、关注文学的工具与载体，这是自"五四"新文学运动开始的思想主潮。梁宗岱的思考自是其中有价值有个性的一个组成部分，而其最独特的地方在于，他一方面支持和关注"白话"对"文言"的革命性的全面替代，但另一方面，他又并不因为"革命"就绝对偏重"白话"。他对于二者各自的短长是有清醒认识的。他说："利弊是不单行的。新诗对于旧诗的可能的优越也便是我们不得不应付的困难：如果我们不受严密的单调的诗律底束缚，我们也失掉一切可以帮助我们把捉和传造我们底情调和意境的凭藉；虽然新诗底工具，和旧诗底正相反，极富于新鲜和活力，它底贫乏和粗糙之不宜于表达精微委婉的诗思却不亚于后者底腐滥和空洞。"因此，在梁宗岱看来，如要实现文艺的最高理想，"要启示宇宙与人生底玄机，把刹那底感兴凝定，永

---

① 梁宗岱：《论诗》，《诗刊》第 2 期，1931 年 4 月 20 日。
② 梁宗岱：《论诗》，《诗刊》第 2 期，1931 年 4 月 20 日。
③ 叶公超：《论新诗》，《文学杂志》第 1 卷第 1 期，1937 年 5 月 1 日。

生，和化作无量数愉快的瞬间"①，就"不独不能把纯粹的现代中国语，即最赤裸的白话，当作文学表现底工具，每个作家并且应该要创造他自己底文字——能够充分表现他底个性，他底特殊的感觉，特殊的观察，特殊的内心生活的文字"②。可以说，梁宗岱的新诗语言建设，既不是简单的舍"文言"而取"白话"，也不是机械的舍"自由"而取"格律"，他是希望发挥汉语——包括古典形态和现代形态——的独特性，兼顾和贯通两种形态的优长，打造更高的文学理想。

其实，与梁宗岱的汉语写作立场相关的，应该还有他的"世界诗歌"（或"世界文学"）观念。因为，如果没有一个宏观的"世界文学"的视野，也就谈不上自觉的汉语写作意识。在我看来，在中国现代文学史上，真正具有这样自觉的"世界文学"观念的作家并不多，而梁宗岱则是其中很突出的一个。因此他所表现出来的气象宏大、野心勃勃，甚至有些浪漫狂傲，其实都与这一点有关。

回到他所说的"自由诗"是"支流底支流"的判断，这个判断就来自他对世界诗歌历史的全面观察。他认定，"欧美底自由诗（我们新诗运动底最初典型），经过了几十年的挣扎与奋斗，已经肯定它是西洋诗的演进史上一个波浪——但仅是一个极渺小的波浪；占稳了它在西洋诗体中所要求的位置——但仅是一个极微末的位置。"所以，如果像新诗运动初期的倡导者那样，将"自由体"的地位拔得过高，并用以支配整个新诗运动，就只能在整个世界诗歌的格局中成为一个极为有限的分支，即"自由诗"分支中的一个汉语分支。而只有正确认识和运用汉语的独特性，中国新诗才能"和欧洲文艺复兴各国新诗运动——譬如，意大利底但丁和法国底七星社——并列"，成就真正伟大的诗歌梦想。这里姑且不谈他所指出的道路是否可行，或能否有效通往成功的目标。更重要的是，这个梦想体现了梁宗岱立足汉语写作、力图确立中国新诗主体意识的独特思路。他将西方"纯诗"理论中的"音""义"结合的思想与中国传统诗学中的格律化的艺术方式相结合，目的就是要建立一个现代汉语诗歌的"纯诗"传统。因此，他的格律探索也正如一个枢纽，不仅连接了世界诗歌与汉语诗歌，同时也连接了现代诗学理念与古典诗学传统，其理论意义绝不与新诗史上其他的格律探索相同。对此，借用梁宗岱称赞徐志摩的一句话来评价他

---

① 梁宗岱：《文坛往那里去——"用什么话"问题》，《梁宗岱文集》第 2 卷，第 52 页。

② 同上，第 55 页。

本人也许最贴切不过：

> 深信你对于诗的认识，是超过"中外""新旧"和"大小"底短见
> 的；深信你是能够了解和感到"刹那底永恒"的人。①

第三节　林庚的"甘苦"

林庚是中国新诗坛上的一道非常独特的风景。其独特性首先表现在他与传统诗歌间深刻的精神联系上，这种联系令林庚在"现代派"诗人群体中显得独具风格。对此，废名曾准确地指出："在新诗当中，林庚的分量或者比任何人要重些，因为他完全与西洋文学不相干，而在新诗里很自然的，同时也是突然的，来一份晚唐的美丽了。"② 李长之在评论《春野》一诗时也曾称道："从本质上，林庚的诗是传统的中国诗的内容的，也是一个优美闲雅的中国气息的诗人，也很少有染到近代世界性的观感，这首诗就直然像五代人的词了。"③

"晚唐的美丽"固然概括出了林庚诗歌意象、意境，以及诗人心态情绪和感受方式等多方面的独特个性，并引起了当时评论界和后来文学史家的普遍重视。但在我看来，林庚的诗歌还有另外一份独具的"美丽"更值得关注，我称之为"格律的美丽"或"诗化语言的美丽"。这份美丽长久以来被批评界忽视了（这种忽视也许是有意的，因为评价林庚的诗歌格律探索并非一件容易的事情）。其实，正是在这份"美丽"的背后，在诗人"从自由诗到新格律诗"的探索过程中，贯穿着林庚对于诗歌本质的不懈思考，而这种思考正昭示着其颇为独特的诗学观念。

从 1931 年初涉新诗创作开始，到 1935 年前后转向"新格律诗"的探索，直至 20 世纪八九十年代发表的几篇重要论文④，林庚一直在关注和探讨着诗歌

---

① 梁宗岱：《论诗》，《诗刊》第 2 期，1931 年 4 月 20 日。
② 冯文炳：《林庚同朱英诞的诗》，《谈新诗》，第 185 页。
③ 长之：《春野与窗》，《益世报·文学副刊》第 9 期，1935 年 5 月 1 日。
④ 这里主要指《〈问路集〉序》（1983 年）、《漫谈中国古典诗歌的艺术借鉴》（1984 年）、龙清涛《林庚先生访谈录》（1995 年）、《从自由诗到九言诗》（1998 年）等文章。均收入《新诗格律与语言的诗化》，北京：经济日报出版社，2000 年。

的本质、规律与发展等重大问题。如此长期致力于对诗歌发展道路的自觉探寻的诗人，在整个中国诗坛上也为数极少。林庚坚持着一条独特的道路，尽管我们至今仍无法下结论说这就是一条成功且具有普遍性的道路，但是至少，从他的思考中我们能够获得更加新鲜独特的思路和启发，进而走向更深的诗学观念探索。我以为，与那些形成了个人风格后就故步自封的诗人相比，林庚的自觉前行是非常珍贵的，而且，从中还体现出他过人的勇气和艺术创造力。

林庚的诗学观念探索是紧紧围绕于诗歌形式问题而生发的。他自己也曾说：

> 从30年代到90年代这半个多世纪里，我一面从事新诗创作，一面也写了些有关新诗创作的想法。诗歌作为一种艺术体裁，首先遇见的就是它的形式问题，因而这方面产生的争论也就最多。形式怎样才能更有利于诗歌的创作乃是问题的核心，不同的意见也是以此为焦点的。①

因此，追踪林庚关于诗歌形式的思考，就可以清晰地触到其诗学观念的演进发展过程，而这一过程，在中国新诗发展的历史上也具有相当重要的代表性和理论价值。

一

林庚的诗歌创作道路大体可以分为两个阶段：从1931年至1935年，是其"自由诗"创作阶段；1935年以后，他进入了一个长期的格律诗探索时期。

1931年，林庚在清华大学中文系学习期间开始了诗歌创作。他最初在《清华周刊》《文学月刊》等刊物上发表过不少旧体诗，而与此同时，他也开始了对白话新诗的创作尝试。与旧体诗相比，新诗不仅在形式上打破了一切束缚，同时也在创造的精神上赋予了诗人极大的自由。50多年后，林庚在忆及自己开始创作"自由诗"的情形和感受时还说：

> 自由诗使我从旧诗词中得到一种全新的解放，它至今仍留给我仿佛那童年时代的难忘的岁月。当我第一次写出《夜》那首诗来时，我的兴奋是

---

① 林庚：《从自由诗到九言诗》，《新诗格律与语言的诗化》，第15页。

无法比拟的，我觉得我是在用最原始的语言捕捉了生活中最直接的感受。①

这种直截的创作经验坚定了林庚对于"自由诗"的认识。在他看来，"自由诗"之所以"自由"，不仅是因为它在外表上摆脱了旧诗词形式的束缚，实现了诗行的自由和韵律的自由；同时，它更体现为一种驾驭语言和文字的内在"自由"，即"用最原始的语言捕捉了生活中最直接的感受"。这种语言上的"充分自由且富于探索性"，才是真正解放诗人的情感与思维，并使新诗之为"新"的根本原因。惟此，自由诗才能"追求到了从前所不易亲切抓到的一些感觉与情调"，而"永远予人以新的口味"，令人感到"其整个都是新的"②。

对"自由诗"的这种独特认识，决定了林庚重视诗歌内容和"诗的感觉"的诗歌观念。他在创作的同时也自觉地进行着诗歌理论的探讨，以此阐明其诗学观念与追求，并与创作实践相呼应。其中，最能代表其"自由诗"阶段诗歌理念的文章，就是发表于1934年11月的《现代》杂志上的《诗与自由诗》。

在这篇论文中，林庚将"自由诗"界定为"传统上我们有过的诗"之中的一个分支。他认为：

> 自由诗是近年来才有的名词，其发源来自于法国。西方文坛十九世纪后半叶浪漫主义的高潮已经过去，各种流派纷至沓来，象征派等自由诗体在法国接踵而出；又正赶上那时执十九世纪诗坛之牛耳的英国，在一度灿烂的花果后已渐显出枯萎的气象；从前的路似是走不通了；于是这自由诗便以其代表一个新的方向的追求，影响于全世界的诗坛，虽然在外表上有些尝试似乎是失败的，而实际的变化却已深入到新诗坛的灵魂中，这乃是无可怀疑的事实。③

从林庚对"自由诗"概念及渊源的解释中，可以看出他的两个基本思路。事实上，这两个思路一直贯穿了他几十年的诗歌理论探索。

第一，他并未把"自由诗"定义为与中国古典诗歌相对立的白话新诗，而是参照西方诗歌发展历程，将关注的重点置于其"象征主义"内涵。换句话说，他没有局限于中国新诗的形式变革，而是非常鲜明地强调了诗歌感觉方式

---

① 林庚：《问路集·序》，《问路集》，北京：北京大学出版社，1984年，第1页。
② 林庚：《诗与自由诗》，《现代》第6卷第1期，1934年11月1日。
③ 同上。

和情感方式等内在因素的重要性。在这个角度上，林庚显然与同时期很多以语言和形式的自由为出发点的诗人诗评家有所不同，他看重的是诗歌内在品格与本质性特征。从这个意义上说，林庚的诗歌观念已经超越了将诗歌形式与内容简单割裂的思路。

第二，这段话还反映了林庚以历史的眼光审视诗歌自身发展变化的思路。在他看来，自由诗的兴起是因为古典诗歌的衰落枯萎，因为"从前的路似是走不通了"，所以出现了这种"代表一个新的方向的追求"的诗体。因此，他看重和肯定"自由诗"，就是看重和肯定其"别开蹊径"和不陈陈相因的"草创的新鲜感"，以及由此带来的无穷的生命力。这种新鲜感重振了诗歌的生命力，带来诗歌发展的"变通"，而以历史的眼光看，"自由诗也许有一天会命运终结的，那便是它宣告完全成功的时候。类乎传统的诗也许有一天会重又生长起来，那便也得要等到这一天的来到！以后呢？是又是一个自由诗的时代吗？又是一个传统诗的时代吗？那只有作家们在追求中是能够晓得的，谁能够为未来的创作充当预言家呢？"①

很显然，林庚从一开始就摆脱了庸俗的"进化"思想，他抱有一种历史的观念，却并不简单地认为"后者"必定优于"前者"。在他看来，传统诗歌与自由诗之间，"决不是该不该写，与那个好那个坏的问题"，问题的关键在于哪一种形式更能体现当下诗人的现代生活和鲜活情感。也就是说，"诗的感觉"才是决定诗歌内容与形式等一切因素的基础。

因此，与同时期很多人观点不同的是，林庚认为，区分传统的诗与自由诗的界限不在于形式上的分歧，而在于"内在的不同"。用他自己的话说："其实诗与自由诗的不同与其说是形式上的不同，勿宁说是更内在的不同。"由于传统的诗中"一切可说的话都概念化了，一切的动词形容词副词在诗中也都成了定型的而再掉不出什么花样来了。"所以其诗的"泉源"也就"枯竭"了，"在这时候诗人乃放弃了一向写诗的工夫，而努力于打开这枯竭之源，寻找那新的语言生命的所在，于是自由诗乃应运而生。"② 也就是说，"自由诗的重要并非形式上的问题，乃在他一方面使我们摆脱了典型的旧诗的拘束，一方面又能建设一个较深入的活泼的通路；这种诗的好处即在于他是完全新的"③，这个"新"，是内容的新、原素的新、本质的新，而这种内质的"新"呼唤一种

① 林庚：《诗与自由诗》，《现代》第6卷第1期，1934年11月1日。
② 同上。
③ 林庚：《诗的韵律》，《文饭小品》第3期，1935年4月5日。

形式上的"新"来加以承载和体现，则是必然的了。

基于这一基本观点，林庚呼应当时盛行的关于"瓶"与"酒"（亦即"形式"与"内容"）的讨论时说：

> 有新瓶之前也必须先有新酒，方才有得可装；一味迷信形式的人，则多以为只要装在新瓶里的便算新酒了；因此新瓶虽多，其奈皆是空瓶子乎！

> 旧瓶之所以变成旧瓶乃是由于酒先旧了，则如欲造一个新瓶，自然也必须先有新酒。可是新酒既不能装在旧瓶中，又还没有一个新瓶，到底装在什么里头呢？曰："自由诗"。
> 自由诗可以说不像任何旧有的诗体，所以便不受任何旧诗体中习惯气氛的影响；这充分自由的天地中没有形式的问题，每首诗的内容是自己完成了他们的形式。在这里因其打破了旧有的习惯，隔绝了旧形式的作用，使得这初长成的诗方不至有沾染到滥调的危险；才能自由的把新酒酿造起来；然后我们才能谈新瓶。①

林庚是在其能解放诗的感觉的意义上肯定自由诗体的。他自己尝试自由诗、提倡自由诗，大约也在一定程度上抱有一种摆脱原有的僵化的束缚，先找到诗的感觉的策略性目的。正因这种精神上的"全新的解放"，诗人才得以感受到"仿佛那童年时代的难忘的岁月"，而他的"自由诗"创作阶段也正如其诗中描绘，是"边城荒野"上的"少年的笛声"（林庚《无题二》）；是诗人"用如霜的笔刻下名字/记下了青春少年时代"（林庚《曾经》）。

这里出现了一个非常有趣的问题。我们发现，林庚所谓的"新瓶"事实上指的竟然并非"自由诗"体。也就是说，在他看来，"自由诗"只是新格律诗这个"新瓶"出现之前的过渡形式，它的意义在于打破旧有习惯，隔绝旧形式，创造一个自由的空间以充分解放诗的感觉。而当"新酒"被酿好之后，寻找和建立适合盛载这种"新酒"的新格律诗，才是林庚诗学追求的真正目的。

由此可以很清楚地看到，"自由诗"创作阶段的林庚看重的是诗的"感觉"。他说：

---

① 林庚：《诗的韵律》，《文饭小品》第 3 期，1935 年 4 月 5 日。

一个文学作品有三件基本的东西，一是人类根本的情绪；这情绪是亘古不变的；所以我们才会读到佳作时，便觉得与古人同有此心。二是所写到的事物，这也是似变而其实不变的；如从前写一刀一枪的战争，现在写飞机大炮的战争，从前写武士恋爱，现在人写洋泾浜恋爱；中国字的二加三等于五与阿拉伯字的 2 + 3 = 5，似变而其实没变。古人写海，今人亦写海，古人写青山，今人亦写青山，古人写离乡背井，今人亦写，不过古人坐牛车而今人或乘飞机，略不同耳。曰然则文章岂不亘古不变乎？岂不写来写去不过如此乎？曰不然，还有第三呢，那便是感觉，那便是怎样会叫一个情绪落在某一件事物上，或者说怎样会叫一件事物产生了某种情绪的关键。……这感觉的逐渐敏锐，我们便又见唐人的写山水还只不过在写山水，而宋人词中的写山水便直是在写人了。感觉的敏锐与深入固无关乎作品的伟大与否，因伟大的成分是在情绪上；是感觉的进展，却确是人类精神领域的园丁；有了这进展所以才有一代一代不同的诗；……我们才能解释所谓初唐盛唐晚唐究竟是什么意思。然而这种进展却不是能凭空飞跃的；一方面固要靠已有的诗情为其基础，一方面却更要从新的生活中体会；于是最初是蕴藏在人们不查觉中，渐渐的流露在文学上，终于蔚然成一时代了。①

正是诗的感觉的变迁，引起了诗歌内容的发展，从而要求诗歌形式的改变。"在传统的诗中似无专在追求一个情调 Mood，和一个感觉 Feeling 这类的事，它多是用已有的这些，来述说描写着许许多多的人事。如今，自由诗却正倒过来，它是借着许多的人事来述说捕捉着一些新的情调与感觉；它是启示着人类情感中以前所不曾察觉的一切；且其所追求的范围是如此的深而且广，其文字之必须有极大的容量乃是无可奈何的事，而文字不够用的感觉所以便在这里才会觉到，至于形式之必须极量的要求自由，在文字尚且如此时自更是当然的事了。"②

历史地说，看重"诗的内容"和"诗的感觉"，是 1930 年代一批追求"纯诗"的诗人们的共同诗学追求。第一个称赞林庚的"晚唐的美丽"的废名，就是一个诗歌感觉的强调论者。废名曾赞晚唐诗人李商隐、温庭筠"真有诗的内容"、"真有诗的感觉"，而这种"诗的内容"和"诗的感觉"，正使得

---

① 林庚：《诗的韵律》，《文饭小品》第 3 期，1935 年 4 月 5 日。
② 林庚：《诗与自由诗》，《现代》第 6 卷第 1 期，1934 年 11 月 1 日。

晚唐诗符合了"我们今日新诗的趋势"。废名的观点与林庚大有相似之处，废名说："我们的新诗首先要看我们的新诗的内容，形式问题还在其次。"而"解放的诗体最不容易羼假，一定要诗的内容充实。"有了"诗的内容"，文字是新是旧、是文言是白话并不重要，因为"我们的新诗一定要表现着一个诗的内容，有了这个诗的内容，然后'有什么题目，做什么诗；诗该怎样做，就怎样做。'要注意的这里乃是一个'诗'字，'诗'该怎样做就怎样做。"①

林庚、废名之看重诗的感觉，其实就是从诗歌内部去理解和界定诗歌本质，而非取决于表面的形式。在这个意义上，他们消解了自由诗与格律诗之间的对立。正如林庚一贯坚持的："自由诗因此也不是天生与格律诗成为对头的。格律诗所想保证的正是自由诗所要取得的语言上的自由，而自由诗所唤醒的久经沉睡的语言上的艺术魅力也正是为格律诗的建设新诗坛准备下丰富的灵感。"②

这样的诗学观念，决定了林庚在诗歌创作上的重大转变。当他把握住了新诗的感觉，酿就了"新酒"，建立了足够的自信后，他开始了对新诗格律的尝试和探索，用他自己的话说，就是"开始寻求新诗更鲜明的形式"。

二

1935 年，对于林庚来说，是非常重要的一年。就在这一年，他的诗歌创作呈现出明显的转变。他自己曾回忆说：

> 我从 1931 年开始写自由诗，当时一写就感到真是痛快，很尝到了其中的甜头。随后相继出版了《夜》《春野与窗》两本诗集，都颇博得好评。既然尝到了甜头，又一帆风顺地取得了成就，论理我应该作为自由诗的战士一直战斗下去。可是 1935 年起我却决心尝试改写新格律诗，并也相继出版了两本诗集《北平情歌》与《冬眠曲及其他》。这似乎有点出人意外，也为很多诗友们多不能谅解。③

林庚的转变的确"有点出人意外"而且不被谅解。戴望舒当时就对他提出

---

① 冯文炳：《新诗应该是自由诗》，《谈新诗》，第 21—22 页。
② 林庚：《从自由诗到九言诗》，《新诗格律与语言的诗化》，第 20 页。
③ 林庚：《从自由诗到九言诗》，《新诗格律与语言的诗化》，第 15 页。

了"好意的劝阻和忠告",而钱献之、废名等人也表示了对他转向格律诗的尝试的不以为然①。但是,林庚对自己的新路坚定不移,尽管"当时对于新诗格律方面还真没有什么很具体的方案,只是通过创作实践来不断地摸索而已"②。

林庚虽已在自由诗创作中取得了卓然的成绩,但他还是敏锐地看到,自由诗"没有语言的阵地,繁荣不能长久",而他本人也"已陷入困境",因此他希望能通过提倡格律诗来为新诗找到一条新的发展途径,他的努力"核心便是诗歌语言的重建"。③

在我看来,林庚的转变不仅说不上"出人意外",而且还表现出严密的逻辑性甚至必然性。因为即便在他专注于自由诗创作的时期,他也并未否定韵律之于诗的重要意义。他一直坚持:新诗之"新",是"新"在诗的感觉和内容上,而形式则应适宜于传达这一感觉和内容。形式和内容是共同服务于诗歌本质的,诗人不仅要在感受和传达出诗的感觉,同时也不应放弃在形式上对诗歌特质的体现。

因此,到1930年代中期,当新诗的感觉与内容已经成熟,新诗建立的首要任务已经完成的时候,诗歌形式问题自然成为林庚思考和探索的主要问题。更何况,在林庚看来,自由诗的"革命不能无限进行下去,更不能让散文彻底'革'了诗的'命'。……革命之后应该建设——这建设的核心便是诗歌语言的重建。"因此,为了找到一个独立于散文之外的诗歌自己的阵地,以保证诗歌本质的不被破坏,林庚自然而然地转向了诗歌形式的思考。更确切地说,是通过探索诗歌形式,建立对新诗本质的认识,"在现代的生活语言上建设一个能与散文分庭抗礼的高层次的语言阵地"④。

即使在写自由诗的时候,林庚也"并不对韵律的诗悲观",因为他认为"自由诗的重要并非形式上的问题,乃在他一方面使我们摆脱了典型的旧诗的拘束,一方面又能建设一个较深入的活泼的通路;这种诗的好处即在于他是完全新的,但却因此也便只能代表着一个方面。……故自由诗在今日纵然是如何的重要,韵律的诗也必有须要有起来的一天"⑤。可见,在林庚看来,束缚了新诗诗情的不是韵律本身,而只是被用得僵化了的旧诗词中一些典型的形式套

① 参见龙清涛:《林庚先生访谈录》,《新诗格律与语言的诗化》,第158页。
② 林庚:《从自由诗到九言诗》,《新诗格律与语言的诗化》,第15—16页。
③ 龙清涛:《林庚先生访谈录》,《新诗格律与语言的诗化》,第154—156页。
④ 同上,第157页。
⑤ 林庚:《诗的韵律》,《文饭小品》第3期,1935年4月5日。

路。至于格律本身，仍不失为诗歌的一个"前提"：

> 新诗与旧诗的区别不在有否格律，而在语言。旧诗有旧诗的格律，新诗有新诗的格律，就像音乐必须有旋律。散文像一条线似的直走，诗歌是在跳着走，因而有旋律。①

林庚的观点让人想起闻一多的格律诗追求。闻一多认为："做律诗，无论你的题材是什么，意境是什么，你非得把它挤进这一种规定的格式里去不会，仿佛不拘是男人、女人、大人、小孩，非得穿一种样式的衣服不可。但是新诗的格式是相体裁衣。……律诗的格律与内容不发生关系，新诗的格式是根据内容的精神制造成的。这是它们不同的第二点。律诗的格式是别人替我们定的，新诗的格式可以由我们自己的意匠来随时构造。这是它们不同的第三点。有了这三个不同之点，我们应该知道新诗的这种格式是复古还是创新，是进步还是退化。"② 闻一多的观点与林庚存在相通之处③，他们都并不因旧诗有格律就在反对旧诗时一并抛弃格律。他们是将格律理解为"诗"在形式上特有的艺术特征，只不过在建设新诗时，不能再因袭旧诗的格律，而是要以创新的精神选择合乎新诗的新的格律形式。更进一步说，他们都是把新诗的韵律看作服务于新诗精神和新诗内容的一种必要形式。

值得注意的是，林庚继承了闻一多等 1920 年代提倡并实验格律诗的先驱者们的理论精神，同时也总结了他们的经验教训，看到他们后来在实验中"把形式看得太重要"，以致误入了"豆腐干"诗的歧途。他认为，"那并不是韵律的没有价值，而是追求者错了。"因此，他在提倡韵律的时候，时刻不忘强调诗的内容的充实，因为"充实的诗中自会产生出韵律来的"④。可以说，林庚是在借鉴了前人经验的基础上调整了自己的观念，始终把内容与形式并重，而且坚持内容对形式的决定作用。或者说，有了新诗的精神和充盈的感觉，再配以最具"自然性"的韵律，才能生成成功的诗歌作品，林庚称这种成功之作

---

① 龙清涛：《林庚先生访谈录》，《新诗格律与语言的诗化》，第 156 页。
② 闻一多：《诗的格律》，《晨报·诗镌》第 7 号，1926 年 5 月 13 日。
③ 林庚确实接受了闻一多的影响。他曾在《诗的韵律》一文中谈道："韵律的重要绝不主要由于音乐的成分；记得闻一多先生曾把专凭声调铿锵来使诗取悦于人的诗人比为娼妓诗人；这话固然有些过分，……但是轻视了诗本身的力量，希望借助于低弱的音乐（诗的平仄等连音乐上 melody 程度都不够）的效果，以吸引读者的欢心；总是不怎么伟大吧！"
④ 林庚：《诗的韵律》，《文饭小品》第 3 期，1935 年 4 月 5 日。

为"自然诗":"自然诗的性质,自然诗的价值是自然,故其外形亦必自然,外形的自然则自由反不如韵律",所以"自然的诗为使其外形'虽有若无',于是采用一个一致的有韵的形式;轻车熟路,走过时便自然一点也不觉得了。读这样的诗时,我们是快乐的觉得许多如此好的字恰如我们所习惯的跳到眼前来;好象这首诗不是从外边来的,乃诗早已藏在我们的心中;于是我们几乎记不得什么诗了,只是欣悦着,这便是最自然的诗。"① 这里,林庚关于韵律的认识与叶芝有些相近。后者是认为有规律的节奏可以把读者带入一种半醉半梦的入迷状态,林庚则着重强调韵律带给读者的熟悉感和亲切感②。事实上,他们提倡韵律的目的都是一个,即要让诗歌更易于被读者接受和理解,并以其特有的形式加强诗歌的本质属性。

具体到操作方法的层面。从自由诗到新格律诗,林庚以"诗歌语言的重建"为目的的艺术探索中,最为关键的两个问题就是"建行"与"半逗律"的运用实践。

"建行"是新诗自我界定的一个标志,也是其自立于散文之外的一个重要特征。林庚认为,"诗是语言的艺术,语言原是建立在概念的基础上,而艺术是不能落于概念化的。所以诗面临的是这样的问题,它所赖以生存的生活语言正是它所要突破的。诗歌语言突破生活语言的逻辑性的过程就是诗化,它包括诗的句式、语法和词汇的诗化。诗歌句式的成熟是诗化最表面的标志"③。在新诗草创初期,由于诗歌语言的过度散文化,分行书写几乎成为衡量诗之为诗的唯一标尺。1920年代,朱自清的学生在为他誊抄一首诗歌作品时,就曾为节省纸张而不分行书写,使其成为一篇优美的散文。可见,在新诗发展初期,建行的标准不仅没有得到足够的重视,同时也没有被自觉地与诗歌语言本身的节奏联系起来。

相比之下,林庚对建行的认识一直是相当严格的。他认为:

> 诗是一种有节奏的语言,假如诗可以没有节奏,我们将没有理由以为诗还有分行的必要,它也就变为与散文一样。而且仅仅分行的诗也还是诗

---

① 林庚:《诗的韵律》,《文饭小品》第3期,1935年4月5日。
② 林庚在《诗的韵律》中说:"自由诗本来好比是在陌生崎岖的地方探险;而韵律的诗则是在每天散步的道上遇见一个美丽的姑娘了。"即指这种熟悉与亲切。
③ 林清晖、林庚:《林庚教授谈古典文学研究和新诗创作》,《新诗格律与语言的诗化》,第164页。

的过渡形式；诗不但要分行，而且行的自身也要有节奏的作用。①

　　节是制约，奏是进行，这乃是意味着一种起跳的动作，我们每当想要跳得更有力些就自然地会先行停顿一下；这也就正是诗歌语言与散文语言的区别之处。散文语言好比走路，一步一个脚印地不停地走着；诗歌语言好比舞蹈，是跳着走的；歌舞正原本就是孪生的。新诗之所以无论如何必须分行，就因为这每一个分行实际上也是一次停顿，如果连这个也没有，那就与散文没有什么区别了。②

　　直到 1990 年代，林庚仍在强调："中国古诗用不着分行写，但不分行写也等于分了行，它们通过鲜明一致的节奏形成典型诗行。因此，新诗阵地的问题也就是这建行的问题，建行要求规范性，严格而普遍。"③ 很显然，林庚提倡的建行决不等于简单的分行书写，他要求诗行自身的节奏，这种节奏造就了诗行的规范、严格和普遍，保证了诗歌语言的自足。

　　追踪林庚的思路，可以发现他对于形式的重视。因为在他的观念里，"美是与形式有关的"，"诗的语言在离开诗的形式时，便必然落于散文的形式，……诗因此与诗的形式成为不可分的两件事；在诗的形式上诗说着散文所不能说出的话"。④ 也就是说，形式虽然不能决定内容，也不能脱离或高于内容，但形式与内容一样，是具有对诗歌本质进行规定意义的两大要素。诗之不同于散文，除了它具有散文所不能传达的"精神"和"感觉"之外，它还必须要在语言上建立自己鲜明的形式，并通过这种独特形式构筑散文形式所不能具备的美学效果。在林庚看来，同时守住诗的感觉与诗的格律两个方面，诗歌才能具有独立的强大的力量，得以"与散文判然可分"。

　　可以说，建行是林庚在诗歌语言的重建中所设定的第一个目标，为此，他进行了大量的尝试。为了建立一种严格规范的诗行，林庚从 1935 年开始，尝试过五言、七言、八言、九言、十一言、十五言，甚至长达十八言的多种诗行，可以想象，他是怀抱着怎样执着的热情进行这样多方面探索的。

　　在林庚的多种尝试中，有一个核心的问题，就是寻找最适合的节奏。他回

①　林庚：《诗的语言》，《益世报·文学周刊》第 80 期，1948 年 2 月 28 日。
②　林庚：《从自由诗到九言诗》，《新诗格律与语言的诗化》，第 17 页。
③　龙清涛：《林庚先生访谈录》，《新诗格律与语言的诗化》，第 157 页。
④　林庚：《诗的语言》，《益世报·文学周刊》第 80 期，1948 年 2 月 28 日。

顾自己摸索的过程时说："在茫无头绪之中，我只好采取了一种统计的办法，把当时手头所能找到的新诗中比较上口的诗行摘选出来，看看其中有什么共同的因素没有。这样在摘选中乃终于发现了一个'五字音组'（如'××的××'、'×××的×'之类）在上口的诗行中它居于绝对的多数，也就是最占有优势，我当时称之为'节奏单位'。"他在这个"节奏单位"的基础上，加上不同的字数构成诗行，于是就形成了"三·五"的八言、"四·五"的九言，如此等等。

比如十言的《柿子》：

> 冰凝在朝阳玻璃窗子前
> 北平的柿子卖最贱的钱
> 街上有疏林与冻红的脸
> 冬天的柿子赛蜜一般甜

十五言的《秋深》：

> 北平的秋来故园的梦寐轻轻像帐纱
> 边城的寂寞渐少了朋友远留下风沙
> 月做古城上情人之梦吧夜半角声里
> 吹不起乡愁吹不尽旅思吹遍了人家

在我看来，林庚的格律诗中的确回荡着迷人的韵律。五字的"节奏音组"形成了天然的轻重音和长短音的恰当搭配，而整齐的诗行更将全诗带来了一种如歌的旋律。林庚正是在这样大量的尝试中探索着诗歌语言的规律，虽然他自己说"尝试中的盲目性仍然存在，成功率因而也还很低"[1]，但从收入《问路集》的 15 首选自《北平情歌》和《冬眠曲及其他》两集的格律诗作品来看，我认为他的探索的确已经取得了值得瞩目的成绩。

在对五字"节奏音组"的摸索中，林庚最终创建了"半逗律"的概念。事实上，"节奏音组"和"半逗律"正是新诗建行力量的最关键和最基础的两个支撑点。为此，林庚摸索了十五年。他说，"这十五年间我主要不是先有理论再来实践，而是在实践中逐渐地认出了理论"。到 1950 年他"终于找到了十

---

① 林庚：《从自由诗到九言诗》，《新诗格律与语言的诗化》，第 22 页。

一言（六·五）、十言（五·五）这两种可取的典型诗行"，也"是出于创作实践中不断的感性体会"①。直到最后，他进入了九言诗的集中创作。

九言诗是建立在"半逗律"基础上的一种典型诗行。所谓"半逗律"，即通过句逗作用把诗行分为近乎均匀的上下两半。林庚对"半逗律"的摸索来自他研究古典诗歌时受到的启发。1940 年，他在研究楚辞《涉江》的断句过程中发现，楚辞中的"兮"具有句逗的作用，据此可以推知，中国古诗均是半逗，继而通过与新诗的对比，他进一步发现，半逗是汉语诗歌的一个普遍特征，因此他将其运用于自己的格律诗创作中，创造出九言诗（五·四）的典型诗行。

由于是建立在大量统计和比较的基础上的，所以林庚对半逗律的典型性非常自信。他说："典型诗行乃是意味着这样诗行的出现既是'这一个'又是亿万个，既是特殊的又是普遍的。正因其如此，诗歌的形式才不是对于内容的束缚而是有助于内容的涌现。"也就是说，他希望达到这样一种美学效果，即以形式保证了作为诗歌语言的特征，同时又因其接近汉语普遍习惯和其因简单普遍造成的涵容性，尽可能地使诗人在创作中获得自由和解放。此外，在读者方面来说，由于被熟悉的韵律和节奏唤起期待，读者也能够更加容易地接近、接受和理解诗歌作品。

我并不是说，林庚的九言诗已经成为新诗的成功范本②，我要强调的是，无论其尝试成功与否，他对于诗歌形式的探索及其在新诗发展过程中冒险大胆运用格律的做法，是值得肯定的。因为在我看来，这是一种对诗歌本质与本体进行探寻的珍贵努力。而且，通过这种努力，我们可以清楚地看到林庚的诗学观念——内容与形式并重、坚持诗歌语言的独特性。用他自己的话说：

> 其实说到什么是"诗"，"诗"原只是一种特殊形式的语言，诗如果没有形式，诗就是散文、哲学、论说，或其他什么，反正不是诗。③

从这个意义上说，林庚的转变不是突兀的，也谈不上存在艺术的遗憾。因

---

① 林庚：《从自由诗到九言诗》，《新诗格律与语言的诗化》，第 25 页。

② 事实上，林庚一些 1950 年代的诗作中也存在由于内容与意象的浅白和过度的口语化所造成的一定程度的失败。如"上午的天吗蓝得透顶/下午的天吗透顶地蓝/村子刚解放没有说的/春天一到了谁都该忙"之类的作品，虽然具有开创九言诗体之功，但不能算是好的诗作。这恰好说明，韵律的形式毕竟还要建立在成熟的诗情诗性之上。

③ 林庚：《再论新诗的形式》，《文学杂志》第 3 卷第 3 期，1948 年 8 月。

为他毕竟是新诗发展进程中的一次自觉、大胆的可贵尝试，具有承前启后的文学史意义。

三

纵观中国新诗的发展道路就会发现，对于诗歌形式——尤其是格律——的探索一直是相当艰难的。原因不难理解，新诗的建立首先是以打破旧诗词形式为立足点的，格律于是似乎成为旧诗的一种标志，注定要在旧诗被摒弃的同时一同被取消。但是，在一些诗人的观念中，诗歌形式又并非只是一种对新诗诗情的束缚那样简单，作为诗歌艺术特征的外在体现，格律其实也参与了对诗歌本质的规定，成为一种明确诗之为诗的重要因素之一。而且，从美学的角度说，格律也的确能够带来一种形式美和语感美。因此，如何在文学革命和诗歌观念中寻求一个平衡？如何为新诗找到一种新的格律，使之区别于旧诗形式，既不损害新诗精神，又能在形式上体现诗歌的自立和独特形式特征？这就变成了这些诗人和理论家关注的问题。解决了这个问题，无疑可以既巩固新诗的阵地、摆脱来自散文的压力，又开创出新诗发展的一条通途。因此，这个问题从1920年代新诗成长初期开始，就一直成为诗坛的一个挑战，直至今天。

1920年代，穆木天提出"用诗的思考法去想，用诗的文章构成法去表现"① 的诗论；王独清也提出"有韵、分行"的"纯诗"理念②；闻一多更是明确地提出了诗歌的"节的匀称""句的均齐"，以及诗歌的"三美"——"音乐美""绘画美""建筑美"③，并将之付诸实践。此外，还有徐志摩、饶孟侃、卞之琳等人，也都提出并在不同程度上尝试实践过新诗格律的探索。林庚正是他们当中的一员，同时更是其中最专注最坚忍的一员。

我想，很少有人真正认为中国新诗的发展可以忽略形式的问题，但真正实践诗歌形式探索的人却为数甚少，原因不外乎两个——找不到思路，或缺乏勇气。我之所以反复称道林庚的勇气，就是因为他对于中国强大的古诗传统，丝毫没有采取回避的态度，而是积极而且自信地发现和发掘传统诗歌中有用的矿

---

① 穆木天：《谭诗——寄沫若的一封信》，《创造月刊》第1卷第1期，1926年3月16日。

② 王独清：《再谈诗》，《创造月刊》第1卷第1期，1926年3月16日。后文中王独清引文未注明出处者均出自此文。

③ 闻一多：《诗的格律》，《晨报·诗镌》第7号，1926年5月13日。

藏。他说："中国是一个诗的国度，文学革命最初的尝试也争先从这方面下手，……然而诗的潜势力既已深入了我们每一个人的嗜好，古诗的存在又不能视若无睹；这便都是问题纠纷的所在。"本着"一切过去的探讨无非都是为未来的使命，一切艺术的了解本都有助于写作"的出发点，他提出，要"在新诗与古诗的不同上获得它们更内在的相同"①。这种"相同"，其实并不完全取决于诗歌的外在形式，而是接近了诗歌的本质特征。我认为，也正是林庚这种对待传统的独特态度，才使得他的创作从诗情到诗形都显得卓然不同。

除了来自传统诗歌的营养之外，林庚的格律探索还得益于民歌民谣，这是基于他对汉语语言特征的认识之上的。他说："文言发展为白话既是一个客观事实，……五七言是秦汉以来以至唐代的语言文字最适合的形式，而今天我们的语言文字显然不同了，……今天我们要接受这一个民族形式就得要把五七言形式的传统同今天语言文字（也即口语或白话）的发展统一起来，……对于这个陕北民歌有一首'蓝花花'……似乎正在朝着这一个方向走。"②

此外，林庚还非常关注诗歌发展的现实状况。前文已经谈过，林庚一向历史地看待诗歌的发展和诗潮的更迭，因此，1930年代的诗歌发展现状就成为林庚诗学思考的支点之一。他说：

> 30年代是新诗不可复得的黄金时代，一时间几乎再也看不到旧诗的刊物了。但渐后便感难以为继了，旧诗死灰复燃。当时作为自由诗作者的我自己已陷入困境，其他诗人也出现分途：一路是把诗写得晦涩，以保持其语言混沌含蓄的诗性特征，但实际上变成了一种与散文捉迷藏的游戏；另一路则直接喊口号提倡散文化。……另有人干脆回去写旧诗了。③

这个困境，就是林庚所谓新诗尚未获得语言阵地的困境。要摆脱这个困境，林庚选择了格律化的道路。他认为，将诗歌格律与新诗情绪相结合，既能够摆脱散文的压力，回归诗歌本质的原素，同时也坚守了新诗的阵地，保证了对诗歌情感和现实人生的追踪与一致。

作为关注诗歌历史与发展，同时又致力于创作实践的一位诗人，林庚的现

---

① 林庚：《漫话诗选课》，《宇宙风》第130期，1943年3月。
② 林庚：《新诗的"建行"问题》，《问路集》北京：北京大学出版社，1984年，第213页。
③ 龙清涛：《林庚先生访谈录》，《新诗格律与语言的诗化》，第156页。

实观察是准确的,其艺术感觉更是敏锐的,因而,他的担忧应该不是多虑,而他所遭遇的"困境"也应具有一定的代表性。

连林庚自己也感到意外的是,最初对他的格律探索提出过劝阻和忠告的戴望舒,竟然在1936年创作了一首形式非常齐整的《小曲》,对于这首有韵且诗句齐整的作品,林庚也觉得"让人难以置信地出乎意料",更何况戴望舒此后的诗作"也似乎就是这样来写的"。林庚因此得出结论:"新诗坛在经过自由诗的洗礼后,正在呼唤着新格律诗的诞生,这乃是不以人们的意志为转移的。"①

当然,客观地说,林庚、戴望舒在30年代进行了格律诗的再度探索,并不就说明了自由诗的终结和格律诗的必然趋势。但是,这种转向作为文学现象来说,至少体现出一部分诗人自觉的诗艺探索,同时,更反映出新诗在一定的发展阶段中对艺术形式提出的新的要求。

到了1940年代,林庚更在新诗发展的现状中找到了提倡格律诗的根据。他说:

> 现在放在新诗面前的,是两个问题,一个是"大众",一个是"诗"。有人说"大众"就是"诗",正如同也有人说"自然"就是"诗"是一样,那么既有了"大众"既有了"自然"又何贵乎还有"诗"呢?"诗"与"大众"原不就是一件东西,也正因如此,"诗"与"大众"的打成一片,才成为一个问题,才成为一个理想。

> 从新诗运动以来,诗坛的变化约可以分为三个段落,第一个段落是摆脱旧诗的时期,那便是初期白话诗以迄《新月》诗人们的写作;第二个段落是摆脱西洋诗的时期,那便是以《现代》为中心及无数自由诗诗人们的写作;第三个段落是要求摆脱不易浅出的时期,那便是七七事变起以迄现在的诗坛。这里第一个阶段可以说是诗的解放,第二个阶段可以说是诗的建立,第三个阶段可以说是诗的走向成熟。当白话诗初从文言诗中解放出来的时候,白话诗正如被释放的囚徒立在十字街头,不知如何运用他的自由方好,这样不觉的便模仿了西洋诗,到了第二阶段、发现了模仿途径的错误。于是埋头苦干,钩深索隐,希求有一份自己的创造,这是一个艰难的时期,然而因此才奠定了新诗的地位,新诗才离开旧诗离开西洋诗而成为自己的表现,这是一个深入的时期。于是到了第三个阶段,便又要求从

① 林庚:《从自由诗到九言诗》,《新诗格律与语言的诗化》,第16页。

深入回到浅出，深入浅出原是一个天然的顺序，一个至高的理想，到了浅出的阶段，这里便同时又是大众问题。①

1940 年代，新诗"大众化"的要求越来越广泛，很多诗人为了顺应这一潮流，改变了原来的创作风格；同时，也有一些诗人仍然坚守"纯诗"的道路，与"大众化"诗学相抗衡。相比之下，林庚的策略是较为独特的，同时也显得更为积极。他不仅坚持了自己原有的艺术追求，而且还令其与新诗发展的现实要求相符。他把握住"深入浅出"这一"大众化"诗学的核心思想，并将其与自己的诗歌观念相联系，以"深入"诠释诗的感觉和情绪，而将"浅出"体现在他所提倡的具有普遍性和自然性的格律形式上。在他看来，"诗能够掌握语言上的新音组，诗才能有全新的普遍的语言，诗行才能成为一个明朗不尽的形式。深入与浅出，在这形式上，乃从而获得新的解放与统一。"

格律，作为人们熟悉的诗歌原素，又因其在民歌民谣中的应用而被广泛接受，因此，它正可以既是"诗"的、又是"大众"的，也就是林庚所说的"深入浅出"。他认为，"如果想接近于大众而不流于浅，获得诗的表现而不落于深；我们要打通这由深到浅的一条通路，就必须有一个桥梁，那便是诗的普遍形式。""诗的形式真正的命意，在于在一切语言形式上获取最普遍的形式。原来任何一句话，一段文字，都有其自己的形式，只是这形式不能普遍，所以就不能成诗。五七言是诗的形式，我们也就是从一切特殊的形式里解放出来；……形式的普遍既就是形式的解放，于是表现才能深入浅出；大量流传的诗句所具有的远过于散文的明朗性，是很难由没有形式的诗篇写出的。诗的形式正是诗的明朗性，它本不是一种悦耳的装饰。"

在林庚几十年的诗歌美学追求中，他的诗歌观念始终没有改变，但他同时也一直在关注诗歌发展的现状与变化。直到 1980 年代，林庚还在探索诗歌语言与形式的建设。他看到，"从报刊到电视，从话剧到小说，新的白话散文已经占领了文言旧有的阵地，只是诗坛上文言诗的锣鼓甚至远比新诗更为热闹，一些原来新诗坛的闯将也转而写旧诗了。新诗没能取代五七言旧体诗，就证明它诗化的程度还不够，建设的过程还未完成。"因此他坚持认为，"我们需要为

① 林庚：《再论新诗的形式》，《文学杂志》第 3 卷第 3 期，1948 年 8 月。后文无注释引语皆出自此文。

新诗探索出新的格律，新诗才能发展"①。

林庚追求诗歌本质性的艺术特征，同时又坚持认为"好诗是拥抱生活的"，因此，他在"诗化"与"大众"的追求之间寻得了一条独特的道路。我们固然还不能说这就是最为有效的道路，因为毕竟诗坛至今仍面临这种在"诗化"与"大众"之间犹豫不决的困境，但是我想，林庚的思路无疑是值得关注而且具有启发意义的。更令人感佩的是，诗人几十年来从不张扬，只是默默地进行着他自己园地的耕耘，但事实上，他是极为关注诗歌命运和发展前途的，我想，他一定认为以自己具有说服力的实绩来影响推进诗歌的发展是胜于空论的。我由此想起他 1930 年代说过的一句话："像天文家发现海王星一般，希望的开始是悄悄而荒凉的；没有人晓得，只有几个天文家在冷清刻苦的探索着"，我愿这希望得以实现，因为到那时，"最快乐的"就应是那"曾经忍受着那寂寞的人"②。

结语

从闻一多到梁宗岱，从《诗镌》到《诗特刊》，从"增加建筑美的可能性"到"发见新音节和创造新格律"，20 世纪二三十年代的新诗格律探索从一个特定角度上展示了新诗观念与写作实践的发展进程。在不同时期，面对不同的文化与艺术需求，借鉴不同的诗学资源与传统，"格律"以不同的问题形态出现，也走出了不同的路径。这里当然不打算——也不可能——梳理出一部完整的新诗格律的问题史，我只想由此说明，格律问题并非一个特定的历史性问题，它也不会因为自由诗体占据主流就彻底失去自身的价值和意义，如果我们将视野放大一些就会意识到，格律主张的背后都关联着更加深广的诗学问题。所以，重点其实并不在于是否能争出个"要不要格律"或"要什么样的格律"的结论，而是通过这一独特角度来重新认识新诗史各个阶段对于"语言的诗化"这一问题的不同理解和多样尝试。

还是回到林庚先生这里来吧。林先生一生进行格律探索，贯通今古，认定诗的形式历史就是在自由与格律之间的反复循环。因此，他本人的写作从自由体开始，中途转向格律，暗自抱有推动这个循环的新一轮运动的雄心。在面对

---

① 林清晖、林庚：《林庚教授谈古典文学研究和新诗创作》，《新诗格律与语言的诗化》，第 166—167 页。

② 林庚：《甘苦》，《问路集》，第 180 页。

戴望舒等人的质疑时，林先生做出了这样的回应："诗的重要在'质'，而诗的成功在'文'……诗若是有了质而做不到'文'，则只是尚未完成的诗，虽然它乃正是诗的生命。"① 可以看出，林先生与他的师友们一样，并没有将格律看作一个纯粹形式层面的问题，更不曾将之视为一种修辞手段，他同样也是通过格律问题在思考诗歌内容与形式以及风格之间的关系。他多年致力于典型诗行的实验，希望为新诗寻找和建立一种普遍形式，因为，在他看来，"形式的普遍就是形式的解放"，当普遍的"文"为自由的"质"提供了保障，"形式"才能"更有利于诗歌的创作"，这"乃是问题的核心"。因此，直到晚年他还在寂寞中坚持，他说："自由诗……不是天生与格律诗成为对头的。格律诗所想保证的正是自由诗所要取得的语言上的自由，而自由诗所唤醒的久经沉睡的语言上的艺术魅力也正是为格律诗的建设新诗坛准备下丰富的灵感。"②

---

① 林庚：《质与文——答戴望舒先生》，《新诗》第 4 期，1937 年 1 月。
② 林庚：《从自由诗到九言诗》，《新诗格律与语言的诗化》，第 20 页。

第三章 智慧之美

第一节 卞之琳：诗与思

与其说卞之琳是一位"智力诗人"[1]，不如称他为"思辨诗人"或许更为准确。艾略特曾经说过，"理智诗人和思辨诗人之间的区别"就在于，理智诗人"他们思考，但是他们并不直接感觉他们的思想，象他们感觉一朵玫瑰花的香味那样"。而对思辨诗人来说，"一个思想……就是一种感受，这个思想改变着他的情感"。他们能够"把他所感兴趣的东西变为诗歌，而不是仅仅采用诗歌的方式来思考这些东西"。他们拥有一种特殊的能力，即"能够把思想转化成为感觉，把看法转变成为心情的能力"。[2] 若以这个分类标准来衡量中国现代诗人，卞之琳当之无愧是"思辨诗人"中最杰出者之一，他的思辨当中固然包含着智力的因素，但更重要的是他作品中所蕴含的哲理与智慧。换句话说，卞之琳是在"感受思想"，并将之转化为诗歌的"感觉"和"心情"。如要从他本人的理论和创作总结中寻找对应的称谓，最合适的大概就是他在《关于〈鱼目集〉》中所说的那句话：

算是"心得"吧，"道"吧，"知"吧，"悟"吧，或者，恕我杜撰一

---

① 张同道：《探险的风旗——论20世纪中国现代主义诗潮》，合肥：安徽教育出版社，1998年，第228页。

② 艾略特：《玄学派诗人》，李赋宁译注：《艾略特文学论文集》，南昌：百花洲文艺出版社，1994年，第22页。

个名目，"beauty of intelligence"。①

在我看来，"beauty of intelligence" 的最准确的译法应为"智慧之美"。这种"智慧"，既包含着"理智""才智""理性""智力"等层面，同时又应高于它们之中的任何一个方面。

依卞之琳本人的解释，"intelligence"既包含理性的"知"，也包含感性的"悟"；同时，它既是客观的"道"，也有主观的"心得"。因此可以说，卞之琳的诗歌所体现的正是这样一种哲思与诗美的完美结合，而这种结合，又正是通过诗人的"智慧"感受并传达出来的。

卞之琳的思辨并不像废名的哲学那样带有鲜明的宗教深玄意味，同时，它也不完全等同于中国古代文人的"理趣"和"悟道"。卞之琳的思辨带有一种科学化、理性化的"分析"特征，它不表现为深奥的哲学，而以"智性"的面目出现在诗歌作品中。

很多研究者已注意到，卞之琳自己就是他在诗中所刻画的"在荒街上沉思"的人，而且，"这个沉思者（或'多思者'、'玄思者'）的形象贯穿了他早期的诗篇，成为一种特色。"② 事实上，这一特色的形成首先就源于诗人对思辨的偏爱。"沉思"不仅是卞之琳早期诗作的特色，它还隐约贯穿在其一生的创作之中。可以说，他的《慰劳信集》及中华人民共和国成立后的诗作之所以没有像另一些诗人的同期作品那样口号化和概念化，也多是依赖于这种"智慧之美"。

除了个人趣味和性格的影响，卞之琳选择诗歌的"智性化"追求还受到了以艾略特为代表的西方现代主义诗潮的影响。与此同时，卞之琳又是一位在中国推广和实践诗歌"智性化"追求的最有力和最有成就的诗人之一。这类"智性化"作品，不仅是他个人创作的重要代表，同时也是中国现代主义诗歌成就的高度的体现。

一

从 1920 年代穆木天提出"诗要有大的哲学"开始，直到 1940 年代袁可嘉

---

① 卞之琳：《关于〈鱼目集〉》，《大公报·文艺》第 142 期，1936 年 5 月 10 日。
② 张曼仪：《"当一个年轻人在荒街上沉思"》，《卞之琳与诗艺术》，石家庄：河北教育出版社，1990 年，第 108 页。

等人提出并努力实践"现实·玄学·象征"的结合，中国现代诗人一直在尝试以各种方式将诗歌艺术审美与个人哲思结合起来。在这个探索的过程中，卞之琳是极为重要的一个环节，他的创作实践所起到的作用和影响都是相当巨大的。我们的讨论就从那首引起过争论、同时也确立了卞之琳诗坛哲人地位的《断章》开始：

> 你站在桥上看风景，
> 看风景人在楼上看你。
>
> 明月装饰了你的窗子，
> 你装饰了别人的梦。

由于卞之琳本人很早就因李健吾对此诗的"误解"而发表了自白——"我的意思也是着重在'相对'上①，所以后来的研究与解读基本没有出现什么重大分歧。研究者的批评和分析，无论是对"主客易位"意思的提炼②，还是对"你（或我）和人，桥和楼，明月和你（或我），窗子和梦"等多个"对照"的列举③，抑或对其中"庄子相对论"或"系统论"的挖掘，都没有超出诗人自己半个世纪前给出的解释的框架。对于此诗的核心——"相对"的观念——文学史早已给出了充分的阐释和高度的评价。的确，"相对"观正是卞之琳整体性哲学思考的一个核心和基点，在这个意义上说，《断章》也算是诗人第一次清楚揭示自己思想核心的重要作品。

卞之琳在文学作品中涉及对"相对"观念的思考，并非自《断章》始，但《断章》确是最直接、最完整，也最精炼的一次表达。说到"相对"观念的内涵，诗人在散文《成长》中已有明确的阐述：

> 把一件东西，从这一面看看，又从那一面看看，相对相对，使得人聪明，进一步也使得人糊涂。因为相对相对，天地扩大了，可是弄到后来容易茫然自失，正如理发店里两边装镜子，你进了门左右一望，该不能再笑

---

① 卞之琳：《关于〈鱼目集〉》，《大公报·文艺》第 142 期，1936 年 5 月 10 日。
② 余光中：《诗与哲学》，《卞之琳与诗艺术》，第 137 页。
③ 屠岸：《精微与冷隽的闪光》，《卞之琳与诗艺术》，第 93 页。

初进大观园的刘姥姥了。①

说得简单一些，卞之琳的"相对"观念其实就是"从这一面看看，又从那一面看看"开始的。这是一种对"自我中心"的超越，更是一种对单一视角的摆脱。所以，他的"相对"观念不是"递加"，也不是"联环"②，而是平等地对照和互观。他不重"二而一"的"合"，而重在"一而二"的分。

这种基本观点极大程度地支配了卞之琳的创作思路。无论隐显，他的很多作品中都体现着这种双向的视角。这种双向包含着"自我"与"他人""过去"与"现在"（或"过去"与"未来""现在"与"未来"）、"此地"与"彼处""宏观"与"微观""大"与"小""新"与"旧"，"虚"与"实"等等。可以说，只要是双向的平等的"对照"，都是卞之琳思考和用诗歌表达的对象。

卞之琳自己曾在解释《圆宝盒》的创作思路时说：

> 一切都是相对的，我的"圆宝盒"也可大可小，所以在人家看来也许会小到像一颗珍珠，或者一颗星。比较玄妙一点，在哲学上例有佛家的思想，在诗上例有白来客（W. Blake）的"一砂一世界"。合乎科学一点，浅近一点，则我们知道我们所看见的天上一颗小小的星，说不定要比地球大好几倍呢；我们在大厦里举行盛宴，灯烛辉煌，在相当的远处看来也不过"金黄的一点"而已：故有此最后一语，"好挂在耳边的珍珠——宝石？——星?③

可以说，卞之琳的"相对"观涵盖了大至宇宙，小到日常琐事的一切人与事。就连从小孩子的"淘气"当中，他也发现了"相对"带来的乐趣——"我"写下的"我真是淘气"，到了你的口中，淘气的人就变成了"你"（卞之琳《淘气》）。

张曼仪曾经在其研究中指出，"距离""对照"和"变易"是卞之琳诗作

---

① 卞之琳：《成长》，张曼仪编：《卞之琳》，北京：人民文学出版社、香港：三联书店（香港）有限公司，1995 年，第 112 页。
② 余光中：《诗与哲学》，《卞之琳与诗艺术》，第 138 页。
③ 卞之琳：《关于〈鱼目集〉》，《大公报·文艺》第 142 期，1936 年 5 月 10 日。

最主要的三种组织，也是他诗思中最基础的三条思路。① 这是很准确的，但进一步说，时空的"距离"和人与事的"变易"，归根结蒂还是来自"相对"的观念。

卞之琳对时空距离的思索就重在其相对性。孔子的"水哉，水哉！"之叹是对时间"绝对"的长逝的认识，而庄子却"把'绝对'打个粉碎。他说彭祖算得了什么长寿！'楚之南有冥灵者，以五百岁为春，五百岁为秋；上古有大椿者，以八千岁为春，八千岁为秋'。'朝菌不知晦朔；蟪蛄不知春秋'。"② 卞之琳认识到了两种哲学的不同，并同时表现出了对庄子思想的趋近。

凭借这种"把'绝对'打个粉碎"的观念，现代的诗人可以在"尺八"的"唐音"里重回历史，感悟"霓虹灯的万花间"中的"一缕凄凉的古香"（卞之琳《尺八》）。同样，他也能在阅读《罗马衰亡史》的刹那，重温 1500 年前"罗马灭亡星"的光辉（卞之琳《距离的组织》）。卞之琳自己解释道："这里涉及时空的相对关系"③，"单纯的尺八像一条钥匙，能为我，自然是无意的，开启一个忘却的故乡"④。这种"秦时明月汉时关"的意境打破和超越了时间的绝对界限，因此，诗人说："一刹那未尝不可以是千古。浅近而不恰切一点的说，忘记时间。具体一点呢，如纪德（Gide）所说，'开花在时间以外'。"⑤

时间与空间是相关的。就像《尺八》和《距离的组织》道出时间的"相对"的同时，也体现出"海西"与日本，地球与"罗马灭亡星"之间的空间距离的相对性。在诗人的眼里，绝对的空间距离并不存在。天文学家用望远镜都无法穷尽的空宇，和一个人与自身灵魂之间的距离，你能说出哪个更远、哪个更近？同样，"窗槛上一段蜗牛的银迹"与"轮船向东方直航了一夜"（卞之琳《航海》）所走的"二百海里"路程之间，又应以怎样的标准来丈量？所以诗人说："一颗晶莹的水银／掩有全世界的色相，／一颗金黄的灯火／笼罩有一场华宴，／一颗新鲜的雨点／含有你昨夜的叹气……"因此，不"上什么钟表店"，也不"上什么古董铺"，诗人参悟了时空的相对关系。然后，他感悟道："我倒像环球旅行了一次。"⑥

---

① 张曼仪：《"当一个年轻人在荒街上沉思"》，《卞之琳与诗艺术》，第 117—127 页。

② 卞之琳：《成长》，张曼仪编：《卞之琳》，第 112 页。

③ 卞之琳：《距离的组织》"注 1"，张曼仪编：《卞之琳》，第 36 页。

④ 卞之琳：《尺八夜》，张曼仪编：《卞之琳》，第 103 页。

⑤ 卞之琳：《关于〈鱼目集〉》，《大公报·文艺》第 142 期，1936 年 5 月 10 日。

⑥ 卞之琳：《成长》，张曼仪编：《卞之琳》，第 114 页。

　　讨论"变易"的观念，其实仍无法摆脱时空观与相对观。那"水哉，水哉！"的长叹，是对时间的体味，也是对"变易"的喟叹。而对"生生之谓易"的理解也是对"相对"的更新更高的认识。卞之琳说："鱼成化石的时候，鱼非原来的鱼，石也非原来的石了。这也是'生生之谓易'。近一点说，往日之我已非近日之我，我们乃珍惜雪泥上的鸿爪，就是纪念。"① 这也是再明确不过地指出了"变易"与"相对"及"时空"的深刻联系。

　　但是，即便如此，"变易"仍不是永恒的，它可以"出脱"：

　　　　请看这一湖烟雨，
　　　　水一样把我浸透，
　　　　象浸透一片鸟羽。
　　　　我仿佛一所小楼，
　　　　风穿过，柳絮穿过，
　　　　燕子穿过象穿梭，
　　　　楼中也许有珍本，
　　　　书页给银鱼穿织，
　　　　从爱字通到哀字——
　　　　出脱空华不就成！

这就是说，在卞之琳的眼中，"变易"仍可被"还原"，而这"变"与"还原"都是相对的。即使是"黄色还诸小鸡雏 ／ 青色还诸小碧梧 ／ 玫瑰色还诸玫瑰"……（卞之琳《白螺壳》）

　　在以"相对"的观念思考了一切之后，诗人没有忘记以"相对"观反观"相对"自身。他说：

　　　　要知道，绝对呢，自然不可能；绝对的相对把一切都搅乱了：何妨平均一下，取一个中庸之道？何妨来一个立场，定一个标准？何妨来一个相对的绝对？②

　　"绝对的相对"使得卞之琳自己也险些变成了初进大观园的刘姥姥，而当一

---

① 卞之琳：《鱼化石》"注4"，张曼仪编：《卞之琳》，第43页。
② 卞之琳《成长》，张曼仪编：《卞之琳》，第113页。

切都被搅乱了的时候，诗人的智慧展现了出来。当然他不可能提出什么解决问题的方法，但他至少表达了他对自己哲思的进一步反思。他说："在春天里说秋天"，"花刚在发芽吐叶，就想到萎谢"；在还乡之前就想到要再次离开故土；在"上车站接你的亲人"时，就"预先想到了一两个月后送丧似的凄凉"……这些取消"当下"与"未来"，过程与结果的做法，的确超越了绝对时间，但也同时使人陷入"荒凉"和"萎顿"①。

卞之琳作为诗人，他关注一种思想和观念给人的心灵和情感带来的影响，要远远胜于关注这个思想和观念本身。因此，他在纷乱中将目光停在了那种"回过头来，一片空白"的情感体验上，而没有深陷进一个不可自拔的理论两难。作为一个目的在于以诗为载体表达思想的诗人，卞之琳算是较为成功地把握住了分寸。

可以说，抓住了"相对"的思想，也就抓住了卞之琳的基本思路，更抓住了解开他许多诗歌作品内涵的钥匙。那么，接下来的问题便是，卞之琳的这一思想是如何形成、怎样组成的呢？

早有研究者发现，"在卞之琳36年的一篇散文《成长》中，我们能追溯到他诗中现代观念的全部古典精神的源头"②。特别应该指出的是，他的"相对"观念的主要源头即在于此。

其实，卞之琳的思想并不完全是对庄子思想的重复。正如前面已经说过的，他反对将"相对"也绝对化。所说他一方面说："庄子，你该含笑了。你扮起孙悟空，大闹'绝对'的天宫，虽然一个筋斗十万八千里，依旧翻不出如来佛的手掌，可是你究竟演了一出好戏。"但同时他又说："尘土归尘，你结果还是归于一抔黄土，何苦来！"卞之琳要的，其实是一个近乎"中庸"、但又比"中庸"更为积极的做法。也许可以说，在这一点上，他始于庄子而最终接近了孔子。所以他说：

也罢。让种菊人来浇水吧，为我培养秋天吧。或者我自己培养一种秋天吧，……我们不妨取中庸之道，看得近一点，让秋天代表成熟的季节，在大多数草木是结果的季节。各应其时，各展其能吧。在大多数草木，花

① 卞之琳《成长》，张曼仪编：《卞之琳》，第113页。
② 江弱水：《一缕凄凉的古香——试论卞之琳诗中的古典主义精神》，《卞之琳与诗艺术》，第99页。

　　　是花，果是果；在一部分草木，花即是果，例如菊花。①

　　这种思路也许看上去显得有些自相矛盾，但深究其里可以看出，作为一个"感受思想"的诗人，卞之琳最终必然落入无奈的境地，而将"相对"相对化，正是他从中寻得一条实际的人生出路的唯一办法。

　　卞之琳是个中外文化底蕴都相当丰厚的诗人，所以他的"相对"观念也不例外地同时受到中国古代哲学家和西方现代科学成果的双重影响，比如，他在回忆徐志摩时曾说："他自谦不懂科学，可是他老早就发表文章介绍过爱因斯坦的'相对论'。"② 众所周知，他为人为诗所受徐志摩影响极大，那么，徐志摩对"相对论"的关注是否也多少影响了身为晚辈的他呢？此外，卞之琳在1934年翻译普鲁斯特的《往日之追寻》片断时作"按语"说："这里的种种全是相对的，时间纠缠着空间，确乎成为第四度（the fourth dimension），看起来很玄，却正合爱因斯坦的学说。"③ 从这里也可看出，卞之琳虽然或许远未理解"相对论"，但至少他感兴趣于这一学说的内容和思想，并在一定程度上了解一些相关的基本知识与观点。至少应该可以说：中国古代哲学中的"相对"思想和西方现代科学中的相关理论，都有可能是卞之琳"相对"观念的形成原因和组成部分。

二

　　1937年，柯可（金克木）第一次提出"新智慧诗"的概念，用以总结1930年代诗坛上出现的新的诗歌类型。这种诗歌"以智慧为主脑"，"极力避免感情的发泄而追求智慧的凝聚"，"以不使人动情而使人深思为特点"④。在实践和推进这类"新智慧诗"的诗人中，就有卞之琳。

　　中国的"新智慧诗"与以艾略特为代表的西方现代主义诗潮的影响是分不开的。这种影响同样明显地表现在卞之琳的诗歌创作和理论形成中。卞之琳自己曾明确地说："写《荒原》以及其前短作的托·斯·艾略特对于我前期中间

---

① 卞之琳：《成长》卞之琳《成长》，张曼仪编：《卞之琳》，第116页。
② 卞之琳：《徐志摩诗重读志感》，卞之琳《成长》，张曼仪编：《卞之琳》，第215页。
③ 见卜罗思忒：《睡眠与记忆》，《大公报·文艺副刊》第43期，1934年2月21日。
④ 柯可：《论中国新诗的新途径》，《新诗》第4期，1937年1月10日。

阶段的写法不无关系。"① 研究者们常以这条材料来说明卞之琳与艾略特的关系。其实，比这更能有力地说明卞之琳所受艾略特影响的是，卞之琳早在 1934年 5 月就翻译了艾略特的理论名篇《传统与个人的才能》②。就目前的材料而言，卞之琳应是中国翻译此篇文章的第一人。在他之后，中国诗坛才更为重视这篇文章以及其中的重要观点，诗人和理论家们又多次译介过此文。虽然据研究者考证，卞之琳译《传统与个人的才能》是应《学文》杂志主编叶公超之约，但这并不影响我们下结论说，卞之琳是中国现代诗人中较早接触和接受艾略特诗学思想的一位。可以想象，如无前期的关注、共鸣和准备，熟知文坛状况并了解文友思想动态的叶公超也不会专门去约卞之琳来作译者。所以我们完全可以说，卞之琳对《传统与个人才能》的翻译本身就说明了他与艾略特的共通。

在这篇《传统和个人的才能》的译文里，卞之琳向中国诗坛传达了艾略特的那个最著名的观点：

> 诗歌不是感情的放纵，而是感情的脱离；诗歌不是个性的表现，而是个性的脱离。

这不仅是艾略特此文的中心观点，同时也是中国诗坛对其诗学思想接受的重点。卞之琳对此当然有深入的理解与共鸣。事实上，这一观点代表了现代主义诗歌"智性化"的重要原则，同时也是卞之琳诗歌有别于他人的重要特征。

卞之琳自身就是一个力图脱离情感与"个人"的思辨诗人，是艾略特诗学理论的积极追随者和实践者。当然，也正如艾略特所说："只有具有个性和感情的人们才懂得想要脱离这些东西是什么意思。"卞之琳的这种"脱离"，并未使他的作品失去感情和个性，恰恰相反，卞之琳是真正拥有了自己独特的情感传达方式和个性展示手法。

在很多读者的印象里，卞之琳是个理智得近乎"冷血"的诗人。在他的作品中，不仅很少奔放的情感发泄，甚至连不经意的情感流露都不多见。他自己说："我写诗，而且一直是写的抒情诗，也总在不能自己的时候，却总倾向于克制，仿佛故意要做'冷血动物'。""我一向怕写自己的私生活；而正如我面

---

① 卞之琳：《〈雕虫纪历〉自序》，《雕虫纪历》，北京：人民文学出版社，1979 年，第 16 页。

② 见《学文》创刊号，1934 年 5 月。

对重大的历史事件不会用语言表达自己的激情，我在私生活中越是触及内心的痛痒处，越是不想写诗来抒发。"① 看来，卞之琳之所以在当时西方众多诗潮中选择现代主义，也与其性格特征有关。因此，卞之琳将抒情诗变得看似"无情"。无怪乎穆旦说："自五四以来的抒情成分，到《鱼目集》作者的手下才真正消失了。"② 但是，性格的原因毕竟仅仅是一个方面，更重要的原因在于，卞之琳是在有意识地实践一种"节制"，亦即艾略特所说的"感情的脱离"。换句话说，卞之琳的抒情诗之所以显得"无情"，其实是因为他改变了传达情感的方式，他力避主观、直接、抽象的感情宣泄，采取了"以冷淡盖深挚"③的办法。

诗的"无情"不等于人的"无情"。事实上，卞之琳恰恰是一个细腻多情的诗人。正如"白螺壳"虽"空灵""不留纤尘"，但"却有一千种感情：／掌心里波涛汹涌"。(《白螺壳》) 卞之琳的冷淡无情其实是一种有意识的美学追求。

1934 年，卞之琳的同道好友沈从文以上官碧的笔名在《大公报·文艺副刊》上发表了一首题为《卞之琳浮雕》的小诗：

> 两只手撑定了尖下巴儿，
> 心里头画着圈子：
> (不是儿戏，不是儿戏，)
> "我再活个十来年，
> 或者我这时就应当死？!"
>
> 说老实话生活有点儿倦，
> 唉，钟，唉，风，唉，一切声音！
> (且关上这扇门，得一分静。)
> "天气多好，我不要这好天气。
> 我讨厌一切，真的，只除了阿左林。"④

---

① 卞之琳：《〈雕虫纪历〉自序》，《雕虫纪历》，第 16 页。
② 穆旦：《〈慰劳信集〉——从〈鱼目集〉说起》，香港《大公报·文艺》，1940 年 4 月 28 日。
③ 卞之琳：《〈雕虫纪历〉自序》，《雕虫纪历》，第 16 页。
④ 上官碧：《卞之琳浮雕》，《大公报·文艺副刊》第 124 期，1934 年 12 月 1 日。

就这首诗本身而言，其成就和价值都不高，但其可贵之处在于，它直接明了地反映了卞之琳的创作时期的思想状况和情感世界。参照沈从文同时写作的《何其芳浮雕》可以看出，沈从文绝无反讽之意或夸张之笔，相反，他正是想要在自己的小诗中勾勒出他的诗人朋友最主要的思想和创作特征。

这首小诗透露出卞之琳其实是一个多么多情的年轻人，他的多情甚至带有颓废和悲观的色彩。也许这种形象与他的诗歌留给人们的印象相去颇远，但是这一值得玩味的差距却为我们证实了一个重要结论：卞之琳的"无情"不是因为自身的情感匮乏，而是他有意脱离个人情感的结果，可以说，"感情的脱离"是卞之琳刻意实践的美学追求。

除此以外，沈从文的小诗还告诉人们，卞之琳是一个极具悲观情绪的思考者。他不断地思考着"生死"的主题，这种思考甚至令他与社会和他人产生了一定程度的隔膜，他宁愿回到自己的内心当中。这种情感影响了卞之琳的创作，使他的诗歌具有了一种不甚分明但非常一贯的悲情底色。我之所以将其称为"底色"，是因为诗人并未把这种颓丧得近乎绝望的情绪直接表现出来，而是将其化入了一种理性的具体的表达之中。这种内心的忧郁和悲哀如激荡的暗流，使得卞诗节制平静的表面下别具一种深沉与力度，他的"智慧之美"也因此更加深刻隽永。

类似的例子在卞之琳的作品里俯拾皆是，如《投》中对生命之无奈和无意义的思考；以及"一个年轻人在荒街上"对国家、民族式微的痛心"沉思"（卞之琳《几个人》）；还有诗人在回顾和思考个体生命时的沧桑之感——"像一个中年人，回头看过去的足迹，一步一沙漠"（卞之琳《成长》），"伸向黄昏的道路像一段灰心"（卞之琳《归》），等等。诗人的痛苦和失望不动声色地隐藏在理智的背后，只有深入他的诗歌世界，才能品味出其中的悲哀。这种悲情底色一经凸现，则即使是一个极为平常的意象，也能释放出巨大的沉痛的力量。那句"北京城：垃圾堆上放风筝"（卞之琳《春城》）即是如此，在一个无比平凡常见的景象中，人们分明可以感受到诗人对现时人生的深深绝望和残存的一丝对挣脱现实的强烈而美好的渴望。

虽然卞之琳在与解诗者对话的时候，常常要申明"悲哀"并非他要表达的主要情感，但这仍不能阻止犀利的读者和评论家品味出他诗中的悲哀。李健吾就曾在《断章》里看到了"无限的悲哀"①，这解释其实并不"全错"。事实

---

① 刘西渭：《〈鱼目集〉——卞之琳先生作》，《大公报·文艺》第 122 期，1936 年 4 月 12 日。

上，卞之琳也从没有像解释"圆宝盒"时那样否认这一份"悲哀"的存在，他只是更强调自己的本意是"着重在'相对'上"。所以，正如李健吾所说："我的解释并不妨害我首肯作者的自白。作者的自白也决不妨害我的解释。与其看作冲突，不如说做有相成之美。"① 这"相成"说明了"无限的悲哀"和"相对"观念的同时存在。卞之琳多年后也承认说："实际上，被评者，例如我这个作者，也只是作求全的补充，健吾果然也心领神会。"②

在《雕虫纪历》"自序"中，卞之琳也承认：他的一些诗"即使在喜悦里还包含惆怅、无可奈何的命定感（实际上是社会条件作用）、'色空观念'（实际上是阶级没落的想法）。"抛开括号中颇具时代色彩的诠释，我们可以直接将这段话视作诗人对自己悲情的坦白。正如张曼仪所说，这种"灰色绝望的调子，却又与'现代'派同声相应"③。

无论是多情也好，悲情也罢，总之卞之琳的情感世界是极为深沉丰富的。应该说，"深情"与"节制"二者缺一不可，因为如无其中任何一方，卞之琳都就不算是真正实践了艾略特的"感情的脱离"的美学原则。

在脱离情感的同时，卞之琳也在有意识地脱离"个人"，实践着艾略特的"非个人"化的美学观念。他吸纳了小说、戏剧的手法，将个人的情感和主观意念隐藏在虚拟的主人公后面。

早在1936年，他就自己站出来解释说：

> 写小说的往往用第一人称"我"来叙述故事，而这个"我"当然不必是作者自己，有时候就代表小说里的主人公。其所以这样用者，或者是为了方便，或者是为了求亲切，求戏剧的效力……写诗的亦然，而且，为了同样的目的，也常有"你"来代表"我"，或代表任何一个人，或只是充一个代表的听话者，一个泛泛的说话的对象。④

这个道理不仅为解释卞之琳的作品打开了一扇门，同时也揭示了他诗歌创作中的艺术方法与美学追求。40多年后，诗人再次声明：

---

① 刘西渭：《答〈鱼目集〉作者——卞之琳先生》，《大公报·文艺》第158期，1936年6月7日。
② 卞之琳：《追忆李健吾的"快马"》，《新文学史料》1990年第2期。
③ 张曼仪：《"当一个年轻人在荒街上沉思"》，《卞之琳与诗艺术》，第111页。
④ 卞之琳：《关于"你"》，《大公报·文艺》第165期，1936年6月19日。

　　这时期我更多借景抒情，借物抒情，借人抒情，借事抒情。没有真情实感，我始终是不会写诗的，但是，这时期我更少写真人真事。我总喜欢表达我国旧说的"意境"或者西方所说的"戏剧性处境"，也可以说是倾向于小说化，典型化，非个人化，甚至偶尔用出了戏拟（parody）。所以，这时期的极大多数诗里的"我"也可以和"你"或"他"（"她"）互换，当然要随整首诗的局面互换，互换得合乎逻辑。①

　　这种手法的运用，体现了诗人对"非个人"化的追求。他在情感上和视角上越成功地逃离主观性的约束，他就越能在诗歌中实现"智性化"的艺术效果。

　　卞之琳有意识地尝试对感情和个人的"脱离"，这使得他为诗坛开辟了一条崭新的抒情途径。闻一多曾面夸卞之琳在青年人中不写情诗，这其中当然有他"一向怕写自己的私生活""越是触及内心的痛痒处，越是不想写诗来抒发"的性格原因，但更重要的是，卞之琳不是在以传统的方法抒写情诗。换句话说，卞之琳是以其非情感、非个人的方式改变了情诗传统方法的抒情套路。其实，卞之琳有不少爱情题材的作品，其中的几首《无题》更是情诗中的佳品，但是，由于他回避了直抒个人情感，融入了智慧和思辨的内容，所以他的这类作品往往被人划出了情诗的范围。

三

　　客观地说，卞之琳的"智慧"并不是"大"智慧，他没有完整庞大的哲学体系令人倾倒，也没有惊人的哲学高度足以使人感到震慑，但是，卞之琳的诗却往往能在平静的外表下涌起刚劲的潜流，让读者慢慢品味出一份悠远的余味。可以说，卞之琳的诗不是波涛汹涌的大海，而是那蕴藏着汹涌波涛的纤细空灵的小小"螺壳"。而造成这一效果的主要原因，就在于卞之琳将全部力量都集中在了日常生活和平凡琐事当中，正是在平凡平静之处，诗人发现和传达着他特有的"智慧之美"，所以，他的诗歌往往能在平淡处见奇崛。

　　敏锐的研究者很早就发现了卞诗平中见奇的特点。卞之琳"汉园"时代的好友李广田曾说："诗在日常生活中，在平常现象中，却不一定是在血与火里，

① 卞之琳：《〈雕虫纪历〉自序》，《雕虫纪历》，第17页。

泪与海里，或是爱与死亡里。那在平凡中发见了最深的东西的人，是最好的诗人。"① 这段话虽是用来评价冯至的，但用在卞之琳身上也恰当不过。此外，朱自清在《新诗杂话》中也有著名的论断："惊心触目的生活里固然有诗，平淡的日常生活里也有诗。""假如我们说冯先生是在平淡的日常生活里发现了诗，我们可以说卞先生是在微细的琐碎的事物里发现了诗。"② 李、朱之论当然准确，但在我看来，仅说卞之琳是在微细琐事中"发现了诗"还有些不够，实际上，更进一步说，卞之琳是以诗的形式将自己的哲思赋予了那些"微细的琐碎的事物"。换句话说，这些细微琐事中的诗意，其实正是诗人赋予它们的"智慧"的闪光。

这种在日常生活中发现诗、寄寓智慧的能力，早在卞之琳创作初期就展现了出来。他作于 1931 年的《投》就是一首有代表性的作品：

> 独自在山坡上，
> 小孩儿，我见你
> 一边走一边唱，
> 都厌了，随地
> 捡一块小石头
> 向山谷一投。

> 说不定有人，
> 小孩儿，曾把你
> （也不爱也不憎）
> 好玩的捡起，
> 象一块小石头，
> 向尘世一投。

小孩子在山坡上投石子的画面是随处可见、平淡无奇的，但卞之琳却在其中发现了关乎生命意义的哲学宏旨。他把生命寓为一块被人"也不爱也不憎"地"向尘世一投"的"小石头"，这里不仅蕴含着诗人自身对生命本原和生命意

---

① 李广田：《沉思的诗——论冯至的〈十四行集〉》，《李广田文学评论选》，昆明：云南人民出版社，1983 年，第 269 页。

② 朱自清：《诗与感觉》，《新诗杂话》，长沙：岳麓书社，2011 年，第 13 页。

义的深沉追问，同时，他还给读者留下了大片空白，令人联想到"小石头"在这无意的一投后落入尘世的一生。所以，这首诗的哲学意味是深远的，诗人不仅关注个人的生命意义和过程，同时也对全人类的"大生死"做出了叩问。在这个叩问里，深蕴着"智慧之美"。

日常生活和细微琐事不仅是卞之琳诗意与智慧的源泉，同时，也是他用来表现诗意与智慧的载体。可以说，卞之琳的成功在很大程度上也依赖于他的这种以日常小事表现哲思的方法。正因这种方法，他的诗歌虽富含哲思和深意，却仍能让人感到亲切可感，而不会因其思辨性而拒读者于千里之外。

早在写《断章》的前一年（1934 年），卞之琳写过一首题为《对照》的小诗，直接传达了他对"相对"观念的思考：

> 设想自己是一个哲学家，
> 见道旁烂苹果得了安慰——
> 地球烂了才寄生人类，
> 学远塔，你独立山头对晚霞。
>
> 今天却尝了新熟的葡萄，
> 酸吧？甜吧？让自己问自己，
> 新秋味加三年的一点记忆，
> 懒躺在泉水里你睡了一觉。

这首诗起于"葡萄苹果死于果子而活于酒"的相对思想，是一首成熟的、富于"智慧之美"的好诗。但是，它远没有一年后的《断章》那样著名和隽永，究其原因，就是因为后者选取了人们更为常见的日常生中的景象和画面，所以其诗意自然显得更为具体。这种具体的意象与深沉的智慧结合在一起，达到了一种完美的效果，它使得卞诗既深刻又亲切，既不平淡又不晦涩，这种张力恰是卞诗的最主要的魅力和特性所在。因为这一点，废名盛赞卞之琳的诗歌是"最美丽最新鲜而且最具体的诗，除了卞之琳任何人不能写。"他说：

> 我喜欢具体的思想，不喜欢"神秘"，神秘而要是写实，正如做梦一样，我们做梦都是写实，你不会做我的梦，我不会做你的梦。凡不是写实的思想我都不喜欢了。只要你是写实，无论怎样神秘，我都懂得。惟其写

实，乃有神秘。否则是糊涂了，是空虚了。①

废名所说的这种"具体"和"写实"，正是卞诗成功的秘诀，有了它们，深沉的智慧则变得亲切，日常的感受也变得隽永。

卞之琳就是这样一个不懈思考着平凡人生的诗人。早期的他还只是"较多表现当时社会现实的皮毛，较多寄情于同归没落的社会下层平凡人、小人物。"② 继续着"五四"知识分子关注平民百姓和社会底层的传统，但是很快，他就超越了小人物、小事件本身，转入智慧的思辨，上升到了哲学的高度。这种对凡人小事的超越并不意味着对凡人小事的背离，相反，这些细微琐事成了传达诗人哲思的最恰当的"客观对应物"。它们使诗人抽象的哲思变得具体起来。

"客观对应物"的理论也来自艾略特，卞之琳刻意对之加以实践是他诗学思想发展的必然。唐祈曾说："艾略特、奥登的诗歌观点和技巧，如'客观联系物'、'戏剧性处境'以及非个人化、典型化、小说化、甚至戏拟等等，都潜移默化在卞之琳诗中，浸润在他那支'化欧'的彩笔下。"③ 袁可嘉也认为："这种凭借客观事物来表达主观情景的戏剧手法，当然中外诗人早就用过，在新诗里戏剧独白也可能就由徐、闻开端，经过卞之琳的丰富发展，确实到达了更加多样化的地步。这是他吸收了法国象征派诗艺、融合了我国古典诗词的'意境'说，借鉴了艾略特的'客观联系物'的理论和实践，对新诗做出的重要贡献，一份新诗艺术有待发掘的宝贵财富。"④

这种具体的、在凡人琐事中溶注哲思的手法一直贯穿在卞之琳一生的创作当中，即使在其中后期的作品里也表现得非常明显。以《慰劳信集》为例，卞之琳在"实行空室清野的农民"身上看到了历史的大的进程：

> 你们会知道又熬过了一天，
> 不觉得历史又翻过了一叶。

---

① 冯文炳：《〈十年诗草〉》，《谈新诗》，北京：人民文学出版社，1984 年，第 172 页。

② 卞之琳：《〈雕虫纪历〉自序》，《雕虫纪历》，第 16 页。

③ 唐祈：《卞之琳与现代主义诗歌》，《卞之琳与诗艺术》，第 21 页。

④ 袁可嘉：《略论卞之琳对新诗艺术的贡献》，《卞之琳与诗艺术》，第 10 页。

在《一处煤窑的工人》中，他写道：

> 是一条黑线引了我去的，我想起，
> 绕一绕才到了热和力的来源——
> 煤窑。平空十八丈下到了黑夜里，
> 我坐了装人也装煤块的竹篮。
> 黑夜如果是母亲，这里是子宫，
> 我也为早晨来体验投生的苦痛。
>
> ……
>
> 此刻也许重新卷来了逆流，
> 你们在周旋，以潮浪压退潮浪；
> 要不然一定在加紧挥动铁锹，
> 因为你们已经摸到了方向。
> 小雏儿从蛋里啄壳。群星忒忒
> 似向我电告你们忍受的苦厄。

抗战期间，反映百姓苦难、歌颂工人阶级和劳动精神的诗作可谓不计其数，但大多数作品现在已被人们淡忘了，那种口号式和概念化的空洞作品，注定缺乏长久的艺术生命力。但是，卞之琳中后期的一些作品却在同时代的同类诗作中脱颖而出，虽然它们不能与诗人早期的"新智慧诗"的成就相比，但它们仍未被历史遗忘。我想，其中最重要的原因还是在于其作品中的"智慧之美"。他在小人物的身上看到了历史的宏阔步伐，在普通的劳动中发现了光明与生命的诞生，这种深刻的哲理性与思辨性提升了卞诗的艺术高度，人们通过这些作品能够发现，原来身边看似简单、了无诗意的生活是那样地充满了思想之灵与智慧之美。

第二节　废名：诗与禅

废名早期有一首小诗，与卞之琳的《投》颇有相似之趣：

> 我把我自己当一块石头丢了——
> 嗳哟，他丢不出这世界！①

　　虽然这种微见理趣的诗句在多思的诗人笔下也属常见，但由此也还是可以看出卞之琳、废名相似的趣味与风格。与看重"智慧之美"的卞之琳不同，废名因对禅宗佛教有特殊的兴趣和钻研，因而在文学观念和写作中也有独到的体现。朱光潜曾说："废名先生富敏感好苦思，有禅家与道人风味。他的诗有一个深玄的背景。"② 换句话说，与卞之琳的"智慧之美"有所不同的是，废名的诗中独有一种"禅意之美"，它与禅宗思想中的静观、心象、顿悟、机锋相关，但又透过诗人特有的艺术方式呈现在他的笔下，成为一种不可复制的诗美。也正如朱光潜所说："诗虽不是讨论哲学和宣传宗教的工具，但是它的后面如果没有哲学和宗教，就不易达到深广的境界。诗好比一株花，哲学和宗教好比土壤，土壤不肥沃，根就不能深，花就不能茂。"③ 这可以看作是对废名思想与诗歌之间关系的一种恰当的诠释。

一

　　废名之偏爱禅趣，虽在很大程度上与家乡黄梅的文化背景和他少时的某些经历有关，但更多的还是出于思想上的接近和文化趣味方面的认同。他从小潜移默化地接受佛教思想的影响，在他日后游学深造的过程之中，渐渐互相渗透，遂形成独特的思想背景。所以说，要考察废名的佛禅思想，也必须融入现代文学和艺术的观念中进行整体的观照，在这个基础上，考察其独特的思想背景对于文学写作的影响，需要更充分地认识到问题的复杂性与过程性的特征。

　　废名学贯中西，在北京大学攻读西洋文学，却有著名的"拿着毛笔写英文"的美谈传世。他一方面受到西方现代诗潮的影响，另一面又深谙传统文学，对温李诗词和六朝文倍加推崇。他在求学期间结识了熊十力、周作人等师辈，深化了其思想深处的佛禅思想，令早年埋下的种子有机会生根开花，甚至

---

① 废名：《一日内的几首诗·一》，王风编：《废名集》第3卷，第1496页。
② 朱光潜：《编辑后记》，《文学杂志》第1卷第2期，1937年6月1日。
③ 朱光潜：《中西诗在情趣上的比较》，《诗论》，北京：三联书店，1984年，第76页。

在造诣方面超越了他的师长。因而在废名这里，学术背景、思想背景都可谓复杂而且融会，他的佛禅思想远不同于一般乡野信众的见识。虽然禅学作为中国化的佛教，已成为一种指导人生的生命哲学和生活哲理，也必然成为废名理解生活的一种方式，甚至贯穿于他日常而琐碎的生活点滴之中，但对他来说，那些思想已远非零碎的、直觉式的感悟，更不是迷信式的盲从，而是真正转化为他看待宇宙、历史、人生和文学艺术的一种重要的参照和底蕴。

自 1926 年 6 月将本名冯文炳改为废名之后，他的思想发生了实质性的蜕变。1930 年代中期以后，废名对佛禅表现出日益浓厚的兴趣。周作人回忆当时的情景时曾生动地描述："废名自云喜静坐深思。不知何时乃忽得特殊之经验，趺坐少顷，便两手自动，作种种姿态，有如体操，不能自已，仿佛自成一套，演毕乃复能活动。鄙人少信，颇疑是一种自己催眠，而废名则不以为然。其中学同窗有为僧者，甚加赞叹，以为道行之果，自己坐禅修道若干年，尚未能至，而废名偶然得之，可谓幸矣。废名虽不深信，然似亦不尽以为妄。"①也就是从这个时期开始，废名的诗中与诗歌批评及理论中，都更多更集中地出现了与佛禅思想有关的表述。比如，他曾经直截了当地提出："中国后来如果不是受了一点儿佛教的影响，文艺里的空气恐怕更陈腐，文章里恐怕更要损失好些好看的字面。"②但是，这个说法毕竟还比较笼统，且所论范围也远不仅指诗词，而更加具体明确的说法则出现在《谈新诗》中。

在《谈新诗》中，废名极力推崇晚唐诗风，对温庭筠、李商隐尤为看重，对新诗人林庚的称道也以其为新诗坛突然地带来一份"晚唐的美丽"而作为最高评价。其实，晚唐诗风本身就与禅宗思想大有相通之处。比如，晚唐时期僧诗的地位突出，很多凡俗诗人也多有语含机锋的作品，甚至到了"诗无僧字格还卑"的地步。司空图曾作"自作深林不语僧""云从潭底出，花向佛前开"等诗句，虽然语义浅俗，却透露出当时诗人企图以诗意传达禅趣的倾向，也反映出晚唐时期禅思意味在诗歌艺术中的崇高地位。废名之偏好晚唐诗词，很难说与此无关。

司空图喜好禅学，他在《诗品》中曾他把诗歌分为"雄浑""冲淡""含蓄""清奇"等 24 类，以比喻 24 种意境。这 24 种"景"和"象"不仅仅是

---

① 周作人：《怀废名》，《周作人自编文集·药堂杂文》，石家庄：河北教育出版社，2002 年，第 126 页。

② 废名：《中国文章》，王风编：《废名集》第 3 卷，北京：北京大学出版社，2009 年，第 1371 页。

景和象本身，而且是"味外之旨""韵外之致""象外之象"，是"超以像外，得其环中"。他的美学思想明显受到禅学的"无相"和"不可取相，不可缘，不可见"① 的影响，从而赋予了诗的意境以更含蓄的内涵。此后很多文人都谈到过做诗与参禅的相通之处，如韩驹在《赠郑赵伯鱼》一诗中说："学诗当如初学禅，未悟且遍参诸方。一朝悟罢正法眼，信手拈出皆成章。"即是一种颇为常见的以禅喻诗的方式。元好问的名句"诗为禅客添花锦，禅是诗家切玉刀"，至今仍被认为是诗禅相通的绝好诠释。袁行霈曾概括禅对诗的渗透，指出可以从两个方面来看：一方面是"以禅入诗"，另一方面是"以禅喻诗"。"以禅入诗"是传统的说法，细分起来更有"以禅参诗""以禅衡诗"和"以禅论诗"的区别。"以禅参诗"是用参禅的态度和方法去阅读和欣赏诗歌作品；"以禅衡诗"则用禅家所谓的大小乘、南北宗、正邪道的说法来品评诗歌的高低；"以禅论诗"则是用禅家的妙谛地来讨论做诗的奥妙。② 也就是说，禅与诗之间的相通，不仅是在意境上，更包括了实际的写作、阅读和批评等多个层面，所以，难怪禅的传播与诗的发展能有这样的相遇，也难怪一代一代的诗人对此有那样的偏好和笃信。事实上，直到现代，诗境中的超凡淡远与做诗时的妙悟、读诗时的契合，都是诗学中的重要话题，虽然讨论时可资凭借的资源大有不同，但内在的精神仍然密切相通。在我看来，无论是"以禅参诗"还是"以禅论诗"，都可以在废名的诗歌批评当中找到很多显著的例证。

首先从创作的角度而言，禅宗讲求妙悟，"拈花微笑"的故事凡俗皆知。其实，文学上的所谓灵感也与顿悟颇有点类似，钱锺书在《谈艺录》中曾说："悟乃人性之本有，岂禅家所得有私，一切学问，深造有得，力久则入。禅家特就修行本分，拈出说明，非无禅宗，即并非悟。"③ 朱光潜在《诗论》中也说："读一首诗和作一首诗都常需经过艰苦思索，思索之后，一旦豁然贯通，全诗的境界于是像灵光一现似的突然出现在眼前，使人心旷神怡，忘怀一切。这种现象通常称为'灵感'……灵感亦无任何神秘，它就是直觉，就是'想象'，也就是禅家所谓的'悟'。"④ 废名在《谈新诗》中提到，"诗之来是忽然而来，即使不写到纸上而诗已成功了"⑤。他曾将自己的诗与卞之琳、林庚、

① 郭绍虞：《中国历代文论选》（二），上海：上海古籍出版社，1996年，第203页。
② 袁行霈：《中国诗歌艺术研究》，北京：北大出版社，1996年，第213页。
③ 钱锺书：《谈艺录》，中华书局，1993年，第257页。
④ 朱光潜：《诗的境界——情趣与意象》，《诗论》，第45—48页。
⑤ 废名：《〈尝试集〉》，《谈新诗》，第8页。

冯至等诗人相比，一方面承认他们写得好，"我是万不能及的"，但一方面又颇为自得地说："我的诗也有他们不能及的地方，即我的诗是天然的，是偶然的，是整个的不是零星的，不写而还是诗的。"① 同时，他也承认他本人的很多诗都是得自于一种突如其来的灵感，比如《妆台》，他就"写得非常之快，只有一二分钟便写好的"②。这样的理念和实践的经验，让废名高度肯定一种偶然、顿悟的创作方式，他相信好诗来自刹那的灵感和稍纵即逝的直觉。因而，在诗歌批评方面，他也确信好诗的关键在于"顿悟"与"天成"，比如对于郭沫若《夕暮》一诗的推崇就是如此，他称《夕暮》为"新诗的杰作"，认为"新诗能够产生这样的诗篇来，新诗无疑义的可以站得住脚了。"因为，"这首诗之成，作者必然是来得很快，看见天上的云，望着荒原的山，诗人就昂头诗成了，写得天衣无缝。"③

从诗歌接受与阐释的角度来说，废名也同样借鉴了佛禅的思路。最明显的例子就是他对于胡适所提出的"明白晓畅""妇孺可懂"之诗歌美学的拒绝。废名的诗是出了名的晦涩难懂，刘半农曾说他的诗"无一首可解"，其实这个晦涩的效果也正是废名诗学观念的体现。在废名看来，诗之理解与禅宗的机锋同理，就是让人感到锋利而微妙的一刺，难以严明，却了然于心。梁实秋也曾经说过："禅宗主张不立文字，但阐明宗旨还是不能不借重文字。据我浅陋的了解，禅宗主张顿悟，说起来简单，实则甚为神秘。棒喝是接引的手段，公案是参究的把鼻。说穿了即是要人一下子打断理性的逻辑的思维，停止常识性的想法，蓦然一惊之中灵光闪动，于是进入一种不思善不思恶无生无死不生不死的心理状态。在这种状态之中得见自心自性，是之谓明心见性，是之谓言下顿悟。"④ 这样的境界，其实也正是废名在诗中所追求的境界：看似神秘，实则契合，大约这也正是东方禅思与西方诗学中所谓象征的某种深层的相通吧。

特别有趣的是，梁实秋回忆自己曾与胡适讨论过禅宗的思想，胡适表示并不相信，梁实秋说："胡先生研究禅宗历史十分渊博，但是他自己没有做修持的功夫，不曾深入禅宗的奥秘。事实上他无法打入禅宗的大门，因为禅宗大旨本非理性的文字所能解析说明，只能用简略的象征的文字来暗示。"⑤ 这个分

---

① 废名：《〈妆台〉及其他》，《谈新诗》，第217页。
② 同上，第218页。
③ 废名：《沫若诗集》，《谈新诗》，第147页。
④ 梁实秋：《影响我的几本书》，陈子善编：《梁实秋文学回忆录》，第25页。
⑤ 同上。

析让人联想起 1936 年《独立评论》上有关"看不懂"的那一场争论，那个笃信理性和解析并深信文学也要"明白晓畅"的胡适，与"老衲"般的废名曾有直接的冲突，这是一场因为诗学立场分歧的争论，但其背后的思想与思维的差异似乎也值得探究。

二

当然，最能体现废名诗中禅意的还是他笔下的意象和意境。

"花"是佛经中的经典意象，"拈花微笑"更是佛家的至高境界。同时，"花"也是废名诗中一个极为重要的典型意象。1940 年代，废名在《〈妆台〉及其他》一文中所选自己的七首代表诗作中，就有三首是以"花"为中心意象的。

第一首《小园》：

> 我靠我的小园一角栽了一株花，
> 花儿长得我心爱了。
> 我欣然有寄伊之情，
> 我哀于这不可寄，
> 我连我这花的名儿都不可说，——
> 难道是我的坟么？

这里的"花"，表面上是年轻人的一份欲寄又寄不出的爱情与相思，但更深处却隐藏了一份对生命的态度。废名自己说，日后读这首诗"仿佛很有哀情似的"①，因为，当"花的名儿就是自己的坟"，这"花"就成了每个人最终的归宿、每个生命最后的结果和形式。在这个意义上，"花"所承载的哲学意味已远远超过了爱情与相思的范畴，而变成了生命的象征。

第二首《海》：

> 我立在池岸
> 望那一朵好花
> 亭亭玉立

---

① 冯文炳：《〈妆台〉及其他》，《谈新诗》，第 219 页。

出水妙善，——
我将永不爱海了！
荷花微笑道：
"善男子，
花将长在你的海里。"

　　废名本人非常珍爱这首《海》。他说："这首诗，来得非常之容易，而实在有深厚的力量引得它来，其理论可以说是雷声而渊默。我当时自己甚喜欢它。要我选举我自己的一首诗，如果林庚不替我举《妆台》，我恐怕是举这首《海》了。我喜欢它有担当的精神。我喜欢它超脱美丽。"[①] 在佛教思想中，"花"和"海"的对比即是精神圣境和凡俗人间的对比，如果说"花"代表着圣洁的得道，那么"海"则是凡俗人间难以真正脱离的苦海。但这看似非此即彼难以两全的两重境界却在"善男子"的"担当"精神与取舍勇气之中化而为一。"妙善"之花终将开在真正得道的"善男子"的生命之中，当"花""海"兼得，也就是"花"即是"海"，因为对具有特殊精神追求的人而言，追求的正是在凡俗人间修得超凡脱俗的境界。
　　第三首《掐花》：

我学一个摘花高处赌身轻，
跑到桃花源岸攀手掐一瓣花儿，
于是我把他一口饮了。
我害怕我将是一个仙人，
大概就跳在水里淹死了。
明月出来吊我，
我欣喜我还是一个凡人
此水不现尸首，
一天好月照彻一溪哀意。

　　诗人说，写这首诗的"动机是我忽然觉得我对于生活太认真了，为什么这样认真呢？大可不必，于是仿佛要做一个餐霞之客，饮露之士，心猿意马一跑

───────────

　　① 冯文炳：《〈妆台〉及其他》，《谈新诗》，第220页。

跑到桃花源去掐一朵花吃了"①。这里的"摘花"与餐霞饮露一样，寓喻着一个凡俗的人对生活的超脱，即放开执着追求另一种境界。但诗人又实在仍然"忠于人生"，所以并不想成为"仙人"，于是就在精神上神往一种"海不受死尸"式的澄洁之境。废名用这种极其隐晦的方式传达他内心的难以传达之意，作为读者未必能够领会这些意象背后的禅意，但纵然如此，多少领略一点那种只能意会不可言传的美丽与禅趣，已是一种特别的趣味了。废名其实也并不是真的脱离尘世，正如他自己说的，他"确是忠于人生的"，所以他也沉醉于以世间之相折射出一份奇幻之美，这或许就是他说"此首或胜过《海》亦未可知"②的意思吧。

陆龟蒙曾有《木兰堂》一诗曰："洞庭波浪渺无津，/日日征帆送远人。/几度木兰舟上望，/不知原是此花身。"俞陛云《诗境浅说》对此解释说："在舟中见木兰花，而所乘者即木兰之楫。身既成舟，与花何涉？释氏所谓以筏喻者，乘筏正登彼岸，焉用筏为？此诗咏木兰之意亦然。花与舟乃一而二者，可以悟身世矣。"③"木兰花"固然是彼岸境界的象征，但在以禅意观世的人看来，"花"亦是"舟"，渡"舟"就"花"的过程本身，就已经达到理想的境界了。这应该仍是佛家对人之执着的劝慰，也是诗人自己的顿悟。这种以"花"寓理是禅趣诗中较为常见的思路和方式，废名的"禅趣"在这个方式上无疑得到了充分的展现。

与"花"同样重要的，还有"海"的意象。与同样常常出现在浪漫主义诗人笔下的自然界波涛汹涌的大海不同，废名笔下的海都另有深意。

在佛教用语中，"海"多指苦海，也即人世间。在前文所引的《海》一诗中，诗人自喜的担当与勇敢正是来自于"善男子"对"海"的不忍脱离的态度。这不是留恋，而是"担当"，即便想要追随妙善之花，但也不能轻松甩脱人世诸苦，因而，只有秉有大爱和大智慧的修行者才能知而能行，让"花"长在"海"里，让大智慧绽放在人世的现实之中。废名说："望着眼前的花而说这一句话，不是真爱海者是不会说的，不是真爱花者也不会说这话。"④这大概已经多少道出了他自己在人世间寻求某种信仰和道理的心境。

在名篇《十二月十九夜》里，"海"的意象也非常重要：

---

① 冯文炳：《〈妆台〉及其他》，《谈新诗》，第 222 页。

② 同上。

③ 俞陛云：《诗境浅说》，北京：中华书局，2010 年，第 264 页。

④ 冯文炳：《〈妆台〉及其他》，《谈新诗》，第 220 页。

深夜一枝灯，

若高山流水，

有身外之海。

星之空是鸟林，

是花，是鱼，

是天上的梦，

海是夜的镜子。

思想是一个美人。

是家，

是日，

是月，

是灯，

是炉火，

炉火是墙上的树影，

是冬夜的声音。

"有身外之海"和"海是夜的镜子"两句是通篇中难懂的关节。如果从现实的角度去看，"海是夜的镜子"是一个巧妙的譬喻，确实可以对应在现实的景象之中，但"身外之海"则完全不可解。事实上，结合佛禅思想就很容易明白，这里指的就是世俗的人生，是个体的修行者身处的现实环境，而"海是夜的镜子"其实也不仅是风景的妙喻，更包含着日常的现实界与超越的精神界之间的关系。

由此，其实又引出了另外两个重要的意象："灯"与"镜"。

与一般诗歌中将灯比喻为光明不同，佛家常把灯烛作为佛意禅心的一种象征。"心灯"是佛家特有的术语，有心灵能够烛照一切之意。佛教有"一灯能破千年暗，一智能灭万年愚"之说，都有一种以智慧佛法破除愚妄，用佛性光明开导世人执念之意。因而，反观《十二月十九夜》中的"灯"，与诗人之间达到了一种类似"高山流水"的相知境地，正是诗人在独自思索各种玄理而倍觉通彻、有所感悟的意思。这枝灯给诗人带来如此相契和愉悦之感，成为全诗的基调，贯穿在这凄清但又温暖的冬夜之中。诗的中间突然出现"思想"看似突兀，但实际上正接续并巧妙地解释了"灯"这个核心的意象。

废名有两首题目就是《灯》的作品，一首写于 1931 年 4 月，另一首发表于 1937 年。早期那首《灯》中充满了明与暗、灯与夜的辩证：

> ……
> 一个人我又走了回来，
> 我的掌上捧了一颗光明，
> 我想不到这个光明又给了我一个黑暗，——
> 从此我才忠实于人间的光阴，
> 我看守着夜，
> 看守着夜我把我的四壁也点了一盏灯，
> 我越看越认它不是我的光明，
> 我的光明那里是这深山里一只孤影？
> 我却没有意思把我的灯再吹灭了，
> 我仿佛那一来我将害怕了。

在这里，明与暗的辩证有深邃的禅学意味。《五灯会元》卷七曾记有关于德山宣鉴向龙潭崇信学禅的一则公案：一夕侍立次，潭曰："更深何不下去？"师珍重便出。却回曰："外面黑"。潭点纸烛度于师，师拟接，潭复吹灭。师于此大悟，便礼拜。① 这则公案的道理在于，黑暗原在于人的内心，内心有光明，身外也即无黑暗。而废名此诗也蕴涵着类似的道理：光明与黑暗伴生，"看守着夜"需要"心灯"；而内心的灯会随着思想的修养而越来越亮，超出一盏灯、一只孤影，成为一种通达的大光明。

在几年后的另一首《灯》里，那种机智和辩证的玄思似乎淡化了，代之而来的是一种自由无碍、神与物游的大欢喜：

> 深夜读书
> 释手一本老子道德经之后，
> 若抛却吉凶悔吝
> 相晤一室。
> 太疏远莫若拈花一笑了，
> 有鱼之与水，
> 猫不捕鱼，
> 又记起去年冬夜里地席上看见一只小耗子走路，

---

① ［宋］释普济：《五灯会元》卷七，中华书局，1984 年。

夜贩的叫卖声又做了宇宙的言语，

又想起一个年青人的诗句

鱼乃水之花。

灯光好像写了一首诗，

他寂寞我不读他。

我笑曰，我敬重你的光明。

我的灯又叫我听街上敲梆人。

　　只有理解了佛禅思想里的"灯"，才能明白这里的"灯光"与"我的灯"并不是一回事。诗中通篇都是凡俗点滴的日常生活，诗人就安然在这世俗之中保持着一种深玄通达的精神状态。诗人在个人的体验中感受着"宇宙"、古今、吉凶、相对、时间、关联等等诸多问题。深夜的灯下，这大概是废名常有的神游状态——这从《十二月十九夜》中也分明可以看出。可喜的是，他的神游早已不是纠结执念于一些深涩玄秘的问题，而是轻松自由"从心所欲"的自在状态。因而，这里的"我的灯"并不是面前的一枝灯烛，而是内心的"心灯"，是自我的澄明与喜悦。诗人最后的"笑曰"，简直有拈花一笑的力量了。

　　在废名的诗中，"镜"绝对是最常出现的意象之一。他1931年5月间曾写诗40首，集为《镜》诗集，后与此前的《天马》合为一集，题为《天马诗集》。在保存完整的40首《镜》集之中，又有《镜》《镜铭》，以及《妆台》《自惜》《无题》《伊》等与"镜"密切相关的多篇。

　　镜子是佛家思想中重要的意象，它既有明净鉴照的意思，如"海是夜的镜子"（《十二月十九夜》）；又有真与幻、有与无、色与空等深意。比如一般人说的"镜花水月"中就有此含义。所以在废名的诗里，寓涵此意的句子很多，最著名的也是他本人和林庚都非常钟爱的《妆台》：

因为梦里梦见我是个镜子，

沉在海里他将也是个镜子，

一位女郎拾去

她将放上她的妆台。

因为此地是妆台，

不可有悲哀。

　　废名自己解释这首诗时说："这首诗我写得非常之快，只有一二分钟便写好的。当时我忽然有一个感觉，我确实是一个镜子，而且不惜于投海，那么投了海镜子是不会淹死的，正好给一女郎拾去。往下便自然吟成了。两个'因为'非常之不能做作，来得甚有势力。'因为此地是妆台，不可有悲哀'，本是我写《桥》时的哲学，女子是不可以哭的，哭便不好看，只有小孩子哭很有趣。所以本意在《妆台》上只注重在一个'美'字，林庚或未注意及此，他大约觉得这首诗很悲哀了。我自己如今读之，仿佛也只是感得'此地是妆台，不可有悲哀'之悲哀了。其所以悲哀之故，仿佛女郎不认得这镜子是谁似的。奇怪，在作诗时只注意到照镜子时应该有一个'美'字。"①

　　其实在我看来，废名自己的这段解释仍然不够清晰，因为他并未把镜子、海、梦等带有禅宗思想的意象解释出来。梦见自己是个投海的镜子，这在常人仍是怪异之想，而如果在佛家禅宗的色空观中去理解则十分明白：一个修行的心灵投身于世俗凡间，真幻相应，在玄秘的精神世界和现实的日常生活中自在地畅游，所以"投了海镜子是不会淹死的"，有修行的心灵在尘世中也不会迷失。而至于"因为此地是妆台，不可有悲哀"，其实也正呼应了佛家"明镜亦非台，何处惹尘埃"之深意，人间的种种色相说到底也是不会沾染在明镜之上的。这层深意，在《镜铭》中有更深邃的表达：

　　　　我还怀一个有用之情，
　　　　因为我明净，
　　　　我不见不净，
　　　　但我还是沉默，
　　　　我惕于我有垢尘。

　　这首诗远比《妆台》深幽难解，也更充满机智辩证的玄思。在镜子固有的真幻之辨的基础上，诗人又加入了"用"与无用的对照，以及"见"与言的关联。这里面有复杂的肯定与否定，也有连环式的因果，一面可以看作是对镜子的拟人化处理，一面又完全可以视为以镜子的意象象征禅心，是一个修行的诗人对自身生命的思考。因为佛学讲究"镜有明性，烦恼覆之，如镜之尘……"因而诗人虽然追求完全的"明净"，却并不敢说自己就已经没有烦恼与妄念，已经能完全"明净"。因而这首诗其实是废名在提醒自己，警惕"垢尘"，认清自我，逐步走向更明净的境界。

――――――――――――

① 废名：《〈妆台〉及其他》，《谈新诗》，第218—219页。

这样的自我激励和提醒，同时也是自身矛盾状态的呈现，在《自惜》中也有表达：

> 如今我是在一个镜里偷生，
> 我不能道其所以然，
> 自惜其情，
> 自喜其明净。

诗人再次以"明净"为理想，但同时也流露了某种矛盾，即在现世——甚至是乱世——中的"偷生"与"自惜"之情。这恐怕是身兼现代知识分子与佛家信徒的废名所必然面对的矛盾吧。在 20 世纪的中国，是否能且如何能做到独善其身、超然世外，这在他恐怕是个很大的困境，这个矛盾也一直存在于他后来的思想之中。

正是在这个意义上说，废名诗的价值既不同于其他不同思想背景的现代诗人，也迥异于传统的诗僧，他的跨越世俗与宗教之间的思考，也成为一种独特的思想与艺术贡献，成为现代与传统、尘世与超凡的对照与融合的结晶。

第四章　化古之美

第一节　废名的"传统"与"现代"

在中国新诗的历史上，废名不能算是一位影响很大的诗人。他的诗歌作品数量不多，且因充满禅趣尤显深奥晦涩，因此，仅就其声望与影响力而言，废名的诗似乎不及他的小说、散文和诗论在现代文学史上所占的地位那样重要。但值得注意的是，废名的诗歌——与其小说、散文一道——体现了一种独到的文学观念，这个观念本身，在新文学发展的历史中具有较大的探索意义。甚至可以说，废名的诗歌观念代表了 1930 年代中国新诗的一种重要的、有代表性的艺术尝试：这是一种以"现代"精神借鉴和重释古诗"传统"的尝试，或者说，这是一种是返身"传统"并从中找寻"现代"出路的尝试。

以"传统"或"现代"为切入点来谈论中国新诗，似乎已成老生常谈。但如果我们能够抛弃以往那种将"传统"与"现代"简单对立，或是将其等同于"东""西"之辨"新""旧"之分的僵硬框架，就仍可从中发现不少有价值的现象和问题。

新诗史上有这样一种现象：废名、林庚、朱英诞，包括卞之琳和早期何其芳，他们的诗歌创作从感觉方式、传达方式、意象意境的营造等方面而言，都显得相当"传统"；同时，在诗歌理论和诗歌史观的阐述方面，他们更是无所顾忌地表明了自己趋向"传统"的立场。但恰恰也是这批人，都被毫无争议地纳入了"现代派"的范围（即便除去《现代》杂志在命名上的影响，他们艺术风格与艺术观念中的现代色彩和创造力也使他们堪当"现代派"的称号）。这个看似矛盾的现象引发了一个重要的问题：即他们是如何看待"传统"与

"现代"、如何以沟通的眼光和创造性的尝试来对待"新诗"的？而作为新诗史研究者的我们又应当如何理解他们、评价他们？

在这个既"现代"又"传统"——或者是因其"传统"更凸显其"现代"？——的诗人群体中，废名是最有代表性也最有影响力的一员。因为他不仅有诗歌创作，更有大量的诗评、诗论，以及诗歌史探讨。他的《谈新诗》不仅直接影响了三、四十年代众多的听讲学生，同时更成为新诗史上一部新鲜独到的评论著作。在这个意义上讨论废名诗歌观念的"传统"和"现代"，也是希望通过解剖一个人的诗歌观念来考察和总结一个流派的诗学追求和艺术得失。

一

中国新诗是以一种"革命"的姿态产生的。为了摆脱旧诗的强大影响，初期白话诗求"新"的姿态彻底得近乎矫枉过正。很多人把探索的目光投向了西方诗歌，进行了大量的模仿和借鉴。对于那些较为盲目的模仿，废名曾挖苦说："新诗作家乃各奔前程，各人在家里闭门造车。实在大家都是摸索，都在那里纳闷。与西洋文学稍为接近一点的人又摸索西洋诗里头去了，结果在中国新诗坛上又有了一种'高跟鞋'。"① 这个"高跟鞋"的比喻让人不禁联想到胡适"放脚鞋样"的自嘲，胡适的"尝试"苦于无法真正摆脱旧诗传统，"很像一个缠过脚后来放大的妇人回头看他一年一年的放脚鞋样，虽然一年放大一年，年年的鞋样上总还带着缠脚时代的血腥气"②。胡适的本意在于检讨自己脱离旧诗藩篱的不彻底，可见当时诗坛的主流思潮即在于要求彻底摆脱旧诗束缚，写全新的诗，而这个对"新"的评判尺度则直接来自西方。

有趣的是，英文系出身的废名不仅没有加入模仿西诗的队伍，反而以"高跟鞋"为喻，暗示这种模仿的方法不仅仍做不成一双让中国新诗感到"合脚"的舒适鞋子，而且弄不好还会成为新诗摆脱旧诗后的新的裹脚布。他提醒说："当初大家做新诗，原是要打倒旧诗的束缚，而现在却投到西洋的束缚里去，美其名曰新诗的规律"，这是另一种值得特别警惕的新"八股"③。

与西化的潮流不同，废名将探索的目光投向了中国古典诗歌传统。他的理

---

① 冯文炳：《新诗应该是自由诗》，《谈新诗》，第 24 页。
② 胡适：《尝试集·四版自序》，《胡适文集》第 3 卷，第 172 页。
③ 废名：《〈周作人散文钞〉废名序》，王风编：《废名集》第 3 卷，第 1276 页。

想是要做出一双既与传统相搭配，同时又符合现代人身份气质和穿着习惯的鞋子。这双鞋的设计，必须而且只能为中国诗歌所独有，因此，它也只能在重新考察传统诗歌的基础上得来。对此，废名说：

> 我那时对于新诗很有兴趣，我总朦胧的感觉着新诗前面的光明，然而朝着诗坛一望，左顾不是，右顾也不是。这个时候，我大约对于新诗以前的中国诗文学很有所懂得了，……我发见了一个界线，如果要做新诗，一定要这个诗是诗的内容，而写这个诗的文字要用散文的文字。……中国的新诗，即是说用散文的文字写诗，乃是从中国已往的诗文学观察出来的。①

> 我以为重新考察中国已往的诗文学，是我们今日谈白话新诗最要紧的步骤，我们因此可以有根据，因此我们也无须张皇，在新诗的途径上只管抓着韵律的问题不放手，我以为正是张皇心理的表现。我们只是一句话，白话新诗是用散文的文字自由写诗。②

在我看来，这是废名诗论中最重要的两段阐述，因为他在这里不仅明确地给出了一个新诗的定义，即新诗应该是用"散文的文字"写"诗的内容"这样一个核心观念，同时他更强调了这个观念的来源，说明了这个观念产生于对已往诗文学的"观察"和"重新考察"。

这个来源非常重要，因为对传统的重新考察为废名的新诗定义和诗歌观念构建了一个重要的基础。正因为他不是人云亦云，不是一时兴起，而是将文学创作的探索与文学史研究结合在了一起，所以他才能这样自信地认定这是新诗发展的正途，并将这一观念反复强调，坚持多年。

之所以说废名的思路既很"传统"又很"现代"，是因为一方面他从出发点上就表现出朝向传统而不是朝向西方，这个方向和源头非常"传统"。废名对此很明确也很自信，他说："真正的中国新文学，并不一定要受西洋文学的影响的。"他将林庚和朱英诞的诗看作新诗的范本，不仅称赞他们的"完全与西洋文学不相干"，而且进一步赞美道，"他们的诗比我们的更新，而且更是中

---

① 冯文炳：《新诗应该是自由诗》，《谈新诗》，北京：人民文学出版社，1984年，第24页。
② 同上，第39页。

国的了"，因此，他们的"分量或者比任何人要重些"①。

但另一方面，废名返身传统的姿态又可以说是非常"现代"的。他的"现代"就表现在他一贯强调的"重新考察"。也就是说，他非但不盲从西方诗学的某个流派，同时也并不是盲目地回到传统。他的考察却带着"重新"的眼光，正说明他是以一种前所未有的新的视角来审视传统。这个视角本身就是"现代"精神。也就是说，废名的回到传统不是保守、不是复古，也不是倒退，而是以现代的文学观念重新审视、阐释甚至取舍传统。在对浩瀚的旧文学的整理中，胡适发现了"白话文学"一脉，周作人发现了晚明小品，而废名则以现代的眼光照亮了以温庭筠、李商隐为代表的晚唐诗歌。在我看来，他们这样主动地重释和取舍传统，虽然各自的发现不相同，归依的源头也不一样，但就这个做法本身的性质而言却是一样的"现代"。他们都不为传统所禁锢，而是以主动的姿态突入传统，在传统中发现新文学的新生机。

说废名以现代眼光照亮了以温、李为代表的晚唐诗歌，是因为在 1930 年代北平"现代派"诗人中间，的确曾出现过一股"晚唐诗热"，而这股思潮的代表人物之一就是废名。此外，共同探索晚唐诗风并以此影响自己新诗创作的还有林庚、卞之琳、何其芳等人。他们对晚唐诗风绮美幽深的艺术特征加以肯定，并将之与现代派诗歌艺术存在根据进行契合的理解。可以说，"晚唐诗热"是一场有意识的理论建设，它体现了诗人们在诗歌美学观念和对待传统诗学态度上的双重转变，而这种转变也已构成了对新诗观念的一次冲击。

与林庚、何其芳等人在创作中的默默实践相比，废名在理论上的举义更具有明晰广泛的影响。尤为突出的是，他曾明确声称："现代派是温、李一派的发展"，并清楚地勾勒出现代主义诗歌与晚唐诗人在情感上、精神上、趣味上的内在联系。他说："我的意思不是把李商隐的诗同温庭筠的词算作新诗的前例，我只是推想这一派的诗词存在的根据或者正有我们今日白话新诗发展的根据了。"②"这一派的根苗又将在白话新诗里自由生长，这……也正是'文艺复兴'。"③

那么，废名为什么找到了晚唐作为诗歌"文艺复兴"的源头？或者说，他究竟在晚唐诗风里发现了哪些具有现代意义和价值的因素？我认为，他首先找到的是使"诗"之为"诗"的本质特征。

---

① 冯文炳：《林庚同朱英诞的新诗》，《谈新诗》，第 185 页。
② 冯文炳：《已往的诗文学与新诗》，《谈新诗》，第 28 页。
③ 同上，第 39 页。

在胡适等初期白话诗作者看来，新诗之"新"在于"诗体大解放"。他们讲求"不拘格律，不拘平仄，不拘长短；有什么题目，做什么诗；诗该怎样做，就怎样做。"① 把重点置于诗的语言和形式的层面，却忽略了诗之为诗的本质特征。这也就是梁实秋为什么会提出初期白话诗"注重的是'白话'，不是'诗'"② 这一批评的原因。而提倡晚唐诗的废名恰恰对此做出了反拨，他在考察了晚唐诗的基础上，给新诗下了这样一个定义：

> 如果要做新诗，一定要这个诗是诗的内容，而写这个诗的文字要用散文的文字。已往的诗文学，无论旧诗也好，词也好，乃是散文的内容，而其所用的文字是诗的文字。我们只要有了这个诗的内容，我们就可以大胆的写我们的新诗，不受一切的束缚，"不拘格律，不拘平仄，不拘长短；有什么题目，做什么诗；诗该怎样做，就怎样做。"我们写的是诗，我们用的文字是散文的文字，就是所谓自由诗。③

也可以说，废名是给胡适的观念设定了一个重要的基础和前提。他提出，最重要的是"诗"本身。在讲诗体解放之前，先得确定"诗"成其为"诗"，然后才能谈到"体"的问题，谈到"文字"的问题。这就是说，诗"质"与"诗体"并非对立不容，但诗"质"决定"诗体"，"诗体"依赖于诗"质"而存在。而所谓的诗"质"，就是废名所说的"诗的内容"和"诗的感觉"。

那么，诗的"内容"和"感觉"指的是什么呢？废名无法给出一个明确具体的定义，但他在李商隐和温庭筠的诗词中找到了范例。他说："李商隐的诗应是'曲子缚不住者'，因为他真有诗的内容。"而温庭筠的词"真有诗的感觉"，这种感觉是"立体的感觉"。因此，"温庭筠的词简直走到自由路上去了，在那些词里表现的东西，确乎是以前的诗所装不下的。这些事情仔细研究起来都很有意义"④。他解释说："温庭筠的词不能说是情生文文生情的，他是整个的想象，大凡自由的表现，正是表现着一个完全的东西。好比一座雕刻，在雕刻家没有下手的时候，这个艺术的生命便已完全了。"⑤

---

① 胡适：《谈新诗》，《胡适文集》第 3 卷，第 138 页。
② 梁实秋：《新诗的格调及其他》，《诗刊》第 1 期，1931 年 1 月 20 日。
③ 冯文炳：《已往的诗文学与新诗》，《谈新诗》，第 37 页。
④ 冯文炳：《新诗应该是自由诗》，《谈新诗》，第 27 页。
⑤ 冯文炳：《已往的诗文学与新诗》，《谈新诗》，第 30 页。

这种"天然的,是偶然的,是整个的不是零星的,不写而还是诗的"① 内容,以及这种"整个"的想象、浑然的"感觉",是废名诗学观念中的上乘境界。也许有人会责怪他阐述得并不明朗,但有一点是清楚的,那就是他关注这种非常内在甚至无法言传的诗"质",则超越了以外部的语言形式等因素来区别"诗"与"非诗"的做法。也就是说,诗的内容的健全和浑然是决定诗之为诗的关键,而外在的形式如何则不会影响到诗"质"的真伪和价值。

同时,在废名看来,诗的"内容"和"感觉"还会因为时代的不同而发生变化。因此,考察诗的"新"与"旧",不在于看它是否以白话来写,而是看它是否根据时代的发展而引起了诗歌本质的变化。废名认为:

> 诗的内容的变化……是一定的,这正是时代的精神。好比晚唐人的诗,何以能说不及盛唐呢?他们用同样的方法做诗,文字上并没有变化,只是他们的诗的感觉不同,因之他们的诗我们读着感到不同罢了。……感觉的不同,我只能笼统的说是时代的关系。因为这个不同,在一个时代的大诗人手下就能产生前无所有的佳作。②

这就是说,在废名的诗歌观念中,诗歌的"新""旧"之辨,完全取决于其内在的诗"质",而非形式上的简单划分。这个原则是恒定的,"各时代的诗都可作如是观",因此,只有创作出合乎现代人现代生活的诗文学才能堪当"新诗"的名称,否则即便是白话运用得怎样纯熟,也不算真正意义上的"新"和"现代"。

由此,废名顺理成章地将新诗纳入了一个绵延不断的诗文学的传统。在这个意义上,新诗既不割断传统,又得以表现出新的生机。换句话说,诗人可以既无须打碎已往的诗歌传统,又可以勇敢地表现自己的时代。有了这种确立诗本质的"内容"和"感觉",形式才更可以自由和无所顾忌,新诗也才能找到真正的根本和立足点,而不再张皇地讨论语言和形式之类的外部问题。站在今天的角度看,这应被视为新诗历史上的一个观念的进步。

更有意味的是,废名对"诗的内容"和"诗的感觉"的看重,同时也表明了他的诗歌史观。他和胡适之间的分歧是明显的,他不仅摆脱了以语言和形式等外在因素划分梳理诗歌史的角度,同时也超越了简单的进化论主义的文学

---

① 冯文炳:《〈妆台〉及其他》,《谈新诗》,第 217 页。
② 冯文炳:《新诗问答》,《谈新诗》,第 227—228 页。

史观。他说："总而言之，我以为中国的诗的文学，到宋词为止，内容总有变化，其题材也刚刚适应其内容，那一些诗人所做的诗都应该算是'新诗'，而这些新诗我想总称之曰'旧诗'，因为他们是运用同一性质的文字。初期提倡白话诗的人，以为旧诗词当中有许多用了白话，因而把那诗词认为白话诗，我以为那是不对的，旧诗词，即我所称的'旧诗'实在是在一个性质之下运用文字，那里头的'白话'是同单音字一样的功用，这便是我总称之曰'旧诗'之故。……体裁是可以模仿的，内容却是没有什么新的了。"① 因此，"现在作新诗的青年人，与初期白话诗作者，有着很不同的态度。……他们现在作新诗，只是自己有一种诗的感觉，并不是从一个打倒旧诗的观念出发的，他们与中国旧日的诗词比较生疏，倒是接近西方文学多一点，等到他们稍稍接触中国的诗的文学的时候，他们觉得那很好。他们不以为新诗是旧诗的进步，新诗也只是一种诗。……我以为这个态度是正确的，可以说是新诗观念的一个进步。"②

将"温李"视为"今日白话新诗发展的根据"，将晚唐诗的"根苗"接种在现代主义的园圃里，这的确是一件很大胆也"很有意义"的事情。在新诗发展的几十年间，诗人和诗歌理论探索者们对待传统诗学的态度也几经起伏，经历了扬弃重释的复杂过程，最终逐渐形成并一步步深化了对传统的认识。正是在"晚唐诗热"之后，新诗的理论和实践才更进一步地摆脱了语言形式的羁绊，更深入地贴近了诗歌的本质。

废名关注诗歌本质，强调诗的内容和感觉，是有很明显的现实用意的。因为在他看来，这种"诗的内容"正是现代诗人可以从传统中承继的东西，这种"内容"也正是旧诗传统中有价值的部分。同时，它也有力地保证了新诗的"现代"性质，即对现代生活和现代人内心世界的贴近和呈现。而这，正是新诗全力追求的现代价值之所在。

二

除了对诗歌本质的讨论之外，废名对晚唐诗的考察还包括诗歌的语言方式、感觉方式、意象使用等艺术手法方面的问题。这些问题既涉及晚唐诗风独特而重要的风格特征，同时也是现代主义诗歌美学所关注的基本问题。当然，

---

① 冯文炳：《新诗问答》，《谈新诗》，第 230 页。
② 同上，第 226 页。

更重要的是，这些问题与废名自己的诗歌风格密切相关，可以说，废名在自己为数不多的诗歌创作中对此做出了相关的实践。

胡适与废名的诗歌观念的最大分歧就在于：胡适认为，"明白清楚"是文学的第一"要件"，此外没有"孤立的'美'"①。因此，他肯定"元（稹）白（居易）"，否定"温（庭筠）李（商隐）"，并称李商隐的诗为"笨谜""鬼话"和"妖孽诗"。而废名等人提倡晚唐诗，却恰恰是认同以李商隐为代表的那样一种深幽含蓄的审美效果。换句话说，诗歌传达的"显"与"隐"，正是胡适与废名在诗歌审美原则上的根本分歧点，同时也是他们两人在诗歌创作中表现出来的最显著的不同。

在"现代派"中，若论艰涩难懂，废名的诗可以说是最有代表性的了。事实上，不仅他的诗如此，就是他的散文和小说，也多少表现出这样的特征。正如朱光潜曾说的："废名最钦佩李义山，以为他的诗能因文生情。《桥》的文字技巧似得力李义山诗。……《桥》的美妙在此，艰涩也在此。《桥》在小说中似还未生影响，它对于卞之琳一派新诗的影响似很显著，虽然他们自己也许不承认。"②

"美妙"与"艰涩"并存，这的确是废名诗文的一大特点，也是他对"现代派"新诗产生影响的一个重要方面。同时还应说，这也是晚唐诗与现代主义诗歌的又一共同特征，而且，是非常重要的一个共同特征。

晚唐时期，"在诗歌理论上，'气骨'不再被重视，而发展了另一概念——'兴象'，其标志就是晚唐最重要的诗歌理论著作——《诗品》的出现。诗歌的最高标准不再是感情是否充沛，气势是否悠长。所谓'近而不浮，远而不尽，然后可以言韵外之致耳'"③。昔日盛唐诗人那种饱满的热情和阔大的胸襟不见了，代之以"素处以默，妙机其微"的冲淡和"不着一字，尽得风流"的含蓄，诗人更看重的是"前人少有的细腻的情感和敏感的心灵。"这当然是情感方式和传达方式范畴的问题。晚唐诗人看重个人的体验和细微的情感，并以极端个人化的方式传达出来，在取消了表层的浪漫色彩的同时，更沉入了对个体心灵的关注。显然，晚唐诗风所表现出来的这些方面，正符合了现代主义诗歌的审美标准。

废名偏爱晚唐诗为诗歌意境带来的"朦胧"美感，同时也并不回避和否认

---

① 胡适：《什么是文学——答钱玄同》，《胡适文集》第 3 卷，第 165—167 页。
② 孟实：《〈桥〉》，《文学杂志》第 1 卷第 3 期，1937 年 7 月 1 日。
③ 任海天：《晚唐诗风》，哈尔滨：黑龙江教育出版社，1998 年，第 22 页。

晚唐诗中有难于理解的地方，但他的观点是："这些诗作者似乎并无意要千百年后我辈读者读懂，但我们却仿佛懂得，其情思殊佳，感觉亦美。"① 在他看来，"懂不懂"与"美不美"完全是两个不同的问题，前者对后者不应有规定性的束缚力量。美好的"情思"和"感觉"具备了，"仿佛懂得"其实就已足够。

现代派诗人因此不将"懂"与"不懂"作为衡量诗境高下的标准，他们不像胡适那样，认为李商隐的"深而不露"本质上是一种"浅薄"②。他们认为："意境难，语言也往往因之而难，李长吉和李义山比元稹、白居易难懂，是同时在意境和语言两方面见出的。"③ 也就是说，语言的深浅是依诗歌意境的需要而定的，以单一的"易懂"标准要求各种不同的诗境，既不符合审美心理又不符合实际。

至今仍有很多人认为，"晦涩"就是现代主义诗歌的代名词。事实上，这种看法也并非完全没有依据。艾略特说："就我们文明目前的状况而言，诗人很可能不得不变得艰涩。我们的文明涵容着如此巨大的多样性和复杂性，而这种多样性和复杂性，作用于精细的感受力，必然会产生多样而复杂的结果。诗人必然会变得越来越具涵容性，暗示性和间接性，以便可以强使——如果需要可以打乱——语言以适合自己的意思。"④

无论称其为"晦涩"还是"迷离隐约"，总之这种诗歌传达效果都是根据诗情和诗境的需要而定的。晚唐诗人"旨趣遥深"，创造了诗歌艺术中深幽之美的一脉血统，现代主义诗人又因"文明涵容着如此巨大的多样性和复杂性"而"不得不变得艰涩"。因此，现代派诗人欣赏晚唐，自觉地与晚唐传统相接续，这其中存在着很大的必然性。两种"晦涩"，虽不生成于同样的诗情和时代环境，但在艺术手法、审美标准等方面，二者的确产生了跨越时空的共鸣。

具体到废名本人，我以为，他的艰涩和美妙还有与众不同的一层意义——或者说也是他的诗歌最鲜明的个人特色——就是弥漫于其诗歌世界中的禅意。可以说，以诗参禅、由禅悟诗是废名诗歌最突出的特色。在我看来，在废名的世界里，诗意和禅趣是完全相通的东西。废名对禅宗的兴趣广泛地反映在他的

① 冯文炳：《已往的诗文学与新诗》，《谈新诗》，第37页。
② 胡适：《〈蕙的风〉序》，《胡适文集》第3卷，第179页。
③ 朱光潜：《谈晦涩》，《新诗》第2卷第2期，1937年5月10日。
④ 艾略特：《玄学派诗人》，李赋宁译注：《艾略特文学论文集》，南昌：百花洲文艺出版社，1994年，第24—25页。

文学作品和日常生活中，卞之琳、林庚等人都称废名为"老衲""大菩萨"，他本人也自称"在家修行"，每天打坐入定。朱光潜曾说："废名先生富敏感好苦思，有禅家与道人风味。他的诗有一个深玄的背景，难懂的是这背景。"①可见，"禅趣"在废名的生活、心态和文学中占有多么重要的地位，而废名心中诗禅同道的最明显之处，一是对物对理的婉曲含蓄的认知与传达方式，二是其深奥的玄学意味。

佛家讲求"顿悟""机锋"。于拈花微笑中领悟色相中微妙至深的禅境，是禅宗最高境界，而那些说教、灌输，无疑是不通佛理的蠢行。在日常生活与散文的世界中，废名承认"我们总是求把自己的意思说出来，即是求'不隔'，平常生活里的意思却未必是说得出来的"，因此他不执着于说明剖白，崇尚"不言而中"的"德行"②。同样，在诗歌的世界里，也存在不同的感觉方式和传达方式：或隐或显，或直白呼喊或象征暗示。废名当然是认同后者的。因此，在他的诗歌观念中，如晚唐诗一样的绮美幽深才是上乘之作。在他看来，诗歌并无须妇孺能懂，只要"仿佛懂得"且又无以名状，才是最理想的境界。

那么，怎样才能达到这样的艺术境界呢？除了象征等手法之外，很重要的一点还有意象的直接呈现。即不直接道破物与物、物与理之间的联系，而是以象喻理，让人用心自悟。这当然与禅宗思想中的"静观""心象"等概念相关，同时也深深地契合了诗歌中的意象方式和象征手法。

废名曾经将温庭筠的诗誉为"视觉的盛宴"。所谓"视觉的盛宴"，说得清晰些，其实就是指意象的丰富性。废名说："中国诗里简直不用主词，然而我们读起来并不碍事，在西洋诗里便没有这种情形，西洋诗里的文字同散文里的文字是一个文法。"③废名所谓"文法"，其实就是传达方式的问题。也就是说，是以一种叙述描写的方式传达诗人情感，还是以意象的方式呈现诗人的心灵体验，这才是问题的关键。晚唐诗人开辟的，正是这条以意象呈现体验的道路。因为这条道路这种方法，晚唐诗歌中才出现了"视觉的盛宴"的艺术效果。

在意象呈现和意境营造这个方面，废名不仅是有理论的提倡和阐释，同时更以他自己的诗歌创作进行了实践和实验。在废名的诗中，意象的呈现也几乎

---

① 朱光潜：《编辑后记》，《文学杂志》第 1 卷第 2 期，1937 年 6 月 1 日。
② 废名：《关于派别》，《人间世》第 15 期，1934 年 11 月 5 日。
③ 冯文炳：《新诗应该是自由诗》，《谈新诗》，第 26 页。

如"盛宴"一般丰富。他尤其偏爱"镜""灯""花""海""坟""桥"等佛教最常用的象征性意象,而这些意象在诗歌中又因其与东方文化的深层联系而尤显传统审美特色。在他的诗中,即便是偶然出现的那些明显带有"现代化"气息的都市意象,如《街头》中的"汽车""邮筒",也终归是"大街寂寞、人类寂寞"等传统情调的反衬,并不真正体现现代都市的精神内涵。此外,再加上他大量化用的传统诗文中的典故,如《理发店》中的"鱼相忘于江湖",《掐花》中的"摘花高处赌身轻"和"桃花源",以及《寄之琳》中的"无边落木萧萧下"等等,都使其作品从阅读直观上就先已贴近了传统。

三

事实上,分析废名在哪些方面表现得"传统",或在哪些"传统"的发掘中蕴蓄着"现代"追求,这并不是研究的最终目的。我最感兴趣的是,废名——包括其他一些具有相同文学观念的诗人、作家——有意识地表明这样一种延续"传统"的姿态和立场,在当时那种注重求新求异、认为"欧化就是人化"的新文学主潮中,多少显得有点特立独行。那么,他们究竟是出于怎样的考虑?他们是要与新文学主潮背道而驰呢?还是殊途同归?

通过前文的分析可以看出,以废名为代表的现代派诗人当然不是逆新文学的潮流而动,他们的目标很明确,就是要写"纯然的现代诗",写出"现代人在现代生活中所感受的现代情绪,用现代的词藻排列成的现代的诗形"①。他们的理想显然与新文学的方向完全一致,所不同的只是,他们不再是单方面地向外国文学中去寻求启发,而是同时把目光投向了初期新文学多所回避的中国古典诗文传统,在两种不同文学传统和体系中,进行创造性的选择和融合。他们是同时向东西两个传统出发,最终抵达的却是新诗自身的创造性和"现代"性。这个双向的思路明显较其他单向向西的思路要开阔得多,同时也更有利于找到一种适合中国新诗发展的自主的、个性化的道路。当然,这种思路也不是凭空产生的,它产生于新文学草创初期的文学成就和经验教训的积累之上。一方面,正如卞之琳所说:"在白话新体诗获得了一个巩固的立足点以后,它是无所顾虑的有意接通我国诗的长期传统,来利用年深月久、经过不断体裁变化而传下来的艺术遗产。""倾向于把侧重西方诗风的吸取倒过来为侧重中国旧诗

---

① 施蛰存:《又关于本刊中的诗》,《现代》第 4 卷第 1 号,1933 年 11 月 1 日。

风的继承。"① 另一方面，也正因为从新诗发生开始的各种尝试中，出现了种种食洋不化的弊病，也促使后来的诗人诗论家们进行更深入的反思。当然，还有一个不可否认的因素是，这个群体里的诗人和作家，都具有一种相似的文学"趣味"，这种"趣味"也许看不见摸不着，但确实奠定了他们共同探索的感情基础。

基于这些基础，他们得以以认真开放的心态重新考察中国古诗传统。在我看来，他们的考察和重释不是简单的模仿或接续，而是一种创造。之所以这样说，是因为他们对于传统和现代的融会并不做简单的加法，他们绝不是从两方面各选取一些因素——语言的、意象的、形式的等等——融化在一首具体作品中，也不是局部地寻找一些可用的材料，做成中西合璧的"拼盘"，甚至，他们也不是要以现代的方式修改传统，从而遮蔽传统的复杂性。他们的确是在复杂丰富的传统中筛选取舍，以现代人的眼光和需求，寻找新文学观念的传统根源，并在重新总结和梳理中确认自我、找寻现代趋向。应该说，重释传统只是他们的手段和途径，而最终的目标始终指向新诗的"现代"化理想。

由此，我们很容易联想到周作人的文学观念，尤其是他将现代散文喻为"一条湮没在沙土下的河水，多少年后又在下流被掘了出来，这是一条古河，却又是新的"② 的说法。这与废名所说的温李"这一派的根苗又将在白话新诗里自由生长，这……也正是'文艺复兴'"的说法如出一辙。众所周知，废名是周作人最亲密的弟子之一，他的为人为文都受到周作人的巨大影响。他们的趣味相近，文学观念、文章风格也都多有相似之处，因此，他们同把新文学理解为传统文学的"文艺复兴"，也是极为自然的事情。事实上，废名也确曾明白地表示过对周作人文学观念的赞同。他说：

　　岂明先生到了今日认定民国的文学革命是一个文艺复兴，即是四百年前公安派新文学运动的复兴，我以为这是事实，本来在文学发达的途程上复兴就是一种革命。有人或者要问，新文学运动明明是受了欧洲文学的鼓动，何以说是明朝新文学运动的复兴呢？我可以拿一个比喻来回答，在某一地势之下才有某一条河流，而这河流可以在某种障碍之下成为伏流，而

① 卞之琳：《〈戴望舒诗集〉序》，江弱水、青乔编：《卞之琳文集》（中卷），合肥：安徽教育出版社，2002年，第349页。
② 周作人：《杂拌儿跋》，《周作人自编文集·永日集》，石家庄：河北教育出版社，2002年，第75页。

又可以因开浚而兴再流之势，中国文学发达的历史好比一条河，它必然的随时流成一种样子，随时可以受到障碍，八股算得它的障碍，虽然这个障碍也正与汉文有其因果，西方思想给了我们拨去障碍之功，我们只受了他的一个"烟士披里纯"，若我们要找来源还得从这一条河流本身上去找，我们的新文学运动正好上承公安派的新文学运动，由他们的问题再一变化自然的要走到我们今日的"国语的文学"，这是一个必然的趋势，我们自己就不意识着，它也必然的渐渐在那里形成，至于公安派人物当时鼓吹文学运动的思想与言论是怎样的与我们今日的新文学运动者完全一致，在这里我还可以不提，我只是就文学变化上一个必然性来说。①

从这段长长的引文中可以清楚地看到，废名对周作人的文学观念不仅仅是认同，而且还融入了自己的理解和阐释。最重要的是，他将周氏的散文观提高到"文学变化的必然性"层面上并加以扩展，将之延伸至散文以外的其他文学体裁中，这样，也就很自然地把诗歌纳入了这一整体的框架系统当中。

值得注意的是，在周作人、废名的文学观念中，"传统"与"现代"并不是截然相悖的。这个思路与新文学初期一些割裂传统转向西方的极端做法相比，显然有了相当明显的进步。在他们的视野里，"传统"并不等同于陈腐的、没有生命力的糟粕，而是一座沉默着的矿山，有已经被过度开采的废矿坑，但也有仍有活力尚待开发的矿点。同样，他们眼中的"现代"也并非西方尺度的现代，并不是追赶上西方的潮流或对其模仿得惟妙惟肖就是实现了新文学的"现代"性转变。甚至于，他们并不把"传统"与"现代"看作势不两立、非此即彼的关系，也不认为"传统"的就一定不是"现代"的，而"现代"的就一定是反"传统"的。在他们看来，"传统"与"现代"之间是一种你中有我、我中有你的相通关系。这样的思路和观点，对我们今天的文学创造和文学研究都有着启发和警醒的意义。因此，在这个意义上谈废名等人的文学观念，也许不应这样完全不假思索地使用"现代"的概念，或许，说他们富有创造力，比说他们"现代"更为恰切。事实上，他们这种在自身的传统中找寻"现代"化出路的方式，也的确体现了一种非常具有创造力的文化抱负。

---

① 废名：《〈周作人散文钞〉废名序》，王风编：《废名集》第 3 卷，第 1277—1278 页。

第二节 林庚与"晚唐的美丽"

1930 年代，废名曾在北大课堂上公开说："现在有几位新诗人都喜欢李商隐的诗"。而且"新诗人林庚有一回同我说：'沧海月明珠有泪，蓝田日暖玉生烟'李商隐这两句诗真写得好。"① 这些说法看似不包含理论主张，但还是透露了一个信息，那就是在胡适曾经全面否定李商隐的"晦涩难懂"，称之为"妖孽诗"和"鬼话"之后，废名、林庚等人却公开将"沧海月明珠有泪，蓝田日暖玉生烟"这一堪称千古诗谜的诗句提出来加以肯定，这本身就是一种姿态，反映出两种评价背后的两种诗歌美学观念的公开对立。

此前，由于新诗对传统进行变革的需要和审美观念的引导，以胡适为代表的初期白话诗的倡导者们提出了继承"元（稹）白（居易）"通俗易懂诗风的主张。胡适认为，"明白清楚"是文学的第一"要件"，此外没有"孤立的'美'"②。在这一美学观念的指导下，"晦涩难懂"的"温李"诗当然就成了他必须否定的对象，被他称为"笨谜""鬼话"和"妖孽诗"。但是，时至1930 年代，以卞之琳、废名、林庚为代表的北平诗人群中却掀起了一股小小的"晚唐诗热"，公开表达了与胡适截然不同的另一种美学追求和选择。他们看重诗"质"、认同"含蓄幽深"之美，在对以"温（庭筠）李（商隐）"为代表的晚唐诗风的重新发掘与阐释中，探讨了有关诗歌观念、美学原则、传统诗学与新诗发展的关系等一系列的问题，并将这些思考融入了自己的创作实践和艺术风格之中。

在中国传统诗学中，"晚唐诗"独特的美学特征一直没有受到主流的肯定与提倡。晚唐诗被认为普遍具有"绮靡"与"隐僻"的特征，因其纤巧多情的特点与中国诗人历来所追求向往的盛唐气象相距甚远，所以一直未获很高评价。虽然从文学审美的角度说这本是两种无所谓高下的不同的美学风格，但在历代很多文人眼中，晚唐诗风却成了诗风不振的代表。宋人魏庆之《诗人玉屑》引《蔡夫宽诗话》（又名《诗史》）云："晚唐人诗多小巧，无风骚气味。"俞文豹《吹剑录》评为："局促于一题，拘挛于律切，风容色泽，轻浅

---

① 冯文炳：《已往的诗文学与新诗》，《谈新诗》，第 37 页。
② 胡适：《什么是文学——答钱玄同》，《胡适文集》第 3 卷，第 165—167 页。

纤微，无复浑涵气象。"此外，还有"绮靡乏风骨"（罗大经《鹤林玉露》），"下细功夫，作小结裹"（方回《瀛奎律髓》），"小家门径"（吴可《藏海诗话》），"小家举止"（朱庭珍《筱园诗话》），"失之太巧"（方南堂《辍锻录》）等大同小异的评价。最有代表性的是严羽的《沧浪诗话》。一方面，严羽持有鲜明的贬抑晚唐诗风、推宗盛唐诗境的立场。即如郭绍虞所说，"沧浪所谓晚唐体"与蔡夫宽、俞文豹等人的观点评价相同，因觉其格调不高，"故称为止入声闻辟支之果"①。在严羽看来，"大历之诗，高者尚未失盛唐，下者渐入晚唐矣。晚唐之下者，亦堕野狐外道鬼窟中。"依他的诗歌审美标准来衡量，"晚唐体"与"盛唐体"可谓高下优劣相差悬殊。但从另一方面来看，严羽在批评晚唐诗风的同时，也从文体和风格等方面看到了晚唐诗所体现出来的一种变化与新异。虽然他对此并未加以肯定和认同，但对这种变化本身，他做出了很有见地的论断。他说：

> 大历以前，分明别是一副言语；晚唐分明别是一副言语；本朝诸公，分明别是一副言语。如此见，方许具一只眼。（《沧浪诗话·诗评》）

这个论断不仅印证了以"诗体"划分不同诗歌风格的合理性和可行性，同时更将文学风貌与时代因素联结在一起，揭示出不同时代的诗人因经验情感的差异而产生的对诗歌传达方式和审美原则的不同追求。换句话说，盛唐体、晚唐体、宋诗体等几副"言语"，反映的不仅是相异的诗歌艺术风貌，更是不同的诗歌审美原则和传达方式。

当然，晚唐体与其他诗体之间的不同"言语"，表现在题材、语言、艺术手法、情思意境等各个方面，绝非三言两语可以说清的。总体来说，晚唐诗所呈现出来的对日常生活的关注，对个体心灵的吟味，对生活小景的雕琢，以及对含蓄优美的偏爱等等，都体现着一种与盛唐体等其他诗体所不同的诗歌美学追求。而在这当中，则又以对蕴蓄诗美的追求为其核心内容与特征。

也恰恰是在肯定诗歌蕴藉之美的这个方面，晚唐诗风与严羽的诗歌美学发

---

① 参见郭绍虞《沧浪诗话校释》第 57 页注一四。严羽《沧浪诗话·诗辨》云："论诗如论禅：汉魏晋与盛唐之诗，则第一义也。大历以还之诗，则小乘禅也，已落第二义矣。晚唐之诗，则声闻辟支果也。"（《沧浪诗话校释》，北京：人民文学出版社，1983 年，第 11—12 页）

生了契合。严羽"以禅喻诗",旨在"妙悟",尤重"透澈之悟,偏于神韵一边"①。而这种所谓"妙悟",即表现为一种"舍真实而求虚幻,厌切近而慕阔远"②的诗歌美学标准。因此严羽在其《沧浪诗话·诗辨》中提出,诗歌艺术的最高境界"惟在兴趣,羚羊挂角,无迹可求。故其妙处透彻玲珑,不可凑泊,如空中之音,相中之色,水中之月,镜中之象,言有尽而意无穷。"这无疑是对含蓄蕴藉的诗歌美学追求的高度肯定与认同。

但是,虽然严羽有此美学观念和追求,他却并未在晚唐诗人的作品中发现和肯定这种蕴蓄诗美,因此他在总体上仍贬低了晚唐诗风。也就是说,严羽对蕴蓄诗美的肯定和提倡,与以温李为代表的晚唐诗人的诗歌理论与实践,只是一种不自觉的碰撞与契合,而真正自觉地发现并肯定晚唐诗蕴蓄之美的,还是以北平"前线诗人"③为代表的 20 世纪 30 年代的现代派诗人。换句话说,"前线诗人"们既承袭了中国传统诗歌美学的重要一脉,又同时以新的角度和现代的眼光观照和重释传统,从而获得了对古诗传统的新的认知,并在现代与传统之间建构了一种新的美学联系。

其实,盛唐诗体与晚唐诗体这两副"言语",一直在诗歌艺术的传统中起伏隐现,虽然其不同之处是多方面的,但它们之间并非"非此即彼"的对立关系。作为两种诗风的典型代表,无论后人评价如何,二者都是传统诗学中的宝贵遗产。"前线诗人"在丰富的诗歌艺术传统中选择了晚唐诗风,给予很高评价并努力继承,这是建立在他们自己的诗学观念和美学原则的基础之上的。他们并不是在嗜爱传统时无意发现了晚唐,而是因艺术共鸣而有意追认了晚唐。

以"温李"为代表的晚唐诗风,并非一直与"元白"诗风相对立,而"晦涩难懂"与"明白清楚"之争也只不过是诗歌的语言层面上的一个问题。实际上,"温李"与"元白"的对立,从根本上说,是诗歌的不同传达方式的对立,这种对立的提出,更多的是源于新诗自身生存或美学建设的需要。也就是说,是新诗的理论者和实践者在寻找自身存在依据和适当的诗歌传达方式时出现了分歧与争论,在对"含蓄"或"明白"的不同取舍中,他们分别选择了晚唐诗风作为切入口,对"温李"或反对或赞赏,实际上反映出的正是新诗

---

① 参见郭绍虞"释"语,《沧浪诗话校释》,第 21 页。

② 刘克庄:《题何秀才诗禅方丈》,《后村大全集》九十九,参见《沧浪诗话校释》,第 17 页。

③ 李健吾:《〈鱼目集〉——卞之琳先生作》,郭宏安编:《李健吾批评文集》,第 108 页。

美学中两种不同的观念。

这两种观念的分歧一直贯穿在新诗理论的发展线索中，而"难懂"和"易懂"的问题也成为诗人和诗论家们的争论的焦点。在胡适等人看来，"元白"的"白话"诗才是新诗应承袭的渊源，那种"明白清楚"的美最能符合他们"有什么材料，做什么诗；有什么话，说什么话"的"诗体大解放"的主张①。而像李商隐那种"独恨无人作郑笺"的"其实看不懂而必须注解的诗，都不是好诗，只是笨谜而已。"②但是，在持另一种美学观念的人看来，胡适等人的主观"不仅是反旧诗的，简直是反诗的；不仅是对于旧诗和旧诗体底流弊之洗刷和革除，简直是把一切纯粹永久的诗底真元全盘误解与抹杀了。"③这种美学原则指导下的作品"都象是一个玻璃球"，"缺少一种余香与回味"④。他们认为，"胡适之先生所认为反动派'温李'的诗，倒似乎有我们今日新诗的趋势"⑤。

1936年10月，《世界日报·明珠》改版，由周作人领衔，实际编务工作由林庚担任，而最主要的撰稿人则是废名、俞平伯等人。可以说，这份每日一刊的专版几乎完全成了周作人、废名、林庚等人"自己的园地"。这当然不会是因为缺乏来稿而自己拼凑，我认为，他们如此集中而专注地从事一个副刊的编写，保持纯粹的"同人"的小圈子，是为了有目的、有意识地提倡一种文学思想和文学趣味，周作人称之为"新的启蒙"：

> 那时是民国廿五年冬天，大家深感到新的启蒙运动之必要，想再来办一个小刊物，恰好《世界日报》的副刊《明珠》要改编，便接受了下来，由林庚编辑，平伯、废名和我帮助写稿，虽然不知道读者觉得何如，在写的人则以为是颇有意义的事。⑥

从《明珠》上的文章内容可以看出，这次"启蒙"并非"五四"那种思

① 胡适：《答朱经农》，《胡适文集》第3卷，第78页。
② 胡适：《谈谈"胡适之体"的诗》，《自由评论》第12期，1936年。
③ 梁宗岱：《新诗的分歧路口》，《诗与真·诗与真二集》，北京：外国文学出版社，1984年，第167页。
④ 周作人：《〈扬鞭集〉序》，《语丝》第82期，1926年6月7日。
⑤ 冯文炳：《已往的诗文学与新诗》，《谈新诗》，第37页。
⑥ 药堂：《怀废名》，《周作人自编文集·药堂杂文》，石家庄：河北教育出版社，2002年，第126页。

想启蒙，而同时也是一次美学上的启蒙。他们是在有意识地传达着一种审美的理念，而对晚唐诗风的提倡、对古诗传统的重视和诠释，则是其中相当重要的一个部分。这一点，从其连载专栏《诗境浅说》①中可见一斑。

《诗境浅说》是一个专门进行唐诗导读的专栏，其作者"龙禅居士"即为俞平伯之父俞陛云②。此专栏篇幅不大，每期选取一首或几首五绝唐诗配以文言撰写的简单的导读文字。在一共92期《明珠》中，该专栏共导读了49位唐代诗人的64首作品。其中包括虞世南、卢照邻、王维、李白、杜甫、韦应物、柳宗元、刘禹锡、李贺等20余位初、盛唐及中唐诗人的作品，以及贾岛、张仲素、令狐楚、王涯、李商隐、施肩吾、许浑等十几位晚唐诗人的作品③。

重要的是，在《诗境浅说》专栏中，无论是初盛唐时期的诗作，还是晚唐诗人的作品，大都偏重于含蓄蕴藉的风格。在解读鉴赏的文字中，俞陛云本人对深幽婉曲诗风的认同与偏爱也时有流露。比如，在选讲刘禹锡的《秋风引》④时，他就曾明确地说："五绝以含蓄不说尽为贵。"并认为该诗"若因闻秋风而言愁思若何，便径直少味。此仅言孤客先闻，其善于言情处，在孤字先字之妙。"⑤寥寥几句评论，就已充分显示了俞氏本人的审美取向。此外，在对王维《临高台送友》⑥一诗的评论中他也曾指出："诗但言暮鸟归巢，征人不息，未言分袂情态，而黯黯离情，劳劳行役之意，皆处楮墨之外。……可为学诗者瀹其思路也。"⑦

由此可见，《诗境浅说》虽非单独提倡晚唐诗，但从其对含蓄深婉的诗歌美学原则的提倡和偏好中，仍可看出《明珠》同人对以晚唐温李为代表的蕴蓄诗风的认同和倾向。

当然，俞陛云并不属于《明珠》同人，而且他写作《诗境浅说》的初衷也只是为了指导自家初学为诗的孙儿女⑧，并不见得抱有启蒙诗坛的目的。但

---

① 该专栏虽非每天一期，但出现频率很高，平均下来大体相当于隔期出现。

② 俞平伯《秋荔亭日记》（二）1937年1月6日记有："父作《诗境浅说》始寄到，京沪间费时二十一日，可谓迟矣。"（《俞平伯全集》第10卷，花山文艺出版社，1997年，第247页）。另，俞陛云《诗境浅说》于1947年由开明书店出版，其中即含《明珠·诗境浅说》刊载过的内容，但文字有修改。

③ 荆叔、洞庭龙女、湘驿女子、刘采春、张文姬五人时代未详。

④ 原诗为："何处秋风至，萧萧送雁归，朝来入庭树，孤客最先闻。"

⑤ 见《明珠》第49期，《世界日报》1936年11月18日。

⑥ 原诗为："相送临高台，川原渺无极，日暮飞鸟还，行人去不息。"

⑦ 见《明珠》第16期，《世界日报》1936年10月16日。

⑧ 参见俞陛云：《诗境浅说·序》，《诗境浅说》第1页。

是，作为报纸编撰人的林庚、废名等人，择取刊登这一系列文章并建立专栏，却不可能是随意或无意的。他们坚持以如此固定的栏目、重要的篇幅和密集的程度来刊载这些含蓄蕴藉的古诗作品及其文言体的解读文章，就足以体现他们对于传统诗学的重视态度和返观诠释古诗传统的思路与兴趣，以及启发"学诗者"，并"瀹其思路"的"美学启蒙"的目的。可以说，建立《诗境浅说》专栏本身，即体现了《明珠》同人面对传统诗学的一种独特姿态。

二

林庚不仅欣赏晚唐诗美，更将这种美注入了自己的艺术风格。废名最了解也最称赞林诗中的晚唐诗意，他说：

> 我读了他的诗，总有一种'沧海月明'之感，'玉露凋伤'之感了。我爱这份美丽。

> 在新诗当中，林庚的分量或者比任何人要重些，因为他完全与西洋文学不相干，而在新诗里很自然的，同时也是突然的，来一份晚唐的美丽了。①

这份"晚唐的美丽"，早在林庚的第一本诗集出版之际，就已得到他在清华的同窗好友李长之的发现和肯定。李长之在评价《春野》一诗时说："从本质上，林庚的诗是传统的中国诗的内容的，也是一个优美闲雅的中国气息的诗人，也很少有染到近代世界性的观感，这首诗就直然像五代人的词了。"② 李长之的话说明了两个方面的问题，一是林诗"内容"上的传统色彩，这更多地得之于诗歌意象和意境的选用，而至于其"优美闲雅的中国气息"，则可能更多地指的是诗人的心态情绪和感受方式。不妨读一下原诗：

> 春天的蓝水奔流下山
> 河的两岸生出了青草
> 再没有人记起也没有人知道

---

① 冯文炳：《林庚同朱英诞的诗》，《谈新诗》，第185页。
② 长之：《春野与窗》，《益世报·文学副刊》第9期，1935年5月1日。

冬天的风那里去了
仿佛傍午的一点钟声
柔和得象三月的风
随着无名的蝴蝶
飞入春日的田野

这首诗的意境诚如李长之所说，"很少有染到近代世界性的观感"，春水、钟声、蝴蝶、野风……诗中到处弥漫着一种"优美闲雅"的情趣，而这种情趣，正是一种中国传统文人的"趣味"，那样的从容不迫、天人和谐……这正是李长之所谓的"中国气息"。正是因为这种看似模糊不可解的"气息"为林庚等人的诗风带来了那份"晚唐的美丽"，这种"气息"存在于意象的使用中、体现在意境的营造上，更蕴含在诗歌的整体情绪和节奏里。

废名欣赏林庚的"晚唐的美丽"，他自己也在创作中接近和实践着晚唐风格，甚至将之融入小说创作中。他说："就表现手法说，我分明地受了中国诗词的影响，我写小说同唐人写绝句一样，""对历史上屈原、杜甫的传统都看不见了，我最后躲起来写小说乃很像古代陶潜、李商隐写诗。"① 例如他的小说《桥》中就弥漫着这类重意象不重情节的幽深绮美的晚唐意境。朱光潜曾明确指出："《桥》里充满的是诗境，是画境，是禅趣。""废名最钦佩李义山，以为他的诗能因文生情。《桥》的文字技巧似得力李义山诗。……《桥》的美妙在此，艰涩也在此。《桥》在小说中似还未生影响，它对于卞之琳一派新诗的影响似很显著，虽然他们自己也许不承认。"②

肯定和接近晚唐诗词的诗人并不止林庚和废名两位。卞之琳说自己"前期的诗作里好像也一度冒出过李商隐、姜白石诗词以至《花间》词风味的形迹。"③ 辛笛也承认"对我国古典诗歌中老早就有类似象征派风格的手法的李义山、周清真、姜白石和龚定庵诸人的诗词，尤为酷爱。"④ 何其芳也曾明确表述过自己对晚唐诗词的亲近。他说："我读着晚唐五代时期的那些精致的冶艳的诗词，蛊惑于那种憔悴的红颜上的妩媚，又在几位班纳斯派以后的法兰西

---

① 废名：《〈废名小说选〉序》，《废名小说选》，北京：人民文学出版社，1957 年，第 2 页。

② 孟实：《〈桥〉》，《文学杂志》第 1 卷第 3 期，1937 年 7 月 1 日。

③ 卞之琳：《〈雕虫纪历〉自序》，《雕虫纪历》，第 15—16 页。

④ 辛笛：《〈辛笛诗稿〉自序》，《辛笛诗稿》，北京：人民文学出版社，1983 年，第 4 页。

诗人的篇什中找到了一种同样的迷醉。"① 这句话已足以说明何其芳对晚唐诗词的亲近和在中西诗学中的沟通。晚唐诗词中那种"憔悴红颜上的妩媚"与"法兰西诗人的篇什中"的带有颓废色彩的浓郁之美相近相通，体现了晚唐诗风与现代主义诗人在审美观念上的共鸣。二者为何其芳带来的"同样的迷醉"，这也正是吸引他既贴近现代主义又沉醉于晚唐的真正原因。

三

回到内心与回到个人，使得在晚唐诗中大量出现表现日常生活情趣的意象，大大丰富了原有的诗歌意象世界。同时，意象的使用也突破了审美点缀的功用，成为一种直接呈现作者生活和心境的方法和载体，这使得意象使用本身也更趋普遍而灵活。可以说，正是这种意象的丰富性和使用的普遍性，构成了晚唐诗歌"姿态"的另一重要特征。

废名曾经将温庭筠的诗誉为"视觉的盛筵"。所谓"视觉的盛筵"，说得清晰些，其实就是指意象的丰富性。废名说："中国诗里简直不用主词，然而我们读起来并不碍事，在西洋诗里便没有这种情形，西洋诗里的文字同散文里的文字是一个文法。"② 废名所谓"文法"实际上涉及了诗歌传达方式的问题。也就是说，是以一种叙述描写的方式传达诗人情感，还是以意象的方式呈现诗人的心灵体验，这才是问题的关键。晚唐诗人开辟的，正是这条以意象呈现体验的道路。因为这条道路这种方法，晚唐诗歌中才出现了"视觉的盛筵"的艺术效果。

注重意象的塑造，这是 1930 年代现代主义诗人理论探讨和创作实践中极为关注的一个重要方面。在经过了从胡适至穆木天等初期理论倡导者的探索之后，现代派诗人也对这一重要诗学范畴有了进一步的探索。李健吾在对卞之琳的诗歌进行批评的时候提及"如今的诗人"的"具体的描画"的手法，指的也主要是意象的营造手法。他说："从正面来看，诗人好像雕绘一个古诗的片断；然而从各面来看，光影那样匀衬，却唤起你一个完美的想象的世界，在字句以外，在比喻以内，需要细心的体会，经过迷藏一样的捉摸，然后尽你联想

---

① 何其芳：《论梦中道路》，《大公报·文艺》第 182 期，1936 年 7 月 19 日。
② 废名：《新诗应该是自由诗》，《谈新诗》，第 26 页。

的可能，启发你一种永久的诗的情绪。"① 这种"描画"的方法所唤起的"完美的想象的世界"，也是一种"视觉的盛筵"。

此外，朱光潜对"意象"的概念和理论也有重要的探讨。他从心理学的角度入手，生发出更多新鲜的见解。他认为，"意象是所知觉的事物在心中所印的影子"②，而意象的生成得自于"创造性的联想"。朱光潜力图将中西诗学融会在一起，将传统诗学中"即景生情，因情生景"的理论范畴中的"景"与"意象"相并置，接通中西诗学的基本概念和内容。他将克罗齐的理论——"艺术把一种情趣寄托在一个意象里，情趣离意象，或者是意象离情趣，都不能独立。"——与中国传统诗学中的"情景相生"相互印证，说明意象在诗的境界中的重要地位和作用。

朱光潜认为，"情趣与意象之中有……隔阂与冲突。打破这种隔阂与冲突是艺术的主要使命，把它们完全打破，使情趣与意象融化得恰到好处，这是达到最高理想的艺术。"以这个标准来衡量，"中国古诗大半是情趣富于意象。"在朱光潜看来，"诗艺的演进可以从多方面看，如果从情趣与意象的配合看，中国古诗的演进可以分为三个步骤：首先是情趣逐渐征服意象，中间是征服的完成，后来意象蔚起，几成一种独立自足的境界。"而达到他所说的这"第三步"，即意象成为"独立自足的境界"，正是六朝诗。因此朱光潜说："一般批评家对于六朝人及唐朝温、李一派作品常存歧视。其实诗的好坏决难拿一个绝对的标准去衡量。""唐人的诗和五代及宋人的词尤其宜于从情趣意象配合的观点去研究。"③

朱光潜的观点非常鲜明，他肯定了六朝及晚唐诗中"情趣"与"意象"配合的程度，并指出这是"诗艺的演进"的一个方面。也就是说，以这个标准来衡量"诗的好坏"，则六朝、晚唐诗不仅不应被歧视，反而应得到高度的评价。

据此，朱光潜称赞晚唐诗"以意象触动视听的技巧"。他说："一首诗的意象好比图画的颜色阴影浓淡配合在一起，烘托一种有情致的风景出来。李义山和许多晚唐诗人的作品在技巧上很类似西方的象征主义，都是选择几个很精

---

① 李健吾：《〈鱼目集〉——卞之琳先生作》，郭宏安编：《李健吾批评文集》，第108页。

② 朱光潜：《文艺心理学》，《朱光潜全集》第1卷，合肥：安徽教育出版社，1987年，第386页。

③ 参见朱光潜：《诗的境界——情趣与意象》，《诗论》，北京：三联书店，1984年。

妙的意象出来，以唤起读者多方面的联想。"① 意象的象征性和暗示性，正是现代主义诗歌的追求和创造，朱光潜在李商隐等晚唐诗人的作品里就发现了最好的例证。由此可见，重"意象"的现代主义诗人大力提倡晚唐诗风，实在是必然的了。

在理论上关注"意象"问题的同时，"前线诗人"在创作实践中也突出了对意象塑造的重视，而且，他们塑造的很多诗歌意象都具有鲜明的个性风格。前文已经提到，那些明显带有"现代化"气息的都市意象在北平诗人的作品中是非常少见的，即使偶有涉及，也终归是"大街寂寞、人类寂寞"（废名《街头》）等传统诗思的反衬，并不真正体现现代都市的精神内涵。可以说，正是意象的传统性这一突出特点，使得"前线诗人"的作品从直观上就先已拉近了与传统的距离。

1935 年李长之在分析批评林庚的诗集《春野与窗》时，曾专门提到了林庚诗中的意象使用问题，在我看来，他略含批评的意见恰说明了林诗意象的传统特色。他指出，林庚的"用语上有一种重复，往往同一形容，而在诗中数见"，例如"把落花比作胭脂"："花絮如黄昏里的胭脂/极少的落在窗外"，以及"窗外的落花像胭脂"，等等。此外，李长之还指出了林庚写"落雨"必写"地上湿"，写"路上的行人"往往要写到"山后"等等②。其实，李长之没有说明的是，林庚使用最频繁的意象恰恰多是具有鲜明传统色彩的。这些意象看上去不具备现代性，或说是超越时代的。而正是这种具有模糊时间性质的意象，为现代的诗人接近古人的意境提供了唯一有效的途径。

还需强调的是，在意象的传统性和丰富性之外，"前线诗人"还继承了晚唐诗人所特有的那种意象联系方式。用朱光潜的说法，就是"跳"。这种"跳"的成因在于"这些诗没有提供形象之间、诗句之间、诗联之间的联结、关系、逻辑与秩序。……诗句特别主要是诗联之间，空隙很大、空白很大、跳跃很大"，而这种"不连贯性，中断性，可以说是李商隐这几首诗的重要的结构手法，……正是用这种手法，构筑了、熔铸了诗人的诗象与诗境，建造了一个与外部世界有关联又大不相同的深幽的内心世界，造成了一种特殊的'蒙太

---

① 朱光潜：《读李义山的〈锦瑟〉》，《朱光潜全集》第 8 卷，合肥：安徽教育出版社，1992 年，第 409 页。

② 长之：《春野与窗》，《益世报·文学副刊》第 9 期，1935 年 5 月 1 日。

奇'，一种更加现代的极简略的'蒙太奇'"①。废名将这种"跳"称为"因文生情"，朱光潜则称此为"心理学家所说的联想的飘忽幻变"。这种手法，深刻地影响着"前线诗人"创造的意象世界，同时也直接作用于他们"含蓄"美学的生成。难怪朱光潜要说，其"美妙在此，艰涩也在此"②。

四

"前线诗人"关于晚唐诗方面的理论探索正逐渐受到研究者的关注，但是，他们在创作心态上与晚唐诗人的贴近和契合，以及他们在各自艺术风格中所表现出来的对晚唐诗风的继承与发展，却还没有引起后人足够的重视。我以为，相对于他们自觉的、理性的理论追求而言，创作心态上的惺惺相惜与艺术风格上的融会贯通则体现着一种情感上的切近，这种切近带有一定的主观色彩，是诗人们自然感情和艺术趣味的更真实的流露。

卞之琳在晚年回顾自己的诗歌艺术道路时说：

> 我在前期诗的一个阶段居然也出现过晚唐南宋诗词的末世之音，同时也有点近于西方"世纪末"诗歌的情调。③

诗人所谓的"情调"，主要是指其作品中流露出来的情绪。这些情绪来自诗人对现实的感悟和对人生的体验，它们是诗人创作时潜在的思想动因，换句话说，也就是创作心态。

1930 年代的北平、晚唐的社会环境，以及西方的"世纪末"氛围，真可谓古今中外，其历史环境相差甚远。但是，对于这三个时期和环境内的诗人而言，产生相近的人生感怀和"末世"心态，却也不足为奇。

晚唐诗风与盛唐气象相比，似乎确有"衰飒"之音。当然，正如叶燮所说："论者谓晚唐之诗，其音衰飒。然衰飒之论，晚唐不辞，若以衰飒为贬，晚唐不受也。"（叶燮《原诗》卷四·外编下）但无论如何，比起盛唐时的豪放气象、浪漫理想和家国抱负等等"大气"的内容，晚唐诗歌的确带有低迷沉

---

① 王蒙：《通境与通情——也谈李商隐的〈无题〉七律》，《李商隐研究论集》，南宁：广西师范大学出版社，1998 年，第 588 页。

② 孟实：《〈桥〉》，《文学杂志》第 1 卷第 3 期，1937 年 7 月 1 日。

③ 卞之琳：《〈雕虫纪历〉自序》，《雕虫纪历》，第 15—16 页。

郁的另类情绪和精神。

所谓"衰飒"，当然不无衰落、衰弱之意，但更突出的还应是晚唐诗歌感伤沉郁、愤懑悲凄、幽怨迷惘、绮艳缠绵的特殊风格。从这一角度说，晚唐诗风与盛唐气象之间，的确存在着审美理想和艺术精神上的强烈鲜明的反差。这种不同的特征和反差，被废名归结为"时代"的不同，虽然笼统，但却不失为正确。正因为时代决定了知识分子的不同的社会地位，才使得同样的理想在不同的时代中受到了不同的待遇。知识分子不再能那样浪漫地挥洒个人的入世情感，而成为社会的旁观者。李商隐的个人的政治际遇即是一个有代表性的个案。

正是在这一点上，晚唐诗人与1930年代的北平诗人有着相似的境遇。北平诗人身处"寂寞旧战场"，空有一腔报国之志，却没有参与社会有所作为的机会。相近的境遇所激发的情绪当然也会十分相像，晚唐诗人和北平"前线诗人"都将这种人生理想和失落情绪倾注于文学创作，自然也会在作品中呈现出相同的"情调"，亦即卞之琳所说的"末世之音"。

卞之琳的回忆中还曾有过这样一句带有深刻反思意味的话：

> 当时由于方向不明，小处敏感，大处茫然，面对历史事件、时代风云，我总不知要表达自己的悲喜反应。这时期写诗，总像是身在幽谷，虽然是心在峰巅。①

不管卞之琳的话在多大程度上带有回顾历史时超越历史真实的主观色彩，其"身在幽谷，心在峰巅"的概括的确极为准确地形容出了他和他所代表的那个时代的一群诗人的心境。

经历了对"五四"的向往和追寻，又经历了追寻的绝望，聚集在北平这个古都和旧战场之中的年轻诗人，他们的心态有很大的相似性。他们关注社会命运，也因关注而内心充满激情和忧愤，但是，由于对含蓄的珍视和对个人内心世界的执着，他们反而表现出非常个人化的情绪，无论是对细微小事的关注，还是对人生哲学的思考，都显得冷静克制。而这一点，正是所谓"身在幽谷，心在峰巅"的具体反映。

恰在这一点上，北平"前线诗人"与晚唐诗人有着极其相似的地方。《一瓢诗话》作者薛雪评温庭筠语云："身闲如云，心热如火"，这与1930年代北

---

① 卞之琳：《〈雕虫纪历〉自序》，《雕虫纪历》，第15—16页。

平"前线诗人"的"幽谷""峰巅"之语何其相似！简直可以说，二者在精神实质上完全是一致的。

晚唐诗人大多是官场外的"旁观者"，但是，他们虽身处旁观之位，心却并非旁观之心。从他们"对社会阴暗面的尽情揭示，对腐败政治的尖刻嘲讽中所表现出的激烈情感看，他们并无一丝旁观者的心态。对时弊的指陈，表现出诗人们内心深处极度的痛恨与愤怒。尽管他们自身无力通过具体政治行动来改变那种现实，但予以批判、揭露总是能做到的。"① 他们那种挣扎在入世与出世之间的痛苦，其实和现代诗人的心态有很多相似之处。

晚唐诗人罗隐诗云：

耳边要静不得静，
心里欲闲终未闲。
自是宿缘应有累，
可能时事更相关。

这种沉郁激愤的心声，简直就是 1930 年代身处北平这一政治边城的诗人内心的真实写照。

对于李商隐，历来人们多谈论他的"隐僻"，其实，在他"隐僻"诗风深掩的内心深处，仍多有对现实的强烈关注。无怪乎有人认为，虽然"温李齐名，……但总觉温与李不同，李的气象要丰富得多，风格要变化得多，感喟要深邃得多，寄兴要迢阔得多。侧词艳曲云云，太皮相了，完全不能概括李商隐的风格。一句话，李商隐的作品更有分量。而这种分量的一个重要的因子乃是政治。有政治与无政治，诗的气象与诗人的胸怀是大不相同的"②。我想，正是李商隐式的这种"政治"的内容和情怀，更拉近了晚唐诗人与 1930 年代北平诗人的心理距离。

对个人遭际的慨叹和理想失落的无奈，常常引发诗人对历史兴废、家国命运的思考。其实，这也就是所谓的"政治"胸怀。有了这一层，不仅作品的"分量"更加厚重，而且诗情也能更凝重深沉。这种慨叹和思考不受时空所限，回响在晚唐诗与现代派诗两种境界当中。例如，杜牧的千古名句"商女不知亡国恨，隔江犹唱后庭花"中所深蕴的忧愤与思考，我们同样可以在何其芳的

① 任海天：《晚唐诗风》，哈尔滨：黑龙江教育出版社，1998 年，第 81 页。
② 王蒙：《对李商隐及其诗作的一些理解》，《李商隐研究论文集》，第 595 页。

《古城》中找到：

> 有客从塞外归来
> 说长城象一大队奔马
> 正当举颈怒吼时变成石头了，
> （受了谁的魔法，谁的诅咒，）
> 蹄下的衰草年年抽新芽，
> 古代单于的灵魂已安睡在
> 胡沙里，远戌的白骨没有怨嗟……
> ……
> 逃呵，逃到更荒凉的城中，
> 黄昏上废圮的城堞远望，
> 更加局促于这北方的天地。
> 说是平地里一声雷响，
> 泰山：缠上云雾间的十八盘
> 也像是绝望的姿势，绝望的叫喊。
> （受了谁的诅咒，谁的魔法！）
> 望不见落日里黄河的船帆，
> 望不见海上的三神山……
>
> 悲世界如此狭小又逃回
> 这古城：风又吹湖冰成水，
> 长夏里古柏树下
> 又有人围着桌子喝茶。

这里无意用现代人的批判精神来诠释晚唐诗人的忧愤，也不想以杜牧的情怀简化何其芳诗思的复杂。我感兴趣的只是两种诗境中反映出来的诗人相近的创作心态。虽然面对不同的时代与"现实"，但诗人仿佛因同一种思虑和苦闷而达到了心灵的交响。

这样的例子在晚唐诗和"前线诗人"的作品中还有很多。谁能说千年前的"石麟无主卧秋风"和 20 世纪诗人眼中的"石狮子张着口，没有泪"的意境和心境不是一脉相承的呢？其实，这里还只是平面的比较，通过这种比较，我们更应看到的是古今诗人在心灵上的沟通。晚唐诗人在现实寂寞的心境下涌出历史悼亡的悲声，而现代派的诗人也在思考历史的时候与他们相遇并产生共鸣。何焯评李商隐时说他"迟暮之感，沉沦之痛，触绪纷来，悲凉无限"。（沈厚塽《李义山诗集辑评》）而这种沉痛与悲凉，也常常在现代派诗人笔下流露出来。这种悲凉虽然来自诗人生活的现实，出于他们对现实环境和对民族历史以及个人命运的思考，但也不乏从晚唐诗歌的情怀和气息中受到潜移默化影响的可能。这恐怕不仅仅是因为审美情趣的相合，也应该是一种心态上的近似，即所谓"同声相应，同气相求"。

评晚唐诗词为"衰飒"之音，这里面包含着一种价值的判断，带有某种贬义。其实这是一种狭隘的观点。如果后人能够以开阔的胸怀，站在客观的立场，并且更从审美的角度去评判，当会看到无论是李商隐的"皇天有运我无时"、"古来才命两相妨"也好，还是温庭筠的"射血有冤，叫天无路"也罢，抑或是崔珏悼李商隐时所慨叹的"虚负凌云万丈才，一生襟抱未尝开"，这些心灵深处的沉重悲伤，即使隐藏在晚唐诗风闲雅美丽的总体外表下，依然不失震撼人心的力量。废名曾经说过："凡是美丽都是附带着哀音的，这又是一份哲学，我们所不可不知的。"① 这里所谓哲学，包含有一种力量。正是这种力量，超越了千年时空，把晚唐诗和现代诗连在了一起，使二者形成了和谐默契的共鸣。

被认为新诗突然地带来一份"晚唐的美丽"的林庚，也一度被认为有李商隐的"清雅"遗风。1940年代废名在对比卞之琳的《雨同我》和林庚的《沪之雨夜》时曾说："卞诗确乎象《花间集》卷首的词，林诗确乎象玉溪生的诗。"② 这个判断当然更是具体针对两首诗而言的，但在我看来，林庚诗的整体风格也确实颇有李商隐的韵味。

废名之所以会首推崇林庚"带来了一份晚唐的美丽"，就是因为林诗风格在"外表"上最贴近晚唐诗风。换句话说，正是因为林庚突出了古诗词中清秀古雅的一面，所以他的风格在外表上最易辨识。废名说"李（商隐）诗看起来是华丽，确是'清'，卞之琳没有李商隐金风玉露的清了，林庚却有。"③ 所谓"清"，应是艳中带冷、放而能收。这一点恰到好处的分寸，是被诗人灵魂深处的悲哀底色所决定的。李商隐内心世界悲哀而又美丽，因此他的诗再华美也有淡淡的苦味，而这一点，也正是他与温庭筠之间的最大区别。林庚的诗时

---

① 冯文炳：《已往的诗文学与新诗》，《谈新诗》，第37页 。
② 冯文炳：《林庚同朱英诞的诗》，《谈新诗》，第189页。
③ 冯文炳：《〈十年诗草〉》，《谈新诗》，第167页。

有丰富华美的意象，但跳出任何一首具体的作品，他却在整体上给人留有一个清淡克制的印象。这种意趣同样来自他的心态，即如李长之所说，他是"把无限的情绪而限之于寂寞的地方"，"带出一种空虚而捉摸不得的悲哀"。① 这样的意境，又怎能不与李商隐接近和相像呢？

曾经有人统计过这位最喜"留得枯荷听雨声"的李商隐的诗中"雨"的意象的艺术特征，发现"第一是细""第二是冷""第三是晚"。"细雨、冷雨、晚雨，大致是'雨在义山'诗中的属性。"的确，"雨"在李商隐的诗中往往体现着"飘泊感"和"乡愁"，雨带来人与世界的"阻隔"，在迷离的背景中，随雨而至的常常是丝丝的忧伤。② "雨"的氛围弥漫在李商隐的很多诗境当中，成为他传达诗情的一个重要载体。

李商隐的"雨"令人很容易地联想到林庚的代表作《沪之雨夜》中的"雨"的意象：

> 来在沪上的雨夜里
> 听街上汽车逝过
> 檐间的雨漏乃如高山流水
> 打着柄杭州的油伞出去吧
>
> 雨水湿了一片柏油路
> 巷中楼上有人拉南胡
> 是一曲不关心的幽怨
> 孟姜女寻夫到长城

这里的"雨"不仅也是晚间清冷的细雨，同时也是飘落异乡，衬托着诗人的寂寞和飘泊。那曲"不关心的幽怨"，是现代诗人寂寞心情的真实写照，同时也仿佛化入了李商隐诗中的"阻隔"和"忧伤"。看来，废名因这首诗说到林庚有李商隐之神韵，似乎也不无道理。

这里并非要将林诗与李诗中的意象作简单的类比，而是要指出林诗中意象和意境的传统色彩与晚唐诗具有多么明显的精神联系，正是这种联系，使得林诗的晚唐韵味几乎成为他诗歌艺术的一种标签式的风格。

---

① 长之：《春野与窗》，《益世报·文学副刊》第 9 期，1935 年 5 月 1 日。
② 王蒙：《雨在义山》，《李商隐研究论集》，第 569 页。

中　编

本编切入具体诗潮流派与诗歌现象，以具体诗人为线索，贯穿和呈现丰富的新诗历史面貌。

　　从胡适到鲁迅、从沈从文到叶公超、从"《雪朝》诗群"到"汉园三杰"，这里涉及的或许并不都是以诗名世的诗人，但他们的艺术创造都与新诗密切相关，他们的对新诗史的贡献也都有目共睹。应该说，将这些典型或"非典型"诗人同时纳入研究的视野，可能正是新诗史研究应该努力的一个方向。

第五章　光荣的尝试，寂寞的蝴蝶

第一节　"光荣"的"尝试"

一

1930 年代，废名在北大开设现代文艺课，根据学生笔记整理而成的讲义后来编定为《谈新诗》，成为中国新诗史上的第一部诗论专著。这部专著的第一章第一句话就是：

> 要讲现代文艺，应该先讲新诗。要讲新诗，自然要从光荣的《尝试集》讲起。①

"光荣"的意味很值得琢磨，这似乎不是一种艺术上的肯定，倒更像是一项荣誉，或者说，这更接近于一种"盖棺定论"式的文学史评价。众所周知废名与胡适在诗学观念上是具有深刻分歧的，因而，废名给出这样的判断，也是值得深究的。废名的评价可能不是一位诗坛同行出于艺术角度的认可，而更是一位学院讲坛上的文学史家做出的历史判断。在废名看来，正是以《尝试集》为代表的"新诗"，最好地体现了"现代文艺"的精神实质。因而这份"光荣"，不在于艺术成就，而在于历史贡献。

---

① 冯文炳：《〈尝试集〉》，《谈新诗》，第 1 页。

所谓"现代文艺"——亦即我们今天所说的"现代文学"——并非一个不言自明的概念。"现代"绝不仅仅是一个有关时间阶段划分的修饰性定语，而更是一个对于某种精神特质的明确指认。"文艺"之表现为"现代"，是因为它以现代人的语言表现了现代人的生活、经验和情感，因而它本身就具有某种判断的意味，将同一时段中并不符合这一要求的文艺样式排除了出去。事实上，这一基本原则对于其后至今已逾百年的"现代文学"的理解与研究，都起着规定性的作用。举例来说，不少现当代作家都有过旧体诗词的创作，其中不乏鲁迅、周作人、郁达夫等诗词大家，但有趣的是，无论是他们自己编集还是后世的评论，几乎都不把这类旧体诗词纳入研究与评判的视野。并不仅仅是研究者们认为彼类作品不属于"现代文学"，即便是写作者本人，也并不将此视为自己的文学"作品"。原因当然就在于这个"现代文学"的观念。在鲁迅、郁达夫他们看来，旧体诗词的写作更像是一种"积习"，或源自生活中某个时刻的有感而发，或应对于某个场合的友朋酬唱……，这在精神内核上都并不符合新文学之初有关"社会文学""平民文学""写实文学"之类的标准，因此，无论是周氏兄弟还是郁达夫，在生前自编文集时都不约而同地排除了旧体诗词这一大类，只有胡适在《尝试集》中保留了一些"旧痕迹"，但也明确表态是为了"立此存照"，给获得了"解放"的新诗留存一个便于比照的标本。而与此同时，鲁迅会将大量往来书信收入杂文集，郁达夫也将大量"自叙传"式的写作视为可以公开发表的文学作品，都是出于同样的"现代文艺"观念，这不能不说是极为有趣且大有深意的。可以说，这种从内到外彻底重新定义"现代文学"的做法，已成为"五四"之后的共识，而废名对胡适的新诗尝试给出的"光荣"的评价，也就正基于这种共识。

更有意味的是，这种以现代人的语言和经验作为"现代文艺"基本要求的原则，恰恰就是由胡适本人最早提出的。这个原则看似立足于语言和形式的层面，但事实上却关涉到语言、形式之外的很多重要而深层的问题，尤为重要的是，正是通过白话诗的理念和实践，现代经验和情感才得以成功地通过语言革命的途径进入了文学表达的领域。

这当然也就是为什么"讲现代文艺"要"先讲新诗"而并非从小说或散文说起的原因。因为很显然，从文体特征与限定性的角度来说，诗体与白话之间的兼容性是最小的，以诗性语言表达现代经验的难度也是最大的，因而，白话诗的"成功"也就意味着新文学实践的深入和贯彻程度。就如胡适自己所言："现在我们的争点，只在'白话是否可以作诗'的一个问题了。白话文学的作战，十仗之中，已胜了七八仗。现在只剩一座诗的壁垒，还须用全力去抢夺。待到白话征服这个诗国时，白话文学的胜利就可说是十足的了。"①

显然，胡适的话题虽在"白话诗"，但视野里却是整个新文学。新诗作为"壁垒"或"前沿"，是他整盘棋中最重要的一枚棋子。没有这个气象，胡适的白话诗"尝试"确实难免显得稚拙，但有了这个气象作支撑，一切"尝试"就都被赋予了"光荣"的意义。

这就是为什么讲新文学、讲新诗，都要从胡适说起的原因。虽然百年来从没有人承认胡适是一流的诗人和作家，甚至很多人在谈论他的诗歌方面的成就时还忍不住语带讥讽，但是，历史的描述却必须以他作为开端，不仅要肯定他在时间意义上的"第一人"地位，同时更加肯定其诗歌观念对中国新诗历史的巨大影响。事实上，后者的确是更为重要的。胡适作为现象的存在，以及他的理念与实践，仍然左右着今天的话题。这个历史定论甚至早在 1920 年代就已经形成：朱自清 1929 年在清华大学讲授《中国新文学研究》课程时，已将胡适纳入视野，——虽然与废名一样，朱自清本人对胡适的诗歌也多有批评。这种首先强调作品的历史意义，同时通过它来讨论新诗与旧诗之间的差异——即变化了的"审美标准"——的评价和文学史叙述方式，无疑已延续至今，并且依然有效。

很说明问题的一个例子是：在 1996 年出版的《百年中国文学经典》中，胡适的诗篇无一入选，但在 1999 年作家学者投票确定的"百年百种优秀中国文学图书"中，《尝试集》却赫然在列。这个看似矛盾的结果不仅可以用陈平原的"事过境迁，隐入背景，但作为里程碑永远存在"② 的说法来解释，更重要的其实还在于：新诗史对于胡适的定位重在其历史意义和新诗可能性的开创方面，而新诗后来的发展超越甚至是背离了胡适的诗歌美学，因而，在审美的意义上胡适已被否定，但在历史开创的角度上，他又不可动摇。

客观地说，胡适的"第一人"地位的取得，并不依赖于某种天时地利的巧合，换句话说，并不是因为他第一个"尝试"，所以就能拥有这样重要的历史地位。时间因素当时是个重要因素，但更为重要的是他颠覆了旧诗的表达方式和审美标准，他带来了全新的语言方式和思维方式，改写了诗人与表达对象之间的关系。

---

① 胡适：《逼上梁山》，《胡适文集》第 2 卷，北京：人民文学出版社，1998 年，第 471—472 页。

② 陈平原：《导读：经典是怎样形成的》，胡适：《尝试集·尝试后集》，陈平原导读，贵阳：贵州教育出版社，2001 年，第 3 页。

二

作为一个诗的国度，中国拥有非常悠久而且强大的旧诗传统。可以说，诗词的传统是文学艺术传统中最为重要的组成部分，从某种意义上说，旧体诗词甚至是中国传统文学的代表。中国古代称"诗教"，儿童的文学启蒙也是从对对子、作诗填词开始的。可以说，诗词的艺术养成与培养，与知识分子的文学、思想等等方式都是深刻地联系在一起的。中国古典诗词的成就是辉煌的，这个传统是强大的，影响也是深远的，而问题也在于，成就越辉煌，传统越强大，影响越深远，要打破和改变这个传统，实行诗歌艺术方式的变革，也就越艰难。同时，从另一个角度来说，诗歌艺术的变革也成为文学革命的一面大旗和一种姿态，也就是说，连诗词的传统都打破并重新建立了，那也就是取得了文学革命的一大步成功。换句话说，新诗的尝试成了"五四"文学革命在创作实践上最适合的突破口。

胡适和其他人不同的地方在于，他把晚清诗界革命"以旧风格含新意境"的主张颠倒过来，认为不能重道轻器。他说：

> 我也知道光有白话算不得新文学，我也知道新文学必须有新思想和新精神。但是我认定了：无论如何，死文字决不能产生活文学。若要造一种活的文学，必须有活的工具。……有了新工具，我们方才谈得到新思想和新精神等等其他方面。①

1919 年 10 月，胡适发表了《谈新诗——八年来一件大事》，这是新文学史上的第一篇诗歌专论，也较为集中地体现了胡适的白话诗观念。朱自清称其为"诗的创造和批评的金科玉律"②。在这篇重要的论文中，胡适对自己的诗学主张已经做出了相当全面的阐释。在其同代人中，胡适应该算是最自觉地把写作本身问题化的一位了，他始终在自觉地追问和回答着"诗（新诗）应该是什么样的""新诗应该怎样'新'"之类的问题。

《谈新诗》的开篇谈的并不是诗。胡适先是回顾了两年前"新文化运动"兴起时有关政治与文学两个领域的革命理想与实践，然后深深地感叹说："与

---

① 胡适：《逼上梁山》，《胡适文集》第 2 卷，第 468 页。
② 朱自清：《中国新文学大系·诗集》，"导言"，第 2 页。

其枉费笔墨去谈这八年来的无谓政治，倒不如让我来谈谈这些比较有趣味的新诗罢。"① 这一处起笔，当然是胡适的有意为之。这并不是随性而为的"跑题"，也不是简单的"先抑后扬"，而是有意牵扯出了一个重要的问题，即：政治与文艺的问题。说得再具体些，也是政治革命与文学（文化）革命之间的关系问题。胡适早年说："二十年不谈政治"，"多研究问题，少谈些主义"，看上去似乎是对政治问题有意规避，但事实上政治文化始终是他有关文化和文学问题的思考背景。他的新诗观念当然也是置于整个新文学—新文化思想的大背景之下的，白话诗的尝试正是他整个白话文学观念的重要"壁垒"与前沿，而白话文学又是思想启蒙和个性解放的重要途径。

紧接着，胡适在文中明确谈到了"形式和内容的关系"问题。在我看来，他正是出于对某种误解的预防，所以把自己的思路交代个明白。他说：

> 这一次中国文学的革命运动，也是先要求语言文字和文体的解放。新文学的语言是白话的，新文学的文体是自由的，是不拘格律的。初看起来，这都是"文的形式"一方面的问题，算不得重要。却不知道形式和内容有密切的关系。形式上的束缚，使精神不能自由发展，使良好的内容不能充分表现。若想有一种新内容和新精神，不能不先打破那些束缚精神的枷锁镣铐。因此，中国近年的新诗运动可算得是一种"诗体的大解放"。因为有了这一层诗体的解放，所以丰富的材料，精密的观察，高深的理想，复杂的感情，方才能跑到新诗里去。五七言八句的律诗决不能容丰富的材料，二十八字的绝句决不能写精密的观察，长短一定的七言五言决不能委婉达出高深的理想与复杂的感情。②

之所以要首先谈"形式和内容的关系"，大概是因为胡适已经料到会有人只看到他对"诗体大解放"的强调，而误解他忽略了对新诗更本质的理解。所以他一再声明：诗体解放是手段，而内容的革命才是目标。解放诗体的目的恰恰是让现代经验进入诗歌，从而最终改写诗歌的内容。就像他在《逼上梁山》里所说："……但他们都不明白'文字形式'往往是可以妨碍束缚文学的本质的。'旧皮囊装不得新酒'，是西方的老话。我们也有'工欲善其事，必先利其器'

---

① 胡适：《谈新诗》，《胡适文集》第3卷，第133页。
② 同上，第133—134页。

的古话。文字形式是文学的工具；工具不适用，如何能达意表情？"①

客观地说，即便胡适说得如此清楚，对他的误解还是长期存在的。这多半是因为形式上的革命太过显明，很容易遮蔽了其他相关的主张。仔细分析他所概括的"达意表情"的四个方面——"丰富的材料，精密的观察，高深的理想，复杂的感情"——其内部还存在着一定的差别。相对而言，"材料"和"观察"更多地属于客观层面，也就是那些新鲜的事物与现代的经验所带来的新材料。如胡适自己所说的，当现代经验已经改变了原本"河桥酒幔轻"的世界，也改变了"衫青鬓绿"的我们自身，那么，"火车汽笛声"里的"燕尾鼠须"的现代人，必然要用新的笔墨写出新的生活和新的自己。至于"理想"与"感情"，则确是更为复杂的方面。胡适之所以说这是旧诗"装不下"的，就在于他认识到了现代经验和情绪的复杂性。比如他在文中所举的两个例子：周作人的《小河》和他自己的《"应该"》，都是相对复杂，"意思神情都是旧体诗所达不出的"。这并不是说旧体诗的表现能力多么低下，而是新事物、新经验、新思想的复杂性达到了前所未有的程度，这不仅在新诗的领域是如此，在世界文学的范围内，经验的复杂化都是导致现代文学起源的最重要原因。

让他自己颇为得意的《"应该"》确实是一首体现了新文化语境中相对复杂的情感的作品：

> 他也许爱我，——也许还爱我，——
> 但他总劝我莫再爱他。
> 他常常怪我；
> 这一天，他眼泪汪汪的望着我，
> 说到："你如何还想着我？
> 想着我，你又如何能对他？
> 你要是当真爱我，
> 你应该把爱我的心爱他，
> 你应该把待我的情待他。"
> 他的话句句都不错：——
> 上帝帮我！
> 我"应该"这样做！

---

① 胡适：《逼上梁山》，《胡适文集》第2卷，第457页。

此诗从题目来看就是全新的。这个加了现代标点符号的题目，使"应该"两字已经突破了字面上的含义，成为一种带有反讽效果的表达。更重要的是，这首诗里所表达的情感是前所未有的。这里写的是一段不"应该"有的爱情，让人为难的事情正在于在"你"和"我"之外还有一个"他"。在一夫多妻的旧时代，这大概并不特别让人为难，但是在新式爱情观念的影响下，爱情与道德观念发生了冲突，于是才有了是否"应该"的是非判断和感情与理智的较量。这种新的情感经验之所以在旧诗里"装不下"，其实最主要的原因还是在于文化与观念的冲突，同时也因为新经验的复杂性突破了旧诗相对单纯的抒情范围。胡适此例举得似是而非却又切中重点，因为他看起来在讨论新诗与旧诗因为形式方面的差异而造成的表意的不同，但事实上却落脚于新旧经验的差异而造成了文学与历史关系的改写问题上，看上去有点儿"跑偏"的讨论却可能触及到了最核心最内在的问题，这究竟是胡适的歪打正着还是他的言说策略，就不得而知了。

无论如何，"复杂"作为胡适讨论的重点的确是体现了他的过人见地。因为新经验、新情感的复杂化，推动和决定了新诗在艺术表现方式上的复杂性，这其实也是新诗之为新的最重要的原因和指标之一。相比之下，旧体诗确实显得简单得多。在旧诗传统中，几乎一切作品都是可以分类的。比如田园诗、山水诗、边塞诗等等，就其表现的领域、表现的方式、题材、意象以及情绪类型等方面都各有不同，因而最后所形成的美学风格也便不同。至于宋词中的婉约与豪放两路，既是对风格的描述，同时也意味着某种限定。因而，旧体诗词其实很容易成为类型化的抒情或写作方式，而这个特点，在新诗中确实被打破了。虽然新诗也可以有类型化的写作，但总体而言却很难分类。它在经验上是复杂的，在呈现上更是复杂多样的，这是它的特征，也是它对其前传统的突破。

三

正是在这个认识的基础上，胡适在《谈新诗》中再三讨论到自古以来诗歌史上的多次"解放"。他说："我们若用历史进化的眼光来看中国诗的变迁，方可看出自三百篇到现在，诗的进化没有一回不是跟着诗体的进化来的。"在梳理了历史上四次诗体解放之后，他提出：

　　这种解放，初看去似乎很激烈，其实只是三百篇以来的自然趋势。自然趋势逐渐实现，不用有意的鼓吹去促进他，那便是自然进化。自然趋势有时被人类的习惯性守旧性所阻碍，到了该实现的时候均不实现，必须用有意的鼓吹去促进他的实现，那便是革命了。①

这一番堪称"重写文学史"的论述表明了胡适的根本观点，即高度肯定"诗体解放"的作用和意义，但同时也最终落实到内容的"进化"上。在他看来，内容的进化需求正是促使形式革命的根本动力。

与诗体解放密切相关的，还有对待韵律的态度。胡适在《谈新诗》里专门谈到音节问题，提出了"自然的音节"。他说："新诗有三种自由：第一，用现代的韵，不拘古韵，更不拘平仄韵。第二，平仄可以互相押韵，这是词曲通用的例，不单是新诗如此。第三，有韵固然好，没有韵也不妨。"② 很显然，这并非简单粗暴的废韵革命，他甚至表达了"有韵固然好"的态度，只不过，在韵律之上，"自由"成为更重要的品质和原则。

尤需一提的是，"用现代的韵，不拘古韵"是更重要也更鲜明的"白话诗"观的体现。因为古韵所对应的古字古音，在现代汉语中已发生了相当大的变化。当生活中白话口语的读音已经不同于韵书上的古韵时，究竟是服从哪一边？这正是检验"白话"与否的一项指标。比如鲁迅在《我的失恋》中将"蛇"与"花"押韵、周作人的《五十自寿诗》也以"蛇"与"裟""麻"押韵，无疑都是拘"古韵"的做法，并不适合现代口语的读音。胡适所提，正是这种"积习"的祛除，即以现代口语中的读音来押"现代的韵"，这显然是遵守了"白话文学"之活文字活语言的基本原则的。这一点，在胡适看来，必然是重要而不可退让的。

在《谈新诗》的最后，胡适谈到了"诗的具体性"问题：

> 我说，诗须要用具体的做法，不可用抽象的说法。凡事好诗，都是具体的；越偏向具体的，越有诗意诗味。凡事好诗，都能使我们脑子里发生一种——或许多种——明显逼人的影像。这便是诗的具体性。③

他认为好诗要引起"眼睛里起的影像"，"引起听官里的明了感觉"，甚至

---

① 胡适：《谈新诗》，《胡适文集》第 3 卷，第 138 页。
② 同上，第 145 页。
③ 胡适：《谈新诗》，《胡适文集》第 3 卷，第 147 页。

"引起读者浑身的感觉"。因而，他反对用"抽象的名词"，认为"凡是抽象的材料，格外应该用具体的写法"。在胡适看来，"具体的写法"是新诗的一个基本原则，他甚至用是否"具体"来判定是否是"诗"。他认为抽象的写法只能作"文"，而"诗"——尤其是"好诗"——必须是鲜明具体的，这里包含了写法与效果两方面的问题，一面强调了要用具体形象来表现；一面也强调了影像逼人、妇孺皆懂的效果。

而与"诗的具体性"相关的，是他所谓的"诗的经验主义"。在《梦与诗》一诗的最后，胡适曾专门加上了一段跋语：

> 这是我的"诗的经验主义"（Poetic empiricism）。简单一句话：做梦尚且要经验做底子，何况做诗？现在人的大毛病就在爱做没有经验做底子的诗。北京一位新诗人说"棒子面一根一根的往嘴里送"；上海一位诗学大家说"昨日蚕一眠，今日蚕二眠，明日蚕三眠，蚕眠人不眠！"吃面养蚕何尝不是世间最容易的事？但没有这种经验的人，连吃面养蚕都不配说。——何况做诗？①

胡适所说的"经验主义"不仅是对经验本身的强调，同时也是对写作主体性的强调。因为经验与观察源自诗人，所以才有"你不能做我的诗，正如我不能做你的梦"的说法。换句话说，"诗的经验主义"强调的其实是诗人的个体差异问题，这也正符合了新文学早期最重要的口号之一：——"有我"和"有人"。站在这个角度上，就更能理解胡适在诗中所说的：

> 都是平常情感，
> 都是平常言语，
> 偶然碰着个诗人
> 变幻出多少新奇诗句！②

从"诗体大解放"到"诗的经验主义"，《谈新诗》较为完整地体现了胡适白话诗观念的思路和原则。他从语言形式层面入手，提出带有鲜明革命性的

---

① 胡适：《梦与诗》，《胡适文集》第 1 卷，北京：人民文学出版社，1998 年，第 266—267 页。

② 同上，第 266 页。

主张。而进一步的，他考虑的是形式解放带来的内容和精神层面的变化，即"丰富的材料，精密的观察，高深的理想，复杂的感情"纳入新诗表现的可能性问题。而"经验主义"问题涉及的是诗与个人、诗与现实经验等方面的关系，它对诗人个体的现实经验的看重，完全符合胡适对于新诗应当反映现代日常经验的核心观念。

说到底，"诗体大解放"包括了两层意思：其一是"有什么题目，作什么诗"，实际上是要求诗人写自己的真情实感，抛弃应酬唱和的假诗；其二是"作诗如作文"，即一方面包含了打破诗的格律而代之以自然的音节，另一方面强调了白话入诗、以白话代替文言、以白话的语法代替文言语法、适当借用国外的新语法等诸多相关方面。胡适的诗歌美学观念可概括为"诗的经验主义"，其中包含了"有我"——表现诗人的性情见解，突出写作者的主体；和"有人"——与一般的人发生交涉，即知识分子与平民的沟通与交流，也体现着"人的文学"对诗歌观念的影响。因而也有人说，胡适的"诗体大解放"就是诗歌形式的"散文化"与诗歌精神的"平民化"的综合体现。

在胡适的诗学思想里，"诗的具体性"与"明白晓畅"的美学标准之间是有一定联系的。因为具体鲜明的影像正是造成明白晓畅效果的方式之一。胡适一直念念于心的，是一种凡皆能受的诗歌美学，一开始他以"明白晓畅"为口号，并针对晚唐诗人温庭筠、李商隐的"晦涩"提出批评，直斥之为"妖孽诗"和"笨谜"。他在自己的写作中虽也看重经验的复杂与情感的曲折，但在表达上却仍然直露，并引以为荣。

然而随着新诗实践的发展，这种具体透明的诗歌美学也在经受质疑和批评，而胡适本人也因此有所反思和修正。他在给沈尹默的信中提出了"言近而旨远"的说法，即"从文字表面上看来，写的是一件人人可懂的平常实事；若再进一步，却还可寻出一个寄托的深意。……'言近'则越'近'（浅近）越好。'旨远'则不妨深远。言近，须要不依赖寄托的远旨也能独立存在，有文学的价值"①。同样，在为汪静之的诗集《蕙的风》所做序言中，他也说道："古人说的'含蓄'，并不是不求人解的不露，乃是能透过一层，反觉得直说直叙不能达出诗人的本意，故不能不说脱略枝节，超过细目，抓住了一个要害之点，另求一个'深入而浅出'的方法。故论诗的深度，有三个阶级：浅入而浅出者为下；深入而深出者胜之；深入而浅出者为上。"并承认自己"早年的

---

① 胡适：《致沈尹默》，《胡适文集》第 3 卷，第 111 页。

诗"有"浅入而浅出的毛病"。① 此外，他还在评俞平伯的《冬夜》时说道："我们知道诗的一个大原则是要能深入而浅出；感想（impression）不嫌深，而表现（expression）不嫌浅。平伯的毛病在于深入而深出，所以有时变成烦冗，有时变成艰深了。"② 直至 1932 年，在《评〈梦家诗集〉》中，他仍沿用深浅远近之说，对陈梦家的表达提出了他的看法。他说："你的明白流畅之处，使我深信你应不是缺乏达意的本领，只是偶然疏懈，不曾用气力求达意而已。我深信诗的意思与文字要能'深入浅出'，入不嫌深，而出不嫌浅。凡不能浅出的，必是不曾深入的。"③

可以看出，从 1918 年到 1930 年，胡适始终坚持一种"言近而旨远"、"深入而浅出"的诗歌美学。他的"言近"和"浅出"都是服务于白话诗的观念的，而他的"旨远"和"深入"又在一定程度上纠正和弥补了其理论主张的片面和激进，悄悄地取得了一定的妥协。胡适当然并不可能真正地解决这个问题，事实上，这个问题在今天的诗歌写作中仍在一定程度上存在，因而在这个意义上说，胡适的观念不仅具有历史意义，同时也具有理论价值。

胡适的新诗理想的核心就在于以白话诗的方式来表达一种新的、前所未有的现代经验。他早期提出的废除旧典采用新词等主张，无不围绕这一核心，因为只有废除旧典采用新词，才可能使现代人的新的经验真正被纳入到诗歌表现的领域当中来，也只有这样的新陈代谢才意味着从根本上划清了与过去的（业已消失的）古典经验之间的界限。今天的新诗史家常常引用和高度肯定施蛰存在《现代》中所给出的现代诗的定义："……它们是现代人在现代生活中所感受到的现代情绪，用现代的词藻排列成的现代的诗形。"④ 认为这是新诗对自身现代精神的一次比较全面准确的描述。其实，胡适也曾发表过非常类似的观点。他在 1931 年底整理发表的给当时已经西去的徐志摩的信中说："我当时希望——我至今还继续希望的是用现代中国语言表现现代中国人的生活，思想，情感的诗。这是我理想中的'新诗'的意义，——不仅是'中文写的外国诗'，也不仅是'用中文来创造外国诗的格律来装进外国式的诗意'的诗。"⑤ 后来的新诗史常常提及施蛰存的表述，却对胡适的现代诗想象几乎无人提及。

---

① 胡适：《〈蕙的风〉序》，《胡适文集》第 3 卷，第 180 页。
② 胡适：《评新诗集》，《胡适文集》第 3 卷，第 192 页。
③ 胡适：《评〈梦家诗集〉》，《胡适文集》第 3 卷，第 244 页。
④ 施蛰存：《又关于本刊中的诗》，《现代》第 4 卷第 1 期，1932 年。
⑤ 胡适：《致徐志摩》，《胡适书信集》（上），北京：北京大学出版社，1996 年，第 560 页。

其实，二者在对现代诗歌的想象和定义上几乎是完全一致的。他们都在语言形式与现实世界之间建立了真正的互动关系。

也许，提倡"作诗如作文"的胡适并不在乎把"诗"写得不像"诗"。虽然他在自己的写作中常常因为积习而落入窠臼，但在观念上，他的革命性其实是相当彻底的。比起写得"像"一首"诗"的标准，胡适更在乎的是"新"，事实上，这或许正是胡适诗学观念中一个特别重要的创造。因为，如果将"诗"理解成一个有成规的文体，那么这个成规显然是来自于古典诗歌传统，其一切标准都出自古典，那么，新诗能否既在语言和形式上颠覆古诗和文言的一切标准，又同时还企图保持一种"诗"的样态，一种符合古诗标准的"诗"的美学标准？这个二者得兼的企图恐怕只能是个悖论。但问题恰恰在于，很多人并没有意识到这个悖论，而是一方面要求新诗开创新境，同时又不自觉地以旧的标准来衡量和评判新诗，因而很多矛盾与争论都由此生出，成为新诗历史上的难解之结。胡适当然也未必就完全自觉于此，但至少他以写作的实践体现了他在这个悖论中的取舍。他将诗写得不像诗，这就意味着他相比其他人更加彻底地想要抛弃旧诗传统所连带的标准，更企图从本体而非文体的角度去认识新诗自身。

第二节　寂寞的蝴蝶

一

新诗史上最著名的"蝴蝶"是从胡适的笔下振翅飞出的。当"两个黄蝴蝶，双双飞上天"的时候，中国新诗也算是第一次展开了它稚弱的翅膀。这两只蝴蝶不仅为胡适赢得了诗名也带来了争议，同时更被赋予了特殊的历史与文化含义。正如废名后来所感叹的："原来这首《蝴蝶》乃是文学革命这个大运动头上的一只小虫，难怪诗里有一种寂寞。"① 废名的提醒很重要，他指出了这首诗的主题不仅有关诗人一时的心境与情绪，且竟与"文学革命这个大运动"相关。而更有意味的是，这份寂寞及其背后的重要关联是以"白话诗"

---

① 冯文炳：《〈尝试集〉》，《谈新诗》，第4页。

的方式出现的，它借用了蝴蝶的形象，既明确又含蓄，美丽具体却又亦真亦幻，它第一次以诗的方式表达了一个"尝试"中的诗人对于写作本身的心得与感受。因而，它既是写作行为的动态再现，同时又是这次写作实践的最终成果。

> 两个黄蝴蝶，
> 双双飞上天。
> 不知为什么，
> 一个忽飞还。
> 剩下另一个，
> 孤单怪可怜。
> 也无心上天，
> 天上太孤单。

蝴蝶在中国的文化传统中是一个与爱情有关的典故和意象。"梁祝"的凄美爱情是每个中国人耳熟能详的，因而，成双成对的蝴蝶常常被文人用作现实爱情的甜蜜折射或是理想爱情的寄寓和象征，而形单影只的蝴蝶也就必然被赋予了孤独凄凉之感。胡适笔下的蝴蝶也是成双出现的，这一开始就符合了中国人的审美习惯，同时也唤起了相关的联想，并为后面"一个忽飞还""天上太孤单"的主题起到了很好的铺垫效果。但是，与古诗意境明显不同的是，诗中分明存在着一个旁观角度的叙事者，而且，他也明显地在蝴蝶的身上采取了一种"同情"的寄托。那个"不知为什么"，且萌生了"孤单怪可怜"的同情心的，显然是写作中的诗人"我"。胡适一直主张新文学要"有我"，而这首诗则是这个方面一个很好的典范。这当然一方面承自传统中常见的托物言志手法，但这样突出"我"的存在的写法，是带有某种自觉的创新意识的，明显区别于中国古诗中大量存在的"无人"或"天人合一"的风景描写。

关键的问题是，这个明显是在"借题发挥"的诗人要在这两只蝴蝶身上寄托一种什么样的寂寞呢？在《逼上梁山》里，胡适谈到了这首诗的写作缘起，解答了这个问题：

> 有一天，我坐在窗口吃我自做的午餐，窗下就是一大片长林乱草，远望着赫贞江。我忽然看见一对黄蝴蝶从树梢飞上来；一会儿，一只蝴蝶飞下去了；还有一只蝴蝶独自飞了一会，也慢慢的飞下去，去寻他的同伴去

了，我心里颇有点感触，感触到一种寂寞的难受，所以我写了一首白话小诗，题目就叫做《朋友》（后来才改作《蝴蝶》）：

......

这种孤独的情绪，并不含有怨望我的朋友的意思。我回想起来，若没有那一班朋友和我讨论，若没有那一日一邮件，三日一长函的朋友切磋的乐趣，我自己的文学主张决不会经过那几层大变化，决不会渐渐结晶成一个有一系统的方案，决不会慢慢的寻出一条光明的大路来。......①

这就是废名之所以称这两只蝴蝶是"文学革命这个大运动头上的一只小虫"的原因。因为这诗里的寂寞，对胡适而言，是一种极为具体的寂寞，是伴随着他在白话文学早期的种种尝试及其挫折而产生的具有强烈针对性的情绪。也正是因为这种具体性，才有了废名所赞誉的"诗之来是忽然而来，即使不写到纸上而诗已成功了"。②

胡适的寂寞，是初期白话诗观念的寂寞。这首《蝴蝶》正如一个标本，记下了白话诗早期的处境，更确切地说，它记下了早期白话诗观念建立过程中面对不同诗学立场的寂寞处境。有意思的是，这首"胡适之体"的作品以鲜明具体的意象和明白晓畅的效果写出了诗人在写作中的特殊感受，算是一种写作经验的呈现。它不同于普通的写作经验的描述，它在为后人的历史想象提供入口的同时，也贡献了一个在困境中坚持以白话诗观念与原则写作的新诗的文本。

其实，胡适是很喜欢以写诗的方式论诗的，而且在这方面还颇有一些"名篇"。比如：

诗国革命何自始？要须作诗如作文。
琢镂粉饰丧元气，貌似未必诗之纯。
小人行文颇大胆，诸公一一皆人英。
愿共僇力莫相笑，我辈不作腐儒生。③

更有名气的是他那首激怒了梅光迪等少年朋友的"打油诗"《答梅觐庄——白话诗》：

---

① 胡适：《逼上梁山》，《胡适文集》第 2 卷，第 471—472 页。
② 冯文炳：《〈尝试集〉》，《谈新诗》，第 8 页。
③ 胡适：《逼上梁山》，《胡适文集》第 2 卷，第 455 页。

……
老梅牢骚发了，老胡呵呵大笑。
且请平心静气，这是什么论调！
文字没有古今，却有死活可道。
古人叫做"欲"，今人叫做"要"。
古人叫做"至"，今人叫做"到"。
古人叫做"溺"，今人叫做"尿"。
本来同是一字，声音少许变了。
至于古人叫"字"，今人叫"号"；
古人悬梁，今人上吊；
古名虽未必不佳，今名又何尝不妙？
至于古人乘舆，今人坐轿；
古人加冠束帻，今人但知戴帽；
这都是古所没有，而后人所创造。
若必叫帽作巾，叫轿作舆，
岂非张冠李戴，认虎作豹？
……①

以上两首无论体式如何，其实都重在说理，无心经营诗艺。而《蝴蝶》与之完全不同。它虽然在主题上与白话诗运动的实际状况直接相关，但下笔却并不为论诗，而是在写诗，特别是在以"胡适之体"自己的美学标准写诗。对此，废名评论说：

这诗里所含的情感，便不是旧诗里头所有的，作者因了蝴蝶飞，把他的诗的情绪触动起来了，在这一刻以前，他是没有料到他要写这一首诗的，等到他觉得他有一首要写，这首诗便不写亦已成功了，因为这个诗的情绪已自动完成，这样便是我所谓诗的内容，新诗所装得下的正是这个内容。②

---

① 胡适：《逼上梁山》，《胡适文集》第 2 卷，第 465 页。
② 冯文炳：《〈尝试集〉》，《谈新诗》，第 5 页。

换句话说，与《白话诗》等以诗写论的方式不同，《蝴蝶》是一首诗。虽然它的主题和情绪都与诗人写作的实际处境和观念有关，但它仍是通过写作——通过将这情绪和观念充分诗化之后——呈现出来的一首作品。它是写作困境的呈现，同时也是写作困境中的表达，更是写作尝试的成果，而这才是它更值得看重和讨论的原因之一。

如果说，新诗就是一种在尝试中不断自我赋形、自我生成的艺术，那么，这样一类"写作经验的诗性呈现"的作品就体现了其特有的价值。它们不仅呈现了写的难度所在，更呈现了作者对写作难度的认识和自觉，同时，它的完成本身也是对写作这一难度的克服。客观地说，《蝴蝶》虽然涉及文学运动的历史经验和个人情绪，但在以写作（名词）完成写作（动词）的意义上还是一首比较低级别的作品，然而无论如何，在作为新诗尝试的里程碑的意义中，除去历史的意义之外，应该再加上这一条，即将之视为诗人以诗呈现诗歌处境的第一首代表作。

二

时隔十余年，戴望舒写出了他隽永的小诗《我思想》，再次以蝴蝶为中心意象，也再次触及诗人——甚或是一个诗群——在诗坛上的寂寞。这只蝴蝶同样与文学的潮流和运动相关，只不过这一次是"现代派"的兴起。胡适和戴望舒不约而同地以蝴蝶的美丽和寂寞来表达写作途中的处境与心情，这或许是巧合，也或许大有深意。无论如何，这几只寂寞的蝴蝶为我们探问诗歌写作经验与作品生成的关系提供了一个美丽的角度。

戴望舒笔下的蝴蝶同样是寂寞的，而且，这寂寞也同样来自诗人在写作中的处境和感受：

> 我思想，故我是蝴蝶
> 万年后小花的轻呼
> 透过无梦无醒的云雾
> 来振撼我斑斓的彩翼

诗的第一句"我思想，故我是蝴蝶"，就是惊人之语。比起"两个黄蝴蝶，双双飞上天"的白描方式来说，戴望舒笔下的蝴蝶明显不是被寄托了诗人某种情绪的形象，而是某种具有象征意义的意象。蝴蝶本身，就是诗人要表达的思想自身。问题也许是，这是什么思想呢？

更多人熟悉的是哲学家笛卡尔的那句"我思故我在"。而诗人巧妙地化用了这个句式，却翻出了无限的新意和诗意。先是句式的转变，就从带有古典特征的箴言风格转为了现代口语，更重要的翻用是从"在"变为了"蝴蝶"，将一个哲学性的抽象表达变为了一个生动美丽的文学形象。"蝴蝶"能引起的联想是多方面的，但无论如何，灵动美丽是其基本特征。这个特征，与"我思想"联系在一起，立即出现了深刻复杂的含义。思想如何是美丽而灵动的？思想如何赋予生命以美丽与灵动？这已经开始构成了诗意内部的思索的起点。

在诗的第二行出现了另一个中心意象——"小花"。蝴蝶与花构成了一种知音和伴侣式的亲密默契的关系。然而，小花前面的"万年后"，又令这种亲密关系出现了奇特的时间错位。万年后的小花与当下鲜活灵动的蝴蝶之间，究竟是什么样的关系呢？而"无梦无醒的云雾"指的又是什么？显然，这不再是一般的"蝶恋花"的故事，也超出了作为爱情友情之类的情感的象征的可能，成为"现代派"诗人戴望舒的一首特殊的诗学理念与写作经验的书写。

有意味的在于，这首诗的写作背景是"现代派"诗的诗学观念与美学风格受到质疑的背景，换句话说，戴望舒这只蝴蝶的寂寞，同样是现代诗潮大背景下的寂寞。

"美妙"与"艰涩"并存，是现代派诗歌的美学追求之一。对此，他们与胡适"明白具体"的美学之间已产生不少争论，诗歌传达的"隐"与"显"正是其重要分歧点。戴望舒作于1937年的这首小诗，不能不说与此争论的背景有关。

1937年六七月间，《独立评论》上曾爆发了一场关于"看不懂"的大争论，这其实仍是两种诗歌审美原则历时已久的争论的延续。只是此时，现代派诗人已然声势很壮、成绩很大了。与胡适的少许妥协和梁实秋的未具真名相比，沈从文简直有些咄咄逼人。在我看来，这场论争其实是不战而胜负已分，甚而可以说，是胡适和梁实秋送给了沈从文一个机会，使他替现代派美学进行了一次充分的自我声张。

沈从文首先指出："文学革命初期写作的口号是'明白易懂'。文章好坏的标准，因之也就有一部分人把他建立在易懂不易懂的上头。……不过，……文学革命同社会上别的革命一样，无论当初理想如何健全，它在一个较长的时间中，受外来影响和事实影响，它会'变'。因为变，'明白易懂'的理论，到某一时就限制不住作家。……若一个人保守着原有观念，自然会觉得新来的越来越难懂，作品多晦涩，甚至于'不通'。正如承受这个变，以为每个人有用文字描写自己感受的权利来写作的人，也间或要嘲笑到'明白易懂'为'平凡'。"很明显，沈从文所持的是一种发展的观点。一方面，他认为，文学观念和审美标准不可能是一成不变的，不应该用单一的标准制约多元发展的文学；另一方面，沈从文也以一种颇为自信的语气表明，他们这些"新来的"其实就是先进的，他们顺应并代表着文学观念的演进。因此他说："这些渐渐的能在文字上创造风格的作者，对于中国新文学的贡献，倒是功大过小。它的功就是把写作范围展宽，不特在各种人事上失去拘束性，且在文体上也是供有天才的作家自由发展的机会。这自由发展，当然就孕育了一个'进步'的种子。"[1] 沈从文干脆将"看不懂"的现象与文学审美上的"进步"相联系，直接将这场看似具体问题的论争引到了文学观念的进化的层面上，将梁实秋、胡适等人归于"不能追逐时变"的保守派，这当然依赖于他的雄辩，但更重要的，是依赖于他对现代主义理论观念的高度自信。

此外，针对胡适所说的"现在做这种叫人看不懂的诗文的人，都只是因为表现的能力太差，他们根本就没有叫人看得懂的本领"[2] 的刻薄说法，沈从文进行了有力的辩解。他说："事实上，当前能写出有风格作品的，与其说是'缺少表现能力'，不如说是'有他自己表现的方法'。他们不是对文字的'疏忽'，实在是对文字'过于注意'。"[3] 的确，现代主义诗人正是拥有他们自己的表现方法，拥有自己对于诗歌语言、传达方式等方面的思考和创新。最终，他们以其超卓的理论与实践的成绩消释了一切误解和贬斥。

其实，至今仍有很多人认为，"晦涩"就是现代主义诗歌的代名词。事实上这种看法也并非完全没有依据。艾略特说："就我们文明目前的状况而言，诗人很可能不得不变得艰涩。我们的文明涵容着如此巨大的多样性和复杂性，而这种多样性和复杂性，作用于精细的感受力，必然会产生多样而复杂的结果。诗人必然会变得越来越具涵容性，暗示性和间接性，以便可以强使——如果需要可以打乱——语言以适合自己的意思。"[4] 无论称其为"晦涩"还是"迷离隐约"，总之这种诗歌传达效果都是根据诗情和诗境的需要而定的。晚唐诗人"旨趣遥深"，创造了诗歌艺术中深幽之美的一脉血统，现代主义诗人又

---

① 沈从文：《关于看不懂（二）（通信）》，《独立评论》第 241 号，1937 年。

② 适之：《编辑后记》，《独立评论》第 238 号，1937 年。

③ 沈从文：《关于看不懂（二）（通信）》，《独立评论》第 241 号，1937 年。

④ 艾略特：《玄学派诗人》，李赋宁译注：《艾略特文学论文集》，南昌：百花洲文艺出版社，1994 年，第 24—25 页。

因"文明涵容着如此巨大的多样性和复杂性"而"不得不变得艰涩"。

　　当然，认同深幽之美为诗歌审美标准之一的观点，并不是现代派诗人的发明，早在 1922 年梁启超就曾经相当客观地指出：李商隐的诗"就'唯美的'眼光看来，自有他的价值。"他说，李商隐的《锦瑟》《碧城》《圣女祠》等诗，"他讲的什么事，我理会不着。拆开一句叫我解释，我连文义也解不出来。但我觉得他美，读起来令我精神上得一种新鲜的愉快。须知，美是多方面的，美是含有神秘性的。我们若还承认美的价值，对于这种文学，是不容轻轻抹煞啊"①。梁启超描述的应是很多中国文人读李商隐诗的共同感受，这种"美"的感受的产生是自然而然的，并不会因为哪一种理论原则的提出而被否认或扼杀。甚至，可能正因为李商隐的诗具有"寄托深而措辞婉"（叶燮《原诗》）、"在可解不可解之间，然其妙可思"（清纪昀语）的特点，所以才更多地被历代的文人们玩味咀嚼。

　　1926 年，周作人提出新诗需要"象征"的要求。他说，初期新诗的"一切作品都像是一个玻璃球，晶莹透澈得太厉害了，没有一点儿朦胧，因此也似乎缺少了一种余香与回味"。周作人于是提出，新诗最迫切需要的就是象征，这象征"是外国的新潮流，同时也是中国的旧手法，新诗如往这一路去，融合便可成功，真正的中国新诗也就可以产生出来了。"对于具体的方法，周作人明确指出：所谓'兴'最有意思，用新名词来讲或可以说是象征。让我说一句陈腐话，象征是诗的最新的写法，但也是最旧，在中国也'古已有之'。② 周作人关于沟通"兴"与"象征"的想法，其实仍是基于一种直觉的感受。但他企图在传统诗学中寻找新诗的出路、企图在中西诗学中融会贯通，这份努力是十分可贵的。可以说，周作人对"兴"的倡导，正是 1930 年代现代派在传统诗学领域中寻找含蓄婉丽的传达方式的先声。

　　废名曾说："这些诗作者似乎并无意要千百年后我辈读者读懂，但我们却仿佛懂得，其情思殊佳，感觉亦美"③。在他们看来，"懂不懂"与"美不美"完全是两个不同的问题，前者对后者不应有规定性的束缚力量。美好的"情思"和"感觉"具备了，"仿佛懂得"其实就已足够。现代派诗人因此不将"懂"与"不懂"作为衡量诗境高下的标准，他们不像胡适那样，认为李商隐

---

　　① 梁启超：《中国韵文里头所表现的情感》，《饮冰室文集》之三十七，《饮冰室合集》第 4 卷，北京：中华书局，1989 年，第 117—170 页。
　　② 周作人：《〈扬鞭集〉序》，《语丝》第 82 期，1926 年。
　　③ 冯文炳：《已往的诗文学与新诗》，《谈新诗》，第 37 页。

的"深而不露"本质上是一种"浅薄"①。他们认为:"意境难,语言也往往因之而难,李长吉和李义山比元稹、白居易难懂,是同时在意境和语言两方面见出的。"② 也就是说,语言的深浅是依诗歌意境的需要而定的,以单一的"易懂"标准要求各种不同的诗境,既不符合审美心理又不符合实际。

因此,现代派诗人提倡晚唐诗其实也就是提倡一种文学审美的多元化。他们认为,"'一春梦雨常飘瓦,尽日灵风不满旗'之类诗句,对于多数人或许是不可解,甚至于是不通,但是也有一部分人觉得它们很妙。如果文艺的价值不应取决于多数,则这一部分嗜好难诗的人也有权说他们所爱好的诗是好诗。"这是"文艺上趣味的分歧","是永远没有方法可以统一的"。"诗原来有两种。一种是'明白清楚'的,一种是不甚'明白清楚'的,或者说'迷离隐约'的。这两种诗都有存在的理由。"③ 明白清楚是一种美,迷离隐约同样是一种美,二者不应该也不必要有所偏废。因此,现代派诗人在认同深幽诗风的同时,也绝不刻意追求艰涩,他们说:"作者固然不必求人了解,但避明白而求晦涩也不符诗的本旨。"④ 这批现代派诗人很清楚地知道,"文坛上许多无谓争执起于迷信文艺只有一条正路可走,而且这条路就是自己所走的路"⑤。所以,他们主张破除这种"迷信",提倡多元化的诗歌美学。可以说,他们在张扬深幽婉曲的审美原则的同时,也为自己的诗歌观念和艺术方法争取到了一个平等的地位。

戴望舒用小花与蝴蝶之间的理解来呼唤读者,用"万年后"的重生来作乐观的期待,这是这首小诗中最让人动容的地方。这是一位现代主义诗人对自己艺术追求的信念与理想,他相信无论迟早,蝴蝶的美丽——与诗人的思想——终能遇见震撼它斑斓彩翼的知音。

我想说的是,这样一首隽永精美的小诗,如果抛开诗人对自身写作处境的表达,也仍是一首蕴含着哲思的优秀作品,但更有趣的地方恰恰在于,诗人是在用"诗"的方式写出自己"写诗"时的感悟和处境甚至是困境的。他对诗的理解、对写作的理解,都蕴含在"蝴蝶"美丽灵动的形象之中,这感受无须

---

① 胡适:《〈蕙的风〉序》,《胡适文集》第 3 卷,第 179 页。
② 朱光潜:《谈晦涩》,《新诗》第 2 卷第 2 期,1937 年。
③ 朱光潜:《心理上个别的差异与诗的欣赏》,《大公报·文艺》第 241 期,1936 年 11 月 1 日。
④ 柯可《论中国新诗的新途径》,《新诗》第 1 卷第 4 期,1937 年。
⑤ 朱光潜:《心理上个别的差异与诗的欣赏》,《大公报·文艺》第 241 期,1936 年 11 月 1 日。

多说，同时的、后世的"小花"们都会理解。戴望舒与胡适一样，都有非常具体的寂寞，但同时又都并不以非诗的方式直接表达出来。于是，诗——及其写作活动本身——就成了它对写作本身的最好的呈现，同时，也正是在这个与困境肉搏的过程里，破茧成蝶，经典的作品就这样诞生。

戴望舒的这首小诗，以小花与蝴蝶为中心意象，写出了一场跨越时间的"契合"所带来的类似重生般的愉悦体验。也许这首诗的读法不止一种，但这一种解读确实最值得深味。现代派诗人戴望舒的蝴蝶与早期白话诗人胡适的蝴蝶，既是相异的又是相同的，他们为了各自不尽相同的原因而感到寂寞，却也都以写作的方式将寂寞的情绪变成了诗。即如某种破茧成蝶的隐喻，诗歌的蝴蝶与诗情之茧，恰好形成了一种奇妙的关系。

三

1940 年 5 月，戴望舒又完成了一首与寂寞的蝴蝶相关的小诗：

> 给什么智慧给我，
> 小小的白蝴蝶，
> 翻开了空白之页，
> 合上了空白之页？
>
> 翻开的书页：
> 寂寞；
> 合上的书页：
> 寂寞。

时空变幻，蝴蝶仍然寂寞。年近中年与家仇国恨，让诗人笔下的蝴蝶褪去了些许斑斓的颜色，而复归于本真的白色。诗人以"空白"的书页为喻，将蝴蝶不停扇动的白色翅膀喻为不断"翻开"又"合上"的书页，在开阖之间，书页看似"空白"，却又似乎饱含丰富的内蕴，这丰富而神秘的"空白"恰似中年诗人的人生领悟，伴随着"智慧"而来的，往往是痛苦的经历和无以言表的人生体验。

此时的"寂寞"已不仅是三年前诗学观念上曲高和寡无人理解的寂寞，而更增添了参悟人生的深刻孤独。因此，这首诗里似乎也少了对"小花"的乐观期待，而只是以重复的开阖动作将一种更为本质化的寂寞姿态定格在了时间之中。也许，诗人最终领悟到的智慧，其实就是"我本寂寞"或终将寂寞的人生真相。

蝴蝶之所以再次出现在诗人的笔下，并且再次与寂寞、写作、文学、智慧等联系在一起，应该不仅是诗人写作中的某种惯性思维使然，而更多的是其内在的灵动、美丽、寂寞，以及破茧成蝶的寓意与诗人所需表达的主题之间的深刻契合。

在我看来，"空白之页"首先不是寂寞的象征，而是一种文学写作的向往与可能性。因为一切写作都必然始于空白，且一切可能也都蕴于这种空白之中。与胡适笔下写实的黄蝴蝶或寓意思想之美的斑斓彩蝶相比，此诗中的白蝴蝶具有更丰富的内涵，这里不仅包含了战乱时期的现实感触、人到中年的寥落情绪，更表达了诗人对于写作的某种无名的期待。当彩蝶的斑斓之美被"空白之页"所蕴含的无限可能的"智慧"所取代，谁能说这不是一种更加深沉的力量呢？从"思"到"智慧"，这里有不变的追求，也有些许微妙的变化，因为显然，其单纯的思想之美经由岁月的磨洗，已经成为真正的智慧之美了。就像卞之琳所说的："算是'心得'吧，'道'吧，'知'吧，'悟'吧，或者，恕我杜撰一个名目，'beauty of intelligence'。"[1]

"空白之页"是一种蛊惑，也是一个结果，它象征着一种寂寞的思考与写作的过程，同时也呈现出神秘和无限可能的结果。

1994 年，张枣在题为《跟茨维塔伊娃的对话（十四行组诗）》中写道：

> ……我照旧将头埋进空杯里面；
> 你完蛋了，未来一边找葬礼服，
> 一边用绷紧的零碎打发下午，
> 俄罗斯完蛋了——黑白时代的底片，
> 男低音：您早，清脆的高中生：
> 啊——走吧——进来呀——哭就哭——好吗？
> 尊称的面具舞会，代词后颤"R"
> 马达般转动着密约桦林和红吻。
> 巴黎也完蛋了，我落座一柄阳伞下
> 张望和工作。人在搭构新书库，

---

[1] 卞之琳：《关于〈鱼目集〉》，《大公报·文艺》第 142 期，1936 年 5 月 10 日。

> 四边是四座象征经典的高楼，
> 中间镶嵌花园和玻璃阅读架。
>
> 人，完蛋了，如果词的传诵，
> 不像蝴蝶，将花的血脉震悚。

这里，诗人再次将蝴蝶和花之间的关系比喻成理解和接受的关系，这一点与六十年前的戴望舒相通，但表达上却大不相同。与戴望舒期待小花的理解的热望不同，张枣的诗人形象更强大、更自觉，因而他将诗的理解落于"词的传诵"，并要求"震悚"的效果。同时在他看来，这种"震悚"就是诗与诗人的意义所在。

从胡适到戴望舒到张枣，从早期白话诗到1990年代的写作，蝴蝶或许算是诗人们所钟爱的意象之一，同时，其美丽、灵动、飞舞，以及其中暗含着的破茧成蝶式的成长与蜕变，都承载着诗人们关乎写作的思考和追求。同时，蝴蝶与花之间美好而相依的特殊关系，也成为作者与读者、写作与接受的关系的最好象征。

第六章　《野草》与"鲁迅的美学"

鲁迅曾说，《野草》里有他"全部的哲学"①。这里所谓"哲学"当然并非某种完整的思想体系，而是指其思想中某些重要的、贯穿性的基本问题，比如他以诗性语言道出的："明与暗，生与死，过去与未来"，以及"友与仇，人与兽，爱者与不爱者"②，等等，这些范畴正是"鲁迅哲学"的基础和重点，在《野草》里，他以特有的含隐方式对之做出了深刻的思考与表达。这里借用这个说法，在此基础上探讨"鲁迅的美学"——这当然同样并非严格意义上的美学思想或观念，而是包括其文学思想与艺术风格在内的"野草式"的美学特质。

第一节　散文诗与现代主义之美

一

文学史上对于《野草》文体的界定是现代散文诗，这个界定是准确而有深意的。事实上，这也体现了鲁迅本人高度的文体自觉。③ 散文诗的概念在中国现代文学史上的地位与传统一直存在争议。一方面，自新文学运动伊始，散文

---

① 衣萍：《古庙杂谈（五）》，《京报副刊》，1925 年 3 月 31 日。
② 鲁迅：《题辞》，《鲁迅全集》第 2 卷，第 163 页。
③ 鲁迅在 1930 年的《鲁迅自传》手稿中就称《野草》为"一本散文诗"。

诗的概念就已出现，在译介与创作实践方面都取得了一定的成绩，并初步建立了自身的文体意识与文脉传统；而另一方面，由于散文诗的发展与新诗发展的整个历史相伴随，尤与初期的"诗体大解放"及新诗"散文化"的追求密切相关，因此，中国现代散文诗的传统中存在某种模糊与混淆，其文体概念与特征也存在争议。

1918 年 5 月，《新青年》第 4 卷第 5 期上刊出了刘半农由英文转译而来的印度诗人拉坦·德维的散文诗《我行雪中》。与他之前翻译过的屠格涅夫的散文诗四章不同的是，这一次他在译文中第一次使用了"散文诗"的概念。这也是中国新文学历史上第一次出现这个概念，虽然在当时这个概念还远不具有文体的自觉性，甚至由于伴随着新诗"诗体大解放"的潮流，这个本已含混的概念更带上了缺乏文体自身独立意识的先天缺陷。此后不久，刘半农本人创作的散文诗《晓》也发表在《新青年》第 5 卷第 2 期上。从翻译到创作，刘半农确实在中国现代散文诗传统的建构方面走出了开创性的一步。

但是很明显，当时的"散文诗"概念远不同于波德莱尔"小散文诗"的文体概念。它更多的是呼应着"诗体大解放"的新诗运动的内在精神，强调的是诗歌文体的"散文化"要求与可能。

最能说明问题的是 1922 年在《文学旬刊》上的一场"散文诗"讨论。西谛（郑振铎）在一篇题为《论散文诗》的论文中非常认真讨论了"散文诗"的问题，但结论却只是落在了"诗确实已由有'韵'趋'散'的形势"① 这一点上。他开篇即谈道："散文诗在现在的根基，已经是很稳固的了。……因为许多散文诗家的作品已经把'不韵则非诗'的信条打得粉碎了。"这样一个判断显然是建立在新诗打破旧诗格律的初步成绩之上的，他兴奋地宣布了根基稳固的，其实并非"散文诗"这个特殊文体，而是新诗散文化这样一种新的观念。郑振铎提出："有诗的本质——诗的情绪与诗的想象——而用散文来表现的是'诗'；没有诗的本质，而用韵文来表现的，决不是诗。"这是新诗初期非常流行且重要的观念，它体现了新诗倡导者对于新诗本质的认识和界定。

郑振铎的观点是很具有代表性的，他提出：

> 诗与散文——小说、论文等——的分别，约有五种：（一）诗比散文更相宜于知慧的创造。……（二）诗是偏于文学的个人主义，就是适宜于表现自己，或自己的感情；散文偏于文学的实用主义。（三）诗是偏于暗

---

① 　西谛：《论散文诗》，《文学旬刊》第 24 期，1922 年 1 月。

示的，散文则多为解释的。（四）诗的感动力比散文更甚。（五）诗比散文更适宜于美的表现。

这样的归纳方式体现了新诗在散文化的道路上对于诗歌本体特征的强调，或者说，是新诗的倡导及实践者对于散文化的新诗在文体上的一种确认。而在这个确认中，"散文诗"的概念其实是等同于"散文化的诗歌"的，而并非指向一种独立的文体。

郑振铎的文章发表之后，王平陵迅速以《读了〈论散文诗〉以后》一文进行了回应。他一方面同意郑文中关于诗歌已经打破了"无韵不诗"的观念，另一方面补充强调了诗体解放的现代意义。他说："古代环境简单，由简单的环境内所发生的情绪和想象，也是浅薄而有限；所以尚适于韵文的表现。近代的这种情形，却与古代适得其反，如若用矫揉造作的韵文来表现，不但没有修琢的功夫，而且不能呈露出作者的深意，所以由韵文诗而进为散文诗，是诗体的解放，也就是诗学的进化"。[①] 就这段话来看，王平陵似乎比郑振铎更强调诗体解放本身的现代意义，这种强调恰好与作为文体的现代散文诗的内在精神产生了某种程度的契合。虽然在整体上这仍不算是文体论上的探索，但即就这一点有意无意的契合而言，也已是中国现代散文诗历史上一点值得纪念的理论成绩了。

相对而言，滕固的《论散文诗》一文最具文体意识。他开篇即说："散文诗这个名词，我国没有的；是散文与诗两体，拼为诗中的一体；……最先用这个名词，算法国鲍特莱尔"。"暂时说明散文诗，是'用散文写的诗'。诗化的散文，诗的内容亘于散文的行间；刹那间感情的冲动，不为向来的韵律所束缚；毫无顾忌的喷吐，舒适的发展；而自成格调。这便是散文诗的态度。"这些观点非常可贵，但遗憾的是，他未曾区分现代散文诗与中国古代无韵体散文的界限，虽然接续了中国古代诗文传统，但模糊了散文诗的现代特征。滕固最后谈道："散文诗与普通文及韵文诗的界限，却很难分；……譬如色彩学中，原色青与黄是两色，并之成绿色，绿色是独立了。……散文与诗是二体，并之成散文诗，散文诗也独立了。"因此他认为："散文诗是诗中的一体，有独立艺术的存在，也可无疑。"在这个认识基础上，滕固与其他人不同，于文体角度对散文诗提出了期待。他说："我国新诗，大部分自由诗；散文诗极少，……

---

① 王平陵：《读了〈论散文诗〉以后》，《文学旬刊》第 25 期，1922 年 1 月。

在此我不得不希望有真的散文诗出现；于诗坛上开一个新纪元。"① 这大概应算是中国现代散文诗领域中最早的文体自觉了。滕固能将散文诗置于中外——甚至古今——散文诗脉络中加以观察和讨论，凸显其现代性质与精神，这是难得的见地，已有别于当时其他仅将散文诗理解为诗体自由的诗人与评论家。

此后的几十年间，批评家和学者们就散文诗的文体特征发表过很多意见和看法，总体而言，仍在强调其亦文亦诗的跨界特征。例如，穆木天曾经说过：

> 中国一般人对散文诗，是不是有了误解，我不知道。我自己懂散文诗不懂，我也不敢说。在我自己想，散文诗是自由句最散漫的形式。虽然散文诗有时不一句一句的分开——我怕它分不开才不分——它仍是一种自由诗罢？所以要写成散文的关系，因为旋律不容一句一句分开，因旋律的关系，只得写作散文的形式。但它是诗的旋律是不能灭杀的。不是用散文表诗的内容，是诗的内容得用那种旋律才能表的，读马拉梅的《烟管》，他的调子总是诗的律动。散文诗是诗的旋律形式的一种，如可罗迭儿的节句为旋律的形式之一种异样。我认为散文诗不是散文，散文诗是旋律形式之一种，是合乎一种内容的诗的表现形式。②

当代批评中可以谢冕的观点为代表：

> 散文与其说是散文的诗化，不如说是诗的变体。……它始终是属于诗的，它与诗的关系，散文其外，诗其内，是貌离而神合的。③

这样的观点非常普遍。它明显受到了新诗散文化思潮的影响，在对待诗歌的形式问题上保持了较为开放的态度，因而也就将散文诗看作了自由诗体的一种"变体"，打破了诗歌"分行"的基本特征，以散文体式拓展了诗歌的疆域。

值得注意的是王光明的观点。他认为：

---

① 滕固：《论散文诗》，《中国新文学大系·文学论争集》，上海：上海文艺出版社，1981 年影印本，第 307 页。

② 穆木天：《谈诗——寄沫若的一封信》，《创造月刊》第 1 卷第 1 期，1926 年 3 月 16 日。

③ 谢冕：《北京书简·散文诗》，《谢冕编年文集》第 3 卷，北京：北京大学出版社，2012 年，第 672 页。

　　散文诗是一种独立的文学形式，有自己的性质和特点。散文诗是有机化合了诗的表现要素和散文描写要素的某些方面，使之生存在一个新的结构系统中的一种抒情文学形式。从本性上看，它属于诗，有诗的情感和想象；但在内容上，它保留了诗所不具备的有诗意的散文性细节。从形式上看，它有散文的外观，不像诗歌那样分行和押韵。但又不像散文那样以真实的材料作为描写的基础，用加添的细节，离开题旨的闲笔，让日常生活显出生动的情趣。①

　　这样的观点不仅明确认定了散文诗的文体独立，同时也给出了这一文体的基本特征。在我看来，这个界定是较为周全准确的，他以"新的结构系统"定义了散文诗文体的边界，并清楚地表明了散文诗非诗非文——而非亦诗亦文——的内部与外部特征。

二

　　在我看来，现代散文诗的灵魂首先在于其独特的现代精神。换句话说，正是因为现代人在现代社会中的现代体验，已经让传统的诗文形式无法承载和准确表达，所以这样一种兼具散文与诗的特征而同时又超越了诗文各自的表现领域的新形式才应时而生。这个问题，回溯到散文诗的源头或许可以看得更加清楚。

　　即如王平陵所说，正是因为现代人在现代社会中的现代体验，已经让传统的诗文形式无法承载和准确表达，所以这样一种兼具散文与诗的特征而同时又超越了诗文各自的表现领域的新形式才应时而生。回溯到散文诗发生的源头，波德莱尔为他的散文诗集《巴黎的忧郁》第一次命名为"小散文诗"时，暗中强调的其实也是这样一种现代精神。就在《巴黎的忧郁》出版之际，波德莱尔给他的出版商阿尔塞·胡塞写了一封短札，后来被用作此书的序言。在这封信中，波德莱尔非常感性地交代了他这一组写作的动机和追求。——波德莱尔并非理论家，就在他的诗人的语言中，已经表达出了某种他对于"小散文诗"这一文体的独特思考。他说：

---

① 王光明：《现代汉诗的百年演变》，石家庄：河北人民出版社，2003 年，第 167 页。

亲爱的朋友，我给您寄去一本小书，不能说它既无头又无尾，那将有失公正，因为恰恰相反，这里一切都是既是头又是尾，轮流交替，互为头尾。……

我有一句小小的心里话要对您说。至少是在第二十次翻阅阿洛修斯·贝特朗的著名的《黑夜的卡斯帕尔》……的时候，有了试着写些类似的东西的想法，以他描绘古代生活的如此奇特的别致的方式，来描写现代生活，更确切地说，是一种更抽象的现代生活。

在那雄心勃发的日子里，我们谁不曾梦想着一种诗意散文的奇迹呢？没有节奏和韵律而有音乐性，相当灵活，相当生硬，足以适应灵魂的充满激情的运动，梦幻的起伏和意识的惊厥。

这种萦绕心灵的理想尤其产生于出入大城市和它们的无数关系的交织之中。亲爱的朋友，您自己不也曾试图把玻璃匠的尖利的叫声写成一首歌，把这叫声通过街道上最浓厚的雾气传达给顶楼的痛苦的暗示表达在一种抒情散文中吗？①

作为文体开创者的波德莱尔，通过自己的理解与写作，清楚地说明了这一文体的发生与现代社会之间的特殊关系，亦即清楚地说明了这一文体最重要的精神——现代精神。显然，散文诗文体正源于现代诗人企图在写作的内部处理现代体验的一种自觉和努力，而其文体特征——充满紧张感和破碎感，对传统节奏与风格充满反叛色彩，"相当灵活，相当生硬"地充满矛盾性特征等——也都表现出作者将形式与内容相结合的美学自觉。可贵的是，这样一种时代号角式的宣言，并不是由理论家或批评家以观点或概念的方式提出，而是被诗人波德莱尔以他的写作实践确立起来的，他以一组"互为头尾"的"小散文诗"，第一次写出了现代人在现代都市中的"震惊"。这是一种"大城市和它们的无数关系的交织之中"的现代生活，一种充满着"尖利的叫声""浓厚的雾气"和"痛苦"，的现代生活，一种包含着某种与古典审美截然不同甚至相反的"生硬"的甚至"惊厥"的现代生活。带来"灵魂的充满激情的运动，梦幻的起伏和意识的惊厥"，正是现代主义美学的创造。波德莱尔第一次以一种美学的方式写出了一种"反美学"的内容。这一组散文诗"互为头尾"，是因为它们必须共同组成这样一幅破碎的"相当灵活"又"相当生硬"的图景，

① ［法］波德莱尔：《给阿尔塞·胡塞》，《恶之花·巴黎的忧郁》，郭宏安译，上海：世纪出版集团上海人民出版社，2008 年，第 425 页。

来对应现代生活中匪夷所思、光怪陆离的场景。它们看似"既无头又无尾",因为它们破碎、冲突并充满张力,这也正是诗人以此特有的形式特征直接表现了现代生活与现代人心理上的现代特征。可以说,散文诗是一种回应现代人的现代生活体验的文体,它"更抽象",也"应和了近现代社会人们敏感多思、心境变幻莫测,感情意绪微妙复杂和日趋散文化等特征"①,深刻体现了这一文体与现代世界、现代生活之间的复杂关系。

由此返观中国现代散文诗的源头《野草》,我们看到的是其与现代主义美学深刻一致的现代精神。

三

鲁迅以《野草》在中国新文学中开创了一种全新的文体,并惊人地确立了一种特殊的艺术风格。在两年的写作过程中,鲁迅不仅试验性地以散文诗体式显示和解决了其自身写作中的困境,同时也以其特有的创造力令此种风格达到了成熟的高度。尤其重要的是,它以其形式与内容的对应关系定义了散文诗文体的本质。

散文诗集《野草》是从一句晦涩深奥而又极为精确的"开场白"开始的:

当我沉默着的时候,我觉得充实;我将开口,同时感到空虚。②

"沉默"中的"充实"与"开口"后的"空虚",似乎是鲁迅一贯的问题。这里既有对于思想本身的黑暗与复杂状况的坦陈,也有对于表达方式的怀疑和对写作行为本身的追问。可以说,《野草》时期的鲁迅所面临的最大问题,就是如何在从"沉默"到"开口"的过程中,准确地将思想情感转化为文学语言,使之既不丧失原有的丰富、复杂与真实,又能符合文学的审美要求与历史抱负。从"不能写,无从写"到最终"不得不写",《野草》的写作体现了一个艰难的过程,而《野草》本身也正是这个过程所造就的特殊成果。它以极为隐晦含蓄的特殊方式表达了鲁迅思想与内心最深处的真实。同时,《野草》特殊的表达与呈现方式,也是鲁迅有意识进行的一次写作实验。

在这个意义上说,鲁迅选择了散文诗的形式应该是出于深思熟虑的必然。

---

① 王光明:《现代汉诗的百年演变》,第169页。
② 鲁迅:《题辞》,《鲁迅全集》第2卷,第163页。

这里既有对于西方现代主义文学的借鉴，更有他内心中巨大矛盾力量的推动。《野草》的出现本身体现出一种不得不写而又不想明说的深刻矛盾，是鲁迅内心挣扎的一个产物，是他在隐藏和表达之间不断拉锯、寻找突破和解脱的一个产物。可以说，这样的一种写作，其结果必然是散文诗。换句话说，也只有散文诗能够负载起这一切形式的与内容的、美学的与心理的独特而复杂的需求。

　　因此，《野草》的阅读始终伴随着晦涩、矛盾与紧张。同时，其内容中多次出现的噩梦、死火、坟墓、黑夜、死亡等等意境和意象，也都表露出紧张的情绪。这个紧张是一种具有整体性的东西，它笼罩了《野草》风格多样而多变的诸篇。《野草》中的意象常常是破碎的，情绪也是破碎的，甚至语言也是破碎的，但其整体的意境却相当统一。这意境就是鲁迅在首篇中重点描画的"秋夜"：一个安静但并不宁静的暗夜，月晦风高，秋风萧瑟，黑暗里充满了剑拔弩张的对峙……这就是《野草》的世界，也是鲁迅真实的内在的心灵世界。从《秋夜》开始，每一篇"野草"也都"互为头尾"地形成了一个彼此密切相关的系列，共同完成了为他的生命"作证"的使命。事实上，即便鲁迅不说《野草》里包含了他的全部哲学之类的话，这本小册子也以它的特殊文体特征表达出了他这样的用意。

　　《野草》所写虽然不是巴黎式的现代繁华，但其内在精神却是与波德莱尔相通的。鲁迅在《野草》里写尽孤独与苦闷、希望与绝望、生与死、爱与恨、友与仇、明与暗、取与舍、走与留……这些充满张力、震惊与抽象的内容，无不是散文诗现代品格的完美体现。即如有研究者所说："作者真正从艺术哲学精神和形式本体结构两者要求的一致上把握了散文诗的神髓，以散文诗所体现的现代美学意识，感觉和想像方式，从沉淀了无数现代经验的心理感触中提取灵感，创造了一个卓然独立的艺术世界。"①

　　鲁迅曾说过："写什么是一个问题，怎么写又是一个问题。"② 这说明了他对写作本身的高度自觉，这种自觉就包括了对文体和形式的自觉。值得注意的是，自《秋夜》在《语丝》上发表的那天起，《野草》系列就都以副标题的方式特别注明"野草之＊"，也就是说，在鲁迅同时进行的多样创作中，哪些属于"野草"系列，哪些不属于，在他心中是有所区别的。这个区别，既包含主题方面所谓的"全部的哲学"，也包含了艺术方式上的"特殊美学"。

---

①　王光明：《现代汉诗的百年演变》，第 192 页。

②　鲁迅：《怎么写（夜记之一）》，《鲁迅全集》第 4 卷，第 18 页。

第二节 "美"与"真"

一

《野草》中有一首非常特别的作品——"拟古的新打油诗"《我的失恋》。这首诗从语言风格上说更像一篇"玩笑之作",不仅在《野草》中显得非常"另类",同时也造成了解读上的困难。对于这首诗的入选,很多研究者都认为具有某种偶然因素,但在我看来,在偶然性之外也有其合理之处——否则就无法解释为什么在编集问题上从不随意的鲁迅在后来编定《野草》时保留了这一篇——那是因为:《我的失恋》其实是十分隐晦地体现了鲁迅独特的文学观。

这是一个非常严肃的文学观。鲁迅以恋人之间互赠礼物的贵贱美丑的悬殊,对所有自以为高雅尊贵的文学家们开了一个玩笑:如果说,带着桂冠的诗歌——无论新诗还是旧诗——是"百蝶巾""双燕图""金表索"和"玫瑰花"那样高雅优美、地位显赫的东西,那么,鲁迅情愿自己的《野草》——以及其他一些作品——就像"猫头鹰""冰糖壶卢""发汗药"和"赤练蛇"那样,不登大雅之堂,不求名留青史,但却让人或觉可近,或觉可惊,心有所动。鲁迅在这里颠覆的是古典主义文学的传统价值观念,他以一种革命式的态度将那些被供奉在文学殿堂中的经典价值奚落嘲弄了一番,尤其消解了"美""优雅""高贵""浪漫""神圣"之类的传统价值。可以说,这是一次文学艺术领域"重新估价一切"的革命。颠覆了旧有的价值,代之而起的则是一个新的、现代的、有关"诗与真"的观念。即以"真"取代了空洞的"美",以"真"改写了"诗",以一种与现代生活和现代体验血肉相连的"真实"作为现代意义上的文学的核心价值。

但是,写"真"又谈何容易!在另一篇有关"作文"与"立论"的文章中,鲁迅就写出了自己的独特思考。《立论》的风格是轻松幽默的,但其背后的问题却相当严肃和沉重。可以说,这是鲁迅对于自己在写作中的"说"与"不说"的根本性困境的剖露,更是他对于"说什么"和"怎么说"等重大问题的深入思考。

《立论》的故事非常简单:在梦中身为小学生的"我"向老师请教"立论

的方法"，老师给"我"讲了一个故事，一个"说谎的得好报，说必然的遭打"的故事，"我"于是对老师说："我愿意既不谎人，也不遭打。那么，老师，我得怎么说呢？"老师于是给出了一个"哈哈哈"的办法。"谎人"与"哈哈哈"当然都是不"说真话"。前者是"骗"，后者是"瞒"，都是鲁迅所深深嫌恶的，更是他一再强调要在新文学中坚决去除的旧文学遗毒与糟粕。

　　写完《立论》之后两周，鲁迅又写了一篇著名的杂文《论睁了眼看》，其中说道："中国人的不敢正视各方面，用瞒和骗，造出奇妙的逃路来，而自以为正路。在这路上，就证明着国民性的怯弱，懒惰，而又巧滑。""中国人向来因为不敢正视人生，只好瞒和骗，由此也生出瞒和骗的文艺来，由这文艺，更令中国人更深地陷入瞒和骗的大泽中，甚而至于已经自己不觉得。世界日日改变，我们的作家取下假面，真诚地，深入地，大胆地看取人生并且写出他的血和肉来的时候早到了；早就应该有一片崭新的文场，早就应该有几个凶猛的闯将！"① 基于此，在他自己的写作中，鲁迅当然更不能容忍"瞒"和"骗"这两样东西的存在。可以说，鲁迅的写作——从原则上说——必然是"说真话"的写作。

　　但问题在于，"说真话"并不容易，这一点鲁迅深有体会。"挨打"还在其次——事实上，他在写《立论》之前，已经在为"说真话"而挨"正人君子"们的打了——更重要的是"毒气和鬼气"的问题。因为自知内心的"黑暗"，深恐传染他人，所以他曾说他最担心的是："我就怕我未熟的果实偏偏毒死了偏爱我的果实的人，而憎恨我的东西如所谓正人君子也者偏偏都矍铄"②。因此在他看来，"说真话"也要看时机、讲方法，在很多时候，直截了当和直言不讳未必就是最正确最合适的战斗方式，这是鲁迅在多年的战斗中深刻认识和总结出来的。因此，"说真话"绝不是一种简单机械的表态，而必须通过智慧的方式。更具体到文学性写作——如散文诗而非杂文——当中，如何"文学"地"说真话"更是一个事关"诗与真"的重大的艺术问题。

　　如何不"瞒"、不"骗"，不说假话，同时又避免简单机械地"说真话"的负面影响，这些都是鲁迅在写作中所面临的困境。更进一步说，《立论》所表达的不仅仅是这个写作中的困境，其实更已深入到如何认识世界、如何表达自我之类的写作哲学的问题。说到底，这是一个如何面对、认识、处理和表现"真实"的问题。并且，在这个"真实"当中，至少包含有"现实的真实"

① 鲁迅：《论睁了眼看》，《鲁迅全集》第 1 卷，第 254 页。
② 鲁迅：《写在〈坟〉后面》，《鲁迅全集》第 1 卷，第 300 页。

"内心的真实"和"文学的真实"这三个层面。

在"现实的""内心的"和"文学的"三重"真实"中，作为作家的鲁迅，关注的焦点当然最终还是要落在"文学的真实"上。前两种"真实"，说到底都是"说真话"的问题，也就是"写什么"的问题；而"文学的真实"，才是真话"怎么说"或文章"怎么写"的问题。确切地说，就是如何以文学的方式说出现实中和内心深处的真实，一方面让"真实"得以表达，另一方面也让说出来的"真实"成为具有艺术价值和历史意义的"文学"文本。这里，涉及鲁迅对于三重"真实"之间的关系的理解。

在题为《怎么写》的文章中，鲁迅说：

> 尼采爱看血写的书。但我想，血写的文章，怕未必有罢。文章总是墨写的，血写的倒不过是血迹。它比文章自然更惊心动魄，更直截分明，然而容易变色，容易消磨。这一点，就要凭文学逞能，恰如冢中的白骨，古往今来，总要以它的永久来傲视少女颊上的轻红似的。[①]

这句话确实非常重要，因为它清晰而深刻地体现了鲁迅的文学观和写作观。即：必须以"文学的真实"来反映"现实的真实"。因为，"文学的真实"（墨写的文章）要比"现实的真实"（血写的血迹）更具有长久的历史价值，因而，也只有"文学的真实"才能真正保存住"现实的真实"。在我看来，这个关于文学的功用与意义的认识，应该也就是促使鲁迅当年毅然"弃医从文"、以文学为终生志业的动力之一。

虽然鲁迅曾在他最愤怒的时候说过："墨写的谎言，决掩不住血写的事实。"[②] 但他同时也更清楚地知道："造化又常常为庸人设计，以时间的流驶，来洗涤旧迹，仅使留下淡红的血色和微漠的悲哀。在这淡红的血色和微漠的悲哀中，又给人暂得偷生，维持着这似人非人的世界。"[③] 因此，纵然已是"实在无话可说"，甚至已"艰于呼吸视听"的他，仍在现实生活中常常"觉得有写一点东西的必要"，尤其是在发生了"血写的事实"之后。因为，能与"忘却的救主"相对抗的，只有那看似无用却终将胜于那"容易变色，容易消磨"的血迹（现实的真实）的文章（文学的真实）。是否可以这样说，鲁迅一生的

---

① 鲁迅：《怎么写——夜记之一》，《鲁迅全集》第4卷，第19—20页。
② 鲁迅：《无花的蔷薇之二》，《鲁迅全集》第3卷，第279页。
③ 鲁迅：《记念刘和珍君》，《鲁迅全集》第3卷，第290页。

写作，其实就是一种"为了忘却的纪念"。他"纪念"的目的就在于留住真实，对抗"忘却的救主"；为自己、为他人、为民族、为历史"立此存照"，书写"诗史"。而他"纪念"的唯一方式，就是用笔墨写作，也就是将"现实的"与"内心的"真实转化为"文学的"真实。

二

但是，究竟应该"怎么写"呢？

在鲁迅看来，"事实"（现实的真实）并不直接等于"真实"（文学的真实），反之亦然。因为，文学作品"大抵是作者借别人以叙自己，或以自己推测别人的东西，……即使有时不合事实，然而还是真实。其真实，正与用第三人称时或误用第一人称时毫无不同。"相反，那些以日记体、书简体的方式标榜真实性的作品，反而让人觉得非常做作，读者从中看不见作者的真心，"却时时看到一些做作，仿佛受了欺骗"。因此他说："我宁看《红楼梦》，却不愿看新出的《林黛玉日记》，它一页能够使我不舒服小半天。"究其原因，就在于这类东西打着"真实"的旗号，实际上却"不免有些装腔"，反而引起读者的幻灭。因此鲁迅说："一般的幻灭的悲哀，我以为不在假，而在以假为真"，"幻灭之来，多不在假中见真，而在真中见假。"①

鲁迅批评和否定的是对于"真实性"的机械理解，因而也就同时表明了他自己对于"文学的真实"的独特认识。在他看来，"真实"不能依赖于表面看去的"事实"，更不能依赖于自我的标榜。表面的做作或标榜只能透露出作者内心的虚假，而文学的真实依赖的是作者对于事实的把握和内心的真诚。至于是否运用虚构等文学表达方式，则是丝毫不会影响和妨害到"真实"本身的。事实上，《野草》正是这样一个"假中见真"的有力例证。由于其"真实"更多地侧重于"内心的"层面，为了找到合适的方式说出他带有"毒气和鬼气"的内心，鲁迅在《野草》中尝试了多种方式，以托物、象征、戏剧化等手法，含蓄隐晦地表达出一种极为特殊的"真实"。《野草》的真实性并不在于它是不是"血写的"，或者是不是以第一人称的、日记体的、纪实的手法写的。它的变形，它的画梦、它的象征，让人"假中见真"，甚至是更深入地体现出"真实"状态的复杂性与深刻性。在这个意义上说，《野草》是鲁迅的一次写作试验，并且是一次独特的、重要的、成功的写作试验。

---

① 鲁迅：《怎么写（夜记之一）》，《鲁迅全集》第4卷，第19—25页。

　　《野草》是鲁迅"写自己"的特殊文本，它以最隐晦的方式写出了最深切的真实，是鲁迅文学性写作中的一次"假中见真"的尝试。与他在小说和杂文中以"最清醒的现实主义"进行历史批判与社会批判的方式不同，《野草》的写作是他时时面对自己内心的过程。正因为内心中有太多的矛盾、痛苦、绝望和虚无等"黑暗"的东西，所以在写作的过程中，"怎么写"的问题就必然成为一个比他在任何其他写作中都更需思考和应对的问题。或者说，对《野草》而言，"怎么写"的问题更突出、更重要，同时也更加困难。事实上，《野草》中的"真实"之所以难于直说，还不仅因为说出来以后可能有"挨打"或"传染别人"的严重后果，更重要的是，这"真实"本身就太矛盾太复杂，作家自己甚至无法用语言将之准确地表达出来。这正如鲁迅在《题辞》中所说："天地有如此静穆，我不能大笑而且歌唱。天地即不如此静穆，我或者也将不能。"① 这足见真话之难不仅来自外部环境的压力，同时也有来源于写作内部的困难。

　　在《野草》的第 15 篇《墓碣文》中，就提出了这个有关写作内部困境的问题。与墓碣正面的生命观相比，墓碣背面的文字更集中体现了时时萦绕于鲁迅思想中的文学观和写作观："……抉心自食，欲知本味。创痛酷烈，本味何能知？……痛定之后，徐徐食之，然其心已陈旧，本味又何由知？……"这里提出的两个问题，正是鲁迅对于挖掘和暴露内心真实的方式的思考和讨论。这里所说的"本味"，首先是"内心的真实"，而"抉心自食"也就意味着要在写作的过程中充分面对、认识和表达这一内心的真实。但问题的关键在于：如何能将"心"的"本味"如实准确地保留并传达到文本中，使之成为"文学的真实"？很显然，这是一个关乎写作内部的艺术问题。

　　在鲁迅看来，"抉心自食"的过程是"创痛酷烈"的，而所得到的效果却未必理想。其原因在于"感情正烈的时候，不宜做诗，否则锋芒太露，能将'诗美'杀掉。"② 这个观点的提出，完全是出于艺术（"诗美"）的角度，因为"感情正烈"的时候最易失去冷静，因而造成"锋芒太露"，失去了审美所需的距离，完全成为作者主观情绪的宣泄，失却了优秀文学作品本应具有的"永久性"和历史意义。且当作者与读者的情绪高潮都渐渐消歇之后，"情随事迁"，那种单纯宣泄情绪的作品也就"味如嚼蜡"，减损了审美与历史的价

---

① 鲁迅：《题辞》，《鲁迅全集》第 2 卷，第 163 页。
② 鲁迅：《致许广平（1925 年 6 月 28 日）》，王世家、止庵编：《鲁迅著译编年全集》，第 6 卷，北京：人民出版社，2009 年，第 276 页。

值。这正是《墓碣文》中所说的"抉心自食,欲知本味"的问题。这个问题,绝不仅仅事关狭义的诗歌文体,而是一个根本性的艺术问题。以往的研究多强调鲁迅在这段文字中所流露的"创痛酷烈",认为这是他内心矛盾痛苦的体现。但我以为,痛不痛并不是最重要的,最重要的问题是"本味何能知?"——仍然是"怎么写"的问题。

鲁迅自己是从不在感情最烈的时候写作的,即便是那些锋利无比的杂文。正如他在"三一八"惨案发生十余天后所写的《记念刘和珍君》中所说:"……我实在无话可说。我只觉得所住的并非人间。四十多个青年的血,洋溢在我的周围,使我艰于呼吸视听,那里还能有什么言语?长歌当哭,是必须在痛定之后的。"① 但是,"痛定之后"问题就解决了吗?"痛定之后"的"长歌当哭"就能艺术地再现内心的或现实的"真实"了吗?鲁迅的回答仍然是怀疑的:"痛定之后,徐徐食之,然其心已陈旧,本味又何由知?"也就是说,当写作与现实或内心之痛拉开一定的距离之后,却又面临了另一种困境,那就是:感情渐弱,"忘却的救主"开始降临,"又给人暂得偷生,维持着这似人非人的世界"。因此,这样写就的作品又将出现由时间和情绪的"距离"所带来的损耗,因为"其心已陈旧",所以作者的情绪力量和文本的感染力都有可能随之受损,似乎仍不能达到"欲知本味"的效果和目标。

鲁迅在这里所提出的,显然正是他自己在写作中遭遇的问题。——如何在"诗"中处理"真"?如何在"欲知本味"的写作中保留"诗美"、追求艺术?这个问题,他自己无法给出清楚的回答。他的答案——或说是他对答案的探索——都体现在《野草》等尝试性的文本之中。这让人不由得想起,鲁迅曾半真半假地承认自己"做惯了晦涩的文章,一时改不过来,初做时立志要显豁,而后来往往仍以晦涩结尾,实在可气之至。"② 其实,下笔晦涩并不一定真的是积习难改,而更可能是他在某一种题材和环境的制约之下的有意识的选择,是他在"诗与真"问题上的某种尝试和应对。

三

《野草》的写作与《苦闷的象征》的翻译,在时间上是重叠的。《苦闷的

---

① 鲁迅:《记念刘和珍君》,《鲁迅全集》第 3 卷,第 289 页。
② 鲁迅:《致许广平(1925 年 5 月 30 日)》,王世家、止庵编:《鲁迅著译编年全集》,第 6 卷,第 241 页。

象征》译文陆续发表于 1924 年 10 月 1 日至 31 日的《晨报副刊》，1924 年 12 月初版。这个对《野草》写作的影响是明显的和直接的。《苦闷的象征》里专门有关于"白日的梦"的讨论。在"苦闷的象征"这一章里面更是有很多的讨论：

> 我们的生活，是从"实利""实际"经了净化，经了醇化，进到能够"离开着看"的"梦"的境地，而我们的生活这才被增高，被加深，被增强，被扩大的。将浑沌地无秩序无统一似的这世界，能被观照为整然的有秩序有统一的世界者，只有在"梦的生活"中。拂去了从"实际底"所生的杂念的尘昏，进了那清朗一碧，宛如明镜止水的心境的时候，于是乃达于艺术底观照生活的极致。①

> 人生的大苦患大苦恼，正如在梦中，欲望便打扮改装着出来似的，在文艺作品上，则身上裹了自然和人生的各种事象而出现。以为这不过是外底事象的忠实的描写和再现，那是谬误的皮相之谈。……要之就在以文艺作品为不仅是从外界受来的印象的再现，乃是将蓄在作家的内心的东西，向外面表现出去。②

> 即使是怎样地空想底不可捉摸的梦，然而那一定是那人的经验的内容中的事物，各式各样地凑合了而再现的。那幻想，那梦幻，总而言之，就是描写着藏在自己的胸中的心象。并非单是摹写，也不是摹仿。创造创作的根本义，即在这一点。③

在厨川白村看来，文艺创作的根本动力是在于"生命力受压抑而生的苦闷懊恼"。这种苦闷通过象征的方法表现出来，就构成了一种看似空想、画梦，而实则是最真实、最深入的一种文学的体验和表达。通过《野草》不难看到，厨川白村的这些观点对鲁迅造成了极为重要的影响。事实上，《野草》中的象征手法的确被越来越纯熟地运用着，而且，"画梦"也成为这一系列文章的显

---

① 厨川白村：《苦闷的象征》，《鲁迅译文全集》第 2 卷，福州：福建教育出版社，2008 年，第 273 页。

② 同上，第 241 页。

③ 厨川白村：《苦闷的象征》，《鲁迅译文全集》第 2 卷，第 243 页。

著特征。尤其是他 1925 年春夏所作的从《死火》至《死后》的 7 篇，都是直接以"我梦见"开篇的，而这个时候，《苦闷的象征》已经译完付印了。除"我梦见"系列外，《野草》中如《影的告别》《好的故事》和《一觉》等也都与做梦有关，简直可以说，《野草》中有半数以上的篇章都是在"画梦"。

这就是为什么，我们在《野草》里看到了很多虚幻荒诞的梦，但同时又看到了最真实的鲁迅。在《野草》里，能看到鲁迅这个时期非常真实的生活和情绪，看到他的"华盖运"，看到"女师大风潮""新月派"诸绅士的围剿、"三·一八"惨案，以及他私生活里的恋爱、兄弟失和的余波……这一切都能看到，所以也难怪有各种各样的解读。但是，更重要的是，这些并不是直接"看到"的，而是通过一种"画梦""象征""变形"来呈现的。在我看来，《野草》，就是他在这人生最晦暗时期中的一个特殊的精神产物。《野草》的重要意义绝不仅仅在于它记录了鲁迅此时的生活与精神状态的真相，更重要的是，它体现了鲁迅在这一特殊时期中对于自我生命的一次深刻反省和彻底清理，是他对自我生命和经验的一次具有特殊美学意义的文学表达。

第三节 "活"与"行"

一

对于鲁迅来说，这样一种"真"的写作，既是符合启蒙理想与时代主潮的"为人生"的写作方式，也是他个人文学生命中最深层最真切的内在需求。综观整个《野草》，关于生命与文学的深入探索几乎无处不在。生命哲学是鲁迅关于"写什么"的探索，而文学写作观念则是他时刻关心的"怎么写"的思考。而这两者，在他的生命中是紧密交织、不可分离的。正如他在《题辞》中所强调的："生命的泥委弃在地面上，不生乔木，只生野草"，这"野草，根本不深，花叶不美，然而吸取露，吸取水，吸取陈死人的血和肉，各各夺取它的生存。"但是，他说："我自爱我的野草，但我憎恶这以野草作装饰的地面。"在这里，鲁迅已经说得非常明确，"野草"是代表着他这部散文诗集的精神特征的。对应于所有美好的花叶和乔木而言，"野草"不"美"，不取悦于人，不具有任何装饰性。但是，它却是鲁迅以自己"生命的泥"所养育，以

"过去的生命"的"死亡"与"腐朽"所换取的，它甚至可以直接等同于作家的生命。因此鲁迅说："我以这一丛野草，在明与暗，生与死，过去与未来之际，献于友与仇，人与兽，爱者与不爱者之前作证。"① 这句话，包含了鲁迅对于写作的最根本的看法，以及他对文学的信仰。因为这里的"写作观"，绝非一种纯文学意义上的概念，而已经深化为一种生命的方式：鲁迅以"写作"作为斗争与实践的方式、作为"生"——生命与生活——的实践方式，他的生命几乎是与他的写作完全交织在一起的。写作是他"活"的证明、"活"的动力和成果，更是支持他继续"活"下去的最大安慰。即如他在《写在〈坟〉后面》中所说的：

> 我的生命的一部分，就这样地用去了，也就是做了这样的工作。然而我至今终于不明白我一向是在做什么。比方做土工的罢，做着做着，而不明白是在筑台呢还是在掘坑。所知道的是即使是筑台，也无非要将自己从那上面跌下来或者显示老死；倘是掘坑，那就当然不过是埋掉自己。总之：逝去，逝去，一切一切，和光阴一同早逝去，在逝去，要逝去了。——不过如此，但也为我所十分甘愿的。②

这段动情的文字透露了鲁迅内心非常真实的一面。的确，鲁迅从来不是一个"为艺术而艺术"的作家，他的写作几乎是与他的人生同为一体的，他的写作也就是他以生命的心血进行灌溉的过程。可以说，"诗与真"的问题在他那里已不仅是一个艺术问题，而成为一个熔铸着写作者生命与写作的特殊的哲学追问。也是在这个意义上说，鲁迅对于"诗与真"的理解与实践，超越了古今中外很多艺术家的认识和理解，达到了一个更加高远的境界，也具备了更为强大而独特的生命力量与历史意义。

二

1925 年 2 月 21 日，《京报副刊》"青年必读书"征求专栏上刊登了一封来自鲁迅的回信。关于"必读书"，鲁迅的回答其实只有两句俏皮话："从来没有留心过，所以现在说不出。"但他那段后来十分著名的"附注"，相比之下

---

① 鲁迅：《题辞》，《鲁迅全集》第 2 卷，第 163 页。
② 鲁迅：《写在〈坟〉后面》，《鲁迅全集》，第 1 卷，第 299 页。

则要详细而严肃得多。正是这则附注引起了当时舆论界乃至此后多年间有关鲁迅思想的强烈反响和争论。尤其是那一句"我以为要少——或者竟不——看中国书,多看外国书。"更是让"本来就十分热闹的论争更加激烈",甚而延续至今,"成为争了八十年尚无定论的一场学界公案"①。这也正是鲁迅所自嘲的"华盖运"的开始。1925 年年底,他在《华盖集·题记》中说:"我今年开手作杂感时,就碰了两个大钉子:一是为了《咬文嚼字》,一是为了《青年必读书》。署名和匿名的豪杰之士的骂信,收了一大捆,至今还塞在书架下。"② 那些"骂信",多是指责他的"偏见的经验",并"为中国书打抱不平"的,除了愤愤然于鲁迅的"武断""浅薄无知识"之外,甚而有斥之为"卖国"的无稽之谈,指责他"有误一班青年,有误中国"③。对于这些言论,鲁迅虽也"退让得够了",但还是写了两封回信,对那些完全没有看懂他就仓促批评甚而人身攻击的"骂信"予以还击。在回信中,鲁迅对于"附记"的本意本来是可以稍做解释的,但以他的性格,一是越在挨骂的时候越不屑于解释,二来对于这班或是居心不良或是真的浅薄无知的对手,他也觉得并无解释的必要。即如他在信中所说:"而且,也不待你们论定。纵使论定,不过空言,决不会就此通行天下,何况照例是永远论不定,至多不过是'中虽有坏的,而亦有好的;西虽有好的,而亦有坏的'之类的微温说而已。"④ 从这句不算解释的解释中不难看出,鲁迅对于思想界学术界的各种"微温说"早已深感不满,而这大概也是他故意在"必读书"问题上采取极端之言的原因之一。

其实,只看到鲁迅说"要少——或者竟不——看中国书",就以为他真的在说"读书"的问题,那就从根本上错解了他。多年以来,所有关于"青年必读书"的未竟的争论,其实都是因为没有真正理解鲁迅的意图。"附注"的核心并非在"书",而是在"人";鲁迅关注的问题也并非"读书",而是要"活"。因为,"现在的青年最要紧的是'行',不是'言'。只要是活人,不能作文算什么大不了的事呢。"这也正如鲁迅在对"骂信"的回复中所讥讽的:

---

① 王世家:《编者说明》,《青年必读书——一九二五年〈京报副刊〉"二大征求"资料汇编》,开封:河南大学出版社,2006 年。

② 鲁迅:《华盖集·题记》,《鲁迅全集》第 3 卷,第 3 页。

③ 参见王世家:《青年必读书——一九二五年〈京报副刊〉"二大征求"资料汇编》中《我希望鲁迅先生"行"》《偏见的经验》《奇哉!所谓鲁迅先生的话》《熊以谦致孙伏园》等篇。

④ 鲁迅:《报〈奇哉所谓……〉》,《鲁迅全集》第 7 卷,北京:人民文学出版社,2005 年,第 264 页。

"我虽不学无术，而于相传'处于才与不才之间'的不死不活或入世妙法，也还不无所知，但我不愿意照办。"①

鲁迅的逻辑是清楚的：书有两用，一是教人"言"（文字），二是教人"行"（思想），但归根结底，读书是"为人生，而且要改良这人生"的。中国书多让人"与实人生离开"，读了或可能"言"，却未必能"行"；而外国书"与人生接触"，读了让人"想做点事"。而至于为什么中国书就是教人能言而不能行的，他在一个多月后的一篇杂文里回答了这个问题。他说，中国书里的"教训"往往让人"屏息低头，毫不敢轻举妄动。两眼下视黄泉，看天就是傲慢，满脸装出死相，说笑就是放肆。"这就是所谓的"愚民的专制使人们变成死相"，而在他的认识当中，"世上如果还有真要活下去的人们，就先该敢说，敢笑，敢苦，敢怒，敢骂，敢打，在这可诅咒的地方击退了可诅咒的时代！"②

所以，鲁迅在"言""行"之间明确选择了后者。在他看来，至少在当时的历史环境下，是否能"行"是直接关乎"活"的问题的。能"行"才能"活"，能"行"才能"改良这人生"，在真正意义上成为"活人"而非"僵尸"；而"活"的意义也就在于"行"，一切空言、苟且、麻木、停滞，都是"不死不活"的"死相"。很明显，鲁迅借"读书"之题，谈的其实是人生哲学。而也正是在这个角度上，"读书"（进而至"写作"）都与"人生"发生了联系。这是启蒙主义的基本思路，也是鲁迅本人对于人生与文学之间关系的一种基本理解。

"活"与"行"的问题是鲁迅生命观与文学观最重要的两个支点，它们共同支起了鲁迅"为人生"的文学理想。这个贯穿性的核心问题不仅时时出现在鲁迅的写作和思考中，甚至还体现在他的日常生活里。例如他在1925年春天给友人的信中提到："北京暖和起来了；我的院子里种了几株丁香，活了；还有两株榆叶梅，至今还未发芽，不知道他是否活着。"③这里所说的"活"，也多少有一点话里有话，让人不禁企图探究其中对于人生的深寓。

三

作为文学家的鲁迅，当然不可能仅仅把这种思考停留在抽象的理论或日常

① 鲁迅：《报〈奇哉所谓……〉》，《鲁迅全集》第7卷，北京：人民文学出版社，2005年，第264页。
② 鲁迅：《忽然想到（五）》，《鲁迅全集》第3卷，第44—45页。
③ 鲁迅：《北京通信》，《鲁迅全集》第3卷，第56页。

生活的隐喻层面。在他更为丰富的文学性写作中，这个重大问题便以文学性意象等方式出现了，尤其集中大量出现在"华盖运"时期的《野草》当中。

《野草》是鲁迅最集中讨论生命哲学的文本。"一丛野草"包含了"明与暗，生与死，过去与未来"，"友与仇"，"人与兽"，"爱者与不爱者"① 等诸多人生的重大话题。而就在他最常论及的"生"与"死"之间，鲁迅创造性地引入了"活"与"行"的问题。

与"死"相对的"生"，是一种客观性的生理状态，但这种"生"并不等于鲁迅所说的"活"。在鲁迅看来，苟延残喘不是"活"，只有"行"才是"活"的方式和证明。而这个"行"，对鲁迅本人而言，则包含有写作、翻译、讲演、编刊等方式，总之即是一种与社会现实短兵相接的斗争实践。没有此类斗争实践，就不能算是"活"的状态。即如他 1927 年 5 月在广州编定《朝花夕拾》之后所写到的："看看绿叶，编编旧稿，总算也在做一点事。做着这等事，真是虽生之日，犹死之年，很可以驱除炎热的。"这句话看似平淡却深藏着痛苦与无奈。身处"四·一二"之后的广州，鲁迅即便是痛定思痛也仍然无法发声，编旧稿看似"总算也在做一点事"，但在内心之中，他却将之清醒地归为"虽生之日，犹死之年"的非"活"状态。因为在他眼里，一个写作者不愤怒、不发声、不写作，就算不上是"活"。同样的，当晚年的他在病榻上醒来，感叹"无穷的远方，无数的人们，都和我有关。我存在着，我在生活，我将生活下去，我开始觉得自己更切实了，我有动作的欲望……"② 的时候，他的思路仍是那样一贯，即只有"切实"的"动作"和"行动"才证明了人的"存在"和"生活"。

类似的表达最集中地还是出现在《野草》中。在《过客》里，过客形象不仅在清醒、执拗、沉默、疲惫等方面体现着鲁迅本人的精神特征，更以其"我只得走"的人生哲学对鲁迅"活"与"行"的哲学做出了最好的诠释。过客的一生都在"走"，"从还能记得的时候起"，一直要"走到一个地方去，这地方就在前面"。这个看似无始无终的"走"，取消了具体的时空条件，成为一种哲学意义上的行动，即"反抗绝望"、克服虚无的"行"。这个行为显然具有哲学意义上的悲剧精神。通过"行"（行动），人才能进入一种哲学意义上的悲剧困境，并展现出人类追求的意志和力量。过客的"走"由此获得了形而上的哲学提升，表现出强烈的质询、控诉的气质，而不安于承受和悲悼。亦

① 鲁迅：《题辞》，《鲁迅全集》第 2 卷，第 163 页。
② 鲁迅：《"这也是生活"……》，《鲁迅全集》第 6 卷，第 624 页。

如《铸剑》中的黑衣人、眉间尺，《非攻》中的墨子等人物一样，他们并不像希腊古典悲剧那样最终只能证明人的有限和孤独并最终转向神的皈依，因为鲁迅的悲剧哲学寻求的不是灵魂的平安，也不是悲剧的超越或者解脱，而是一种坚持战斗、"永远革命"的精神。

"我只得走"的过客哲学正是鲁迅以"行"赋予人的生命以"活"的意义的形象性表达。《野草》时期正是鲁迅翻译厨川白村的时期，厨川白村曾说："不淹，即不会游泳。不试去冲撞墙壁，即不会发见出路。在暗中静思默坐，也许是安全第一罢，但这样子，岂不是即使经过多少年，也不能走出光明的世界去的么？不是彻底地误了的人，也不能彻底地悟。""俗语说，穷则通。在动作和前进，生命力都不够者，固然不会走到穷的地步去，但因此也不会通。是用因袭和姑息来固结住，走着安全第一的路的，所以教人不可耐。"① 这样的翻译，几乎很难分辨出究竟是厨川白村还是鲁迅本人的思想和语言。他们的观点显然非常一致，即认定只有"行动和前进"才是生命力的体现，一切无行动的空想都不能算是真正有意义的"活"。那种"因袭""安全"的"半死不活"，才是对人生最大的"误"。这是鲁迅人生哲学的核心基础，也是决定了他本人生活与写作方式的重要因素。

与"我只得走"的过客哲学相似的还有"我不如烧完"的死火哲学，他在燃烧与冻灭之间选择燃烧，拒绝温吞的苟且，实现了如红彗星般的生命的完成，摆脱了冻僵在冰谷里的那种不烧不灭、不死不活的状态。《过客》与《死火》的写作时间虽然相隔近两个月，两篇文字的风格和写法也大有不同，但在最关键的问题——"活"与"行"的思考——上却是完全一致的。死火决定用"烧完"自己的方式助"我"走出冰谷，过客也终将以"走"的方式跨越个人的生命之"坟"，走出一条真正的"路"。这两种方式归根结底是完全一样的，它意味着一种将个人的生命与现实历史相结合的愿望，通过"行"动，将个体生命赋予"活"的意义，以融入民族与文化的未来的方式，延续生命的力量，获得生命的真正价值。

《野草》中的类似表达其实还有很多。比如《死后》对身体"死亡"而"知觉不死"状态的深深恐惧，亦即对半死不活、想动而不能动的非"活"状态的恐惧。而在《一觉》中，经历了年轻生命的被害与牺牲、目睹了无数平民在战乱的中死亡之后，鲁迅却拒绝沉沦和颓唐，反而"深切地感着'生'的

---

① 厨川白村：《出了象牙之塔》，王世家、止庵编：《鲁迅著译编年全集》第 6 卷，第 94 页。

存在"。这正是鲁迅特有的思路和一贯的想法，即在绝望与绝境中陡然生出最强烈的反抗，在死亡的威胁面前更焕发出"生"与"战斗"的力量。就像他在 1925 年元旦的深夜里写就的《希望》中所说的那样，虽然自知"身内的迟暮"，但因为"惊异于青年的消沉"，他说："我只得由我来肉薄这空虚中的暗夜了。"他"放下了希望之盾"，要与这"暗夜"展开一场殊死战。这里，"行"的哲学又出现了。虽然"分外的寂寞"和绝望，但鲁迅还是选择放下有关希望与绝望的怀疑和挣扎，以肉搏的"行"打破暗夜，探寻"活在人间"的出路。迟暮的他不是不可以选择坐而论道、做青年的导师，但他却宁可勉力"肩起沉重的闸门"，因为他只愿以实际的"行"去引领消沉的青年，告诉他们这是唯一可能走出暗夜的方式。

　　从《希望》到"必读书"，从《过客》到《死火》，从《死后》到《一觉》……，鲁迅的思考与写作中始终存在着这样一条有关"行"与"活"的主线。这条主线，决定了他的写作方式，即如他在《野草·题辞》中所说的："为我自己，为友与仇，人与兽，爱者与不爱者，我希望这野草的死亡与腐朽，火速到来。要不然，我先就未曾生存，这实在比死亡与腐朽更其不幸。"对于鲁迅本人来说，写作就是他的"行"，就如同过客的"走"或死火的"燃烧"，写作为他"过去的生命""还非空虚""作证"，也为他的人生赋予了"活"的意义。更重要的是，他所写的，就像是过客脚下的路或是死火发出的如红彗星一样的光，终将突破一己的生死悲欢，成为整个时代的声音。

　　这同样也就可以解释为什么鲁迅在《野草》之后离开了北京、走向了杂文。他绝不可能在"六面碰壁"的状态下苟活，必然要以实际的"行"去呼应来自时代的要求，就像他自己给出的解释："日在变化的时代，已不许这样的文章，甚而至于这样的感想存在。"① 他势必要以新的写作和新的行动实践来为回应那个"日在变化的时代"。

---

① 鲁迅：《〈野草〉英文译本序》，《鲁迅全集》第 4 卷，第 365 页。

第七章 "贵族的"与"平民的"

第一节 "《雪朝》诗人群"

一

　　1922 年 6 月，朱自清、周作人、俞平伯、徐玉诺、郭绍虞、叶绍钧、刘延陵和郑振铎八人的诗合集《雪朝》由商务印书馆出版，"《雪朝》诗人群"的称谓由此产生。这八位作者都算不上专门的诗人，却同在新诗发展初期关注和参与新诗的讨论与写作，可谓具有相当特殊的地位和意义。同时，他们八人因同为文学研究会的成员，所以其诗歌理论和创作也可以被视为文学研究会——以及会外其他一些现实主义作家——的诗学观念的代表。

　　"《雪朝》诗人群"是新诗发展初期探索的一个组成部分，他们对很多热议的话题有着共同的关注和思考。因而，首先需要把他们置于早期诗坛的整体框架中加以观察，看看他们的诗学思想与同时期的新诗讨论之中有什么相同相通的地方。

　　比如，对于"诗体解放"这个首要——同时也是热议——的问题，郑振铎就提出："诗歌是人类的情绪的产品。……诗歌的声韵格律及其他种种形式上的束缚，我们要一概打破。"[1] 他们推翻了一部分人关于"有韵的文字"就是诗的定义，不仅算是打破了传统诗歌"形式上的束缚"，也呼应了早期白话诗

---

　　① 郑振铎：《〈雪朝〉短序》，《雪朝》，上海：商务印书馆，1922 年。

"诗体大解放"的声音，刷新了对诗歌本质的认识。在这种从形式到本质的重新探索中，他们强调的是诗歌作为主情文学体裁的内在精神。

对新诗本质的定义也意味着《雪朝》诗人们在重新界定新诗与旧诗、诗与散文之间的界限。相对于旧诗而言，他们认为："'新诗'与'旧诗'的异点并不如寻常人所思仅仅在形式方面，'新诗'和'旧诗'的区别尤在于精神上的区别。""新诗的精神乃是自由的精神"，是"求适合于现代求适合于现实的精神"。① 对于散文而言，其根本区别也"绝不是于'形式'，而在于精神。"② 即"不在有韵无韵的关系，而在于诗有诗的情绪，散文有散文的情绪"③，所以，"只管他有没有诗的情绪与诗的想象，不必管他用什么形式来表现。有诗的本质——诗的情绪和想象——而用散文来表现的是'诗'；没有诗的本质，而用韵文来表现的，绝不是诗"④。"从真挚的情绪之中出来的文章，真能提醒人底美感的文章，无论是用散文写出，还是用有规律的文句写出，都多少含着一点诗的性质。反之别种文章也无论是用散文写出，还是用有规律的文句写出，却不是真正的诗。"⑤

正是在这样的认识基础上，他们给新诗下了一个定义，并且声称是"较周密较切当"的定义：

> 诗歌是最美丽的情绪的文学的一种。它常以暗示的文句，表白人类的情思。使读者能立即引起共鸣的情绪。它的文字也许是散文的，也许是韵文的。⑥

这个定义强调了诗歌的情绪的本质，并突出了暗示手法、接受程度、形式自由等几个方面的问题。与早期白话诗所提倡的"诗体大解放""有我"等观念保持了一致，又由于重视情绪与暗示，更显示出了一种趋新的、具有现代色彩的诗学认识。这个定义虽然精炼，涵盖的问题却并不少，可以说是早期诗学理论中比较值得注意的一次表述。

对诗的文字是"散文的"还是"韵文的"并无特别严格的限定，反而是

① 刘延陵：《美国的新诗运动》，《诗》第 1 卷第 2 号，1922 年 2 月 20 日。
② 郑振铎：《〈答钱鹅湖君〉跋》，《文学旬刊》第 33 期，1922 年 4 月 1 日。
③ 郑振铎：《通讯》（与许澄远），《文学旬刊》第 24 期，1921 年 9 月 20 日。
④ 郑振铎：《论散文诗》，《文学旬刊》第 24 期，1922 年 1 月 1 日。
⑤ 刘延陵：《论散文诗》，《文学旬刊》第 23 期，1921 年 12 月 21 日。
⑥ 郑振铎：《何谓诗？》，《文学》第 84 期，1923 年 8 月 20 日。

对情绪和暗示的手法相对更加看重，这就意味着"《雪朝》诗人群"在观念与实践中都有重精神、轻形式的倾向，甚至对于诗歌是否要分行书写的理解都相当灵活。有两个很有趣的例子很能说明问题：其一是周作人有关《小河》一诗的写作，他说自己这首诗与"法国波特来尔（Baudelaire）提倡起来的散文诗，略略相像，不过他是用散文格式，现在却一行一行地分写了"①。另一个例子来自朱自清，据朱的学生回忆说：朱自清的散文《毁灭》本是一首长诗，原稿本"是每句分行写的；粘接起来，稿纸有二丈多长……他说，这样抄写太费纸了，所以改为散文。"② 也就是说，周作人是把散文诗分行写，朱自清则是把分行的诗当作散文来誊抄，这两件事多少说明在他们看来，形式上的调整并不妨碍诗的精神和情绪的表达，形式上分行与否是次要的，重要的是诗之为诗的本质特征没有改变。事实上，当时已很有一些新诗"连分行写法也弃而不用，而用散文底写法"③。这种从无意到有意的尝试正是他们对于诗歌的本质——"诗的真髓在乎精神不在乎形式"④ ——逐步加以认识的过程。当然，这里所包含的问题绝非如此简单，但由此至少可以看出他们在理论与观念上的一些共见。

类似这种"不在乎形式"，反对用僵硬的形式来扼杀鲜活的情绪，反对用定型的规则束缚诗人的个性等观点，是符合早期白话诗的基本主张的。但相对来说，《雪朝》诗人的观点又呈现出某种调和的特色：他们既认同新诗的自由体式，同时也认为"自由诗不是不重音节，乃是反对定形的音节，而要各人依自家性情、风格、情调，与一时一地的情绪而发与之相应的音节"⑤。他们认为："不是说每行的字数每节的句数不许匀称，也不是说句尾不许有韵，乃是说不要为字数韵脚所拘而出于迁就，伤及本质，乃是说就是字数句数不匀称和句尾不押韵也没有什么要紧。"⑥ 也就是说，在他们眼里，内容要支配形式，而不是形式来支配内容。他们的观点相对温和，也比较具有操作性和建设性，加之其提出的时间——1922 年前后，正可以被视为从早期白话诗到后来新诗走向规范化和格律化之间的一个过渡性桥梁。

---

① 周作人：《小河·序》，《新青年》第 6 卷第 2 号，1919 年 2 月 15 日。
② 陈中舫：《朱自清君的〈毁灭〉》，《小说月报》第 14 卷第 5 号，1923 年 5 月 10 日。
③ 刘延陵：《前期与后期》，《诗》第 1 卷第 4 号，1922 年 7 月。
④ 刘延陵：《论散文诗》，《文学旬刊》第 23 期，1921 年 12 月 21 日。
⑤ 刘延陵：《法国诗之象征主义与自由诗》，《诗》第 1 卷第 4 号，1922 年 7 月。
⑥ 叶绍钧：《亭居笔记》，《文学旬刊》第 74 期，1923 年 5 月 22 日。

二

《雪朝》诗人们在另一个方面也同样具有类似的温和、推进、重视融合的理论立场，那就是在对待古诗传统和西方诗学的态度方面。

《雪朝》诗人群在译介外国诗潮方面做了很多有意识的努力，很早就在报纸杂志上译介外国诗人和诗歌作品。其中较为突出的有：刘延陵对西方（法国、美国、俄国等）诗人和作品的介绍、郑振铎对印度诗人泰戈尔的评介、周作人对日本各种诗歌形式的引进和传播。（后两者对"小诗"的产生和发展都起到了十分重要的作用，这一点将在后文论及。）他们的努力不仅帮助了新诗人寻找异质的资源、发现新的创作途径，而且也体现了中国新诗走向多样化探索的发展趋势。更值得一提的是，他们在提倡吸收的同时始终注意着两个问题。一是提倡"吸收"，反对"模仿"，二是不因吸收外国营养而抛弃中国文学传统。这两个方面使得他们关于吸收外来营养的倡议避免了片面和盲目，具有了更清醒自觉的意义。

当新的外国文学的营养来得很多很快的时候，一些诗人来不及系统地吸收、消化和融汇于自己的创作之中，于是诗坛难免出现"消化不良"症，其突出的症状就是止于模仿、无力创造。朱自清后来在观察和反省新诗发展历程时就对此颇为关注，他说，外国文学的影响的积极作用是必须承认的，"但所谓影响，不幸太厉害了，变成了模仿"①，就变成了阻碍新诗健康发展的因素。针对模仿之风，《雪朝》诗人提出："我们所要求，所企望的是现代的作家们能在前人已成之业以外，更跨出一步，既是这些脚印是极纤微而轻浅不足道的；无论如何，绝不仅仅是一步一步踏着他们底脚跟，也绝不是仅仅把前面的脚迹踹得凌乱了，冒充自己底成就的……"② 无论是对于外国文学，还是对于国内作品，甚至对于中国传统文学，"偷窃模仿底心习"都是不可取的。诗人"不宜完全抹煞自己去模仿别人"③，而应该尽力地创造，在吸纳了新的经验后创造出具有个性和时代感的作品。新诗坛需要的"不是鹦鹉的叫声，而是发自

① 朱自清：《新诗（上）》，《一般》第 2 卷第 2 期，1927 年 2 月 5 日。
② 俞平伯：《读〈毁灭〉》，《小说月报》第 14 卷第 8 期，1923 年 8 月 10 日。
③ 周作人《随感录（一零六个性的文学）》，《新青年》第 8 卷第 5 号，1921 年 1 月 1 日。

心底的真切的呼声"①，是"用自己的话来写自己的情思"②。在《雪朝》诗人看来，积极译介外国文学是必需的，但不能机械生硬地引进和复制。借鉴的目的是启发创新，这一点，正是中国现代新诗自我实现的关键。

在提倡吸收外国文学滋养的同时，他们对中国传统文学的态度也采取了较为温和包容的态度。尽管在当时的历史条件下，不少新文学的建设者基于"不破不立"的立场，提倡要摆脱传统，丢掉束缚。但事实上，中国传统文学的潜在影响是不能也不应彻底摆脱的。《雪朝》诗人在这样的历史环境中，以较为冷静的头脑，较早地开始了对重释传统的思考。

在语言方面，他们在提倡打破平仄用韵等陈规，借鉴外国诗的自由形式的同时，也提出继承古诗传统中的语言财富的重要性。朱自清在为俞平伯的《冬夜》所写的序言中说："我们现在要建设新诗底音律，固然应该参考外国诗歌，却更不能丢了旧诗，词，曲。旧诗，词，曲底音律底美妙处，易为我们领解，采用；而外国诗歌因为语言底睽异，就艰难得多了。"③ 周作人对此也有相近的观点，他虽然"不很喜欢乐府调词曲调的新诗"，但认为："那些圆熟的字句在新诗正是必要，只须适当的运用就好，因为诗并不专重意义，而白话也终是汉语。"④ 他说：

> 我不是传统主义的信徒，但相信传统之力是不可轻侮的；坏的传统思想自然很多，我们应当想法除去它，超越善恶而又无可排除的传统却也未必少，如因了汉字而生的种种修辞方法，在我们用了汉字写东西的时候总摆脱不掉。我觉得新诗的成就上有一种趋势恐怕是很重要，这便是一种融化。……新诗本来也是模仿来的，它的进化是在于模仿与独创之消长，近来中国的诗似乎有渐近于独创的模样，这就是我所谓的融化。⑤

与一些新诗发展早期的革命性观点相比，这样的观点相对温和、强调"融化"。这种所谓"融化"的理论一方面避免了过度的因袭或模仿，另一方面也避免了偏激与割裂。细究起来，所谓"文学的进化是在于模仿与独创之消长"

---

① 叶绍钧：《亭居笔记》，《文学旬刊》第 74 期，1923 年 5 月 22 日。
② 周作人：《自己的园地·论小诗》，《晨报副刊》1922 年 6 月 21 日。
③ 朱自清：《〈冬夜〉序》，《冬夜》，上海亚东图书馆 1922 年。
④ 周作人：《〈旧梦〉诗序》，《民国日报·觉悟》1923 年 4 月 17 日。
⑤ 周作人：《〈扬鞭集〉序》，杨扬编：《周作人批评文集》，第 222 页。

的认识，至今仍是一个相当值得肯定和反思的观念，而周作人所说的"白话也终是汉语"的问题，更揭示了一个关于汉语写作必须立足于汉语传统的重要道理，至今也仍有讨论的空间和价值。

三

最能体现《雪朝》诗人们融化古今中外诗学资源，同时又作用于自己的创造的一个代表性的现象，就是他们对于"小诗"的有意提倡与创作实践。

1921 年，"小诗"——也常被称为"短诗"——开始在诗坛上流行起来。在人们的印象中，小诗的始作俑者是冰心女士，她的分别出版于 1921 年和 1922 年的诗集《繁星》和《春水》，一直就被视为"小诗"的发端和代表。其实，与她的创作实践同时，甚至比她的初愿还要早地想到和试作小诗，并且有意识地进行提倡的，正是《雪朝》诗人群。

俞平伯在诗集《忆游杂诗·序》中说道：

> 我一九一九年在北京和白情谈诗。他说："我们可以试做很短的诗。"我当时颇以为然。……短诗体裁用以写景最为佳妙……我认为这种体裁极有创作的必要，现在姑且拿来记游，其实抒情呢，也无有不可的。①

看得出，在俞平伯和康白情最初动议写"很短的诗"的时候，完全是出于写作内在的需要，无论是写景、记游，还是抒情，他们看重的是短诗的灵活多样与广泛的题材适应能力。不久，由于郑振铎等人对泰戈尔的译介，以及周作人对日本的短歌与俳句的引入，试作小诗的想法找到了依据和共鸣。随着译介与创作的结合，小诗在诗坛上很快便蔚然成风。

事实上，冰心就说过自己曾受到泰戈尔的启发，她说："1919 年的冬夜，和弟弟冰仲围炉读泰戈尔 R. Tagore 的《迷途之鸟》（Stray Birds），冰仲和我说：'你不是常说有时思想太零碎了，不容易写成篇么？其实也可以这样的收集起来。'从那时起，我有时就记下在一个小本子里。"这就是后来的《繁星》。② 可以说，来自泰戈尔的启发确实是催生"小诗"的重要动力之一。而在对泰戈尔的译介方面，郑振铎用力甚笃，他自 1921 年初开始陆续在《小说

---

① 俞平伯：《忆游杂诗·序》，《诗》第 1 卷第 1 号，1922 年 1 月。
② 冰心：《〈繁星〉自序》，《繁星》，上海：上海商务印书馆，1923 年。

月报》《文学周报》等杂志上翻译和介绍泰戈尔的诗，在数量和质量两个方面都相当突出，堪称译介泰戈尔的先导和主力。

与此同时，构成启发和推动小诗运动的另一重要资源——日本的短歌和俳句——也由周作人引进。1921 年，周作人撰文《日本的诗歌》发表于《小说月报》上，之后又陆续发表了《日本诗人一茶的诗》《论小诗》《石川啄木的短歌》《日本的小诗》等多篇文章。他的介绍很有号召力，他说："情之热烈深切者，如恋爱的苦甜，离合生死的悲喜，自然可以造成种种的鸿篇巨制，但是我们日常的生活里，充满着没有这样迫切而也一样真实的感情；他们忽然而起，忽然而灭，不能长久持续，结成一块文艺的精华，然而足以代表我们这刹那的内生活的变迁，在或一意义上这倒是我们的真的生活。……我们固然不能用了轻快短促的句调写庄重的情思，也不能将简洁含蓄的意思拉成一篇长歌。"所以，"便有适于写一地的景色，一时的情调的小诗之需要。"①"他虽不适于叙事，若要描写一地的景色，一时的情调，却很擅长。"② 它"颇适于抒写刹那的印象，正是现代人的一种需要……现在我们没有再做绝句的兴致，这样俳句式的小诗恰好来补这缺，供我们发表刹那的感兴之用。"③ 周作人的译介工作的高度自觉性是显而易见的，他之所以有意识地大力介绍和传播这种诗体，就是看重其简洁自由的形式，能及时迅速地反映现代中国人的真实生活和情感世界。

另外，朱自清也是小诗的倡导者和实践者之一。他看到小诗"能将题材表现得更精采些，更经济些"，而且擅长"描写一地的景色，一时的情调"，因此说："我们主张短诗，正是这个意思；并且也为图普遍起见。——因为短诗简单隽永，平易近人。"同时，他也提出不要完全照搬外国诗歌，而是要认识到"要创造短歌、俳句等一类的东西，自然是办不到；若说在我们原有的诗形外，另作出一种短的诗形，那也许可能罢。"④

不妨说，小诗的提倡、译介和写作实践是《雪朝》诗人群体的一次有规模的集体动作。从这种集中的、自觉的集体行为之中，也足以看出他们的诗学观念。他们引进外国诗歌的资源，但不主张模仿，而是提倡由此创造一种自己的新诗形。他们的目的一方面是要让诗形简单经济，从而更适合于题材的表现，

---

① 周作人：《自己的园地·论小诗》，《晨报副刊》1922 年 6 月 21 日。
② 周作人：《日本的诗歌》，《小说月报》第 12 卷第 5 期，1921 年 5 月 10 日。
③ 周作人：《日本的小诗》，《诗》第 2 卷第 1 号，1923 年 4 月。
④ 朱自清：《杂诗三首·序》，《诗》第 1 卷第 1 号，1922 年 1 月。

像绘画中的速写以简洁手法及时迅速传达出一种诗的情绪；另一方面，小诗晶莹剔透的风格可以与一些艰涩的旧诗相对抗，因为它"用字不多，所以务求简洁精炼，容不下古典词藻夹在中间"①，更贴近现实生活，有利于新诗的普及和接受。事实证明，小诗的确发挥了其自由自然、善于捕捉生活和情感的优势，产生了大量反映现实的作品。其体裁的短小明快又确实给人以摆脱束缚的轻松之感，很适合当时的历史环境。因此，"真实""简练""集中"的小诗一出现，就受到了诗人和读者的认可和喜爱，像一阵轻盈的风为诗坛带来了些许新鲜的气息。

第二节 "真实"与"真挚"

《雪朝》诗人在论诗写诗的过程中有一个相似的追求，就是追求真实性与现实性，他们以此作为评判诗之高下优劣的重要标准。在《雪朝》短序里，他们明确地宣布：

> 我们要求"真率"，有什么话便说什么话，不隐匿，也不虚冒。我们要求"质朴"，只是把我们心里所感到的坦白无饰地表现出来，雕琢与粉饰不过是"虚伪"的遁逃所，与"真率"的残害者。②

这里的"真率"和"质朴"包括了三个方面的含义：即采用真实的材料、表达真实的情感、在表现手法上重写实而不雕琢。这种对于真实性的基本认识和要求正是文学研究会作家文艺思想的代表，它与"为人生"的艺术主张和"血和泪的文学"的口号有内在的一致性。

这种"真实"首先表现为材料的真实。"人生是诗底血和肉"③，诗应取自最真切的人生。俞平伯甚至不无极端地认为：入诗的材料中，"幻想的最要不得，听来的勉强可以，目睹身历的最好。"④ 这个观点的偏颇之处是明显的，

---

① 周作人：《日本的诗歌》，《小说月报》第 12 卷第 5 期，1921 年 5 月 10 日。
② 郑振铎：《〈雪朝〉短序》，《雪朝》，商务印书馆 1922 年 6 月。
③ 俞平伯：《诗底进化的还原论》，《诗》第 1 卷第 1 号，1922 年 1 月。
④ 俞平伯：《社会上对于新诗的各种心理观》，《新潮》第 2 卷第 1 期，1919 年 10 月。

但也是具有一定的代表性的。俞平伯的《诗底进化的还原论》一向被视为现实主义诗论的源头之一。他所说的"诗是人生底表现，并且还是人生向善的表现。诗底效用是在传达人间底真挚、自然，而且普遍的情感，而结合人和人底正当关系。"也代表了当时不少现实主义诗人的立场。

相对而言，表达得更准确一些的是叶绍钧，他所谓的"充实的生活就是诗"的说法还得到了朱自清等人的支持和称许。叶绍钧说："因为生活的充实，除非不写，写出来没有不真实，不恳切的；换句话说，绝没有虚伪肤浅的弊病。"① 这就是说，诗歌的素材只要也只有取自真实、现实的生活，作品就能也才能真实动人，此外没有其他途径。

其实，真实性是文学的基本原则之一，算不上是某一流派特有的文学主张，但俞平伯、叶绍钧他们之所特别强调真实性的问题，实际上是要把"真实性"引申到"现实性"的问题上去。他们主张在取材方面更加倾向于揭露现实社会、表现现实人生，而不仅仅是关注诗人个人内心情感的"真实"。

这种强调"真实"的观念，决定了《雪朝》诗人们的批评标准。"真"成为他们评价作品好坏的最重要的标准之一。题材的真、感情的真，甚至描写手段和效果的真，都是批评和欣赏的基本原则。同时，因为诗歌毕竟是主情的文学，是人类情绪的产品，更侧重情感的表达。所以，诗人们又特别强调情感的"真挚"。他们说：

> 分别那好的文艺的作品，与那够不上称为文艺的作品，不能用理智的道德的标准，只要看它所表现的情绪是否真挚、恳切！它的表现的技术是否精密、美丽；任它是"恶之花"也好，"善之花"也好，任它歌颂上帝也好，歌颂萨坦也好，任它是抒写人生的欢愉与胜利，或抒写世间的绝望与残虐。只要它所表现的情绪是真挚的、恳切的，它的表现的技术又是精密的、美丽的，那末它便是一篇好的文艺作品了。②

也就是说，"文艺作品，第一要有浓挚的情绪"，③ "要有不能不说的话，有迫欲流泄的情感，然后做出来的才是真诗。"④ 这种以"真"为基准的评判

① 叶绍钧：《诗的泉源》，《诗》第 1 卷第 1 号，1922 年 1 月。
② 郑振铎：《卷头语》，《小说月报》第 15 卷第 2 号，1924 年 2 月 10 日。
③ 郑振铎：《卷头语》，《小说月报》第 16 卷第 11 号，1925 年 11 月 10 日。
④ 郑振铎：《通信（与鸿杰）》，《小说月报》第 14 卷第 3 号，1923 年 3 月 10 日。

标准与中国传统中"尽善尽美"的诗歌审美原则已经大相径庭，体现了一种新的品格。

以"真率"的情感深入"真实"的生活，是《雪朝》诗人的美学理想。他们提倡在诗歌中反映人间真切的善恶美丑、喜怒哀乐，在"血和泪的文学"中倾注爱和美的光芒。他们因此对于民歌、童谣等一类反映真情的作品产生了特别的热衷；对于世俗不容的《湖畔》《蕙的风》这样的坦率的情诗也极力赞许和鼓励。因为这些作品都是浸透了自然率真的人情，是"从生底源泉来的，从爱的源泉来的，从泪的源泉来的"。① 它们所体现的"真率"的美，正符合《雪朝》诗人的审美原则。

与材料的真实和情感的真挚相关的，是表现手法的写实。《雪朝》诗人们认为写实是一切文学创作的基本手段，郑振铎提出"叙写的真实"，即：

> 文艺作品之所以能感动读者，完全在他的叙写的真实。但所谓"真实"，并非谓文艺如人间实际的记述，所述的事迹必须真实的，乃谓所叙写的事迹，不妨为想象的，幻想的，神奇的，而他们叙写却非真实的不可。如安徒生的童话，虽叙写小绿虫，蝴蝶，以及其他动物世界的事，而他的叙述却极为真实，能使读者如身历其境，这就是所谓"叙写的真实"。至于那种写未读过书的农夫的说话，而却用典故与"雅词"，写中国的事，而使人觉得"非中国的"，则即使其所写的事迹完全是真实也非所谓文艺上的"真实"，决不能感动读者。②

对于文学研究会诗人，有研究者称之为"写实主义型现实主义"。他们的"为人生而艺术"的主张凸显他们对于社会现实的关注。他们认为文学应当反映社会现象，表现有关人生的问题，且这个现实和人生还不是一人一己的人生和现实，而是社会的、民族的、大众的现实和人生。就创作实绩而言，《雪朝》诗人的确写了很多劳动疾苦、社会黑暗、痛苦人生等主题内容，当然也有部分作品有机械理解写实主义原则的倾向。他们诗歌观念对新诗后来的发展产生过相当的影响，在现实主义诗潮的历史上占有重要的一席之地。

---

① 俞平伯：《题〈影写草〉》，《文学旬刊》第 33 期，1922 年 4 月 1 日。

② 郑振铎：《卷头语》，《小说月报》第 15 卷第 5 号，1924 年 5 月 10 日。

第三节 "贵族的"与"平民的"

现实主义文学关注现实社会，关注民众的现实生活，因此《雪朝》诗人希望以"民众的文学"打破以往文学为上层社会专享的局面。他们希望自己的创作能普及到社会的下层，反映"平民"的状况，也影响他们的生活。但是，诗歌作为特殊的文学样式，更注重传达个人的内心情感，其普遍感染力也就略逊于小说和戏剧。于是，希望诗歌普及的理想与诗歌接受范围狭小的现实之间，产生了矛盾。诗人关注这个矛盾，并希望在创作中加以解决，因此，在《雪朝》诗人群体的内部发生了一场关于诗歌"民众化"问题的争论，显得非常有趣而且有意义。他们论争的核心问题是：到底什么样的诗歌是"民众的"？"民众的"诗歌是否可能？

问题的最早提出者是康白情。他说："'平民的诗'诗，是理想，是主义；而'诗是贵族的'，却是事实，是真理。"[1] 所以他明确地认定"平民的诗"是不可能实现的。与他观点相近的是周作人，他说："贵族的精神是进取的，超越现在的……是民众的引导者，精神的贵族。"[2] "我相信真正的文学发达的时代必须多少含有贵族的精神。……我想文艺当以平民的精神为基调，再加以贵族的洗礼，这才能够造成真正的人的文学。"[3] "无论任何形式的真的诗人，到底是少数精神上的贤人——倘若讳说是贵族。"[4] 他们的意思是说，既然诗必然是少数人精神生活的反映，所以"平民的诗"是不可能实现的。

朱自清的观点相对比较缓和，他也超出了诗的范围谈及整个文学。他"以两种意义诠释所谓民众文学：一是'民众化的文学'，二是'为民众的文学'"，认为"只能有后一种，而前一种是不可能。"所谓"为民众"，就是使文学"有一种'潜移默化'之功，以纯正、博大的趣味，替代旧有读物戏剧等底不洁的、褊狭的趣味；使民众底感情潜滋暗长，渐渐地净化，扩充……"

---

① 康白情：《新诗底我见》，《中国新文学大系·建设理论集》（影印本），上海：上海文艺出版社，1981 年，第 334 页。

② 周作人：《文学的讨论》，《晨报副刊》1922 年 2 月 8 日。

③ 周作人：《自己的园地·四、贵族的与平民的》，《晨报副刊》1922 年 2 月 19 日。

④ 周作人：《日本的小诗》，《诗》第 2 卷第 1 号，1923 年 4 月。

这样，在文学上可以形成一种少数人引导多数人的局面。也就是说，朱自清其实也认为文学不可能来自民众，但可以是作家有目的地为民众而作的，这实际上与康、周的观点相近，但他同时也注意到了其中的矛盾：即民众文学首先必须具有"非个人的风格"，而"非个人的风格正与个人的风格相反，一篇优美的文学，必有作者底人格，底个性，深深地透映在里边，个性表现得愈鲜明、浓烈，作品便愈有力愈能感动与他同情的人；这种作品里映出底个性，叫个人风格。个人的风格很难引起普遍的（多数人格）趣味。而民众文学里所需要的正是这种趣味；所以便要有非个人的风格"①。这等于是说，"为民众"的文学违背了文学本身的审美原则。作家要么放弃个人风格曲创作民众文学，要么坚守自我不顾民众文学的趣味。朱自清划清了两种创作，表现出二者都不愿舍弃的折中，但这并不是矛盾的解决，反而更暴露了理论者自己的两难处境。

与他们持截然相反立场的是俞平伯。他坚决认定诗就是"平民的"，他把"民众文学"分为三种：

> 第一，是民众底文学，就如现今流行的歌谣是，这是有民众自己创造的。第二，是民众化的文学，就如托尔斯泰一流的作家所做的是，这是借作者的心灵，渗过民众底生活，而写下来的。第三，是为民众的文学，就如我们上次所讨论过的是，这是作者立于民众之外，而想借这个去引导他们的。②

俞平伯"不承认有为民众的文学，而承认可以有民众化的文学"，因此，他要求诗人要真正"把自己投进民间底生活去"③，"向民间找老师去"④。但是，即便如此，他也有矛盾："从理论上讲，部分的民众化，尽可以实现；但在实际上看，虽是可以实现的，但却不是容易实现的。"⑤ 他甚至还坦率地承认："我虽主张努力创作民众化的诗，在实际上做诗，还不免沾染贵族的习气；这使我惭愧而不安的。"⑥ 这种内心矛盾的流露事实上也反映了其观点本身的矛盾性。

他们的争论并未得出什么结果就告终了。事实上，不仅他们谁也不能说服

---

① 朱自清：《民众文学的讨论》，《文学旬刊》第 27 期，1922 年 2 月 1 日。
② 俞平伯：《民众文学的讨论》，《文学旬刊》第 26 期，1922 年 1 月 21 日。
③ 俞平伯：《文艺杂论》，《小说月报》第 14 卷第 4 期，1923 年 4 月 10 日。
④ 俞平伯：《诗底进化的还原论》，《诗》第 1 卷第 1 号，1922 年 1 月。
⑤ 俞平伯：《民众文学的讨论》，《文学旬刊》第 27 期，1922 年 2 月 1 日。
⑥ 俞平伯：《〈冬夜〉自序》，《冬夜》，上海：上海亚东图书馆，1922 年。

对方，甚至他们自己的观点也在不断变化。就像康白情早就说过的，"我在主义上承认了他们的，他们在真理上承认了我的"①。他们的共同理想最终还是统一于现实的面前。1923 年，俞平伯在一篇文章中说："平民贵族这类情况于我久失却了它们底意义"②，这标志着争论确实已经结束。

这次论争的不了了之本身说明了问题的复杂性，许多矛盾直至今日也没有能够很好地解决。《雪朝》诗人以论争的形式提出这些问题，也昭显了问题的重要性和历史意义。它一方面反映了文学的提高与普及之间的矛盾，另一方面也提出了创作和接受之间可能出现的裂隙。这场争论使我们看到诗人既希望新诗现代化，又希望兼顾读者的接受，既不愿意丢掉读者返回自己的内心，又不忍迎合大众放弃艺术。就连曾在"主义"上最坚定的俞平伯也终于表示："作诗不是求人解，亦非求人不解，能解固然可喜，不能解又岂作者所能为力。"这话看似消极，确实也再次表明了诗人内心的矛盾和犹豫。

这场争论的历史意义或许在于，它突出体现了现实主义作家对于民众化、平民化问题的特殊关注。这种关注产生于 1920 年代初期——即文学担负着更多"启蒙"与发现"民众"的任务的时期，诗歌作为一种具有相对特殊性的文体，也不得不参与到这样的思考中来。历史地看，这未必是个"真问题"，就像周作人后来所反思的那样，以前都相信平民的最好，贵族的是全坏的。后来却觉得有点怀疑——"变动而相连续的文艺，是否可以这样截然的划分；或者拿来代表一时代的趋势，未尝不可，但是可以这样显然的判出优劣么？""拿了社会阶级上的贵族于平民这两个称号，照着本义移用到文学上来，想划分两种阶级的作品，当然是不可能的事。即使如我先前在《平民的文学》一篇文里，用普遍与真挚两个条件，去做区分平民的与贵族的文学的标准，也觉得不很妥当。""我想文艺当以平民的精神为基调，再加以贵族的洗礼，这才能够造成真正的人的文学。……从文艺上说来，最好的事是平民的贵族化"。③

---

① 俞平伯：《致汪君原放书（代序）》，《冬夜》。
② 同上。
③ 周作人：《自己的园地·四、贵族的与平民的》，《晨报副刊》1922 年 2 月 19 日。

第八章　汉园三杰，聚散由诗

第一节　汉园的聚散

出版于 1936 年的《汉园集》是中国新诗史上的一部重要诗集，它虽只收录了 60 多首作品，却已成为 1930 年代新诗艺术成就的卓越代表。而诗集的三位年轻作者——卞之琳、何其芳、李广田——也因此得名"汉园诗人"，并由此奠定了他们在中国现代主义诗坛上的重要地位。

《汉园集》1936 年 3 月由上海商务印书馆出版，编排依次为：何其芳《燕泥集》16 首，作于 1931 至 1934；李广田《行云集》17 首，作于 1931 至 1934；卞之琳《数行集》34 首，作于 1930 年至 1934 年。从写作时间看，这里所收作品恰好体现了三位诗人各自非常重要的创作阶段。《数行集》和《燕泥集》分别反映了卞之琳、何其芳二人从新月诗风走向现代主义诗风的转变，此中很多作品已被公认为现代派诗歌的杰出代表作。至于李广田，《行云集》几乎要算是他唯一的诗集（其 1958 年出版的《春城集》风格已完全不同，很难相比），后来他更多转向散文创作，这十余首诗因此成为他在现代诗坛上的全部成绩。

《汉园集》编就于 1934 年，出版于两年之后，是三位诗人唯一一次出版合集。事实上，1936 年之后，三位诗人也不仅在创作上发生了更大的变化，同时更结束了他们朝夕相处的古都生活，走向各自更广阔的人生。因此可以说，"汉园"时期的集聚既是他们诗歌道路的开始，同时也代表了他们文学创作的一个特定阶段。换句话说，《汉园集》的聚散，标志的正是三位诗人在诗歌道路上的一次从相遇到同行又到各自探索新方向的过程，它体现的正是 30 年代中国新诗动态发展的一个具体方面。

说起"汉园诗人"的聚集，要先从《汉园集》这个书名说起。在《题记》中，卞之琳解释了他们取名"汉园"的原因：

> 我们一块儿读书的地方叫"汉花园"。记得自己在南方的时候，在这个名字上着实做过一些梦，哪知道日后来此一访，有名无园，独上高楼，不胜惆怅。可是我们始终对于这个名字有好感，又觉得书名字取得老气横秋一点倒也好玩，于是乎《汉园集》。①

也就是说，诗集名字的由来与他们"一块儿读书的地方"有关，这个名叫"汉花园"地方，就是当年的北京大学校址所在地，即老北大的"一院"。"汉花园大街"是大学建筑外面的一条碎石马路，亦称"花园大街"。"汉花园"在当时已成为北大的代名词，据说学生们从前门车站雇洋车连拉人带铺盖卷，只要说上一声汉花园，没有一个洋车夫不知道应该拉到哪儿的，并且也知道这绝不是花得起冤钱的公子哥儿，所以车钱也并不多要。

"汉园"的名字，记录的是三位诗人在北大求学的青春岁月，同时也寄寓着他们深厚的诗歌情谊。作为志同道合的诗友，他们因共同的美学追求在诗创作的道路上不期而遇，既有一定的偶然性，又有很大的必然性。

卞之琳和李广田都是 1929 年进入北大的，李广田入学后先读两年预科，即与 1931 年入学的何其芳同年级。在徐志摩的影响下先步入诗坛的卞之琳，平时十分重视其他同学的诗创作，很快即发现了李、何二人。后来卞之琳回忆说：

> 当时，每天清晨，我注意到在我们前边的有小树夹道的狭长庭院里，常有一位红脸的穿大褂的同学，一边消消停停的踱步，一边念念有词的读英文或日文书。经人指出，我才知道这就是李广田。同时，在"红楼"前面当时叫汉花园的那段马路南边，常有一个戴着深度近视眼睛，一边走一边抬头看云，旁若无人的白脸矮个儿同学，后来认识，原来这就是何其芳。

> 我向来不善交际，在青年男女往来中更是矜持，但是我在同学中一旦

---

① 卞之琳：《汉园集·题记》，《汉园集》，上海：上海商务印书馆，1936 年。

喜欢了哪一位的作品，却是有点闯劲，不怕冒失。是我首先到广田的住房（当时在他的屋里也可以常见到邓广铭同志）去登门造访的，也是我首先把其芳从他在银闸大丰公寓北院……一间平房里拉出来介绍给广田的。①

他们三个最初以诗会友，后来又一起从事了不少与诗创作相关的工作，比如帮臧克家出版《烙印》，帮靳以编辑《文学季刊》和《水星》等。

　　以诗会友最重要的基础当然还是在艺术上的共鸣，这在他们的作品中即有所体现。例如，何其芳与卞之琳曾分别在各自的散文和诗中采用了《聊斋志异》中《白莲教》的故事。卞之琳1935年1月创作的《距离的组织》中写道："好累啊！我的盆舟没有人戏弄吗？"并在其长达百余字的注释中详述了白莲教的离奇故事。与卞之琳将其浓缩于一个精炼的意象的做法不同，何其芳则是在他发表于半年后的散文《画梦录》第三则中详细铺衍了这个"白莲教某"以"盆舟"牵系海上航船的奇异"法术"，并对此注入了很多个性化的奇丽幻想，大大丰富了原有的情节。在我看来，何其芳与卞之琳在同一时期的作品中采用同一典故应该并非巧合，因为"白莲教"的典故也绝非脍炙人口的通俗故事。他们两人对其产生的共同兴趣很可能是经过了交流探讨或相互启发，而吸引他们的，大概就是其中体现出来的是"相对"问题，这正是那个阶段两人都共同感兴趣的话题。何其芳感叹于"半盆清水就是他的海"的奇异境界，诗性地思考着"大小之辨"和"时间的久暂之辨"；卞之琳则更是在自己的注释中直白地指出："这里从幻想的形象中涉及微观世界与宏观世界的关系"。两个亲密的朋友通过同一个"白莲教"的故事思考着同一个哲学性问题，而二者的表达方式又非常不同，一个简洁、一个秾丽，在默契中又保存这各自的个性性格。

　　因为艺术上的默契和生活中的友谊，三位年轻诗人在相同的道路上彼此偕行。1934年，当郑振铎编"文学研究会丛书"要收入一本卞之琳的诗集时，卞之琳很自然地就把何其芳、李广田二人到当时为止的诗全部拿来，集合成了这本在统一的现代主义风格中又各有千秋的重要的合集。

　　《汉园集》的出现引起了批评家的关注和肯定，并将之视为一个诗人群体生成的标志。李健吾称之为"少数的前线诗人"，高度肯定他们全面的创新意义和艺术水准，并称他们标志着中国新诗"一个转变的肇始"。李健吾认为：

① 卞之琳：《〈李广田散文选〉序》，《李广田散文选》，昆明：云南人民出版社，1980年，第1—2页。

他们以善于表现"人生微妙的刹那","以许多意象给你一个复杂的感觉",他们不再满足于"浪子式的情感的挥霍",而是追求"诗的本身,诗的灵魂的充实,或者诗的内在的真实","他们寻找的是纯诗(Pure Poetry)"①。批评家李影心也认为:《汉园集》标志着"新诗在今日已然步入一个和既往迥然异趣的新奇天地。……新诗到如今方才附合了'现代性'这一名词"。因为,"从前人们把诗当作表达感情唯一的工具的,现在则诗里面感情的抒写逐渐削减","具体的意象乃成为诗的主要生命"。这些方面构成了"汉园"诗人"不与任何人物类同"的风格,他们的创新意义"不仅在来源,亦不仅在见解与表达的形式,而是从内到外的整个全然一起的变动,使现在的诗和既往全然改变了样式。""他们树立了诗之新的风格与机能","这一肇变指示我们将来诗的依趋"②。

第二节 "古城"与"地之子"

之所以说"汉园诗人"在北平诗坛上具有典型性与代表性,是因为在他们的诗歌意象、诗学观念、艺术风格、创作心态等各个方面,无不体现着其时北平"前线诗人"群体的共同追求。

首先是在诗歌意象方面。北平现代诗人最有代表性的独创——"古城"意象——就是在卞之琳、何其芳等人的笔下完成的。这个意象已成为 20 世纪 30 年代北平诗坛最重要的艺术成就之一。它不仅是提炼于北平的现实环境与历史氛围,同时也带有强烈的感情色彩和象征意味,在思想性与艺术性上都达到了相当的高度。

例如,何其芳与卞之琳都曾写到北京的沙尘天气,并从中感受到古都的荒凉与时代的苦闷:

忽然狂风象狂浪卷来
满天的晴朗变成满天的黄沙

---

① 李健吾:《〈鱼目集〉——卞之琳先生作》,《咀华集》,上海:文化生活出版社,1936 年,第 131—135 页。

② 李影心:《〈汉园集〉》,《大公报·文艺》第 293 期,1937 年 1 月 31 日。

……

卷起我的窗帘子来：

看到底是黄昏了

还是一半天黄沙埋了这座巴比伦？

——何其芳《风沙日》

……这座城

是一只古老的大香炉

一炉千年的陈灰

飞，飞，飞，飞…

——卞之琳《风沙夜》

    虽然写的是自然气候中的风沙，但诗人以"巴比伦"和"大香炉"为喻，象征性地写出了古城北平的古老死寂和了无生机。说"古城"意象带有浓厚的感情色彩，是因为它不仅有对北平历史的客观概括，同时也寄寓了知识分子对历史民族和传统等方面的深刻感情和思索，尤其给人带来一种难以排解的寂寞和忧愤。诗人表面上诅咒的是风沙，实际上诅咒的是社会气候的干冷压抑。他们从描绘自然环境的"荒"深入到揭露社会现实的"荒"。以"巴比伦"的终成废墟与"大香炉"的灰飞烟灭象征着古老文明不可避免的衰落命运。由自然至文明、由现实至历史，这分明是诗人们对于传统与现实的沉重思考。这里，不仅有诗歌意象的创造，也有思想情怀的寄托。

    正如京派领袖沈从文在写给卞之琳《群鸦集》的序言中说："之琳的诗不是热闹的诗，却可以代表北方年轻人一种生活观念，大漠的尘土，寒国的严冬，如何使人眼目凝静，生活沉默，一个从北地风光生活过来的年轻人，那种黄昏袭来的寂寞，那种血欲凝固的镇静，用幽幽的口气，诉说一切，之琳的诗，已从容的与艺术接近了。诗里动人处，由平淡所成就的高点，每一个住过北方，经历过故都公寓生活的年轻人，一定都能理解得到，会觉得所表现的境界技术超拔的。"① 的确应该说，是"古城"北平促成了汉园诗人思想的深入与艺术风格的成熟。正如何其芳后来说："假若这数载光阴过度在别的地方我

① 沈从文：《〈群鸦集〉附记》，《沈从文文集》第11卷，广州：花城出版社，香港：三联书店香港分店，1984年，第20—21页。

不知我会结出何种果实"。① 是古城给予了诗人以灵感，而诗人也为古城赋予了深厚的历史意义和文化品格；而"汉园"这个原本"有名无园"的名称，也因为他们而成了新诗史上的一个重要地标。

与"古城"意象齐名的，还有"地之子"这一形象。1933 年春，初涉诗坛的李广田创作了这首后来被公认为其代表作的《地之子》：

> 我是生自土中，
> 来自田间的，
> 这大地，我的母亲，
> 我对她有着作为人子的深情。
> 我爱着这地面上的沙壤，湿软软的，
> 我的襁褓；
> 更爱着绿绒绒的田禾，野草，
> 保母的怀抱。
> 我愿安息在这土地上，
> 在这人类的田野里生长，
> 生长又死亡。
>
> 我在地上，
> 昂了首，望着天上。
> 望着白的云，
> 彩色的虹，
> 也望着碧蓝的晴空。
> 但我的脚却永踏着土地，
> 我永嗅着人间的土的气息。
> 我无心于住在天国里，
> 因为住在天国时
> 便失掉了天国，
> 且失掉了我的母亲，这土地。

"地之子"由此成为一个对土地有着"作为人子的深情"、愿意"永踏着

---

① 何其芳：《论梦中道路》，《大公报·文艺》第 182 期，1936 年 7 月 19 日。

土地""永嗅着人间的土的气息"的形象的总称。甚至,"地之子"形象后来渐渐成为整个"京派"文坛的代表性的文学形象,不仅仅为李广田所专有。这个形象不仅揭示了京派文人眷恋乡土的心态,同时还极好地传达了他们对传统趣味的眷恋、对淳朴生活方式的认同,以及对现实人生执着忠实的朴素感情。

这种心态和形象一直贯穿于李广田本人的创作中,虽然他后来很少写诗,但这种乡土情结仍在他的散文作品中得到延续。他时常怀恋故乡的一草一木,甚至一声布谷鸟的啼鸣也能把他带回故乡。他说:"在大城市里,是不常听到这种鸟声的,但偶一听到,我就立刻被带到了故乡的桃园去,而且这极简单却又最能表现出孩子的快乐的歌唱,也同时很清脆地响在我的耳朵里。"[1] 当然,最能表达他的心情的还是《〈画廊集〉题记》中的一段话,他说:

> 我是一个乡下人,我爱乡间,并爱住在乡间的人们。就是现在,虽然在这座大城里住过几年了,我几乎还是像一个乡下人一样生活着,思想着,假如我所写的东西里尚未能脱除那点乡下气,那也许就是当然的事件吧。[2]

这种所谓的"像一个乡下人一样"生活和思想,并把"乡下气"反映在文学创作中的追求,正是李广田自称"地之子"的理由与情感依托。这种对于自己独立于城市文化之外的生活方式、思维方式,以及文学的表达,其实已经超出了一般意义上的思乡情绪,而趋向于一种文化心态的自白。

其实,"地之子"的姿态在北平诗坛上是获得了相当广泛的共鸣的。诗人与作家们在诗歌、散文、小说、杂记,甚至文学批评中都处处流露出类似的情感和价值观。比如李健吾也曾在一篇评论文章中说:"我先得承认我是个乡下孩子,然而七错八错,不知怎么,却总呼吸着都市的烟氛。身子落在柏油马路上,眼睛接触着光怪陆离的现代,我这沾满了黑星星的心,每当夜阑人静,不由向往绿的草,绿的河,绿的树和绿的茅舍。"[3] 这显然是一种文化趣味与审美心理的共鸣,他们是同样钟爱着"淳朴的人生"和"素朴的诗的静美",并

---

① 李广田:《桃园杂记》,李岫编:《李广田》,北京:人民文学出版社,香港:三联书店香港分店,1984 年,第 20 页。

② 李广田:《〈画廊集〉题记》,《益世报·文学》第 3 期,1935 年 3 月 20 日。

③ 李健吾:《〈画廊集〉——李广田先生作》,《咀华集》,上海:文化出版社,1936 年,第 183 页。

同样对"都市的烟氛"和"光怪陆离的现代"城市感到隔阂。因此，在文学上，他们同样地倾向于乡土氛围所代表的传统文化精神。正如何其芳自己所阐释的："若说是怀乡倒未必，我底思想空灵得并不落于实地。"①。

第三节 厚实·浓郁·忧郁

风格各异的"汉园三诗人"因诗而聚，他们在文学修养、诗学观念、思想感悟、情绪心态、意象意境、自我形象等等方面都具有相通与默契之处，因而，他们以《汉园集》的方式表明了一种共同的文学态度和诗歌实践，并不是一时兴起的偶然行为。但是，他们并未因为某些共性而压制了各自的个性与风格，即便在《汉园集》当中，他们也坚持着个性的差异和艺术的不同发展方向，这不仅造成了《汉园集》内部的丰富与精彩，同时也昭示出日后彼此不尽相同的文学道路。

卞之琳后来在谈及他们三人的诗歌创作时曾说："我和同学李广田、何其芳交往日密，写诗也可能互有契合，我也开始较多写起了自由体，只是我写的不如他们早期诗作的厚实或浓郁，在自己显或不显的忧郁里一点轻飘飘而已。"② 抛开谦虚客套的成分，他这句看似平淡的话恰恰说出了"汉园三诗人"各自诗风的重要特征——李广田的"厚实"、何其芳的"浓郁"，以及卞之琳自己的"忧郁"。

卞之琳在这里涉及的还只是风格上的差异，这种差异或许在很大程度上来自于三人不同的性格与生活经历，即并不全都是艺术问题。不过，这里仍只重点讨论他们在艺术追求上的差异，因为，艺术方式的差异或许更能体现他们由聚到散的深层原因，同时也更能折射出中国新诗在 1930 年代的多元探索。换句话说，艺术追求的差异并非出于诗人性格与经历的偶然性差异，而是包含了更多的艺术理念中的某种更具普遍性和学理性的问题。

三个人中，后来选择的道路最为不同的是李广田。《汉园集》之后，李广田专注于散文的写作，出版了《画廊集》（1936）、《银狐集》（1936）、《雀蓑记》（1939）、《圈外》（1942）、《回声》（1943）、《灌木集》（1944）等多种

---

① 何其芳：《岩》，《水星》第 1 卷第 2 期，1934 年 11 月。
② 卞之琳：《〈雕虫纪历〉自序》，《雕虫纪历》，第 15 页。

散文集。其间，李广田还写作并出版过短篇小说与文艺评论，其中以 1944 年出版的论文集《诗的艺术》最为著名。

与散文和文学批评成就相比，作为诗人的李广田似乎稍有逊色。但细究起来，走向散文却也许正与他的诗歌观念相关。在后来的一篇论文中，李广田谈道："现在一般写诗的人是太不注重形式了"，"诗不能不讲求形式，不能不讲求技巧。千万不要以为随手写下来的就是好诗，有时也许会好，但有时连好的散文也不是，那就更不必说是诗了，假如真有诗的内容，写成散文固然也无妨，假如本来就不是诗，写成诗的形式也还不是诗。诗，再加以最好的诗的形式，那才是诗的完成。"① 从这里可以看出，李广田的"弃诗从文"并不是因为不喜欢或厌倦了诗歌这一艺术形式，而恰恰相反，在他的心里，诗是高于散文的，诗的形式是严于并高于散文的形式的。作为一个有着这样认识的曾经的诗人，停下诗歌的写作而走向散文，可能性最大的原因应该是：他认识到自己的写作实践并不足以符合自己对这一文体的标准和期待，相比之下，散文的方式可能更适合他的题材与个性，因此他做出了一种近乎"知难而退"的自觉的选择。

在另一篇题为《谈散文》的论文中，李广田归纳了诗与散文的四个方面的差别：

诗须简炼，用最少的寓意，说最多的事物；散文则无妨铺张，在铺张之中，顶多也只能作委曲婉转的叙述。

诗的寓意以含蓄暗示为主，诗人所言，有时难免恍兮惚兮；散文则常常鲜活，一五一十地摆在眼前，令人如闻如见。

诗人可以夸张，夸张了，还令人并不觉得是夸张；散文则常常是老实朴素，令人感到日用家常。

诗可以借重音乐的节奏，音乐的节奏又是和那内容不可分的；散文则用说话的节奏，偶然也有音乐的节奏，但如有意地运用，或用得太多，反而觉得不对。

从以上这些比较的看法，我们可以得出以下的结论，就是：

散文的语言，以清楚，明畅，自然有致为其本来面目，散文的结构，也以平铺直叙，自然发展为主，其所以如此者，正因为散文以处理主观的事物为较适宜，或对于客观的事物亦往往以主观态度处理之的缘故。写散

---

① 李广田：《树的比喻——给青年诗人的一封信》，李岫编：《李广田》，第 219 页。

文，实在很近于自己在心里说自家事，或对着自己人说人家的事情一样，常是随随便便，并不怎么装模作样。①

李广田的看法固然不能算作准确的学理性结论，但已表明了他自己的认识，即认为散文的语言和结构都更适宜处理自己质朴自然的感情。换句话说，对于诗歌，他似乎怀有更加庄严的敬畏，就像他自己说的："如把一个'散'字作为散文的特点，……诗则给它一个'圆'字。如把散文比作行云流水，……诗则为浑然无迹的明珠。"② 因而，走向散文，虽不完全等同于避难就易，却也体现了他对自己写作的清醒认识和理智抉择。

事实上，"汉园"时期的李广田已经是诗文并举了。散文集《画廊集》与《汉园集》的出版就在同一年。而敏锐的批评家和好友李健吾在对《画廊集》的专文评论中就也直接谈到了这个问题。李健吾说："散文缺乏诗的绝对性"，"一篇散文含有诗意会是美丽，而一首诗含有散文的成分，往往表示软弱。""这正是我读李广田先生的诗集——《行云集》——的一个印象。这是一部可以成为杰作的好诗，惜乎大半沾有过重的散文气息"。③ 因此，李健吾也直接称李广田的代表作《地之子》一诗为一首"拙诗"，当然这并不含有太多的贬义，但在高度评价其"质朴的气质"的同时，多少还是指出了其在艺术上的某种缺憾。在将《行云集》中的诗与《画廊集》中的散文进行比较的时候，李健吾精准地提出了"我们立即明白散文怎样羁绊诗，而诗怎样助长散文"的判断。

在李健吾的批评文章的最后，还提到了李广田与何其芳的不同。李健吾说："素朴和煊丽，何其芳先生要的是颜色，凸凹，深致，隽美。然而有一点，李广田先生却更其抓住读者的心弦：亲切之感。"④ 这一句尚嫌不够深入的比较，已多少点出了"汉园诗人"内部的差异。李广田"质朴""厚实"的气质和情绪成就了他"地之子"般的风格特征，同时也决定了他乐于走向那种更让读者亲切也更让他自己感到"明畅""自然"，如同"随随便便""说自家事"的散文写作。可以说，是出于对诗歌形式的看重以及对"纯诗"的虔诚态度，

---

① 李广田：《谈散文》，李岫编：《李广田》，第 223 页。

② 同上。

③ 李健吾：《〈画廊集〉——李广田先生作》，郭宏安编：《李健吾批评文集》，第 127—128 页。

④ 同上，第 130 页。

让李广田走向了散文。但与此同时却也说明，他对于诗歌的认识与同在"汉园"的两位诗友并无根本上的分歧。可以说，李广田的"出走"并非与汉园诗友的分道扬镳，而是基于相同的诗学理念对自己的写作方向做出了调整。

李健吾说得没错，何其芳是"煊丽"的，他要的是"颜色，凸凹，深致，隽美"。诗人自己也曾明确说过：

> 我曾经说过一句大胆的话：对于人生我动心的不过是它的表现。我是一个没有是非之见的人。……颜色美好的花更需要一个美好的姿态。
>
> 对于文章亦然。有时一个比喻，一个典故会突然引起我注意，至于它的含义则反与我的欣喜无关。
>
> 有一次我指着温庭筠的四句诗给一位朋友看：
> 楚水悠悠流如马，
> 恨紫愁红满平野，
> 野土千年怨不平，
> 至今烧作鸳鸯瓦。
>
> 我说我喜欢，他却说没有什么好。当时我很觉寂寞。后来我才明白我和那位朋友实在有一点分歧：他是一个深思的人，他要在那空幻的光影里追寻一份意义。我呢，我从童时翻读着那小楼上的木箱里的书籍以来便坠入了文字的魔障。我喜欢那种锤炼；那种彩色的配合，那种镜花水月。我喜欢读一些唐人的绝句。那譬如一微笑，一挥手，纵然表达着意思但我欣赏的却是姿态。
>
> 我自己的写作也带有这种倾向。我不是从一个概念的闪动去寻找它的形体，浮现在我心灵里的原来就是一些颜色，一些图案。①

这确乎是何其芳最真实的表白。他的浓郁煊丽的诗风，以及"画梦"的特殊内容与风格，很大程度上都来自这样一种对"表现"的"动心"和对"姿态"的"欣赏"。在"汉园"三人当中，何其芳是最关注表达与姿态的，他不像卞之琳那样多思，也不似李广田那样亲切，他"更喜欢梦中道路的迷离"。因此，在他的诗中，不仅有儿童式的"透明的忧愁"，也有寂寞的幻想中的童话故事与神话传说。更值得一提的是，他以其特有的"画梦"，在中国现代散

---

① 何其芳：《论梦中道路》，《大公报·文艺》第182期，1936年7月19日。

文诗的花园里开出了一朵奇葩。《画梦录》的写作，同样应该被看作是何其芳对于表现姿态的一次大胆尝试。即如李健吾所说的，散文诗"不得看做一种介于诗与散文的中间产物"。它应该如戏剧一样，"是若干艺术的综合，然而那样自成一个世界，不得一斧一斧劈开，看做若干艺术的一个综合的代名词"①。在我看来，何其芳对于散文诗文体的探索，正是他对原有的表现姿态的一种突破。在散文诗中，他更加自由地将叙事、抒情与象征充分地结合在一起，形成了他特有的风格。李健吾也曾惊叹道："何其芳先生不停顿，而每一段都象一只手要弹十种音调，唯恐交代暧昧，唯恐空白阻止他的千回万转，唯恐字句的进行不能逼近他的楼阁。""虽说属于新近，我们得承认他是一位自觉的艺术家。""他缺乏卞之琳先生的现代性，缺乏李广田先生的朴实，而气质上，却更其纯粹，更是诗的，更其近于十九世纪初叶。"② 的确，何其芳不仅是在气质上"更是诗的"，同时在形式上，也更有其独特的领悟与实践。正因为他特别看重"姿态"，所以他不满足于现成的诗歌语言和结构，他尝试着"用技巧或者看法烘焙出一种奇异的情调"，以"艺术的手腕调理他的观察和世界"③。虽然，何其芳的艺术探索在《画梦录》之后发生了改变甚至中断，其原因也并不完全出于艺术的内部，但无论如何，在从《汉园集》到《画梦录》的短暂过程中，他展现了自己对于诗学的独特的理解与实践的勇气。

李健吾说："每人有每人的楼阁，每人又有每人建筑的概念。同是红砖绿瓦，然而楼自为其楼，张家李家初不相侔。"④ 可以说，"汉园"三位诗人的楼阁，也是有同有异的，而在这异同之间，正体现出他们各自的诗学理念。

至于卞之琳——与另外两位"汉园"友人相比——他更专注地坚守在了现代主义诗歌的道路上，并也由此成就了他作为"现代派"最重要的代表诗人的地位与成就。作为一名"纯诗"的追求者和实践者，卞之琳的诗学理念与实践始终保持着较为明显的连续性，没有发生大的动摇与改变。他的智性之美、象征之思，以及他那种"属于传统，却又那样新奇"的"化古""化欧"相结合的艺术风格，都成为中国现代主义诗歌的某种代表和典型，对新诗的新传统产生了深远的影响。与何其芳、李广田对于诗歌形式的"突围"和"放弃"相

---

① 李健吾：《〈画廊集〉——李广田先生作》，郭宏安编：《李健吾批评文集》，第128页。

② 李健吾：《〈画梦录〉——何其芳先生作》，郭宏安编：《李健吾批评文集》，珠海：珠海出版社，1998年，第138页。

③ 同上。

④ 同上，第135页。

比，卞之琳的探索更注重的是"纯诗"内在品质的塑造，当然，这所谓的差异仍是基于诗人们共同的诗学理念的基础之上，并不是两种不同理念的交锋，而是在同一个诗歌流派内部呈现出的珍贵的差异与多元性可能。

表面看来，《汉园集》只是新诗历史上的一个"点"，但是，由它延伸出来的几条"线"，却构成了一些不同的历史脉络，并由此牵连到新诗历史的某些方面。讨论历史的线索是如何走向了这个"点"，并如何从这个"点"再度出发走向新的不同的方向，这个意义或许比静态地观察和讨论这个"点"本身更为重要。

第九章　诗坛内外，刊前幕后

在新诗史上，有很多并不以诗人名世的写作者。他们活跃于诗坛，从事写作、翻译、批评、编辑等与诗相关的事业，而且，如果没有他们的参与，诗坛就不可能呈现出它现有的面目。他们的理论、译介、批评等等，都是诗歌写作的有力支撑、补充甚至引领。他们的存在，同样是新诗史的重要风景。注意到他们的存在并讨论他们的贡献，也同样可以引出一些有价值的诗学问题。

第一节　作为诗人的沈从文

严格地说，沈从文算不上诗人。虽然他在年轻时代写过诗，且他的部分诗作也被陈梦家收入《新月诗选》，但与他在小说、散文和文学批评方面的成就与地位相比，"诗人"的沈从文似乎还是要略逊一筹。换句话说，在文学史上，作为诗人的沈从文似乎远不及作为小说家和批评家的沈从文重要。

这种情况其实在中国现代文学的历史上并不罕见。比如：鲁迅、周作人、朱自清、郑振铎、冯雪峰、梁宗岱，等等，他们都曾因各种原因，或在诗坛边上"打打边鼓"、"凑些热闹"①，或是自由出入于诗歌与其他文体的写作之间。他们不以"诗人"之名传世，也只留下为数不多的诗作，但他们与新诗发展之间的关系却值得探究。他们的写作、批评、甚或辍笔本身，往往都与其诗歌观念、批评标准，以及对于诗歌文体自身的独特认识有关。因此，考察他们的诗歌观念与诗歌批评，或许能为当下的诗歌研究带来一定的拓展与启发。

① 鲁迅：《〈集外集〉序言》，《鲁迅全集》第7卷，第4页。

一

还是先从"诗人"沈从文说起：

1931 年，沈从文的《颂》《对话》《我欢喜你》《悔》《无题》《梦》《薄暮》共七首诗入选陈梦家编选的《新月诗选》。陈梦家对他的评价是：

> 沈从文以各样别名散在各处的诗，极近于法兰西的风趣，朴质无华的词藻写出最动人的情调。我希望读者看过了格律谨严的诗以后对此另具风格近于散文句法的诗，细细赏玩它精巧的想象。①

这大概算是作为诗人的沈从文所受到的一次最直接的赞誉。② 应该说，陈梦家还是抓住了重点，看到了沈从文诗作中的一些特质，尤其是他"动人的情调"和"精巧的想象"，以及由此体现出来的浪漫风趣，都与新月诗派的共同追求相一致。在他的诗里，分明体现着新月诗人的某种共性。比如，在《颂》中有这样的诗句：

> 说是总有那么一天，
> 你的身体成了我极熟的地方，
> 那转弯抹角，那小阜平冈；
> 一草一木我全知道清清楚楚，
> 虽在黑暗里我也不至于迷途。
> 如今这一天居然来了。
> ……

《悔》中也有：

> 生着气样匆匆的走了，

---

① 陈梦家《序言》，《新月诗选》，上海：上海书店，1981 年，第 29—30 页。
② 沈从文晚年的旧体诗写作也曾受到关注和好评，如荒芜写有《沈从文先生的诗》（原载《长河不尽流》湖南文艺出版社 1989 年）等，但因其完全不涉及沈氏早期的新诗创作，故不在本章讨论范围之内。

这是我的过错罢。
旗杆上的旗帜，为风激动，
飏于天空，那是风的过错。
只请你原谅这风并不是有意！
……

　　类似的风格，确乎与陈梦家在《新月诗选》中主张的"本质的醇正，技巧的周密和格律的谨严"相符；也与新月诗人们"始终忠实于自己，诚实表现自己渺小的一掬情感，不作夸大的梦"的原则相符；更在一定程度上实现了他们所追求的"那样单纯的情感单纯的意象，却给人无穷的回味"的艺术效果。陈梦家说："人类最可宝贵的，是一刹那情感的触发（虽是俄顷，谁说不就是永久？）记载这自己情感的跳跃，才是生命与自我的真实表现。"① 这大概是新月派抒情诗人的共识之一。沈从文的这几首仅有的短诗，表现出来的也正是这样的诗歌观念与艺术品质。从这个意义上说，沈从文被视为新月诗人之一，于情于理也都是必然。

　　更值得一提的是，在《梦》和《薄暮》两首诗中，还明显体现出格律的自觉。尤其是《梦》：

我梦到手足残缺是具尸骸，
不知是何人将我如此谋害？
人把我用粗麻绳子吊着颈，
挂到株老桑树上摇摇荡荡。

仰面向天我脸是蓝灰颜色，
口鼻流白汁又流紫黑污血：
岩鹰啄我的背膊见了筋骨，
垂涎的野狗向我假装啼哭。

　　如果说，前面几首作品让人不禁想起徐志摩式的甜美抒情，那么，这首诗则是从手法到意境都让人联想到闻一多《死水》式的绝望和沉重。《梦》在主题和意境上显示出来的独特风格，体现了作为诗人的沈从文在艺术方面的探索

① 陈梦家《序言》，《新月诗选》，第27页。

性与丰富性。他为数不多的作品中包含了新月诗派的几种重要艺术要素。无论是"单纯的情感"还是浓重的意象，无论是"格律谨严"或是"近于散文句法"，都体现着沈从文在新月派诗歌的探索领域内的一份努力，也证明着他自己与新月诗人群体之间的密切联系。

但这些其实还都不是重点。事实上，沈从文对于新诗——不仅局限于新月派诗歌的范围内——的贡献，更多地体现在他的诗歌批评之中。换句话说，沈从文对于新诗建设的热情与思考，更多的是通过诗歌批评的方式来参与并传达的。

1930 年代初期，沈从文的文学批评散见于《文艺月刊》《现代学生》等刊物，后多被收入《沫沫集》。这一系列批评文章集中作于 1929 至 1933 年间，多为其在中国公学的教学需要而作，批评对象不仅是新诗，也包括相当数量的小说。即如他自己在给友人的信中所说："新的功课是使我最头痛不过的，因为得耐耐烦烦去看中国新兴文学的全部，作一总检察。"① 这部分文章当然不是沈从文诗歌批评的全部，但却应是他第一次集中地、有意识地"检察"新诗的历史与成绩。这也对他的文学观念、文学史意识、文学批评标准，以及批评方式与风格的形成，都起到了重要的促进作用。

在这一时期的评论与序跋中，沈从文对于郭沫若、李金发、朱湘、焦菊隐、刘半农、闻一多、汪静之、徐志摩、邵洵美、陈梦家、卞之琳、刘宇等不同流派不同风格的诗人诗作都给予了极大的关注和多有创见的评论。从这些评论中可以看出，沈从文此时已经树立了自己的诗歌批评标准，表现出了与其后来的核心主张相一致的基本观念。

例如，在《〈刘宇诗选〉序》中，沈从文称赞年轻诗人刘宇"沉静"、"谨慎"的写作态度，认为这是"极难得到而又是必需的"，是"制止到新文学地位再向下滑去"② 的根本而有效的办法。在《〈群鸦集〉序》中，他称道的也是卞之琳"平淡朴实"、毫不"入时"的写作态度和立场，以及他遵守新诗"最初去华存实目的，而达到诗为口语白描最高意境"，"弃绝一切新旧词藻摒除一切新旧形式，把诗仍然安置到最先一时期文学革命的主张上，自由的而且用口语写诗，写得居然极好"的实绩。他谈到，卞之琳的诗"运用平常的文

①　沈从文：《致王际真（1930 年 1 月 29 日）》，《沈从文全集》第 18 卷，太原：北岳文艺出版社，2009 年，第 48 页。

②　沈从文：《〈刘宇诗选〉序》，《沈从文文集》第 11 卷，广州：花城出版社、香港：三联书店香港分店，1984 年，第 22 页。

字，写出平常人的情感，因为手段的高，写出难言的美。诗的艺术第一条件若说是文字的选择，之琳在这方面十分的细心，他知道选择'适当'的文字，却刷去了那些'空虚'的文字。他从语言里找节奏，却不从长短里找节奏，他明白诗的成立以及存在，不是靠到一件华丽的外衣，他很谨慎，不让他的诗表面过于美丽。……好的诗不是供给我们一串动人悦耳的字句了事，它不拘用单纯到什么样子的形式，都能给我们心上一点光明。它们常常用另外一种诗意保留到我们的印象里，那不仅仅是音律，那不仅仅是节奏。怎么美，怎么好，不是使我们容易上口背诵得出，却是使我们心上觉得那'说得对'"。① 由此，沈从文其实已经指出了卞之琳超越新月诗派的方面，并肯定地认为这代表了新诗发展的新的方向。这样的观察，应该说已突破了对于诗人个体的艺术风格的评论，而成为带有诗歌史眼光和前瞻性的判断。与此相呼应的还有，他在《论焦菊隐的〈夜哭〉》中较为含蓄地批评了诗人"虚浮"入时的缺点②。这些想法和说法，其实都在很大程度上与他后来的"京派"文学主张相一致，即在写作态度上主张醇正质朴、单纯庄严，而在艺术效果上肯定平淡真挚与性情之美。

尤其值得一提的是，沈从文的文学批评从来不只是对于思想、主题和创作态度的批评，他同样非常看重语言、文体等形式因素。特别是在诗歌批评中，他更是多次论及与新月诗派的基本主张相关的诗歌格律问题，并由此检讨新诗与旧诗传统的关系，以及新诗在形式与内容关系上的深层探索和试验。值得称道的是，在新诗格律这个问题上，曾经身为新月成员的沈从文突破了流派之见，表现出更高远的目光，也在新诗史上起到了承前启后的重要作用。

在《论朱湘的诗》中，沈从文称赞朱湘的诗"保留的是中国旧词韵律节奏的魂灵。破坏了词的固定组织，却并不完全放弃那组织的美，所以《草莽集》的诗，读及时皆以柔和的调子入耳，无炫奇处，无生涩处"③。他说："在音乐方面的成就，在保留到中国诗与词值得保留的纯粹，而加以新的排比，使新诗与旧诗在某一意义上，成为一种'渐变'的联续，而这形式却不失其为新世纪诗歌的典型，朱湘的诗可以说是一本不会使时代遗忘的诗的。"④ 也就是说，他不仅在新月诗歌的视野内赞誉朱湘诗歌在音乐方面的成绩，更在一个较为宏观的诗歌传统中肯定了朱湘的贡献。不仅肯定了朱湘在新诗格律建设上的

---

① 沈从文：《〈群鸦集〉附记》，《沈从文文集》第 11 卷，第 17—19 页。
② 沈从文：《论焦菊隐的〈夜哭〉》，《沈从文文集》第 11 卷，第 129 页。
③ 沈从文：《朱湘的诗》，《沈从文文集》第 11 卷，第 118 页。
④ 同上，第 121—122 页。

尝试，同时也从一个非常具体的角度上讨论了新诗格律理论与旧诗传统之间的差别与联系。并且，除了音乐性之外，沈从文还注意到了朱湘诗歌的内在韵律和特殊的审美风格。他说："作者在生活一方面所显出的焦躁，是中国诗人所没有的焦躁，然而由诗歌认识这人，却平静到使人吃惊。把生活欲望、冲突、意识安置于作品中，由作品显示一个人的灵魂的苦闷与纠纷，是中国十年来文学其所以为青年热烈欢迎的理由。只要作者所表现的是自己那一面，总可以得到若干青年读者最衷心的接受。……但《草莽集》中却缺少那种灵魂与官能的烦恼，没有昏瞽，没有粗暴。生活使作者性情乖僻，却并不使诗人在作品上显示纷乱。作者那种安详与细腻，因此使作者的诗，乃在一个带着古典与奢华而成就的地位上存在，去整个的文学兴趣离远了。"① 沈从文这样从内、外两个角度形成了一个相对完整的观察，他说："诗歌的写作，所谓使新诗并不与旧诗分离，只较宽泛的用韵分行，只从商籁体或其他诗式上得到参考，却用纯粹的中国人感情，处置本国旧诗范围中的文字，写成他自己的诗歌，朱湘的诗的特点在此。他那成就，也因此只象是在'修正'旧诗，用一个新时代所有的感情，使中国的诗在他手中成为现在的诗。以同样态度而写作，在中国的现时，并无其他一个人。"② 这个观察和结论的可贵之处就在于，沈从文第一次在诗歌的精神与形式、态度与表达这两个方面，立体地评价和分析了"新诗人"所应具备的品格，使得新诗人与新诗得以与旧诗传统形成了一种既区别又相关、既继承又超越的辩证关系。而这样一种辩证的关系，也正是新诗创作者们十余年来所共同追求的。

　　事实上，诗歌的格律、语言等形式问题，并不仅仅是沈从文在 1930 年代初期——即他个人的新月时期中——所思考和关注的，在此后的很长一段时间，他都一直在思考相关的问题，并发表过一些重要文章，参与到相关的讨论和实践当中。比如，他写于 1935 年的《新诗的旧账——并介绍〈诗刊〉》和写于 1938 年的《谈朗诵诗》两篇文章，都谈及相关问题，并成为新诗史上重要的诗论文章。

　　在《新诗的旧账——并介绍〈诗刊〉》中，沈从文特别谈到了新诗在语言方面的困扰，即"用新格式得抛弃旧词藻，内容常常觉得'浅'、'显'，用旧词藻又不能产生新境界，内容不可免堕入'熟'、'滑'"。这句话其实涉及了新诗史上一个很重要和根本的问题，就是如何处理现代汉语中的口语与诗歌审

---

① 沈从文：《朱湘的诗》，《沈从文文集》第 11 卷，第 123 页。

② 同上，第 124 页。

美之间的差异的问题。他说："新诗有个问题，从初期起即讨论到它，久久不能解决，是韵与词藻与形式之有无存在价值。"对此，他的观点是："新诗在词藻形式上""不可偏废"。尤有意味的是，他谈到"新诗到这个时节可以说已从革命引到建设的路上"，于是，"少数还不放下笔杆的作者，与一群初从事写作的新人，对'诗'的观念再有所修正。觉得先一时'自由诗'所表示的倾向同'建设的新诗'有点冲突。大家知道新诗需要个限制，在文字上，在形式上，以及从文字与形式共同造成的意境上，必须承认几个简单的原则。并且明白每个作者得注意一下历史，接受一笔文学遗产（从历史方面肯定'诗'是什么，得了遗产好好花费这个遗产）。""这一来，诗的自由俨然受了限制，然而中国的新诗，却慢慢地变得有意义有力量起来了。"① 同样，在《谈朗诵诗》一文中他也提出："新诗若要极端'自由'，就完全得放弃某种形式上由听觉得来的成功打算。但是趋势所向，这种'新'很容易成为'晦'，为不可解。……若不然，想要从听觉上成功，那就得牺牲一点'自由'，在辞藻与形式上多注点意，得到诵读时传达的便利。"②

可以说，在对于新诗格律的问题上，沈从文的主张是出自于新月派而又超越了新月派的。他衔接了新月派与京派之间的诗歌血脉，继承了新月派尝试新诗格律的主张，同时也反思了新月派格律实践中的缺陷与弊病，并将新诗格律与 1930 年代现代派诗人所主张的"纯诗"的音乐性问题相结合。他与梁宗岱等人一起，希望通过打破中国新诗惟"自由体"独尊的局面，通过发起对"格律"和诗歌"音乐性"问题的讨论和创作实践，重新树立中国"新诗"的观念，有效地突破"自由诗"的写作方式，建立一种汉语现代诗的新的写作策略，以期达到一种兼顾汉语语言特征和旧诗传统的"纯诗"理想。这些方面的努力，也都体现在其主编《大公报·文艺副刊》期间的诸多实践当中。

二

沈从文的文学批评一向是具有鲜明个性的，这里姑且称之为一种"诗化批评"罢。

批评的"诗化"首先表现为强烈的主观性。沈从文曾坦白说："我很愿意

---

① 上官碧：《新诗的旧帐——并介绍诗刊》，《大公报·文艺》第 40 期，1935 年 11 月 10 日。

② 沈从文：《谈朗诵诗》，《沈从文文集》第 11 卷，第 252 页。

说，我这见解，也只是我个人一时的见解，因为耳目所拘，趣味有时似乎稍稍有点逼窄。我懂得那么少，却在我认为对的那么加以赞美。我想象得出，做诗的朋友，是有许多人将不同意我这陋见的。"① 话虽这样说，但他仍始终坚持这样的方式，以主观感受作为文学鉴赏与批评的根本出发点，并由此形成了他独特的直觉感悟式的批评风格。这背后的意图，显然就是要通过对他人作品的批评来表达自己的文学主张。

虽然，沈从文也写过一些接近学院派风格的批评文章。如在《新诗的旧账》《我们怎么样去读新诗》和《谈朗诵诗》等文章中，他也立足于对文学史的观察和总结，表现出对诗歌史的有意检讨与梳理的意图。比如他在《我们怎么样去读新诗》中将新诗分为"尝试时期（民国六年到十年或十一年）"、"创作时期（民国十一年到十五年）"和"成熟时期（民国十五年到十九年）"②，并试图梳理出一条发展进化的历史脉络。在《谈朗诵诗》和《新诗的旧账》中，他也从旧诗的"诵""吟""歌"传统和新诗十余年的多方尝试两个方面进行了观察和梳理，最终谨慎地提出了"'朗诵诗'不失为新诗努力之一个方向"③ 的结论。

但在我看来，沈从文的文学批评的长处并不在于他对客观周全的追求。他独特的成长道路决定了他虽然后来跻身学院派群体，但始终不是学院派思维。他的文学批评虽然也注重历史的观察与文本的分析，但总体而言，最见其个性与价值的仍是那些直觉印象式的批评。同时，与李健吾等印象式批评家们不同的是，沈从文的这类文章似乎并未有意追求某种批评风格，而更多的是随心所欲地自由表达。他不依赖于任何一种理论武器，而是偏重于将文学感悟与其个人丰富独特的人生阅历相结合，将个人的体验、经历、写作得失等等融汇一处，锻造出一种风格鲜明个性灵动的诗化批评文体。即如他自己所说："近于抽象而缺少具体论证，是印象的复述"。④ 因此，在他的诗化批评中时常出现较为独特的表达，比如：在冯文炳的作品中，他闻到了"那略带牛粪气味与略带稻草气味的乡村空气"⑤；在许地山的作品中，他听到作家"用的是中国的乐器"，"奏出了异国的调子"，"那调子，那声音，那永远是东方的，静的，

① 沈从文：《〈群鸦集〉附记》，《沈从文文集》第 11 卷，第 19 页。
② 沈从文：《我们怎么样去读新诗》，《沈从文文集》第 12 卷，第 97 页。
③ 沈从文：《谈朗诵诗》，《沈从文文集》第 11 卷，第 254 页。
④ 沈从文：《论落花生》，《沈从文文集》第 11 卷，第 103 页。
⑤ 沈从文：《论冯文炳》，《沈从文文集》第 11 卷，第 97 页。

微带厌世倾向的，柔软忧郁的调子"①。这种通感式的审美感受、灵动的文字表达，以及他作为批评者与作者之间追求的那种心灵的契合，都与那些学术型批评不尽相同，更是与其同时期方兴未艾的左翼批评的方法大相径庭。沈从文的文学批评正是这样一种批评者与读者的自由平等的对话。他将自己的个性化感悟与知人论世的传统批评方法相结合，在新文学历史的回顾与前瞻之中，以他特有的诗化语言风格，在批评界中独树一帜，成了一个不可重复的批评家。

之所以能在诗化批评与诗化小说的领域获得成功，正是由于沈从文在文体、语言等方面有独到的理解与特殊的表现。早有研究者将沈从文誉为"文体家"，肯定其在现代文体观念与实践方面的贡献。在我看来，沈从文其实并非有意创格，他只是将一种诗歌的本质精神渗透到了各种文体的写作中，突破了严格狭窄的文体分野与规范。他的小说与散文在笔法上多有互通之处；他常在小说和散文中运用象征、意象等手段，营造一种诗歌的效果和意境；他甚至还曾以诗体的形式对卞之琳、何其芳等进行速描，勾勒他们的主要诗歌主张及艺术风格，成为一种别具风格的文学批评②。可以说，他不仅没有拘泥于既有的文体观念，甚至还是在尝试超越和贯通文体间的界限，对新文学文体意识的丰富与发展做出了独特的贡献。

这种现象，当然有沈从文自身才华的原因，但同时也反映了沈从文——以及废名等京派作家们——的文学观念。换句话说，沈从文的京派友人们大多具有类似的自由开放的文体意识与实践，这直接反映在他们的写作中。在京派作家群中，很多人是同时进行多种文类的写作的，包括诗歌、散文、小说、戏剧、文学批评、外国文学的翻译，甚至学术研究的论文等。比如：废名（冯文炳）兼有诗歌、小说与文学批评；卞之琳兼有诗歌与散文，其诗名更盛，1930年代已有数本诗集问世；何其芳诗文俱佳，其散文诗集《画梦录》还获得了"《大公报》文艺奖金"；李广田既是"汉园诗人"之一，又更专注于散文的园地；曹葆华是诗人和翻译家，同时著有大量批评文章与研究论文；诗人林庚在散文方面也大有作为；林徽因兼有诗歌、散文、小说与戏剧多种才华；梁宗岱作为《大公报·文艺·诗特刊》的主编，既有诗歌创作，又有大量的翻译和论文；……通过这些俯拾皆是的实例，我们已可得出这样一个印象：京派文坛是一个极为开放丰富的空间，在这个空间中，各种文类的写作相互辉映、相互推

---

① 沈从文：《论落花生》，《沈从文文集》第 11 卷，第 104 页。

② 参见《卞之琳浮雕》（《大公报·文艺副刊》第 124 期，1934 年 12 月 1 日）、《何其芳浮雕》（《大公报·文艺副刊》第 139 期，1935 年 2 月 17 日）。

进，甚至具有某种互文的效果。

　　再比如，对于以废名为代表的"诗化小说"问题，学界也早有深入研究。早在1930年代，评论家们就讨论过废名的《桥》"虽沿习惯叫作'小说'，实在并不是一部故事书"① 的问题。认为其摒弃了传统小说中的故事逻辑，"有时象读一首诗，有时象看一幅画，很少的时候觉得是在'听故事'"②。也透露了作者"不能成为一个循规蹈矩的小说家"③ 这一事实。这样的评价其实也可以用在沈从文的身上。沈从文的一些小说也同样如诗如画，并不把重心置于故事情节之中。这当然体现出作家对于小说文体的某种新的观念和认识，甚至也体现了他们对于文学的整体认识的新见，即如废名所说："人生的意义本来不在它的故事，在于渲染这故事的手法。"④ 吴晓东认为，这"标志了一种现代作家的艺术自觉。这意味着表现和技巧是废名更敏感和更迷恋的层面。"而所谓"诗化的倾向"更是成为这类小说"在美感层面的最突出的特征"。⑤ 这一类作家在小说中营造诗歌意境，也在小说中直接移植诗歌的意象、典故，甚至诗句的语言方式。他们以诗歌的方式结构小说，造成叙事方式的跳跃与空白，也带来了诗性的陌生化效果。

　　这种文体意识的丰富与创造，当然也是受到了外国文学的影响。比如在1930年代的京派群体中，有很多人都喜欢西班牙作家阿左林（亦译阿索林）。在当时的很多报刊上都出现过对于阿左林的翻译与讨论。沈从文还在《卞之琳浮雕》中模仿卞之琳的语气说："我讨厌一切，真的，只除了阿左林。"⑥ 正是这位以诗意抒情小说闻名的西班牙作家，为中国读者带来了一种近似随笔的小说。他喜欢在这样的诗化小说中讨论生命与时间，表达对于时间的一种隐忧与感悟，以小说的方式表达诗人的体验与思想。曾经直言自己对阿左林"终生膜拜"的汪曾祺也曾说过："散文诗和小说的分界处只有一道篱笆，并无墙壁。我一直以为短篇小说应该有一点散文诗的成分，把散文、诗融入小说……"⑦ 在汪曾祺看来，屠格涅夫、契诃夫、阿左林、废名等人都是这样做的，而这，

----

　　① 孟实：《〈桥〉》，《文学杂志》第1卷第3期，1937年7月1日。
　　② 灌婴：《〈桥〉》，《新月》第4卷第5期，1932年2月1日。
　　③ 孟实：《〈桥〉》，《文学杂志》第1卷第3期，1937年7月1日。
　　④ 废名：《桥·故事》，王风编：《废名集》第1卷，第569页。
　　⑤ 吴晓东：《"破天荒"的作品——废名小说〈桥〉的诗学解读》，《漫读经典》，北京：生活·读书·新知三联书店，2008年，第135—136页。
　　⑥ 上官碧：《卞之琳浮雕》，《大公报·文艺副刊》第124期，1934年12月1日。
　　⑦ 汪曾祺：《〈晚饭花集〉自序》，《读书》1984年第1期。

也恰恰对他本人产生了极为重要的影响。

我们显然不能仅从多才多能的角度上来认识和理解这类现象，而是需要通过这类现象来看取京派作家们共同的文学观念、文体意识和艺术趣味。简单地说，沈从文们对于文体持有的是一种开放的见解，并不囿于已有的文体间的界限。对他们而言，小说、诗歌、散文，甚至学术文章，都没有如今天这样的隔膜与"规范"。他们自由开放的写作创造了新鲜独特的文体和风格，即便在历史尚不算太长的新文学领域中，也已大大拓展了文学表现的方式和领域，并且避免了文体意识的过早僵化。

更重要的是，这里还体现了一种有创造力的新文学观念。如果说，京派文学是一种自由的、融合的——包括对于现代与传统、本土与西方的融合，以及本文所谈的文体之间的融合——文学观。这种融合绝不是"大杂烩"式的融合，不是不加选择的拼凑和借用，而是一种带有自觉的"对话性"的文学观。事实上，1930年代本就是一个极富对话性色彩的时代，具有相对开放和自由的文化环境，流派与论争都大量涌现。连"京派"本身都正是在一场热闹的论争之后更加明确了自身的定位，通过与他人对话的方式获得了自己的命名的。因此可以说，1930年代的文坛整体上具有一种对话性的思维方式，这种思维方式或多或少地反映在写作实践当中。而京派作家文体意识的形成或许就与此相关，他们在文体之间进行的这种对话性的写作直接催生了新的想法与新的作品。沈从文在诗歌、小说、散文、批评之间游刃有余的写作和丰富多彩的实绩，就正是一种最好的例证。

第二节　"现代派"中的曹葆华

在很多人印象中，曹葆华的译名大于诗名。尤其是他在建国前后大量翻译马克思主义经典著作和苏联文学理论书籍的成就，更使人们忽视了他作为诗人，尤其是作为一名现代主义诗人的一面。

其实，在中国新诗发展史上，特别是在现代主义诗潮的引进和传播过程中，曹葆华是个功不可没且个性极为鲜明的重要人物。他自己一共出版过五本诗集：《寄诗魂》（北平震东印书馆，1930年12月）、《落日颂》（上海新月书店，1932年11月）、《灵焰》（上海新月书店，1932年11月）、《无题草》（上海文化生活出版社，1937年5月）及《巉岩集》。同时，他还翻译了大量西方现代主义文学理论和文学批评的文章著作，翻译出版了 I. A. 瑞恰慈的《科学与诗》（商务印书馆，1937 年 4 月），编译了收有 T. S. 艾略特、I. A. 瑞恰慈、瓦雷里等八人十四篇重要文学理论和批评文章的《现代诗论》（商务印书馆，1937 年）。此外，他主编的《北平晨报·学园》副刊《诗与批评》（1933 年 10 月至 1936 年 3 月，共 74 期），作为诗歌创作和理论方面的专刊，更为北平的现代主义诗人发表创作、译介西方先进诗论提供了一个重要的阵地，甚至可以说，是《诗和批评》带领很多青年诗人走上了现代主义诗歌创作的道路。

如果要给曹葆华在中国新诗——尤其是现代主义诗歌发展——进程中的贡献做出一个适当的评价，至少有三个方面不可不谈。首先，他的诗歌创作取得突出成绩，独创了一种意象奇谲、拥抱现实的"苦吟"风格；第二，他系统大量地译介西方现代诗潮理论，不仅带动了现代主义诗潮的成长、同时推进了中国诗歌批评的现代化进程；第三，他以个人的凝聚力和影响力作用于北平现代诗人群，带动一批年轻诗人走上了现代主义诗歌创作的道路。对于中国现代新诗的发展，曹葆华的贡献涵盖了创作、理论、批评和人员等诸多方面。

一

1930 年代初，曹葆华已是清华园内的一位"名人"。他出名的原因首先在其诗歌创作方面。有人评论："他的诗人的地位，早已为园内一般人所公认。但他更为更多数人所知道的，似乎是他是一个 abnormal 的人。"[1] 他的不寻常来自他的不甘平庸，而他的不甘平庸，表现为他的"努力异常"。据他的诗友方敬回忆："他早年几乎是当作每周每日的作业一样写了那样多的诗，……他觉得'一日不作诗，心源如废井'。"[2] 这种孟、贾式的苦吟，为他赢来了诗名，也助他获得了骄人的成绩。

曹葆华最初的诗歌艺术探索是具有浪漫主义倾向的。他大量接触过十九世纪英国诗歌，喜爱浪漫主义的作品，因此也贴近闻一多、朱湘等新月派诗人。他早期的《寄诗魂》《落日颂》《灵焰》等诗集就带有明显的"新月派"风格，深得朱湘等人的赞赏。曹葆华早期的创作不仅讲求格律、注重诗形的均齐，而且，在情绪和内容上也多体现出浪漫率直的风格，特别是他所热烈追求

---

[1]　芳中：《评曹葆华著〈灵焰〉〈落日颂〉两诗集》，《清华周刊》第 38 卷第 12 期，1933 年。

[2]　方敬：《忆曹葆华同志》《新文学史料》1981 年第 3 期。

的理想，多表现为 19 世纪浪漫主义者钟爱的"自然""和谐"和"永恒"。他在自剖的《诗人之歌》中明确表白自己是"'自然'的爱人""'道德'的叛逆""'美丽'的颂徒"和"'永久'的歌者"。在新月派诗人朱湘极为赞赏的《呼祷》一诗中，他歌唱着"艺术""自由"的力量：

> 上帝，他似乎在我心中说：
> 宇宙原来是惨淡阴沉：
> 但真理之神能驱除黑暗，
> 使混乱的万物转入清平。
> 艺术的王宫，自由的宝塔，
> 在智慧的荫蔽下展放光明。
> ——《呼祷》

但与此同时，诗人又以敏锐的心发现和体察着现实世界的阴暗和污浊，并在由此产生的不满情绪中强调着对理想的强烈渴望。在《寄诗魂》《再寄诗魂》《又寄诗魂》等一组表达心志的作品中，曹葆华真实地描述自己的心路历程。

> 但是我举足跳入了红尘，
> 失望的冷灰就洒上衣襟。
> 尘沙蒙蔽了锐敏的两眼，
> 礼教枷锁着活泼的性灵。
> 我好像行人夜入山林，
> 黑暗里不见一线的光明；
> 耳边只听得人类的叹息，
> 遥应着冷风里万物的悲吟。
>
> 我因此踱入幽深的典坟，
> 探索人生奇幻的底蕴；
> 追求万代不灭的真理，
> 把枯萎的生命滋养繁荣。
> ——《寄诗魂》

> 啊！伟大的诗魂，听我哀恳，

　　请施舍上帝悲天的慈悯，

　　垂顾我一腔赤红的热血，

　　救护这奄奄待毙的生命：

　　免得大地满布着磷火，

　　上下八荒有雷霆轰震，

　　我还用双手擒捉眼泪，

　　蓬发垢面大声哭向着天庭。

　　　　　　　　——《再寄诗魂》

　　曹葆华的热情呼喊，是对理想的真诚呼唤，也是对现实社会的强烈诅咒。在这种情感本身及其抒发方式中，很容易看到闻一多等人的影响。闻一多曾用"拳头擂着大地的赤胸"，在哭喊中"呕出一颗心来"，（闻一多《一句话》）直率地表达着对永远的祖国和永不泯灭的理想的歌颂。同样，曹葆华也曾"扯破衣袍，剜开胸心，/呕出一朵诗花，粉化丑恶的生命。"（曹葆华《莫笑我》）

　　但是，曹葆华的"新月派"式的浪漫姿态很快发生了变化。他"逐渐爱上了法国象征派和英美现代派的诗，受到波德莱尔、韩波、庞德、T. S. 艾略特等诗人的影响。诗风起了变化，为探异寻幽而苦掘出来的有些奇特的形象和语言表现在他的诗里。"① 诗风也逐渐转向了"僻奥怪罕，奇崛独出"。当时已有评论者指出："在《灵焰》集中尚多轻清婉丽之作，盖受初期的浪漫诗人的影响较深。但在《落日颂》集中，我们便很容易的发现作者的诗由单纯浪漫情绪，转入颓废（decadence）方面。诗中充满了生命的叹息，血泪的悲歌。"②

　　这种从"单纯浪漫"到"颓废"的转变当然不是情绪上的变化，而是一种美学追求的突破和发展，是诗人对现代主义诗歌特有的诗情诗境的靠近。诗人方敬对曹葆华转变后的诗风曾很准确地概括为："诗骨嶙峋"，"诗语硬挺，诗味冷涩，诗意幽晦"。方敬回忆说："当他出第三本诗集的时候，有的朋友说，《巉岩集》，这个书名儿可起得好，他自己倒形象地集中概括了他那些诗象巉岩的持征，真是一名道中，名实相副。"③ 应该说，这种风格正是曹葆华寻

---

　　① 方敬：《寄诗灵》，《方敬选集》，成都：四川文艺出版社，1991 年，第 760 页。

　　② 芳中：《评曹葆华著〈灵焰〉〈落日颂〉两诗集》，《清华周刊》第 38 卷第 12 期，1933 年。

　　③ 方敬：《忆曹葆华同志》，《新文学史料》1981 年第 3 期。

找到的最适宜表达其内心情感的方式，他以独特奇险的象征性意象把握住了心中最锐敏、最矛盾、同时也是最现代的复杂情绪。尽管当时有人认为他的诗作过于晦涩难解，但诗歌发展的历史证明，这种晦涩实际上标志着他已成为少数真正踏上了现代主义艺术道路的诗人中的一员。

无论是初期的浪漫明朗，还是后来的奇谲苦涩，曹葆华的诗风发生了很大的变化，但他深刻的现实情怀却始终没有改变。曹葆华关注现实，是一个"'诗学救世'的信徒"，"他总认定诗是一种神圣的工作，是解放人类，寻求真理的唯一和永久的工具"。他的这种几乎庄严的创作态度在 1930 年代的中国诗坛上受到了广泛的肯定，有人因此称他为"纯粹的诗人"，说他"以诗为生命，活着就为诗"，是真正"忠于诗神的青年"①。正因为这种信念，尽管曹葆华后来热切地参与了将西方现代主义的"纯诗"理论引入中国的运动，但他从未因追求"纯诗"而脱离过现实社会。也就是说，曹葆华既忠于诗神，又忠于现实，两者相辅相成、密不可分。他没有把"纯诗"引向玄虚的哲理，而是用庄严的态度和"纯诗"的精神紧紧拥抱着现实生活。这一点，是曹葆华诗歌创作中的一个重要特色，同时也是 1930 年代中国现代主义诗歌中的一个普遍特征。特别是在 T. S. 艾略特的"荒原"精神进入中国之后，这种批判现实的精神更找到了与现代主义手法相结合的途径，表现出了深沉典型的现代主义情绪。可以说，曹葆华们将"纯诗"的观念与现实批评意识结合在一起，形成了一种具有民族色彩和现实背景的中国现代主义诗歌观念。以他的两首《无题》为例，就可以看出这种结合：

> 黑夜的翅膀垂下都市
> 万点灯火更黯然了
> 还不到十月，西北风
> 喝起沙土，刮过了大街
> 刮不走街上的影子
>
> 寻找什么，落魄的人
> 曳着一双冷重的脚步
> 站在街前喝一口气
> 看百货店里的大减价

---

① 长之：《〈落日颂〉》，《清华周刊》第 39 卷第 4 期，1933 年。

　　　　正像自己拍卖灵魂
　　　　　　——《无题》

"黑夜的翅膀"巨大无边,一种压抑感扑面而来,而大风都刮不走的"街上的影子"是孤独的流浪者,是沉重地压在诗人心头的历史与现实的影子,还是一种将人追逐得无处可藏的寂寞情感。"落魄"的人有清醒的灵魂,但这灵魂在现实的环境中是无奈的,它的清醒与价值没有人承认。诗人用象征性意象营造出一个阴郁冷涩的诗境、准确而深切地传达出诗人丰富复杂的诗情和沉痛的现实情怀。

　　另一首《无题》中有这样的诗句:

　　　　挥起破蒲扇,遮不住
　　　　太阳的红血向头上流
　　　　一只黑鹰从天上飞过
　　　　像卷不走古国的忧愤
　　　　石狮子张着口没有泪
　　　　　　——《无题》

"黑鹰"和"太阳的红血"两个意象就已象征出了诗人对现实社会清醒的批判和悲痛之至的绝望,更令人感到震撼的是那忧愤的石狮子"张着口没有泪"。比起何其芳笔下惊心动魄的意象——"曾看见石狮子流出眼泪",曹葆华似乎是较为写实,但那种欲哭无泪的"忧愤"却让人感到更加深沉和痛楚。苦吟诗人曹葆华,他的诗味也的确苦涩至极。因此,他的好友方敬作诗形容他:

　　　　他总是咬着他的嘴唇,
　　　　咬着字,字咬着诗,
　　　　诗咬着他的心:
　　　　他总是咬着他的嘴唇,
　　　　他就是这样咬着,
　　　　诗上留下感情的齿痕
　　　　　　——方敬《再忆》

二

除了以独特诗风丰富了新诗园地以外，曹葆华还有一项更突出的贡献，就是系统大量地将西方现代主义诗歌理论和批评方法引入了中国新诗坛。

1933 年 10 月，曹葆华开始主编《北平晨报》副刊《学园》的《诗与批评》专栏。他不仅是最主要的编辑人，而且是主力作者；他不仅大量译介西方现代主义诗歌理论和文艺批评，同时也发表了近 20 首诗歌作品，在理论和实践双方面探索中都有丰厚的收获。在 74 期《诗与批评》上，共有西方理论批评译介文章 45 篇，而出自曹葆华笔下的竟有 32 篇，以曹葆华、葆华、鲍和、白和、霁秋、志疑、陈敬容、漆乃容等署名刊出，而且有的是同一期上数篇文章都是他或译或写的，只是分署不同的笔名，足见其自觉译介西方文论的努力程度。

在 1930 年代初期的北平，《诗与批评》堪称现代诗歌理论的一块前沿阵地，而曹葆华则是这块阵地上最勇猛最持久的战士。今天的文学史家认为《诗与批评》是"中国现代主义诗潮发展中的一个重要的刊物"，因为它"第一次如此大量地发表了西方现代的诗歌批评理论"，而且"大力介绍了西方现代诗学中新批评的理论和方法"，"对于增进人们对西方最新诗学批评方法的了解，推进对于西方新批评方法的接受与实践，是很有意义的"①。

曹葆华在《诗与批评》上译介西方现代理论的文章大体可分为三个方面。

首先，他和其他同路人一起直接翻译了西方象征主义、现代主义作家和批评家的重要文章。比如 T. S. 艾略特的《论诗》（实际上就是著名的《传统与个人才能》，该文在第 39 期和第 74 期上以同题刊登了两遍，后者署译者名为灵风，可见此刊对这篇重要文章的重视）及《诗与宣传》，瑞恰慈的《诗中底四种意义》《诗的经验》《论诗的意义》，梵乐希的《前言》，雷达的《论纯诗》，叶芝的《诗中的象征主义》，等等。这些文章围绕着"纯诗""象征""传达"等象征主义、现代主义诗学范畴中的重要问题反复讨论，将新批评理论详尽地引入中国诗坛。在《诗与批评》第 1 号上，曹葆华在《论诗》译文前的译者序中明确表白了自己翻译此文、甚至是创办这一刊物的自觉的目的："目下国内从事做诗的，虽尚不乏人，但对于诗的理论加以深刻研究而为文发

---

① 孙玉石：《〈北平晨报·学园〉附刊〈诗与批评〉读札（下）》，《新文学史料》1997 年第 4 期。

表的，似乎远很少见。因此我译出这篇文章，希望能作为对于诗有着兴趣的朋友们的一种参考。"这段话清楚地表明，他的翻译是自觉地以丰富国内诗坛的理论园地为目的的。因此，当他发现"纯诗 Pure poetry 这个名词在国内似乎已经有人提到过，可是作为文章以解释或发挥的，则至今还未见到。"他就翻译了雷达的《论纯诗》，希望其"详细的阐明"能对国内诗人有所启发和帮助。①

在很多文章中，曹葆华和其他一些译者是通过外国理论家之口说出自己的思想和观点的，比如他们强调"意象"的飘忽不定性，认为它可以在不同的读者心中激起不同的经验。他们指出"暗示"和"想象"在诗中的至关重要，提出不要用太多的思想伤害到诗歌的整体，因为诗歌是一种整体经验的传达，等等。曹葆华们的译介不是盲目的，他们所选择的重点都是国内诗坛上亟待解决和突破的问题。选取他山之石的自觉，正是他们这个专刊的重要特征之一。

第二，《诗与批评》中有大量对现代英美诗坛状况和诗人作品的概述和简介：如《近代英国诗歌》《哀略特底诗》《象征派作家》等等。对法国象征派诗人，他们系统地介绍和评价了波德莱尔、魏尔伦、兰波等，而在这些对具体诗人诗作的译介中，最有价值的是对艾略特和《荒原》介绍。

艾略特的划时代长诗《荒原》真正在中国翻译出版是 1937 年的事，但实际上从 1930 年代初起，就开始有各种文章或多或少地介绍这位影响了一个时代的诗人和他的这部作品。在 1933 年的《清华周刊》第 40 卷第 1 期上，文心翻译的 John. Sparrow 的《隐晦与传达》中就谈到过《荒原》的难解与可解，谈到有"小心的象征在里面穿过，并且富有知识上的用典（intellctual reference）"。1934 年《诗与批评》第 28 期上，宏告翻译的瑞恰慈的《哀略特底诗》中也讨论了《荒原》的技巧，特别对于这首诗是否晦涩不可解的问题做出了回答。这篇译文中说："事实是大多数最优美的诗歌在初步的效果必然要模糊。在一首诗还没有在心中清清楚楚形成之前，就是最小心最负责的读者也应该一再重读，费些力气。一首出于自己的诗，一如数学中的一种新派，强迫收受者底心生长发育，然而这是需要时间的。"此外，在第 36 期中，曹葆华翻译的《论隐晦》也谈到《荒原》是"抛弃心理结构上的逻辑，既起观念之联想的魔术"。还有第 46 期中的《现代英国诗歌》（R. S. Charques）中也论及"出版时颇震惊一时"的《荒原》："现在我们要拿来当作一个问题讨论的，倒不是爱略特底诗之内在价值，而是他对于别的诗人以及一般现代诗的影响。……在某一种意义下，《荒地》既不是晦涩与难懂的诗……至少在现时看来已

---

① 曹葆华：《论纯诗》，《诗与批评》第 5 期，1933 年。

不如最初那样晦涩与难懂……不过它的含义却是不定的。诗底整体显然比各部分加在一块更大，而疑难处也正在爱略特底诗的体系。"虽然这些文章并未更多地涉及《荒原》的深层内容，但它们无疑在技巧上、观念上传达了现代主义的方法和理论。如果说：艾略特和《荒原》对中国现代主义诗潮的形成起到了决定性作用的话，那么，《诗与批评》专刊和曹葆华个人的译介功绩是使之成为可能的一个不可缺少的重要因素。

第三，《诗与批评》有意识地翻译西方现代主义理论家对文学批评、诗歌批评的理论文章，尤其是"新批评"派的理论和方法，以此带动了中国文坛、诗坛上的批评活动走向现代化。例如，《批评中的实验》《批评底功能》《实用批评》《论批评》等都是专门讨论文学批评本身的文章，它们的译介无疑表现出译者对推进批评理论发展的自觉。在曹葆华以"白和"为笔名翻译的《论批评》（J. M. Murry）中，作者莫雷提出："一个人只是满意把自己的一些印象记述下来，而不努力把它们构成规律底形式，不管他是什么，他无论如何总不是一个批评家。""批评是一种艺术，它有它自己的技巧。"批评应该是创造性的，而且"应当公开承认它的最深刻的评判是含有教训的"①。在《批评底功能》中，艾略特更进一步提出：批评要的不是个人，而是原则。他提出文学批评的目的在于"达到存在于我们身外的某件东西，这件东西可以暂时被叫做真理。"② 瑞恰慈在《实用批评》中具体提供了"细读"的方法③。这些新的批评方法和观念的引进，这些对创造性、规范性批评的提倡，对文本本身的特殊重视，可以说都是对中国传统的个人印象式文艺批评的一次正面的、强大的冲击，更是对现代批评者的视野和思路的大力开拓。

除《诗与批评》之外，《科学与诗》和《现代诗论》两本译文集的出版堪称曹葆华翻译事业的丰硕成果。根据两书序言的发表时间可以推断，虽然这两本书都是 1937 年出版的，但其完成时间约在 1934 年前后。叶公超在为《科学与诗》一书所作的序中说："学术的进化与文学的理论往往有因果的关系。""我希望曹先生能继续翻译瑞恰慈的著作，因为我相信国内现在最缺乏的，不是浪漫主义，不是写实主义，不是象征主义，而是这种分析文学作品的理论。"④ 作为志同道合的文友，叶公超从侧面说明了曹葆华译书的目的，即以

---

① 白和：《论批评》，《诗与批评》第 40 期，1934 年。
② 曹葆华：《批评底功能》，《诗与批评》第 24、25 期，1934 年。
③ 曹葆华：《实用批评》，《诗与批评》第 22、23 期，1934 年。
④ 叶公超：《序曹译〈科学与诗〉》，《诗与批评》第 30 期，1934 年。

"文学的理论"的译介推动"学术的进化"，有意识地弥补国内诗坛上的匮乏与不足。曹葆华自己在《现代诗论》序中也说："近十余年，西洋诗虽然没有特殊进展，在诗的理论方面，却可以说有了不少为前人所不及的成就。在这本书中，译者想把足以代表这种最高成就的作品选译几篇，使国内的读者能够因此获得一个比较完整的观念。"① 在此，曹葆华自己道出了他译介西方理论的目的和自觉性，他不是一个传声筒，不是一个没有自己的观点和创造力的译匠，他的理论观点就隐藏在他对翻译对象的选择中，收入《现代诗论》的 14 篇文章，其实也就是曹葆华诗歌理论主张的体现。

三

除了系统和大量地译介西方象征主义、现代主义理论批评之外，《诗与批评》还是当时北平校园内外青年诗人们发表诗歌作品的一个重要阵地。这片园地就像一个缤纷的花园，有异域的奇葩，也有土生土长的累累果实。曹葆华自己在这个专刊中就发表了近 20 首诗作，此外，很多现代派主力诗人，如卞之琳、李广田、何其芳、林庚、方敬等人都为之增色不少。如果说，在 1930 年代初期，还有很多年轻的诗人处于个人诗歌探索的起步阶段，艺术上尚未定型和成熟，那么，《诗与批评》无疑起到了介绍、集合和组织的作用，将一些零散的努力汇聚成了更大的潮流。

曹葆华是个喜欢"以文会友"的诗人，在八年的清华学生生活中，他的诗名赋予了他一种凝聚力和影响力。因此，在北平现代主义诗派的人员组成方面，曹葆华的贡献也是显著有效的。1930 年，清华取消何其芳的学籍，何其芳是靠曹葆华的帮助才得以转入北大继续攻读的。如果说"汉园三杰"的组成除了艺术上的共同追求，还有一些偶然的人的因素的话，大概曹葆华的这次古道热肠是不应被忘记的。1930 年代的清华园中诗人济济，一种对诗歌的共同爱好和对相同美学理想的追求形成一个强大的磁场，牢牢地吸引了志同道合的年轻人。曹葆华和叶公超、李长之、林庚、辛笛等清华杰出的诗人和批评家结成诗的友谊是非常自然的，这种友谊凝聚在他们艺术探索的共同追求中，并成为一种常新的推动力量。此外，更不必说那位深得诗人爱慕，后来成为"九叶"之一的女诗人陈敬容了，她就是因和曹葆华的爱情而从四川出走，来到北平并走上诗歌道路的。

---

① 曹葆华：《现代诗论序》，《诗与批评》第 33、34 期，1934 年。

诗人方敬曾经回忆起他和曹葆华在一起时的情景："抗战前那几年，葆华和我同在北平。最初他还在清华园，每次进城，几乎都到我住的景山东街旁古老的西斋宿舍小屋子来。他往往抱着一大包厚厚的外文书和诗稿译稿，足音笃笃，急匆匆而来。他总是开口就先问又新写了什么、他想看看，然后他才说他也写了诗，把诗稿取出来看，还念上几行。随兴之所至，他就谈起诗谈起翻译来，他总是称赞别人、自己谦虚。他交游比较广，结识的师友比较多，爱和一些诗人、作家，翻译家和教授往来，消息也灵通，告诉我不少有兴味的新闻，特别是一些文坛和学府的佳话轶事，给我当时有些寂寞的生活添上了乐趣。他为他编的晨报副刊《诗与批评》索稿，我有些最早的诗和短文就是他亲自要去登载在那个副刊上的。他很想把副刊办好，要靠朋友支持。""他还给我介绍有着共同爱好的朋友。他的意思是以文交友。他常到北海三座门，这是靳以编《文学季刊》和《水星》的所在。""后来，因为工作的关系，葆华搬进城来，在大学夹道王洲公寓租住一套东房。这样我们就成了邻居，过从更密，朝夕相见。靳以欢迎葆华，葆华也爱去，是靳以杂志社的座上常客。"①

可以推知，在《水星》的编辑部里，诗人的聚会是美好而热烈的。曹葆华因此和《水星》的编辑卞之琳，以及经常去协助卞之琳编辑刊物的何其芳、李广田必然也是经常见面，共同探讨诗歌艺术，成为生活上、文学道路上的好友和同路人。正因为他们的交谊是以文学创作为纽带的，所以、这种情谊本身也就超越了一般意义上的朋友之情和同学之谊，成为间接推动文学创作发展的一种活动。

如果说，五本诗集，两本译著，还有一份沉甸甸的《诗与批评》专刊，是曹葆华为中国现代主义诗歌发展所做出的具体有形的贡献的话，那么，还有一种看不见形体但仍清晰可感的努力和贡献，就是他以个人的生命力量影响了一批其他的诗人，或者说，是他们的互相影响，共同推进了中国新诗的现代化进程。

第三节　"艾略特的读者"叶公超

叶公超是新月派著名的批评家，在文艺评论方面的成就与梁实秋齐名。但

---

① 方敬：《忆曹葆华同志》，《新文学史料》1981 年第 3 期。

在评论之外，其实他还有相当宽阔的视野和多方面的能力与贡献，只是因为抗战期间弃文从政，他的文名才渐渐被人淡忘和忽略。而且，在理论批评之外，他还先后主编了《新月》《学文》两大杂志，成为新月派言论阵地的守将，加之他在清华大学等高校任教的经历，在他的手下培养和提携了大批的诗人、作家、翻译家如卞之琳、曹葆华、赵萝蕤等。而他深厚的英美文学及理论的修养，也使得他成为第一个把 T. S. 艾略特介绍到中国来的人，对中国诗坛产生了无法估量的巨大影响。在他宽阔的视野中，他始终特别关注新诗，对新诗理论建设起到了不可替代的作用。

一

1926 年，叶公超留学归国，正逢新诗在反思中重新出发、走向多元的关键时刻。作为新月群体的一员，他也参加每周四中午在徐志摩家的"新月"聚会，并由此结识了大量文坛朋友，并逐渐在文坛上引起了注意。正如很多新月成员所说的那样，在新月群体里，文学观念的差异其实还是相当明显的，他们彼此讨论争辩，却也并不追求达成共识，他们每个人在这个群体里有所贡献，比如叶公超就是以"T. S. Eliot 的信徒"的身份被介绍给胡适等人的，他自己不承认"信徒"的说法，只声明是个艾略特的"读者"。他晚年回忆说，胡适曾为此对他说，艾略特的诗很难读懂，希望他这个资深读者能够把他的诗中的经典加点注疏让大家更好地了解。① 事实上，叶公超的确在介绍和阐释艾略特及其文学观念与成就的问题上做出了巨大的贡献。

《新月》时期，叶公超以书评写作为主，作为批评家的他由此更加名声大振，他后来在回忆中透露："《新月》停刊前最后三四期，除少数几位朋友投稿外，所有文章几乎全由我一人执笔。在一本刊物里发表好几篇文章，自然不便全用叶公超一个名字，因此，用了很多笔名。"② 由于连他本人也记不全这些笔名，因而有些文章大概也就散佚在历史的烟尘里了，但无论如何，由这一细节也就可以看出叶公超在当年的文学批评领域中的地位与影响。而且，在《新月》以外，他还在其他不少报刊上发表书评和其他的评论文章。

很可惜的是，随着徐志摩的遇难和群体内部人员的离散，《新月》也宣告

① 叶公超：《深夜怀友》，《新月怀旧》，上海：学林出版社，1997 年，第 153 页。
② 叶公超：《我与〈学文〉》，陈子善编：《叶公超批评文集》，珠海：珠海出版社，1998 年，第 257 页。

停刊。直到 1933 年，一个与《新月》密切相关的新刊物——《学文》——重新酝酿出版，主编仍是叶公超。叶公超后来对此有详尽的回忆：

> 民国二十二年底，大伙在胡适家聚会聊天，谈到在《新月》时期合作无间的朋友，为什么不能继续同心协力创办一份新杂志的问题。有的说，我们已经没有这个能力了。所谓能力，主要是指财力而言。不过大家对办杂志这事的情趣仍然很浓，并不因为缺乏财力而气馁。讨论到最后，达成一个协议，由大家凑钱，视将来凑到的钱多少作决定，能出多少期就出多少期。①

这就是创刊于 1934 年的《学文》。事实上，财力的缺乏的确是个非常现实的问题，所以"《学文》出刊到第三期的时候，大家凑的钱已经用光了，所以后来勉强办完第四期，就再也无力继续出刊了。"②

虽然算是个"短命"的刊物，但在编辑和写作两方面来说，却一点也没有含糊。《学文》虽然只有四期，但在 1930 年代的文坛上仍然影响巨大，很多经典名篇如林徽因的《你是人间的四月天》《九十九度中》、钱钟书的《论不隔》、废名的《桥》、沈从文的《湘行散记》等都发表于此。至于叶公超亲自约稿并指导的卞之琳译艾略特《传统与个人的才能》更是影响深远，值得铭记。《学文》之所以能有如此高的水准，当然一方面离不了叶公超的组织和编辑能力，另一方面，也得益于这个群体的某些共同追求。叶公超后来说："当时一起办《新月》的一群朋友，都还很年轻，写作和办杂志，谈不上有任何政治作用；但是，我们这般人受的都是英美教育，对于苏俄共产主义文艺政策，本无好感。因此，对上海一些左翼作家走上共产党路线一点，大家都十分反对，一致认为对我国未来新文艺发展具有莫大的不良影响。要对抗他们，挽救新文艺的命运，似乎不能没有一份杂志。《学文》的创刊，可以说是继《新月》之后，代表了我们对文艺的主张和希望。"③ 这段话应该是基本符合事实的。与《新月》相似，《学文》的流派色彩也是比较鲜明的，虽然这个流派基本建立在文艺主张而非政治主张方面，但他们也还是有意识地以群体的姿态发声，并自觉地对文坛上的某种潮流有所针对。就像叶公超自己所说的那样：

---

① 叶公超：《我与〈学文〉》，陈子善编：《叶公超批评文集》，第 255 页。
② 同上，第 257 页。
③ 同上，第 255—256 页。

　　刊物和为人同样的难，都贵在能与世不间不离。我们虽说是不得不在潮流中挣扎着，但是自身的庄严和处世的常态却不能置之于不顾。文艺的刊物首要维持态度的庄严；庄严的意义就是要用历史的眼光来检讨一切潮流中的现象，要认定现代生活中的传统的连续，和这些传统的价值。①

虽然，很难说这种"庄严"能成为一种文艺思想领域的标准，但确实可以看到，在新月派、京派的群体中，对"庄严"的强调本身所带有的一种思想倾向，即一种致敬历史、致敬传统、致敬纯粹的美学理想。

　　《学文》与《新月》还有一个相似之处，就是对诗歌的重视。在新月群体里，可以说诗歌取得了相对更高的成就，而《学文》也继承了这种自觉。叶公超说："有人说《新月》最大的成就是诗；《学文》对诗的重视也不亚于《新月》。诗的篇幅多不说，每期将诗排在最前面，诗之后再有理论、小说、戏剧和散文，已成为《学文》特色之一。理由很简单，因为我们认为诗是文中最重要的一部分。……因为唯有在诗的创作里，语言文字才能有锤炼的机会。"②

　　在《学文》的四期中，共发表了13位诗人21首作品（包括一首译诗），发表了与诗歌相关的评论和翻译文章共8篇，其中，除了发表在第1期的《传统与个人的才能》之外，还有第3期上曹葆华译Edmund Wilson的《诗的法典》、第4期上赵萝蕤译郝思曼（A. E. Housman）的《诗的名称与性质》。对此，第3期《编辑后记》还特别说明："本刊决定将最近欧美文艺批评的理论，择其比较重要的，翻译出来，按期披载。"只可惜刊物只办了短短四期，这个原本设想的译文系列未能如愿刊全。

　　《学文》之后，一个机缘巧合，再次激起了这群朋友办刊的兴趣，那就是著名的《文学杂志》。叶公超依然是此间主力，对此，常风有翔实的回忆：

　　　　七月里邵洵美先生和他的美国朋友项美丽女士（Emily Hahn）到北平游历。沈从文先生在西四同和居设宴招待，约了十几位朋友作陪。隔了几天邵先生在同一个饭馆回请大家。席间邵先生提出他计划和北平的朋友们合办一个文学杂志，由北平方面负责编辑，他在上海负责印刷出版。当时

---

① 叶公超：《〈施望尼评论〉（Sewanee Review）四十周年》，《新月》第4卷第3期，1932年10月。

② 叶公超：《我与〈学文〉》，陈子善编：《叶公超批评文集》，第257—258页。

大家只随便谈。过了几天邵先生走后，沈从文先生约大家讨论邵的建议。大家对办刊物是愿意的，可是和邵合作有意见，耽心把杂志办成邵在上海办的《论语》一类的刊物。……大家谈了许多未做定论，多数是不赞成和邵先生合作的。以后也没有人再谈它了。这两次宴会和讨论叶先生都参加的。他和邵先生两位是老朋友又共同编过《新月》。

可是杨振声先生和沈从文先生因邵洵美先生的计划动了自己办个刊物的念头。那年年底经胡适之先生和商务印书馆接洽，商务印书馆十分赞成。他们几位和商务印书馆商议决定请朱光潜先生担任《文学杂志》主编……。朱先生于1937年1月正式接受商务印书馆的聘请之后，约我做助理编辑，从筹备开始我就参加编辑委员会的会议做记录。朱先生和杨先生商议组织一个编辑委员会，他们也约叶先生一同商量。……叶先生是编委会中很积极的一位。……编委会开会时他总是抢着发言，讨论稿件时常和大家争辩，有时很热烈地提高嗓门嚷，可是争论后大家又都嘻嘻哈哈。朱先生在宣布决定创刊号集稿日期请大家尽快写稿时，叶先生说他一定如期交稿。他确实是第一个交了稿子的，就是登在《文学杂志》第一卷第一期的那篇《谈新诗》，编委会开会审查创刊号稿件时，大家对他这篇文章一致称赞。创刊号发行后叶先生这篇文章很引起读者重视，编辑部陆续收到几篇讨论新诗的稿件。①

通过《新月》《学文》《文学杂志》的办刊和先后在北京大学、中国公学和清华大学等高校任教英美文学的经历，叶公超在文坛和诗坛上都堪称一位重要的引领者。钱钟书、王辛笛、曹葆华、卞之琳、赵萝蕤，常风等都是他的学生，也深受他的影响。常风回忆说，叶公超在1932年接编《新月》时就"常找清华学生和北平初露头角的青年作家要稿子"，不仅约稿，而且还不厌其烦地帮助学生和青年作者修改文稿，常风的处女作《那朦朦胧胧的一团》就"反反复复修改、重抄了五次"，叶公超的指导成为对他日后的写作"极有益极重要的写作指导"。②

此外，在高校课堂内的教学中，叶公超的学识更让学生受益匪浅。常风记得"叶先生在清华大学工作了七年，除了教一二三年级的英文还开过英国散文、现代英美诗、十八世纪文学、文学批评和翻译这几门本系的专业课。同时

---

① 常风：《回忆叶公超先生》，《新文学史料》1994年第1期。

② 同上。

还在北京大学兼课。"① 他在清华的学生赵萝蕤在忆及他开设的"当代文学"
和"文艺理论"课时，说他是那样的才华横溢，上课"凭自己的才学信口开
河，说到哪里是哪里。反正他的文艺理论知识多得很，用十辆卡车也装不完
的"②。在这样的耳濡目染和言传身教下，他的学生之中出现大批优秀的诗人、
理论家、批评家、翻译家，都是毫不为奇的。同时，这些年轻人在老师的影响
下，深受英美文学和理论的影响，也更是情理之中的事了。

二

作为批评家的叶公超，是极具理论素养和敏锐眼光的，同时也非常重要的
是，他具有开放的视野和强烈的理论自觉。赵萝蕤回忆他在文艺理论方面"信
息灵通，总能买到最新的好书，买多了没处放就处理一批，新的源源不断而
来。他一目十行，没有哪本书的内容他不知道。"③ 这种非凡的能力和优越的
客观条件，可以使叶公超非常及时地了解外国文艺的新思潮，加之他本人在外
国文学方面的修养，也就可以理解他为何能够成为将新作品新思潮译介给中国
文坛的一位骨干。

之所以说他是一位有理论自觉的批评家，是因为他对于理论的执着和对批
评的精确性的强调。他曾经提出，在批评中"希望能够维持相当的准确性，不
然我们就只有主义与标语而没有批评了"④。针对当时在评论界处处皆是的说
法，如"无病呻吟""言之有物""同情""大众化""感伤""趣味""幽默"
"诚恳""文学的"等等，他认为，这些"都是值得我们严格来讨论的。惟有
从这里入手我们才可以遇着批评的几种根本问题"⑤。但是，他并不赞成用这
样模糊两可带有强烈主观色彩和印象式的概念来作为批评的基本范畴。他认
为，这些都是值得探讨的问题，但在讨论中却不可以停留在这样的说法上，他
指出"准确性"作为批评的基本原则的看法，至今仍值得我们高度重视和深深
反省。

当然，他的这些对于批评的批评也是具有实际针对性的，无论是对于1930

---

① 常风：《回忆叶公超先生》，《新文学史料》1994 年第 1 期。
② 赵萝蕤：《怀念叶公超老师》，陈子善编：《叶公超批评文集》，第 2 页。
③ 同上，第 2 页。
④ 叶公超：《"无病呻吟"解》，《大公报·文艺》，1934 年 3 月 7 日。
⑤ 同上。

年代已经兴起的左翼批评，还是在京派文人内部出现的印象式批评，他都抱着一种比较严厉的批评的姿态。赵萝蕤曾隐约地说到过，"如果说叶老师什么地方有点令人不十分自在的，也许是他那自然而然的'少爷'风度，当然绝非'纨绔子弟'的那一种。也许他的非凡的才华使他有时锋芒毕露，不过绝没有丝毫咄咄逼人，'拒人于千里之外'的味道"①。这话说得比较委婉，其实无非是指叶公超在文学批评——甚至于日常生活之中——是一个"锋芒毕露"、不太懂得给人留情面的人。这种风度，在生活中或许"令人不十分自在"，但在批评实践中，倒是一种难能可贵的姿态和能力。

叶公超本人的批评的确是相当准确的，不仅是他敏锐精确地捕捉问题的能力，也不仅是他精彩的语言表达效果，更重要的是他的评判立足文艺，并不带有圈子化的特点。最说明问题的一个例子是他在鲁迅逝世不久后撰写的两篇评论文章，充分说明了他对于鲁迅的理解，而且，作为新月成员，他的评论并不偏袒朋友，在今天看来都是非常公正非常精彩的。比如，当有人谈到鲁迅晚年"用很大的精神，打无谓的笔墨官司，把一个稀有的作家生命消耗了。这是我们所万分悼惜的"时，叶公超回应说："这样保姆气味的腐词岂配用于一位鼓舞前进的战士身上。"② 这句话尖锐幽默且一语中的，虽然对于鲁迅的战士姿态和具体思想，他未必全盘认同，但至少，作为一个批评家，他看到了那些悼惜者的善意的误解和对鲁迅的低估。在叶公超看来，鲁迅的杂文并非无意义的笔墨官司，相反，正如瞿秋白也曾总结过的那样，叶公超也认为：

> 鲁迅最成功的还是他的杂感文。……在杂感文里，他的讽刺可以不受形式的拘束，所以尽可以自由地变化，夹杂着别的成分，同时也可以充分地利用他那锋锐的文字。他的情感的真挚，性情的倔强，智识的广博都在他的杂感中表现的最明显。……在这些杂感里，我们一面能看出他的心境的苦闷与空虚，一面却不能不感觉他的正面的热情。他的思想里时而闪烁着伟大的希望，时而凝固着任性的反抗，在梦与怒之间是他文字最美满的境界。③

这段评论，在今天看来仍是非常精彩的，算得上是对鲁迅的杂文有着深刻

---

① 赵萝蕤：《怀念叶公超老师》，陈子善编：《叶公超批评文集》，第3页。
② 叶公超：《关于非战士的鲁迅》，天津《益世报》增刊，1936年11月1日。
③ 叶公超：《鲁迅》，《北平晨报·文艺》，1937年1月25日。

认识的精妙总结。正因为可以不带偏见地来进行评论，所以叶公超的结论往往
是令人信服甚至佩服的。比如他在讨论鲁迅的语言特点时曾说：

> 我很羡慕鲁迅的文字能力。他的文字似乎有一种特殊的刚性是属于他
> 自己的（有点像 Swift 的文笔），华丽、柔媚是他没有的东西，虽然他是极
> 力的提倡着欧化文字，他自己文字的美却是完全脱胎于文言的。他那种敏
> 锐脆辣的滋味多半是文言中特有的成分，但从他的笔下出来的自然就带上
> 了一种个性的亲切的色彩。我有时读他的杂感文字，一方面感到他的文字
> 好，同时又感到他所"瞄准"（鲁迅最爱用各种军事名词的）的对象实在
> 不值得一粒子弹。骂他的人和被他骂的人实在没有一个在任何方面是与他
> 同等的。①

虽然与鲁迅发生过激烈论争的有很多就是叶公超的朋友，但他仍能相当客
观公正地做出这样的断语，这实在是令人钦佩的。尤其是他对于鲁迅"敏锐脆
辣的滋味"的概括及其与文言传统的关系的分析，也是发他人所未发，是非常
独到和精彩的评论。

从这两篇对于鲁迅的评论的确可以看出叶公超深厚的批评功力。他堪称是
一位自觉的批评家，自觉地推动文坛上的批评理论和实践的发展。在给曹葆华
译的《科学与诗》写序时，他就曾经明确地提出过："我想曹先生能继续翻译
瑞恰慈的著作，因为我相信国内现在最缺乏的，不是浪漫主义，不是写实主
义，不是象征主义，而是这种分析文学作品的理论。"② 在他看来，"瑞恰慈
（I. A. Richards）在当下批评里的重要多半在他能看到许多细微问题，而不在他
对于这些问题所提出的解决方法。本来文学里的问题，尤其是最扼要的，往往
是不能有解决的，事实上也没有解决的需要，即便有解决的可能，各个人的方
法也难得一致。"③ 可以说，叶公超也是以提出问题为己任的批评家，是一位
有个性有抱负的批评家。

---

① 叶公超：《关于非战士的鲁迅》，天津《益世报》增刊，1936 年 11 月 1 日。
② 叶公超：《曹葆华译〈科学与诗〉序》，陈子善编：《叶公超批评文集》，第 148 页。
③ 同上，第 146 页。

三

话题当然还是要回到新诗的领域中来。叶公超虽不是诗人，但他关注诗歌批评和诗歌理论，对 1930 年代的新诗有着重要的影响。叶公超与新月友人过从甚密，但据梁实秋说，"公超关于诗的看法与徐志摩、闻一多不同"，"他私人嗜读的是英美的新诗。英美的诗，到了第二次大战以后，才有所谓'现代诗'大量出现。诗风偏向于个人独特的心理感受，而力图摆脱传统诗作的范畴，偏向于晦涩。"① 梁实秋其实指出了叶公超在诗学观念上与闻、徐为代表的新月诗人已有差异的问题。事实上，相比之下，叶公超与 1930 年代的"现代派"诗人更加接近，而且对他们的影响也更大。这影响之一，就是对于艾略特的译介和阐释。

由于叶公超本人在美国留学时与艾略特过从甚密，虽不承认自己是"Eliot 的信徒"，但也自认是"Eliot 的读者"，而且大概是最特殊、最有发言权的一位读者。作为第一个把艾略特介绍到中国来的人，他不仅仅做了介绍的工作，他的两篇重要论文《爱略特的诗》和《再论爱略特的诗》可以说是中国新诗史上对于艾略特的阐释和传播的最重要最权威的文献，其中，后者是他为赵萝蕤的《荒原》译本所写的序言。赵萝蕤后来真诚地感叹道：

> ……我的"译者注"得益于美籍教授温德先生。
>
> 然而很可能叶老师的体会要深得多，这在后来他为我的译文所写序中可见一斑。温德教授只是把文字典故说清楚，内容基本搞懂，而叶老师则是透彻说明了内容和技巧的要点与特点，谈到了艾略特的力量和实践在西方青年中的影响与地位，又将某些技法与中国的唐宋诗比较。像这样一句话："他的影响之大竟令人感觉，也许将来他的诗本身的价值还不及他的影响的价值呢。"这个判断愈来愈被证明是非常准确的。②

正是在这篇重要的序文中，叶公超提出："就爱略特个人的诗而论，他的全盛时期已然过去了，但是他的诗和他的诗的力量却已造成一种新传统的

---

① 梁实秋：《叶公超二三事》，陈子善编：《梁实秋文学回忆录》，第 389 页。
② 赵萝蕤：《怀念叶公超老师》，陈子善编：《叶公超批评文集》，第 2 页。

基础。"①

对于艾略特的诗学理论，叶公超首先谈到的是："他主张用典，用事，以古代的事和眼前的事错杂着，对较着，主张以一种代表的简单的动作或情节来暗示情感的意态，就是他所谓客观的关连物（objective correlative），再以字句的音乐来响应这意态的潜力。"用典是艾略特诗歌中最重要的特点，也是构成阅读难度的最重要原因。叶公超的阐释由此出发，一上来就抓住了问题的关键。他结合艾略特的诗学理论指出其用典的意图和追求所在，尤其是他还提到了这种用事用典用旧句的方式"与中国宋人夺胎换骨之说颇有相似之点"，"爱略特的历史意义就是要使以往的传统文化能在我们各个人的思想与感觉中活着，所以他主张我们引用旧句，利用古人现成的工具来补充我们个人才能的不足。"他指出此与北宋诗人论调的相通之处，甚至半开玩笑地说："假使他是中国人的话，我想他必定是个正统的儒家思想者。"② 通过这样的联系和阐释，叶公超或许令艾略特的中国读者可以更好地接受和理解他的观点，从而也对理解其诗作有所帮助。

此外，他还提出了艾略特诗歌里的一些其他的特点，比如："爱略特诗里悲剧的成分很大；他用实际动作来表现意态的地方比比皆是。这是很值我们注意的：他诗里抽象的东西实在是少。""运用会话来做穿插是爱略特诗里最常见的技巧。"③ 包括他在另文中提到的"他在技术上的特色全在他所用的 metaphor 的象征功效"④ 等等，这些都为中国读者和研究者提供了非常重要的提示和进入的路径。至于形式上的自由体式，他也给出了独特的解释，并结合了艾略特讲究综合的诗学思想。他说：

> 爱略特的自由是任意取用各种格式的自由；美国意义的自由诗是被采用之中的一种。换言之，爱略特感觉一种格式自有一种格式的功用，因为以往的关系，有一种特殊的情绪寄托在它身上，所以当我们要表现那种情绪的时候，我们尽可以用那种形式，但是当情绪转变的时候，格式也应当随之而改变；结果是，在一首较长的诗里，如《荒原》，我们应当有许多不同的格式错综在里面，有拍律的，无拍律的，有韵脚的，无韵脚的，有

① 叶公超：《再论爱略特的诗》，《北平晨报·文艺》第 13 期，1937 年 4 月 5 日。
② 同上。
③ 叶公超：《再论爱略特的诗》，《北平晨报·文艺》第 13 期，1937 年 4 月 5 日。
④ 叶公超：《爱略特的诗》，《清华学报》第 9 卷第 2 期，1934 年 4 月。

标点的，无标点的。①

在此前不久的《爱略特的诗》一文中，他其实已经提到了这个问题，而且也给出了清楚的阐释和评价。他说："在技术方面，《荒原》里所用的表现方法大致在以前的小诗里都已有了试验，不过《荒原》是综合以前所有的形式和方法而成的，所以无疑的是他诗中最伟大的试验。……总之爱略特的诗所以令人注意者，不在他的宗教信仰，而在他有进一步的深刻表现法，有扩大错综的意识，有为整个人类文明前途设想的情绪，……""他的诗其实已打破了文学习惯上所谓浪漫主义与古典主义的区别"，"他的重要正在他不屑拟摹一家或一时期的作风，而要造成一个古今错综的意识。"②

至于如何看待那首非常晦涩难懂的经典之作《荒原》，叶公超也给出了阅读理解的思路。他说："《荒原》是他成熟的伟作，这时他已彻底地看穿了自己，同时也领悟到人类的苦痛，简单的说，他已得着相当的题目了，这题目就是'死'与'复活'。""'等候着雨'可以说是他《荒原》前最 serious 的思想，也就是《荒原》本身的题目。"通过对诗作主题的正确深入的理解，他也就引导读者对于诗人艾略特有了更进一步的认识，他说："这些诗的后面却都闪着一副庄严沉默的面孔，它给我们的印象不像个冷讥热嘲的俏皮青年，更不像个倨傲轻世的古典者，乃是一个受着现代社会的酷刑的、清醒的、虔诚的自白者。"③

完全可以说，叶公超是艾略特及其相关诗学思想在中国新诗的诗坛上的传播的最重要的使者。包括卞之琳译《传统与个人才能》并发表在《学文》上，也是由他一手安排的，可以视为他自觉系统的推介工作的一个部分。如果说，艾略特在中国诗坛上引起了一场所谓的"《荒原》冲击波"，直接影响了"现代派"诗歌的形成和发展，他的"客观对应物"理论、他对传统的态度，以及他在艺术方面所提倡的隐喻、综合、智性等，都对中国诗人产生了巨大的影响。那么，叶公超对此可谓功不可没，他就是"冲击波"形成的推手之一。

此外，叶公超对新诗的理论贡献还有一点不得不提，那就是对于格律问题的持续关注和在讨论中的积极参与。因为与闻一多、徐志摩等人的密切关系，因为身处新月群体的位置，也因为他本人对诗歌和语言问题的特别关注，因

---

① 叶公超：《再论爱略特的诗》，《北平晨报·文艺》第 13 期，1937 年 4 月 5 日。
② 叶公超：《爱略特的诗》，《清华学报》第 9 卷第 2 期，1934 年 4 月。
③ 同上。

此，叶公超对于格律问题也是非常重视并颇有见地的。在我看来，他最重要的贡献就在于提出了"说话的节奏"的问题。

叶公超是肯定诗歌格律的，他在《论新诗》一文中说：

> 我们可以肯定地说，格律是任何诗的必需条件，惟有在适合的格律里我们的情绪才能得到一种最有力量的传达形式；没有格律，我们的情绪只是散漫的、单调的、无组织的，所以格律根本不是束缚情绪的东西，而是根据诗人内在的要求而形成的。假使诗人有自由的话，那必然就是探索适应于内在的要求的格律的自由，恰如哥德所说，只有格律能给我们自由。①

他认为，"没有格律的诗就仿佛没有规律的生活，最容易陷于紊乱，由紊乱乃至于单调，单调的生活比如是乏味的，无生气的。""以格律为桎梏，以旧诗坏在有格律，以新诗新在无格律，这都是因为对于格律的意义根本没有认识。好诗读起来——无论自己读和听人家读——我们都并不感觉有格律的存在，这是因为诗人的情绪与他的格律已融成一体，臻于天衣无缝的完美。惟有在坏诗里，格律才有显著到刺目的存在。它强人注意到它，因为它暴露了它的机械的排场，和它掩护空虚的形迹。所以，与其说旧诗的格律等于镣铐，莫如说它是一种勉强撑持的排场。"因而，问题的要点不在于讨论新诗要不要格律，而是必须提倡格律的新诗究竟应该提倡和尝试什么样的格律的问题。他说："我们要知道现代诗之格律观念已不如希腊拉丁的那样简单，那样偏于外形的整齐。"因而，他对于闻一多、饶梦侃等人所实行的建行试验并不认同，他曾直言指出闻一多的格律实验"并不成功"，因为闻一多"对于形式有一个牢不可破的格式观念，他认为诗句应有一定的字数，每段诗的行数也应当相同，整整齐齐的，像豆腐干。"在叶公超看来，这是不必要的，新诗格律无须严格和古典主义式的整齐，而是应该"创造自己的形式"。

那么问题是，创造新诗自己的形式的过程中，最重要的原则是什么？叶公超认为，是要区分"说话的节奏"和"歌调的节奏"，而明确新诗要遵循的是"说话的节奏"，要创造一种符合说话语气的新诗自己独有的节奏。这不仅关乎新诗的写法，也关乎新诗读法。比如他说："新诗的读法应当限于说话的自然语调，不应当拉长字音，似乎摹仿吟旧诗的声调。"在我看来，这个观点至今都是切实和重要的，只是一直没有得到应有的重视。现在的新诗朗诵者多半仍

---

① 叶公超：《论新诗》，《文学杂志》创刊号，1937 年 5 月。

沿用旧诗的读法，拉长字音，摹仿吟诵的节奏和声调，其实都并不符合新诗的特点，也无法造成真正的新诗朗读的美感，问题的关键就在对"说话的节奏"和"歌调的节奏"的混淆。在叶公超看来，新诗格律的核心就在于："新诗的节奏是从各种说话的语调里产生的，旧诗的节奏是根据一种乐谱式的文字的排比作成的。新诗是为说的、读的，旧诗乃是为吟的、哼的。"只有明确了这个根本的差别，才能够真正洞悉新诗语言形式的奥秘。由此，他还针对当时的新诗创作发表了具体的评论：

> 我知道的诗人中，只有卞之琳与何其芳似乎是常有这种节奏的。抒情性格的人也许不容易感觉这种平淡语体的节奏，因为抒情的要求往往是浓厚、显著的节奏。语体节奏最宜于表现思想，尤其是思想的过程与态度。抒情诗节奏很容易变成一个固定的、硬的东西，因为文字究竟不如音乐能变化，而抒情诗却偏要摹仿歌唱的节奏。①

叶公超在此指出了卞之琳与何其芳在"平淡语体的节奏"方面的特殊性，这个观察是很有眼光的。这两位年轻的诗人正是脱胎于新月诗群，最终成长为"现代派"的代表诗人，他们不仅在语调上做出了改变，而且在抒情方式也有所突破。当然，他们同时也是深受艾略特影响的诗人，在他们的成长过程中，叶公超可谓是一位极为重要、不可替代的益友良师。

---

① 叶公超：《音节与意义》，《大公报·文艺》，1936 年 5 月 15 日。

下　编

本编深入新诗作品内部，通过意象、主题等方面的分析，展开一系列饶有诗意的话题。

　　"诗与梦"既关乎"画梦"的缘起——"苦闷的象征"，也呈现"梦中道路的迷离"；"诗与死"既涉及生命的现实，也映现出哲学的沉思；"诗与城"不仅穿越历史时空中的双城，更关注不同地域文化中的生存体验；"诗与人"最是核心问题：如果说中国现代文学是"人的文学"，那么中国新诗则更是深切关乎"人"的艺术。

第十章 诗与梦

虽然从科学的角度说，梦不过是人在睡眠时的一种大脑活动，是一种普通的生理和心理现象，但是对梦的世界的好奇，却成就了人类自古以来最热衷的话题。无论是民间迷信所认为的"梦是一种对未来的预言"，还是精神分析的专业结论——"梦的内容是在于愿望的达成，其动机在于某种愿望"，有一个共同点，即承认这种人所熟悉的日常经验是同时与人类生存的外部现实与内心世界密切相关的。换句话说，梦的形成及其含义往往被看作是人类心理意识的变相表达，是人们对于现实生活环境及事件的反应和反映。正如民间所谓"日有所思，夜有所梦"，梦景从来不被认为是突兀独立出现的，人们至今对梦境充满好奇和关注，恰是因为梦与现实之间这种既相异又相关的独特联系。

正因为这种独特的联系，梦也常常出现在文学作品中，成为文学创作一种特殊的传达方式，即用以婉曲地表达作家的主观心理和对现实的透视。在各种文学样式中，梦的出现都非常普遍，即以中国文学而言，以"梦"写心、以"梦"映射现实的作品比比皆是。最早的庄周"梦蝶"，以一个美丽动人的联想传达出物我齐观的深刻哲理；著名的"玉茗堂四梦"，因情成梦，因梦成戏，似真似幻，如实如虚，对现实的情和景表现到了极致；而经典名著《红楼梦》更是借荣宁二府的由盛至衰，以"假作真来真亦假"的梦境，缩写出清代社会走向没落的现实，场面极为广阔，细节又极为真实。在曹雪芹的笔下，现实（色）即梦（空），梦（空）即现实（色），通过"梦"写尽人生的悲欢离合，也通过"情"把人世间生老病死表现得淋漓尽致。可以说，他把梦与现实最好地结合在一起，又把现实情怀极好地隐藏在痴男怨女的"梦境"之中。

以梦写实的传统延续在中国现代文学之中。虽然新文学最早即以"写实文学""社会文学"的口号强调现实的题材与写实的艺术，但"画梦"作为一种独具艺术魅力的方式，还是被很多作家所钟情。比如何其芳早年一部著名的散文诗集就以"画梦录"为题，年轻时代的何其芳堪称一位"画梦"的高手，而在他之前，还有一位特别值得关注的"画梦"者，那就是散文诗集《野草》的作者鲁迅。

第一节　"苦闷的象征"

一

鲁迅最集中的一次"画梦"就在《野草》中。《野草》中有连续七篇以"我梦见"为开端的"画梦"作品，即写于 1925 年 4 月至 7 月的《死火》《狗的驳诘》《失掉的好地狱》《墓碣文》《颓败线的颤动》《立论》和《死后》。此外还有之前的一篇虽不以"我梦见"开篇但同样也是写梦的《好的故事》。如此集中地"画梦"，不但在鲁迅的创作中实属特别，在其他许多别的作家中也非常少见。

对此，已有不少学者做出过分析和评价。李欧梵认为："《野草》中多数篇章完全离开了现实并投入一个梦或梦似的世界。这些梦是'如此奇丽，如此狂乱的恐怖，使得它们简直成了梦魇。就是那些没有点明是梦的篇章，也有着那种不连贯的和使现实错位的梦魇的性质'。这些关于梦的诗不一定是真梦的重述，相反，可能倒是一些在艺术上倾向于潜意识，但实际上是有意识的创造。集中有七篇是以'我梦见'开始的。它的作用可以和《狂人日记》中那段伪托的作者前言相比，都在提醒读者：这不过是一个梦，从而将读者从现实通常的感觉推开。作者由是便得到一种诗的特许权，可以放任自己的艺术想象浮游于超现实的怪异领域。"①。孙玉石也认为，这种"在幻想的梦境中抒写自己的思想感受"的方式，"使作者的思想情怀表现得深刻而又含蓄，取得了正面描写和直抒胸臆的方法所不可能达到的艺术效果"②。

鲁迅这种"画梦"的艺术方法，一方面是作家对于象征主义的激赏和借

---

① 李欧梵：《铁屋中的呐喊》，香港：三联书店（香港）有限公司，1991 年，第101—102 页。

② 孙玉石：《〈野草〉研究》，北京：中国社会科学出版社，1982 年，第 148 页。

用，另一方面也在于创作环境与写作的心境，即鲁迅自己说的"因为那时难于直说，所以有时措辞就含糊了"①。这种在"说"与"不说"之间的矛盾挣扎一直折磨着鲁迅，常使他不得不采取某种婉曲隐晦的方式，半隐半露地把自己最"黑暗"然而最真实的想法传达出来。"画梦"的方式正是获得这种半隐半露效果的方式之一，它既可以"梦"影射现实，又可以"梦"超越现实，同时还充分体现了作家的主观意识色彩。应该说，鲁迅是在"梦"中找到了表现自己与隐藏自己的方式，写"梦"也恰好成为一种艺术创作的需要。

此外，也正是在动手写作《野草》的同时——确切地说就在写作《影的告别》的那一天——鲁迅开始了对厨川白村《苦闷的象征》的翻译。这是一部对鲁迅本人以及中国现代文学都影响深远的文艺理论著作。很显然也很必然的，鲁迅的写作——尤其是与翻译同时进行的《野草》的写作——受到了《苦闷的象征》的深刻影响。在诸多方面的影响之中，对于象征主义表现手法的认同和借鉴，以及对于"梦"的特别看重和描画，可谓是最突出的两个方面。

厨川白村认为：

> 我们的生活，是从"实利""实际"经了净化，经了醇化，进到能够"离开着看"的"梦"的境地，而我们的生活这才被增高，被加深，被增强，被扩大的。将浑沌地无秩序无统一似的这世界，能被观照为整然的有秩序有统一的世界者，只有在"梦的生活"中。拂去了从"实际底"所生的杂念的尘昏，进了那清朗一碧，宛如明镜止水的心境的时候，于是乃达于艺术底观照生活的极致。②

> 人生的大苦患大苦恼，正如在梦中，欲望便打扮改装着出来似的，在文艺作品上，则身上裹了自然和人生的各种事象而出现。以为这不过是外底事象的忠实的描写和再现，那是谬误的皮相之谈。……要之就在以文艺作品为不仅是从外界受来的印象的再现，乃是将蓄在作家的内心的东西，向外面表现出去。③

---

① 鲁迅：《〈野草〉英文译本序》，《鲁迅全集》第4卷，北京：人民文学出版社，2005年，第365页。

② 厨川白村：《苦闷的象征》，《鲁迅译文全集》第2卷，福州：福建教育出版社，2008年，第273页。

③ 同上，第241页。

即使是怎样地空想底不可捉摸的梦，然而那一定是那人的经验的内容中的事物，各式各样地凑合了而再现的。那幻想，那梦幻，总而言之，就是描写着藏在自己的胸中的心象。并非单是摹写，也不是摹仿。创造创作的根本义，即在这一点。①

在厨川白村看来，文艺创作的根本动力在于"生命力受压抑而生的苦闷懊恼"。这种苦闷通过象征的方法表现出来，就构成了一种看似空想、画梦，而实则是最真实、最深入的一种文学的体验和表达。

通过《野草》不难看到，厨川白村的观点对鲁迅造成了相当重要的影响。事实上，《野草》中的象征手法确实越来越纯熟，而且"画梦"也成为一个显著的特征，鲁迅真正自觉地运用了象征主义的手法，以"梦"和梦中的各种意象来象征自己的内心情感和哲学思想。从这个方面看，鲁迅的确认同厨川白村所说的"和梦的潜在内容改装打扮了而出现时，走着同一的径路的东西，才是艺术。而赋与这具象性者，就称为象征（symbol）"②。因此，《野草》中的梦境虽然大多幽曲晦涩、超离现实，却又无不体现着"蓄在作家的内心的东西"。即如厨川所说："所谓深入的描写者，……乃是作家将自己的心底的深处，深深地而且更深深地穿掘下去，到了自己的内容的底的底里，从哪里生出艺术来的意思。探检自己愈深，便比照着这深，那作品也愈高，愈大，愈强。人觉得深入了所描写的客观底事象的底里者，岂知这其实是作家就将自己的心底极深地抉剔着，探检着呢。"③

在践行新的文学观念的同时，用"画梦"来"写自己"也符合鲁迅写作《野草》的心理需要和传达效果两方面的需要。从心理的角度来说，梦是最个人、最内在、最隐秘，也最不可分享的东西。通过对梦的描画，鲁迅不仅营造了《野草》幽深晦涩的意境，在一定程度上避免了将自己的"毒气和鬼气"传染给更多的人；同时，他也成功地在《野草》中达成了"陌生化"的美学效果，以偶然性、非理性、非逻辑性，甚至荒诞性等特点，实现了在表达自己与隐藏自己之间的某种平衡。造成这样的美学效果，正是象征主义文学最适合和擅长的。鲁迅用"画梦"的方式来"画自己"，无疑可以更加自由地——如同《狂人日记》中的狂人那样——说出内心极细微又极精确的想法和感受。

---

① 厨川白村：《苦闷的象征》，《鲁迅译文全集》第 2 卷，第 243 页。
② 同上，第 240 页。
③ 同上，第 242 页。

《野草》里的做梦的"我"——可以像狂人那样——摆脱日常生活的逻辑，回避具体的现实生活场景，说出惊人的真话，从而达到一种看似曲折其实却又非常直接的特殊效果。这当然是鲁迅有意为之的，因为他即便自知黑暗，不想传染别人，但又"非这样写不可"，只因这正是他内心中最真实最常在的东西。试想一个只能与文字为友，只信任文字，或说是只有文字一种排解方式的人，在夜深人静之际，当他暂且放下"为人生"写作的使命而面对自己的时候，他写出来的，必然只能是《野草》。这也就是厨川所说的，是"以绝对的自由而表现的""潜伏在心灵的深奥的圣殿里的""唯一的生活"。①

二

《野草》里的系列"画梦"是从《死火》开始的。

"死火"的意象有一个"前身"，就是出现在 1919 年的《自言自语》系列中的"火的冰"：

> 流动的火，是熔化的珊瑚么？
>
> 中间有些绿白，像珊瑚的心，浑身通红，像珊瑚的肉，外层带些黑，是珊瑚焦了。
>
> 好是好呵，可惜拿了要烫手。
>
> 遇着说不出的冷，火便结了冰了。
>
> 中间有些绿白，像珊瑚的心，浑身通红，像珊瑚肉，外层带些黑，也还是珊瑚焦了。
>
> 好是好呵，可惜拿了便要火烫一般的冰手。
>
> 火，火的冰，人们没奈何他，他自己也苦么？
>
> 唉，火的冰。
>
> 唉，唉，火的冰的人！②

将两个文本相对照，可以很明显地看出《死火》源于《火的冰》，但比《火的冰》已丰富厚重得多。两个文本在构思上的第一个不同之处就是"梦"

---

① 厨川白村：《苦闷的象征》，《鲁迅译文全集》第 2 卷，第 241 页。
② 鲁迅：《自言自语（二）·火的冰》，王世家、止庵编：《鲁迅著译编年全集》第 3 卷，北京：人民出版社，2009 年，第 220—221 页。

的设置。因为是梦，《死火》中出现了一个"我"，于是也就出现了我与"死火"的对话。对话的方式不仅改变了原本旁观式的叙述角度，极大地拓展了叙述的空间和自由度，同时，以对话体的方式构造出一段故事情节也为"死火"赋予了生命，令他成为一个能够与"我"对话的活生生的形象。这是鲁迅在《野草》中常用的拟人手法，将某件本无生命的事物赋予其生命，更赋予其情感、性格和思想，因而这些物象也就成为鲁迅本人的情感和思想的象征。在《火的冰》中，他曾直然发出一声叹息："火的冰的人"，其实也就是要表达某一类人的某种——如他一样"冷藏情热"的人——人生哲学，但从文学表达的角度来讲，这样的直接点题显然不如《死火》中的拟人方式表现得更为充分立体。

遇到"死火"之前，"我梦见自己在冰山中奔驰"，"我"的"奔驰"是一种快速奔跑的姿态，不安分、不宁静，虽带有"过客"倔强跋涉的意味，但又比过客沉重的"走"要轻快得多，这里，"我"恰恰是借助梦境，挣脱了现实中的沉重肉身，获得了一种更为自由的状态。

"死火"是一种非现实的存在。它集极热与极冷于一身，内在包含着强烈的冲突。许寿裳说"《死火》乃其冷藏情热的象征"①，正说出了鲁迅内心中的复杂矛盾的状态："冷"与"热"的并存，既有极寒极绝望的情绪，同时也并存这一种极有血性的热血性格——当然这不是一种单纯的积极和热烈。就像在鲁迅的内心中常常并存有大爱与大憎、"大欢喜"与"大悲悯"一样，这样的"冷"与"热"也是同时并存于鲁迅内心当中的。说是冷藏了情热也好，或者说是与绝望不断抗战也罢，总之，这成为他的一种极为特殊的精神与情感状态。"死火"就是这种特殊状态的象征，同时，鲁迅以捕捉和凝固一个火焰燃烧的瞬间形象的方式，完成了一种燃烧的姿态（或姿势）的塑造。换句话说，如果说燃烧是反抗性斗争精神的一种象征，那么，"死火"的姿态也就是这种抽象的战斗精神的具象表达。

同时，也正是在这个看似转瞬即逝无法捕捉的形象上，鲁迅表达了他本人对于瞬间与永久这两极之间关系的特殊敏感与重视。事实上，写作本身——对于鲁迅而言——正是一种对经验或思想的瞬间的最好的保存方式，因此，对于

---

① 许寿裳在《鲁迅的精神》一文中说："至于《野草》，可说是鲁迅的这些。其中，《死火》乃其冷藏情热的象征；《复仇》乃其誓尝惨苦的模范；《过客》和《这样的战士》，更显然作长期抗战的预告呢！"（见许寿裳：《我所认识的鲁迅》，《鲁迅回忆录·专著》（上册），北京：北京出版社，1999年，第502页。）

抽象的、易逝的事物的喜爱与描绘，也即构成了他写作的动因与特质之一。鲁迅的写作，正是一种"凝视又凝视"的姿态，体现了他想要"把住一些把不住的事体"的努力。"死火"意象正是这样一个凝定了的瞬间，它将息息变幻、永无定形的火焰凝固定下来，让"凝视又凝视"成为可能，让永久的定形也成为可能。在这里，鲁迅的思想似乎一时超出了关于"死火"的描绘和想象，涉及他自己精神深处一个常在的问题，但这两个问题又刚好相互联结，聚焦在"死火"这样一个奇异的意象上。

重要的是，如果不是通过梦境，很难想象"死火"形象如何完成。这个令人惊异同时有意味深远的意象借助奇幻的梦境，成功地完成了主题的表达。

《颓败线的颤动》是《野草》"噩梦"系列中最沉重和沉痛的一篇，同时它在写法上也是最为独特的一篇。这是一篇"梦中的画梦"，即一个梦境套着一个梦境，将梦境推向了一个与实境相隔更加遥远的距离。全文开篇的一句"我梦见自己在做梦"，不仅将噩梦的梦境推向了辽远，同时更在写作上为后面两段梦境中的时间跨度做了技术上的准备。这样的写法可以被看作是鲁迅"画梦"的极致：如果说梦境是鲁迅写作的一种有效方式，令他内心的真实得到了一定程度的隐藏，是一种曲折的表现，那么，这种双重的梦境就是这种效果的加深，是更大程度的隐藏与曲折。

梦中的"我"是故事的旁观者，这与此篇之前的一系列"画梦"都不一样。无论是在《死火》《墓碣文》，还是在《狗的驳诘》《失掉的好地狱》的梦中，"我"都是梦中的一个重要角色，既有语言又有动作，与梦中的其他人物构成直接的对话关系。但是，在《颓败线的颤动》中的"我"却是一个纯粹的旁观者，完全没有主观情感的参与。选择这样一个特殊的视角，当然体现了作者特殊的态度。如果说，梦中的对话可能是鲁迅与另一个自己的对话，是一种表达他内心最真实想法的途径，那么，在《颓败线的颤动》中，"我"的退避不仅不表示所述梦境与作者内心世界的无关，恰恰相反，可能正是因为与内心距离太近，所以作者在故意地有所回避，以阻断读者的联想。甚至于，在我看来，此篇表达了鲁迅一种非常极端的情绪，这种极端仅从文字上都可以看得出。比如他在描写老妇人愤怒的"颤动"时的那种非常罕见的表达，以及他在最后一段中看似轻描淡写地说："我梦魇了，……我梦中还用尽平生之力，要将这十分沉重的手移开。"文中所透露的强烈的压抑感和沉重感，可以说都是其内心情绪程度的直接体现。

事实上，鲁迅不仅一次地表达过对于"饮过我的血的人"的失望和愤怒，就在写作《颓败线的颤动》之前半个月（1925 年 6 月 13 日）的一封给许广平的信中，他曾说道：

> 我明知道几个人做事，真出于"为天下"是很少的。但人于现状，总该有点不平，反抗，改良的意思。只这一点共同目的，便可以合作。即使含些'利用'的私心也不妨，利用别人，又给别人做点事，说得好看一点，就是"互助"。到那时我总是"罪孽深重，祸延"自己，每每终于发见纯粹的利用，连"互"字也安不上，被用之后，只剩下耗了气力的自己一个。有时候，他还要反而骂你；不骂你，还要谢他的洪恩。我的时常无聊，就是为此，但我还能将一切忘却，休息一时之后，从新再来，即使明知道后来的运命未必会胜于过去。①

这段信中的感慨，大概与《颓败线的颤动》的写作有一点联系，至少是表达了相近的意思。当然，作为散文诗作品的《颓败线的颤动》是在现实感触和经验基础上的提炼和升华，也突现了情感的力度和深度，但想来这样的感慨已是常常出现在鲁迅的内心中，因此他的思考和写作也就难免时常涉及于此。研究者们谈及此篇时常联系到鲁迅与高长虹等青年之间的关系：在鲁迅身边的青年中，有诚实亲密的朋友与学生，也有反目成仇或渐行渐远的人，这本来也是世事的常态。对于付出过爱却收获无情的反目，人人都会产生愤怒与失望之情，并由此涉及对于人性的一些探讨。事实上，鲁迅一直在经历这些人际关系中的苦乐恩仇，在写作中也时有涉及，而《颓败线的颤动》应该算是一次比较集中的释放，更是他以散文诗的方式——尤其通过以梦写实的方式——做出的一次探索。

一条更加广为人知的材料是，在鲁迅 1926 年 12 月 16 日写给许广平的信中，他说：

> 我先前何尝不出于自愿，在生活的道路上，将血一滴一滴地滴过去，以饲别人，虽自觉渐渐瘦弱，也意味快活。而现在呢，人们笑我瘦弱了，连饮过我的血的人，也来嘲笑我的瘦弱了。我听得甚至有人说："他一世过着这样无聊的生活，本早可以死了的，但还要活着，可见他没出息。"于是也乘我困苦的时候，竭力给我一下闷棍，然而，这是他们在替社会除

---

① 鲁迅：《致许广平（1925 年 6 月 13 日）》，王世家、止庵编：《鲁迅著译编年全集》第 6 卷，第 257 页。

去无用的废物呵！这实在使我愤怒，怨恨了，有时简直想报复。我并没有略存求得称誉，报答之心，不过以为喝过血的人们，看见没有血喝了就该走散，不要记着我是血的债主，临走时还要打杀我，并且为消灭债券计，放火烧掉我的一间可怜的灰棚。我其实并不以债主自居，也没有债券。他们的这种办法，是太过的。①

这段话中的痛苦更加深重，流露了鲁迅内心中对他人的深深的失望，以及他的委屈与苦闷。这封信距离《颓败线的颤动》的写作已有一段时间的距离，这里并不是企图以一个后来的材料去印证之前的创作意图。我只是想说，通过这样的材料我们可以看到，鲁迅内心中这个问题一直都存在，而且都深深地影响着他的思想和感情。我们在这里看到了鲁迅的内心中的失望与幻灭，也由此去理解他那万劫不复的绝望和虚无，这或许能帮助我们更加近切地理解他隐晦的文本中的真实思想。

在鲁迅的心中的确曾经多次出现过这样的时刻：失望于青年、失望于朋友，甚至是深深失望于原本深爱着的同胞兄弟。在这样的累积中，他的清醒和洞察与他的痛苦都在增加。早有人指出《颓败线的颤动》隐含有对于周作人的指责和愤懑，我以为这是有道理的，只不过，我同意将他对周作人的看法包含在他对某一类现象的批评之中，换句话说，我们可以通过鲁迅生活中的具体事件和经验去理解鲁迅的悲愤，考察他写作的初衷、找到激发他写作的部分因素，但同时也应该看到，文本的完成最终超越了这个具体的事件或具体的情感，达到了一种更为抽象和普遍的、带有哲学意味的思想的高度。

这里不再过多探讨《颓败线的颤动》的主题，而是要强调"画梦"的效果。鲁迅以两个相套的梦境来构建起了一个有着二三十年的时间跨度的故事。这个故事有情节、有人物，有铺垫、有高潮，也有对于时间空间场景的具体交代，通过特殊的时空剪辑，两段相隔数十年之久的梦境被剪辑在一起，让年轻的母亲变成了老妇，小女孩也长大成人、做了母亲。这两个时空场景的对接，不仅使故事情节有所发展，更以简练的形式呈现了题旨与核心内容。不得不说，鲁迅的写法是非常高妙的，他以梦境的剪裁方式高度精练地处理了一个复杂而漫长的故事。特别是全文最后有关"颤动"的描写，不仅极富画面感，同时也处理了语言所无能为力的那一部分内容：

---

① 鲁迅：《致许广平（1926 年 12 月 16 日）》，王世家、止庵编：《鲁迅著译编年全集》第 7 卷，第 422 页。

　　她赤身露体地，石像似的站在荒野的中央，于一刹那间照见过往的一切：饥饿，苦痛，惊异，羞辱，欢欣，于是发抖；害苦，委屈，带累，于是痉挛；杀，于是平静。……又于一刹那间将一切并合：眷念与决绝，爱抚与复仇，养育与歼除，祝福与咒诅……。她于是举双手尽量向天，口唇间漏出人与兽的，非人间所有，所以无词的言语。①

　　老妇的姿势既是一个非常无助的"天问"的姿势，同时又是一种非常有力的反抗与控诉的姿势。其中既包含了人对于自身命运的深刻绝望，同时又表达了伴此绝望而来的极度愤怒与宣泄。这不是一个低头忍受的姿势，更不是一个俯身就范的姿势，而是如《秋夜》中的枣树那样，高擎双手、直指天空，表达了人类最顽强和抗争的精神力量。

　　这里又非常醒目地出现了大量对立极端的情感："眷念与决绝，爱抚与复仇，养育与歼除，祝福与咒诅……"将极端的情绪痛苦矛盾地交织在一起，这是典型的鲁迅式的写法，甚至可以说是《野草》的标志性的表达方式。这一组组对立与纠结，既内在于老妇的人物逻辑之内，同时又超越了具体的情节，表达了鲁迅内心的真相。鲁迅从来不是超人，他一再在自己的文字中暴露出他内心的矛盾与挣扎，同时也诚实地表达着他的无奈和绝望。但是，重要的是，每一次伴随着绝望与无奈出现的，都是他的抗战，是他对于矛盾挣扎的清醒的面对和超越。

　　而最重要的也许是"无词的言语"的问题。在以"颓败线的颤动"为题的这篇散文诗中，"颤动"无疑是全文的关键词之一。它多次出现，每一次都表现出不尽相同的含义。在第一段梦中，少妇因为苦痛和屈辱的"颤动"是一种无言的忍受和奉献；而到最后老妇离家出走时，在荒野中悲愤交加、欲哭无泪，她的痛苦已是任何语言所完全不能承载和表达的了，这时，她"颓败的身躯的全面都颤动了"，这颤动"如沸水在烈火上"，"仿佛暴风雨中的荒海的波涛"，达到了极为激烈的程度。这"颤动"的力量远远超越于语言之上，成为表达其内心巨大痛苦和悲愤的唯一方式。我以为，鲁迅浓墨重彩地描写这种"颤动"，正体现了他写作本篇的核心意图。这是鲁迅对于"沉默"与"开口"之间的巨大矛盾的一次体验与传达，也是他对于文学与写作的力量的一次探求。他深深知道，写作的可能性是极其有限的，与他自己内心中深沉的痛苦相

---

　　① 鲁迅：《颓败线的颤动》，《鲁迅全集》第2卷，第211页。

比，语言是那样的苍白无力。而那来自痛苦深渊的无言的"颤动"，蕴含着沉郁压抑的力量，却最终完成了一种"爆发"。这力量纵然还是微弱的、悲剧性的，甚至没有任何明确的方向，但鲁迅还是对之报以极大的尊重和致敬。也许可以说，整部《野草》的写作，正是鲁迅本人的一次痛苦的"颤动"。他的痛苦绝望、屈辱愤懑，以及他的倔强反抗，已经统统表现在这个"颤动"着姿态当中了。

还是回到"诗与梦"的话题上来。正是这奇异的梦境展现了这一幅不可能而又最可能的画面。"梦"的象征挣脱了现实与理性的逻辑，将一切不存在、不可能的都变为可以感知可以表达的东西。我想，鲁迅之所以以一系列的"我梦见"来写尽各种看似荒唐奇幻的故事和场景，就是因为这种写法为他所带来的那种无可替代的自由。

三

与之前作品中那些关于梦的比喻相对照，《野草》里的梦几乎都是噩梦。即便是《好的故事》那样一个"美丽，幽雅，有趣，而且分明"的梦境，也只是瞬间就破灭了的。可以说，作者用尽锦绣华美的辞藻来描绘这样一个"有无数美的人和美的事"的梦境，就是为了在强烈的对比中凸显其"骤然一惊"、大梦初醒时的复杂情感。"好的故事"于是变成了一首关于梦碎的挽歌。

尤为值得一提的是，鲁迅在《好的故事》的开头与结尾设置了一个由语言的重复形成的函套：以"是昏沉的夜"开篇，又以"在昏沉的夜……"收尾，用一个巨大的"夜"的意象笼罩住了一个短暂的"梦"的瞬间。这里其实藏有一个鲁迅式的判断，那就是："梦"是虚幻的、遥远的、瞬间的，而"夜"是实在的、近切的、恒在的。"夜"与"梦"的对置，正与《野草·题辞》中的"明与暗，生与死，过去与未来"，"友与仇，人与兽，爱者与不爱者"，以及"沉默"与"充实"等等一样，是《野草》中一系列对立或相关的二元项中的一组。可以说，"夜"正是一个笼罩着《野草》的整体性的意境。如前所述，它一方面具有对于作者身处的现实环境以其遭遇和情绪的象征意味，另一方面，它也是《野草》整体上的一种底色。

《野草》是从"秋夜"开始的。这既不是"春风沉醉的晚上"，也不是"仲夏夜之梦"，而是一个肃杀的寒夜，枣树的枝叶落尽，小花也冻得瑟瑟发抖，仅有的光亮不是来自"鬼眨眼"的星星，就是来自"窘得发白"的月亮。

这样的意境不仅与鲁迅自己笔下的"如磐夜气压重楼"① 非常神似，而且可以说是带有鲁迅笔下所有的"暗夜""静夜""长夜"的特征。

用"夜"的比喻来指涉现实环境的黑暗冷酷，这是中国现代文学中常见的修辞。鲁迅当然是这些在暗夜里前驱的新文化战士中最勇猛倔强的一员。但是，与其他作家不同的是，鲁迅的"夜"不仅存在于身外，同时也深深存在于他的内心当中。就在他写于1925年元旦的《希望》中，他说：

> 希望，希望，用这希望的盾，抗拒那空虚中的暗夜的袭来，虽然盾后面也依然是空虚中的暗夜。

> 我只得由我来肉薄这空虚中的暗夜了，纵使寻不到身外的青春，也总得自己来一掷我身中的迟暮。但暗夜又在那里呢？现在没有星，没有月光以至笑的渺茫和爱的翔舞；青年们很平安，而我的面前又竟至于并且没有真的暗夜。②

"希望的盾"的正面是暗夜，背面还是暗夜；身外是空虚和绝望，身心之内也还是空虚和绝望。这就是鲁迅在《野草》"自画像"中画出的自己最真实的处境与心境。身外的暗夜是现实的遭遇，而心里的暗夜则来自青年们的"平安"。在没有星光和月光的暗夜里，只有青年们的粗暴、愤怒和战斗才可能带来走出暗夜的希望。否则，没有照亮暗夜的光明，没有天明的时刻，暗夜也就变成"无物之阵"，无从反抗了。鲁迅在这篇题为"希望"的文章中，写出的却是绝望中的绝望，这大概也是鲁迅及其《野草》最为独特的地方之一。因为，写"夜"的作家很多，但追问"暗夜又在哪里"的作家却大概只有鲁迅一个；同样，用"夜"的比喻来寄托对现实环境的不满的散文也有很多，但真正写到内心中暗夜，或虚无到怀疑"以至于竟没有暗夜"的，大概也只有鲁迅的《野草》。

事实上，与"夜"相关的意象还有"路"。就像"梦"与"夜"中都交织着希望与绝望一样，"路"也象征着"希望"的"有"与"无"。在《故乡》的著名的结尾中，鲁迅就对此作出了非常明确的表达："希望是本无所谓有，

① 鲁迅：《悼丁君》，《鲁迅全集》第7卷，第159页。
② 鲁迅：《希望》，《鲁迅全集》第2卷，第182页。

无所谓无的。这正如地上的路；其实地上本没有路，走的人多了，也便成了路。"①

在《野草》里，因为只是要画出暗夜中的自己，而不必为"在暗夜里前驱的勇士"呐喊，所以鲁迅几乎没有写到这种象征着希望的"路"。只有在《过客》里，出现过"一条似路非路的痕迹"，而这条痕迹能否真的成为一条路，却要看过客是不是能够一直坚持地走下去。就像鲁迅在杂文中说到过的："坐着而等待平安，等待前进，倘能，那自然是很好的，但可虑的是老死而所等待的却终于不至；不生育，不流产而等待一个英伟的宁馨儿，那自然也很可喜的，但可虑的是终于什么也没有。"② 所以，与其茫然寻路，"不如寻朋友，联合起来，同向着似乎可以生存的方向走。你们所多的是生力，遇见深林，可以辟成平地的，遇见旷野，可以栽种树木的，遇见沙漠，可以开掘井泉的。"③鲁迅本人就如同那个"过客"一样，他说："我自己，是什么也不怕的，生命是我自己的东西，所以我不妨大步走去，向着我自以为可以走去的路；即使前面是深渊，荆棘，狭谷，火坑，都由我自己负责。"④

在鲁迅的心里，"路"意味着希望的"有"和"无"，而这种"有"和"无"之间的关系十分奇特：追根究底，"无"才是实有的，而"有"反倒是虚幻的。也就是说，对希望的追索带来的往往是绝望，而对绝望的反抗却有可能会带来希望。所以，尽管《野草》里很少提到希望的"路"，但这一部《野草》本身却可以被看作是鲁迅自己一次反抗绝望的"走"的行为。鲁迅曾经慨叹："夜正长，路也正长……"⑤，是因为他知道，只有走路才是逃离暗夜的唯一的希望。尽管与实有的"夜"相比，"路"仍可能是虚幻的，但若果真放下对"路"的信仰和对"走"的执着，那可就真的永远走不出暗夜，即如前文已经说过的，"又竟至于并且没有真的暗夜"了。

三

在《野草》之前的很多作品中，鲁迅也曾多次提到"梦"与"做梦"。比

---

① 鲁迅：《故乡》，《鲁迅全集》第 1 卷，第 510 页。
② 鲁迅：《这个与那个》，《鲁迅全集》第 2 卷，第 154 页。
③ 鲁迅：《导师》，《鲁迅全集》第 2 卷，第 59 页。
④ 鲁迅：《北京通信》，《鲁迅全集》第 3 卷，第 54 页。
⑤ 鲁迅：《为了忘却的记念》，《鲁迅全集》第 4 卷，第 502 页。

如，在说起他自己的人生旅途的不同时期时，他常常用"梦"来表达自己当时的心情。最早说到青年时代的追求和幻灭时，他说：

> 我在年青时候也曾经做过许多梦……我的梦很美满，预备卒业回来，救治像我父亲似的被误的病人的疾苦，战争时候便去当军医，一面又促进了国人对于维新的信仰。①

这里的"梦"是他曾有的理想与抱负，然而，这梦很快就被现实击碎了，现实环境不但没有为他准备实现抱负的条件，而且对他的理想施予了无情的嘲笑。当然，理想的破灭也助成了鲁迅的人生转折，他由此决心弃医从文，由准备救治国人的身体到决心医治国人的灵魂。但是，也正是那些"苦于不能全忘却"的梦的碎片成为他走上文学之路的真正动因，或者说，那种对理想的寂寞的执著，成为他不断"走"下去的动力。

另外一次有关"梦"的表述是在 1927 年，在广州在亲睹了"大革命"的勃兴和失败之后，他带着深深的失落感说出这样的话：

> 我抱着梦幻而来，一遇实际，便被从梦境放逐了，不过剩下些索漠。我觉得广州究竟是中国的一部分，虽然奇异的花果，特别的语言，可以淆乱游子的耳目，但实际是和我所走过的别处都差不多的。②

对鲁迅来说，"大革命"失败的血的教训使他清醒，他的思想也由此发生了一次深刻的改变，并真正意识到投身实践的重要性。因而，这里用"梦幻"来形容曾经还不够清醒的认识，也多少是他的一种自我批评。

鲁迅曾经深深感叹："人生最苦痛的是梦醒了无路可以走。做梦的人是幸福的，倘没有看出可走的路，最要紧的是不要去惊醒他。……所以我想，假使寻不出路，我们所要的倒是梦。"③ 这是极为沉痛愤激的说法，也清晰地暴露了他内心的矛盾和挣扎。早在"金心异"找他约稿之际，他们之间就曾有过关于"铁屋子"的讨论：

---

① 鲁迅：《自序》，《鲁迅全集》第 1 卷，第 437 页。
② 鲁迅：《在钟楼上（夜记之二）》，《鲁迅全集》第 4 卷，第 33 页。
③ 鲁迅：《娜拉走后怎样》，《鲁迅全集》第 1 卷，第 166 页。

　　假如一间铁屋子，是绝无窗户而万难破毁的，里面有许多熟睡的人们，不久都要闷死了，然而是从昏睡入死灭，并不感到就死的悲哀。现在你大嚷起来，惊起了较为清醒的几个人，使这不幸的少数者来受无可挽救的临终的苦楚，你倒以为对得起他们么？①

　　虽然最终因为"不能以我之必无的证明，来折服了他之所谓可有"的希望，鲁迅答应为《新青年》做文章，但事后看来，这个疑问始终没有被他所淡忘。在鲁迅的笔下，始终有"较为清醒的""不幸的少数者"在受着"无可挽救的临终的苦楚"，甚至最终还是不可避免地走入死灭。比如吕纬甫、魏连殳、范爱农……并不是鲁迅冷酷无情，而是作为思考和写作者的他也并没有寻到出路，他没有办法为笔下的人物预设一个完满的结局，因此他选择用清醒的笔写出这无路可走的痛苦。也许应该说，最更关键的问题在于，在鲁迅的思想中，"路"始终都比"梦"更重要。

　　始终执着于现实的鲁迅，坚持"深沉的韧性的战斗"，对于那些煽惑人们盲目轻信的"未来的梦""明日的梦"，他都表示出极大的怀疑和否定。他曾说：

　　万不可做将来的梦。阿尔志跋绥夫曾经借了他所做的小说，质问过梦想将来的黄金世界的理想家，因为要造那世界，先唤起许多人们来受苦。他说，"你们将黄金世界预约给他们的子孙了，可是有什么给他们自己呢？"有是有的，就是将来的希望。但代价也太大了，为了这希望，要使人练敏了感觉来更深切地感到自己的苦痛，叫起灵魂来目睹他自己的腐烂的尸骸。惟有说谎和做梦，这些时候便见得伟大。所以我想，假使寻不出路，我们所要的就是梦；但不要将来的梦，只要目前的梦。②

　　而在一篇题为《听说梦》的杂文中，他更是明确地说：

　　虽然梦"大家有饭吃"者有人，梦"无阶级社会"者有人，梦"大同世界"者有人，而很少有人梦见建设这样社会以前的阶级斗争，白色恐怖，轰炸，虐杀，鼻子里灌辣椒水，电刑……倘不梦见这些，好社会是不

①　鲁迅：《自序》，《鲁迅全集》第1卷，第441页。
②　鲁迅：《娜拉走后怎样》，《鲁迅全集》第1卷，第167页。

会来的，无论怎么写得光明，终究是一个梦，空头的梦，说了出来，也无非教人都进这空头的梦境里面去。

然而要实现这"梦"境的人们是有的，他们不是说，而是做，梦着将来，而致力于达到这一种将来的现在。①

这里，鲁迅的意思十分明确：没有对现实的阴暗与艰难的清醒认识，只是把理想建立在海市蜃楼上，是没有任何价值和意义的。那种梦也终归只能是梦，无法变成现实。事实上，鲁迅在这里强调的仍然是，梦不是"说"的，而是要"做"，"梦着将来，而致力于达到这一种将来的现在。"怀着理想，执着现实，踏实地建造未来——这辩证而深刻的哲理被鲁迅用最直接的方式表达了出来。

当然，这些梦与"《野草》式"的梦在内容、手法和效果上都不属于一类。可以说，《野草》是自觉的象征主义的，而其他则是一种比喻性的修辞。只有在《野草》中，鲁迅在"画梦"的方面方才真正成为象征主义大师。

第二节　　"梦中道路的迷离"

1930 年代的何其芳是一位年轻的"画梦"诗人。他在回顾自己的诗歌创作历程时曾说："我写诗的经历便是一条梦中道路。"② 他的散文诗集就取名为"画梦录"。可以说，"画梦"的说法极为形象、准确而凝练地概括出了早期何其芳诗文创作的精神内蕴、情绪心态和艺术风格。

何其芳的"画梦"风格主要体现在三个方面。首先是其诗文在题材内容的选用，以及意境意象的创造上，表现出鲜明的"非现实"特性。第二，在情绪心态及感觉方式上，体现为强烈的梦幻冥想色彩。第三，在诗文传达方式与艺术效果上，形成了极为独特的虚幻"迷离"的风格特征。这三方面的特征，构成了早期何其芳卓然的艺术个性，从而也奠定了其在 1930 年代诗坛上的独特而重要的地位。

何其芳的"画梦"当然也并非都是对自我梦境的描画。在这条"梦中道路"上，诗人一路撷取着各式各样充满奇丽色彩的梦幻。其中，他对古今中外

---

① 鲁迅：《听说梦》，《鲁迅全集》第 4 卷，第 482 页。
② 何其芳：《论梦中道路》，《大公报·文艺》，1936 年 7 月 19 日。

的神话童话、民间传说、志怪故事的内容和典故尤为偏爱，并在诗文作品中将之精心化用，使其成为一系列与现代诗情完美融合的意象群，从中反映出诗人自身独特的审美观念与心态情感。在我看来，这种偏爱与化用，体现出何其芳一种独特的"神话情结"。这个情结贯穿于他的早期作品中，并随其诗歌艺术追求的转变而淡化、隐匿或消失；它造就了何其芳的艺术风格，创造性地丰富了中国新诗意象群落；同时，追踪这个"情结"，也为研究者提供了一条解读何其芳情感艺术世界的重要路径。

一

何其芳的"神话情结"首先体现在他的作品题材的选用方面。他大量择用了古今中外的神话传说、童话故事、民间志怪等情节内容，用以婉曲传达他自身的情感心绪。西方童话中，从"小人鱼"到"幸福王子"①，从"卖火柴的小女孩"② 到"一千零一夜"③ ……；中国民间故事中，从"牛郎织女"到"邯郸一梦"④，从"聊斋"故事到"齐谐"志怪……何其芳对各类神话故事的熟悉程度是惊人的，而他将其运用于诗文作品中的数量之大和频率之高更是独一无二。

需要强调的是，这些故事情节并非被诗人随意拈来，而是都巧妙地服务于具体的诗情和诗境，熨帖地成为整个作品中一个和谐的组成部分。虽然这些情节典故在诗文中大多只是一笔带过，但其背后蕴蓄的丰富内涵却往往凸现出巨大的张力，突破了其作为单一意象的意义，而烘染了整个诗境和情绪氛围，并因此而成为诗文中的"点睛"之笔。

例如在散文《墓》中，雪麟为死去的铃铃的灵魂讲述着《小女人鱼》的故事，"讲着那最年青，最美丽的人鱼公主怎样爱上那王子，怎样忍受着痛苦，

---

① 见《夏夜》："我第一说的故事是'幸福王子'。那可怜的该被祝福的小燕子，……"

② 见《魔术草》："有时真愿去当一个卖火柴的孩子，在寒夜里，在墙外，划一小朵金色的火花象打开一扇窗子，也许可以窥见幸福的眩耀吧。"有时真愿去当一个卖火柴的孩子，在寒夜里，在墙外，划一小朵金色的火花象打开一扇窗子，也许可以窥见幸福的眩耀吧。

③ 见《金钥匙》："我突然警惧，如慑伏于暴君之威的古代波斯女，战栗地期待黎明底来临，但我无述故事的妙舌以取媚于此黑暗的长夜。"

④ 见《古城》："邯郸逆旅的枕头上/一个幽暗的短梦/使我尝尽了一生的哀乐。"

变成一个哑女到人世去。""当他讲到王子和别的女子结婚的那夜，她竟如巫妇所预言的变成了浮沫，铃铃感动得伏到他怀里。"这是一场穿越阴阳生死界限的传奇恋爱，更是两个超越于肉体之外的灵魂的交流，而"小女人鱼"故事则成为这种灵魂交流的最恰切的纽带。因为"小人鱼"的故事本身就是一个超越了人神之界，打破了凡俗礼教的悲剧爱情故事，而女主人公"小人鱼"同样那么美丽善良，甘于为爱情奉献生命。因此，在雪麟和铃铃的凝练短暂的故事中，诗人极为巧妙地插入了"小人鱼"这样一笔，就如同从一个小孔透出一束奇异的光芒，使得整个故事立即被照亮。此时，两个不同背景的故事仿佛一下子熔铸到了一起，两个故事中的人物，以及诗人自身的情感都紧密地联系了起来。

这样的例子还有很多。在《秋海棠》中，一个"寂寞的思妇凭倚在阶前的石阑干畔"，她"偏起头仰望"，看到的是"冰样的天空"里，星星如同"清芬无声的霰雪一样飘堕"。她的怀念"如迷途的鸟漂流在这叹息的夜之海里"，"盘郁在心头的酸辛热热的上升，大颗的泪从眼里滑到美丽的睫毛尖，凝成玲珑的粒，圆的光亮，如青草上的白露，没有微风的撼摇就静静的，不可重拾的坠下……"就在这样的时刻，思妇——或者是诗人自己——叹道："银河是斜斜的横着。天上的爱情也有隔离吗？黑羽的灵鹊是有福了，年年给相思的牛女架起一度会晤之桥。"诗人一方面以"天上的爱情也有隔离"来映衬人间思妇的痛苦，同时更以牛女一年一度的相晤之福对比出人间无望的相思。当然，以"牛郎织女"来比喻爱情的相思绝非何其芳的创造，但是，把一个故事浓缩为一个看似简单的意象置于诗文之中，让其整个故事情节隐藏在意象背后释放出一种强烈而复杂的情绪，这种独特的意象使用与感情传达方式堪称何其芳的一大贡献。

显然，神话故事情节在何其芳的诗文中是被用作一种意象的，而且是一种内涵特别丰富深广的意象。这些意象不是孤立的、静态的和平面的，也不仅仅是用以传达某一种简单的情绪，它们因其背后所隐藏的故事——甚至一种文化背景——而大大拓展了内涵，因此，作为诗歌意象，它们是立体的、动态的、具有丰富情节性的，因而也就无疑地具有了更大的表现力、暗示性和情感张力。

从这个角度看，何其芳的意象营造方式在更深层的意义上接近了艾略特、瓦雷里等现代主义诗人的追求。正如艾略特提出的，要"用艺术形式表现情感的唯一方法是寻找一个'客观对应物'；换句话说，是用一系列实物、场景、一连串事件来表现某种特定的情感；要做到最终形式必然是感觉经验的外部事实一旦出现，便能唤起那种情感。……艺术上的'不可避免性'在于外界事物和情感之间的完全对应"①。显然，何其芳的神话意象系列最符合艾略特的"客观对应物"的要求，因为神话故事本身已被赋予了"某种特定的情感"，并且由于人们对这类故事的熟知程度，也必然造成"感觉经验的外部事实一旦出现，便能唤起那种情感"的效果，是神话故事本身所特有的文化内蕴规定和保证了这种"对应"的联系。另一方面，即如梁宗岱特别强调的，瓦雷里"心眼内没有无声无色的思想，正如达文希底心眼内没有无肉体的灵魂一样。"② 艾略特也认为，诗人要像感知玫瑰花的香味一样感知思想，也就是说，思想与形象，思想与其"客观对应物"应该完美地结合在一起。而这个所谓的"客观对应物"，绝不应该仅仅局限于一个静态的物象，它应该更复杂、更丰富。因此，在这个意义上说，何其芳的神话意象系列的创造，虽然并不一定是在有意识地实践艾略特的"客观对应物"的诗学理论，但至少他已经在实践意义上进行了相同的摸索和尝试，并将之与中国新诗的现实与传统文化的内蕴相结合，以其独特的个性丰富了现代主义诗学艺术理论。

二

谈何其芳早期的诗歌创作，不能不谈他的成名作和代表作《预言》。况且在我看来，《预言》的确奠定了何其芳早期诗风的独特基调与个性风格，并且是第一次也是最充分鲜明地体现了他的"神话情结"。甚至可以说，《预言》一诗仿佛真的如同一种"预言"，预示了何其芳在整个 1930 年代的诗歌艺术发展道路。

《预言》讲述了一个"谪仙"的故事，有研究者认为故事的原型来自瓦雷里的《年轻的命运女神》③，但我认为，这更是一个诗人自己幻想出来的故事。事实上，诗人在 5 年以后写作的散文《迟暮的花》中明确谈到了自己编构这个故事的经过：

---

① T. S. 艾略特：《哈姆雷特》，《艾略特诗学论文集》，北京：国际文化出版公司，1989 年，第 13 页。

② 梁宗岱：《保罗梵乐希先生》，《诗与真·诗与真二集》，北京：外国文学出版社，1984 年，第 17 页。

③ 蓝棣之：《何其芳全集·序二——略论何其芳的文学与理论遗产》，《何其芳全集》第 1 卷，石家庄：河北人民出版社，2000 年，第 3 页。

　　……我给自己编成了一个故事。我想象在一个没有人迹的荒山深林中有一所茅舍，住着一位因为干犯神的法律而被贬谪的仙女，当她离开天国时预言之神向她说，若干年后一位年轻的神要从她茅舍前的小径上走过；假若她能用蛊惑的歌声留下了他，她就可以得救。若干年过去了。一个黄昏，她凭倚在窗前，第一次听见了使她颤悸的脚步声，使她激动地发出了歌唱。但那骄傲的脚步声踟蹰了一会儿便向前响去，消失在黑暗里了。

　　——这就是你给自己说的预言吗？为什么那年轻的神不被留下呢？

　　——假若被留下他便要失去他永久的青春。正如那束连翘花，插在我的瓶里便成为最易凋谢的花了，几天后便飘落在地上象一些金色的足印。

　　——现在你还相信永久的青春吗？

　　——现在我知道失去了青春的人们会更温柔？

　　——因为青春时候人们是夸张的？

　　——夸张而且残忍的。

　　——但并不是应该责备的。

　　——是的，我们并不责备青春……

这个故事部分来源于古希腊神话中"痴恋着纳耳斯梭的美丽的山林女神因为得不到爱的报答而憔悴，而变成了一个声响"的故事，但诗人在其中倾注了深刻的情感和个性化的想象，以及他自身关于爱情、人生等命题的哲学冥想。何其芳不仅给出了故事背景和内涵，并以自设问答的形式解读了主题和情绪，就是在为读者指引一座通向他心灵深处情感与思绪的桥梁。

　　在话剧《夏夜》中，这座桥梁再度出现——何其芳通过剧中男女主人公齐辛生与狄珏如之间的对话，给出了更加清晰而深刻的诠释：

　　狄：……这就是你那时的梦吧？

　　齐：那也是一个黄昏，我在夏夜的树林里散步，偶然想写那样一首诗。那时我才十九岁。十九岁，真是一个可笑的年龄。

　　狄：为什么要让那"年青的神"无语走过，不被歌声留下呢？

　　齐：我是想使他成一个"年青的神"。

　　狄："年青的神"不失悔吗？

　　齐：失悔是美丽的，更温柔的，比较被留下。

　　狄：假若被留下呢？

　　齐：被留下就会感到被留下的悲哀。

狄：你曾装扮过一个"年青的神"吗？

齐：装扮过。但完全失败。

诗人给出的阐释是多层次的。

从最浅显的层次看，这是一个关于爱情的体悟。就像诗人在《梦后》一诗中也曾写到的："生怯的手/放一束黄花在我的案上。/那是最易凋谢的花了。/金色的足印散在地上，/生怯的爱情来访/又去了。"这是一种基于现实层面的理解，或许诗人真的遭遇过这样一段短暂而生怯的爱情，就像一束最易凋谢的黄花，美丽但是转瞬即逝，空留一抹"金色的足印"。无论诗人自己在这个爱情故事中扮演的是那个"年轻的神"，还是那个用歌声呼唤爱情的仙女，他都经历了"失败"，然后怀着一种温柔美丽的忧伤，他写下了这样一个故事，用以诗性地感悟他十九岁的生命与情感。

但是，这首诗要表达的显然不仅仅是对爱情的留恋，更深一层来说，诗人是在通过这一与爱情失之交臂、得而复失的故事，传达一种对于流逝的青春与时间的惆怅与思考。在这个意义上，"年轻的神"更是一种象征，他象征着必将到来又定会离去的青春。终于，青春的足音走近又消失，时间的脚步"竟不为我的颤抖暂停"，而生命也必然"如预言中所说的无语而来"又"无语而去"，只给他人留下一点点"空寥的回声"。

再进一步说，我认为何其芳意图传达的还有着更为深刻、更具哲学意味的主题，那就是对于人生的"得与失""取与舍""蛊惑与抗拒"之间的抉择。在"留下的悲哀"与"失悔的美丽"之间，何其芳经历着并传达出他的困惑、思考与痛苦的心情。最终，他通过齐辛生之口道出了一个结局——"我还是渐渐地爱上你了，我渐渐地需要你底爱了，所以我明晚要走了。"这句话，是《夏夜》的主题，同样也是诗人要通过《预言》的故事带给人们的启迪。应该说，从《预言》开始，直到《迟暮的花》《梦后》和《夏夜》，何其芳始终在以不同的形式讲述着同一个故事，进行着同一种哲学思索，他通过对这个故事的不断阐释和不断充实，深化和发展了自己的思考。诗人最终告诉自己："让你'生命底贿赂'从你身边过去，你'生命底生命'接着就会来的。"其实，这是一个相当深刻的哲学命题，他揭示的是生命运动的本质：生命的意义——"生命底生命"——本身就在于始终向前的过程当中，而就在这个一直向前不做停留的过程中，人不得不面对选择，不得不学会放弃，学会抗拒。

年轻的何其芳偏爱《预言》是有理由的，因为他偏爱自己对时间与生命做出的思考。而更值得注意的是，这种抽象的哲思被表现为一个幻美的神话故事的外在形式。这个故事的构思，显然绝非诗人一时的灵感突发或信手拈来，它是诗人精心编织用以曲折表现和承载他的独特情思的，而这也正是造成其独特诗风的重要原因之一。何其芳在北大读的是哲学专业，虽然他说自己"原来有的那一点点对于思想史的兴趣，在学哲学的过程中几乎全部消失了"①，但他对于人生终极问题思考的兴趣却没有消失，而是通过文学形象和诗歌语言的形式做出了独特的、更为诗性与感性的传达，这本身就是他在艺术上的鲜明特征和独特贡献。

三

1933 年，21 岁的何其芳在《柏林》一诗中写下了两行著名的诗句：

> 从此始感到成人的寂寞，
> 更喜欢梦中道路的迷离。

对于这两句诗，诗人自己说："那仿佛是我的情感的界石，从它我带着零落的盛夏的记忆走入了一个荒凉的季节。……我叹息我丧失了许多可珍贵的东西。"② 可以说，对于年轻的何其芳而言，迷离的梦幻是他最为"珍贵的东西"，宛如"盛夏的记忆"为他带来诗意盎然的青春。相比之下，由冷漠复杂的社会现实所带来的"成人的寂寞"却只能让他陷入"荒凉的季节"。也就是说，"梦中道路的迷离"之美是诗人逃避"成人的寂寞"、抒发对社会现实不满的一条主要途径。在这种逃离的渴望中体现出来的，是何其芳一种特具个性的心态特征——"童心"。

也许，贪恋童话故事的人都有些童心未泯，而沉迷于幻想的人，则都多少对现实抱有距离感或排斥感。从艺术与人类心理的关系角度而言则是："真正的艺术家都是保有赤子之心的人，童心的保存与充分社会化的实现是一对矛盾。……艺术家以童心去体验人生，才能创造出饱含童真的诗意世界。"③ 因

---

① 何其芳：《写诗的经过》，《何其芳全集》第 4 卷，石家庄：河北人民出版社，2000 年，第 321 页。

② 何其芳：《论梦中道路》，《大公报·文艺》第 182 期，1936 年 7 月 19 日。

③ 童庆炳主编：《艺术与人类心理》，北京：北京十月文艺出版社，1990 年，第 95 页。

此，在艺术作品中归依童年，是"现代人向人类童年的回归冲动"的一种体现，它表现了艺术家对当下和此在的不满情绪与超越的愿望，因而在他们的创作中，童年记忆往往带有理想化的色彩，就像普鲁斯特说过的那样："真正的天堂，正是人们已失去的天堂。"

在何其芳的文学创作中，就体现着这样一种潜在的心态。可以说，他是中国现代最富于童心的诗人之一。在他的作品中大量体现着儿童般清澈澄明的视野，例如"我的怀念正飞着，/一双红色的小翅又轻又薄，/但不被网于花香。"（何其芳《祝福》）"芦蓬上满载着白霜，/轻轻摇着归泊的小桨。/秋天游戏在渔船上。"（何其芳《秋天》）等等。即便他的作品很少呈现儿童的欢快无忧，却也犹如"一湾小溪流着透明的忧愁"（何其芳《季候病》），仍充满孩童的天真，绝无虚伪凡俗之气。

再进一步说，这种"童心"的背后还隐藏着一种独特的审美意识，即对人类"自然"美与"原始"美的赞美和归依。这种意识，在1930年代北平现代派诗人群体中是具有一定共性的。比如何其芳的好友，同为"汉园诗人"的李广田就自称"地之子"，而沈从文也一再强调自己的"乡下人"身份和心态。林庚更直接地指出，"未完全失去了童心"就说明了一个人"尚保持着他生命上的健康"[1]。可见，在他们眼中，相对于城市中某些人工的、虚饰的美而言，那种儿童的出于自然人性的天真原始之美才真正值得称颂。

但是，即便同样地归依童年，由于诗人各自气质、性格的差别，反映出来的情绪也很不一样。与林庚的天真无忧相比，何其芳的"童心"突出了一种寂寞的感觉。他说：

> 我是一个太不顽皮的孩子，
> 不解以青梅竹马作嬉戏的同伴。
> 在那古老的落寞的屋子里，
> 我亦其一草一木，静静地长，
> 静静地青，也许在寂寥里，
> 也曾开过两三朵白色的花，
> 但没有飞鸟的欢快的翅膀。[2]

---

① 林庚：《熊》，《世界日报·明珠》第87期，1936年12月26日。
② 何其芳：《昔年》，《社会日报·星期论坛》1933年4月9日。

的确，何其芳之所以偏爱童话故事与神话传说，与其性格、经历和生活环境相关。他"从小就爱幻想，幻想些温柔的可爱的东西"，"以后能够记忆的童年都在乱离中，那小小的寂寞的灵魂是缺少关注，缺少爱抚的"①。因此，"在乱离中，大人们日夜愁着如何避祸"，而年幼的何其芳"遂自由的迷入了许多神异的小说里去，找到了幻想的天地"②。

寂寞的心灵最嗜幻想。在幻想中，现实中不曾出现或无法实现的愿望都能得到满足。因此，何其芳以幻想的方式在他极具个性化的艺术世界中完成了这种心理上的补偿和满足。在幻想中，他经历了比同龄人更加丰富的人生，甚至常常感到"我就是那故事里的老人"。在心理上，他因为这种"移情"的方式完成了更丰富的人生体验。这种精神的超越和审美的体验安慰了何其芳寂寞的心境。因此他说："读着那些诗行我感到一种寂寞的快乐"。"我乃寻找着我失掉了的金钥匙，可以开启梦幻的门，让我带着岁月、烦忧和尘土回到那充满了绿阴的园子里去。"③

何其芳的寂寞不仅与他童年的心态、经历相关，而且与他后来身处的社会环境也大有关联。1930 年，他来到北平，在这座著名的"文化古城"和"政治边城"中，他感受到更深刻更强烈的寂寞和孤独：

> 那时我在一个北方大城中。我居住的地方是破旧的会馆，冷僻的古庙，和小公寓，然而我成天梦着一些美丽的温柔的东西。每一个夜晚我寂寞得与死接近，每一个早晨却又依然感到露珠一样的新鲜和生的欢欣。假若有人按照那时的我分类，一定要把我归入那些自以为是精神的贵族的人们当中。④

在这样的孤独与不满中，何其芳不仅发出过"绝望的姿势，绝望的叫喊"⑤，同时也选择了通过幻想来超越现实。因此，在他对神话的特殊偏爱中，又更加耽爱着那些超越时空的内容。可以说，那些具有超现实的神秘感的故事情节最能吸引和启发何其芳的童心与想象。最突出的例子莫过于散文《画梦

---

① 何其芳：《夏夜》，《何其芳全集》第 1 卷，第 171 页
② 何其芳：《魔术草》，《水星》第 2 卷第 1 期，1935 年 4 月 10 日。
③ 何其芳：《〈燕泥集〉后话》，《新诗》第 1 期，1936 年 10 月 10 日。
④ 何其芳：《〈刻意集〉序》，《文丛》第 1 卷第 4 期，1937 年 6 月 15 日。
⑤ 何其芳：《论梦中道路》，《大公报·文艺》第 182 期，1936 年 7 月 19 日。

录》。在这篇散文中，诗人专门依托神话志怪故事描写的"丁令威""淳于梦"和"白莲教某"三个奇异的故事。这三个看上去并无关联的故事，其实都体现了同样一个主题，即对时间与空间的超越："丁令威"学仙得道回到阔别千年的故土，却发现"城郭如故人民非"，不禁产生"我为什么要回来呢?"的自问;"淳于梦"回顾自己的"邯郸一梦"，一时间"忘了大小之辨，忘了时间的久暂之辨";而"白莲教某"更是超越时空，达到了"半盆清水就是他的海"的奇异境界。这三个故事被何其芳当作寄托其思想与情感的载体，在不动声色的讲述中，他诗性地表达了对于"大小之辨"，"时间的久暂之辨"，以及空间的、人与物的相对与绝对之辨等哲学命题的思考。

四

在 1930 年代的诗坛上，何其芳是相当独特的。虽然因为 1936 年出版的诗合集《汉园集》的缘故，他与卞之琳、李广田三人被合称为"汉园三诗人"，但这并不掩没他们各自突出的艺术个性与风格。卞之琳在多年后曾说："我和同学李广田、何其芳交往日密，写诗也可能互有契合，我也开始较多写起了自由体，只是我写的不如他们早期诗作的厚实或浓郁，在自己显或不显的忧郁里一点轻飘飘而已。"① 透过其中谦虚客套的成分，我们仍可看出他们对于彼此间不同诗风的深刻认识。可以说，李广田的"厚实"、何其芳的"浓郁"，以及卞之琳的"忧郁"恰是他们三人诗歌艺术风格的重要特征。这些特征不仅在《汉园集》中已得到突出体现，而且更贯穿了他们各自的早期诗歌创作历程。

何其芳诗风之"浓郁"，同时体现在他的情感内涵与传达方式当中，具体地说，其实就是感情之"浓烈"加上意象之"馥郁"。一方面，他多情善感、温柔细腻，喜欢描写或幻想那些旖旎的故事，善于把握纤细的情感。而另一方面，他作品中的意象瑰丽丰富、姿态万千，由于他"喜欢那种锤炼，那种色彩的配合，那种镜花水月"②，对于人生"动心的不过是它的表现"③，所以他的作品里处处透露神秘迷离之美。可以说，他的作品的确淋漓尽致地传达出了一种"梦中道路的迷离"的艺术效果。

其实，何其芳的"浓郁"诗风仍与他的"神话情结"密切相关。

① 卞之琳:《〈雕虫纪历〉自序》，《雕虫纪历》，第 15 页。
② 何其芳:《论梦中道路》，《大公报·文艺》第 182 期，1936 年 7 月 19 日。
③ 何其芳:《扇上的烟云（〈画梦录〉代序）》，《大公报·文艺》，1936 年 4 月 24 日。

首先，由于题材的"非现实"性和情感方式的幻想色彩，他的作品必然呈现出梦境般的迷离。他承认自己"相信着一些神秘的东西"。他说：

> 我倒是喜欢想象着一些辽远的东西，一些不存在的人物、和许多在人类的地图上找不出名字的国土。我说不清有多少日夜，象故事里所说的一样，对着壁上的画出神遂走入画里去了。但我的墙壁是白色的。不过那金色的门，那不知是乐园还是地狱的门，确曾为我开启过而已。①

这段话最深入地解读了何其芳的另一佳作《扇》：

> 设若少女妆台间没有镜子，
> 成天迷望着悬在壁上的宫扇，
> 扇上的楼阁如水中倒影，
> 染着剩粉残泪如烟云，
> 叹华年流过绢面，
> 迷途的仙源不可往寻，
> 如寒冷的月里有了生物，
> 每夜凝望这苹果形的地球，
> 猜在它的山谷的浓淡阴影下，
> 居住着的是多么幸福……

或许，何其芳的很多作品都是得自于这样"对着壁上的画出神遂走入画里去了"的。诗人所说的"没有镜子"，不过是说明他并不喜欢反映现实的景象而已。在他的眼里，"扇上的楼阁""水中倒影"，以及"烟云"般的"仙源"才更是他酷爱描画的景致。因此他说："我很珍惜着我的梦。并且想把它们细细的描画出来。"

何其芳正是这样"走入画里去"，以角色转换的方式自由地出入于自己的幻想，出入于各种幻美的神话传说故事。在这一入一出之中，他得以在别人的故事里寄托自己的思想、抒发自己的情感，同时也以自己的心灵去设想和体悟别样的人生。

凭借这种方法，何其芳的作品流露出来的既是诗人个性化的思考和情感，

---

① 何其芳：《扇上的烟云（〈画梦录〉代序）》，《大公报·文艺》，1936 年 4 月 24 日。

同时又具有相当的"非个人化"的效果，而艺术的新奇感就由此产生。这让人不由得联想到艾略特的一句论断："优秀诗歌的特性，即使熟悉的事物变为新奇，并使新奇事物成为熟悉的能力。"① 何其芳的诗歌正具有这样的特性，他为人们熟知的神话传说注入现代的和个性化的情感与哲思，同时也给深刻的思想与细腻的情感穿上了神话传说的美丽衣裳。

由于大量运用典故和意象，何其芳的诗歌在传达方面也必然会表现出一定程度的隐晦。如果不走入他的艺术想象，不理解他所化用的神话典故，或许就不能完全理解他的情感和思想。对于"画梦"所造成的"梦中道路的迷离"，诗人有自己的解释：

> 现在有些人非难着新诗的晦涩，不知道这种非难有没有我的份儿。除了由于一种根本的混乱和不能驾驭文字的仓皇，我们难于索解的原因不在作品而在我们自己不能追踪作者的想象。有些作者常省略去那些从意象到意象之间的链锁，有如他越过了河流并不指点我们一座桥，假若我们没有心灵的翅膀，便无从追踪。②

的确，"作者的想象"实在是太灵动了，他之所以要求读者具备"心灵的翅膀"，是因为他自己正在乘着想象飞翔。因此，非难他的"迷离"不如追踪他的想象，而"神话情结"就应是他指点给我们的桥梁之一。

"神话情结"贯穿在何其芳的早期创作中，深刻地影响了他的意象创造、情感方式和传达方式。但是，随着历史环境的变化，诗人的心态和艺术选择都渐渐发生了转变，他开始"厌弃自己的精致"，并自称"不复是一个望着天上的星星做梦的人"③。由此，他的"神话情结"也随之淡化、隐匿起来，在后来的作品中几乎不再有所体现。

---

① T. S. 艾略特：《安德鲁·马韦尔》，李赋宁译注：《艾略特文学论文集》，南昌：百花洲文艺出版社，1994 年，第 41 页。
② 何其芳：《论梦中道路》，《大公报·文艺》第 182 期，1936 年 7 月 19 日。
③ 同上。

第十一章 诗与死

第一节 涅槃与献身

一

被闻一多誉为"时代的肖子"的《女神》，在中国新诗的精神领域以石破天惊的方式创造了一片全新的天地。它不仅充分体现了"二十世纪底时代精神"，而且开辟了多条新诗的发展之路，同时也创造性地开辟了新诗理解与批评的新的可能。按照闻一多的归纳，《女神》之"动的精神""反抗的精神""科学的成分""世界之大同的色彩"等诸多方面，都是二十世纪现代人的精神世界的深刻体现，在他指出的各方面中，有一个特别有趣但被讨论得也特别少的，那就是"死"的问题。

闻一多说："二十世纪是个悲哀与奋兴的世纪。二十世纪是黑暗的世界，但这黑暗是先导黎明的黑暗。二十世纪是死的世界，但这死是预言更生的死。这样便是二十世纪，尤其是二十世纪底中国。"[①] 换句话说，新文化运动的时代就是一个除旧布新的时代，在一切旧有的东西毁灭的同时，也就意味着新生的到来。因而，在新文学初期——尤其是早期的新诗中——直接书写死亡并由此呼唤新生的作品比比皆是。当然，最重要的代表还是郭沫若的《凤凰涅槃》。正如闻一多所说："丹穴山上底香木不只焚毁了诗人底旧形体，并连现时一切

---

① 闻一多：《〈女神〉之时代精神》，《闻一多全集》第 2 卷，第 114 页。

的青年底形骸都毁掉了。凤凰底涅槃是诗人与一切的青年底涅槃。"① "涅槃"
所寓示的热烈新鲜的生命的再造与重生，的确是那个时代最激动人心的主题和
情绪。不能不说，《凤凰涅槃》成为一个时代的代表作在很大程度上就在于它
以艺术的方式恰当地发出了这个最具时代感的声音。在中国文学的传统中，不
是没有关于死亡的书写，却从没有哪位诗人用死写出了生的激情。

与《凤凰涅槃》在主题上相通的当然还有《女神》的首篇《女神之再
生》。同样是对新生的呼唤，经由女神们的口吻得到直接的表达：

> 女神之一
> 我要去创造些新的光明，
> 不能再在这壁龛之中做神。
> 女神之二
> 我要去创造些新的温热，
> 好同你新造的光明相结。
> 女神之三
> 姊妹们，新造的葡萄酒浆
> 不能盛在那旧了的皮囊。
> 为容受你们的新热、新光，
> 我要去创造个新鲜的太阳！

《女神之再生》中，"再生"是最核心的声音，因而天塌地陷不是灾祸，
反而成了造就新生的转机。虽然整个《女神》中的作品超过50首，但《女神
之再生》和《凤凰涅槃》所传达出来的声音远远压过了其他作品的声音，其
最重要的原因就是来自"再生"与"涅槃"的巨大能量。闻一多所谓的整个
集子的核心即"他的精神完全是时代的精神——二十世纪底时代的精神"，说
到底其实就是这个革命性的破旧立新的精神，这里包含了"动的精神""反抗
的精神"等等衍生而来的方面。正如闻一多所说：

> 只有现在的中国青年——"五四"后之中国青年，他们的烦恼悲哀真
> 象火一样烧着，潮一样涌着，他们觉得这"冷酷如铁"，"黑暗如漆"，

---

① 闻一多：《〈女神〉之时代精神》，《闻一多全集》第2卷，武汉：湖北人民出版社，
1993年，第116页。

"腥秽如血"的宇宙真一秒钟也羁留不得了。他们厌这世界,也厌他们自己。于是急躁者归于自杀,忍耐者力图革新。革新者又觉得意志总敌不住冲动,则抖擞起来,又跌倒下去了。但是他们太溺爱生活了,爱他的甜处,也爱他的辣处。他们决不肯脱逃,也不肯降服。他们的心里只塞满了叫不出的苦,喊不尽的哀。他们的心快塞破了,忽地一个人用海涛底音调,雷霆底声响替他们全盘唱出来了。这个人便是郭沫若,他所唱的就是《女神》。①

这一段评论的确道出了郭沫若诗最符合时代精神的特征和最打动人心的地方,可以说,正是"涅槃"的急迫与"再生"的憧憬,引起了一个时代的青年的巨大的共鸣。

作为浪漫主义诗人的郭沫若,在青年们"时代病"的普遍症候中,既传达了时代的声音,又奏响了引领时代的独特号角。他既与郁达夫等创造社朋友们一样,在文学创作中充分表达了浪漫、激情、感伤、颓废的情绪,同时又在这种情绪中难能地发出了"海涛底音调,雷霆底声响"。无怪乎闻一多要感叹"凤凰底涅槃是诗人和一切的青年底涅槃"了。

根据郭沫若自己说,他"最早的诗"大概写于1918年初夏②,题为《死的诱惑》。在这首"少作"中,诗人的表现方式完全是一个浪漫感伤的青年最常用的方式:

> 一
> 我有一把小刀
> 倚在窗边向我笑。
> 她向我笑道:
> 沫若,你别用心焦!
> 你快来亲我的嘴儿,
> 我好替你除却许多烦恼。

---

① 闻一多:《〈女神〉之时代精神》,《闻一多全集》第2卷,第115页。
② 郭沫若在《死的诱惑》后"附白"曰:"这是我最早的诗,大概是一九一八年初夏作的。"人民文学出版社1982年版注释中说:"这首诗的写作时间,作者在其他著作中所说与这里所注有出入"。时间虽有出入,但大体不会相差很多,该诗发表时间是1919年9月29日,发表于《时事新报·学灯》。(见《郭沫若全集·文学编》第1卷,北京:人民文学出版社,1982年,第138页。)

二

窗外的青青海水

不住声地向我叫号。

她向我叫道：

沫若，你别用心焦！

你快来入我的怀儿，

我好替你除却许多烦恼。

闻一多曾批评说，"北社编的《新诗年选》偏取了《死的引诱》作《女神》底代表作之一。他们非但不懂读诗，并且不会观人。《女神》底作者岂是那样软弱的消极者吗?"① 闻一多的批评中透露了至少两个问题：一是类似《死的诱惑》这样的作品在青年中的共鸣与反响，以至于被认为"代表作"，这其实的确在一定程度上说明了一代青年的真实状况；另一个问题是，来自新诗诗坛内部的专业批评——如闻一多——则认为这是一个误判。那么，这个差异和裂隙本身是否也说明了郭沫若在诗坛上的代表性与独特性呢？换句话说，青年们推举此诗为代表作，也就意味着他们在这首诗里找到了共鸣，在社会思想刚刚松动而新思潮不断出现、现实不符理想的阶段，这样的颓废和感伤必然常见；但郭沫若在此基础上，却摆脱了消极感伤，发出了新的声音。闻一多正是看到了这个新声的价值和意义所在，也因此，他才会批评北社的编辑们对郭沫若的低估和误解。

可以说，自郭沫若开始，中国新诗开始了对死亡问题书写的新方式。这个方式是与"五四"新文化破旧立新的大趋势相一致的，既是由"五四"思潮所催生，又最能体现"五四"思潮的精髓。

二

其实，闻一多自己也是个钟情死亡书写的诗人，而他的写法又与郭沫若不同。虽然有《死水》作为代表，也预示着某种类似涅槃般的向死而生、呼唤新世界的意味，但总的来说，闻一多的诗学观念决定了他不会像郭沫若那样浪漫感伤，他笔下的死带有强烈的唯美倾向和某种艺术救赎的意味。

---

① 闻一多：《〈女神〉之时代精神》，《闻一多全集》第 2 卷，第 116 页。

　　闻一多的第一部诗集《红烛》即以同名序诗开篇。多年来，读者们对红烛意象的理解都是根据李商隐的名句"蜡炬成灰泪始干"而来，将之视为一个有抱负的年轻诗人的担当与理想。他的诗句——"烧破世人底梦，/烧沸世人底血——/也就出他们的灵魂，/也捣破他们的监狱！"——很容易让人联想到"五四"一代启蒙知识分子的使命感与信念追求。这里，除了牺牲的意味之外，也还包含了类似于郭沫若的"涅槃"式理想，在死亡的同时尤其强调换取新生的意义。就像《红烛》中所直抒的："红烛啊！你心火发光之期，/正是泪流开始之日。""红烛啊！/你流一滴泪，灰一分心，/灰心流泪你的果，/创造光明你的因。"可以说，红烛烧尽自我创造光明这个过程本身，与凤凰涅槃重生几乎是同样的性质和同等的意义。区别只在于红烛烧尽的是自己，光明的是世人，但从生命的价值上说，都有一种生命转化的含义。

　　如果说《红烛》自《序诗》起就在触及死亡与新生的问题，那么到了接下来的第二篇长诗《李白篇》中，这个主题就更加凸显了。

　　《李白篇》中的三首长诗算得上是闻一多的名篇，也是他本人特别钟爱的作品。在这三首长诗中充分体现了诗人的美学观念和思想追求。《李白之死》演绎了李白"捉月骑鲸而终"的传说，为的是"藉以描画诗人底人格"。其实，在刻画了"诗仙"李白浪漫的性格、困窘的遭遇和激愤的心情之外，在这个醉酒捉月的传奇故事中，诗人之死被处理得不是一个荒诞的悲剧，而是一个高度浪漫的自我救赎的方式。一个在现实环境中如此悲愤孤独的大诗人，一个才华堪比星月的诗仙，最终寻得了这样一个恰当的结局：——"他的力已尽了，气已竭了，他要笑，/笑不出了，只想到：'我已救伊上天了！'"

　　第二首《剑匣》的主题中也蕴喻着类似的美学观念与主题。这同样是脱胎于一个想象中的神话故事：一个铸剑的大师完成了最美的宝剑和剑匣之后，"昏死在他的光彩里"，最后"用自制的剑匣自杀了"。作品的完成就是他生命的完结，这是一个为了艺术（或理想）彻底献身的故事。在长诗的最后，诗人一再使用呼唤式的直抒方式，表达一种极为浓郁的情绪：

　　　　哦，我的大功告成了！
　　　　我将让宝剑在匣里睡着觉，
　　　　我将摩抚着这剑匣，
　　　　我将宠媚着这剑匣，——
　　　　看着缠着神蟒的梵像，
　　　　我将巍巍地抖颤了，

看看筏上鼓瑟的瞎人，
我将号咷地哭泣了；
看看睡在荷瓣里的太乙，
飘在篆烟上的玉人，
我又将迷迷地嫣笑了呢！

哦，我的大功告成了！
我将让宝剑在匣里睡着。
我将看着他那光怪的图画，
重温我的成形的梦幻，
我将看着他那异彩的花边，
再唱着我的结晶的音乐。

啊！我将看着，看着，看着，
看到剑匣战动了，
模糊了，更模糊了，
一个烟雾弥漫的虚空了，……

哦！我看到肺脏忘了呼吸，
血液忘了流驶，
看到眼睛忘了看了。
哦！我自杀了！
我用自制的剑匣自杀了！
哦哦！我的大功告成了！

    铸剑的剑侠陶醉于作品的光彩，最终献身于艺术的方式，正是年轻的诗人——其实同时也是画家——闻一多的理想告白。很多研究者都承认《李白之死》和《剑匣》是诗人早期的重要作品，不仅在艺术形式上有所探索，更是在理念上早早确定了方向。即便是在他后来更多为人称道的思乡诗、爱国诗，以及很多取材于现实的作品之中，仍不时地闪耀出早期"剑匣"式的光芒。比如在他致敬诗人济慈的《艺术底忠臣》中，他写道：

    啊！"鞠躬尽瘁，死而后已"：

> 真个做了艺术底殉身者！
> 忠烈的亡魂啊！
> 你的名字没写在水上，
> 但铸在圣朝底宝鼎上了！

在年轻的闻一多眼里，相比于其他"艺术底名臣"，只有真正能够为艺术殉身，做到"鞠躬尽瘁死而后已"的诗人，才称得上"艺术底忠臣"。而这，显然是他本人艺术生涯中的最高目标。

到了《死水》时期，闻一多的诗作中更多地传达的是对现实的感受和体验，早期那种带有奇幻色彩的艺术告白诗几乎不可见了。《死水》中的死亡多是真实的见闻和经历，比如爱女的夭折、革命青年的牺牲等等。这些以现实为基础的死亡书写已是另一个层面的问题，这里暂且不再多论。

有意思的是，同为浪漫派诗人代表的徐志摩，也有一首名作，表现出了非常相近的意境和情绪：

> 我骑着一匹拐腿的瞎马，
> 向着黑夜里加鞭；——
> 向着黑夜里加鞭，
> 我骑着一匹拐腿的瞎马。
>
> 我冲入着黑绵绵的昏夜，
> 为要寻一颗明星；——
> 为要寻一颗明星，
> 我冲入着黑茫茫的荒野。
>
> 累坏了，累坏了我胯下的牲口，
> 那明星还不出现；——
> 那明星还不出现，
> 累坏了，累坏了马鞍上的身手。
>
> 这回天上透出了水晶似的光明，
> 荒野了倒着一只牲口，
> 黑夜里躺着一具尸首。——

这回天上透出了水晶似的光明！

　　这首《为要寻一个明星》是徐志摩写于 1924 年的一首小诗。这首诗与他常见的甜蜜灵柔的"爱与美"的颂歌不太一样，整体偏于黑暗惊悚。正如他自己所说，几乎是一个"十六行的怪调"。但细究起来却可发现，这"怪调"却是符合于时代氛围和浪漫派艺术的主潮的。

　　这里的几个例子当然并不足以概括 1920 年代诗歌的全部，但从这里仍能窥见一个早期新诗写作中的类型：在时代的巨变与自我的觉醒之中，一种急切的破旧迎新、涅槃更生的情绪成为浪漫青年共同的追求，这里交织着时代的思潮与浪漫的情绪，与古诗传统中的娴雅美学与超脱的生死观念已经大相径庭。

第二节　"过去的生命"与"公共的花园"

一

　　过去的生命已经死亡。我对于这死亡有大欢喜，因为我借此知道它曾经存活。死亡的生命已经朽腐。我对于这朽腐有大欢喜，因为我借此知道它还非空虚。

　　……

　　……我以这一丛野草，在明与暗，生与死，过去与未来之际，献于友与仇，人与兽，爱者与不爱者之前作证。

　　为我自己，为友与仇，人与兽，爱者与不爱者，我希望这野草的死亡与朽腐，火速到来。要不然，我先就未曾生存，这实在比死亡与朽腐更其不幸。①

　　这段话出自鲁迅 1927 年 4 月写于广州白云楼上的《野草·题辞》，是他为两年前写作的一系列散文诗"野草"做出的一个总结。在这篇题辞里，他清楚地点明了《野草》中最重要也最常出现的主题——生与死。

———————————

① 　鲁迅：《题辞》，《鲁迅全集》第 2 卷，第 163—164 页。

《野草》写作的 1924—1926 年间，在这段"运交华盖"的日子里，鲁迅经历了"女师大风潮""新月派"诸绅士的围剿、教育部的非法免职，以及因"青年必读书"引起的各种误解与责难，直至发生了令他无比震惊和悲恸的"三·一八"惨案。而在他的个人生活里，也经历了搬家、打架，以及与许广平的恋爱，……可以说，这是鲁迅在思想精神、日常生活和情感世界里都发生着巨变的两年，也正是因为这样的巨变，最终导致了他的出走南方。"《野草》时期"正是鲁迅生命里最严峻也最重要的时期，他的种种愁烦苦闷都在这时蕴积到了相当深重的程度。而《野草》，就是他在这人生最晦暗时期中的一个特殊的精神产物。《野草》的重要意义绝不仅仅在于它记录了鲁迅此时的生活与精神状态的真相，更重要的是，它体现了鲁迅在这一特殊时期中对于自我生命的一次深刻反省和彻底清理。必须在这个意义上去理解他所说的"过去的生命已经死亡。我对于这死亡有大欢喜……"的意义，可以说，是在《野草》的写作过程中，鲁迅检视了自己"过去的生命"，在看似"朽腐"与"死亡"的遗迹里发现了"还非空虚"和"曾经存活"的"生"之体验，这体验带给他的，是"坦然，欣然"，更是彻悟般深沉高远的"大欢喜"。

中年的鲁迅与青年的郭沫若、闻一多大不一样，他对生死的思考不仅不是浪漫感伤式的，也远非时代症候式的，而是一种现代意义上的哲学性思考。在《野草》里，涉及生死问题的篇章很多，其中比较重要的有《雪》《死火》《死后》《淡淡的血痕中》等。在这些篇章中，诗人鲁迅以象征的手法，通过各种曲折隐晦的方式，传达了他自己的生命哲学。这些深邃的诗篇成为中国现代文学的经典，也为"诗与死"的话题增添了一份独特的光彩。

被李欧梵誉为"写得最好的抒情诗篇"《雪》在风格上清新优美，看上去并不似一般涉及死亡主题的诗篇那样沉郁，但事实上，这份优美的背后却实实在在地触及到了一个沉郁甚至是沉重的主题。

> 但是，朔方的雪花在纷飞之后，却永远如粉，如沙，他们决不粘连，撒在屋上，地上，枯草上，就是这样。屋上的雪是早已就有消化了的，因为屋里居人的火的温热。别的，在晴天之下，旋风忽来，便蓬勃地奋飞，在日光中灿灿地生光，如包藏火焰的大雾，旋转而且升腾，弥漫太空，使太空旋转而且升腾地闪烁。①

---

① 鲁迅：《雪》，《鲁迅全集》第 2 卷，第 186 页。

在这几句的描写中，作者的情绪明显在递进式地加强，其情感的色彩也在明显地加深加重。"蓬勃的奋飞"是带有明显的主观情感介入的一种描写，表现出高度的赞美和肯定。随后的描写和比喻也都充满感情，形成了强烈的效果。尤须一提的是"包藏火焰的大雾"这一比喻。在《野草》的意象系统中，"火"往往代表着最强烈的感情，比如"死火"，"地火的奔突"，《希望》中的"血和铁，火焰和毒"，等等，都是一种激情——当然有时也是压抑着的激情——的体现。雪景中出现这样的激情，当然是作为写作者的心绪的直接呈现：无论是"奋飞"还是"火焰""升腾"，都带有积极的抗争的甚或战斗的色彩，并且，这种战斗的激情"弥漫太空"，使得太空也旋转、升腾和闪烁起来。这是非常具有感染力的情绪，而且使得内心与身外的现实呼应联系了起来。这时的雪景，当然早已大大超出了写实的范围。

更重要的还是后面两句：

> 在无边的旷野上，在凛冽的天宇下，闪闪地旋转升腾着的是雨的精魂……
>
> 是的，那是孤独的雪，是死掉的雨，是雨的精魂。①

这里，有诗的韵味和旋律，呈现出更强烈的抒情性。可以想象，若非"无边的旷野"和"凛冽的天宇"，就无法体现出"朔方的雪"那样特殊的精神。那是"南国的雨"和"江南的雪"所不具备的气质和精神。它"闪闪地旋转升腾"，带有某种轻灵的、灵性的感觉，不同于雨的洒落或雪的飘落那样一种下沉或下坠的姿态。它们飞升、升腾，仿佛具有超越性的力量。正是在这个意义上，作者使用了最关键的一个词——"精魂"。

不粘连的北方的雪，与江南的雪相比，是孤独的；同时，与未曾变成过冰冷坚硬灿烂的雪花的南国的雨相比，是以死亡的形式对生命的一种完成和延续。那么，为什么偏偏是这孤独的、死掉的、决不粘连的雪，才是雨的精魂？在我看来，这里正体现了鲁迅写作此篇的核心思想。正是这种孤独、不粘连、不著于物，却又奋飞、升腾、如同包藏着火焰的精神，令鲁迅深深地感受到一种战士般的性格和精神。事实上，这也正是鲁迅本人的性格和精神。就像他在《这样的战士》中所刻画的，真的战士"只有自己"，在孤独中战斗而不是倒下或者放弃，本身也是一种胜利。这正是从"枣树"到"复仇"，再到"过客"

---

① 鲁迅：《雪》，《鲁迅全集》第 2 卷，第 186 页。

"死火"等等一系列形象和意象中所集中体现出来的"野草"精神和性格。

《雪》的精神内涵其实就是鲁迅对于孤独的体认和选择。这种孤独，首先是战士的孤独，而不是弱者的孤寂。同时，这更不是被动的被人遗弃，而是一种主动的选择，是战士自己的"决不粘连"的性格所造就的。因此，这种孤独也是一种倔强的孤独，是将自我置之绝地之后所产生的孤独感。它面向死亡、向死而生，因而更加懂得生的意义和生的责任。它因此有升腾的灵魂，有坚定的形态，它永远不会像江南的雪那样，融化了又结成水晶模样，到最后"成为不知道算什么"的东西。《雪》的核心落在"孤独"和"死亡"之上，但这"孤独"和"死亡"是与"精魂"深刻地联系在一起的。或许可以说，不经历孤独，不面向死亡，人就永远无法到达一个精神上的峰顶。鲁迅本人，其实就一直处于这样一种精神"修炼"之中。他自己的"精魂"也正体现在这个方面。

与《雪》相比，《死火》在《野草》中更为著名且重要。同时，"死火"意象与"过客""野草"等意象一样成为集中体现鲁迅精神和《野草》风格的经典性意象。"死火"不仅高度凝练地象征了鲁迅本人"冷藏情热"的心理真实，同时还象征了一种鲁迅式的战斗的姿态及其所处的身内身外的"冰谷"般的处境。

鲁迅以"死火"意象捕捉和凝固了一个火焰燃烧的瞬间的形象，其实也就是写出了一个燃烧的姿态。如果说燃烧是反抗性斗争精神的一种象征，那么，"死火"的姿态也就是这种抽象的战斗精神的具象表达。"死火"之"死"并不等于死灭，而是一种凝定，也因为是凝定的，所以它不熄灭，也烧不完，成为一个原本完全不具形态的"精神"的物质化的身影。

"死火"的"死"，当然并非死灭或死亡的意思，这里其实又再一次流露了鲁迅的生死观。就像《题辞》中所说的："过去的生命已经死亡。我对于这死亡有大欢喜，因为我借此知道它曾经存活"那样，在鲁迅的观念中，生与死从来都是相依相生的。"死"并不简单地意味着一种对"生"的终结，相反还可能孕育着新生。就像"死火"经过温热的惊醒，是有可能焕发新的可以燃烧的生命的。套用《雪》结尾处的句式来说："死火"是孤独的火、是死掉的火，是火的精魂。

死火从一种不生不死的状态中苏醒过来，面临着一个重要的选择：究竟是烧完，还是冻灭？何去何从，的确令人非常为难。鲁迅本人是一向不喜欢那种不生不死、半死不活的状态的。在他看来，人的生命应该如此：或者"活"得热烈有为，体验"生命的沉酣的大欢喜"；或者以死相搏，体验另一种"生命的飞扬的极致的大欢喜"。总之无论怎样，生死的状态都必须是明确的、激烈的，不能有丝毫的苟且。这是鲁迅一种基本的人生观，我相信，在他本人的精神生活中也不止一次地面对过"死火"所面临的选择。

更为关键的是，"死火"面前的这两种选择，看似是两个结果，但其实却又是殊途同归的结局。因为，走出冰谷，它将烧完；留在原地，又将冻灭。这很像是《影的告别》中的暗影，"倘若黄昏，黑夜自然会来沉没我，否则我要被白天消失，如果现在是黎明。"也就是说，无论做出哪一种选择，其结果都是悲剧性的，就像一个无法改变的宿命。

但是，鲁迅最特殊与可贵的地方恰恰在于，就在这个宿命式的结局之前，他仍会做出一个抗争性的选择。从根本上说，"死火"在"冻灭"与"烧完"之中选择后者，是非常符合鲁迅本人"反抗绝望"的基本精神的。因为，对于"死火"本身而言，"冻灭"与"烧完"都是绝境，但对于想要走出冰谷的"我"来说，它的"烧完"所提供的光与热，却能起到关键的作用。也就是说，"死火"的选择，最终是为了他人而做出的，它正符合了火的燃烧自己照亮他人的精神。显然，两种选择中，"烧完"并助人走出冰谷是具有更大"意义"的，这是鲁迅式的战斗的意义，也是如《过客》所体现的，超越个人的生死、望向人类的未来。对于有限的自我和个人的生命和生活，鲁迅的内心中充满了绝望和黑暗，但是作为一个特具历史使命感的思想者，他始终保持着一种相对积极的态度，这个态度，正是他反抗绝望的动力之一。可以说，死火的"不如烧完"与《过客》的"我只得走"一样，代表了《野草》的美学。

《死后》是鲁迅直写生死的重要篇章。虽是"谈生死"，但重点仍在"生"而不在"死"。以"死后"之梦写活人世界的问题，这里有变换视角的绝妙构思，有对死亡好奇而诙谐的思考，也有在现实世界中"执滞于小事"的积习。

"死"在鲁迅的笔下，和"生"一样，都有其不可知的本质特征。因此他说：

> 这是那里，我怎么到这里来，怎么死的，这些事我全不明白。总之，待到我自己知道已经死掉的时候，就已经死在那里了。[1]

不妨对比一下《过客》当中有关"生"的追问与表述：——"我不知道。从我还能记得的时候起，我就在这么走。"——这一生一死的感受，竟是如此相似。其实，这样的写法，无论在这两篇中的哪一篇，都有双重的意味。第一，是对"生死"问题从具体的时空环境，甚至具体的人的个体中抽离出来，

---

[1]　鲁迅：《死后》，《鲁迅全集》第 2 卷，第 214 页。

造成了一种具有普遍和抽象意味的"现象",这样便可直达其哲学性的追问和思考。第二,这其实也是对于"生死"问题的根本性思考的一种提炼。《死后》"跳过"了"死"的原因、"死"的时刻,直接进入了"死后"的状态,也就是直接进入了对根本问题的沉思。

在这个看似荒诞的梦境中,鲁迅想象出一种非常奇特的"死后"状态:即"只是运动神经的废灭,而知觉还在"。这个"比全死了更可怕"的状态带来锥心的恐怖——"恐怖的利镞忽然穿透我的心了。"这是对于"知觉不死"而又无能为力的状态恐惧,也正是鲁迅很特殊的一种想法。鲁迅一向对"半死不活"的状态最不以为然,他始终认为,"活"的标志和精髓就在于"行动"和"实践",一切无行动的空想都不能算是真正有意义地"活"的状态。这是鲁迅人生哲学中最为重要的一点,同时也是决定了他自己的生活与写作方式的重要因素。而《死后》中的这个梦境正是"半死不活"状态的想象与体验,是一个无法"行动"的非"活"的状态。因此,鲁迅自己在文本中半真半假地承认说:"在我生存时,曾经玩笑地设想:假使一个人的死亡,只是运动神经的废灭,而知觉还在,那就比全死了更可怕。"我相信他的确多次设想过这个问题,但不是"玩笑地",也不是仅仅对于死后状态的"预想",而是从这个角度来反观和思考一个人的生存方式、生存价值与意义等重大问题。所以说,《死后》不是写"死",而是变换了一个角度继续着"生"的追问。

《淡淡的血痕中》的写作初衷来自现实的悲剧——"三一八"惨案。它有一个意味深长的副标题——"记念几个死者和生者和未生者"。这是为"记念"而作的诗篇,是鲁迅对"遗忘"的拒绝、向"忘却"的宣战。这里所谓"死者和生者和未生者"的说法非常独特,它既不同于"记念刘和珍君"那样现实具体,但又包含了对于惨案中牺牲的青年的真情实感;它出于"记念",却不仅仅写给逝者,而是将视线同时投向了"生者",因此他要做的是通过逝者的"死"为生者找到新的"生路",让这样的"死"不再发生;最后,他还要寄语"未生者",也就是为那些过去的、现在的和未来的战士们,写出他的心声。本来,在《野草》里,生与死常常是联系在一起的,互为印证、共同挣扎,体现着"活"的生命的能量。鲁迅在这一篇因为"死亡"与"死者"为缘由的写作中,再次重申了这样一个主题,从"死"的身上,看到了"生"的坚持与"未生"的希望。

残酷而"怯弱"的"造物主"有能力"用时光来冲淡苦痛和血痕",以忘却和麻木使人沉沦,这正是鲁迅的担忧与悲愤。当人们逐渐淡忘牺牲的猛士,就意味着要"又给人暂得偷生,维持着这似人非人的世界"。"衰亡民族之所以默无声息","不在沉默中爆发,就在沉默中灭亡",这是鲁迅之所以要以急迫忧患的心情写下了这些沉痛文章的原因，至少，他本人是不能沉默的。

"造物主的良民"，"也如醒，也如醉，若有知，若无知，也欲死，也欲生"，是一种"似人非人""似生非生"的状态，而与之相反对的，正是鲁迅所呼唤的"敢于直面惨淡的人生、敢于正视淋漓的鲜血"的"真的猛士"。在这里，鲁迅称之为"叛逆的猛士"，因为如果造物主是怯弱的，那么叛逆的猛士则是打破宿命的巨大力量；如果命运是悲剧性的，那么，对命运的反抗则是悲壮的、积极的，并最终有可能打破宿命、改变命运的力量。这样的"猛士"其实指的并不是已经牺牲了的刘和珍、杨德群们，而是鲁迅理想中的战士。"这样的战士"不会忘却已有的牺牲和教训；他不会浪费鲜血，轻言牺牲。"他屹立着，洞见一切已改和现有的废墟和荒坟，记得一切深广和久远的苦痛，正视一切重叠淤积的凝血，深知一切已死，方生，将生和未生。他看透了造化的把戏；他将要起来使人类苏生，或者使人类灭尽，这些造物主的良民们。"

鲁迅的笔下常有"废墟"和"荒坟"，都是被忘却的死亡与牺牲的意象，它们与"重叠淤积的凝血"一样，是人类"血战前行"途中所付出的代价。但是，如果不被忘却，这些代价就还有意义。鲁迅的笔正是为了与忘却宣战、为了拒绝忘却而存在的武器。事实上，他的写作，无论是"为人生"，还是看似向内写自己，都是"为了忘却的记念"，这种记念，有改变命运的力量。

"造物主，怯弱者，羞惭了，于是伏藏。天地在猛士的眼中于是变色。"这最后的一句，是写给那些尚未牺牲的猛士，甚至那些"未生者"们的。这是一个愿望。在鲁迅的文字中，并不多见这样积极明亮的愿望的。在大家都竞言希望的时候，鲁迅常常是黑暗绝望和孤独的；但是当大家都受到沉重的打击而沉默的时候，鲁迅却是最坚持的。虽然他自己还仍在感慨："我不知道这样的世界何时是一个尽头"，但是他已经把一个愿景呈现出来，他仍然顽强地相信天地可以变色，怯弱的造物终将被战胜。——这正是鲁迅最为感人的所在。

二

在家修行的废名曾说："中国文章里简直没有厌世派的文章，这是很可惜的事。"他说："中国人生在世，确乎是重实际，少理想，更不喜欢思索那'死'，因此不但生活上，就在文艺里也多是凝滞的空气，好像大家缺少一个公共的花园似的。"① 很显然，废名希望以文艺的形式探索生命哲学的内容。对

① 废名：《中国文章》，《世界日报·明珠》第37期，1936年11月6日。

中国文学传统中这一方面的缺乏，他的遗憾显而易见。因此，对旧诗文中的相关内容，废名显得格外珍惜。他说：

> 李商隐诗"微生尽恋人间乐，只有襄王忆梦中"，这个意思很难得。中国人的思想大约都是"此间乐，不思蜀"，或者就因为这个缘故在文章里乃失却一份美丽了。我尝想，中国后来如果不是受了一点佛教影响，文艺里的空气恐怕更陈腐，文章里恐怕更要损失好些好看的字面。①

在废名看来，庾信"草无忘忧之意，花无长乐之心""霜随柳白，月逐坟圆"以及"物受其生，于天不谢"，"可谓中国文章里绝无而仅有的句子。"在这些诗文中，他看到的不仅是"如此美丽，如此见性情"的诗意，更是在这些深蕴"禅意"的诗情中，有他所特别看重的深广的人生哲学。

由于废名独特的思想背景使他成为诗坛上最乐于思索深玄话题的诗人。佛家喜欢论生死、讲轮回，也深刻地影响了废名的思想与文学写作，因此，在他的笔下，"坟"的意象出现得非常频繁，远远多于其他诗人和作家。

因为某种心理上的禁忌，在古代诗词中，坟并不是常见的意象，即便有些零星散见，大概也都是与灾难病苦相关，并没有哲学的意味和艺术的美感。废名曾批评说："中国诗人善写景物，关于'坟'没有什么好的诗句"②，而他本人却对此有独特的偏爱，所以他也会特别欣赏庾信的"霜随柳白，月逐坟圆"这样既"好看"又不伤情的句子。据废名自己说，他"是喜欢看陈死人的坟的，青草年年绿"，这里面充满着哲学的意味。他超越了一般人对生死的直觉性或迷信意义上的恐惧与悲欢，把这个问题转化为一种思想性的、艺术性的命题去看待和欣赏。在小说《桥》中，废名就曾借小林之口表达自己对坟的独特理解和儿时的独特经验："谁能平白地砌出这样的花台呢？'死'是人生最好的装饰。不但此也，地面没有坟，我儿时的生活简直要成了一道空白，我记得我非常喜欢到坟头上去玩，我没有登过几多高山，坟对我确同山一样是大地的景致。"③ 所以，在废名诗中，坟也常常成为一种具有特殊审美意义的书写对象。有一首以《坟》为题的短作，只有两行，但含义隽永：

---

① 废名：《中国文章》，《世界日报·明珠》第 37 期，1936 年 11 月 6 日。
② 同上。
③ 废名：《桥》，王风编：《废名集》第 1 卷，第 352 页。

　　我的坟上明明是我的鬼灯，

　　催太阳去看为人间之一朵鲜花。

　　这是一首有灯、有坟、有花的玄机深邃的思索之作。前文谈到过，在废名的诗中，花、坟、灯、镜、海等等，都是非常常见而且带有浓厚佛学意味的意象，但在每一首具体的诗作中，又通过各种不同的组合，表达出不同的思想和意绪。在这首《坟》中，"心灯"的澄明或许可以超越于凡胎的生死，即便不离尘世也能开出"妙善"之花。而且，即使只从文学的角度来看，坟与花也恰好形成了死亡与生命的奇妙对比，给诗带来了张力。而在禅宗看来，生与死并不是相反对的，生死无别、生死平等，生命历经轮回，可以成为自然贯通的状态。因而，在这仅有两行的断章之中，生死被诗人平等地并列着，而且以轮回的方式构成了一种鲜活的新生。

　　在几乎同时写成的《小园》里，也有类似的意境：

　　我靠我的小园移交栽了一株花，

　　花儿长得我心爱了。

　　我欣然有寄伊之情，

　　我哀于这不可寄，

　　我连我这花的名儿也不可说，——

　　难道是我的坟么？

废名自己对这首诗的解释是：

　　这首诗只是写得好玩的，心想，年青的人想寄给爱人一件东西，想寄而不可寄才有趣。不可者，总是其中有委曲。然而就文章的表面说，什么东西不可寄呢？栽的一株花不可寄，不能打一个包裹由邮政局里寄去。再一想花也未尝是不可寄的，托人带去不行了吗？只有自己的坟是真不可寄，于是诗便那样写了。及今读之，这首诗同《妆台》一样，仿佛很有哀情似的。我当时写它，只觉得它写得很巧妙，《小园》这个题目也很有趣，这里面栽了有花，而花的名儿就是自己的坟，却是想寄出去，情人怎么忍看这株花呢，忠实的坟呢？那么我现在以一个批评家的眼光来分析，前一首《妆台》里面的镜子，与这一首《小园》里面的坟都是一个东西。这两首诗都是很特别的情诗。不但就一首说是完全的，就两首说也是完全的。这就是说，我的诗是整个的。①

　　我认为，这段解读中有两处重要的地方，一是他所说"只是写得好玩"，这确实体现了他对于坟和死亡的一种与众不同的态度。这是一种面对"公共的花园"的态度，也是一种可欣赏、可交流的情感和体验，并不像多数人所理解那样神秘、悲伤和禁忌。所以在废名的笔下，坟甚至可以是情人之间想寄而不可寄的礼物，脱离了佛教的背景，这个想象是无法理解的。在这里，对于两个相爱的年轻人来说，以坟为信物并不意味着其中一个人要死去，而是将坟视为"过去的生命"，正是一个人最珍贵的东西。如果一个人肯于将自己包含过去的生命一起寄托和交付出去，那简直称得上是深情的极致了。可以说，正因为排除了对死的禁忌和恐惧，这个礼物才能变得如此优美而多情。第二，也是更关键的一点是，废名在这里说，《妆台》里面的镜子和《小园》里面的坟"都是一个东西"，这一点颇耐人寻味。因为显然，只有在佛禅思想之中，镜子和坟才可能"都是一个东西"，它们都是蕴涵了生死色空观念的"相"，这两个意象，其实都深深地回返到诗人内在的精神生活的深处，体现了他的观念。也是在这个意义上，两首诗才能成为一种"整个的""完全"。

　　还有一首题为《墓》的小诗：

　　　　吁嗟乎人生，
　　　　吁嗟乎人生，
　　　　花不以夜而为影，
　　　　影不以花而为明，——
　　　　吁嗟乎人生，
　　　　吁嗟乎人生，
　　　　人生直以梦而长存，
　　　　人生其如墓何。

　　这首诗直接感叹人生，不断以"吁嗟乎人生"的诗句来重复一种喟叹的心情。这首诗里的"花""夜""影""梦""墓"，无一不寓示着生死、色空等根本问题。而在世人都如是说的"人生如梦"之外，诗人还发明了一种"人生如墓"的说法，这绝不是悲观厌世的思绪，而是一种把生死参透，了然时空

───────────────

　　① 冯文炳：《〈妆台〉及其他》，《谈新诗》，第219—220页。

与生命的有限的态度。废名曾借莫须有先生的口说过："死是我最爱想象的一个境界"，它"令我寂寞，令我认识自己，令我思索宇宙"。

正是因为坟象征着"过去的生命"，所以它又与文学发生了关联，将人的生命的有无与时间的流驶和对恒常的追求结合在一起，就像鲁迅将自己的第一部杂文集命名为"坟"一样，废名也在《天马诗集》序中说到了类似的想法：

> ……然而我偶而而作诗，何曾立意到什么诗坛上去，那实在是一时的高兴而写了几句枝叶话罢了。及其写完《镜》，我更觉得我尚有"志"可言似的，那个志其实就庶几乎无言之志。今日别无话要说，只是面前这样的想，惟人类有纪念之事，所以茫茫大块，生者不忘死，尚凭一抔土去想象，其平生无一面缘者之为过路之人而已，是曰坟；艺术则又给不相识者以一点认识，所谓旦暮遇之，斯道不废，下余不可以已者殆没有。①

这与鲁迅的说法非常相似，即以"坟"作为一种"纪念"，以文学结集作为一个小小的结束和留存，也由此传递和呈现给他人。这个"坟"，因为着重于对过去的生命的强调，所以淡化了与死亡相关的悲剧性内涵，成为一个带有极强文人气息的意象。

第三节　死难与复仇

一

抗战爆发后的中国，迎来新的苦难。死亡不再是诗歌里的隐喻或玄思，而成为了司空见惯的血淋淋的现实。在血与火的现实之中，更多的诗人以他们的笔记录了残酷的战争和令人悲愤的历史。这不仅是现实的需要，也是诗人良知和情怀的体现。他们有的以见闻的方式记录血泪，有的则是以自身的经历发出战歌；有的以大声疾呼的方式，有的以新闻实录的方式，有的则延续着之前的艺术追求，以生命的观照和哲学思考突入现实。

---

① 废名：《天马诗集》，王风编：《废名集》第 3 卷，第 1505—1506 页。

诗人艾青曾在 1937 年为四川的旱灾写下了一首《死地》，在一场天灾的背后，诗人同样看到了深刻的社会问题。一方面，"大地已死了！/——躺开着那万顷的荒原/是它的尸体"，"几千万的'地之子'，/从山坡到山坡，/从田原到田原，/找不到草/找不到树叶/疲乏地喘息着……"而在这无法抗拒的天灾发生的同时，仍然有人祸的戕害："哪儿去了？/——那些每年背了征粮的袋子/来搜劫/我们留在坛里的/最后的谷粒哪儿去了？//还有那些/在讨债时带走了/我们妻女的首饰的人呢？"由此，对这灾难的悲愤就同时具有了某种蕴蓄着革命力量的意味，因而诗人最后写道：

> 于是他们
> 相继地倒毙了！
> ——像草
> 像麦秸
> 在哑了的河畔
> 在僵硬了的田原。
>
> 而那些活着的
> 他们聚拢了——
> 像黑色的旋风
> 从古以来没有比这更大的旋风
> 卷起了黑色的沙土
> 在流着光之溶液的天幕下
> 他们旋舞着愤怒，
> 旋舞着疯狂……
>
> 从死亡的大地
> 到死亡的大地
> 你知道
> 那旋转着，旋转着的
> 旋风它渴望着什么呢？
>
> 我说
> 如有人点燃了那饥饿之火啊……

　　诗的结尾充满了反抗的力量，饥饿之火被点燃之后，必然是燎原的大火，在愤怒的旋风中，带来对死亡的抗争和对复活的希望。《死地》可谓是这类诗作的代表，它也代表着在 1940 年代诗坛上的一大批关注现实苦难并从中寻找社会革命与文学思想的新方向的写作。这里不是忍耐和悲戚的情绪，而是热烈而有力的声音。因此，虽然离胜利的黎明还非常遥远，艾青就写出过《复活的土地》等其他极具鼓舞力量的作品。

　　类似的苦难还有很多，很多如《死地》一样，来自对现实中的灾难的真实反映。比如臧克家在 1947 年 2 月写的《生命的零度》就是源于"前日一天风雪，昨夜八百童尸"的悲惨事件。在这首诗里，诗人对比了上海富人纸醉金迷的生活与饥寒交迫的百姓的天壤之别，从这种极度不公的社会现状中，同样地发现了天灾背后的人祸：

> 八百多个活生生的生命，
> 在报纸的"本市新闻"上，
> 占了小小的一块篇幅。
> 没有姓名，
> 没有年龄，
> 没有籍贯，
> 连冻死的样子和地点
> 也没有一句描写和说明。
> 这样的社会新闻
> 在人的眼睛下一滑
> 就过去了，
> 顶多赚得几声叹息；
> 人们喜欢鉴赏的是：
> 少女被强奸、人头蜘蛛、双头怪婴、
> 强盗杀人或被杀的消息。
>
> 你们的死
> 和你们的生一样是无声无息的。
> 你们这些"人"的嫩芽，
> 等不到春天，

> 饥饿和寒冷
> 便把生机一下子杀死。
> ……

　　这类诗作的特点之一就是带有很强的议论性，尤因对现实的高度关注和批判色彩，所以几乎显示出一种杂文式的效果。一方面，这类诗与杂文一样尖锐迅疾地呼应着现实，并鲜明地体现着诗人的思想与主观情绪；另一方面，它们也像杂文一样以更灵活丰富的方式容纳了叙事、抒情和议论等多重因素，形式上也更趋散文化，形成了一种独特的艺术风格。

二

　　面对不断发生的类似惨剧，诗人当然不能只是置身事外的旁观，因而他们在用笔战斗的同时，也还会亲身投入到实践当中，成为名副其实的战士——无论是在新闻战线以笔为枪，还是真枪实弹的战场。因此，在 1940 年代的诗歌中，出现了一种特殊的"战士"和"战斗者"的声音，他们以自己的亲身经历写作，其中也必然出现很多悲壮慷慨的牺牲与复仇之歌。

　　戴望舒的名作《狱中题壁》是这类诗歌中的一首代表作：

> 如果我死在这里，
> 朋友啊，不要悲伤，
> 我会永远地生存
> 在你们的心上。
>
> 你们之中的一个死了，
> 在日本占领地的牢里，
> 他怀着的深深仇恨，
> 你们应该永远地记忆。
>
> 当你们回来，从泥土
> 掘起他伤损的肢体，
> 用你们胜利的欢呼
> 把他的灵魂高高扬起，

　　然后把他的白骨放在山峰，
　　曝着太阳，沐着飘风：
　　在那暗黑潮湿的土牢，
　　这曾是他唯一的美梦。

　　当然不必生硬地将这首诗里的"我"理解为诗人本身，但事实是，戴望舒确实在日军的监狱里度过了一段"灾难的岁月"，他的名篇《我用残损的手掌》反映的也是同样的处境和情绪。这首《狱中题壁》与《我用残损的手掌》相比，使用了更为大胆的想象，将死亡的严酷现实直接安排在抒情主体的身上，也就增强了情感和冲突的强度。诗中出现的"暗黑潮湿的土牢""伤损的肢体"和"白骨"等意象与"胜利的欢呼""太阳""飘风"等象征着自由光明和胜利的意象形成强烈的对比，也就构成了困难与希望的对比，将对黑暗和侵略的诅咒与对自由和胜利的向往很好地结合在一首作品之中。

　　就像《死地》中的死难与蕴蓄而来喷薄欲出的反抗之火一样，《狱中题壁》里体现的也是一个牺牲者与无数复仇者的关系，它以遗言的方式宣告了个人的牺牲，却将这种个人的就义与民族的觉醒直接联系起来，这不仅为牺牲赋予了意义，同时也发出了复仇的呼唤，蕴积着更大的反抗力量。

　　与戴望舒在个人真实经历上加以想象性发挥的手法相比，有些诗人直接采用真实的人物和事迹为题材，不仅是为了追求更加真实的效果，同样也是以诗为墓碑，对烈士寄予真切的悼念。牛汉的《长剑，留给我们——纪念诗人李满红》就是这样一首代表作，牛汉曾在不止一首诗中提到这位捐躯的年轻诗人和战士，并且一再表达了被牺牲的战友所激励和鼓舞的战斗激情。他在诗中说："当一个骑士大笑地死去的时候/他会将长剑慷慨地遗留给我们/说：剑是诚实的//李满红死了/让我说：他是一颗诚实的种子/埋在我们未来的发亮的世界里/有一天/会从带着枷锁的世纪的土壤里/开放出哗笑的花朵"。这里，种子与长剑的意象都令人印象深刻，象征着一种带有强大的生命力与战斗力的新的精神传统。

　　几年之后，当牛汉自己也被囚于狱中，他也写出了一首类似《狱中题壁》的誓死的诗，表现了同样的英勇与更积极的战斗精神：

　　假如
　　死，
　　带着祖国底

最后一次灾难；

假如
我一个人
可以同垂死的敌人同归于尽，
让千万人
踩着我的尸体前进；

假如
死了，
是倒在胜利的
群众底狂欢的怀抱里，
倒在一片崭新的土地上；

那么，
让我去死！
我有
新世纪诞生时的
最初的喜悦。

  诗情虽然相对简单，却带着特定历史阶段所独有的一种誓言和战歌的气息。在这里，比死亡本身更重要的，是牺牲的代价和意义，是一种以个体生命换取"祖国"与"群众"的新生的价值。因而在这个角度说，在死亡面前，没有恐惧和悲哀，而是一种大的"喜悦"。

  在这类激昂悲壮的"战歌"中，有一首"异类"特别引人注目。它得自作者亲身经历的残酷战场，原本应该是一场九死一生的恶战的真实写照，但是，由于诗人特殊的处理方式，使得这首诗完全不具有一般战歌的情绪和主题，而是透过惨烈的战争与牺牲，透过个人的坚强或恐惧，达到了一种前所未有的思想的深度与历史的高度。这首杰出的诗，就是穆旦的《森林之魅——祭胡康河谷上的白骨》。

  有关这首诗背后的"中国远征军"的历史和穆旦本人的曲折经历，读者都已非常熟悉，这些史实为这首诗增加了更为传奇和独特的色彩。但在我看来，最重要的并不是诗人记录了怎样一段人类历史上特殊的惨剧，重要的核心在于，诗人是如何与众不同地表现了战争的真相以及战争背后的更深刻的真理。这首诗中最重要的不是战士的英勇气概或牺牲的伟大意义，而是那牺牲与历史的关系，那被赋予的意义与生命原本的真相之间的关系。诗人在最后一节的"祭歌"部分不仅表达了对烈士英灵的致敬和怀念，更表达了与同期其他作品所不同的思考，诗人回避了英雄主义和浪漫感伤，而以更独到的方式将生与死、个体与人类、当下与历史等等问题引入了诗性的沉思。

在阴暗的树下，在急流的水边，
逝去的六月和七月，在无人的山间，
你们的身体还挣扎着想要回返，
而无名的野花已在头上开满。

那刻骨的饥饿，那山洪的冲击，
那毒虫的啮咬和痛楚的夜晚，
你们受不了要向人讲述，
如今却是欣欣的树木把一切遗忘。

过去的是你们对死的抗争，
你们死去为了要活的人们的生存，
那白热的纷争还没有停止，
你们却在森林的周期内，不再听闻。

静静的，在那被遗忘的山坡上，
还下着密雨，还吹着细风，
没有人知道历史曾在此走过，
留下了英灵化入树干而滋生。

这首诗在对生命无比尊重的同时，更对历史提出了深刻的反思。在历史的巨轮面前，无名的个人是渺小而微不足道的，个人的生命总是沉默，个人的牺牲也总会"被遗忘"，但历史正是由这样无数沉默的、被遗忘的生命编织而成。当个人的生命如花草树木植入自然般地真正融入历史，就真正地完成了他的意义。这意义不在于生或死、有名或无名，而在于他对于自己与历史之间关系的全新的理解和认知。

第十二章 诗与城

鲁迅曾批评中国没有真正的都会诗人。确实，在漫长的古典时期，田园、乡土、边塞、山水都是诗歌的题材，也都成为诗歌艺术的类型，但却因历史条件所限，无从产生都市诗歌。进入 20 世纪之后，随着社会的转型与城市化的进程，城市景观与城市生活体验开始成为诗人的可用之材，伴随着西方现代文学的译介，对于城市与城市人的观察与思考也逐渐变得更成熟、更复杂。

现代中国最大最重要的两个城市当属北京与上海，两个城市各有传统、各具特色，成为一对特具话题的参照。对两个城市的比较百年来从未停止，不仅是社会学家、历史学家、文化批评者、甚至是普通百姓也都会对两个城市的历史与风格有所感触和比较。而这，对于作家和诗人而言，更是一个充满诱惑力的话题和写作灵感的源泉，因为在两个不同的城市空间中，也必然产生出不同的景观和体验。

第一节 古城北平

一

作为有三千年历史的古城和有八百年历史的古都，北京浓郁的历史氛围是其他很多城市不可比拟的。这里"随处的一砖一石，一草一木，都可能蕴藏着丰富的历史，耐人寻味。"① 历史的蕴蓄造就了文化的积淀，形成了北京得天

---

① 老向：《难认识的北平》，《宇宙风》第 19 期，1936 年 6 月 16 日。

独厚的文化环境。因此有人说："富有历史涵养的地方，草木都是古香古色。不必名师，单这地方彩色的薰陶，就是极优越的教育了。"①

历史的伟美是最具感染力的，深刻的时空感也最易引起诗人的人生感悟和哲学思考。尤其在近代以后的中国，出现了"现代"这一新的观念与参照系，它为人们的思想情感提供了与前代不同的视角和高度，诗人们单纯的怀古咏今的情调渐渐地过渡到了现代人对传统的自觉反思。因此，对于生活在1930年代北平的诗人们来说，独特的历史文化氛围不仅给予了他们独特的美的享受，更影响了他们的趣味情感和思想意识，为他们的艺术灵感和哲学思考提供了重要的源泉。对于现代诗人们来说，首先震撼他们心灵的是古城北平的"历史之美"。

美的感受往往能最直接地打动人的心灵。孙福熙在回忆自己初到北京的感受时说：

> 出东车站门，仰见正阳门昂立在灯火万盏的广场中，深蓝而满缀星光的天，高远的衬托在他的后面，惯住小城的我对之怎能不深深的感动呢！②

孙福熙的感受应该是具有代表性的。对于初来乍到的年轻知识分子而言，宏伟古城所特有的历史气息猝不及防地扑面而来，怎能不深深地震撼他们的灵魂，给他们造成最强烈的视觉和心理的冲击？难怪孙福熙又说："在北京大学中我望见学问的门墙，而扩大我的道德者是这庄严宽大的北京城。"

最初的震撼之后，"历史之美"开始慢慢地浸润诗人们的情感，影响他们的情趣。那种感觉，就仿佛"四周是环绕着一种芬芳和带历史性的神秘的魔力"③一样，令人不由得沉醉于其中。所以，在众多的赞美北京的文章中，有像林语堂那样一一历数北京之美的：

> 这里有一个金色和紫色的王家屋顶，有宫殿，亭阁、湖池，公园，和王孙私人花园。这里有一串西山的紫边，和玉泉的蓝带，中央公园，天坛

---

① 吴伯箫：《话故都》，《华北日报·每周文艺》第13期，1934年3月6日。

② 孙福熙：《北京乎》，姜德明编：《北京乎》（上），北京：三联书店，1992年，第156页。

③ 林语堂：《迷人的北平》，姜德明编：《北京乎》（下），北京：三联书店，1992年，第507页。

和先农坛俯视着人类所种植着数百年的古松。在这城里，有九个公园，三个王家湖泊，是以三海出名的，现在都在公开展览了。而且北平还有这样蔚蓝色的天和这样美丽的月色，这样多雨的夏天，这样爽快的秋天，和这样干燥清朗的冬日！①

也有像老舍那样，将北京之美与自己血肉相连，爱得说不出理由的：

> 我所爱的北平不是枝枝节节的一些什么，而是整个儿与我的心灵相粘合的一段历史，一大块地方，多少风景名胜，从雨后什刹海的蜻蜓一直到我梦里的玉泉山的塔影，都积凑到一块儿，每一小的事件中有个我，我的每一思念中有个北平，这只有说不出而已。②

不仅是"历史之美"深深地吸引了生活在北平的诗人，令他们在情感上对古典美和传统文化产生了无限的亲近和依恋。更重要的是，深刻的历史情怀还激发了他们的"历史之思"，这种理性的思考更加丰富了他们的思想精神世界。

一方面，北平的历史内蕴代表和象征着中国的民族性与传统文化精髓，诗人们赞美北平的历史就是在表达一种对民族精神和传统文化的肯定。吴伯箫就说自己对北平"不只是爱慕，简直是景仰"③。而林庚南游归来后也承认"对北平的优点益发的起了敬意"，因为"在南方你看不见历史，……而在这里你仍然看见冲积期的断痕"，因此，"你将感到这过去的人们的伟大，而迷惘于这座宏丽的城了，这城中无疑的乃更带着一切历史上的光荣，代表着全盘的文化，站立在风沙之中。……却又更觉得那么谐和，那么同样的诉说一部全文化的过去。"在诗人的眼中，北平是一座"不尽的城"，而"那望不尽处是人类的文化与艺术的涵养"④。因此，很多人认为，只有北平才"配象征这堂堂大气的文明古国"⑤，而"住在上海、广州一带的人，老实说：已失掉了几分国民性。行为上都带几分洋气，语言上也夹几个洋字。说到古风古俗，大抵都要鄙视。这种人是不能了解古都北平的，也不能算是代表的中国人。"⑥

---

① 林语堂：《迷人的北平》，姜德明编：《北京乎》（下），第507页。
② 老舍：《想北平》，《宇宙风》第19期，1936年6月16日。
③ 吴伯箫：《话故都》，《华北日报·每周文艺》第13期，1934年3月6日。
④ 林庚：《北平楼儿》，《世界日报·明珠》第67期，1936年12月7日。
⑤ 吴伯箫：《话故都》，《华北日报·每周文艺》第13期，1934年3月6日。
⑥ 钱歌川：《飞霞装》，姜德明编：《北京乎》（下），第559—560页。

的确，与那些"代表了现代化的，代表进步，和工业主义，民族主义的象征"的城市相比，北平"代表旧中国的灵魂，文化和平静；代表和顺安适的生活，代表了生活的协调，使文化发展到最美丽，最和谐的顶点，同时含蓄着城市生活及乡村生活的协调"①。这种看法在当时是颇具代表性的。尤其是在"九一八"和"七七事变"之后，随着民族危机的加深，这种情绪和观点甚至更具有普遍性。

当然，中国的古城古都并不止北京一处，但北京为何会成为传统文化最突出的代表呢？在我看来，这主要是因为北京在近现代思想文化发展中的重要地位和作用造成的，或者说，北京因处"传统"与"现代"交战和交汇的前沿，而摆脱了作为单纯的名胜古迹的地位，成为一种文化的代表和象征。

此外，北京特有的文化的"涵容性"也决定了北京独特的文化地位。这种涵容性使北京不仅是"宏伟的"，更是"大度的"，"它容纳古时和近代，但不曾改变它自己的面目"②。"一墙之隔，可以分别城乡，表示今古，而配合起来却又十分自然。"③ 因此，正如吴伯箫所说："虽然我们有长安，有洛阳，有那素以金粉著名的南朝金陵，但那些不失之于僻陋，就失之于嚣薄；不像破落户，就像纨绔子；没有一个像你似的：既朴素又华贵，既博雅又大方，包罗万象，而万象融而为一；细大不捐，而巨细悉得其当：真是，这老先生才和蔼得可亲，庄严得可敬呢。"④

除了因历史氛围激发了对民族精神和传统文化的思考这一方面，北平诗人作家的"历史之思"还有其更为深邃的一部分内容，那就是他们对于时间的感悟和思考。

本来，人们在面对历史遗迹时最易产生对时间的感慨，更何况在北平，不仅可以看到人工建筑艺术中蕴藏着的历史年轮，也可以看到大自然中无处不在的历史遗迹。"北平一带的光山，除了石头便是土，与当初成功水成岩时留下的一道一道的太古的痕迹，一望无尽的太阳投在山腰上别个山头的阴影，乃有一些荒凉迈阔的线条"⑤。这些"冲击期的断痕"或是"水成岩"，都是出自时间巨手的杰作，而这种在北平近郊就可以欣赏得到的自然景观，自然容易激

① 林语堂：《迷人的北平》，姜德明编：《北京乎》（下），第 507 页。
② 同上，第 508 页。
③ 老向：《难认识的北平》，《宇宙风》第 19 期，1936 年 6 月 16 日。
④ 吴伯箫：《话故都》，《华北日报·每周文艺》第 13 期，1934 年 3 月 6 日。
⑤ 林庚：《四大城市》，《论语》第 49 期，1934 年 9 月 16 日。

发和唤起诗人们深沉的历史感和对于时间意识的哲学思考。可以说，与山清水秀的江南相比，苍凉单调的北平赐予了诗人另一种更加丰富而独特的灵感。

来看卞之琳的名篇《水成岩》：

> 水边人想在岩上刻几行字迹：
>
> 大孩子见小孩子可爱，
> 问母亲"我从前也是这样吗？"
>
> 母亲想起了字迹发黄的照片
> 堆在尘封的旧桌子抽屉里，
>
> 想起了一架的瑰艳
> 藏在窗前干瘪的扁豆荚里，
>
> 叹一声"悲哀的种子！"
>
> "水哉，水哉！"沉思人叹息
> 古代人的感情像流水，
> 积下了层叠的悲哀。

在这首诗里，无论是"水边人"还是"沉思人"，其实都是诗人自身的幻化。而"想在岩上刻几行字迹"的欲望，无疑就是诗人对于时间永逝的一种抗拒的姿态。在遥想古代的情绪中，"沉思人"不禁感受到"层叠的悲哀"，这实际上正是一种对于时间的认识和思考。诗人选取了日常生活中最熟悉的意象和最常见的场景，却以此客观而间接地传达了一个相当宏大的哲学命题。人生的成长、青春的消逝、植物的荣枯……，在诗人的心中引出一声长叹。这里有对自我生命和岁月的回顾，也有对于时光流逝的喟叹，同时也许还包括对于历史兴亡的慨叹。而这种慨叹，也正是北平诗人"古都情结"的一种表现吧。

当然，北平所涵容的丰富景观并不永远是和谐美丽的，它的"大度"有时也会激起那些正从传统向现代过渡阶段的中国现代诗人内心中的矛盾。诗人敏锐的心灵不可能仅仅停留在这种对传统的依恋和亲近当中，他们生活在一个选择和取舍的时代，因此他们的内心深处对这种"新""旧"并容也抱有复杂的情感。

例如，林庚在阳光下北平现出的宏伟雄迈背后，也发现了古城之夜所代表的寂寥荒冷。他说："这古城的晚上已是完了，是荒老得连鬼都不容易碰着了！""一面锣陪着一个梆子。那带着原始可怕而洪亮的声音，遂弥漫了大街，小巷，与许多静悄的院落。"① 这种寂寥荒冷，也是诗人感情的外射。在我看来，这种感情其实并不与对历史的赞美相矛盾，因为历史本来就是这样一个复杂的结合体，它有时能给人以伟美的享受，而有时又令人感到缺少生机的压抑。可以说，历史氛围本身的复杂性也正丰富了北平诗人作家们的思想情感。

总而言之，历史氛围不仅赋予了北平独特的城市景观和文化性格，而且影响了北平诗人的思想和情绪心态，令他们一方面陶冶于"历史之美"，在感情上依恋和亲近着中国的传统文化，另一方面又产生深刻的"历史之思"，对人生、历史、现实，以及民族精神、时间意识等宏大主题进行更加深沉独到的思考。

二

北平不只是历史名城，还是一座著名的"文化城"。特别是在 1930 年代，当它被取消了全国政治中心、经济中心的地位之后，其单纯的文化教育中心的地位就更加凸显了出来。如果说，厚重的历史氛围是北平文化环境的恒在的背景，那么，独特的文化气息则是北平在 1930 年代这一特定时期内所独具的特征了。

自从 1928 年国民政府定都南京，"北京"变成了"北平"，与上海、天津一样成为"特别市"。1930 年，北平进一步被降为最普通的一级行政规划，隶属河北省。此时的北平，不再贵为帝都，不再是中国的政治中心和权力中心，其经济、文化、教育等方面的地位和状况自然也随之发生了变化。政治上的"衰落"在客观上为文化的发展"松了绑"，1930 年代的北平在文化教育方面找到了机遇，由此进入了继"五四"之后的另一个文学的"黄金时代"。

虽然因政治原因，1927 年前后有大批文人迁出北京，"革命文学"中心也自"五四"落潮的北京迁到了上海。但在 1930 年前后，大批文人又纷纷北上，加之众多海外留学人员也在此时学成回国，辗转来到北平。所以，简直可以说，此时的北平出现了一场静悄悄的文学队伍的大规模集结。甚至有人说，这

---

① 林庚：《北平的早晨》，姜德明编：《北京乎》（上），第 406 页。

一时期的北平"街街巷巷都住持着哲人，诗家，学者"①。这种人员的集合与准备，为北平文学逐渐形成一种宁静的繁荣的局面打下了重要基础。

除人员方面的因素外，1930 年代的北平在文化发展方面的各种条件都较为成熟。有人说："我们都知道北京书多。但是书以外，好东西还多着。……中国历史，语言，文学，美术的文物荟萃于北京；这几项的人才也大部分集中在这里。北京的深，在最近的将来，是还不可测的。胡适之先生说过，北京的图书馆有这么多，上海却只有一个，还不是公立的。这也是北京上海重要的不同。"②

与此同时，在"文化古城"的环境中，知识分子和作家跳出政治斗争的漩涡，反而有了更大的自由度，得以从容发展他们在文学、美学、学术上的追求。他们的创作和文学活动看起来不再那样紧密地与政治相关联，因此，他们的文学美学追求就具有了向更加多元化发展的可能，并具有比以往更大的深入沉潜的空间。时人眼里的北平呈现了如此与文化发展密切关联的风貌：

> 这时政治中心、外交中心，已移到南京；经济中心，已移到上海；上海有租界地，环境特殊，文化斗争的前哨也已移到上海；北京剩下古城一座，故宫一院，琉璃厂一处，西山一脉，教授、文化人一伙，学生一群，学校多所……。一个知识分子，……也还可以不愁生活，有余力买点书，请个保姆。因而没有什么大野心的人，想读读书、作作学问的人，也就不想再到南京、上海这些地方去争名夺利，站在斗争的风浪口去拼搏，而在文化古城中静静地读书了。③

这样独特的文化气息与历史氛围，当然也就造成了北平与上海等工商业发达的大城市之间的不同的城市景观。比如，与以"强烈的色调化装着的"上海相比，北平没有跳跃着的霓虹灯，没有那"五色的光潮，变化着的光潮"与"泛滥着光潮的天空"，更没有那些舶来的"亚历山大鞋店，约翰生酒铺，拉萨罗烟店，德茜音乐铺，朱古力糖果铺，国泰大戏院，汉密尔登旅社"，"皇后

---

① 吴伯箫：《话故都》，《华北日报·每周文艺》第 13 期，1934 年 3 月 6 日。
② 玄玄：《南行通信（一）》，《骆驼草》第 12 期，1930 年 7 月 28 日。
③ 邓云乡：《文化古城旧事》，北京：中华书局，1995 年，第 5 页。

夜总会"① 之类。北平的色彩是单一甚至有些灰暗的，但在这看似单一、灰暗的色彩中，却更显现出深厚的文化底蕴。

从那时起，人们就开始关注平沪文化景观与文化性格的差异，这个话题至今仍为文学家、史学家和社会学家所津津乐道。其实，1930 年代的平沪差异就是东西方文明的差异，也是传统文化与现代文明的差异。在对两个城市、两种文化的比较中，论者的好恶倾向往往清晰可见。甚至对很多热爱北平的人来说，比较平沪文化正是借以抒发自己对北平文化环境的依恋和欣赏、并进而表达自己的文化趣味的途径之一。例如，在沈从文眼中，上海的"花花世界"就充满了一种虽热闹却极为无聊的趣味：

> 大马路有印度阿三站岗，大石库门房子有白俄将军把门，可不威风凛凛，多是醉意朦胧。……闸北四川路，一到下午就有无数年青男女在街上逛玩，其中一半是学生，一半是土娼流氓，洋野鸡也不少。……到公园去，全是小洋囡囡的天下，白发黄毛，都很有趣味，到车站去，有女稽查员搜索女人身上。到旅馆去，各处是唱戏打牌声音。到跳舞场去，只见许多老人家穿长衣带跌带跳的抱了女人的小腰满房子里走。还有跑狗场，回力球场，都极热闹。……上海好处就是这些，也是和北京不同的。②

与沈从文相似，南游归来的林庚也流露出对上海空虚无聊的物质文明的疏远和不满。他说："好像就因为这地方是一个工商业的中心；于是同时兼有的一种物质文明中的无聊性；与那机器的巨轮。如飞的转动中，所影响于整个上海市的紧张；使得人往往坠入一种并不十分有聊的空气中，都觉得时间又在很忙的过去了。"③ 上海现代的生活节奏和生活方式自然不为生长于北京的诗人所习惯，林庚认为，那只是"机器的巨轮"的快节奏所造成的无意义的紧张，而并不带来精神生活的充实。这虽然难免表现出一定程度的偏见，但却非常鲜明地反映了诗人的文化趣味和情感倾向。所以诗人会说："到南方玩了一遭，回平后对于北平仿佛有了更多的系念，这未必就是因为离别了三四个月的关

---

① 穆时英：《夜总会里的五个人》，严家炎、李今编：《穆时英全集》第 1 卷，北京：北京十月文艺出版社，2008 年，第 271 页。

② 沈从文：《海上通讯》，《沈从文文集》第 10 卷，广州：花城出版社、香港：三联书店香港分店，1984 年，第 44—45 页。

③ 林庚：《四大城市》，《论语》第 49 期，1934 年 9 月 16 日。

系，也不尽然是南方便没有比北方更好的地方；或者只是一点痴情吧；这一年多我乃与北平有了更深的默契。"① 其实，这种"系念"、"痴情"和"默契"，正是诗人对北平生活和北平文化趣味的默识、欣赏和依恋。

的确，北平的生活节奏与上海相比完全不同。这里的生活"舒适，缓慢，吟味，享受，却绝不紧张"，难怪有人用骆驼来比拟北平人的性格：

> 你见过一串骆驼走过吗？安稳，和平，一步步的随着一声声丁当丁当的大头铃向前走；不匆忙，不停顿，那些大动物的眼里，表现的是那么和平而宽容，忍辱而负重的性情。这便是北平人的象征。②

与上海的喧哗浮躁相比，"雄迈深沉"的北平的确具备一个让人沉着务实的整体文化氛围。在林庚看来，"北平是太荒凉的，人只能沉着的做去"，这虽然有其消极的一面，即导致北平人"向较少活泼的路上走去"，但从积极的方面说，北平的文化氛围和生活方式造就了人们沉默而扎实的生活方式和工作态度，保证了他们不随波逐流，并产生出一些经得起时间检验的成果，这一点也是独特而弥足珍贵的。

不同的文化环境造就了不同的思想情绪与文学艺术风格。这一点，早在1931年沈从文为卞之琳的第一本诗集《群鸦集》③ 撰写附记时就已明确指出过。沈从文说：

> 在我心里还是那么想，这书出版后北方读者当比南方的读者为多，因为用上海一个地方的大学生来代表在南方受大学教育的年轻人，他们心上的忧郁，若须要诗来解除，是从这作者的诗集里无从找寻得到同契的。为了趣味不同，……由于上海方面大学以外的社会教育所暗示，年青人心中酝酿的空气，许多人都有成为多情种子的兴味，因此对于诗歌，自然选择得稍稍不同了。还热闹一点的诗歌，似乎已成为上海趣味所陶冶的读者们

---

① 林庚：《北平情歌·自跋》，《北平情歌》，北平风雨诗社，1936 年。
② 孟起：《蹓跶》，《宇宙风》第 23 期，1936 年 8 月 16 日。
③ 《群鸦集》后因经济问题未能出版。其实，取"群鸦集"命名称本身就是卞之琳在表达他对北平古城的特殊情感。因为"群鸦"是北平的一道独特的风景。沈甲辰（沈从文）在《北京》（《水星》第 1 卷第 4 期，1935 年 1 月 10 日）一诗中也有这样的诗句："天空中十万个翅膀接天飞，/庄严的长征不问晴和雨。/每一个黑点皆应跌落到/城外青雾微茫田野里去。/到黄昏又带一片夕阳回。/（这乌鸦，宫廷柏树是它们的家。）"

的一项权利，这权利在北方读者看来是很淡然的。之琳的诗不是热闹的诗，却可以代表北方年轻人一种生活观念，大漠的尘土，寒国的严冬，如何使人眼目凝静，生活沉默，一个从北地风光生活过来的年轻人，那种黄昏袭来的寂寞，那种血欲凝固的镇静，用幽幽的口气，诉说一切，之琳的诗，已从容的与艺术接近了。诗里动人处，由平淡所成就的高点，每一个住过北方，经历过故都公寓生活的年轻人，一定都能理解得到，会觉得所表现的境界技术超拔的。①

沈从文的这段话当然含有个人的偏好，但正如他自己所说，那是"为了趣味不同"。也就是说，只有在共同的社会环境和文化背景中，这种观念和情感才能得到最大的共鸣，与批评家和读者之间产生最难能的默契。

事实证明，南、北方的"大学教育"和"社会教育"都存在那样大的差距，使得诗歌的创作者、接受者都产生了不同的"趣味"，发生了不同的文学"选择"。以卞之琳为代表的北平"前线诗人"的作品里没有大都市的"热闹"，只有北平特有的生活场景，但在这当中，却表达出了北平诗人特有的生活观念与心态情感。

同时，这种凝静沉默却境界超拔的艺术风格，也最为恰切地象征了1930年代北平的文学发展状况，可以说，是这种"宁静的繁荣"保证和造就了一个"新诗不可复得的黄金时代"。②

三

1933年1月，早在艾略特和《荒原》尚未大规模地在报刊上得到译介之前，北平的大学校园内诞生了一个规模虽小但意义重大的刊物，它的名字叫《牧野》。《牧野》由北大的李广田和邓广铭二人主编，主要撰稿人中就有"前线诗人"的代表"汉园三诗人"。

《牧野》的创刊号上有这样一篇《题辞》：

我们常四顾茫然。如置身无边的荒野中，只听得狗在嗥，狼在叫，鬼

---

① 沈从文：《〈群鸦集〉附记》，《沈从文文集》第11卷，广州：花城出版社、香港：三联书店香港分店，1984年，第20—21页。

② 林庚语。见龙清涛：《林庚先生访谈录》，《诗探索》1995年第1辑。

在号啕，有时也可以听到几声人的呼喊，却每是在被狗群狼群和魔鬼的群所围困所吞噬着的时候。多么样的荒凉，多么样的凄惨啊！于是感到了孤立无援的惊悚。

怎么样才可以冲破这恐怖的，浊重的氛围呢？

我们时常为这问题所困惑，却总不敢挺身而出，承当这重围的责任，因为自己感觉到，能力是太有限了。作不出"战士的热烈的叫喊"，因而也作不成"浊世的决堤的狂涛"。但这怵目惊心的惨剧又实在看不惯，有时便也忘记了自身力量的微弱，感到兴奋，想要振作。这样，偶尔地，由于一个人的提议，经过三数人的赞同和磋商，便有了这小小刊物的诞生。

人手，虽然少，却还是乌合，没有长期的准备，也缺少具体的计划，尤其是，如上所说，自己便已觉察到力量的绵薄，雄伟的企图是没有的，浮夸的标榜叫嚣也相戒弗为。所具有的决心，指向诚恳地从事于各人能作的工作，将各人在这人生的途程中所体验到感受到的一切，真正地表曝出来，无论是社会的一角的解剖，是自身的衷情的诉说，是被噬时的绝叫或反噬时的怒吼，都按期汇集起来，呈供大家。内容的庞杂是将不免的，思想上原即不想定于一尊，然而庞杂中也期其能略有一致的倾向。在艰苦中奋斗着挣扎着的青年同辈，如能因此而不至感到绝对的空漠虚无，能觉到尚有在通路上喘息奔波的旅伴，我们也将作为莫大的欣幸了。

这里不厌其烦地抄录整篇《题辞》，目的在于全面呈现"汉园三杰"等诗人当时的心态。从这篇《题辞》中可以看到，"前线诗人"与艾略特有着深层的默契。他们常感如置身荒野，荒凉而且孤独，清醒的批判和反思是他们最常有的思绪。他们有现实的抱负，渴望改变现状，但他们又深知自己作为思想者的无能为力，因此产生苦闷矛盾的情绪，并将这些情绪体现在诗歌作品中。

从时间上说，并无法断定《牧野》的创办已经受到《荒原》的启发，而且在一共只有六期的刊物中，他们也没有提及艾略特或《荒原》。因此，这里不想妄下结论，说这"牧野"就是那"荒原"。这里只是通过比较认为，"前线诗人"在1930年代初已经萌发了与"荒原"意识相通相近的思想和情感。正是这种共通为他们接受艾略特和《荒原》奠定了重要的基础。在这个基础上，诗人们遇到《荒原》后必然会产生强烈的共鸣。

同样能说明问题的是，这种"四顾茫然"，"如置身无边的荒野"的感觉，更早地出现在卞之琳的诗歌作品中。他在1930年创作的《黄昏》一诗中写出这样的诗句：

　　　炉火饿死了，
　　　昏暗把持了
　　　　　一屋冷气，
　　　我四顾苍茫，
　　　像在荒野上
　　　　　不辨东西。

即便是这样相似的表达，也许仍无法证明《牧野·题辞》就是由卞之琳撰写的，但这并不重要，重要的是，从二者的精神联系中我们可以看出，自1930年开始直至1933年甚至其后，卞之琳等人的思想情感和心态中始终贯穿着这种"仿佛置身荒野"的意识。在这个意义上说，他们能在思想上、艺术上接受艾略特《荒原》的影响，是有其内在基础和必然性的。这个基础就是他们在1930年代北平现实环境中生成的特殊心态，这种心态令他们与艾略特的"荒原"意识产生了共鸣，并进而使得他们在艺术方式上也更易接近了以《荒原》为代表的现代主义诗潮。

　　在北平的现代主义诗作中，"古城""古都""荒城"等意象的出现频率相当高。这类意象既与"荒原"精神相通，又保持了鲜明的民族特色和独特的文化性格。因为，"荒原"是抽象的，而"古城"具体真切；"荒原"是带有西方宗教色彩的，而"古城"纯然脱胎于东方历史文化氛围。这就是说，"古城"意象并不是对"荒原"精神的机械模仿，而是一种带有民族性的创造。

　　"古城"意象和"荒原"意象一样，首先带有浓厚的感情色彩。它不仅是对北平历史地位的客观概括，同时也倾注着中国知识分子对历史民族和传统等方面的深刻感情和思索。因此，这个意象带给人的感受首先是寂寞和忧愤，体现出一种无法挣脱陈旧历史的文化情结。

　　北平诗人创造的"古城"意象既有现实的提炼，又有艺术的升华。

　　一方面，北平的确是一个衰落的古都，这里没有上海那样"汇集着大船舶的港湾，奏响着噪音的工场，深入地下的矿坑，奏着Jazz乐的舞场，摩天楼的百货店，飞机的空中战，广大的竞马场"①，也没有闷热的"沙利文"（施蛰存《夏日小景》）和摩天楼上如"都会的满月"（徐迟《都会的满月》）一样巨大的时钟。现实的北平本来就是"风沙万里的荒原"（林庚《长城》），还有那些

---

　　①　施蛰存：《又关于本刊中的诗》，《现代》第4卷第1号，1933年11月1日。

与气候一样寒冷干燥的人面人心。写古城的荒凉本来也算忠于现实，但另一方面，北平的诗人又超越了这个现实，为"古城"意象注入了深广的历史意识和现代人独特的情感内容，使"古城"不仅是北平本身，更因为浓缩了千年的民族历史而成为一个巨大的隐喻，深藏着对诗人对民族命运的反思和预言。

"古城"与"荒原"最表层的共同点就是自然环境的荒凉。这种外在的相似最先引起了诗人的共鸣。因此，诗人在描绘自然环境的作品中突出了最具北方特色的"风沙"，以此营造出干燥寒冷的荒凉境界。"风沙"本是北平自然环境的一大特征，老北京所谓"无风三尺土，有雨一街泥"的说法，就是它的真实写照。这样的自然环境固然无法给人以自然美的感受，但其鲜明的北方特色倒也给很多来自南方的诗人以相当深刻的印象和影响，产生一种特殊的美感（如荒凉、忧郁和颓败之类的特殊美感）。特别是，在诗人的眼中，"风沙"这一天气特征所蕴含的艺术上的象征意义，一经与诗人的情绪相结合，就成为一种独特的诗歌意象。遮天蔽日的风沙使古城愈显沧桑破败，古城仿佛终将被现实和历史的黄土埋葬。

> 忽然狂风像狂浪卷来
> 满天的晴朗变成满天的黄沙
> ……
> 卷起我的窗帘子来：
> 看到底是黄昏了
> 还是一半天黄沙埋了这座巴比伦？
> 　　——何其芳《风沙日》

> ……这座城
> 是一只古老的大香炉
> 一炉千年的陈灰
> 飞，飞，飞，飞……
> 　　——卞之琳《风沙夜》

"巴比伦"和"大香炉"都带有强烈的象征意义。它们象征着古城的古老死寂、了无生机。前者的终成废墟和后者的灰飞烟灭更象征着古老文明不可避免的衰落命运。在这风沙里，诗人看到的只有被埋葬的历史和被渴死的生命，却看不到丝毫对未来的希望。风沙中"惨白的""晦涩而无光"的"日影"就像

"二十世纪的眼睛"（林庚《风沙之日》），它没有光芒、没有热情，预示着整个人类的悲剧命运。

并不是因为寒冷的风沙磨砺了诗人的感情，诗人就满腹牢骚，也不仅是风沙和寒冷才让诗人感到置身荒原，他们的苦闷更来自心灵的寂寞和焦渴。他们的作品都没有停留在对风沙的描绘上，而是传达出在这种"风沙"的日日夜夜中，诗人内心所感受到的灼痛和焦虑。在风沙中，他们说："我的墙壁更厚了／一层层风，一层层沙。"（何其芳《病中》）风沙的墙壁象征着诗人的心灵与社会的隔绝。所以，诗人表面上诅咒的是风沙，实际上诅咒的是社会气候的干冷压抑。他们从描绘自然环境的"荒"深入到揭露社会现实的"荒"。

同时，北平的风沙、寒冷和干燥，给人带来的无疑是一种置身"荒漠"的苍凉感。何况北平作为一座古城，本身也是一个带有浓厚历史旧迹的地方。这种"陈旧"的感受与"荒漠"感结合在一起，就更令原本对这个城市充满新鲜渴望的年轻诗人倍感寂寞悲凉。因此，在即使不以"风沙"命名的作品中，也仍体现出类似的情绪和体验。曹葆华的诗句——"尘沙蒙蔽了敏锐的两眼，／礼教枷锁着活泼的性灵。"——就十分明确地将风沙与束缚灵魂的压抑力量并置在了一起。不难看出，在诗人的艺术世界中，北平的"风沙"已经超越了现实意义上的自然气候的层面，成为荒凉、衰落、冷漠、隔膜，甚至精神压抑的象征。

自然的荒凉还不足以令人忧愤，真正蕴含在这种"古旧"中的更是社会环境和人心的"荒凉"。

苦闷的心情令"前线诗人"更贴近和认同了艾略特笔下的现代"荒原"，也更唤起了他们清醒的现实批判精神。卞之琳的名句"北京城：垃圾堆上放风筝"（卞之琳《春城》）与《荒原》的首句"四月……荒地上／长着丁香"就有深刻的相似性：风筝和丁香是美丽的事物，但却发生于肮脏荒凉的垃圾堆和荒地上。对此诗人的心理是复杂的，他们有批判、有惋惜，甚至还对美超越丑寄予些许希望。实际上，这种心理也是艾略特和北平诗人批判精神的基调。他们不是单纯的绝望和诅咒，而是怀有虔诚的济世热情。即如有研究者指出的："与《荒原》中城市的隐喻一样，卞之琳的《春城》描写的也是一座城市中人们普遍的精神麻木和堕落。千年的陈灰沿街滚扑，满城的古木徒然大呼，一如《荒原》中那些并无实体的城中弥漫着灰雾。'琉璃瓦'暗喻的昔日辉煌在'垃圾堆'中沦落，也似《荒原》里古希腊'白银与金黄'的荣华蒙尘于弃满空瓶、废纸、烟屁股的河旁。诗人没有正面批评，只是将他的意见通过一系列事物和景象曲折地传达出来，这就似艾略特所谓'客观对应物'（objective correlative）的手法。"①

正像《荒原》中"期待着雨"的济世主题，在北平"前线诗人"的作品中也可以发现神似的表达。比如，何其芳在《雨前》中这样铺张自己对雨的渴望：

> 几天阳光在柳梢上撒下的一抹嫩绿，被尘土埋掩得有憔悴色了，是需要着一次洗涤。还有干裂的大地与树根也早已期待着雨。雨却迟疑着。
>
> 我怀想着故乡的雷声和雨声。那隆隆有力的搏击，从山谷返响到山谷，仿佛春之芽就从冻土里震动，惊醒，而怒苗出来。……我心里的气候也和这北方大陆一样缺少雨量，一滴温柔的泪在我枯涩的眼里，如迟疑在这阴沉的天空里的雨点，久不落下。
>
> ……
>
> 然而雨还是没有来。②

当然，《雨前》的情感内蕴是丰富的，可以进行多个层面的解读，而在"荒街"上期盼着"雨"的主题，只是其中的一个重要方面。这里并不是要通过这种主题的相似性来简单地推证说《雨前》就是受到了《荒原》意识的影响，我想说明的是，剥离掉诗人在干旱的北平街头渴盼下雨的具体真实的生活背景，人们会发现，那种荒街上的干燥死寂与南方撼人心魄的雷雨的对比，正象征着诗人身处的现实与其怀抱理想之间的巨大差异。而这种失望、焦渴的情绪，又恰能与艾略特在《荒原》中表达的那种对生命之水的企盼产生共鸣。这是一种现代人之间思想和情感的共鸣，在这个基础上，北平诗人又融入他们在特定环境中的独特感受，便得以营造出既具现代诗歌共性又充满时代环境特色的个性化诗境。

卞之琳曾经说过："我前期最早阶段写北平街头灰色景物，显然指得出波特莱尔写巴黎街头穷人、老人以至盲人的启发。写《荒原》以及其前短作的托·斯·艾略特对于我前期中间阶段的写法不无关系。"③ 这就是说，他吸取了两位诗人的共同点——对大城市的批判精神，并将之融入了自己对北平景物

---

① 江弱水：《卞之琳诗艺研究》，合肥：安徽教育出版社，2000 年，第 190 页。
② 何其芳：《雨前》，《何其芳全集》第 1 卷，石家庄：河北人民出版社，2000 年，第 85—87 页。
③ 卞之琳：《〈雕虫纪历〉自序》，《雕虫纪历》，第 16 页。

的描写和思考中。

卞之琳的说法有一定的代表性，说出了北平前线诗人们共有的思想基础。他们用一系列作品共同勾画出荒凉冷漠、衰弱麻木的"古城"巨像，尤其描绘出了"古城"中丧失生命力的沉默民众的群像。他们的思想也许受到艾略特关于人心"苦旱求雨"的启发，但更多的应该是承自"五四"的思想传统，是对麻木愚昧的"国民性"的最深切的体会和批判。身处"五四"的发祥地，北平诗人们依然沿袭着那光荣的思想传统，就像《牧野·题辞》中说的，他们深知自己无力掀起社会变革的巨浪，于是就用诗的方式揭开社会的一角，以现实的情怀和艺术的手法勾勒出一个古国的现代性荒芜。

在对现实的批判中，北平的现代派诗人与其他启蒙知识分子一样，首先指向沉默麻木的"国民性"。

> 白日土岗后蜿蜒出火车
> 许多人在铁道不远站着
> 当有一只鸟从头上飞过
> 许多人仰头望天
> 许多欺负人的事，使得
> 一个好人找不到朋友
> ……
> 大人拍起桌子骂得更生气
> 四邻呆若木鸡
> 孩子撅着小嘴
> 站着
> 像一个哑叭的葫芦
> 摇也摇不响
> ——林庚《沉寞》

鲁迅笔下麻木不仁的"看客"形象出现在现代主义的诗歌作品里，显得那样朴素凝练。他们看稀奇的火车，也看并无稀奇的飞鸟，更看别人痛骂自己的孩子，一切都是麻木沉默的，没有同情、没有尊严，就连小孩子也"像一个哑叭的葫芦"，从此丧失发出自己声音的意识和能力。寥寥数笔，诗人就勾勒出一幅沉默冷漠的国民群像。

麻木的人们无法体会到自己的悲剧命运，更无法明白民族的苦难和危亡。

也正因为这种麻木性格的加重，理想的民族精神也更快地接近了消亡。

> 有客从塞外归来，
> 说长城象一大队奔马
> 正当举颈怒号时变成石头了。
> ……
> 说是平地里一声雷响，
> 泰山：缠上云雾间的十八盘
> 也象是绝望的姿势，绝望的叫喊。
> ……
> 悲世界如此狭小又逃回
> 这古城。风又吹湖冰成水。
> 长夏里古柏树下
> 又有人围着桌子喝茶。
> ——何其芳《古城》

民族精神中昔日的刚烈英勇已经如受了魔法和诅咒的石头一样不再复活，而作为民族精神象征的"泰山"也终于发出了"绝望的姿势，绝望的叫喊"。塞外的胡沙和大漠风虽然能够越过长城这自然的屏障，但却永无办法唤醒古城的死寂、撕开人心麻木的外壳。诗人悲愤地看着麻木的人群年复一年地重复着他们沉默空虚、浑浑噩噩的生活，哀叹"地壳早已僵死了"。在他强烈的批判背后，更流露出长久深沉的内心痛苦。

北平的现代派诗人并没有模仿西方诗人那样描写大城市中拥挤的人群，他们只是拣取北平街头常见的风景，用白描的手法勾勒出"古城"中的自然和人物，但他们与西方现代主义诗人一样触及到了人类灵魂丧失的深刻主题。应该说，他们的作品在这一点上已经很好地结合了西方现代主义思想与古城北平的现实。

但是，如果仅仅停留在暴露和批判的层次上，还不足以体现出北平诗人的现代性品格。前线诗人的先锋姿态就表现在他们对象征性、隐喻性内涵的大力深入和开拓上。他们将现实的批判意识与古城特有的历史纵深感结合起来，这种结合使他们的批判超越了一时一地的现实层面，具有了更加深广的象征意义和隐喻性质。

"古城"的历史实际就是"古国"历史的缩影。诗人将"古城"意象加以扩展，纵向涵盖了千年的历史，横向象征着整个国家和民族。

如果只停留在冷峻的批判，还不足以构成艺术上的震撼，也不足以体现中国知识分子的复杂心态。正如鲁迅的冷中带热一样，北平的诗人也是如此心存热望，正因为这种热望，才在现实的荒凉中尤显沉痛。

在古城北平，有数不清的历史遗迹，故宫、煤山、长城、圆明园等都进入过诗人的作品。他们或象征英烈的忠魂，或象征怨女的幽情，或代表曾经辉煌的古代文明，或代表不堪回首的屈辱和沧桑。这些遗迹是古城中固有的，但又因诗人的艺术升华而象征了整个中华古国。

在诸多意象中，石狮子是艺术效果最强最独特的一个，它就是整个民族历史的隐喻体。中国人向来以石狮子作为民族精神的象征，"古城"中的石狮子因其威武的过去与破败的现状间的巨大反差更深刻地象征了古国的现代遭遇和命运。在北平诗人的作品中，有的"石狮子流出眼泪"（何其芳《夜景》），有的则满腔"古国的忧愤"，"张着口没有泪"（曹葆华《无题》），更有曹葆华讲述了一个"石狮子眼里/流血的故事"（曹葆华《无题》）。石狮子流泪、流血的意象可谓惊心动魄，其强烈的感染力和艺术效果将全民族的悲剧命运与民族精神在苦难中的挣扎更加淋漓尽致地表现了出来。这血泪是全民族的千年血泪，古国的历史也就是一部血泪的历史。诗人以忧愤的石狮子象征着民族的历史与现状，寄托了他们深沉的思考和忧患。这种隐喻的运用实现了艾略特等人将"现代"与"传统"融于一诗的现代主义诗学追求。

自然环境干燥寒冷、历史环境衰败荒凉，而现实中的人又是那样沉默麻木，灵魂亦是一片荒芜，这一切都令诗人感到了巨大的寂寞和忧愤。这忧愤如此宏大，大过了"古城"的上空，大过了"古国"的疆土，一直指向了整个人类的历史：

> 唉，我也逃不出这古城
> 纵有两只不倦的翅膀
> 飞过大海，飞向长天……
> 还得跟着冷冷的影子
> 在荒街上同月亮竞走
> 　　——曹葆华《无题》

"古城"的意象在诗人的笔下得到了极度的拓展，它已不再是一个有形的城市，而成为一个无形的、巨大的隐喻体。它不仅象征着打破了地理概念和时间界限的"古国",也象征着包括古国在内的整个人类历史,更象征着全人类都无法逃脱的悲剧命运。北平诗人以"古城"寄托自己对人类历史的宏大反思和现代性焦虑,这与"荒原"精神的深层内涵实在是非常一致的。这"古城"其实也就是一片具有东方民族色彩和历史意识的现代"荒原"。

当然,在"古城"与"荒原"的相似与共鸣之外,毕竟也还存在着一些不同。除了前文所提到过的民族色彩、历史意识和宗教背景等因素外,最关键的问题在于,"古城"比"荒原"更具有现实性和复杂性,因而也更反映出诗人多层面的精神世界和复杂的心态。

与"荒原"相比,"古城"毕竟还负载着历史与文明,而这种历史和文明正是滋养诗人的血脉的一支。因此,诗人若以一种决绝的姿态否定"古城",就如同艾略特否定"荒原"那样,无疑是不可能也不现实的。所以,诗人们在寂寞、忧愤甚至批判"古城"的同时,又对其怀有一种惋惜和依恋之情。这种情绪是复杂的,正如一个久游的浪子看到残败的故乡时的心情。因此,与艾略特对"荒原"的摒弃性的批判相比,北平诗人更多的仍是有所期待。当然艾略特也"期待着雨",怀有"济世的热情",但他毕竟没有北平诗人那种身在城中、血肉相连的焦虑与沉痛。而在我看来,这份血肉感情的有无,就正是"古城"与"荒原"之间最根本的不同。

来到"古城",走近"荒原",是"前线诗人"在人生道路与艺术道路上的双重选择。曾与何其芳共同创办《红砂碛》这样一个浪漫刊物的朱企霞,就在一篇散文诗中象征性地写出了这种人生轨迹,从中,我们不仅能够看到年轻诗人在生活上和心态上的转变,同时也可看出其美学选择的改变。他说:

> 从前有一个时期,我在世上发现过一座花园。我非常地景慕它。因此我曾经什么事都丢下不管,一天天生活着只是为了不停地绕在它底周围散步,而就是那么继续地绕着绕着,一连就经过了好些个年头哩。①

但是后来,"我"离开了那座"花园",选择了"向一个荒原上走去"的道路:

> 忽然我发现自己对于带着一把锯在一个荒原上漫步着的自己,不禁强烈地爱好起来了。……想着有一个身躯昂藏的人,地之子,手里带着一把

---

① 朱企霞:《锯》,《华北日报·每周文艺》第 2 期,1933 年 12 月 12 日。

锯，莽莽苍苍地在一个荒原迈着大步，秋日的惨淡的斜阳不能添加他脸上的悒郁——我对于那幅图画于是喜欢得不禁在心里发痛了起来。那是我自己。

这个带着锯在荒原中漫步的形象，与那个流连在美丽花园周围的形象之间，已产生了相当的距离。从某种角度说，后者就是前期忘情于浪漫主义诗歌艺术世界的诗人的"过去"，而前者则象征着追求现代的精神与艺术，深受"荒原"意识等现代主义思想影响的诗人的"现在"。

这篇散文诗从一个侧面清晰地描绘出诗人从浪漫主义过渡到现代主义的艺术道路，从中，我们得以透视他们在精神世界、审美原则等方面发生的巨大转变。从浪漫地歌颂"花园"之美，到以"利锯"批判地走上"荒原"，"花园"时期的浪漫情怀和审美已不能再现。因此诗人说："如今却只是偶然有的时候我才又攀到了一个高地方去，将那座花园略略作了一个鸟瞰，如是而已。"

其实，早在1931年，还在编辑《红沙碛》的何其芳也曾在给友人的信中真诚地说："我们的缺点，是我们的兴趣领域太小了，这是危险的事。一年年，喜欢的，喜欢去做的东西渐渐减少，在减少到最后一点，再一下消灭，那就是死。"[1] 正是这种危机感促使诗人们走向了更新更先锋、同时也更适合于表达他们自己的现代性焦虑的方式的探索。在这种时刻，他们从"花园"中走出，从狭窄中走出，而走向相对复杂深刻和阔大的"荒原"，几乎是一种必然的选择。

是"古城"促进了朱企霞、何其芳们的转变。何其芳日后曾说："假若这数载光阴过度在别的地方我不知我会结出何种果实"。的确，是古城北平将他们送到了诗神的身边，是"那无云的蓝天，那鸽笛，那在夕阳里闪耀着凋残的华丽的宫阙"[2]，赋予了他们诗的灵感。但同时，是否可以这样反过来说：假若没有这些诗人的创作，"古城"北平也许永远只是一个历史地理的名称。没有他们，"古城"就不能被赋予那样深厚的历史意义和文化品格，也无法成为一个带有典型意义和象征意义的独特的诗歌意象。

"古城"虽"古"，但其精神实质是极先锋、极现代的。它将与波德莱尔笔下的巴黎和艾略特笔下的伦敦一样，成为现代主义诗歌中经典的城市意象和特定的文化象征。

---

① 何其芳：《致吴天墀（1931年8月20日）》，《何其芳全集》第8卷，第101页。
② 何其芳：《论梦中道路》，《大公报·文艺》第182期，1936年7月19日。

第二节　摩登上海

一

1933 年，林庚出游江南，回北平后写下了一首《沪之雨夜》，被废名称为"神品"：

> 来在沪上的雨夜里
> 听街上汽车逝过
> 檐间的雨漏乃如高山流水
> 打着柄杭州的油伞出去吧
>
> 雨水湿了一片柏油路
> 巷中楼上有人拉南胡
> 是一曲似不关心的幽怨
> 孟姜女寻夫到长城

废名说林庚"目中无现代的上海"，这是解人之语。至少，"现代的上海"这样一个限定很说明问题。林庚从小生长在北京，对于古城的氛围和生活方式非常熟悉，按常理论，初到灯红酒绿的上海，他应该表现得惊异好奇，应该在诗中写出感官的新刺激才对，但是，这个"目中无人"的态度，反倒让读者感到了意外。这个姿态里，有值得深究的意味。

全诗的第一个字——"来"——就已经明确了一个旅客（甚至是一个过客）的姿态。雨夜里的上海是通过听觉、通过声音进入到诗人的感受之中的，"听街上汽车逝过"，听"檐间的雨漏"……，很显然，身为异客的诗人仍是孤独的，他并没有融入灯红酒绿的热闹场景中。街上的汽车近了又远，这是只有独处中的诗人才能听得到的声音，而这汽车当然也并非是他的访客。要多么安静才能听到"檐间的雨漏"呢？当然，诗人是安静的，而且在一个陌生的都市中，诗人更是孤独的，否则，他怎么会认雨漏的声音"如高山流水"呢？雨漏的声音与山泉的声音固然是一对有关联的意象，但更重要的关联来自于这一典故背后对于"知音"的理解。"沪上的雨夜"是陌生而令人倍感孤独的，诗人因而有了出门走走的愿望，也许是对孤独的排解？也许是对陌生环境的好奇？出门之后又会如何呢？

"雨水湿了一片柏油路"，这既是实写又是隐喻，柏油路在诗人的故乡北平还不常见，它意味着"现代"，但同时也意味着冰冷坚硬，与人和自然的生疏。走在都市的街道上，读者所期待的现代景象依然没有出现，诗人还是在用声音传达他在异乡的感受："巷中楼上有人拉南胡"，这声音从市声与汽车声中穿过，是唯一触动到诗人诗意的神经的声音。那么，这或许是个同样孤寂的同道吗？仔细一听，却也不是，因为那一曲"孟姜女寻夫"拉得竟然是"似不关心"的，也许只是卖唱的表演而已，无动于衷的幽怨自然更让楼下的诗人感到失落与孤独。尤为值得一提的是，孟姜女寻夫是一个古老凄美的悲剧故事，有关"寻亲"，有关千里跋涉，这些，似乎都暗中与诗人的心境呼应着，看到一个心不在焉的诗人的内心情感。

汽车、杭州的油伞、柏油路、巷中的南胡，这些意象组成了一个有些破碎也有些另类的上海。这不同于一般人想象中的 30 年代的"十里洋场"，而恰是这另类的关注、感受和表达，让人看到了一位来自古城北平的诗人对现代文明的隔膜。研究者认为："在林庚的描写中，上海作为现代大都会的色彩已经被他淡化了，或者说诗人关注的本就不在'现代势力'这一层面。""诗人感受的方式本身标志了一种选择性。……这种'诗性关注'的重心所在尤其能够提示诗人的感受习惯甚至审美习惯。夸张一点说，隐藏在这种感受和审美习惯背后的，是一种文化心理。在《沪之雨夜》的意象层面深处，我们可以隐约捕捉到林庚对上海代表的'现代势力'的某种文化态度。"[1]

之所以废名会一下子注意到林庚的独特之处在于"目中无现代的上海"，是因为在绝大多数有关上海的文学作品中，现代景观和现代势力都是一个夺人眼目的存在。在这一点上，林庚笔下的上海多少算得有些特别。也许因为是北平诗坛的成员，对真正的大都市其实是隔膜和无感的吧，所以也难怪他南游了一圈回到北平之后感叹说，他由此更爱北平这座城市了。

那么，其他诗人笔下的上海究竟怎样呢？他们的都市景观是否真的照亮了诗坛的一角？施蛰存曾经说，《现代》上的诗作是"是现代人在现代生活中所

① 吴晓东：《临水的纳蕤思——中国现代派诗歌的艺术母题》，北京：北京大学出版社，2015 年，第 187 页。

感受到的现代情绪，用现代的词藻排列成的现代的诗形"①，也就是说，现代生活的景观的确是诗人们热衷的题材之一。施蛰存自己就有这样一首代表作：

> 横陈在菜市里的银鱼，
> 土耳其风的女浴场，
>
> 银鱼，堆成了柔白的床巾，
> 魅人的小眼睛从四面八方投过来。
>
> 银鱼，初恋的少女，
> 连心都要袒露出来了。
> ——施蛰存《银鱼》

这里的"菜市""土耳其风的女浴场"，以及浴场里"柔白的床巾"，虽然不是大都市中的代表性景观，但显然已经非常具备现代都市甚至是国际化都市的感觉。这显然不是乡村小镇所能具有的场景和氛围，因此这首诗也一向都被视为现代派的经典作品，其题材和感觉方式已经颇具"现代意味"。当然，更重要的在于，通过诗人带有选择性的观察和发现，更通过诗人极具感性的描绘，读者可以感受到诗人对这样"现代""国际化"的都市场景的好奇和沉醉。

与之类似的作品并不在少数，虽然很多描绘都不止于猎奇式的陈列，但毕竟其新鲜感给诗人们带来了巨大的陌生感，而书写这种陌生感本身，也是现代派诗作的题中之意的一种。比如被很多文学史所引述过的徐迟的《都会的满月》：

> 写着罗马字的
> I II III IV V VI VII VIII IX X XI XII
> 代表的十二个星；
> 绕着一圈齿轮。
>
> 夜夜的满月，立体的平面的机体。

---

① 施蛰存：《关于本刊中的诗》，《现代》第 4 卷第 1 期，1932 年。

贴在摩天楼的塔上的满月。
另一座摩天楼低俯下的都会的满月。

短针一样的人，
长针一样的影子，
偶或望一望都会的满月的表面。

知道了都会的满月的浮载的哲理，
知道了时刻之分，
明月与灯与钟兼有了。

　　"写着罗马字"的满月是只属于都会的。这个意象在诗作中横空出现，整个诗行被十二个符号占满，充满某种神秘的、西化的、时尚的色彩，突然给人以现代风尚的震撼一击。紧接着，"一圈齿轮"的出现，既是补充性的说明，确定是大钟的形象，同时也是一个粗粝直接的工业化的符号。它带来的，可以说是一种新时代的美，但也同时又是一种对"美"的质疑和颠覆。于是，在新的美学里，工业化的符号重新定义了人与自然，正如"短针一样的人，/长针一样的影子"，这个比喻的巧妙之处还在于它完成了人的形象的工业符号化，带来了一种令人惊厥的现代式美学。应该说，在渐渐适应了这种新奇之美之后，诗人开始转入现代人的沉思，这一点无疑是更加珍贵的。
　　海关钟是现代上海的一个地标性景观，因而对之的观察和描摹也不止一次出现在诗人的笔下，陈江帆的《海关钟》与徐迟的"都会的满月"不同，他用题目点明了描写的对象，而诗笔却并没有集中于此，而是由钟转向了市景。不是在夜色中，而是在正午令人困倦的日光里，看到了现代人生活中的无聊和疲惫：

当太阳爬过子午线，
海关钟是有一切人的疲倦的；
它沉长的声音向空中喷吐，
而入港的小汽船为它按奏拍节。

林荫道，苦力的小市集，
无表情的煤烟脸，睡着。

果铺的呼唤已缺少魅惑性了，
纵然招牌上绘着新到的葡萄。

同样写海关钟，但给人的感受却迥然不同。问题的关键在于，诗人是以什么样的心情去观察和感受这个现代的景象。徐迟将之与极富古典意味的月亮放在一起，诗作立刻充满张力：一方面，是现代美对古典美的丰富和改写，另一方面，也意味着现代人情感方式的转变。因为月亮在传统文学中是一种与思乡、宁静、团圆等等意味相关联的意象，与此同时，月有阴晴圆缺，月的种种状态与变化，就宛如一种自然的表情，会牵动着赏月的人的心境。都会的满月显然是没有圆缺的。它时刻都在，永远是明亮圆满的，"夜夜的满月"取消了自然变化给人带来的种种情绪的复杂变化和感悟的可能，而变成了一个不再有生命感的东西。这一点，诗人虽然并没有直接在诗里点明，但显然是有这方面的认识的。因此他会说："知道了都会的满月的浮载的哲理"，这哲理是丰富且见仁见智的，诗人悬置了一个未说明的哲理在这里，就像永悬在夜空中的月与钟，时刻看一看，时刻有所悟。

与徐迟相比，陈江帆的这首诗带有更加明显的对现代生活的厌倦感和对阶级社会的敏感态度，因而其批判色彩也相对更加浓烈。事实上，徐迟的这首诗算是现代诗作中对于现代性的批判声音相对较弱的一首，或者说，他还太含蓄，不那么尖锐。在这个时期，已有越来越多的作品以更为直接尖锐的方式在现代景观的书写中呈露批判的意识。

曾有研究者以"炫耀现代"来概括海派文学，应该说，"炫耀"的成分不是没有，但毕竟还是"反省"的成分更多。这或许也与中国现代诗人普遍来自乡村有关，在亲身感受过城乡差异与城市化过程的情况下，他们对乡土与都市、传统与现代的观察与思考都可能带有更为直观的疏离、旁观与反省意识，并将之作为其深入思考的基础。

在炫耀的意味方面比较有代表性的是徐迟的《七色之白昼》：

给我的昼眠眩耀了的
七色之白昼。

饲养了七种颜色了吧，
很美丽的白昼里。

变为七种颜色的女郎，
七个颜容的胴体的女郎，

都这样富丽的！
七色旋转起来。

幽会或寻思只是两人的事呢，
七色的昼眠也是太多了。

这样色彩缤纷的世界和梦境，其实是年轻诗人心态的一种写照，这里其实并不完全落实在富丽的城市景观上，更多的还是一种新的生活方式和经验所带来的眩晕感。只不过，这种感觉和诗人的都市感及日常生活体验密切联系在一起，让人感受到一种迷恋与沉醉。但即便如此，这里也并不是简单的炫耀，而流露出了更复杂的态度，并走向更严肃的思考。

二

在现代诗中，都市题材总体来说虽然多有呈现"现代势力"之作，但其背后的情感却往往是复杂多样的。对之感到新奇并抱有好感的有之；对之喜忧参半，既看到现代文明的力量同时又看到这力量背后不可知的罪恶者为数可能更多。与郭沫若早年在笔立山头热情讴歌现代文明的姿态相比，更多的"现代派"诗人的笔下开始出现了现代主义色彩的反思与批判。这种现象，自 1920 年代至 1940 年代都存在，而且，随着都市化进程的深入，这种批判反思的现代精神也呈现出深入的趋势。

先来读几首作品：

我从梦中惊醒了！
Disillusion 的悲哀哟！

游闲的尸，
淫嚣的肉，
长的男袍，
短的女袖，

满目都是骷髅，

满街都是灵柩，

乱闯，

乱走。

我的眼儿泪流，

我的心儿作呕。

我从梦中惊醒了。

Disillusion 的悲哀哟！

这是郭沫若写于 1921 年 4 月 4 日的《上海印象》。这样的观感当然与诗人自己当时的心态相关，否则他不应该刚刚歌颂完烟囱上"黑色的牡丹"之后就立刻对都市充满这样悲哀与拒绝的情绪。但无论如何，在他的笔下，的确出现了另一种现代文明的景观，类似于艾略特的《荒原》、波德莱尔的巴黎，郭沫若这一次的"上海印象"也是堪称惊人的，但有趣的是，从写法上和表达的情绪上看，反倒是更加具有现代诗人气质的。

应该说，对现代都市最常见的批判就是"游闲"和"淫嚣"，是对这样一种生活方式造成的类乎行尸走肉的现代人的反省，因而，在熙熙攘攘的大街上看到的人和车竟然是"满目都是骷髅，/满街都是灵柩"，这样的反讽在同时期的作品中是少有地具有现代精神的。应该说，郭沫若这样的写法恐怕多少有得自于西方现代主义文学的影响。

另一首代表作品是邵洵美的《上海的灵魂》

啊，我站在这七层的楼顶，

上面是不可攀登的天庭；

下面是汽车，电线，跑马厅，

舞台的前门，娼妓的后形；

啊，这些便是都会的精神：

啊，这些便是上海的灵魂。

在此地不必怕天雨，天晴；

不必怕死的秋冬，生的春：

火的夏岂热得过唇的心！

此地有真的幻想，假的情：
此地有醒的黄昏，笑的灯；
来吧，此地是你们的坟茔。

　　此诗具体写作日期不详，大概作于 1920 年代中期。同样是高楼、汽车、电线、跑马厅构成的现代景观和"都会的精神"，带给人的也是既新奇又迷幻甚至略带恐惧的现代体验，在诗人有意制造的虚无迷幻的色彩中，那种现代都市人特有的颓废的、反讽的、批判的甚至是诅咒式的情感得到了充分的体现。

　　这类的作品在当时甚为多见，几乎形成了一种写作的风尚。在都市景观带来的各种新鲜和刺激中，诗人们或思考城乡问题，或反思现代文明，呈现中各自不同的情绪和态度。比如，一首题为《初到城市》的小诗，在表现城乡差异的同时，表现出对更加复杂丰富内涵的探索，触及了传统农业文明与现代资本社会之间的历史转型的话题：

比漠野的沙风更无实感的，
都市底大厦下的烟雾哟：
低压着生活之流动的烟雾，
也免不了梦的泡沫之气息；
也会遇见熟识的眼吗？
街灯之行列，
沉落在淆乱空间观念的，
纵的与横的综错里了。
落叶也该有其萧瑟的，
然而行道树之秋，
谢绝了浪游者的寄情。
嚣骚，嚣骚，嚣骚，
嚣骚里的生疏的寂寞哟。
　　　　——宗植《初到都市》

　　初到都市的青年，很容易感受到与乡野之风不同的那种都市特有的"烟雾"，它带来不适、带来压力，同时也带来梦想。这样的感受至今仍然。关键的是诗的最后两行："嚣骚，嚣骚，嚣骚，／嚣骚里的生疏的寂寞哟。" 这是对都市的直感，虽然深度并不够，但已经触到了诗人内心，唤起了对于都市文明的某种怀疑和犹豫。"嚣骚" 这个奇怪的词汇，几乎成为全诗的亮点，它在字形和声音中所传达出来的一种繁缛和聒噪，就像这个都市给人的直观上的印象，也引发对这种新奇感受的进一步追思。

这种对现代文明的反思与批判，到了左翼诗人的笔下，则表现出更加犀利的锋芒和更加明确的阶级意识。比如殷夫的《上海礼赞》：

> 上海，我梦见你的尸身，
> 摊在黄浦江边，
> 在龙华塔畔，
> 这上面，攒动着白蛆千万根，
> 你没有发一声悲苦或疑问的呻吟。
> 在这都市的纷嚣之上，
> 牙齿与牙齿之间架着铜桥，
> 大的眼中射出红色光芒。
> 他的口吞没着全个都市，
> 煤的烟雾薰染着肺腑，
> 每座摘星的楼台是他的牙齿。
> 他唱的是机械与汽笛的长歌！

诗名是 "礼赞"，但诗中却充满着愤怒的诅咒，与邵洵美的反讽颓废又不一样，左翼诗人的笔下有暴力与战斗性的新美学。这里已经不只是对现代都市文明所体现出的贫富剥削等等社会问题的诅咒，而是真实地响彻了一个新生的工业无产阶级对于资本社会的反抗的呼声。在现代文学史上，上海因其特殊的经济和历史地位，必然地被塑造成资本社会、殖民力量、帝国资本等势力的代言或化身，很多看似描写上海都市景象与生活经验的作品，其实都包含了对于社会问题的思考和批判。因而，殷夫在这首诗中的 "礼赞" 无疑也就是对于资本主义工业文明的生产方式和生产关系的直接的 "诅咒"。上海的 "尸身"，以及他牙齿的铜桥和煤烟的肺腑，都是资本机器 "吃人" 的象征。殷夫的诗，在城市中融入了新的政治性的内容，已经表现出与郭沫若、邵洵美们的很大不同。

1930 年代的上海，既是民国最发达的现代都市，同时又是革命文学最活跃的中心。当然这两个现象也正是汇集和体现在上海的社会文化中，因为作为现代经济中心的上海，具有贸易、运输、工业、金融等多方面的经济活动，因而资本社会的现象也在此表现得最为突出，新的工人阶级的出现，以及阶级之间的矛盾斗争也必然都在这个舞台上上演。

就是那位曾写出《银鱼》的诗人施蛰存，在主题和情绪上也开始出现变化。比如，他有一首题为《桃色的云》的作品，题目虽然让人立刻联想到盲诗人爱罗先珂的童话与爱心，但其表现的情绪和格调却已大相径庭：

> 在夕暮的残霞里，
> 从烟囱林中升上来的
> 大朵的桃色的云，
> 美丽哪，烟煤做的，
> 透明的，桃色的云。
> 但桃色的云是不长久的，
> 一会儿，落日就疲怠地
> 沉下大西路去了。
> 鹊噪鸦啼的女织工
> 从盒窄的铁门中涌出来时，
> 美丽的桃色的云
> 就变做在夏季的山谷中
> 酿造狂气的暴雨的
> 沉重而可怕的乌云了。

这里的"桃色的云"以其鲜明的反讽意味颠覆了原有的天真浪漫的童话色彩，因为是"烟煤做的"，所以它的"美丽""透明"和"桃色"都变成了反讽，而又在最后变为象征色彩强烈的"乌云"。诗中的冲突性的意象比比皆是：一方面是"夕暮""残霞""桃色""美丽""透明"等前工业时代的浪漫意象，另一面则是"烟囱林""烟煤""鹊噪鸦啼的女织工""盒窄的铁门"，以及"沉重而可怕的乌云"。两组意象交织在一起，既完成了一幅独特诡异的现代都市风景画，也极精要地讲出了一个社会历史的寓言：当资本主义社会用它的巨手扫荡了旧时代的恬静浪漫，一种新的美学也随之在文学中崛起。这种美学里有对现代机器漩涡的反思，有对新生的社会问题的反省，有对新的社会矛盾的愤怒……因而，城市不再是一个花天酒地的娱乐场，而成为一个蕴积着社会革命的潜能的能量场。

类似的情况还有诗人徐迟。那位曾赞美《都会的满月》的诗人，在1935年写下了一首题为《春烂了时》的小诗，表达了很不一样的情绪。

> 街上起伏的爵士音乐，
> 操纵着蚂蚁，蚂蚁们。
>
> 乡间，我是小野花：
> 时常微笑的；
> 随便什么颜色都适合的；
> 幸福的。
>
> 您不轻易地撒下了饵来。
> 钻进玩笑的网
> 从，广阔的田野
> 就搬到蚂蚁的群中了。
>
> 把忧郁溶化在都市中，
> 太多的蚂蚁，
> 死了一个，也不足惜吧。
>
> 这贪心的蚂蚁，
> 他还在希冀您的剩余的温情哩，
> 在失却的心情中，冀求着。
> 街上，厚脸的失业者伸着帽子。
> "布施些；布施些。"
>
> 爵士音乐奏的是：春烂了。
> 春烂了时，
> 野花想起了广阔的田野。

告别乡野进入城市，成为都市人群中微不足道的一员，这是多数现代人的命运。从与野花为伴的快乐生灵变为成群穴居的"蝼蚁"，这本身就是一个带有悲剧性的象征。诗人"把忧郁融化在都市中",看到的是"失业"的悲惨、乞讨的羞辱,以及现代文明对生命的吞噬。"太多的蚂蚁,/死了一个,也不足惜吧。"让他发出了对生命的感叹。在城市的环境中,生命的意义和方式已经发生了根本的变化,这是现代文明的必然,也是现代都市人必须付出的代价。其实,诗人何尝不明白,与失业的悲惨本质一样的,是在窄门里做工的非人化生存,那才是个人无法左右的时代命运。

随着现实环境的变化和城市文化的发展,都市诗的内容和情绪也有所变化。1940 年代,在战争的背景下,诗人也从文学青年的愤怒和知识分子的忧郁中生出了新的锋芒,比如,对革命题材的进一步切近——而非理论上的盲目的认同,使得在诗歌里也出现了更大的"骚动":

> 洋油箱,孩子们拖着你,
> 正如拖着锋利的犁,
> 犁过大街,犁过城市的心脏,
> 犁在人民的肩背上;
>
> 罢市,喧嚣的呼喊起来了!
> 罢工,城市的高大的建筑撼动了!
>
> 黄昏的夜,街灯熄灭了,
> 城市的眼睛熄灭了,
> 城市的脉膊停止了,
> 鬼影似的人们潮水般
> 涌过来,
> 涌过去,
> 一阵风扫灭了城市的浮光;
> 野狼似的卷风滚滚而来,
> 店铺的门窗—— ——嗅寻着黄金的
> 城市的鼻子随着闭上了,
> 一切香与色—— ——城市的诱惑,
> 都给风吹散了;
>
> 在戏院里喝彩的绅士淑女,

猫似的溜走了，
只把那尴尬脸的白鼻头小丑，
穿着三不像的五色衣裳，
剩在黑暗的空台上！

物价从烟突里奔出，
像黑烟一样望天上飞，
洋油箱的声音
播下了不灭的种子，
这城市永远不会平静；
呵，骚动的城，混乱的城，
生活的犁拖着每个人的足步
向城市的腹心奔去！
　　　　——唐湜《骚动的城》

　　这个"骚动的城，混乱的城"已不是某个具体城市的特指了，它涵盖了战争影响下的城市生活中的普遍实况。在战争中，城市也成为各种社会矛盾集中突现的地方，种种力量的暗流都涌动在此时的城中。这首诗虽算不上是有代表性的革命书写，但其如实的描写也清楚地显示了时代的变迁。

　　1948 年，袁可嘉写下了一首以《上海》为题的诗：

不问多少人预言它的陆沉，
说它每年都要下陷几寸，
新的建筑仍如魔掌般上伸，
攫取属于地面的阳光、水分

而撒落魔影。贪婪在高空进行；
一场绝望的战争扯响了电话铃，
陈列窗的数字如一串错乱的神经，
散步地面的是饥馑群真空的眼睛。

到处是不平。日子可过得轻盈，
从办公房到酒吧间铺一条单轨线，

人们花十小时赚钱，花十小时荒淫。

绅士们捧着大肚子走进写字间，
迎面是打字小姐红色的呵欠，
拿张报，遮住脸：等待南京的谣言。①

　　这首诗与袁可嘉在战争期间所写的陪都重庆，以及此时所写的南京一样，都充满了鞭挞的力量和讽刺的锋芒。这里有对阶级冲突的观察，有对政治腐败和经济危机的揭露，也有一个希望相对地超越具体时空进行深入的历史思考的现代都市知识分子形象。

　　从郭沫若的《上海印象》到袁可嘉的《上海》，时间跨过了将近30年。上海这个魅惑的都市同时也是诗人笔下的宠儿。只不过，就像"古城"北平一样，诗歌里的上海同样是被充分地意象化了的。如果说"古城"北平象征了某种逝去的帝国的记忆，一种衰颓了的传统，以及一种从城市的衰落中侧面体现的人性的荒芜；那么繁华但诡异的上海就是另一个极富对比性的象征符号，它象征着一种崛起的文明，一种新的巨大的未知的力量。在这里，有先进的现代文明，有某种未来的想象，但同时与之交织在一起的是新的、更激烈的矛盾冲突，是新的空虚、新的压迫、新的反抗。

第三节　从远眺到介入

一

1932年，艾青在湄公河畔写下了一首诗《那边》：

黑的河流，黑的天。
在黑与黑之间，
疏的，密的，

---

①　袁可嘉：《上海》，《中国新诗》第2集，1948年7月。

无千万的灯光。

一切都静默着，
只有那边灯光的一面，
铁的声音，
沸腾的人市的声音，
不断的煽出。

在千万的灯光之间，
红的绿的警灯，一闪闪的亮着，
在每秒钟里，
它警告着人世的永劫的灾难。

黑的河流，黑的天，
在黑与黑之间，
疏的，密的，
无千万的灯光，

看吧，那边是：
永远在挣扎的人间。

　　这是一个年轻的中国诗人在异国的土地上遥望一个陌生城市的所见与所思。从观察和叙述的姿态来说，这是一种隔岸远观的方式，诗的题目也作《那边》，似乎是一种并不介入的姿态。但即便是不介入，情感的立场却仍是鲜明的。那些"铁的声音"、"沸腾的人市"、"红的绿的警灯"既表现了一个"永远在挣扎的人间"的光怪陆离和焦躁不安，同时也让初出国门的诗人看到了一种陌生的现代文化的景象。

　　对于现代中国诗人来讲，最早的城市经验首先是留学生在异国的城市经验，因为中国本土的城市化相对滞后，因此对留学生而言，新的经历带来了两种陌生，一是对异国的陌生，二是对异国城市生活方式的陌生。郭沫若的《笔立山头展望》也是一种眺望式的角度和姿态，这与艾青在湄公河畔的姿态是一致的。虽然他们的所见也并非什么发达的大都市，但仅仅是这样一些初级的城市的景观，也足以惹动他们的好奇与关注。

留学的经历极大促进了城市经验的生成,随着经验的增多,远眺也渐渐变为了一种更切近的观察和体验。比如留法诗人李金发,他对法国城市的感受和描绘就反映在《里昂车中》等诗篇中,体现了城市经验的深入。

> 细弱的灯光凄清地照遍一切,
> 使其粉红的小臂,变成灰白。
> 软帽的影儿,遮住她们的脸孔,
> 如同月在云里消失!
>
> 朦胧的世界之影,
> 在不可勾留的片刻中,
> 远离了我们,
> 毫不思索。
>
> 山谷的疲乏惟有月的余光,
> 和长条之摇曳,
> 使其深睡。
> 草地的浅绿,照耀在杜鹃的羽上;
> 车轮的闹声,撕碎一切沉寂;
> 远市的灯光闪耀在小窗之口,
> 惟无力显露倦睡人的小颊,
> 和深沉在心之底的烦闷。
>
> 呵,无情之夜气,
> 卷伏了我的羽翼。
> 细流之鸣声,
> 与行云之飘泊,
> 长使我的金发褪色么?
>
> 在不认识的远处,
> 月儿似钩心斗角的遍照,
> 万人欢笑,
> 万人悲哭,

> 同躲在一具儿，——模糊的黑影
>
> 辨不出是鲜血，
>
> 是流萤！

这是一个在飞速移动的城市交通工具之内的独特感受，既有移动带来的恍惚破碎之感，也因车子的隔绝封闭带来一种与城市环境的奇特距离。尤其是在夜晚的车中，光线昏暗、景色恍惚，所有的印象都是破碎的，车中临时对坐的人与人之间的关系也是似近实远，咫尺天涯。诗人对对面的女乘客的观察就充满了一种印象式绘画的风格，在隐约恍惚中流露着深深的孤寂。这首诗看起来似乎并没有远眺的姿态，但"远市的灯光闪耀在小窗之口"，那种与"朦胧的世界"之间的隔膜感仍然非常分明。全诗结尾处的"鲜血"和"流萤"，似是在写"黑影"，也是在写诗人自己的处境。换句话说，诗人在异地的感受就如同一只无家的流萤，周围世界的勾心斗角与万人悲欢都与他有关，但又都与他隔绝。

因此，从某种程度上说，《里昂车中》仍具有一个类似于眺望的角度，那是从一个孤独者的内心对陌生世界投去的眺望。这眺望之中，城市越喧嚣热闹，人的内心就越孤独，这是现代人特有的孤独，也是现代文学最常见的母题。

同为初期象征诗人的王独清也有一首类似的代表作——《我从 Cafe 中出来……》：

> 我从 Cafe 中出来，
>
> 身上添了
>
> 中酒的
>
> 疲乏，
>
> 我不知道
>
> 向哪一处走去，才是我底
>
> 暂时的住家……
>
> 啊，冷静的街衢，
>
> 黄昏，细雨！
>
> 我从 Cafe 中出来，
>
> 在带着醉

无言地
独走，
我底心内
感着一种，要失了故园的
浪人底哀愁……
啊，冷静的街衢，
黄昏，细雨！

之所以说类似，是因为这里有同样的异域、同样的"浪人"体验。洋气的"cafe"与贴着"里昂"标签的电车一样，似乎更是一种陌生的符号，它为诗人的视野带来异域的现代的色彩，但也由此更深地拒绝了诗人的融入。独醉、疲乏、无言、哀愁，"失了故园"、不知道何处才是"暂时的住家"……这不仅是背井离乡的孤独，更是一种文化心理上无法逾越的差距。与艾青的"远眺"和李金发朦胧的睥睨不同，王独清的姿态是"出来"。——无论是主动的出走逃离，还是被排挤之后的离开，这种姿态中都流露出充分的现代性的孤独。

就像早年留日的郁达夫和留美的闻一多们所经历的那样，留学生在先进的西方世界里，一面感受到打开视野的新奇，体会着"梦醒"的希望，但同时也难免要经历弱国子民的屈辱，以及强烈的思乡怀旧之情。这种矛盾复杂的心情总是会出现在诗人的笔下，成为折磨人又自我折磨的东西。

但无论如何，诗人与现代世界之间不可能总保持远眺或逃离的姿态，如何进入、怎样观察，是诗人们城市生活的必修课。在湄公河畔写作《那边》之后不久，艾青又以《巴黎》《马赛》等诗写下了他对于异域城市的更新更具体的感受：

如今
无定的行旅已把我抛到这
陌生的海角的边滩上了。

看城市的街道
摆荡着，
货车也像醉汉一样颠扑，
不平的路

使车辆如村妇般
连咒带骂地滚过……
在路边
无数商铺的前面，
潜伏着
期待着
看不见的计谋，
和看不见的欺瞒……
市集的喧声
像出自运动场上的千万观众的喝彩声般
从街头的那边
冲击地
播送而来……
接连不断的行人，
匆忙地，
跄踉地，
在我这迟缓的脚步旁边拥去……
他们的眼都一致地
观望他们的前面
——如海洋上夜里的船只
朝向灯塔所指示的路，
像有着生活之幸福的火焰
在茫茫的远处向他们招手
……
在你这陌生的城市里，
我的快乐和悲哀，
都同样地感到单调而又孤独！
像唯一的骆驼，
在无限风飘的沙漠中，
寂寞地寂寞地跨过……
街头群众的欢腾的呼嚷，
也像飓风所煽起的砂石，
向我这不安的心头

不可抗地飞来……
午时的太阳，
是中了酒毒的眼，
放射着混沌的愤怒
和混沌的悲哀……
它
嫖客般
凝视着
厂房之排列与排列之间所伸出的
高高的烟囱。
烟囱！
你这为资本所奸淫了的女子！
头顶上
忧郁的流散着
弃妇之披发般的黑色的煤烟……
多量的
装货的麻袋，
像肺结核病患者的灰色的痰似的
从厂旁的门口，
不停地吐出……看！
工人们摇摇摆摆地来了！
如这重病的工厂
是养育他们的母亲——
保持着血统
他们也像她一样的肌瘦枯干！
他们前进时
溅出了沓杂的言语，
而且
一直把繁琐的会话，
带到电车上去，
和着不止的狂笑
和着习惯的手势
和着红葡萄酒的

空了的瓶子。

海岸的码头上，
堆货栈
和转运公司
和大商场的广告，
强硬的屹立着，
像林间的盗
等待着及时而来的财物。
那大邮轮
就以熟识的眼对看着它们
并且彼此相理解地喧谈。
若说它们之间的
震响的
冗长的言语
是以钢铁和矿石的词句的，
那起重机和搬运车
就是它们的怪奇的嘴。
这大邮轮啊
世界上最堂皇的绑匪！
几年前以
我在它的肚子里
就当一条米虫般带到此地来时，
已看到了
它的大肚子的可怕的容量。
它的饕餮的鲸吞
能使东方的丰饶的土地
遭难得
比经了蝗虫的打击和旱灾
还要广大，深邃而不可救援！
世纪以来
已使得几个民族在它们的史页上
涂满了污血和耻辱的泪……

而我——
这败颓的少年啊,
就是那些民族当中
几万万里的一员!
今天
大邮轮将又把我
重新以无关心的手势,
抛到它的肚子里,
像另外的
成百成千的旅行者们一样。
马赛!
当我临走时
我高呼着你的名字!
而且我
以深深了解你的罪恶和秘密的眼,
依恋地
不忍舍去地看着你,
看着这海角的沙滩上
叫嚣的
叫嚣的
繁殖着那暴力的
无理性的
你的脸颜和你的
向海洋伸张着的巨臂,
因为你啊
你是财富和贫穷的锁孔,
你是掠夺和剥削的赃库。
马赛啊
你这盗匪的故乡
可怕的城市!

这首诗一气呵成,勾画了一个更鲜活也更"可怕"的现代城市。诗人置身其中,心情无比复杂,他看到了现代的阴影、资本的力量、个人的挣扎……即如诗的开头所说，他的进入是行旅的"抛"入，似乎是无可左右的命运的拨弄，因而对于这陌生的城市，虽也有强烈的好恶悲欢，但始终带着旁观的态度，似乎随时可以以一种毅然离去的决绝姿态来表达他对这个资本世界的厌恶和憎恨。事实上，像马赛那样工业化程度很高的城市在当时的中国远未出现，因而像马赛工人那样能够自觉地组织起来进行革命斗争的队伍，在中国也远未出现。在某种意义上说，诗人在异国的见闻确是陌生而隔膜的，想要真正进入，还是需要回到中国历史的语境当中。

二

1937 年，回到国内的艾青笔下仍然是城市和乡村的景象，但是很明显，他已经不再是远眺和旁观的姿态了。一种介入历史、深入城市的态度浮现了出来。

> 一只船并挨着一只船
> 两条粗粗的铁链
> 连住了无数的船
> 船上铺上了一层木板
> 从江的这一边
> 到江的那一边
> 浮桥浮搭在乡村和城市之间
>
> 城市
> 以水门汀和钢筋
> 建筑成的连云的堡垒
> 强烈地排列着
> 守卫着：贪欲，淫逸，荒唐
> 又以金色的梦
> 和磷光的幻想
> 吸引了万人
> 向它呈献了劳动的血汗
>
> 乡村

站立在被风雨飘淋的原野上

那些颓废的墙堵

像穷人们的破衣

褴褛得失去了温暖

而那些屋檐

也被柴烟熏灼得

像穷人们的眼睛一样

储满了阴郁与困厄啊

浮桥

浮搭在奔流不息的江水上

从江的这一边到江的那一边

它以两条长长铁链

连住的无数的船

系住了财富与贫穷

……①

　　现实中的"浮桥"是连接于乡村与城市之间的交通要道，它以一种特有的不稳定不牢固的效果，形象地体现了城乡之间某种经济关系的脆弱。事实上，诗人的确是在一种略带象征的意义上将浮桥作为一种载体，来寄托他在社会经济制度等方面的观察和思考。他看到"农人们""每天喘吁""挑了满箩辛劳的收获"从乡下运到城里，然后"等到黄昏回来时/只换得了几包纸包的什物"，由此生出"无言的失望与空虚"。诗人在这座"系住了财富与贫穷"的浮桥背后，看到的是经济制度的不合理、贫富差异的残酷现实、农村经济的凋落，以及农民生活的悲苦等等，表现出极为愤激的批判态度。

　　从1920年代初郭沫若把城市形容为满街骷髅开始，到三、四十年代的诗人笔下处处可见的物欲横流、虚伪狡诈的城市人，在意识形态上并不十分自觉的诗人只是用朴素的情感对某些资产阶级的特征进行着自己的批判，并由此生发出对现代文明的某种反思。比如艾青的一首题为《城市人》的诗：

人创造了城市

---

① 艾青：《浮桥》1937年冬

城市又创造了城市人

我认得你们啊——
浮夸的，狡谲的
刁恶的，势利的
生活在欺诈与阴谋里的

你们手插在裤袋里
嘴角衔着一段纸烟
帽子歪戴着
走在行人道上
以伺候的眼睛
等待着攫取什么
我认得你们啊
豪奢的，矜持的
自满的唯利是图的
生活在无餍足与贪婪里的

你们像玩具似的笑着
又像木偶似地动作着
喘吁在脂肪里
用向前圆突的肚子
对世界表示着骄傲

我认得你们啊
荒唐的
险恶的
不可猜测的
生活在投机与冒险里的

一种为可怕的计谋而沉思着
整日踌躇着像
一只向下界寻觅牺牲的苍鹰

随时都在准备着张开指爪

我认得你们啊
淫荡的，妖冶的
卖弄风情的泼辣的
生活在肉欲与放纵里的

以耀眼的绸缎
裹住了绵软的身体
情欲的眼向陌生者闪光
你们在爱情的哄骗里娱乐自己
又在金钱的嘲弄里给人娱乐

你们的生命是赌博
你们的肉体
是一架发挥本能的机器
你们灵魂比纸钱还要廉价啊

你们敏捷
你们机巧
你们警惕
你们虚伪
诚然你们能制胜一切
却只为了可怜的自私啊

人创造了城市
城市创造了城市人

　　诗人以"城市创造了城市人"的判断来表达对资本制度的愤怒，不能不说具有一定的力度，但思想的深度显然还非常不够。相比之下，还是后来活跃在1940 年代诗坛上的穆旦、袁可嘉等更年轻的一代诗人，他们不仅描画了更新更复杂的城市图景，更把对于城市文明的批判和对城市人的现代体验推进到了更深邃的深度。其中，穆旦的《线上》《城市的舞》等作品，都已成为影响深远的名篇。

《城市的舞》写于 1948 年 4 月：

> 为什么？为什么？然而我们已跳进这城市的回旋的舞，
> 它高速度的昏眩，街中心的郁热。
> 无数车辆都怂恿我们动，无尽的噪音，
> 请我们参加，手拉着手的巨厦教我们鞠躬：
> 呵，钢筋铁骨的神，我们不过是寄生在你玻璃窗里的害虫。
>
> 把我们这样切，那样切，等一会就磨成同一颜色的细粉，
> 死去了不同意的个体，和泥土里的生命；
> 阳光水分和智慧已不再能够滋养，使我们生长的
> 是写字间或服装上的努力，是一步挨一步的名义和头衔，
> 想着一条大街的思想，或者它灿烂整齐的空洞。
>
> 哪里是眼泪和微笑？工程师、企业家和钢铁水泥的文明
> 一手展开至高的愿望，我们以藐小、匆忙、挣扎来服从
> 许多重要而完备的欺骗，和高楼指挥的"动"的帝国。
> 不正常的是大家的轨道，生活向死追赶，虽然"静止"有时候高呼：
> 为什么？为什么？然而我们已跳进这城市的回旋的舞。

在穆旦的笔下，城市里的人不再仅仅是行尸走肉、脑满肠肥的形象，而更多的是在城市生活方式和理念下被榨干的普通人，他们纵然有微茫的质疑与反抗之心，但终于被城市机器所磨碎和吞噬，不可能找到出路。穆旦的态度固然清醒，但视角却不是旁观，他把自己放置在这个庞大的机器当中，在体验中认知，在认知中批判，其思想呈现出了更为成熟的风貌。

第十三章　诗与人

第一节　"新文人"与新文学

"新文人与新文学"是沈从文发表于 1935 年的一篇文章的题目，此文与之前的《文学者的态度》《论"海派"》等一起被看作"京派"文学观念的集中体现。在这篇文章中，沈从文对所谓"新文人"进行了毫不留情的批评和嘲讽，将其特点归纳为"活下来比任何种人做人的权利皆特别多，做人的义务皆特别少。"① 换句话说，沈从文所说的"新文人"是指那些靠"玩"文学出名获利，却从不以严肃的创造性精神进行文学写作的伪作家。在批评此类人的同时，沈从文重申了他关于"将文学当成一种宗教"、排除一切"非文学"因素、重在创新的态度。正是这一系列观点，使沈从文成为所谓"京派"的代表和领袖。

本节借用沈从文这一题目，但在所指对象和价值评判上却反其道而用之。在我看来，"京派"文人群本身倒真称得上是一类在五四新文化运动后生成的"新"的、现代的、学术型的作家。我在正面的意义上称之为"新文人"，意在解释和描述他们的"文人"性和他们作为"文人"的"新"的和"现代"的特征。事实上，无论是"京派"作家自己，还是后来的研究者，都使用过"学院派"这一称谓，但有鉴于"学院派"是一个舶来的概念，而中国至今为止是否真正存在西方文化意义上的"学院派"还仍成问题，因此，为强调中国现代知识分子的独特性和历史特点，这里杜撰一个概念——"学院型文人"。

---

① 沈从文：《新文人与新文学》，《大公报·文艺副刊》137 期，1935 年 2 月 3 日。

一

1934 年，周作人在为他的散文集《夜读抄》撰写《后记》时，引用了其前与友人的通信，就其被指"消极"做出了一点辩护与回应。他说：

> 自己觉得文士早已歇业了，现在如要分类，找一个冠冕的名称，仿佛可以称作爱智者，此只是说对于天地万物尚有些兴趣，想要知道他的一点情形而已。目下在想取而不想给。此或者亦正合于圣人的戒之在得的一句话罢。不佞自审日常行动与许多人一样，并不消极，只是相信空言无补，故少说话耳。大约长沮桀溺辈亦是如此，他们仍在耕田，与孔仲尼不同者只是不讲学，其与仲尼之同为儒家盖无疑也，……①

这段话透露了一个讯息，即周作人在这段时间里，出现了较为明显的思想变化，并受到了文坛其他人的关注。而周作人本人并不完全否认思想的变化，但与此同时他也谨慎地表示了自己并非"消极"。他自陈思想大致未变，仍不失为"五四"新文化运动主流中的一员，但有所不同的是，他因"相信空言无补，故少说话耳"。也就是说，他自认为在"日常行动"与内心思想等方面，自己并无断然改变，只是在"说"的问题上发生了变化。有些事看到想到了却未必说，有些事说到了却未必多说。这种不说或少说，一方面有外部环境的限制导致的"不敢说"与"无法说"，同时也有其自身主观层面上的"无从说"或"懒得说"。同时，对于"说什么"与"不说什么"，也有了重新的考量。这种"想取而不想给"、多思而少说的姿态，被周作人称为"爱智"。

就在一年前即 1933 年，周作人自编《知堂文集》在上海出版。他自取"知堂"一号，其背后的情绪与思想也颇值得玩味。对此，周作人在他的短文《知堂说》里有清楚的说明：

> 孔子曰，知之为知之，不知为不知，是知也。荀子曰，言而当，知

---

① 周作人：《后记》，《周作人自编文集·夜读抄》，石家庄：河北教育出版社，2002 年，第 202 页。

也；默而当，亦知也。此言甚妙。①

有研究者评论说："这是一个由'知'而'智'的过程。不写文学批评，近似'不知为不知'；不写社会批评，仿佛'默而当'；至于文章新的内容和新的写法，则体现了'知之为知之'和'言而当'罢。"②

的确，"知堂"与"爱智"是需要联系起来看的。一方面，周作人的致"知"就是一种"爱智"，另一方面，他的"爱智"也是一种对于人生有取有舍、有爱有不爱、有所为也有所不为的"知"。

再追溯至《夜读抄》时期，就已能看出周作人思想的转变了。在《夜读抄》后记里，他明确表达了一种与"五四"时期不同的思想倾向。他说："我们偶然写文章"，是"一不载道，二不讲统"的。这分明是在有意撇清自己与传统士大夫以及"五四"启蒙知识分子之间的关系，企图表明一种与二者不同的思想立场。事实上，无论是对"人的文学"的提倡，还是在"自己的园地"的耕耘中，周作人潜在地都还具有一种"载道"的观念和意图，只是这个"道"与儒家之"道"所指已有不同罢了。同时，作为启蒙思想家的周作人，其所受到的启蒙主义的影响，也是不可能不认同文学的现实功利意义的。因此，即便在"自己的园地"时期，他一面强调"尊重个性"，一面仍在以"文"的方式来载他自己认定的"道"，以"个人的自觉"来"言"他自己胸中的"志"。可以说，周作人在一定程度上是有意混淆了"载道"和"言志"两种说法，用来为自己的文章和想法取得一种存在的合理性。然而，到了《夜读抄》时期，他却明确提出了"不载道""不讲统"的说法，能否做到先且不论，至少在姿态上，这是一个相当明确的表达。由此贯穿起来看，不难发现周作人思想中的变化过程。"五四"以后的他，在《自己的园地》时期开始了思想的转变，到了《夜读抄》和《知堂文集》时期，这种转变已基本完成。这时的周作人，已经明确地转向了学术清谈的方向，并由此奠定了他后期的思想和文学艺术风格的基础。

正如陈思和所说："五四新文学传统中，鲁迅以外的另一个重要的流脉，是以周作人为代表的。"这一"另类的传统"，"其所关注的是比较抽象层面上

---

①　周作人：《知堂说》，《周作人自编文集·知堂文集》，石家庄：河北教育出版社，2002年，第3页。

②　止庵：《关于〈知堂文集〉》，《周作人自编文集·知堂文集》，第3页。

的奥秘，这与启蒙不一样。"① 陈思和称之为"民间岗位取向"，用以与"传统士大夫的庙堂价值取向"相对照。在陈思和看来，五四新文学所造就的鲁迅一类启蒙知识分子是一群具有"广场的价值取向"的类型，而周作人的"爱智"就是对所谓"广场"取向的背离。

事实上，周作人的选择不仅仅体现了他个人的倾向，同时也代表并影响了周围的一群人。或者说，是这一群人因为具有相近的思想立场和文化选择，所以才聚集在周作人的周围。正如孙郁所说：1920 年代后期，"周氏身边就渐渐形成了一个文人圈子。……这些人大多远离激进风潮，喜欢清谈，厌恶政治，象牙塔里的特点过浓，与'左'倾文化是多少隔膜的。……京派文化的出现，实在说来和苦雨斋的关系是深而又深的。"②

这个群体，从社会角色和文化身份上说，又多是北平城内学术机构中的人物。这个时期，他们中的一些人已经在《大公报·文艺副刊》上聚集，发表具有相近文学观念与立场的言论和作品。又由于沈从文等人的提倡和声张，以及与南方不同文学观念的文人之间的颇引人注目的争论，一个"京派"群体已经出现了。周作人本人虽说一直不被完全视为一个"京派"，但是谁都无法否认，"京派"文化的出现与他之间的关系可谓"深而又深"。

这就是"从'爱智'与'知堂'说起"的原因。在我看来，"京派"与周作人的关系不仅在于人事上的亲近，更在于思想观念上的相通。"京派"思想中最鲜明的核心莫过于对文学"纯粹性"和"庄严感"的强调，以及对于"非文学"因素的拒斥，就体现着周作人所说的那种"言而当"与"默而当"的"知"和"爱智"的精神。

有意味的是，这个"爱智"群体中的很多人，对于"京派"这个称呼并不很赞同。比如卞之琳就明确说过："与其说京派，不如说是学院派"。这一来是因为不愿沾染地域色彩，二来也是为了淡化这个词源所带有的"保守"或"正统"姿态。而与此同时，带有一定程度的西方文化色彩和模糊性的概念"学院派"，倒正贴近他们的自我期许和自我认识。陈思和曾以"现代知识分子岗位意识"来界定周作人的思想核心，认为他是"从人类的智慧（知识）传统里面求得一种价值取向，作为安身立命之地。"我想，这个"岗位"就在

---

① 陈思和：《中国现代文学十五讲》，北京：北京大学出版社，2003 年，第 75—76 页。

② 孙郁：《〈苦雨斋文丛〉序》，《苦雨斋文丛·周作人卷》，沈阳：辽宁人民出版社，2009 年，第 1 页。

高等学院或研究机构中。

因而，在已往的一些研究中，一些学者沿用了"学院派"这一称呼。比如高恒文在其《京派文人：学院派的风采》一书中认为，"京派"的"学院派"特色，主要在于"他们这些人对自己的立身行事、人生道路都能自觉地作出选择，并能坚持不渝，不轻易受外力的左右，不管在什么情况下，他们都专心致志于自己的学术研究和文学创作，因此才能取得这样的成就。"钱谷融在为该书作《序》时又补充谈到：学院派精神还"与他们都在高等学校任教，是所谓的学院中人，知识、文化素养较高，懂得做一个人有他应守的信念和应尽的责任"有关，"而他们的收入也较丰，生活比较优裕，不必为柴米油盐等衣食问题烦心，可以集中精力搞他们的专业。还有十分重要的一点是他们都很热爱自己的专业，他们进行学术研究和文艺创作，不但因为这就是他们的工作，他们的职业，而且同时也是他们的情志所寄，情绪所托，也是他们这些人安身立命之本。"钱谷融认为：所谓学院派精神"就是一种在学术研究中能够顶住一切干扰、坚持贯彻为真理是尊的精神"①。这种看法显然代表了很多学者对"学院派"这一概念加以使用的基本原因和看法。也就是说，从身份、知识素养、经济实力等方面进行考察，可以发现这个群体有着较为突出的安定的专业意识和职业兴趣，这是建立在身份和各方面条件的基础之上的，同时反过来决定了他们的立场和思想。而这个思想的核心，就是"严肃认真的唯真理是尚"的精神。

笼统一点说，"爱智"与"唯真理是尚"的确是有一定关联的。他们都表现了一种追求"纯粹"的立场，企图把政治（恐怕这是最重要的一个方面）等其他因素排除在文学和学术之外。文学和学术对他们而言，就是"智"、是"真理"，是唯一值得追求的东西。当然，这是其中最突出的一个方面，其他更为复杂的方面将在后文谈及。

如果说，五四新文化运动带来了中国知识人的社会存在方式、思想观念等多方面的巨大变化，造就了现代意义上的中国知识分子，那么，在"五四"落潮之后直至 1930 年代前期，"学院型文人"群体的出现应被看作是中国现代知识界的另一个新现象。这个群体是"五四"知识分子的一个新的分支，他们继承了"五四"一代知识分子的很多重要精神，但同时也有所变化，表现出了一些新的特点。对于这种继承与变化，周作人个人的思想转变就是非常好的代表

---

① 钱谷融：《序》，高恒文著：《京派文人：学院派的风采》，上海：上海教育出版社，2000 年，第 2—3 页。

与说明。

应该说，以周作人为代表的"爱智"的知识分子，是"五四"落潮后中国知识界分化的一个突出表现。他们不同于五四时期的激进主义的立场，选择了一种退守学院或书斋的姿态，以"爱智"统领其学术思想与文学观念，期望能专注地进行着他们的"纯文学"与"纯学术"建设，尝试着一种新的文化生产方式和角度。当然，这种对"纯粹"的追求和强调，未必就是真的——也未必就真能——杜绝一切非文学和非学术因素，而这就是另一层面的问题了。

这个"爱智"的群体，也许勉强算得上是正在生成的"学院派"，而且事实上，没有等他们成为真正的学院派，历史就中断了他们的进程。因此，鉴于对其特殊性、时代性和混杂性的尊重，这里杜撰了一个"学院型文人"的概念。之所以愿意仍沿用"文人"这样一个带有中国文化色彩的概念，也就是意在看重与强调其与传统之间的复杂联系。而所谓从"文士"到"文人"，并不是一个严格的说法。我所着意的在于给他们一个位置，一个在古今中西的文化交错中的相对确定的一个位置。

二

让我们先撇开"学院型"的问题，看看这种新"文人"与中国古代传统中的"文士"之间有着怎样的区别。既然周作人自觉地将包括他自己在内的一代知识分子与"文士"相区别，就说明他们是非常明确于二者之间的根本性的差异的。

有着两千五百年历史的"士"的传统，是中国文化史上的一个独特的现象。余英时曾总结过：

> 在中国传统社会结构中，"士"号称"四民之首"，确是占据着中心的位置。荀子所谓"儒者在本朝则美政，在下位则美俗"大致点破了"士"的政治和社会文化的功能。秦汉统一帝国以后，在比较安定的时期，政治秩序和文化秩序的维持都落在"士"的身上；在比较黑暗或混乱的时期，"士"也往往负起政治批评或社会批评的任务。通过汉代的乡举里选和隋唐以下的科举制度，整个官僚系统大体上是由"士"来操纵的。通过宗族、学校、乡约、会馆等社会组织，"士"成为民间社会的领导阶层。无论如何，在一般社会心理中，"士"是"读书明理"的人；他们所受的道德和知识训练（当然以儒家经典为主）使他们成为唯一有资格治理国家

和领导社会的人选。①

也就是说，传统的"士"处于文化中心的位置，与政治和社会文化秩序的领导与维护有着较为密切的关系。因此，中国有数百年"学而优则仕"的传统。儒家思想也一直有着"立德立功立言"的目标，以及"修身齐家治国平天下"的理想。可以说，中国文人对于"居庙堂之高"的社会地位与自我形象的认同，已经形成了一种强大的思想传统，即便暂时"处江湖之远"，也并不减少其随时入世从政的心理准备。

这种心态造就了士人的价值观念。宋代王安石关于学者之"志"的说法可谓深具代表性：

> 为己，学者之本也。……为人，学者之末也。是以学者之事，必先为己，其为己有余，而天下之势可以为人矣，则不可以不为人。故学者之学也，始不在于为人，而卒所以能为人也。今夫始学之时，其道未足以为己，而其志已在于为人也，则亦可谓谬用其心矣。谬用其心者，虽有志于为人，其能乎哉！②

显然，周作人所说的"早已歇业"的"文士"，指的就是这样一批"志在为人"、以"治国平天下"为理想的读书人。而周氏以"爱智"和"想取而不想给"作为自别于"文士"的地方，则明显是具有针对性和反叛意识的。

应该说，从晚清开始，中国文人中有一部分人在发生着自我心理定位上的变化。到周作人这里，态度就已经十分清晰。所谓的"文士"既已歇业，而希望代之而起的，则是"爱智者"这一由"文士"群体分离出来的小小类型。他们将经国治世的兴趣转而投入到具体的知识积累和学术研究中，并将之作为自己事业的最高理想。"学"与"仕"之间的密切联系被逐渐剥离开来，"学"可以成为一种单纯的职业和岗位，可以成为一种社会存在的方式。而提供这样的存在方式的场所，很重要的一个就是"学院"——现代意义上的高等教育和研究机构。

社会存在方式和心理上的巨大变化，同样带来了治学方式和思想观念的转变。陈平原曾在其研究中指出："传统中国推崇的是'通人之学'。……读书

---

① 余英时：《论士衡史》，上海：上海文艺出版社，1999年，第2—3页。
② 王安石：《临川先生文集》68卷《杨墨》。

人钻研的是作为国家意识形态的儒家学说，其目的是通过科举考试，成为国家管理机器的一部分，实现'治国平天下'的理想。""晚清开始出现专攻西学的书院（从'方言'到'格致'）。而废除科举考试后，西式学堂成为大势所趋。张之洞之创建'存古学堂'，讲'国学'作为'专门'来修习，预示着世人政治立场及文化心态的大转移。已经从'半部《论语》治天下'，大踏步后退为'保国粹，存书种'。……曾经是读书人命脉的孔门学说，如今成了专修科场。强调'客观研究'的同时，实际上已经将其从日常生活中剥离出来。"①

与所谓"文士"不同之处在于，"文士"通文，其目的在于出仕。他们修身养性背后有一个更为宏大的目标，就是要"兼济天下"。因此应该说，"文士"与"文人"之间的区别正在于："文士"的重点在"士"，也就是出于庙堂，为人谋士的意思；而"文人"之重点在"人"，相对而言，这是一个较为强调个体性的概念，从身份认知上说，淡化了他们为官出仕的前景。

如果说从晚清以降一直到"五四"新文化运动，知识分子的思想立场和自我定位发生了一种转变的话，可以说，几乎就是一种从"文士"到"文人"的转变。即便将那些启蒙的、革命的知识分子纳入观察的视野，也可以看到，传统的"文士"的确已经消失了。现代知识分子中，一部分更看重社会责任的变成了批判的、独立的知识分子，他们对政治、文化等等领域发表自己的见解，提出改革的主张，完全不再是为当政者出谋划策的谋士形象。而另一部分像周作人等退居书斋的学者和专门家，更是珍惜自己"文人"的特立独行和清高超然的姿态，而有意与社会政治划清界限。"爱智"成为他们的特点，同时也是一枚表明姿态和维护自我的护身符。

以现代标准来看，"文人"之于"文士"的不同最突出表现在"文人"的自由的思想特征、具有鲜明的自我意识，他们以个体的写作等方式生活，通过近乎资本市场的方式获取个人的生存，而不依赖于某种政治或官方势力。落实到"爱智"的京派文人身上，可以看到几个较为明显的特征：

首先，最为基本和核心的精神就是对"自由"尊重和强调。

伴随着理性的觉醒和个性的高张，"五四"新文化运动为现代中国思想界带来的第一大精神特征就是对"自由"的尊重和追求，而文学创作之自由，当然也是题中应有之义。可以说，五四时期最为流行的一个新文学原则就是"发挥个性，注重创造"，而在"五四"落潮之后，仍坚持强调这一"自由"原

---

① 陈平原：《传统书院的现代转型》，《中国大学十讲》，上海：复旦大学出版社，2002 年，第 91 页。

则，在文学的创作和批评两个领域同时将之明确为基本原则。

周作人早在 1920 年代写《文艺上的宽容》时，就明确表达了对"自由"写作的尊重。他说：

> 文艺以自己表现为主体，以感染他人为作用，是个人的而亦为人类的，所以文艺的条件是自己的表现，其余思想与技术上的派别都在其次，——是研究人的便宜上的分类，不是文艺本质上判分优劣的标准。各人的个性既然是各各不同，（虽然在终极仍有相同之一点，即是人性。）那么表现出来的文艺，当然是不相同。现在倘若拿了批评上的大道理要去强迫统一，即使这不可能的事情居然实现了，这样文艺作品已经失了他唯一的条件，其实不能成为文艺了。因为文艺的生命是自由不是平等，是分离不是合并，所以宽容是文艺发达的必要的条件。①

虽然周作人在这里讨论的主要是批评的方法和标准问题，但他对待文学的最核心的标准却已经表明，即"文艺的生命是自由不是平等，是分离不是合并。"可以说，将"自由"视为"文艺的生命"，这是周作人最为明确的一次表态。这个"自由"，指的就是创作主体的"自由"。在提倡和尊重"自由"的同时，周作人也表明了对于"批评上的大道理"的反感。这让人联想到周作人对文艺"载道"目的的反对。宽泛一点说，这个"道"除了指儒家的之道，也包括一些主义，同时，未必不涵盖了这种"批评的大道理"。周作人虽然在一定程度上置换了"载道"和"言志"的原本含义，但一个基本思路毕竟是，他认为"言志"是自由的、伸张个性的；而"载道"则是一种以统一的思想或标准压制个人自由的方式。因此，归根结蒂地说，在周作人的文学观念中，主张"自由"是非常基础、非常重要的核心部分。

事实上，"京派"作家中大多是尊重自由、强调个性的。而且这种主张，贯穿了整个 1930 年代"京派"的活跃时期。直到 1936 年，沈从文在《作家间需要一种运动》中还强调说："一切伟大的作品都有他的特点或个性，努力来创造这个特点或个性，是作者责任和权利。"他反对的是某种观念或风气对于文艺作者个性的压抑和限制，强调作家必不能"与一种流行的谐趣风气相牵相混"，而是要以"一个清明合用的脑子"和"一支能够自由运用的笔"，来进

---

① 周作人：《文艺上的宽容》，《周作人自编文集·自己的园地》，石家庄：河北教育出版社，2002 年，第 6 页。

行独立的思索，甚至要"稍有冒险精神，想独辟蹊径走去"，"追求作品的壮大和深入"，"去庸俗，去虚伪，去人云亦云，去矫揉造作，更重要的是去'差不多'！这样子来写出一些面目各异的作品。"他说，这"应当在作家间成为一个创作的基本信条"。①

如果说，周作人和沈从文是从创作者和批评者的角度上指出了"自由"是"文艺的生命"，创造个性是"创作的基本信条"；那么，朱光潜则是从理论的角度，通过文艺心理学的剖析，提出了创作自由的正当和必然。他认为：文艺"彼此可以各是其所是，但不必强旁人是己之所是。文坛上许多无谓争执以起于迷信文艺只有一条正路可走，而且这条路就是自己所走的路。要破除这般人的迷信颇不容易，除非是他们肯到心理学实验室里去，或则只睁开眼睛多观察人生，很彻底地认识作者与读者在性情，资禀，修养，趣味各方面，都有许多个别的差异，不容易勉强纳在同一个窠臼里。"②

可见，"京派"的"自由"的文学观念，不止针对政治化、商业化的压制和浸染，同时也针对文艺批评上的狭隘主义。也就是说，这个"自由"观念既落实于文学层面上，又超越于文学层面之外，成为一种根本性的思想追求。本雅明在讨论十九世纪巴黎文人的特征时强调"文人"的"自由"，就像"波希米亚人"与流浪汉一样，他们以"漫步""观察""思想"的方式，成为某种文化最深入的表现者。同时，他们也以自由写作的方式获得社会生存的位置和方式。本雅明的这种概括，应该是对现代社会"文人"特性的概括。在我看来，这种特性是普遍存在于各种文化和社会环境的，某种程度上说，它是"文人"的现代性特征的一种体现。

"学院型文人"的第二个显著特征，是学术的专业性与艺术风格的"知性"。

从思想上说，这群文人看重的是"专门"和"纯粹"。他们厌倦了将"文"与"学"置于"经国之大业"，厌倦了以才学换取权利的人生方式。他们回过头来，看到了在"自己的园地"里可能获得的收获。同时，更是对这种自己的收获的尊严的看重。因此，他们的思想和文学观念走向专门和纯粹，同时也有意强调学术、文学的庄严感。不再将仕途作为唯一有尊严有价值的出

---

① 沈从文：《作家间需要一种运动》，《大公报·文艺》第 237 期，1936 年 10 月 25 日。

② 朱光潜：《心理上个别的差异与诗的欣赏》，《大公报·文艺》第 241 期，1936 年 11 月 1 日。

路。可以说，将"不从政"的姿态作为一种自我岗位的确认，这是他们思想"专门性"的最突出的表现。

知性，也就是周作人所说的"智"。即其所谓"对于天地万物尚有些兴趣，想要知道他的一点情形"。这里就包含了对于社会科学和自然科学各个方面，从而超出了单一对于政治文化的偏好与偏向。他们对于知识的追求，不再仅仅因为其有利于国家社稷，而是很可能包含着的审美、求知等目的。卞之琳曾经在述及自己的诗歌追求时表示，特别看重的是一种"智慧之美"。用他自己的话说就是："算是'心得'吧，'道'吧，'知'吧，'悟'吧，或者，恕我杜撰一个名目，'beauty of intelligence'。①"之所以把"beauty of intelligence"译为"智慧之美"，是因为这里的所谓"智慧"，既包含着"理智"、"才智"、"理性"、"智力"等层面，同时又应高于它们之中的任何一个方面。依卞之琳本人的解释，"intelligence"既包含理性的"知"，也包含感性的"悟"；同时，它既是客观的"道"，也有主观的"心得"。因此可以说，卞之琳的诗歌所体现的正是这样一种哲思与诗美的完美结合，而这种结合，又正是通过诗人的"智慧"感受并传达出来的。

卞之琳所说的"智慧"与周作人的所谓"智"之间显然有一定的相似性。同时，又与西方现代思潮中的"知性"追求也颇有关联。卞之琳本人就是第一个翻译艾略特《传统与个人才能》一文的译者，对于西方文学思潮中的"知性"追求不可能不熟知，因此，在他强调自己的诗学观念时，可以说是自然而然地融会了知性与中国文人的爱智追求。

与知性相关的，还有审美趣味上的冷静、爱好玄思等特征。这不仅表现在文学作品的艺术风格中，也表现在他们学术研究和理论批评等方面。比如说，京派著名的理论家朱光潜就提出含蓄敦厚的美学思想，并成为京派推崇的理论原则，应当说，这种审美趣味与"爱智"的思想不无关联。

"学院型文人"的第三个思想特征，体现在他们对待传统的态度上。

事实上，在对"京派"文人的研究中，对其在传统与现代之间的态度的讨论，一直是一个重点。比较有代表性的如史书美在《现代的诱惑——书写半殖民地中国的现代主义（1917—1937）》一书中，以"反思现代"一语概括了京派的"新传统观念"，并将之与上海现代派的"炫耀现代"相比较，强调了其思想内涵的复杂性，以及与传统之间更主动、更密切的联系。史书美认为："京派的新传统观念对中国传统重新加以了肯定，并承认中国传统作为西方文

---

① 卞之琳：《关于〈鱼目集〉》，《大公报·文艺》第 142 期，1936 年 5 月 10 日。

化之外的另一特殊性文化的合法性。……他们所努力寻求的是扩展现代性构成的范围，而并不否弃现代性本身。"① 她认为，京派美学是一种"受约束的、简明的、空闲的、温和的、传统主义的和抒情诗体的非功利美学"②。而代表人物周作人、朱光潜都以其各自鲜明的理论主张抵制着对于"传统"的断裂。比如周作人对于晚明文学的推崇，以及他对于"文艺复兴"和历史循环的观念的提出，都表明了一种独特的亲近传统的态度。朱光潜则以其特有的辩护态度为中国古典文学传统做出了积极的诠释和发掘。而年轻的诗人卞之琳更是第一个翻译了艾略特的《传统与个人才能》，借助现代主义大师对于传统的观念，表达了自己一派对此的认同。可以说，艾略特关于一个作家的当代性是由其对待传统的态度而决定的这一著名论点，不仅深刻地影响了京派作家，同时也应被看作是京派作家自身的传统观念的一种表示。正是在这样一种重视传统的现代性姿态中，京派作家表现出了他们对"传统"与"现代"非此即彼的二元的打破。正如史书美所说："传统意识是对当代性进行认知的基础。正是在这个意义上，《传统与个人天才》成了西方的现代主义经典，其作用相当于现代主义的宣言。"而京派作家对艾略特的翻译和引用，正是希望证明自己"传统和现代不相矛盾，反而构成了连续性关系"的观点。

这再次使人想起了本雅明。他曾以"拾垃圾者"作为 19 世纪诗人形象的隐喻，并进而作为文人形象的隐喻。而这个"拾垃圾者"正是那些对于传统进行着细致的收藏、取舍和看护的人。本雅明认为："在最高的意义上说，收藏者的态度是一种继承人的态度。"③ "学院型文人"以他们的学术态度"收藏"着"传统"，而以历史的眼光看来，他们的这种姿态和行为，又的确是非常现代的。

当然，这一文人群体在面对传统与现代时也常常表现出矛盾的一面。我想，他们决不可能是那么明确地从一开始就确立了融合的观念，而且，即便后来有意识地融合，也仍面临取舍之间的为难。他们对传统不无迷恋，同时又处于现代转型期的新的历史条件下的处境，这种情况决定了他们的心态和思想倾向，与其说是一种融合的主动，不如说是一种在思考与矛盾中逐渐明晰的过程。

---

① 史书美：《现代的诱惑——书写半殖民地中国的现代主义（1917—1937）》，南京：江苏人民出版社，2007 年，第 174 页。

② 同上，第 200 页。

③ 本雅明：《打开我的图书馆》，转引自张旭东：《中译本序：本雅明的意义》，《发达资本主义时期的抒情诗人》，北京：三联书店，1989 年，第 11 页。

第二节　"人的文学"与"新的启蒙运动"

　　1936 年 10 月，北平《世界日报》副刊《明珠》改版，新版由周作人领衔主编，林庚具体执行编辑工作，作者多为京派同人。据周作人后来回忆说："那时……大家深感到新的启蒙运动之必要，想再来办一个小刊物，恰巧世界日报的副刊《明珠》要改版，便接受了来，由林庚编辑，平伯废名和我帮助写稿，虽然不知道读者觉得何如，在写的人则以为是颇有意义的事。"① 虽然这一版《明珠》也只办了三个月就被迫再次改版，但它体现了周作人及其京派朋友们关于发动一次"颇有意义"的"新的启蒙运动"的意图和主旨。事实上，从《明珠》上数量有限的文章中的确已可约略看到这次"新的启蒙运动"中所包含的目的与深意。

　　作为"文学副刊"的《明珠》，其实在文艺作品之外还刊登了大量的杂感时论，两个部分的篇幅大体相衡，而所谓"新的启蒙运动"的思想就更多地体现在这类杂感时论当中。文章讨论问题虽然所涉甚广，但究其核心，可以用林庚一篇短文的题目来概括，即"人的问题"。

　　所谓"人的问题"，用林庚本人的说法就是：一切问题的核心都在于"人"，脱离了具体的"人"去讨论一切教条、理论、学说、制度等等，都终将成为空谈。只有致力于对"人"的"健全"理性的培养，关注于"人"的精神启蒙，才能最终通过"人"的健全而实现整个民族的振兴。② 同时，在《明珠》作者们看来，"人的问题"是与当时的政治、经济、外交等方方面面具有紧密的内在联系的，他们特别强调的是："在连环中把人看为一个结，在问题中把人看为一个中心"。③

　　这个"人的问题"当然使人很容易联想到五四时期的"人的文学"的口号。更何况，"人的文学"的首倡者周作人正是《明珠》的精神领袖和"新的启蒙运动"的发起人。显然，"人的问题"与"人的文学"在思想上是一脉相

---

　　①　周作人：《怀废名》，《周作人自编文集·药堂杂文》，石家庄：河北教育出版社，2002 年，第 123—124 页。
　　②　林庚：《人的问题》，《世界日报·明珠》第 27 期，1936 年 10 月 27 日。
　　③　林庚：《连环之结》，《世界日报·明珠》第 39 期，1936 年 11 月 8 日。

承的。他们都关注精神的启蒙与转型在整个民族的现代转型中所具有的关键意义，同时也都强调文学在"人"的精神启蒙中所承担的重要角色。但不一样的是，这两个口号的提出，其背后的历史语境已经发生了变化。应该说，在1930年代的新的历史背景与文化环境中，"重提"思想启蒙和个性主义的"老话"，其本身就体现了一种"新"意。

　　滥觞于20世纪初勃发于之后一二十年的新文化运动，最大的成绩和收获莫过于"人的发现"和"文学的发现"。中国由传统社会向现代社会转型的关键与核心就在于开始意识到"人"的地位和意义。即如马克思所说：封建专制社会的原则"总的说来就是轻视人，蔑视人，使人不成其为人。"① 中国封建社会的漫长历史正是这样一段"使人不成其为人"的历史。对此，鲁迅也早就悲愤地指出："中国人向来就没有争到过'人'的价值，至多不过是奴隶，……然而下于奴隶的时候，却是数见不鲜的。"② 随着新文化运动的发生，随着个性解放思想的传入，"人"的价值和意义也逐渐被发现和认识。作为新文化运动和文学革命主将之一的周作人首次提出"人的文学"的鲜明主张，给思想文化界带来了巨大震动。他在《人的文学》文中一再强调要"辟人荒"，要"从新发现'人'"，要"从文学上起首，提倡一点人道主义思想"③。对此，胡适称赞说：这是"当时关于改革文学内容的一篇重要的宣言。""我们的中心理论只有两个：一个是我们要建立一种'活的文学'，一个是我们要建立一个'人的文学'。前一个理论是文字工具的革新，后一种是文学内容的革新。中国新文学运动的一切理论都可以包括在这两个中心思想的里面。"④ 郁达夫后来也总结说："五四运动的最大成功，第一要算'个人'的发现。从前的人，是为君而存在，为道而存在，为父母而存在的，现在的人才晓得为自我而存在了。……若没有我，则社会国家、宗族等那里会有？"⑤ 这个看似简单却长久未被认知的道理，正是五四新文化运动和文学革命披荆斩棘启蒙开愚所取得的最大硕果。

　　可以说，作为五四时期最重要的战斗口号，"人的文学"的提出，为整个

---

　　① 马克思：《摘自"德法年鉴"的书信》，《马克思恩格斯全集》第1卷，北京：人民出版社，1956年，第411页。

　　② 鲁迅：《灯下漫笔》，《鲁迅全集》第1卷，第224页。

　　③ 周作人：《人的文学》，《中国新文学大系·建设理论集》，第193页。

　　④ 胡适：《中国新文学大系·建设理论集》，"导言"第18页。

　　⑤ 郁达夫：《中国新文学大系·散文二集》，上海：上海文艺出版社，1981年影印本，"导言"第5页。

新文学运动明确和具化了目标与原则，为新文学的理想赋予了具体的内容和实践意义上的指导。它不仅涉及到新文学的内容、精神，更详细规定了新文学的表现对象、表现手法、作者立场等一系列具体问题。因此有人说，周作人是"把五四'人'的发现与文学的发现统一起来，把五四思想革命精神灌注到文学革命中去，在'人'的历史焦点上，找到了思想革命与文学革命的契合点。……把五四新文化运动'反对旧文学，提倡新文学；反对旧道德，提倡新道德'两大旗帜互相联结起来。在此基础上，他建立起了一个'人学'理论构架。"①

　　然而，历史进入到二三十年代，随着社会矛盾的发展和民族危机的突出，时代的主潮也发生了变化。与此同时，新文化运动也在喧嚣之后有所落潮，"文学革命"的启蒙转而变为"革命文学"的倡导。胡适在 1935 年编辑《中国新文学大系·建设理论集》并为之撰写《导言》时即曾发出这样的感慨：

　　　　关于文学内容的主张，本来往往含有个人的嗜好，和时代潮流的影响。《新青年》的一班朋友在当年提倡这种淡薄平实的"个人主义的人间本位"，也颇能引起一班青年男女向上的热情，造成一个可以称为"个人解放"的时代。然而当我们提倡那种思想的时候，人类正从一个"非人的"血战里逃出来，世界正在起一种激烈的变化。在这个激烈的变化里，许多制度与思想又都得经过一种"重新估价"。十几年来，当日我们一班朋友郑重提倡的新文学内容渐渐受一班新的批评家的指摘，而我们一班朋友也渐渐被人唤作落伍的维多利亚时代的最后代表者了！②

　　胡适的"牢骚话"透露了这样的事实：即"五四"之后的十几年间，时代与思想环境发生了很大的变化，思想领域的讨论重心也发生了转移。具体来说，时至 1930 年代中期，当左翼文学思潮风起云涌、通俗文学也开始更具商业化特征的时候，10 多年前的"淡薄平实"的"人的文学"的观念确乎显得不那么激动人心了，至少，它的内涵也随着时代的具体条件的变动而显得笼统而模糊了。曾经激进的"文学革命"的战士们被更年轻的"革命文学"的战士们称为"落伍者"，这本也是历史上一种常见的"新陈代谢"。但有意味的是，这个所谓"落伍"的群体却并未就此沉默和消散，"人的文学"这支新文

---

①　钱理群：《周作人传》北京：北京十月文艺出版社，1990 年，第 209 页。
②　胡适：《中国新文学大系·建设理论集》，"导言"第 30 页。

学最重要的血脉事实上已经深入时代的骨髓。因此，重要的不是讨论他们是否已经真的"落伍"，而是要透过对新时代和新思潮的考察，看取"人的文学"的精神究竟是怎样在新的历史条件下被继承、调整和发展的。

首先，在"人的文学"强调"人性"与"个人"的基础上，"人的问题"更突出了"理性的健全"，亦即一种以怀疑、批判与独立思考为特征的现代精神。林庚曾经撰文说，"迷信"是"天地间最便宜之事"，因为迷信的人懒用理性与头脑，因而"永没有怀疑"。他尤其含蓄地提到"许多人顽固的信仰一个学说，死也不肯放手"的现象，正是因为"对于他所信仰的学说""不肯日夜思索"，"所以永没有怀疑"①。这些话针对的对象虽不明确，但恐怕多少与京派所不以为然的一些盲目的激进主义者有关。就像林庚在另一篇文章中所批评的："全国之人头脑不甚健全，胸中半塞半通，纵然拿出去像个烈士，亦还需教养多年。"② 这里的针对性显然更加明确。

第二，在"人的文学"重视精神启蒙的基础上，"人的问题"更强调了启蒙的方式。《明珠》作者们多次谈到对于空洞的政治宣传的反感，他们指出：短时间的刺激只是一阵热闹，并不能达成理智上的接受，因而不是"久计"，空洞的宣传效果是非常有限的。因此在他们看来，真正有意义的不是外来的刺激和宣传，而是引发精神内部改变的启蒙。③ 历史地看，这也不算什么新见，但置于 1930 年代的社会政治环境和思想交锋中，这种观点就分明显现出对于左翼思潮的回应和抗衡的意味。也就是说，京派文人作为"五四"启蒙主义知识群体中的一个部分，当"五四"落潮后思想界发生剧烈分化之际，他们一方面继承了五四新文化的进步因素，另一方面，又对于激进的革命思潮有所保留，不赞成简单粗暴的方式，也不信任短效一时的价值。由此，他们渐渐形成为一个既具反传统特征又带有保守性质的知识分子群体：与五四时期的保守力量相比，他们是激进的；与 1930 年代出现的新的革命思潮相比，他们又具有保守的特色。

由此看来，"明珠"同人的"新的启蒙运动"正是应时代环境之变而提出的。在 1930 年代初"启蒙"思潮淡化、民族危亡加剧、左翼思想兴起的历史

① 林庚：《迷信》，《世界日报·明珠》第 19 期，1936 年 10 月 19 日。
② 林庚：《烈士》，《世界日报·明珠》第 3 期，1936 年 10 月 3 日。
③ 参见林庚：《反应》（《明珠》第 15 期，1936 年 10 月 15 日）、《唤醒》（《明珠》第 17 期，1936 年 10 月 17 日）、《宣传》（《明珠》第 41 期，1936 年 11 月 10 日）、《刺激》（《明珠》第 45 期，1936 年 11 月 14 日）、《刺激的功用》（《明珠》第 54 期，1936 年 11 月 23 日）等文。

环境之下，重提"启蒙"，并冠之以"新"意，或许就是有意发起一场在新的历史条件下的思想启蒙运动，或者说，是在国难当头之际和风起云涌的革命浪潮之中，重新强调"五四"时期的"人"的"启蒙"的思想，继续着未竟的"五四"事业。这其中当然暗含着对于左翼思想运动的某些不满，同时也是对几年前"革命文学"否定"五四"传统的做法的一种曲折的回应。

第三，在"人的文学"高度肯定"文学"在启蒙运动中的重要作用的基础上，"人的问题"更强调维护"纯文学"自由与独立的品格。周作人当年在《人的文学》中说："我们希望从文学上起首，提倡一点人道主义思想"，"用这人道主义为本，对于人生诸问题，加以记录研究的文字，便谓之人的文学。"① 这一"从文学上起首"的思路，在《明珠》同人中也得到了延续。林庚就曾针对现实谈道："新生活也罢，读经也罢，怎样能够多培养我们一点人的感情和生的纯化的，我们觉得根本问题还要在文艺上着想。"② 相对于"五四"时期针对"竞言武事"而提出文学启蒙的思想，京派文人则是在"革命"与"救亡"的 1930 年代重提"根本问题还要在文艺上着想"，显然也带有特定的时代特征与现实针对意义。他们甚至还提出了"纯艺术也能救国"的说法，认为"艺术与国家兴亡有关，盖因艺术乃一民族健康的表现"③，都体现出维护文学——尤其是纯文学——的地位与价值的基本立场。

此外，京派文人特别强调文学的独立性与自由品格。如林庚在《小品文》一文中说：

没有正统文章时，思想是自由的文章是自由的，所以反无所谓小品。有了正统之后，有人不甘出卖思想文章上的自由，而影只形单又不足以消灭此已腐的空气，于是发而为文，此小品文也。小品文在作者也许不觉得，在读者却必觉得小，因为正统之外自然不容你大也。至于作者因感于时事之不可违，多说无益，写写文章亦无非是万一遇到个素心人呢，如此心境，文章自不免清疲萧瑟，清疲自然不能与肥头大耳比，此所以仍不得不小；此所以我虽不见得为它加上小品二字，却也不见得非为它取下来不可也。

八家以前，文章并无正统，八家以后合文章之正统与思想之正统而变

① 周作人：《人的文学》，《中国新文学大系·建设理论集》，第 193 页。
② 林庚：《问路》，《世界日报·明珠》第 10 期，1936 年 10 月 10 日。
③ 林庚：《艺术救国论》，《世界日报·明珠》第 65 期，1936 年 12 月 4 日。

为"道统"，此所以明清以来乃有许多好的小品文，亦时势使然耳。近数年来小品文又在盛行，可见文坛与思想界又都有了正统，而且一定是又都"腐"了，故新文学运动终于变成"遵命文学"，而读经声浪又见复活，此均大品文也。能懂得大品文乃能懂得小品文。至于有并大品文全不放在心上者，专心自由写作，此则趁时代之作家也，便无清疲萧瑟气。时代若可挽回当亦在此，不过难得尤在真正之骄傲耳。①

林庚的话是有代表性的。这里体现了京派文人对于"人的文学"所提倡的自由、独立、批判性、反正统等等意识的强调和发扬。但有所不同的是，"人的文学"针对的是旧文学的"正统"，而京派文人除此之外又增加了新的思考与警惕。正如周作人早曾提醒过的："每逢文艺上一种新派起来的时候，必定有许多人，——自己是前一次革命成功的英雄，拿了批评上的许多大道理，来堵塞新潮流的进行。"② 京派的警惕与反抗，就有针对"前一次革命成功的英雄"而发的，是对新的"正统"和新的"遵命文学"所带来的新的压制的提防。在这个意义上说，京派文人所肯定的"小品文"绝不仅仅是一种文体，更是一种文学观念和写作态度，即所谓"并大品文全不放在心上"，"专心自由写作"的文学精神。这种精神，既是对新文学"自由写作"精神的坚守，同时也体现了一种返回文学内部去寻求启蒙之途的独特思路。

事实上，就在"挑起"京派与海派之争的《文学者的态度》一文中，沈从文就首次提出了"文学者的态度"和"职业的尊严"的问题，亦即明确提出了作家写作的立场和态度问题。沈从文时时针对"时下流行习气"发言，提出文学者"应明白得极多，故不拘束自己，却敢到各种生活里去认识生活"，同时，"应觉得他事业的尊严，故能从工作本身上得到快乐，不因一般毁誉得失而限定他自己的左右与进退"；"他作人表面上处处依然还像一个平常人，极其诚实，不造谣说谎，知道羞耻，很能自重，且明白文学不是赌博，不适宜随便下注投机取巧，也明白文学不是补药，不适宜单靠宣传从事渔利"③。这三个方面——即认识生活、尊重文学和排除功利——归总起来就是一种现实的、严肃的、纯粹的"文学者的态度"。说到底，体现的正是对"人的文学"核心内涵的继承与发展。因为众所周知，周作人首倡"人的文学"时即强调："人

---

① 林庚：《小品文》，《世界日报·明珠》第 50 期，1936 年 11 月 19 日。
② 周作人：《文艺上的宽容》，《周作人自编文集·自己的园地》，第 10 页。
③ 沈从文：《文学者的态度》，《大公报·文艺副刊》第 9 期，1933 年 10 月 18 日。

的文学"与"非人的"文学最根本的区别"就只在著作的态度不同。一个严肃，一个游戏。"① 这意味着"人的文学"的口号中，不仅规定了文学所描写和反映的对象，更包含着对于作者的立场与写作态度的规定。周作人所说的"用这人道主义为本，对于人生诸问题，加以记录研究的文字，便谓之人的文学"，首要强调的正是"为人生"的现实态度。在此基础上再来考察沈从文的"文学者的态度"，分明可以看到二者之间的一致性与连贯性。如果说，"严肃"、"现实"的态度是两个时期文学思想的基本共同点，那么，"纯粹性"则体现了沈从文等人在新的时代环境中的新思考。因为，"五四"时期的作为社会变革先声的文学是必然带有功利性的，而到了"革命时代"，当"革命文学"渐成新的主潮，京派文人在延续"人的文学"血脉的基础上，又特别强调了文学必须拒绝过分功利性的问题，反对将文学作为宣传的工具甚或沽名钓誉的投机手段，反对政治和商业对于文学的过度浸染。这些新的内涵和观点，不仅体现了京派文人在观念上的"纯粹"，更奠定了"京派"重要的思想基础，成为这个群体在特定时期中最为独特的坚持与主张。

第三节　京派笔下的"人的文学"

在诸多关于京派文学的理解和阐释中，沈从文的一句话最常被人提及：

> 我只想造希腊小庙。选山地作基础，用坚硬石头堆砌它。精致，结实，匀称，形体虽小而不纤巧，是我理想的建筑。这庙里供奉的是"人性"。②

"人性"一直是理解沈从文及其"京派"友人作品的一个关键。沈从文笔下的"湘西世界"就是以彰显人性之真、展现人性之美为基本特征的。即如评论者所言：沈从文的人性观包含了"生活"与"生命"的二元对立，因此，他涉笔最多的即是那些源于"生命"的人性形态（例如真挚、热情、智慧、

---

①　周作人：《人的文学》，《中国新文学大系·建设理论集》，第192页。
②　沈从文：《〈沈从文习作选集〉代序》，刘洪涛编：《沈从文批评文集》，珠海：珠海出版社，1998年，第242页。

忠诚乃至逾越生死的勇敢等等）在现代生存环境中的处境和状态。① 这里面，包含了对"生命"的憧憬和对"生活"的反思。

　　早在1930年代苏雪林就曾说过，沈从文的理想"就是想借文字的力量，把野蛮人的血液注射到老迈龙钟颓废腐败的中华民族身体里去使他兴奋起来，年青起来，好在二十世纪舞台上与别个民族争生存权利。"而这"野蛮人的血液"就是他所认识和写出的"生命"和"人性"。苏雪林说："他很想将这分蛮野气质当做火炬，引燃整个民族青春之焰。所以他把'雄强''犷悍'整天挂在嘴边，他爱写湘西民族的下等阶级，从他们龌龊，卑鄙，粗暴，淫乱的性格中；酗酒，赌博，打架，争吵，偷窃，劫掠的行为中，发现他们也有一颗同我们一样的鲜红热烈的心，也有一种同我们一样的人性。"② 的确，沈从文笔下的人性是混合着某种兽性与神性的，这让人又不由得联想起周作人在《人的文学》里所说的"人的灵肉二重的生活"，亦即"兽性与神性，合起来便只是人性"的观念。这个观念，为新文学尊重生命、尊重个性的人生观奠定了基础。即如周作人一再强调的："我们承认人是一种生物。他的生活现象，与别的动物并无不同。所以我们相信人的一切生活本能，都是美的善的，应得完全满足。凡有违反人性不自然的习惯制度，都应该排斥改正。""但我们又承认人是一种从动物进化的生物。他的内面生活，比别的动物更为复杂高深，而且逐渐向上，有能够改造生活的力量。所以我们相信人类以动物的生活为生存的基础，而其内面生活，却渐与动物相远，终能达到高上（尚）和平的境地。凡兽性的余留，与古代礼法可以阻碍人性向上的发展者，也都应该排斥改正。"③ 这类"人的文学"的作品，显然可以在沈从文、废名、芦焚、李健吾、萧乾、林徽因、凌淑华等众多京派作家的笔下看到，他们所认识、描写与剖析的"人性"，虽然可能源自不同的地域文化背景或表现出不同的艺术风貌，却都集中体现着作家们对于"人性"问题的理解。

　　作为京派领袖的沈从文，不仅以直接的观念阐述引起文坛上的争论，更以其艺术的实绩为京派文学观做出了实践和诠释。他以细腻的笔调描写"湘西"清新纯净的自然之美，更以大胆的笔力展现湘西人原始旺健的生命之美。通过一系列令人惊异和忧伤的故事，沈从文以文学的方式成功表现了一种融合野性之力与神性之美的天真自然的"人性"。在其代表作《边城》中，无论是健美

---

① 凌宇：《沈从文创作的思想价值论》，《文学评论》2003年第1期。
② 苏雪林：《沈从文论》，《文学》第3卷第3期，1934年。
③ 周作人：《人的文学》，《中国新文学大系·建设理论集》，第194页。

清朗的傩送兄弟还是纯澈如水的少女翠翠，都恰切地体现了人性最浑然完璞的内涵。他们都"在风日里长养着"，没有半点心机世故，是自由、安分、古朴、优美的自然的儿女，对于环境与命运的安排，都怀有自然虔敬之心，无欲无争，无悔无扰。这正是沈从文自己所说的："没有乡愿的'教训'，没有腐儒的'思想'，有的只是一点属于人性的真诚情感"。①

　　类似的思想与感情、人物与故事，在京派作家的笔下多有表现。尤其是在一系列儿童与女性形象的塑造中，更集中体现了作家们对人性真善美的理解与赞美。这些形象，与天保、傩送、翠翠们一样，最能充分体现出"人性"的天真未凿与美好无瑕，而他们所遭受的悲剧性的命运，又为这种天真优美增添了一份隐痛和忧伤。在这两类形象的交集上，尤其令人印象深刻的是一系列少女的形象。在沈从文的小说中，成功塑造了翠翠、萧萧、三三等一组天真美好的少女形象，她们正直善良、热情质朴、宁静本分，与天地命运和谐自然地融为一体。这样的少女，最好地诠释了作家关于人性美的认识和理解。事实上，最早在小说里集中塑造少女形象的是废名。在废名早期短篇小说集《竹林的故事》中就已出现了大量纯美的乡村少女形象，如淳净善良的柚子（《柚子》）、甜美伶俐的银姐（《初恋》）、温顺堪怜的莲妹（《阿妹》）、勤劳忍耐的三姑娘（《竹林的故事》），以及后来的长篇小说《桥》中的琴子和细竹，等等。在她们的身上，寄寓着京派作家的人生理想，这理想一方面与"五四"时期"人的发现"中的"女人与小儿的发见"有关，另一方面却已在历史的意义上超越了"辟人荒"的目的，大大深化了早期"人的文学"的精神内涵。在京派作家的笔下，女性与儿童的"发现"不再仅仅与婚姻制度、长幼秩序等家庭伦理问题相关，而是更与"人性"的根本问题相连，成为人性真善美的最具体的呈现。在他们的身上，作家寄托了现实的关怀和人生的玄悟，既与现实启蒙问题相关，又更进一步体现了现代人复杂的精神世界。因此，这些京派小说中的少女形象，不再被简单地寄寓人道主义的同情，而是成熟为一类真正具有艺术审美价值的现代文学形象。

　　其实，不仅在京派小说和戏剧中出现了集中的少女形象，就是在相对更为抽象的诗歌当中，同样也有大量体现"童真"之美的作品，最典型的代表就是何其芳和林庚。

　　最擅"画梦"的何其芳曾有这样的诗句："从此始感到成人的寂寞，／更喜欢梦中道路的迷离。"对他而言，童心与幻想是他诗歌的双翼。"梦中道路的

---

① 　沈从文：《〈看虹摘星录〉后记》，《大公报》1945 年 12 月 8 日。

迷离"是逃避"成人的寂寞"的方法，而贪恋童话、归依童心，则体现了他现实的不满和对超越的渴望。因而，相比于其他京派诗人，何其芳更热衷于追写童年，表现出一种在写作中追求梦想的心态。毫不夸张地说，早期何其芳是中国现代最富童心的一位诗人。在他的作品中大量体现着儿童般清澈澄明的视野，例如"我的怀念正飞着，/一双红色的小翅又轻又薄，/但不被网于花香。"（何其芳《祝福》）"芦蓬上满载着白霜，/轻轻摇着归泊的小桨。秋天游戏在渔船上。"（何其芳《秋天》）等等。即便他的作品很少呈现儿童的欢快无忧，却也犹如"一湾小溪流着透明的忧愁"，（何其芳《季候病》）仍充满孩童的天真，绝无虚伪凡俗之气。

这种"童心"所体现出来的独特的文学意识，正如小说家们的理想相似，即以文学的方式表达对于人类"自然"美与"原始"美的赞美和归依。与何其芳有异曲同工之美的还有林庚。林庚曾为冰心的孩子们创作过一首《秋日的旋风》，完全以儿童的视角审视自然，无论是"一座一座的塔似的""秋日的旋风"，还是有着"金环的耳朵""红眼睛"，"一个小尾巴翘动着逃到/极远的地方去"的"野兔子"，都带有无比天真纯净的童趣，达到了浑然天成的境界，体现了诗人在那一刻返归童真的内心世界。此外，在《那时》一诗中，诗人也以成年的沉重与无奈更加衬托出童心的玲珑。"那时"："空气如此的好，/心地明亮和溶；/人的娇小/宇宙的函容，/童年的欣悦，/像松一般的常浴着明月；/像水一般常落着灵雨；/像通彻的天宇，/把心亮在无尘的太空；/像一块水晶石放在蓝色的大海中。//如今想起来像一个不怕蛛网的蝴蝶，/像化净了冰再没有什么滞累，/像秋风扫尽了苍蝇的粘人与蚊虫嗡嗡的时节，/像一个难看的碗可以把它打碎！/像一个理发匠修容不合心怀，/便把那人头索性割下来！……"这种对童年的留恋与回顾，充分体现了诗人对于天真原始的人性的赞颂。因为童年本身就是最接近自然，最具备健康天性的代表。用林庚自己的话来说，"未完全失去了童心"就说明了一个人"尚保持着他生命上的健康"。①

对于"童心"的珍惜和赞颂，李健吾曾称之为"乡下人"式的"写作的信仰"。"乡下人"是京派文学中的一个关键词。它指的并不是京派小说塑造的乡村儿女的文学形象，而是京派作家们针对自身进行的文化反思和自我文化定位。他们以"乡下人"自居，在思维方式、生活习惯、审美趣味、语言风格、文化心理等诸多方面，以"乡下人"的姿态对现代文明和政治文化做出了

---

① 林庚：《熊》，《世界日报·明珠》第 87 期，1936 年 12 月 26 日。

独特的反省。

　　以"乡下人"自称的京派作家有很多。"地之子"李广田就说："我是一个乡下人，我爱乡间，并爱住在乡间的人们。就是现在，虽然在这座大城里住过几年了，我几乎还是像一个乡下人一样生活着，思想着，假如我所写的东西里尚未能脱除那点乡下气，那也许就是当然的事件吧。"[①] 李健吾也曾说过："我先得承认我是个乡下孩子，然而七错八错，不知怎么，却总呼吸着都市的烟氛。身子落在柏油马路上，眼睛接触着光怪陆离的现代，我这沾满了黑星星的心，每当夜阑人静，不由向往绿的草，绿的河，绿的树和绿的茅舍。"[②] 此外，废名、何其芳等人也都不同程度地表达过对乡土的眷恋。事实上，他们的表白已经超出了一般意义上的思乡情绪，而趋向于一种文化心态的自白。这是一种文化趣味与审美心理的共鸣，他们同样对"都市的烟氛"和"光怪陆离的现代"城市环境有所隔阂，同样倾向于乡土氛围所代表的传统文化精神。这并不仅仅是以乡土传统对抗城市文明，更是以文学的方式营造出一种"精神乡土"。在京派诗人们的眼中和笔下，乡土农村已经被诗化地处理成为一种带有明显象征意义的喻体。它象征着人性的纯粹、审美的和谐、心灵的淳净、生命的健硕。他们以纯美的诗意的笔调描写"农村寂静的美"与"平凡的人性的美"，构筑"最纯粹的农村散文诗"。[③] 他们当然不是在简单地抒发乡情，而是借此传达自己的文化取向，即如何其芳自己所解释的："若说是怀乡倒未必，我底思想空灵得并不落于实地"。[④]

　　当然，最有代表性的"乡下人"还是沈从文。他自称："在都市住上十年，我还是个乡下人。第一件事，我就永远不习惯城里人所习惯的道德的愉快，伦理的愉快。……这种'城里人'仿佛细腻，其实庸俗；仿佛和平，其实阴险；仿佛清高，其实鬼祟。……老实说，我讨厌这种城里人。"[⑤] 在这里，"乡下人"与"城里人"俨然是对抗的关系了。沈从文说："我是个乡下人，走到任何一处照例都带了一把尺，一把秤，和普通社会总是不合。一切来到我命运中的事事物物，我有我自己的尺寸和分量，来证实生命的价值和意义。我用不着你们名叫'社会'为制定的那个东西，我讨厌一般标准，尤其是什么思

　　① 李广田：《〈画廊集〉题记》，《益世报·文学》第 3 期，1935 年 3 月 20 日。
　　② 李健吾：《〈画廊集〉——李广田先生作》，郭宏安编：《李健吾批评文集》，第 127 页。
　　③ 沈从文：《论冯文炳》，《沈从文文集》第 11 卷，第 97—100 页。
　　④ 何其芳：《岩》，《水星》第 1 卷第 2 期，1934 年 11 月。
　　⑤ 沈从文：《〈篱下集〉题记》，《沈从文文集》第 11 卷，第 33—34 页。

想家为扭曲蠹蚀人性而定下的乡愿蠢事。……这种人从来就是不健康的，哪能够希望有个健康的人生观。"① 由此已可看到，在沈从文的认识中，"乡下人"即是"健康的人生观"的代表，即是他所"供奉"的"人性"的最佳载体。他在文学作品中一再塑造乡村儿女，并在文化心态上执拗于"乡下人"的立场，都与他对于"人性"的理解有关。从某种意义上说，"乡下人"的心态带有与城市人和城市生活相对立的姿态，但深究起来却可发现，这种对立并不一定是针锋相对的敌视，而更多地表现为一种基于城乡文化差异而产生的对城市文化和城市人生活状态的"反思"。

因此，京派作家的"乡下人"心态也与五四时期的"侨寓文学"不同。侨寓作家只是"在北京用笔写出他的胸臆"，"侨寓的只是作者自己，却不是这作者所写的文章，因此也只见隐现着乡愁"。② 他们站在城市的立场上批判乡村，因而获得的是黑暗、封闭、愚昧的乡村视野，而京派作家面对的则是不同的时代环境和文化视野，他们不再从启蒙思想的角度出发，以现代文明来疗救宗法农村的愚昧落后，相反他们是站在批判城市的立场上想象农村，因而创造了充满美感的乡野画面。他们对乡村世界抱有审美意义上的欣赏，因此他们自然而然地运用诗意的想象把乡村世界的人情风物进行了净化和纯化。乡村因而成为一种象征，象征着人性纯良宁谧的原始美丽，并以此与城市所代表的人性的异化相对抗。如果说，城市生活代表的是一种成年人在无奈生活重压下的流浪状态，而乡村就因其伴随童年的无拘无束的心态而代表着童心的回归和"人之初"的原始状态。因此，"侨寓文学"与京派文学中的"乡土"与"乡下人"之间，存在着一种既相关又相异的联系。后者多少受到前者的影响，但已因时代的变化和观念上的发展，表现出了不同的思想特质和文化内涵。

少女、童心、乡下人，这些京派"人的文学"的核心元素中都体现着这个群体独特的思想与审美倾向，即以单纯自然的人性之"美"，"为人类'爱'字作一度恰如其分的说明"。正是这一群自称"对政治无信仰对生命极关心的乡下人"，③ 以"乡下人"式的"写作的信仰"，曲折隐晦地表达着某种看似不合时宜的思想。在革命的时代中，他们心无旁骛地抒写自然美、人性善、少女的纯真、童心的简净、乡下人的热情与执着……，这其实都是在表达他们对

---

① 沈从文：《水云》，《沈从文文集》第 10 卷，第 266 页。
② 鲁迅：《中国新文学大系·小说二集》，上海：上海文艺出版社，1981 年影印本，"导言"第 9 页。
③ 沈从文：《水云》，《沈从文文集》第 10 卷，第 294 页。

于现代文化——包括都市文明、工业文明、政治文化、激进思潮等等——的深刻的怀疑与反省。在这一思考过程中所建立起来的观念固然可以批评，但历史却不能否认他们这种独特思考的价值。同样值得肯定的是，他们的思考与"五四"新文学传统之间，不是游离，更不是断裂，而是一种在积极继承基础上的深掘与反省。

余论

在京派作家的"乡下人"性格中，除了对人生的信仰与努力之外，更包含着对文学的热情与诚实。沈从文曾反复强调，在他的"乡巴佬的性情"中最重要的一点是"对一切事照例十分认真"，甚至认真到"傻头傻脑"的程度。① 这份"认真"其实也是他们对待文学的基本态度。一方面，他们仍深信文学的功能与意义，"相信它在将来一定会起良好作用"，相信可以"把文学……变成一个有力的武器，有力的新工具，用它来征服读者，推动社会，促之向前"；另一方面他们也意识到，"决不是一回'五四'运动，成立了三五个文学社团，办上几个刊物，同人写文章有了出路，就算大功告成。更重要还应当是有许多人，来从事这个新工作，用素朴单纯工作态度，作各种不同的努力；并且还要在一个相当长远、艰难努力过程中，从不断失败经验里取得有用经验，再继续向前，创造出千百种风格不一、内容不同的新作品，来代替旧有的一切……"②

这种对于文学的"单纯热忱和朦胧信仰"以及"类似宗教徒的虔诚皈依之心"③ 正是京派作家思想中最为独特和突出的部分。与五四时期的启蒙思潮相比，他们在前人的基础上更增加了对于文学本身的强调。他们的志向是：通过长远艰巨的努力，一方面完成思想的启蒙，同时更创造出真正的文学的实绩。因此，他们强烈反对各种各样的急功近利，反对以文学谋利的商业行为，反对以文学换取政治利益的投机；他们反对以"入时"为目的的创作，只欣赏"平淡朴实"的创作态度和艺术风格④；他们不仅声称自己是"对政治无信仰

① 沈从文：《〈从文小说习作选〉代序》，《沈从文文集》第 11 卷，第 43 页。
② 沈从文：《〈沈从文小说选集〉题记》，《沈从文文集》第 11 卷，第 68 页。
③ 沈从文：《从现实学习》，《沈从文文集》第 10 卷，第 319 页。
④ 沈从文：《〈群鸦集〉附记》，《沈从文文集》第 11 卷，第 17 页。

对生命极关心的乡下人"①，同时更主张"同政治离得稍远一点，有主张也把主张放在作品里，不放在作品以外的东西上"②。

这样的主张和文学观念，在风起云涌、热闹非凡的 1930 年代，的确显得有些落后保守。但事实上，这并不是保守，而是一种特殊的坚持。沈从文自己也曾感慨道："自愿作乡下人的实在太少了"，"我感觉异常孤独。乡下人实在太少了。倘若多有几个乡下人，我们这个'文坛'会热闹一点罢。"③ 这样的感慨其实也是一种呼吁，他们是在呼唤更多的作家能以这种认真专注的态度看待文学和对待写作，"守住新文学运动所提出的庄严原则"，④ 守住"五四"以来的严肃文学的立场与理想。即便真如有人所言，1930 年代之后，中国历史进入了一个"救亡压倒启蒙"的时期，但其实"启蒙"的思潮并不会真正断裂。中国自 20 世纪初启动了由传统社会向现代社会转型的现代化进程之后，虽然后来时有曲折反复，但历史发展的总规律和主脉络毕竟不可逆转。1930年代，虽然"革命""救亡"成为时代主题中的更强音，但也总还有人在坚守"五四"的精神传统，维系着思想启蒙的血脉。即便是被边缘化甚或成为潜流、暗流，但这条血脉仍在延续，不会断流。强调这一思想传统的连续性及其历史意义，也正是帮助我们今天重新认识和评价京派的关键之一。

事实上，京派作家们看似自说自话的一些创作或议论，其实都是在对时代发言。20 世纪以来，在文学与政治之间，在激进与温和之间，在个人主义、自由主义与社会主义意识形态之间，的确是可能存在着某种困境的。京派作家们面对这样的困境，在生存方式、写作方式、思想方式等诸多方面认真进行了思考和应对处理。五四时期"人的文学"为他们提供了强大的思想资源，而他们自己又在其基础上做出了丰富、深入和反思。在他们而言，文学不仅可以发现人、表现人，更可以是一种特殊的、深刻地认识和挖掘人性的方式。他们所挖掘的，是"个人"的"人"，"现代人"的"人"，更是乡土式的或少年时代的那种尽可能回避了政治角色和阶级划分的"人"。因此，对于种种问题，他们坚持用自己的方式面对。他们温和而又执拗，单纯却又深刻；看似与世无争，却又积极与他人对话甚至争论；看似只谈文学，但又处处事关思想与政

① 沈从文：《水云》，《沈从文文集》第 10 卷，第 294 页。
② 沈从文：《新废邮存底·五》，《沈从文文集》第 12 卷，广州：花城出版社、香港：三联书店香港分店，1984 年，第 18 页。
③ 沈从文：《〈从文小说习作选〉代序》，《沈从文文集》第 11 卷，第 46 页。
④ 沈从文：《从现实学习》，《沈从文文集》第 10 卷，第 305 页。

治。这些特点，正是造成他们终与海派交锋的原因，也更是令他们在很长的历史时期中被看作革命文学的"异数"的原因。而从对他们文学理念和创作实际的分析看，我们应该对他们重新作出评价，那就是：他们并非保守的一群，他们其实深刻地继承了五四新文学的现代精神与革命传统，并在继承的同时融入了新的思考与反思；他们坚持将革命的姿态内敛入文学的内部，坚持以文学的方式间接参与思想界的论争；他们有意识地"同政治离得稍远一点，有主张也把主张放在作品里，不放在作品以外的东西上"，体现了他们对于文学与政治之间关系的特殊理解。可以说，虽然他们看似疏离政治与革命文学，其实却是在文学的内部做出了自己的回应。这既是对"五四"文学启蒙思想的接续，同时也体现了对文学价值的特殊坚持。不理解这一点，就无法真正认识京派的文学深度与思想抱负，无法真正理解京派，无法对之做出正确的历史评价。

参考文献

（按作品发表及图书出版时间先后排序）

著作

［1］郑振铎，等. 雪朝［M］. 上海：商务印书馆，1922.

［2］曹葆华. 寄诗魂［M］. 北平：北平震东印书馆，1930.

［3］曹葆华. 落日颂［M］. 上海：新月书店，1932.

［4］曹葆华. 灵焰［M］. 上海：新月书店，1932.

［5］卞之琳. 三秋草［M］. 上海：新月书店，1933.

［6］林庚. 夜［M］. 上海：开明书店，1933.

［7］林庚. 春野与窗［M］. 上海：开明书店，1934.

［8］林庚. 北平情歌［M］. 北平：风雨诗社，1936.

［9］林庚. 冬眠曲及其他［M］. 北平：风雨诗社，1936.

［10］卞之琳. 鱼目集［M］. 上海：文化生活出版社，1936.

［11］卞之琳，何其芳，李广田. 汉园集［M］. 上海：商务印书馆，1936.

［12］刘西渭. 咀华集［M］. 上海：文化生活出版社，1936.

［13］辛笛，辛谷. 珠贝集［M］. 上海：光明书局，1936.

［14］曹葆华. 无题草［M］. 上海：文化生活出版社，1937.

［15］瑞恰慈. 科学与诗［M］. 曹葆华，译. 上海：商务印书馆，1937.

［16］瑞恰慈，等. 现代诗论［M］. 曹葆华，译. 上海：商务印书馆，1937.

［17］艾略特. 荒原［M］. 赵萝蕤，译. 上海：上海新诗社，1937.

［18］李广田. 诗的艺术［M］. 上海：开明书店，1946.

［19］俞陛云. 诗境浅说［M］. 上海：开明书店，1947.

［20］卞之琳. 雕虫纪历［M］. 北京：人民文学出版社，1979.

［21］陈梦家. 新月诗选［M］. 上海：上海书店，1981.

［22］赵家璧. 中国新文学大系（1917—1927）（影印本）［M］. 上海：上海文艺出版社，1981.

［23］郭沫若. 郭沫若全集［M］. 北京：人民文学出版社，1982.

［24］闻一多. 闻一多全集［M］. 武汉：湖北人民出版社，1993.

［25］辛笛. 辛笛诗稿［M］. 北京：人民文学出版社，1983.

［26］李广田. 李广田文学评论选［M］. 昆明：云南人民出版社，1983.

［27］李健吾. 李健吾文学评论选［M］. 银川：宁夏人民出版社，1983.

［28］卞之琳. 人与诗：忆旧说新［M］. 北京：三联书店，1984.

［29］梁宗岱. 诗与真·诗与真二集［M］. 北京：外国文学出版社，1984.

［30］冯文炳. 谈新诗［M］. 北京：人民文学出版社，1984.

［31］朱光潜. 诗论［M］. 北京：三联书店，1984.

［32］林庚. 问路集［M］. 北京：北京大学出版社，1984.

［33］沈从文. 沈从文文集［M］. 广州、香港：花城出版社、三联书店香港分店，1984.

［34］凌宇. 从边城走向世界——对作为文学家的沈从文的研究［M］. 北京：三联书店，1985.

［35］林庚. 林庚诗选［M］. 北京：人民文学出版社，1985.

［36］冯至. 冯至选集［M］. 成都：四川文艺出版社，1985.

［37］袁可嘉. 现代派论·英美诗论［M］. 北京：中国社会科学出版社，1985.

［38］朱光潜. 朱光潜全集［M］. 合肥：安徽教育出版社，1987.

［39］波德莱尔. 波德莱尔美学论文选［M］. 郭宏安，译. 北京：人民文学出版社，1987.

［40］凌宇. 沈从文传［M］. 北京：北京十月文艺出版社，1988.

［41］袁可嘉. 论新诗现代化［M］. 北京：三联书店，1988.

［42］本雅明. 发达资本主义时代的抒情诗人［M］. 张旭东，魏文生，译. 北京：三联书店，1989.

［43］梁实秋. 梁实秋文学回忆录［M］. 长沙：岳麓书社，1989.

［44］唐湜. 新意度集［M］. 北京：三联书店，1989.

［45］张曼仪. 卞之琳著译研究［M］. 香港：香港大学出版社，1989.

[46] 袁可嘉，杜运燮，巫宁坤．卞之琳与诗艺术 [M]．石家庄：河北教育出版社，1990.

[47] 方敬．方敬选集 [M]．成都：四川文艺出版社，1991.

[48] 艾略特．艾略特文学论文集 [M]．李赋宁，译注．南昌：百花洲文艺出版社，1994.

[49] 李怡．中国现代新诗与古典诗歌传统 [M]．重庆：西南师范大学出版社，1994.

[50] 邓云乡．文化古城旧事 [M]．北京：中华书局，1995.

[51] 许霆，鲁德俊．十四行体在中国 [M]．苏州：苏州大学出版社，1995.

[52] 辛笛．手掌集 [M]．杭州：浙江文艺出版社 1996.

[53] 波德莱尔．波德莱尔诗全集 [M]．杭州：浙江文艺出版社 1996.

[54] 瓦雷里．瓦雷里诗歌全集 [M]．葛雷，梁栋，译．北京：中国文学出版社 1996.

[55] 赵萝蕤．我的读书生涯 [M]．北京：北京大学出版社 1996.

[56] 朱自清．朱自清全集 [M]．南京：江苏教育出版社 1997.

[57] 叶公超．新月怀旧——叶公超文艺杂谈 [M]．上海：学林出版社 1997.

[58] 叶公超．叶公超批评文集 [M]．珠海：珠海出版社 1998.

[59] 李健吾．李健吾批评文集 [M]．珠海：珠海出版社 1998.

[60] 梁宗岱．梁宗岱批评文集 [M]．珠海：珠海出版社 1998.

[61] 沈从文．沈从文批评文集 [M]．珠海：珠海出版社 1998.

[62] 周作人．周作人批评文集 [M]．珠海：珠海出版社 1998.

[63] 胡适．胡适文集 [M]．北京：人民文学出版社，1998.

[64] 张同道．探险的风旗——论 20 世纪中国现代主义诗潮 [M]．合肥：安徽教育出版社，1998.

[65] 郑敏．诗歌与哲学是近邻——结构—解构诗论 [M]．北京：北京大学出版社，1999.

[66] 孙玉石．中国现代主义诗潮史论 [M]．北京：北京大学出版社，1999.

[67] 何其芳．何其芳全集 [M]．石家庄：河北教育出版社，2000.

[68] 金介甫．凤凰之子——沈从文传 [M]．符家钦，译．北京：中国友谊出版公司，2000.

［69］江弱水. 卞之琳诗艺研究［M］. 合肥：安徽教育出版社，2000.

［70］林庚. 新诗格律与语言的诗化［M］. 北京：经济日报出版社，2000.

［71］吴晓东. 象征主义与中国现代文学［M］. 合肥：安徽教育出版社，2001.

［72］卞之琳. 卞之琳文集［M］. 合肥：安徽教育出版社，2002.

［73］周作人. 周作人自编文集［M］. 石家庄：河北教育出版社，2002.

［74］王光明. 现代汉诗的百年演变［M］. 石家庄：河北人民出版社，2003.

［75］梁宗岱. 梁宗岱文集［M］. 北京：中央编译出版社、香港：香港天汉图书公司，2003.

［76］鲁迅. 鲁迅全集［M］. 北京：人民文学出版社，2005.

［77］张桃洲. 现代汉语的诗性空间——新诗话语研究［M］. 北京：北京大学出版社，2005.

［78］姜涛. "新诗集"与中国新诗的发生［M］. 北京：北京大学出版社，2005.

［79］陈梦家. 梦家诗集［M］. 北京：中华书局，2006.

［80］史书美. 现代的诱惑——书写半殖民地中国的现代主义（1917—1937）［M］. 南京：江苏人民出版社，2007.

［81］鲁迅. 鲁迅著译编年全集［M］. 北京：人民出版社，2009.

［82］废名. 废名集［M］. 京：北京大学出版社，2009.

［83］吴晓东. 临水的纳蕤思——中国现代派诗歌的艺术母题［M］. 北京：北京大学出版社，2015.

［84］陈太胜. 声音、翻译和新旧之争［M］. 长沙：湖南人民出版社，2016.

［85］冷霜. 分叉的想象［M］. 北京：光明日报出版社，2016.

民国报纸

［1］华北日报·每周文艺.［N］. 1933—1934.

［2］大公报·文艺副刊.［N］. 1933—1935.

［3］北平晨报·北晨学园·诗与批评专栏.［N］. 1933—1936.

［4］华北日报·文艺周刊.［N］. 1934.

［5］北大周刊·图书馆副刊.［N］. 1934—1937.

［6］天津益世报·文学. ［N］. 1935.

［7］大公报·文艺. ［N］. 1935—1937.

［8］文学导报. ［N］. 1936.

［9］世界日报·明珠. ［N］. 1936.

民国期刊

［1］诗. ［J］. 1922—1923.

［2］清华周刊. ［J］. 1930—1937.

［3］清华中国文学会月刊. ［J］. 1931—1932.

［4］现代. ［J］. 1932—1935.

［5］牧野旬刊. ［J］. 1933.

［6］学文. ［J］. 1934.

［7］文学评论. ［J］. 1934.

［8］水星. ［J］. 1934—1935.

［9］文学季刊. ［J］. 1934—1935.

［10］小雅. ［J］. 1936.

［11］文学杂志. ［J］. 1937.